一场穿越时空的灵魂救赎
一个超越生死的爱情故事
写尽繁华都市里的人情人性

迷城恋歌

谭顺秋 ◎ 著

SPM
南方出版传媒
广东人民出版社
·广州·

图书在版编目（CIP）数据

迷城恋歌 / 谭顺秋著. —广州：广东人民出版社，2019.8
ISBN 978-7-218-13576-2

Ⅰ．①迷… Ⅱ．①谭… Ⅲ．①科学幻想小说—中国—当代　Ⅳ．①I247.5

中国版本图书馆CIP数据核字（2019）第100483号

MICHENG LIANGE
迷 城 恋 歌

谭顺秋　著

版权所有　翻印必究

出 版 人：肖风华

责任编辑：向路安　古海阳
装帧设计：奔流文化
责任技编：周　杰　周星奎

出版发行：广东人民出版社
地　　址：广州市海珠区新港西路204号2号楼（邮政编码：510300）
电　　话：（020）85716809（总编室）
传　　真：（020）83780199
网　　址：http://www.gdpph.com
印　　刷：广州市浩诚印刷有限公司
开　　本：787mm×1092mm　1/16
印　　张：24.25　　字　数：435千
版　　次：2019年8月第1版　2019年8月第1次印刷
定　　价：52.00元

如发现印装质量问题，影响阅读，请与出版社（020-85716849）联系调换。

纪怀昌（清代政治家、文学家纪晓岚第六代玄孙、中国书画院院长）题赠书名

陈永锵（曾任广州画院院长、广州市文化局副局长）赠联
"顺民意笔顺，秋雨声吟秋"

自 序

"顺民意笔顺,秋雨声吟秋。"中国美术家协会理事、广东省美术家协会副主席、国家一级美术师陈永锵于千禧年元月8日运用我的字"顺"、名"秋",酒后挥毫创作出这副对联,以此作为见面礼赠送给前来广州市番禺区陈宅登门拜访的佛山市南海区西樵山老乡。

"西樵山文化"堪称珠江文明的灯塔,知名大画家陈永锵利用画笔记录西樵山下的珠江文明,而同样生长于西樵山下的我则从小梦想利用文笔记录西樵山下的珠江文明。衷心感谢陈大师通过对联寄语来传经送宝,为我践行自己儿时萌生的伟大理想点燃一盏照亮前路的明灯!从2003年中开始,我以秋雨声来吟唱秋天,顺应民意地笔耕3年记录西樵山下的珠江文明,在而立之年著就长篇小说《迷城恋歌》初稿。

十年磨一剑。我践行精益求精的文匠精神,不仅完善自身的大脑"资料库",更借脑、借力、借资源,对这部长篇巨著进行系统化升级。业余攻读文学硕士学位,力撑我实现思维、视野、技能、阅历、人脉等自身素质的全面升级。在此基础上,我借力移动互联网,投资创建移动互联网文学网——"免费小说网",海内外文学爱好者通过这个网站阅读《迷城恋歌》,为拙作的打磨献计献策。我十分感谢这些文学爱好者的帮助,尤其感谢叶辛、安文江、韩英、郑启谦、李自然等多位文学名家、文学前辈的不吝赐教,以及束维维、谭光电、阎洪、谭钧端、葛小能等亲朋好友的鼎力相助!在大家的鼓励与助力

下，我崇尚优质，追求卓越，矢志不移地尝试将《迷城恋歌》打造成具有幻想的广度、科技的高度、思想的深度、人文的浓度、爱情的温度之传世精品。

《迷城恋歌》向世人重点展现了儒释道所蕴涵的慈善、包容、仁爱、通济、和谐理念，这些理念正是广府文化发祥地的老百姓信仰的内核。广府文化发祥地自然成为世界上儒释道世俗化、儒释道融合的样本地。这是举世罕见的奇迹，是当今充满冲突的世界所需要的。儒释道世俗化、儒释道融合显然是对当今世界上流行的、统治着整个地球的思想——不同文明必然冲突，只有冲突才能解决问题这一思路的回应。儒释道融合把儒学、佛学与道学都推进到世界思想和哲学的顶峰，使之逐渐成为国际化的特色学说。

不忘初心，引人向善，教人从善。《迷城恋歌》之所以聚焦个人乃至民族的生存发展、民间信仰，是因为我由衷地希望能贡献自己的绵力，弘扬中华优秀传统文化，助力中华儿女树立文化自信、信仰自信，傲立于世界民族之林，更殷切希望能引导世人广播善念，缔造世界永续和平！

谭顺秋写于佛山禅城

2017年3月3日深夜

目录
CONTENTS

第一乐章　特别的情书给特别的你 / 1

第二乐章　落花有意流水无情 / 32

第三乐章　花谢花开总是情 / 68

第四乐章　花好月圆情迷乱 / 100

第五乐章　万水千山风雨情 / 136

第六乐章　秋夜情愁无情雨 / 172

第七乐章　古稀老太穿越救夫 / 204

第八乐章　寻寻觅觅一生最爱 / 241

第九乐章　三角恋剪不断理还乱 / 273

第十乐章　攀上高枝不胜寒 / 307

第十一乐章　一朝破茧重获新生 / 343

第一乐章

特别的情书给特别的你

迷城恋歌

黑云压城,风雨骤来,敲击着这家位于岭南大湾区"中国陶谷"的"百年老店"——中海大酒店的厢房玻璃幕墙。百岁老翁李俊南安坐于厢房里的圆桌主位上,透过玻璃幕墙呆望外面风雨大作,随后继续品尝粤式晨早茶点。他一家四代同堂,正围坐在一起有讲有笑,其乐融融。目睹着大家畅享升平盛世下天伦之乐,他竟萌发出依依不舍的感觉。

风雨消停,李俊南老翁一家老少步向那座儒释道三教代表性塑像和谐相处的中海祖庙,去参加一年一度的三月三北帝(北方真武玄天上帝)诞庙会。这是中海民间最大的民俗盛会,吸引万民共赴,热闹非凡。

李俊南老翁及其老妻张桂秀相互扶持,慢步穿越祖庙外围如鲫的人流。在祖庙正门广场,两对以祖庙牌坊为背景拍摄户外结婚照的新婚夫妇,特别引起李俊南老夫老妻的注目。一对身穿中式结婚礼服,另一对以西式结婚礼服装扮,形成中西文化的鲜明对比。这一情景令李俊南老夫老妻感同身受,几十年前他们俩在这里拍摄户外结婚照的那一幕依然历历在目。为抒发自己此刻的真情实感,他甚至动情地向他的老伴哼唱起香港知名歌星张国荣原唱的粤语流行歌《共同度过》——

垂下眼睛熄了灯,回望这一段人生。望见当天今天即使多转变,你都也一意跟我共行。曾在我的失意天,疑问究竟为何生?但你驱使我担起灰暗,勇敢去面迎人生。若我可再活多一次,都盼再可以在路途重逢着你,共去写一生的句子。若我可再活多一次千次,我都盼面前仍是你,我要他生都有今生的暖意。没什么可给你,但求凭这阙歌,谢谢你风雨内都不退愿陪着我。暂别今天的你,但求凭我爱火活在你心内,分开也像同度过。……

伴随着悦耳的歌声,李俊南一家老少挤进祖庙灵应祠,恰逢2076年祖庙三月三北帝诞春祭祈福仪式正式开始。仪仗入场,供奉祭品,拜祭上香……信众佩戴象征吉祥的大红色礼帛,虔诚静立,祈求中海来年风调雨顺。祭祀舞蹈《北帝之光》古典的乐舞更为祭祀增添几分庄严神圣气息。

春祭祈福仪式礼成后，北帝巡游正式开始。按照历史记载以1比1比例复原的北帝"坐轿"——神舆亮相。其精湛的工艺、华丽的色彩引得李俊南的儿孙们争相观看。他们还拿出高智能摄录机摄影留念，并利用移动互联网自媒体向全世界现场直播北帝巡游情景。紧随北帝武神铜像（行宫）的，是八宝仪仗队、众仙贺诞与八音锣鼓柜等由700多个真人、高智能机器人组成的巡游队伍。巡游队伍依次走出祖庙，开始长约四公里、历时两小时的巡游。祖庙外围，万人空巷。拥趸们争相围观北帝巡游，欣赏中海武术舞龙舞狮、傩舞与鳌鱼舞等各种特色民俗文化表演。

李俊南一家并没有追随北帝巡游，而是挤进灵应祠正殿的紫霄宫内，打算去参拜北帝大铜像（坐宫）。就在此刻，灵应祠上空再度黑云压顶，祠内渐变昏暗。

李俊南面对北帝坐宫，站在拜石旁。而他的老妻、儿孙们就陪伴他的左右，准备相继参拜北帝坐宫许愿祈福。祠内变得更加昏暗，几乎伸手不见五指。李俊南合上双掌放到胸前，双膝跪向拜石。刹那间，他的眼前出现一道刺眼强光。他感觉自己被外力推向那道强光，身体急坠，跌入时光隧道。

在时光隧道另一端，李俊南发现自己回到72年前的中海市区，已变身为青年李俊南。在俊南的周围，风雨交加。他身披雨衣骑着摩托车，穿梭于大街窄巷，奔向澜湾区通济桥附近的红茶馆赴约。

俊南到达红茶馆之时，他的心情莫名地紧张起来。这里听不到外面的喧闹声，充满着香港知名歌星陈慧娴演绎的粤语流行歌《红茶馆》的悠扬乐韵，让人倍感舒适——

红茶馆，情侣早挤满，依依爱话未觉闷。跟你一起暗暗喜欢，热爱堆满，你身边伴情侣一般。

红茶杯，来分你一半。感激这夜为我伴。跟你一起我不管，热吻杯中满，要杯中情赠你一半。爱意我眼内对你在呼唤，怎么竟不知道杯中吻铺满？似你这般，未领会心中爱恋，惩罚你来后半生保管。

红茶馆，情深我款款。怎么你在望窗畔？枉我一心与你一起，做你一半，你的生命另一半……

红茶馆，情深我款款，终于爱念在交换。且说一声要我一生，做你一半，你的生命另一半。你的生命另一半。你的生命另一半。

迷城恋歌

俊南欣赏着曼妙的乐韵，径直来到红茶馆二楼最里端，坐到吊摇椅上等候那位通过同事王如风介绍约见的少女。

玻璃幕墙外，风静雨停，月上柳梢头。

俊南手捧玻璃杯喝水，扫视茶餐厅。一个倩影映入他的眼帘，变得越发清晰。"咦！这个女仔（女孩）长得几好喔，难道系（是）晓雨？"他按捺不住内心的激动。

这个倩影是一位高个子少女。她身穿白色短袖衬衣与深蓝色牛仔裤，皮肤白皙，相貌还好。她的脸蛋长而圆润，显得有点福相，嘴巴较大双唇较厚。她还留着一头短发，戴着一副无框眼镜。

这位高个子少女徐徐走到俊南面前。他逐渐把自己的视线从她的身上移开，站直身子笑迎身高接近1.7米的她，发现自己比她高出并不多。"请问你系唔系（是不是）李先生啊？"她操着标准的省城粤语，以温和的语气询问他。他顿时心花怒放，连忙回答"我系我系"，笑得更加灿烂。

"唔好意思（不好意思）啊！我来迟啦，要你久等。"高个子少女面带微笑。

"冇（没有）关系！请坐。"俊南伸手示意，请对方入座。

在高个子少女落座之时，俊南的手机突然振动起来。他拿出手机一看，原来手机屏幕上显示的，正是他所约少女的电话号码。他立刻询问面前的高个子少女是不是叫晓雨。"唔系（不是）。"她摇摇头，异常惊讶。

"我叫李俊南，你肯定认错人啦！"俊南故作苦笑状。

"唔好意思！打搅啦！"高个子少女红着脸起身离开，从小挎包里拿出手机，跟自己所约的那位李先生联系。在她看来，自己好似海底石斑——好瘀（鱼）（粤语歇后语，寓意非常丢脸）。

"您好！晓雨，你现在边度（哪里）啊？"俊南望着高个子少女渐远的背影，赶快接听晓雨的电话。

"我已经来到红茶馆，你在哪一张台啊？"从电话那边传来的中海口音粤语，正是俊南当天听过一次、略显低沉的少女语音。

"我下来一楼大门口接你吧。"俊南情不自禁，朝前走出几步。

"我已经上到二楼。"晓雨往红茶馆里四处张望。

"我在最靠里面的那张台。"俊南又不由自主地往外走去，在转角处见到那位右手拿着手机,正在跟自己通电话的少女。一丝惊艳在他的眼中闪烁。

眼前的晓雨真的好美——一头齐肩的直发部分被染成金黄色,充满青春活力时尚气息。在她那张粉雕玉琢的俊秀脸庞上,弯弯的柳眉犹如迷人的弯月,那浓密而卷翘的睫毛一扇一扇。她的狭长凤眼中,是人间最清澈的山泉,纯净得不含一丝杂质。她噘着樱红的唇,正用迷茫的眼神张望着。

只见晓雨身材苗条曲线玲珑,肤色黄中带白,白里透红。她的上身穿着粉红色的短袖纯棉T恤衫,左手挽着白色小提包,右手小指戴着一枚戒指。她的下身穿着浅蓝色的七分牛仔裤,脚踏白色旅游鞋……她身上所展现出来的美丽、性感、妩媚顷刻间将俊南完全征服。

晓雨转头望见正在跟自己通电话的陌生男子。这一刹那,她的眼睛突然睁大,她上下打量着像是触了电的俊南,彼此的眼波交织片刻。他呆立着,心里对晓雨赞叹"好靓"。"您好!请来这边。"他绽露笑容,紧张地为晓雨示座。

跟陌生女子这样约会认识,是俊南有生以来的第一次。他打算抽空梳理那次约会中的曲折情节,写成特别的情书《人约雨后黄昏》,送给他特别的心仪对象。

等到周末,俊南回到岭南时报社办公室加班加点,赶紧精心写作这封特别的情书。发生在一个月前的那次约会,留给俊南的回忆太深刻了,带给他的感觉太奇妙了。在写作情书期间,他文思灵动,下笔如有神助。"噼噼啪啪……"他不断敲击电脑键盘,一气呵成地完成这封情书的写作。

这封情书的初稿写成之时已近下午时分。俊南动身前往岭南时报社附近的快餐店吃午餐。走出岭南时报社大门,映入眼帘的是这座历史文化名城巨变前的老样子。中海市区即澜湾区中心区内,高楼林立,车水马龙。但这里的小城镇气息颇重,缺少现代化大都市的美感。

然而,在马路边的巨幅标语"同心同德同建组团式现代化大城市"赫然在目。看到这一幅推动破解城市升级发展困局的宏伟蓝图,俊南脑海里一阵兴奋,吃起饭来特别开胃。

俊南穿过旧城区数条马路,又返回办公室,对情书初稿逐字逐句地审阅。在他看来,这封情书若存在一点瑕疵,便会影响他在晓雨心中的形象。经过精心的修改后,这封情书正式定稿。他随即掏出钱包,从中拿出一张边长约五厘米的正方形白纸。它记录着晓雨的生日、手机号码、电子邮箱以及她喜爱的鲜花、水

果等资料。他通过电子邮箱将情书发送给晓雨,甚至连续发送两次。"大功初成。"他长呼一口气。

俊南原计划等到晚上跟晓雨约会,再亲手将这封情书交给她,因为这天正是他们相识一个月的纪念日。然而,他前一天向她发送手机短信请求次日跟她约会,却遭到她的婉拒。"明日我要跟爸爸返乡下探亲,要到晚上才能返市区,不如改日再见面吧。"面对她的此般托词,他只好不快地说:"你返来之后打电话给我吧。"

俊南心里着急,将情书一写好,就通过网络发送给晓雨。"这样比较'保险',自己亦稍微心安。如果晚上能够跟她见面,又亲手将情书交给她,就更加好喽。"他吃过晚饭又回到办公室,在无奈的等待中苦苦挣扎着。这种心理煎熬渐渐让他受不了。

"晓雨会如何看待这封情书呢?她会觉得我无聊吗?……唔好理(不要管)那么多啦,俗话讲'搏一搏,单车变摩托(车)'!"俊南思量良久,终于鼓起勇气拨通晓雨的手机,压低声音询问她是否已回到市区。

"我现在龙湾食饭喔!返到市区,我打电话给你喽!"晓雨走出环市区龙湾镇城区一间热闹的酒楼,直至远离自己的亲戚,才不胜其烦地接听俊南的电话。

"哦。"俊南显得战战兢兢的。

"求情"电话被挂掉,俊南有种坠入深渊的感觉,无助的滋味涌上心头。而穿着灰色印花T恤、白色绣花长裙的晓雨则在原地呆立着,回想起刚好一个月前自己跟俊南第一次约会认识的情景——

晓雨走近红茶馆,"红茶馆"金漆招牌让她感到那么的熟悉。她又想起这里曾是自己跟前任男友梁志广初恋时经常来的地方。梁志广戴着无框眼镜,长得白白净净,很有书生气息。这一形象在她脑海烙下的印,是那么的深刻,似乎永远不会消退。

走上红茶馆二楼,晓雨四处张望,在转角处望见正在跟自己通电话的俊南。只见个子瘦高的他长着端正的五官,眉清目秀,留着四六分的短发。在短袖细格纹衬衫、深蓝色西裤之外,是他黝黑消瘦的手臂及面颊。在她的眼中,他如果装扮讲究一点,还是能够跻身帅哥行列的。但他同高大帅气、打扮入时的梁志广相比,显得逊色不少。

晓雨跟俊南来到红茶馆二楼最里端的台子落座。"这就是自己跟志广昔日谈情说爱的首选位置!"她满脑子浮现着梁志广以往的言行举止,有点神情恍惚,甚至以为自己正在跟梁志广约会。俊南的寒暄把她唤醒。她回到现实中,发现眼前人并非自己心爱的梁志广而是陌生的李俊南,不禁有点失望。

回忆到这里,晓雨动身返回热闹的酒楼大厅。"多李俊南一个玩伴亦好,平时有他陪我吃喝玩乐购,亦可以缓解我的空虚无聊。反正唔使(不用)我的钱,不过他唔好(不要)太过缠人就得啦。"她一边入座一边想,继续跟她的父亲、亲戚们一起吃大餐。

晓雨的父亲上个月刚退休,不时感到空虚,这次特意带女儿回老家跟亲友们见面叙旧。饭饱酒足的他满脸红光,在座位上跟亲友们拉家常,不想太早回家面对那只"母老虎"。有种不好的预感一直萦绕在他的脑际,但他又说不清道不明。

晓雨多次催促她的父亲早点回家。但她的父亲迟迟才挪动身子,驾驶自家的"捷达"小汽车,带着她返回澜湾区中心区。她背靠在副驾驶座的沙发上闭目养神,根本没把俊南的事放在心上,只想早点回到家休息。

一个小时过去了,两个小时过去了……时间一点一点地消逝,俊南的希望变得越来越缥缈。

晚上十点过后,晓雨的电话仍未到来。俊南一次一次地打开手机看时间,一次比一次更失望。渐渐地,他开始绝望,瘫坐在办公椅上。此刻,他的心魔又在作怪,一再自我安慰说"再坚持一阵吧"。

已快到转钟了,俊南的手机还是静躺在他的手心里。"算罢啦,返去睡觉!"他烦躁起来,猛地捶打自己的大腿。然而,晓雨对他来说太有吸引力。他迫不及待地向她发送一则手机短信——"我将一封信发送到了你的电子邮箱",随后很不情愿地骑上摩托车返回那间讨厌的单身宿舍。

虽然情书已经寄出,但俊南不知自己的行为是对还是错,一块大石头始终悬在心头。自从那次约会,他对晓雨的感觉越发好,却又努力避免自己再次因自作多情而为情所伤。"顺其自然吧,无须太认真,先交往一段时间睇一睇(看一看)再作打算吧。"他不时如此自我暗示。

然而,28岁的年纪正值情感需要十分强烈的时候。对于俊南来说,用"需要爱情的滋润"这一句来形容这个季节还不够恰当,改用"渴望异性的抚慰"应该更为贴切。所以面对美丽动人的晓雨,他下意识地要尽快将这一天生尤物据为己有。

迷城恋歌

当晓雨收到俊南的短信之时，她刚好踏进家门。一身疲惫让她只想早点休息，无心理会这个烦人的家伙。"写什么信啊？懒得理他喽，第二日得闲再睇吧。"她躺在床上冥想，渐渐进入梦乡。

尽管躺在床上想睡觉，但俊南还在奢望晓雨的来电，思想一直游离不定。"遇到生肖属马的女仔，你可以跟她发展一下关系。"那个神汉的话一直在左右着他的思想，此刻给他一点点鼓励和安慰。其实，晓雨的生肖就是属马，有关他与她相遇相识的命运之前早已被神汉言中。

俊南双眼闭合，但因为情所困而到封建神鬼迷信中去寻求精神寄托的经历，像放电影那样一幕一幕地浮现在他眼前——

为跃出"农门"，俊南寒窗苦读十数载，长期压抑自己对异性的情感。为白手兴家，他大学毕业后四处奔波采写新闻，无闲钱也无空暇谈情说爱。为满足生理心理需要，他渴望尽快寻找到人生的另一半，但却屡屡碰壁。

2003年10月1日迎来国庆黄金周。俊南闷得发慌，便从市区回到老家龙湾镇崇中村，寻找情感寄托的港湾。

俊南的祖母叫潘琼，她一身残旧的黑色香云纱，习惯于光着脚板走路。俊南是崇中村李氏家族的第一个大学生，每当在乡亲面前聊到这个光宗耀祖的孙子，她都会荣光满脸。在有生之年饮上他的喜酒是她未了的心愿。她一直想为俊南尽快成家立室出把力。

然而，俊南在此次闲聊中依旧声称自己未有女朋友。这又一次令潘琼失望。她随即强烈地咳嗽几声，说："不如我带你去问神啦。"他犹豫不决，感到自己的情感道路一片迷茫，至今仍无计可施。

而潘琼从随身携带的烟袋里拿出土黄色的烟纸和劣质的旱烟丝，动作熟练地卷成一支烟并用火柴将烟点着，放在嘴边开始吞云吐雾。"好灵嘎！去试一试亦无妨。"经不起她一再诱惑，俊南想到与其漫无目的地坐等，不如让人家指点迷津。

"那里到底用什么形式算命呢？"俊南骑摩托车载着潘琼，前往邻近的龙湾镇同乐村，心中充满好奇。

同乐村中的街道狭窄，仅够两辆摩托车并排通行。在潘琼的指引下，俊南小心翼翼地开车穿街过巷，来到一间不起眼的青砖木瓦房前停住。他的摩托车停在街边，他跟随她走进这间屋里，寻求神的帮助。

屋子只有四五十平方米大小，设有小天井与厨房。经过小天井才能进入客厅和厢房。客厅靠小天井和一个小窗采光，显得阴暗潮湿。屋顶上悬挂着两个大型吊香，屋内香烟袅袅，空气混浊。

这里的主人是位年过古稀的老婆婆。她跟潘琼一样也是一身黑色衣服打扮，满头银发满脸皱纹，在屋中阴森氛围的衬托下给人一种诡秘的感觉。这就是潘琼一行要找的神婆，正在神台前整理香烛，发现有客人进屋便缓慢走出两步迎客。"师傅，今日我专门带个孙来问一问神。"潘琼见到这位老熟人，露出一脸微笑。

"后生仔（年轻人），过来神台前面坐吧。"这个神婆说话的声音略显沙哑。神台所靠的墙壁上，悬挂着一个一平方米大的镜框，里面写着一个金漆"神"字。这个神婆把俊南、潘琼领到神台前的那张四方桌旁落座。"后生仔，报上你的生辰八字，你想向神问什么？"这个神婆双眼闭合，突然用诡异的声调询问俊南。

"我想问感情！不过我无记住自己的生辰八字。"俊南一时犯难，而潘琼早有准备，立刻将他的生辰八字报给这个神婆。

这个神婆仍然闭合双眼，屈指一算。"你的缘分到啦！她就在你的单位里。"她发出的这一指引促使俊南即刻将自己所认识的未婚女记者联想一遍，最终锁定自己心仪已久的新同事荔婷。她是西北地区人氏，三个月前从西北大学中文系毕业，南下到岭南时报社工作。

俊南的脑海里又浮现荔婷那性感撩人的一面。她的身材高挑苗条，胸脯丰挺水蛇腰，臀部圆又翘。她还有一头垂至半腰的飘逸秀发，就像连绵起伏的波浪……她确有沉鱼落雁之美，堪与模特相媲美。她才来中海不久，不知周围已有多少青年才俊，像俊南那样迷倒于她的石榴裙下。

潘琼听到那位神婆的指引，显出和颜悦色，不忘再次叮嘱俊南。"俊南你要把握住机会啊！"潘琼又发出几声强烈的咳嗽，难受得连泪水也流出来。

"哦。"俊南点了点头，"阿嬷，你要注意身体啊，最好少食烟（吸烟）！"

"我咳跟食烟无关！"潘琼拿出她预先准备好的十元钱红包放在四方桌上，不忘向那位神婆道一声谢，领着俊南大步走出这间神秘的民宅。

"荔婷长得高头大马，我能唔能够骑住这匹'马'呢？唔好理那么多喽，大胆上，大不了就来一招'霸王硬上弓'！"俊南暗下决心，准备付诸行动。

受着那位神婆的诱导,俊南的头脑开始发昏,他的行为变得异常甚至有点怪诞。因为想念荔婷,他辗转反侧彻夜未眠,像着魔似的赶回报社仅仅想见她一面;因为在乎她,他胡思乱想,国庆黄金周刚过便身患重感冒;因为喜欢她,他担忧她因工作失意而离开中海,竟大哭一场……这些异常的举动连他自己也感到不可思议。他不禁反复自问为何自己会变得如此反常、脆弱?个中的原因到底是真爱的魔力,还是性饥渴的诱惑,甚至是其他因素使然?

时至10月下旬,俊南听同事说荔婷快要过生日,就赶写出一封热情洋溢的特别情书。在她生日那天,他通过电子邮件将这封特别的情书发出去,正式向她表达自己的爱情告白——

荔婷:

你好!在我走过的人生道路上,有个别少女曾进入我的视野,想伴我同行。但最后大家还是各奔东西。因为我需要一个既欣赏我,又是我觉得理想的同行者,可惜理想的她一直都没有出现。旁人说我择偶的要求过高。但我知道自己需要的是什么,并义无反顾地耐心寻觅,等候理想的她的出现。

今年中以前,理想的她在我的梦乡里仍是一个脸蛋模糊不清的女孩。直到你的出现,在我梦中的那个女孩渐渐变得清晰可见。几乎每晚你都飘进我的梦乡里。我控制不住自己的情绪,不时干出一些令我意想不到的"傻事"。真不知写这封信给你是否也属"傻事"一桩?我心中没底,只知道要竭尽全力地去做完自己觉得应该做的事情,而置"将会遭受拒绝"于不顾。

说句心里话,我真的渴望我们俩能成为朋友知己,甚至人生路上永不舍弃且彼此爱惜的同行者!岭南时报社暂时还是有足够大的舞台让我们跳舞,要是日后舞台不够大,奋斗不息的我会主动寻找更高更大的舞台。我真心希望你能留在岭南时报社或中海发展,伴我同行,共同创造美好的生活和前程。我坚信我能为你带来幸福和快乐,并愿意努力照顾你,直到永远!

这封信肯定会搅乱你心灵的安静。不过,此刻你确实有必要认真考虑一下,做出正确的人生抉择和定位。无论结果如何,我都会尊重你的选择。但是,我有一个小小的请求。这就是如果你认为我的所想所为只是一厢情愿的话,请你千万保持沉默,就好像从未收到这封信一样。这样能让我那好不容易才点燃起来的火焰慢慢熄灭,而不是被一盆冷水瞬间扑灭。我相信自己已经伤痕累累的心灵还能承受得住这记重拳。要是出现这种情况,你也不必担心我们俩以后的关系定位。

因为我会以正常的同事关系对待你。假若我们有幸能成为同行者的话,请你给我一个及时、明确的答复。

到此,我觉得自己已经完成自己应该努力去做的大事,总算在关键时候当上一个勇敢的男人。无论今后遇到什么情况,我都无须后悔!

一个很欣赏你的人:李俊南

俊南还在这封特别的情书中附上有关肖猴人当年运程预测的资料,期望借以鼓励荔婷克服眼前的困难,打消她要辞职离开中海的心思。"中国文化博大精深,生肖运程预测的东西不可不信,也不可尽信。有时这些东西可以用来参考一下,帮助自己从另一个角度分析、解决问题。据我平时的观察与了解,我觉得这些资料有些说得挺在理,会对你有所帮助。请必读,不要让我徒劳。不过,这是绝对隐私,我希望你能为我保守秘密!"他特意在情书的最后交代这番话,一来粉饰自己的怪诞行为,二来掩饰自己内心的不安。

这封特别的情书并没有带来俊南渴望出现的美好局面,反而让荔婷以异样的眼光看待他,甚至把他看作外星人。平时俊南从工作上主动关心帮助她,她都默然接受,借力走上工作正轨。俊南以为有机会,数次打电话向她提出约会要求,却遭到委婉拒绝。她竭力跟俊南保持足够远的距离,还故意跟其他同事公开声称自己并不喜欢男人,而喜欢显得富态的女人。

对于俊南来说,这种情形就如老鼠拉龟——无从下手(粤语歇后语)。可是他并不罢休,强忍着苦闷与无奈的心理煎熬,伺机再次发起进攻。这段一厢情愿的苦恋拖到第二年的清明节,"火山爆发"的一幕终于上演!

当天早上,俊南在赶回老家扫墓祭祖之前,到粥粉面店吃早餐。"清明时节雨纷纷,路上行人欲断魂。借问酒家何处有,牧童遥指杏花村。祝你节日快乐!"他因太想念荔婷而精神恍惚,好似被鬼使神差,竟编发出此则手机短信。

没过两分钟,荔婷就打来电话。俊南还以为转机来了,满心欢喜。岂料她气不打一处,操着纯正的普通话臭骂他。"你变态!哪有人祝人家清明节快乐的?"这犹如晴天霹雳。他无言以对,一脸木然,大脑一片空白。但她仍不解恨,继续厉声骂道"你真变态",当即粗暴地挂断电话。

"李俊南,你到底系唔系撞邪啊?竟然做出如此怪诞的事情来!该打!"俊南居然会一再做出荒谬的行为,令荔婷万万没想到。她再也无法忍受,不得不撕下其温文儒雅的淑女面具,被迫露出其暴躁倔强的一面。他初次体会到她绝非省

油的灯，不敢再轻率骚扰她。不过，到了母亲节，他的心里又变得痒痒的。

那天下班后，俊南的宿舍密友唐仁邀请他一起到唐仁的女友——珍妮家里做客。唐仁相比俊南年纪大一点，身体壮一点，样子帅一点。但俊南的个子比唐仁高一点。唐仁的老家远在华中地区。三年前他从当地一所重点大学毕业后，背井离乡南下中海工作，不久通过互联网结识了珍妮。而她则是丰乳肥臀型的本地靓女，比他小两岁，从本地普通大专院校毕业后当上一名护肤品推销员。

俊南吃过唐仁的准岳母亲手做的晚饭，跟珍妮、唐仁一起坐在客厅沙发上，一边看电视一边吃水果。穿着粉红色连衣裙、平跟鞋的珍妮走进闺房，将自己跟唐仁最近拍好的两本婚纱照相册拿给俊南欣赏。唐仁跟珍妮亲密地坐在一起翻看其中一本。俊南翻看着另外一本，目睹照片中唐仁与珍妮的幸福情景，真是羡慕妒忌恨。

"唔知荔婷现在做什么事呢？用什么借口跟她套近乎好呢？"俊南对荔婷的牵挂越发强烈起来，突然灵机一动，着手向荔婷编发短信。

"今天是母亲节，你有没有祝福你的母亲啊？为人子女的，打电话送上一个问候，母亲会感到非常幸福的。代我祝福你的母亲节日快乐！"俊南的短信发给荔婷两三分钟后，"嘀"一声立即揪紧俊南的神经。"系唔系荔婷回复的短信呢？"他犹豫地把手伸进裤袋，摸着手机，慢慢地把它掏出来。果然是荔婷回复的。"她会讲些什么呢？也会祝福我妈节日快乐？"他心里充满疑问，慢吞吞地去翻阅短信。

"你变态！我有没有问候我的母亲不关你的事，我的母亲也用不着你去祝福！"被荔婷臭骂的短信内容，在他看来犹如五雷轰顶。他顷刻愕然，一下子瘫坐在沙发上，简直不敢相信这是真的。

唐仁和珍妮马上察觉到俊南有点不对劲，便关心地问他到底发生什么事。他毫不隐瞒这事，把荔婷发的短信给唐仁俩看。"她才是真正变态！你们讲，我有什么变态？我这样做好正常啦！只不过是想关心一下她而已。"他故意显出十分生气的样子。

"这种变态女人值得你这么痴情吗？我不是早就劝你放弃吗？你一厢情愿又是何苦呢？"唐仁有点不耐烦，接连质问俊南，一点情面都不留。

"俊南，放弃吧！"珍妮望着俊南，好言相劝。

俊南沉默不语，陷入沉思。"唉——桥上倒凉茶——何（河）苦（粤语歇后语）。这段苦恋何处系尽头啊？系唔系到画上句号的时候呢？"当他回过神之时，珍妮母女俩和唐仁正在谈论添置室内装饰品。

俊南环视大厅，建议在大厅墙上悬挂一个时钟，既实用又美观。这一建议得到大家的认可。珍妮觉得时钟挂在饭厅墙上比较好看，岂料唐仁的看法跟她相左，他觉得时钟挂在客厅的电视机背墙上比较好看。俊南觉得唐仁的看法较好，但见到唐仁俩各执一词互不相让，便建议唐仁俩不要再争论而等以后再说。珍妮的母亲见屋内充满"火药味"，脸上露出尴尬之情，尽快附和俊南的观点。

珍妮却倚仗自己是屋主，言行上气焰颇高，令唐仁为此大为不爽。"唐仁如果将来搬进来住，必然寄人篱下，其实没什么值得我羡慕！"俊南看在眼里乐在心中，原来的失衡心理又获得暂时的平衡。

这夜，俊南跟唐仁一样因情愁而失眠，反思自己跟荔婷的畸形情感经历。"神婆算命的迷惑和误导，是我深陷情感泥潭的根本原因。解铃还须系铃人啊！"他不再相信那位神婆，而是另求他人。

第二天上午，阳光灿烂。俊南骑上摩托车，从他的单身宿舍出发，偷偷前往环市区金滩镇地堂村。他的摩托车以60公里时速飞驰在平坦宽阔、车辆稀少的公路上。他望着公路两边绮丽的田园风光，渴望让自己被囚的心情得到些许松绑，便尽情嚎唱由香港知名歌星刘德华原唱的国语流行歌《天意》——

谁在乎我的心里有多苦？谁在意我的明天去何处？这条路究竟多少崎岖多少坎坷途？我和你早已没有回头路。我的爱藏不住，任凭世间无情地摆布。我不怕痛不怕输，只怕是再度努力也无助。

如果说一切都是天意，一切都是命运，终究已注定。是否能再多爱一天，能再多看一眼，伤会少一点？

如果说一切都是天意，一切都是命运，谁也逃不离。无情无爱此生又何必？无情无爱此生我认命……

正午过后，俊南的摩托车缓缓驶进地堂村，径直来到他的目的地。那是一间楼高3层、装修一般的农宅。此时大门紧闭，主人不在家，只有两条看门狗在门前的果树下玩耍。

这间农宅的主人是一个神汉，俊南来向这个神汉求助前后共3次，每次时间都是在中午。头一次是在三年前，他的祖母潘琼跟这个神汉预约好，他才跟她来到这里算算命以摆脱当时的感情困扰。第二次是在当年初，他事先没有跟这个神

汉预约就独自前来，只因他在公家单位工作不想张扬自己找神汉算命之事。虽然他守候良久，但这个神汉并没现身。他没有得到"良药"，让这场因荔婷而生的"情病"一直拖到今时今日。这一次他也没有与这个神汉预约，想碰一碰运气，等不到这个神汉的现身就作罢。

俊南在屋前将摩托车停好，坐卧在摩托车上休息一下，耐心等候这个能为他指点迷津的神汉。

突然，俊南的手机收到一则短信："如果你愿意是风，那么我愿意是雨。如果你愿意是雨，那么我愿意是风。风与雨朝夕相伴，年月相随。风对雨呼唤，雨随风起舞。"他一看顿生疑云，便继续往下查阅。短信末尾显示着一个他不熟悉的手机号码。他便给这个号码回复短信，询问："你是哪位？"

"我在首都，你猜我是谁？"看着对方回复的短信，俊南马上联想到自己的大学好友香儿，不禁窃喜。"难道香儿来挽救我这只迷路的小羊羔吗？如果真系如此，我就可以摆脱荔婷那个变态女仔啦！"他想到这里，马上拨通这个电话，迫切地想知道对方是不是香儿。

"喂，你好！我是李俊南，请问你是哪位？"当俊南主动自报姓名，从电话那头传来的却是一个男人的声音。"啊！对不起，我发短信时把号码搞错了！"这个男人的道歉与解释让俊南立即变成泄气的气球，也用普通话说"没关系"。

"这个突如其来的新希望是何其的短暂，数秒内就彻底破灭！"俊南唏嘘不已，唯有继续等待那个旧的希望。果然，那个旧的希望不久就变为现实。

当俊南守候一个多小时，这个神汉一家终于从自家开的工厂返回到家中，多个信众陆续从附近村镇赶到。其中，多数是老者，也有年轻男女。俊南跟着这个神汉走进屋里，和其他信众一起坐在客厅两侧的木椅上，排队等候这个神汉施法。

在这个神汉的家中，首层分为客厅、厨房、神后房。客厅与厨房的间隔墙上，有一段"7"字形的楼梯倚墙延伸往二楼。

这里同中海许多农宅一样，客厅与神后房的间隔墙前设有一个神坛。神坛墙上悬挂着4块玻璃镜子，里面装着写有金漆大字的红纸。其中，横批是"金玉满堂"，对联是"宝鼎呈祥香结彩　银台报喜烛生花"。在横批和对联之间是一块面积较大的长方形镜子，里面竖着9位写有名字和功德的神灵，居中的是"大慈大悲观世音菩萨"。神台上摆放着两个香炉。居中的那个较大，用来供奉神灵，

14

左侧的那个用来供奉祖先。在这个香炉的后面还竖放着一块小木牌，上面写着"麦家历代祖先源远流长"等金漆字样。而在这两个香炉的两旁，摆放着两盏油灯。神台下还设置"地主公"的神位。

在神坛前不到两米的地方，放着一张小方桌和一张凳子，它们就是这个神汉施法时所用的工具。由于客厅的窗户开得有点小，客厅里显得有点暗，这个神汉的施法更具神秘色彩。

俊南眼前的这个神汉是皮肤黝黑的花甲老者。他的脸部尖瘦，头发稀少，须发花白。他身穿深蓝色的短袖衬衣、长裤，脚踏一双塑胶凉鞋。从表面看起来，他的长相和穿着，跟普通的农村老头并无什么特别不同之处。因而他从事问神算命这份兼职工作具有相当大的隐蔽性。

这个神汉进屋后并没有休息，而是直接走到神台处，从抽屉里取出一些"揾食架撑"（谋生工具）。一支毛笔、一沓红纸和一碗金漆液……这些就是他施法时用来画符的工具。他把它们放在小方桌上，然后坐下来准备施法，此刻俊南迫不及待地来到小方桌旁坐下来。

"童子，你有什么事要问啊？"这个与俊南侧对而坐的神汉并起膝来，双手放在膝盖上，两眼闭合，突然发问，声音变得有点低沉。

"我想问感情。"俊南下意识地向屋里扫视一下，心情略为紧张，怕说错话透露自己的身份。首先，他在心里叮嘱自己，要避免透露自己的姓名和工作单位。接着，他向这个神汉先后报上自己和荔婷的年龄、生日。再接着，他脸色凝重地询问他跟她之间的感情将会如何发展。

"她系'石地堂'，你系'铁扫把'。"这个神汉引用当地人常用的比喻词形容荔婷与俊南的性格，"两人一碰肯定会'嘭嘭'作响。"

"难怪我跟她会莫名其妙地闹得非常尴尬。"俊南皱了皱眉头，向这个神汉询问以后他跟她会不会在一起。

"她跟你和好，只为骗取你的钱财，她并非真心对你。"这个神汉心平气和地说着，突然被俊南紧张的追问打断。他询问今后自己应该如何应对荔婷。这个神汉微微晃动自己的头脑，声称这朵"桃花"不能结果，建议他要等待其他"桃花"来碰他。

"我要等到几时啊？"俊南感到十分迷茫。

"遇到生肖属马的女仔，你可以跟她发展一下。"这个神汉为俊南给出这一

指引，便停止说话。

坐在俊南周围的女信众，一直在用心倾听他的情感故事，此刻不甘心只充当听众纷纷插话建言。

"后生仔，既然师傅这样讲，你就大可以放心啦！"

"系啊。来这里的年轻人十有八九都问感情问婚姻。我们系过来人，就知道这些事情早已注定。"

……

俊南脑中好乱，继续向这个神汉问计。"以前有相士为我睇过掌相，讲过我27岁之前唔能够结婚，否则就会离婚。还有师傅讲过，无论我如何努力追求女仔都属于徒劳，我的婚恋自然会成功。"他的忆述只换来这个神汉的"嗯"一声。

"到底系唔系命运天定？"俊南的逆向思维、证伪思维促使他对这些说法产生怀疑，"按照那些讲法，难道命运存在不确定性？"

这个神汉没有回应俊南的质疑，他的妻子坐在一旁，连忙为他解围。"老师傅，事情该如何就如何啦！再讲下去亦唔会有其他讲法！"她的说法得到下一个信众的附和，这个信众还对俊南劝说"后生仔，就这样算吧"。

俊南只好罢休，从口袋掏出一个事先备好的十元钱红包放到小方桌上，向这个神汉致谢后便出门离去。尽管仍对"命运是否天定"这个问题存有怀疑，但他得到由这个神汉开出的"灵丹妙药"后，他心中的疑团似乎已被解开。

俊南慢慢消化理解这个神汉的指引，并自我强化"荔婷欺骗我"的念头，平时尽量不跟荔婷接触。随着时间的推移，她渐渐从他的情感世界里"潜水隐身"。

一个月过去，俊南工作繁忙没回老家度周末，便邀唐仁外出吃晚饭。在岭南时报社附近一家餐馆，他们遇到同事如风。如风是粤北才子，跟他们的年龄相仿。如风的相貌、身高都无法跟他们比，不过堪称情场高手。谈情说爱是三人最感兴趣的东西，吃饭期间的话题自然而然地围绕这一点展开。

俊南吃过快餐，与如风一块走回岭南时报社。"既然你尚未有女朋友，我介绍一个女仔让你认识好吗？"如风灵机一动，尝试找俊南帮自己摆脱情感纠缠。

俊南连忙问"何许人氏"，交一个跟自己同声同气的本地女友成为他的新梦想。

"她的老家亦在龙湾镇喔。"如风笑嘻嘻的。

"城里人吗？"俊南转过脸看了看如风。

"在市区出生长大。"如风一直望着前方的路。

"学历有几高？"俊南稍快一点到达红绿灯口，看见红灯亮起就停下脚步。

"大专毕业。"如风也停下脚步。

俊南又想起那个神汉的指引，向如风询问那个"她"的生肖属什么。如风犹豫片刻后说"好似属马"。他点头微笑，又询问她的样子如何。如风加强语气说她是个靓女。他对如风的动机产生一点疑问，便问如风跟她当初是如何相识的。如风装得十分轻松，说他们俩是网友。

"你为何唔追求她呢？"俊南看见绿灯亮起，开始放步通过人行横道。

"我唔中意（不喜欢）她那种类型。"如风躲过一辆右转弯的摩托车，跟上俊南的脚步。

"好啊，你得闲就介绍一下吧，大家交个朋友亦好。"俊南并没有把这些话放在心里，因为自己在感情上的旧伤刚刚痊愈，对将来的感情之路一片茫然。

又过一周。俊南在报社大楼内随意闲逛，来到广告经营中心串门。如风正在浏览互联网页通过QQ聊天，他坐到如风旁边的办公椅上跟如风闲聊。

"我上一次跟你提过的那个女仔正在上网喔！"如风微笑着。

"系吗？"俊南笑了笑。

"系啊！"如风以异常的热心再次鼓动俊南，"介绍她给你认识好吗？"

"我无法利用QQ认识她。"俊南仍有点担忧，犹疑片刻，"我的QQ好长时间无用过，已经被人盗用。"

"约她出来见面更好啦！"如风驾轻就熟，显得胸有成竹。

"可行。"俊南得到如风的指引、帮助，信心骤增。

"我先通过QQ约她。"如风随即向"晓雨"发送短信——

如风："上次我讲过我想介绍我的同事给你认识。他就在我的身旁。"

晓雨："他系哪里人？"

如风："跟你一样，老家都在龙湾镇，收入很高！"

晓雨："比你的高吗？"

如风："比我的高。他学历亦高，本科毕业，长得亦靓仔！"

晓雨："这么好的男仔我可能难以配得上喔。"

如风："配得上。"

晓雨："那好吧。"

晓雨还问如风想怎样介绍俊南给她认识,如风说会叫俊南第二天约她见面。她觉得这样不太好。但如风说不用怕,还强调他这个同事是好人,最终成功地把她说服。

"搞定!明日你打这个电话,跟她约个时间见面吧。"如风用笔记下晓雨的手机号码,转交给俊南。

"如何称呼她?"俊南轻轻拍了拍如风的大腿。

"姓卢。"如风微笑着,"你叫她'晓雨'就得啦。"

"约会选在什么时间什么地点好呢?"俊南的表情显得有点犯难。

"你为何这么笨呢?"如风诧异地望了望俊南,"约她明晚到红茶馆就得啦!够浪漫嘛!"

"到时你去唔去?"俊南心里有点胆怯。

"我明日要到省城粤州去……"如风欲言又止。

"你唔去……"俊南有点犹豫,"我跟她两个人初次见面会唔会好尴尬?"

"你第一次跟女子约会吧?!"如风皱了皱眉头。

"当然唔系啦!"俊南感觉自尊有点受损,立刻加强说话的语气。

"这就得啦。"如风冷笑一下。

"到时我要注意什么呢?"俊南还是心里没底,不得不厚着脸皮请教。

"明日提前订好餐台位,再跟她约好时间。"如风露出一副情场老手的姿态,"记住在约会的时候避免那么严肃,多主动谈一些轻松的话题。"

"譬如哪些话题够轻松?"俊南只想增加成功的把握,不惜打烂砂锅问到底。

"她中意旅游、泡酒吧、打羽毛球。"如风屈指数着,"你就多谈谈旅游喽。"

"就按你讲的做!"俊南难抑心中的兴奋。

"接下来就睇你啦,祝你成功!"如风拍拍俊南的肩膀。

这些往事历历在目,刻骨铭心,令俊南辗转难眠。他万万没有想到的是,其实荔婷的生肖属羊。只因一时信息不对称,他误以为她属猴,导致他在情感路上一错再错。

到了第二天早上,晓雨一觉醒来却发现自己睡过原定的起床时间,连忙起床稍作梳洗。她骑上女装摩托车匆匆赶去中海市车辆管理所上班，根本无暇上网查看俊南的电子信件。而俊南也爬起床，拖着疲惫的身体上班去。

中午下班后，晓雨回家吃过午饭，抽空打开闺房里的台式电脑上网查看俊南发来的电子信件。"俊南在信里到底讲什么呢？"她打开电子邮件一看，才发现他发送过来的是一封特别的情书《人约雨后黄昏》。在她浏览这封特别的情书之时，一个月之前她跟他相约雨后黄昏的浪漫情景，令她记忆犹新。

"这封情书的确与众不同，可以睇出俊南别出心裁。"晓雨内心有点感动，开始萌发一股接受俊南爱意的冲动。然而，她前任男友梁志广的模样，突然又浮现在她的脑海里，使她对俊南的浓浓爱意变得有点犹豫。

梁志广跟晓雨是大学同学，兼有如风与俊南的优点，既幽默体贴又高大帅气。她回想着梁志广这些优点，把电脑关掉，躺到床上。让她感到既心痛又浪漫的那一幕幕，又重现在她的脑海里——

晓雨跟梁志广同样是澜湾区中心区居民，在中海大学上过三年大学，谈过三年恋爱。她们俩是同学们公认的天生一对，真是羡煞旁人。

三年前，晓雨在大专财会专业毕业后，通过其母亲的关系进入中海市车管所工作。而家庭富足的梁志广却没找到理想的工作，便听从其父母的建议，潜心备考研究生。

平时爱玩乐好撒娇的晓雨，希望梁志广能多陪陪多哄哄自己。但他一心想着要实现乌鸡变凤凰以换来美好前程，便全身心投入到备考中，渐渐冷落她。去年1月他正处于备考的冲刺阶段，她好想念他，再三恳求才把他约出来见面。

晓雨十分怀念中海大学校园内的那棵老榕树。读大学时，梁志广经常与她结伴去到那棵老榕树下，坐在草坪上看书学习。于是，她这天特意约他回到那棵老榕树下，重温浪漫美好的大学时光。

尽管梁志广被晓雨硬是拉出来，但他的心思根本不在这些风花雪月上。夺目的斜阳挂于天边，两人在老地方并肩坐着。除了回忆昔日的大学生活外，两人再找不到共同话题，却发现彼此之间的陌生感增加不少。两人沉默片刻后，他的双手突然抓住她的双肩，嘴巴往她的额头轻吻一下。

当晓雨仍沉醉于这浪漫一刻，梁志广却说："晓雨……不如我们暂时分开一下吧。""为何啊？！"她被他搞懵，用力搂住他健硕的上身。

"等考完研究生入学考试，我再联系你。"梁志广把晓雨甩开，独自离去。

迷城恋歌

"志广……"晓雨追出两步,但梁志广头也不回。她便停下脚步,望着他远去的背影,不禁热泪盈眶。

自此之后,晓雨空闲时经常找朋友一起去泡酒吧,借酒消愁。"五一"黄金周,如风与晓雨的同事一起到西南地区旅游。晓雨想外出放飞心情,陪她的同事出游,便跟如风认识。这次旅游结束后,她经常在QQ上找如风聊天,打发时间。后来,两人还相约到酒吧饮咖啡聊天。

梁志广摆脱晓雨的感情纠缠后,继续潜心苦读,去年终于考上粤州重点大学硕士研究生。但当初的承诺他抛诸脑后,他没有主动联系晓雨,让旧爱复炽。她一直思念着他,甚至多次主动联系他,但他都躲而不理。

晓雨遭受无情抛弃,不堪忍受深深的情伤,在QQ上不经意向如风透露自己的失恋遭遇。他给予她及时的关心,并不时相约到酒吧饮咖啡谈心,伴她度过心情最低落的时期。她还几次约他去打羽毛球,同时还约上几个男女好友一起陪打,让他进入她的朋友圈。

当她自认为已从初恋情伤中摆脱出来之时,却发现自己不经不觉地对如风产生了不一般的好感。

当从这些思忆片段中回过神来,晓雨发现自己已错过午睡时间,便又上班去。"今后拍拖(谈恋爱)唔能够好似以前那样单纯天真。今次要避免轻举妄动,睇人要势利一点好,免得再让人家欺骗感情。"她面对俊南突然发起的情感猛攻,整天思绪不宁。

俊南的亲生弟弟李俊杰刚从粤北大学大专毕业,这天下午提着大包小包下火车回到中海待业,终于让他找到倾诉对象。

俊杰的长相跟他的哥哥相似。但俊杰矮一点瘦一点,在学习上也大为逊色,从小就生活于其哥哥的背影下。戴着一副深度近视眼镜,让俊杰看起来比他的哥哥显得更有书生气息,这就是俊杰从小沉迷于电子游戏的后遗症。早些年,他抬不起头来,趋向破罐子破摔。之所以他能考上三流大学,是因为俊南以改变价值观、人生观为突破口,长年累月地施加影响以潜移默化地引导他"改邪归正"。

俊南兄弟俩来到快餐店吃晚饭,俊南又将自己跟晓雨交往的经过,一五一十地告诉俊杰——

那一天,俊南与晓雨第一次约会,两人向红茶馆服务员下单选定两个小菜、两碗米饭。他还提议他们俩再添两个价钱较贵的甜品"雪蛤炖木瓜"。颇具心计的晓雨不时审视着面前这位陌生男子，看到他的手臂与面颊黝黑消瘦，打扮比较老土。

饭菜一一摆上桌后，俊南俩进行一番礼节性寒暄。在晓雨动筷子之际，俊南还忙于搞气氛，讲解一个有关饮食速度快与慢的道理。在他看来，中国人多且大多数人长期以来都过着缺衣少吃的不稳定生活，下意识要争取生存资料。穷出生的人吃饭时一般会吃得比较快，甚至会狼吞虎咽。而从小就过富足生活的人吃饭时一般会吃得比较慢，饮和食德。"所以讲，从一个人饮食速度的快或慢，就可以判断他的出生背景。当一个人的生活渐渐好转，他饮食的速度亦会逐渐慢落来。"

俊南眉飞色舞地讲述一大堆道理，发现晓雨吃东西时有点不自然，马上意识到自己刚才说的话有点不合时宜。"唔好意思！我刚才讲的话让你食得唔自在。哈哈。"他露出尴尬的微笑，她也挤出微笑说"冇关系"，继续慢条斯理地吃着。

四个小时的闲聊中，俊南说得最多的是旅游话题，营造出比较轻松的氛围。晓雨偶尔搭搭话，时不时露出笑脸。为暗示她以后跟他多联系，他还特意扯到手机话题。"我的手机单向收费，一个月能够悭（节省）几十元，这些钱足够给我妈用来买菜喽。"他感觉自己说得词不达意，她只是听着没吭声，脸上晴转多云。

在晓雨跟俊南道别之际，雨完全消停，城市的灯光显得异常璀璨。他想好借口，立刻声称他要返回报社一趟，顺路可以用摩托车送她回家。

"我的屋企（家）离这里只有几百米远，我自己行路（走路）返屋企好啦。"晓雨提着雨伞先走一步，俊南利索地打开车锁，骑上摩托车跟上她。她拿着手机通话，他便故意按出两声喇叭，引起她的注意。彼此再次说过"Byebye"后，他就加快车速离去，故意经过岭南时报社绕远路返回他的住处。

回到宿舍后，俊南马上拨打晓雨的手机，想问候她一下。她回想起他平时节省电话费给他妈买菜，便挂掉他的来电。俊南的心中当即产生一阵悸动。紧接着，她又主动打电话给他，他才放下心来。

"返到屋企未啊？"俊南在第一时间接通电话，和声细语地询问晓雨。

"返到一阵喽。"晓雨在电话里说话的声音比实际低沉一点，"你系边度（在哪里）？"

"刚刚返到宿舍。"俊南在房里踱来踱去。他前后的说法有点出入，引起晓雨的怀疑。"为何你这么快就返到宿舍？你没有返报社吗？"她接连的质疑迫使他在情急之下临时编出这个借口。他谎称自己返到报社发现无事可做就返回自己的宿舍，报社离他的宿舍不远。她发出"哦"一声回应他，等待他提出新话题。

"改日再聊吧。"俊南放弃这个继续通话的机会，他的潜意识是想为对方省点电话费。当电话挂断后，他却又变得忧心忡忡，不时自我安慰。

忆述到这里，俊南突然停下来，邀俊杰当临时参谋。"第一，我讲话有时不合时宜。第二，我过分地悭电话费。这样会唔会影响我在她心目中的形象呢？"他发出这一疑问后，耐心等待俊杰的分析回应。

俊杰从小就充当俊南的忠实听众，倾听他的悲情故事。他深深影响着俊杰，让俊杰对恋爱这种事产生畏惧感。俊杰自身性格内向，平时沉默寡言不善交际，从未谈过恋爱。即使在谈恋爱上是个外行，俊杰还是皱着眉头去分析他的情事，尝试为他释疑解惑。

"这就取决于她睇重你的优点，抑或睇重你的缺点。"俊杰的回答让迷茫的俊南感到更加迷茫。俊南眉头紧锁，又陷入灰色的追忆之中——

首次约会后两天，俊南吃过晚饭，又返回到岭南时报社。当时办公室里有几位同事在写稿或上网。俊南只好来到楼梯间，见四处没有其他人，就拿出手机拨打晓雨的电话。电话打通了但始终没人接，让他有点无奈。他想到可能是她没听到电话，连忙向她发送一则短信——"我查地图发现原来你老家就在龙湾山登山大道附近。"

等啊等，俊南始终没有等到晓雨回复的电话或短信。"我原本想跟她交个普通朋友而已，既然如此，我自己何必紧张呢？明晚再打个电话给她吧，如果她再拒接，我只好作罢！……"他整天在自我安慰。

等到次日晚上，俊南照旧在报社的楼梯间，再次拨通晓雨的手机。这次她终于接听电话，声音低沉地询问："喂，哪位啊？""我系报社的俊南！"他心里很不是滋味，却装得十分兴奋。

"有什么事？"晓雨显出异常的平淡。

"昨晚你有冇收到我的短信啊？"俊南想以老乡关系跟晓雨套近乎。

"……有。"晓雨犹豫一下，睁着眼说瞎话。

"哦？……"俊南有点失望，出现片刻语塞，"昨晚我想告诉你，我查过地图发现你老家就在龙湾山登山大道附近。"

"系吗？"晓雨对俊南的话题没有表现出什么兴趣来。他不得不及时转换话题，询问她这个星期六下午得不得闲，还建议他们俩一齐到体育馆打羽毛球。这一建议只换来她的"哦"一声。他继而表示自己会提前去订场地，确定场地之后再通知她。好可惜的是，他的一厢情愿又换来她的"哦"一声。

俊南跟晓雨的通话就这样结束。尽管她的态度冷冰冰的，但她能勉强接受他的约请，他觉得这是自己在感情发展道路上迈出的成功一步。然而，实情是不是这样呢？他并没有想得那么深，而是情不自禁地手舞足蹈起来。

三天后的星期五，俊南急急忙忙吃过晚饭，来到中海市体育馆订场地。周末球馆迎来很多热衷运动的市民，异常热闹。明天各个时段的场地几乎被订完，只剩下上午九点到十点的。俊南拿不定主意，便拨通晓雨的手机，想问问她的意见。

"嘟……嘟……嘟……对不起，您拨打的电话暂时没人接听，请稍后再拨！"俊南前后拨打晓雨的电话不下20次，但她始终没有接听。"这个晓雨到底在搞什么鬼？真离谱！"他既有点无奈，又有点愤怒，感觉自己变成断柄锄头——冇揸拿（粤语歇后语，意即没有把柄掌握，没把握）。

"难道她冇随身携带手机？等一等吧。"俊南如此安慰自己。守候好久还是没有晓雨的回音，于是给她发送短信："我正在订场地，明日下午的场地全部被订完，打球时间是否可以改在明日上午？"他的短信刚发出，工作人员就催促他尽快订场地。他恳求工作人员让他再等一会，随即又拨打晓雨的电话。

这时，晓雨终于肯接听电话。电话那头传来好大的杂音，当中还夹杂着男人说话的声音，俊南不禁即刻揣测她可能正在外边吃饭。

"有什么事啊？"晓雨对俊南的态度依然十分冷淡。经过短时沟通，他得到她的同意，马上把场地订好。

"这个时候她在外边做什么呢？系唔系正在跟其他男子约会呢？……"这一连串的疑问成为他心中解不开的结。

第二天清晨下过瓢泼大雨。在宿舍里，俊南起床后快速装束自己。他的上身是白色的短袖运动衣，下身是深蓝色的三分运动裤，脚踏一双白色间蓝的平底运动鞋。他本来四肢偏瘦，如此穿着让这一缺点更突出，这样促使他更加担心晓雨会嫌弃自己。

迷城恋歌

俊南骑摩托车提前来到体育馆，特意带上两个新买的球拍和羽毛球、两瓶矿泉水。悬挂在球馆墙壁上的大钟时针指向九时，但晓雨仍未出现。他四处张望却不见她的踪影，心里有点着急，随即打电话给她。"晓雨，我已经来到球馆，你来到未啊？"当电话一接通，他就压低声音询问她的方位，而她回话的声音显得软弱无力。她说自己刚起床，叫他等一等她。在漫长的守候中，他只好在球场边上做起热身运动。

十多分钟过后，晓雨缓缓走进球馆内，四处张望寻找俊南。她脚上的运动鞋已被打湿，只因她并没有开摩托车，而是撑着雨伞徒步一公里前来。她穿着一套贴身的浅蓝色运动服，胸部显得异常丰挺，外露的手臂和腿部白里透红嫩滑诱人。

当晓雨一进入俊南的视野，他的大脑神经就顿时兴奋起来。"喂，这边！"他连忙举起右手，朝晓雨呼喊。

晓雨顺着呼喊声传来的方向望去，看见俊南在向自己招手，才缓缓地走过去。他迎上前去，满脸笑容如鲜花般绽放。"瘦得可怜！"她走到他跟前，往他消瘦的四肢粗略扫瞄，脸上保持微笑但心里嫌弃他的外形。

打起羽毛球来，俊南异常兴奋，而晓雨的脸上却露出疲态。因而他每逢回球都轻轻地把球送到她面前，以方便她回球，减轻她的运动量。

大半个小时的羽毛球运动结束后，晓雨跟俊南同处一把伞下走出体育馆。他趁机请求她赏赏脸跟他一起去吃午饭，她爽快答应他，还建议去附近一家川菜馆吃火锅。

于是，俊南一行走到附近一家比较有名气的川菜馆，共进午餐。闲聊期间，晓雨抽空向别人发送一则手机短信。过了一会儿，一个20岁出头的胖小子突然经过晓雨俩的餐桌。"家姐，这么巧，竟然在这里碰见你！"这个胖小子故意跟她打招呼，她当即表现出一副十分意外的神情，惊叹一声"系啊"。

这个胖小子特意对俊南进行一番仔细的审视，同时跟晓雨解释说他跟同学刚好经过这里，想在这里吃饭。她微笑地回应一声"哦"，目送这个胖小子匆匆离去。

眼前这一幕，令俊南感到莫名其妙。他向晓雨询问这个胖小子是她的什么人。"我的堂弟。"她装出一脸异常严肃的表情，"这个家伙平时花钱大手大脚，一点都唔觉得肉痛！"

俊南联想对比晓雨和那个胖小子的长相，半信半疑地询问为何姐弟俩长得一点都不相似。"我们唔系亲生姐弟，长得唔相似好正常。"她看了看俊南，稍显心虚。他只好点点头，以哈哈一笑回应她。

　　"睇来，刚才那个家伙审视我显得好有目的性，系唔系受晓雨之托专程来考察我呢？"他的心里仍在琢磨着刚才的那一幕。他随即想起唐仁、珍妮打算周日去他老家的龙湾山游玩散心，邀请他一起游玩兼做导游。于是，他的心里打起小算盘。首先，他要趁热打铁，当面跟晓雨约好在当天傍晚一起到灯湖景区散步赏灯。然后，他要通过灯湖约会继续加深彼此的感情，伺机邀请她一块上龙湾山游玩。在他看来，如果如愿以偿，就能让自己在唐仁与珍妮面前长点面子。

　　果然，灯湖约会就如俊南所愿顺利来临。赴约之前，晓雨以灰色印花T恤、白色绣花长裙精心装扮一番。她的左手戴着红白手镯各一只，拿着黑色漆皮拎包，脚穿黑色高跟鞋。她这副都市时尚丽人的打扮，令俊南感到自惭形秽，只因他还是穿着首次约会时的那套朴素衣服。

　　晓雨欣然坐上出租车，跟俊南一起前往环市区中心区的灯湖公园游玩。随着环市区中心区的城市夜景映入眼帘，他联想到环市区中心区在岭南大湾区中的特殊区位。这里东接省城粤州市区，西连中海市传统意义上的市区——澜湾区中心区。一幅中海地图在他的脑海里展现——被环市区从东西北三面包围的澜湾区与环市区中心区、凤城区北部乡镇一起被列入中海市中心组团版图。

　　规划有序的宽阔道路、崭新气派的市政建筑、大片大片的公园绿地……在俊南眼里，环市区中心区到处显得现代化，富有都市感。俊南与晓雨穿行于车如流水的马路网中、栉比鳞次的社区群里，一个气势不凡的湖泊渐渐进入他们的视野。这就是环市区中心区中的大型人工湖——灯湖。夜幕下的灯湖公园千灯竞放，异彩纷呈，湖光灯色交相辉映。来自中海市内五区乃至粤州市的众多游人纷纷前来观灯赏景，倍感心旷神怡。

　　俊南领着晓雨沿湖边闲逛，望着灯湖美景，向她卖弄自己提前在互联网上查阅到的灯湖公园简介。"这里的规划构思并非以绿地、建筑物为主的中轴对称的传统手法，而系以一条从山到水的水系景观为城市中轴线。"在他看来，这样既突出表现岭南水乡特色，又充分体现"自然·人·社会"的主题。

　　"哗——睇来，灯湖公园真系经典之作！"晓雨为眼前的美景所迷醉，"听你讲得头头是道，好专业喔！"

"过奖啦！"俊南心虚地露出一脸傻笑。

俊南租用一艘电动小游艇，临时策划出一次湖中赏景的浪漫之旅。晓雨坐在游艇中部，他坐在游艇尾部掌舵，小游艇载着他们缓缓来到湖心。两人的心儿也像其他恋人们一样，随着游艇在荡啊荡，飘啊飘。

然而，令俊南万万没想到的是天公不作美。天上突然下起零星小雨来，雨越下越大。他马上驶舵，让游艇尽快靠岸。他们俩上岸后，立刻小跑到附近的小骑楼下避雨。当他们俩置身骑楼下不久，外面突然变得大雨滂沱。他还在庆幸这次避雨及时，他们俩均没明显湿身。晓雨靠木梁站着离他一米远，看着外面的雨景，没有吭声。

"初初拍拖，恰逢落雨，多么浪漫呀！"俊南渴望抓住天赐良机，顺水推舟。

雨一直在下，暂时没有变小的迹象。俊南站得有点累，觉得无聊，不慎让"好闷啊"这句话脱口而出。晓雨带着诧异的眼神望了望他，没有出声。

俊南等候片刻，趁机试探晓雨的想法。"明日我的舍友带他的女友去龙湾山游玩，我们亦一齐去好吗？"他的建议并没有引起晓雨的兴致。她神情平静，眼睛一直望着外面，回应说龙湾山没什么好景点可供游玩。

俊南想跟晓雨结伴游玩龙湾山的美好愿望终于破灭。他感到无话可说，无奈地看着雨景，又打量她的上下。"好靓的女仔啊！"他心里由衷感叹，下身有点反应，"我几时才能真正拥有她呢？"

半小时过去，雨渐渐变小。直到雨丝消停，俊南才打电话招来出租车，将晓雨送回她家的楼下。最终，他无功而返。

周日上午，风和日丽。俊南带着唐仁与珍妮，乘公交车来到位于龙湾山北麓的龙湾镇城区，然后在龙湾山登山大道租用一辆私人出租面包车上山。

一路上，云彩绕车，清香扑鼻。大自然的气息弥漫在俊南一行的车内车外，让大家领略到龙湾山不愧是中海"市肺"的天然魅力。"这里是国家5A级旅游景区，山清水秀人杰地灵，还是重要的佛教圣地。"坐在副驾驶室的俊南打开话匣子，专门将就唐仁说着普通话，开始为身后的唐仁与珍妮当导游。

俊南租用的出租车司机是个中年男人，说起普通话词不达意存在障碍，然而听到俊南这么一说就饶有兴致地接上话茬。"龙湾山集儒释道三教于一山，被誉为'三教名山'，宗教文化色彩好浓厚。"这位出租车司机满口带有龙湾土音的粤语。但唐仁听不懂这位出租车司机说的话，俊南便翻译给唐仁听。唐仁思索片刻，组织好语言，才回应这位出租车司机的话。

"这是因为从唐代开始自上而下地推动儒释道三教并行，强调'儒教治世''佛教治心'与'道教养身'。"唐仁发表的高论获得这位出租车司机的赞语："这位后生仔好有学问喔，简直系神仙放屁（粤语歇后语，寓意不同凡响）"。

"当然啦！我的男朋友平时博览群书嘎！"珍妮以粤语回应这位出租车司机，充满自豪感。

"时至今日，儒释道三教世俗化十分明显。本地的普罗大众实际上已处于儒释道三教交合感化状态之中，并无十分明晰的信仰，强调活在当下推崇钱权名。无论是见到孔圣像、观音像还是见到吕洞宾像，老百姓都会拜一拜祈求神佛保佑。只要哪位神佛有可能会保佑自己升官、发财或者得子，就多烧香多跪拜哪位神佛。其实，老百姓求神拜佛就是儒释道三教世俗化、交合感化的具体表现形式之一。"唐仁道出自己多年的观察体会，引起车内一片欢声笑语。

上到山顶，唐仁一行远远望见高大的观音铜像。这里就是龙湾山第一景——观音景区。在唐仁的眼里，三面环山的观音铜像面对一望无际的平原和远方的南太平洋，风水极好。

"这座观音铜像是什么时候建起来的？"珍妮一身浅黄色绣花连衣裙，亲密地搂着唐仁的胳膊。

"在上个世纪90年代后期经过精心选址建成嘎。"这位出租车司机抢在俊南的前头介绍观音铜像的来历，"当时本地人取观音6月19日得道之意，投入好多钱在山顶建成这座高61.9米的观音铜像，使龙湾山身价倍增扬名海内外。"

"这就是山不在高，有仙则名嘛。"唐仁听完俊南的翻译后，笑着回应这位出租车司机的话。

"是啊是啊！龙湾山最高峰海拔只有300多米，在全国名山中真是微不足道。"俊南打开车门，率先走下出租车，迎面的就是高大的汉白玉牌坊。牌坊前面是忠心耿耿的四大金刚和两只神武的石狮。绕到牌坊后面，是佛教的6字真言"唵嘛呢叭咪吽"，意为"皈依莲华上之摩尼珠"。

俊南一行走上小拱桥，经过金鱼池，就看到三个大香炉一字排开。这里朝拜者众，香火鼎盛，成为佛教信徒顶礼膜拜的重要场所。俊南一行绕过这些香炉，

迷城恋歌

跟许多游客一起拾级而上，同时欣赏建在上行石阶和下行石阶之间的巨幅石造龙浮雕。

登上百级石阶后，观音莲花宝座就在大家的眼前。仰望高耸的观音铜像，只见观音大士拈指坐在莲花宝座上，庄严安详。俊南合起双掌，置诸胸前，闭合双眼。"观世音菩萨，如果你真会显灵的话，就保佑我尽快揾（找）到自己理想的另一半。"他心中如此许愿，然后俯身行"三鞠躬"礼，脑里浮现着晓雨的靓丽容貌。而唐仁携手珍妮绕着莲花宝座周围的金鱼池边闲逛，还将买来的饲料抛进池里，利用池中大群金鱼逗乐。目睹此情此景，俊南羡慕不已，更加惦挂晓雨。

等唐仁俩在观音景区玩够后，俊南又带领他们徒步前往附近的佛峰寺参观。自唐代开始，方士就看中龙湾山，纷纷前来修炼。于是，山上建有佛峰寺等多间寺庙。

佛峰寺建筑规模不大，正在重新装修升级。装修工人利用金色油漆翻新寺院外一块石壁上的石刻字——"即心即佛""顿悟成佛""自性自度"。原来，这是唐朝禅宗六祖惠能的三大思想观点。代表东方思想的先哲孔子、老子和惠能，并列为"东方三圣人"。惠能作为在中国历史上有重大影响的思想家之一，其思想包含着的哲理和智慧，至今仍给人以有益的启迪，并越来越受到广泛的关注。

禅宗六祖惠能三大思想观点的壁文赫赫在目，一种神奇的话语突然萌发于俊南的脑际——"禅宗六祖惠能认为，人心等同于佛，'即心即佛'。从历史发展角度来睇，佛祖释迦牟尼系一个人，不过慢慢发展几千年以后变成一个神。现在的佛教依然供奉和崇拜他。然而，禅宗六祖惠能把神拉回到人，回到现实里头。因为'佛即心，心即佛'，所以每个人都可以成佛。不管系老人抑或系小孩甚至系坏人，都有佛性，都可以成佛。"

紧接着，俊南环顾四方，看看周围是否有人跟自己对话。他的周围并无其他人，唐仁与珍妮正陶醉于远处的山花美景中，根本无暇搭理他。

壁文中的"人人有佛心，人人有佛性，人人都可以成佛"，令俊南眼前亮。"既然如此，人如何才能成佛呢？为何有的人无法成佛呢？"他急于了解禅宗六祖惠能第二个思想观点"顿悟成佛"的解释。

"在禅宗六祖惠能睇来，你仅有心尚未得，你要悟。"刚才那种神奇的话语再次跟俊南进行心灵对话，"你若有心却不悟的话就尚未能成佛。你悟的话，众生系佛。你不悟的话，佛系众生。所以关键在于你悟而且'顿悟'，并非慢慢地悟，而系突然间顿悟。"

"如何悟呢？用什么方法悟呢？靠什么悟呢？"俊南的心中疑问随即得到那种神奇话语的回应释疑。

"佛心在自己的里头，悟要靠自己的力量，其他人只能帮一把。所以讲'自度自性，方为真度'，自身若不度并非真悟。"这种不知来自何方神圣的教导，令俊南顿悟到"并非只有剃光头发、穿着和尚服、打坐敲木鱼念经的和尚才可能成佛。只要顿悟到释家所倡导的慈善理念，并将这些理念付诸自己的言行，就算普通老百姓也能成佛。否则，表面上循规蹈矩的和尚也会有成魔的可能。正所谓人人皆可成佛，人人均会成魔"。

由于佛峰寺闭门谢客，俊南一行没法进寺参观，就打算前往附近的茶园游玩。在佛峰寺通往茶园的石径旁，有几个相士摆摊做生意。珍妮蹦蹦跳跳地来到其中一个摊档前，蹲下来请坐镇这个档口的中年相士帮忙看相。唐仁、俊南跟随着她，来到摊档前站在她身后。

"施主，想问财运抑或感情？"这个相士正襟危坐地询问珍妮。

"你能唔能够算出在我身后的两个男仔当中，哪个系我男朋友？"珍妮故意用粤语表达这个问题，转过身来看看唐仁与俊南。其实，她的心意就是"让睇相佬（相士）为我指点迷津吧"。

这个相士瞄瞄珍妮身后的两位年轻人，将三个铜钱塞进龟壳，双手握着龟壳摇动几下又把铜钱倒出来。"施主，你跟你的男朋友相遇系千年修得的缘分，属破镜重圆。"这个相士看到卦象，点点头。

珍妮听完这番解释，心想"这样讲等于冇讲"，提醒唐仁从钱包里拿出十元钱付给这位相士。唐仁听不懂粤语，自然无法听懂这个相士刚才所说的话，也未能察觉她的动机。她甚至动员俊南也来看相，希望从俊南的卦象中获得启发，从而指引自己走上正确的情路。

俊南从珍妮与这位相士的对话中明晰她想移情别恋的小心思，便微笑摆手以婉拒她的建议，继而迈步前往茶园游玩。"破镜重圆？会唔会反过来暗示珍妮跟唐仁可能失散或决裂呢？"他心中充满疑问，不敢再往下揣测。

俊南一行在山上游玩大半天后，下山来到龙湾镇城区逛大商场。俊南不想空手而回，打算送份礼物给晓雨，但一时不知送什么好。这促使他高调声称自己近期交上一位普通女性朋友，向珍妮征求送礼的建议。珍妮明了他的双重用意，于

是建议他买条丝巾送给那位普通女性朋友。在珍妮的指点下，他选购一条真丝丝巾作为礼物，准备送给晓雨。他的心中却忧虑晓雨会不会喜欢这份礼物。

俊南躺在床上思潮澎湃，唠唠叨叨地向同床睡的俊杰倾诉那些爱情故事。夜已深，周遭渐渐归于寂静。他的声音是多么的幽怨，多么的无奈，在略显空荡的房间里回响着。

"大佬（大哥）！收声啦，你的悲情故事让我对恋爱失去信心喽。"俊杰被房里压抑的气氛感染，几乎透不过气来，陷入自我忧虑之中，"饭碗问题尚未有着落，我唔敢谈恋爱。睇到大佬被折磨成这样，我真系怕怕喽，但愿今后自己的情感生活好过一点。"

俊南只好闭嘴，闭目养神。他放在枕头边上的手机不时闪烁着绿色光芒，刺破漆黑的夜幕，为这间寒舍带来一抹亮色。"嘀——"一个清脆的手机新短信通知声突然打破深宵的死寂，强烈刺激俊南的耳膜，扳紧他的每一根大脑神经。"这个时候已经到午夜时分，这么晚仍有人发来短信，有点异常。系六合彩非法赌博的地下组织发来的骚扰性短信呢，抑或系通讯公司发来的业务性短信？……"他带着一连串的疑问，打开短信一看，原来是晓雨发来的。

"对唔住（对不起），现在才收到你的信息。你的信我已经看过，下文系什么？"晓雨迟来的短信回应，让俊南兴奋得突然弹起来，坐在床上。他双手握拳，高兴地喊"Yeah"。俊杰被他的反常举动吓一跳，立刻询问他为何事这么兴奋，还猜测是不是晓雨发来短信。

"正是！"俊南把晓雨的短信给俊杰看，"你睇。"

"睇来，这样代表她经过深思熟虑，终于接受你喽！你应该安心啦！"俊杰也为其哥哥的胜利高兴，心中的压抑有所缓解。在他的记忆中，他的同学讲过恋爱中的男女有时会变得比较幼稚、无脑。因此，他暗自质疑"大佬会唔会这样呢"。

俊南被这一喜讯折腾得睡不着，忍不住联想着晓雨的美、晓雨的好。"既冇答应什么，亦冇拒绝什么，这样的回复比较稳妥。"晓雨谨慎应对俊南的这次情感猛攻后在自己的床上辗转反侧，还揣摩着如风为何对她冷淡下来，近期的交往情景一幕幕浮现出来——

一周前，晓雨接受俊南的建议，让他邀约如风一起到岭南美食城吃晚饭叙旧。如风跟她相对而坐，俊南就坐在他们之间，略靠近她。一开始，现场氛围有点尴尬，三人出现短暂的沉默。俊南打开话匣子，说东说西，竭力跟她套近乎。而如风说话不多，只是附和俊南的话题，像是变成另一个人似的。

晓雨当场将如风和俊南对比一番，产生十分直观的感受。如风在相貌与身高上并不占优，却显得比较成熟稳重、幽默风趣与精明灵活。因此，她觉得自己更乐意跟如风深交。

在此次三人约会结束之际，晓雨好想如风能送自己回家，但他表现得异常见外毫无表示。而俊南却显得十分主动，提出要送她回家。她见到如风默许，失望地点头答应。

当晓雨尚在回想如风的异常表现，俊南骑着摩托车，把她送到她家楼下。临别之际，他突然拿出一条真丝丝巾送给她。尽管对此并不感兴趣，但她觉得这毕竟是他的一片心意，就收下这份礼物还挤出一点微笑。"多谢！想问一问你……"她突然变得犹犹豫豫，还是决定通过他探听如风的情况，"如风为何在近段时间唔跟我去打羽毛球？"

俊南一时没有反应过来，对此言没有深思。"我听他讲过，他现在唔喜欢打羽毛球，改打网球喽。"这句话就从他那里脱口而出。

在寂静的午夜里，这句话反复萦绕在晓雨的脑际。她开始意识到，在她内心最悲伤之时，如风这位曾陪伴她安慰她的男子有意疏远她。"改打网球纯属借口，如风会唔会移情别恋呢？在我跟俊南首次见面那日，如风讲要去粤州，系唔系去跟其他女仔约会呢？我要揾机会试探他至得（才行）……"她还在猜测如风的转变，久久不能成眠。

大清早，阳光明媚。强烈的光线折射进俊南的宿舍，好像是在催促他快点起床。过去的一夜里，他睡得比前两夜好一些，把喜悦也带进梦乡。

"这次回复晓雨一定要慎重！如何表达才能更显出自己的才华呢？"俊南思来想去，最终向晓雨回复这样一则短信——"早上好！这篇文章专门挑选这个特别的情节，唔知能否吸引人？下文最好由你来补充，这样富有真情实感，较为全面。若我们努力，一部感人的佳作不久将出炉。我真诚希望能把我们开心的时光都记录落来，让它成为我们俩永久的财富！"

第二乐章
落花有意流水无情

第二乐章 落花有意流水无情

爱是一种"感受",即使是痛苦也会让人觉得幸福;
爱是一种"体会",即使是心碎也会让人觉得甜蜜;
爱是一种"经历",即使是失败也会让人刻骨铭心。

对于回应俊南请她补充那封特别情书下文的要求,晓雨并没有直接回应他,而是悄然在她的QQ个人说明处留下这些充满悲情色彩的语句。"有谁能够理解我此时此刻的心情呢?"心中的彷徨,令她终日郁郁寡欢。

如风在办公室里上网,不经意发现晓雨的那些留言,仔细琢磨琢磨。就在此时,俊南来到他的座位旁,跟他闲聊。他立刻把那些留言打开给俊南看,俊南浏览一遍,不禁寒心。

"听晓雨讲,你跟她第一次约会那时多次赞扬我喔!"如风背靠在办公椅上,笑眯眯的。

"你真系好嘛,当然要美言几句啦!"俊南坐到如风旁边临时摆放的椅子上,"她在几时告诉你嘎?"

"网上聊天那时。"如风随即翻开一个月以前的QQ聊天记录让俊南看——

如风:"怎么样?对我们这个帅哥同事有没有感觉啊?"

晓雨:"暂时没有啊。"

如风:"慢慢来,人家很不错的。"

晓雨:"哦,我知道。他好一些还是你好一些啊?"

如风:"当然是他好一些啦。他有没有跟你约好下次的见面时间啊?"

晓雨:"没有啊,可能他看不上我吧。"

如风:"不会。我帮你打探一下情况,好人做到底!"

晓雨:"OK(好)!"

俊南重复阅读这些聊天记录,感觉不是好滋味。俊南特意看了看如风跟晓雨聊天的具体时间,回忆起那天晚上自己曾打过电话给晓雨,谈及她老家的具体位

置和首次预约打球的话题。而如风跟她聊到这些话题就是在当天下午。

"睇来,你仍要加把劲才行喔。"如风继续怂恿俊南追求晓雨。

"我跟她相识仅仅一个月,她对我唔系好有感觉亦属正常嘛!"俊南脸色阴沉,勉强辩解,心情变得异常复杂。

如风一笑置之,好让俊南下台。"我这么早就放弃晓雨,系唔系为时过早呢?……"如风心里如此算计着,"无论如何,都要尽量促成俊南跟晓雨的情侣关系,好让我脱身。"

晓雨在自己的床上一会儿平躺一会儿侧卧,仍在梁志广、如风和俊南之间比较孰优孰劣。想到梁志广抛弃她,如风疏远她,她的鼻子就变得酸酸的。而想到那个十分在乎她的俊南,又让她略感安慰,不过随即陷入犹豫之中。

晓雨还想起她的堂弟听从她的安排,临时赶往川菜馆帮忙考察俊南。她的堂弟离开那家川菜馆后,等着她的来电。当俊南跟她一分别,她就马上打电话给她的堂弟,询问他对俊南的看法。"那个靓仔相貌过得去,睇起来好老实。"他还建议她跟俊南再交往一下,看看大家合不合适。她重复考量其堂弟的建议,觉得俊南尽管并非令她怦然心动的那一种,但值得她给予一个机会。

"睡觉没有?"晓雨情不自禁地向俊南编发一则短信。他躺在床上思念她,一看到这则短信就即刻心花怒放,还翻过身来向与他同床睡的俊杰询问如何回复才好。

俊杰看完这则短信,稍加思索,为俊南出点子。俊南回复短信询问晓雨"尚未睡觉,有什么事"。

"没有事,睡不着。"晓雨不想让俊南知道自己的心思,审慎地回复他。

"你烦什么?"俊南按照俊杰的建议,再次追问晓雨,要套问她的话。

"咦,这次他显得这么精明,少有喔。"晓雨心生疑团,没有回复短信。俊南守候许久,迟迟未能入睡,感到莫名其妙。

过了一周,如风等几位男女同事应俊南的邀请,一起到愉心园餐馆吃晚饭。在等候上菜期间,男女同事交谈热烈,俊南偶尔插话附和。其实,俊南的主要心思并不在这里,而是拿着手机在饭桌上忙于给晓雨发短信。"我正跟如风一起在外面吃饭。"他期望这个话茬能引起晓雨的兴趣。

晓雨下班回家后,把手提包放在客厅的布沙发上,走进厨房帮她的母亲做饭。她的父亲坐在客厅的布沙发上看报纸,听到她的手提包里传出手机短信的声音，便提醒她"有短信来啦"。她随即来到客厅翻阅俊南的短信，回复"你们生活得够红火"，又走进厨房帮忙。

"老东西！食饭啦！睇什么烂报纸啊？！"晓雨的母亲走出厨房来到饭厅，将最后一碟菜端到饭桌上，朝着她的丈夫大吼。

"你讲话能唔能够客气一点啊？陈年中草药——发烂渣（粤语歇后语，寓意发脾气）。"晓雨的父亲戴着老花眼镜继续看报纸，不为所动，"我无胃口，唔食啦！"

"唔食就算！摆什么大爷架势？"晓雨的母亲将红色围裙扯掉扔到地上，一屁股坐下来喝汤，口中依然不停唠叨。

"谁摆大爷架势啦？"晓雨的父亲停止看报，大声反问他的老伴。

"爸、妈，"晓雨停止喝汤，生气地劝架，"你们每人都少讲一句好吗？吵架好似家常便饭那样，让我好烦啊！"

晓雨的干预果然奏效。她的父亲放下报纸，来到饭桌旁坐下喝汤，他的脸色跟其老伴一样难看。在泛黄的灯光下，一家三口围坐着吃晚饭，晓雨坐在父母之间。家中的火药味久未散去。

"嘀——"晓雨听到新信息通知声，放下碗筷起身到客厅，从沙发上拿起手机翻阅短信。"你跟我在一起，我让你的生活亦过得好滋润！"看到俊南的短信，她呆立良久，心想他这么热情，她的态度还是模糊一点好。

几分钟过去，俊南没有收到晓雨的回复，又在苦想新话题。他在上次会面期间向她推荐的《社会关系学》一书，成为他同她套热乎的借口。他恰好将此书携带在身上，就想在饭后为她送书。然而，她声称当晚会下雨，建议他改日再把书给她。

"你的关心着实让我感到温暖，我依然要风雨不改。"俊南想着追求女子要胆大心细脸皮厚，并不顾忌自己所用的语句会不会令人感到肉麻。终于获得一次约会的机会。

饭局一散，俊南就带上书本，骑摩托车来到晓雨家楼下。她收到他的短信"我到了"后，换上一身碎花休闲服，特意将一枚白金戒指戴在自己的右手食指上。在她款步走出小院之际，他拿着书迎接她，笑得像个笑口枣。当把此书交到她的手上，他抓住宝贵的机会，诚邀她到老地方聊聊天。对她而言，这正中下怀。她想趁机离开那个令人窒息的家，到老地方放松自己的身心。

　　红茶馆里客人不太多,几乎没有嘈杂的声音,很适合闲聊。晓雨跟着俊南,坐到他们首次约会时坐过的座位。聊天的话题还是由他主导,他东拉西扯,一直在挖空心思,寻找令人感觉轻松的话题。但说话的重点始终离不开他的高收入,还有他"独到"的理财功夫——坚持记录每日收支。

　　晓雨平时干出纳工作,对钱好敏感,也爱财。"让他多讲一些亦好,趁机摸摸他的底细。"她心生此计,耐心聆听,不时报以微笑。这诱导俊南说得越发带劲。

　　戴在晓雨右手食指上的那枚戒指,深深吸引着俊南的眼球。他清晰记得首次约会时,她的右手只有小指戴着戒指。面对这一细微变化,他忙于揣摩个中的深意。"最近听同事刘雪菲讲过,女仔右手戴戒指是有讲究的。从大拇指一直到小指分别代表'追偶''求偶''订婚''结婚'与'离异'的意义。按此推断,难道晓雨在暗示我来追她!?"他想到这儿,心中不禁窃喜。

　　红茶馆外忽然变得风雨交加,俊南触景生情,向晓雨卖弄自己的"墨水",将自己上大学时写就的诗歌《处幽》娓娓道来——

　　一把小伞

　　为我们挡住暴风骤雨

　　腾出小小安静的天地

　　陪我们来观赏天地万物的变异

　　我与你

　　携伞并进

　　往宁静处迈步

　　聆听头顶上的惊雷

　　一叶扁舟

　　伴我们经受惊涛骇浪

　　驶进辽阔幽寂的港湾

　　跟我们去体味无际海洋的博大

　　我与你

　　同舟破浪

　　向无风处驶航

　　静观大海里的险象

晓雨聆听着俊南抑扬顿挫的朗诵，有点入神。这首诗歌所描写的意境，特别切合她悲观逃避的心境。此时此刻，两人产生共鸣，聊以慰藉。

午夜渐近，夜雨方停。俊南依依不舍地结束这次浪漫的约会。

晓雨家离红茶馆仅数百米，她不想雨后坐俊南的摩托车回家，说要独自走回家。于是，他把自己预备的雨伞送给她。"真细心！"她心中有点感动，略带深情看他一眼，步向她的住家。

俊南披上雨衣骑着摩托车，慢慢跟在晓雨的后面守护着，并在她家附近的路口停下来遥望她。直到她走进自家小院，他才安心离去。

第二天是星期六，俊南跟晓雨约好下午到中海体育馆打羽毛球。打球之前，他陪她先到中海图书馆买书。面对琳琅满目的图书，他选购一本文学书，而她选购一本旅游摄影书。

俊南俩走出图书馆，发现时间尚早，便撑着太阳伞来到附近的西餐厅喝点饮料解渴。他们俩相对而坐，吮吸着塑料管，有滋有味地品尝冰冻的西式汽水。他谈及龙湾山夜景很美，吸引着很多情侣。"你有冇拍过拖？"（有没有谈过恋爱）她非常敏感，当即质问俊南。

"冇！"俊南心里紧张起来，立刻装得若无其事，毫不思索地撒谎。聪敏的她听到这一答案，将信将疑。在她想来，他如果没有跟其他女子去看过龙湾山夜景，怎么知道那里的夜景好美而且吸引好多情侣。

"千万唔好（不能）透露自己拍过拖的事！"俊南心里权衡着，同时摆弄着自己的手机，显得有点不自然。晓雨瞄着他的手机显示屏，又询问他手机上的"天涯若比邻"代表什么意思。

"这部手机在买下来那时就这样设置。这句话的意思指纵然相隔很远，不过感觉相距好近。我将一部旧手机送给我的细佬（弟弟），他将主题词改为'I LOVE YOU（我爱你）'。"当"I LOVE YOU"脱口而出时，俊南故作平静，不敢看晓雨的双眼。她听到这句英语，露出微笑，还想到以往梁志广也跟她说过这句话。当时处于初恋的她可是顷刻心波荡漾，脸颊红得发烫。然而，她的眼前人已换成另一个男人，她难以再次投入到狂热的恋爱中。她的内心还是很矛盾，很痛苦。

几个工作日匆匆而过，晓雨的例假又来。她感到身体不适，情绪也不好，只想早点下班回家休息。但在快要下班之际，俊南的短信又来，他想约晓雨一起吃

晚饭。她的头脑里只有一个念头，就是拒绝。她谎称自己生病不舒服，同事请客她不得不参加。他只好提前约她周末一起看电影，她的答应让他感到一线希望。

俊南渴望跟晓雨爱得死去活来，可惜她对他依然是不冷不热的。他的心情特别糟糕，多疑的性格又在支配他的思想和言行。

入夜，俊南、俊杰都坐在宿舍的床沿上。俊南唠唠叨叨，诉说自己跟晓雨之间的情事，抒发他心中的郁闷。毫无恋爱经验的俊杰看着前面的白墙，听着听着感觉一头雾水，不敢乱给他提建议。俊杰受到他的影响也皱着眉头，对恋爱这种事情既希冀又恐惧，想到"尚未有面包哪来爱情呢"。

俊南又想到自己的爱情顾问戴大卫，他的英文名是"David"。在粤州土生土长的David比俊南小一岁，只有高中学历，习惯于衣来伸手饭来张口。与俊南相比，他的优势是成长于暴发户家庭，因投身商海多年而具备较广的见识。

矮胖的David刚洗完澡，穿着睡衣准备上床睡觉，这时接到俊南的爱情咨询电话。俊南的恋爱故事引发他的浓厚兴趣，他十分乐意当俊南的高参，不过一时未想出什么高招来。

因为下周要到经济特区滨海市培训，俊南很想趁周末跟晓雨见面，特意在下班前发短信跟她确定看电影的事情。她要跟女同事吃饭，不知晚上几时得闲，把他气得直骂"他妈的"。然而，他只能低声下气地回复："如果得闲且对这场电影有兴趣，就给我电话吧。"

俊南将要孤独一人度过周末，便临时找他最要好的男同事杨小虎来陪伴他，一起下馆子吃晚饭。杨小虎是从华中高校毕业来的，比他晚一年进入岭南时报社工作。跟他一样，杨小虎也热爱足球运动。但杨小虎的身高刚过1.6米，常被戏称为"三级残废"。

"只要女方性情好而且样子过得去，就算她的素质一般，我也可以接受。"这是杨小虎为自己度身订造的择偶标准，与俊南一贯坚持的相比不相伯仲。然而，杨小虎还是成为恋爱困难户。

晓雨一吃过饭就辞别她的女同事，并回复短信答应俊南一起看电影。他当即跟她确定见面时间，便甩掉杨小虎，兴奋地骑上摩托车前往位于环市区中心区的环市电影城抢票。

晓雨回到家脱下工作服，换上休闲T恤，打开一个红色盒子。里面装着数枚大小不一的白金戒指。她犹豫片刻，考虑是否该在她的中指上戴戒指。因为最近半个月的进一步交往，令她对俊南的印象有所改观。其实，连日来她故意躲着他，让自己静心想一想是否跟他深入发展。

"……就这样定吧，给他一点暗示亦好。"当晓雨想到这儿，俊南的短信到来。她挑好一枚合适的戒指戴到她的右手中指上，便下楼坐他的摩托车前去看电影。

晓雨跟着俊南并肩走入环市电影城，来到电子屏幕前查看电影放映情况。"晓雨！"不远处突然传来女子的轻喊声，晓雨朝着声音传来的方向看去，发现原来是自己的堂姐。她也在售票台前买票，她的男朋友就站在她身旁。"家姐，这么巧！"晓雨故作惊讶，主动走过去打招呼。

晓雨的堂姐跟晓雨年龄相仿，有点相像。俊南也跟着晓雨走过去，满脸笑容地向晓雨的堂姐点头示好。然而，热脸蛋贴上冷屁股。晓雨的堂姐往他上下打量一番，觉得他的形象跟晓雨的前任男友相比有点逊色，并没有理会他而只顾着跟晓雨寒暄几句。晓雨并没有向她的堂姐介绍俊南，这让他感觉不是滋味。

晓雨的堂姐携其男友先行一步进场后，俊南想在进场前买些饮料和零食，便关心地询问晓雨要喝什么。由于她的嗓子有点不舒服，她说要喝柠檬茶。于是，他马上问售货员有没有柠檬茶，但售货员说没有。他只好建议她喝别的饮料。"我要喝柠檬茶！"她望着他，伸长嘴巴地撒起娇来。

晓雨这一诉求可把俊南难住。"电影即将开始，一时到哪里买呢？"他犹豫片刻，没有领会晓雨的情意，一时呆立而不知所措。他的表现让她感到失望，她立即恢复原来的平静神情，向售货员要来一杯西式汽水。"不解风情，真系人头猪脑！"她边入场边暗自骂他，一脸不悦之情。

"刚才那个女仔跟你有点相似，她跟你有什么关系啊？"俊南心不在焉地看电影，低声询问晓雨以消除自己的疑团。

"我的家姐。"晓雨的眼睛一直盯着电影屏幕。

"她同属独生女吗？"俊南皱皱眉头。

"唔系，我有两个家姐。"晓雨把少许爆米花放进自己的嘴里。

"为何你刚才唔介绍我呢？"这话刚到俊南的喉咙，却被及时打住。

两个小时的电影终于放完。在走出电影城的途中，俊南留意到晓雨的右手中指戴着一枚戒指，心里又开始嘀咕。"刚才她冇将我向她家姐介绍一下。这是否说明在她的心目中，我未被当作她的男朋友呢？""她的右手中指戴着戒指意味

第二乐章 落花有意流水无情

着什么呢？不如旁敲侧击一下，弄个明白亦好"……他驾驶摩托车载着她，沿着环市大道缓慢前行，满腹疑云。

"你那只戒指系什么戒指？"俊南想好开场白，便转过头来，向身后的晓雨发问。她还在回想刚才电影中的感人情节，面对突然而来的提问，一时未能完全反应过来。"……哪一只啊？"她拖延数秒，才回应他的问题。

"戴在你右手的那只喽。"俊南骑车来到十字路口，右转前往澜湾区中心区。

"左手吧？"晓雨晓得俊南的小心思，故意忽悠他。而他加强语气说是右手。

"哦，普通戒指而已。"晓雨看着自己手上的戒指，它折射出灿烂的光芒。俊南鼓足勇气，又向晓雨询问那只戒指戴在她的中指上有什么意义。

"随便戴嘎。"晓雨又想误导俊南，"戴在左手上才有特别的意义。"

"听讲戴在右手中指上亦有意义。"俊南好想弄清楚这枚戒指是不是晓雨因他而戴上的，"你将戒指戴在中指上，其他男仔就不敢追你喽！"

晓雨沉默无语，心中骂俊南真是蠢材。他得不到很明确的回答，没有打烂砂锅问到底，却心不在焉地开车。

突然，路上有人驾驶摩托车越线跟俊南抢道，害俊南不得不急刹车躲避。晓雨没有防备，受惯性作用往前扑，她丰满的双乳重重地压在俊南背上。俊南的车躲避不及，车头碰到那个肇事者的车尾，整辆车正往一侧倾倒。俊南单脚撑地，双手用力扶着车把，但最终连车带人缓慢倒地。

"糟糕！她一旦受伤就不得了啦！"俊南心里急得要命，不顾自己到底有没有受伤，一心只想着晓雨的安危。"有冇受伤啊！？"他慌忙起身扶起晓雨，看到她被吓得脸色发白。她检查自身到底有没有受伤，然后摇头说："冇事。"

俊南对晓雨勉强放心，转而朝那个肇事者粗声怒吼。"你有冇搞错啊！？你到底识唔识开车嘎？！"那个肇事者面对俊南如此责问，连忙道歉说"对唔住"，随即开车离去。

"那个衰人（坏蛋）真离谱！怎么能这样乱开车呢？"俊南仍不解恨，喋喋不休地骂道。晓雨红着脸，没有作声，内心责怪他开车走神还好意思骂人。

俊南也没有受伤，在虚惊之余浑身兴奋。晓雨的双乳软绵绵的又不乏弹性，刚才压在他身上，令他感觉像是在揉面团。他们俩之间的第一次"肌肤之亲"，足以令他回味无穷。他甚至将这种美妙的感觉，带进梦乡偷偷重温。

不过，令俊南万万没想到的是，晓雨的堂姐并非跟俊南与晓雨偶遇。其实，晓雨请求她的堂姐提前到达环市电影城守候俊南的现身，专门对俊南进行近距离考察。

在俊南进入梦乡之际，晓雨躲在被窝里，跟其堂姐通电话询问她对俊南的观后感。"算得上靓仔，不过有点瘦。不知他的禀性如何。你最好深入了解一下，免得又被欺骗感情。"晓雨的堂姐恋爱经验比较丰富，常充当晓雨的感情顾问。

第二天下午，俊南与岭南时报社多名员工坐上面包车，启程前往滨海市参加为期五天的业务培训。参与这次培训的人员约100人，都是来自全省各地级市新闻媒体的编辑、记者。培训地点设在滨海市区一家四星级酒店的大型会议室，培训期间的食宿都安排在酒店内。

傍晚时分，滨海市完全沐浴在柔和的夕阳光辉下。这座新兴的花园式海滨城市环境优雅，交通畅达，获得联合国颁发的人类居住环境最佳范例奖。俊南一行一到达这座向往已久的浪漫之都，就马上办理报到、入住手续。俊南主动要求跟如风同住标准双人间套房，方便私下交流，如风欣然应允。

下榻之后，如风穿着小裤衩光着上身，躺在床上抽空研读专业书籍。他从粤州的重点新闻院校毕业，工作数年后，身体有点发福。像泥鳅一样圆滑、像狐狸一样精明，令他在工作上春风得意。

"靓仔，有什么心事烦住你啊？"如风看见俊南摆着一张苦瓜脸，充满好奇地询问他。

"为何我总感觉我跟晓雨相处得有点尴尬，究竟她有冇男友？"俊南一直惦记晓雨，坐到自己的床上，一脸疑惑。

"听讲去年她的男友跟她分手，她一直思念以前的男友。"如风显得气定神闲，其视线仍留在书本上。

"你们两个如何认识嘎？！"俊南追问如风，急于获得答案。

"去年我跟她的同事一齐到西南地区旅游。她陪她的同事去，我才跟她认识。今年我跟团出游，看到她跟另一个团出游。"如风放下手中的书，语气十分平和，"后来，她曾经几次邀约我去打羽毛球，不过同时邀约其他几个男仔一齐玩。那些男仔打得比我好，我打球水平差，后来干脆婉拒。我跟她去过几次酒吧品咖啡。"

俊南听着听着，开始悟出个中缘由，故意试探如风。"她曾经问过我你为何后来唔跟她一齐去打羽毛球。我听你讲过'你现在唔喜欢打羽毛球，改打网

球'，所以我就这么跟她讲。"他的话音一落，他与如风忽然都陷入沉默。如风忙于盘算如何应付他。

俊南还是忍不住把那句一直藏在心底的话掏出来。"恋爱过的女仔比较麻烦一点。前任男友的影响往往会先入为主，后来者就算成功将她追到，肯定会非常费力。"俊南突然将话锋一转，"按照我的观察，她有点喜欢你喔。"

"唔系吧！她并非我喜欢的那类。"如风露出紧张的表情，竭力在说话的气势上压住俊南，"可能我跟你性格相异，让她有个比较。你应该少聊一些让她感到压力的话题！"

"她话少，约会时往往只有我讲，轻松的话题再多亦会被讲完。这样，我只能乱聊。"俊南感到委屈与无奈，不吐不快，"当我聊到自己抑或自家一些不宜多讲的事情，她就会追问详情，我被迫越讲越多。"

"哈哈。"如风故意发笑，缓和谈话气氛，"你无法控制自己呢。"

"系啊。"俊南受到如风的误导，又败下阵来，"如果我沉默那时，她讲一讲话，情况会好一点。"

如风想到只要俊南追到晓雨，自己就容易摆脱晓雨的纠缠，专心去追求自己心仪的蔡云。"你现在交往过的女仔哪个冇拍过拖？如果冇拍过拖的那个就属于异常一类，这样的女仔你敢要吗？！"他特意表现得十分神气，加重语气质问俊南。

俊南连连点头，再次陷入沉默，躺到床上闭目沉思……

直到此刻，如风的紧张心情才变得舒坦一些。"粤州好有大都会气息，而中海睇起来就好似大乡镇。同样道理，蔡云跟晓雨之间的少女气质差异，就好似粤州跟中海之间的城市品位差异。对于这个城市谜团，扪心自问：我系唔系好高骛远见异思迁呢？"他拿着书本，渐渐走神，重温那一天的浪漫情景——

在俊南跟晓雨首次约会的当天上午，如风乘坐粤中快巴与粤州地铁来到粤州市区最旺的商业步行街——粤州大道。他的上身穿着竖条形短袖衬衫，下身穿着五分牛仔裤，脚踏黑皮凉鞋。原来，他要跟其新交的女友蔡云约会。蔡云是如风的大学同级校友，喜欢打网球，两人早在读大学时就已认识。直到今年初，他参加校庆活动跟她重逢，开始大胆展开对她的追求而渐渐疏远晓雨。

一头短发的蔡云身穿蓝橙色短袖开襟衫与橙色百慕大短裤，脚踏缀钻平跟凉鞋，手挽黑色真皮提包。如风跟美丽诱人的她肩并肩，漫步在人头涌涌的大街上，显得神采飞扬。

如风陪蔡云选购一些小饰物，打算前往附近的影剧院看电影。她往外跨出一步过马路，恰遇一辆出租车快速右转弯，眼看快被撞到。

"小心车啊！"平时定期健身的如风眼疾手快，一手抓住蔡云的藕臂用力把她拉回来，让她得以及时避过车祸。

"啊——"蔡云被突然一拉，失去重心倒在如风怀里，上身压着他强壮的胸肌。他的双手紧紧把她抱住，彼此的目光对视数秒。在受到惊吓之余，他们俩都十分留恋此际的浪漫，渴望此刻能变成永恒。

如风俩十指紧扣地携手来到影剧院，特意选了包厢看电影。置身于这个没有外界干扰的小天地，这对孤男寡女情意正浓狂吻数分钟，擦出热炽的爱火花……

此时此刻，身在家中的蔡云想念如风，还给他发来手机短信。她提及自己父亲得知如风及时拉住她让她幸免于难后，十分感激如风，好想跟如风见面表达谢意。如风即刻回复表示十分乐意，等培训结束后，就约定时间见面。

就在蔡云向如风传情达意之际，晓雨坐在自家客厅的沙发上闷闷不乐，也重温着昔日自己跟如风交往的思忆片段。

晓雨的喉咙发炎，尽管在吃东西时有点难受，她还是跷着二郎腿吃零食解馋。她的母亲专门煲好一锅雪梨瘦肉汤，让她润一润嗓子。做好的晚餐只有她及其母亲吃。而她的父亲与球友打乒乓球，不回来吃晚饭。

晓雨吃过晚饭，又坐到客厅沙发上看电视打发时间，不时翻阅那本从中海图书馆买来的旅游摄影书。然而，心里异常的空虚令她坐不住。她提着小挂包往左肩上一挂，外出到自家附近，随意逛逛街散散心。

如风、俊南的容貌在晓雨的脑海交替呈现。"如风系来自粤北落后地区的才子，而俊南就系本地乡下土生土长的才子，究竟哪一个我应该拣呢？"她沿长街慢慢走着，逐个方面比较这两个走进她情感世界的男子，仍然难取难舍，"我的终身大事系拣本地媳妇本地郎模式好，抑或拣本地媳妇外来郎好呢？地域抉择真令人迷茫。"

不知不觉之中，晓雨已步入一条灯光十分幽暗的冷巷。忽然，前面不远处，有个高大的黑人影惊现在她的眼前。"一旦遇上坏人就糟糕啦！现在怎么办呢？"她心里怦怦跳，停住脚步望着沉寂的四周，多么渴望此刻有个男人在她身边充当"保护神"。那个黑人影在她眼中渐渐清晰，原来是一个收集生活垃圾的

清洁工。

　　虚惊一场,让晓雨长吁一口气。她朝自家小院的方向加快脚步走去,岂料噩梦还是降临。眼看自家小院行将到达,她感到挂在其肩上的小挂包突然被一股猛力拉扯,随即转头一看竟发现自己正在被飞车抢夺。

　　参与作案的是两个年轻男子,其中一个开着无牌摩托车,另一个坐在后座实施飞抢。飞抢得手后,作案分子瞬间就消失在晓雨的视野中。"啊——"晓雨反应过来,朝前追出几步,"飞抢啊!飞抢啊!"可惜街上行人寥寥,无人肯伸出援手。

　　晓雨回想起小挂包里的东西并不多,主要是一部旧手机、一串家门钥匙。"被抢的东西并非好值钱,而且飞抢案好难破,报警亦冇用。"她只好自认倒霉,赶快归家。

　　开门钥匙被抢,迫使晓雨不得不按门铃通知她的家人开门。她的母亲质问她为何没带钥匙,她就把飞抢一事说出来。"你发什么神经?这么晚一个人出去乱走,好啦——被人飞抢喽!"她的母亲不但没有安慰她,还臭骂她一顿。

　　晓雨本来惊魂未定,还受此委屈,当即哭鼻子。"乖女无必要伤心啊,冇受伤就得喽,钱财乃身外物。"她的父亲连忙安慰她,为她递上拭泪的纸巾。而她的母亲却仍在嘀嘀咕咕,她的父亲冲着她的母亲说"你闹什么",成功喝止她的母亲。而她走进睡房躲入被窝,暗自神伤。

　　在俊南看来,培训的五天犹如五年之久,晓雨时刻牵引着他的思绪。苦等到培训结束之日,俊南麻利地收拾好行装,尽快返回中海。寂寞迫使他急着想见晓雨一面。他发出约会邀请,希望她从明后两天抽空,跟他一起吃饭聊天。

　　但晓雨工作过一周感到好累,只想周末留在家里休息,婉转拒绝俊南。"那你好好休息吧,你得闲就发短信给我吧!我从滨海市买回一件小礼物,要送给你。"失望、无奈的情绪又一次笼罩着俊南这个寂寞之人。

　　"哦。"晓雨仍受困于感情迷宫中,唯有对俊南表现得如此冷淡。

　　连日来的长途奔波和感情折腾,让俊南心力交瘁,终于病倒。由于喉咙痛引发伤风感冒,他赶紧到医院看病,以免影响工作。药到病除,而他的心病却无法痊愈。对晓雨的思念像是梦魇一直缠住他,揪痛他那伤痕累累的心灵。

　　三天过去,俊南独自到岭南时报社附近的快餐店吃晚饭,无聊之时又想跟晓雨约会。"从什么话题切入好呢?系啊!她曾经讲过她中意马蹄莲同向日葵。不如就以花为话题吧。"他一想到这儿，就马上往手机里输入中文字句。

"听讲马蹄莲冬天比较多，夏天好难买到，现在向日葵多吗？"这则短信果然奏效，俊南想送花给晓雨的小心思被她一眼看穿。她想到已有两三年没人送花给自己，难免感到忧伤却又带点兴奋，忽然产生一种想见他的冲动。"现在向日葵多或少我并不知，不过肯定可以买到。"她暗示他采取行动。

"明晚你得闲吗？我想跟你见面，将那件礼物送给你。"俊南焦急等候佳音，害怕再次遭受拒绝。晓雨马上回复说"得闲"，渴望那种久违的受宠感觉尽快重现。

俊南找到"情侣花店"的电话号码，走上没人的宿舍楼天台，悄悄打电话订购向日葵鲜花。接电话的女工听说俊南跟晓雨的交往刚开始，建议他送九枝向日葵花，还说这个数字代表长长久久。

与此同时，David开着自家的"奔驰"汽车，带着那位名叫婧婧的女友在粤州市区兜风。她成长于粤州大型国有企业高层管理干部家庭，刚戴上岭南大学的法学硕士帽，长得苗条白皙颇有姿色。

David边开车边致电俊南，俊南匆匆结束跟那个女工的通话，继而接听他的电话。这次来电他是想了解俊南的感情动态，为自己的约会增添一些谈资。

彼此寒暄几句后，俊南直奔主题地透露他跟晓雨约定明晚见面，还想送花给她。David十分好奇地询问他想送什么花。

"向日葵。"俊南想象着向日葵的样子。

"向日葵！？"David戴上耳机通话，"哈哈，唔好！哪有人送这种花给女仔？"

"她中意马蹄莲同向日葵，现在马蹄莲好难买到，我只好送向日葵给她。"俊南皱上眉头，感到十分为难，"你讲这个唔好，到底送什么好呢？"

David征询婧婧的意见，她不假思索地建议俊南要送花就送玫瑰花。David转告俊南说："我的女朋友建议你送玫瑰花。""不过，我跟她尚未真正开始喔。"俊南在天台上踱来踱去，"送玫瑰花会唔会吓她一跳？"

"你讲得亦有道理。"David也感到疑惑，"怎么办呢？"

"你问我不如问你的女朋友，她系女仔，懂得女仔的心思嘛。"David听俊南这么说，又向婧婧征询意见。她思索片刻分析俊南的实际情况，认为既然如此，还是送向日葵好。这让俊南感到兴奋，放心按自己的最初想法去操办送花大事。

迷城恋歌

次日傍晚，俊南提前下班，匆忙骑摩托车前往情侣花店取花。情侣花店女工已把9枝向日葵鲜花包扎好，他拿起这束订购的鲜花，仔细端详一番。这束鲜花用粉红色的纸包扎，配上一些情人草，令人感觉够温馨。他忍不住将鼻子凑近花朵闻一闻。一股淡淡的花香钻进他的鼻孔，让他产生一种好像被晓雨轻吻的兴奋感。

俊南小心翼翼地将这束鲜花放在女装摩托车的底板上，准备开车前往晓雨的家门口。"糟糕！"他忽然想起自己忘带那份小礼物，着急地拿出手机看时间，"尚有半个钟头才到约会时间，好彩（幸亏）出门早一点！"

俊南很快想到对策，马上拨通俊杰的手机，要求俊杰火速赶到岭南时报社附近等他。幸好俊杰参加完民营企业招工面试，就在岭南时报社附近，让他心里踏实一些。俊杰一开始闹情绪，但又想到这是俊南的人生大事，只好尽快赶到指定地点。

俊南急刹车并及时停车，把那束鲜花交给俊杰，随即加油启动离开。由于转弯太急，他的摩托车差一点翻倒。但他凭借自身还算好的技术，及时调整摩托车的重心，幸运地跨过这一劫。这有惊无险的一幕把周围路人的目光都吸引过来。俊杰也被吓出一身冷汗，连忙劝俊南不要这么急，要多加小心。他吩咐俊杰留在那里等他，便匆忙离去。

俊南心急如焚地回到办公室，却竭力佯装神情平静，从办公桌抽屉取出那份小礼物后拔腿就走。他的反常行为吸引不少好奇的目光。

俊南很快又回到俊杰的身旁，从他的手上接过那束鲜花，匆匆动身赴约。他望着俊南的背影，摇了摇头。"为何大佬每次拍拖都被女方牵住鼻子走呢？"他带着这个疑问，步向附近的大排档，独自吃晚饭。

晓雨家离岭南时报社不远，俊南仅用两分钟就来到她家楼下。离约定时间还有几分钟，他坐在自己的摩托车上歇一歇，使自己的心情稍微平复下来。

俊南放在其摩托车上的那束鲜花，吸引住不少路人的目光。忽然之间，俊南觉得自己开摩托车送花的样子有点寒酸，开着小汽车送花的情景令他向往不已。他对着摩托车镜子拨弄头发整理衣服，拿起那束鲜花模仿电视剧里情人送花的情景，把鲜花放在他的背后迎接他心爱的人。

"不知这一次会面他会送什么礼物给我呢？"晓雨以蛋糕型连衣裙、高跟鞋与手提包配搭，提前装扮好尚有闲暇猜想一番。直到俊南的短信通知来到，她才不慌不忙走下楼来，款款步出大院门口。

俊南趋上前，把一大束鲜花送到晓雨面前。"送给你，总共9朵！"他的心在扑通扑通地跳着，脸蛋泛红，他不敢跟她对视。而她双手捧着这束鲜花，看见他腼腆的样子，心里乐得很。"多谢！"她报以甜蜜的微笑，还温柔地道谢。

俊南建议晓雨先把那束鲜花放到她的家里，尔后去共进浪漫晚餐。她点头转身走上楼去，忍不住将鼻子凑近久违的情人之花，一股淡淡的花香沁人心肺。"我中意什么花他都记在心里，这次可以为他打个八九十分！"她的心中不禁窃喜。

俊南想到在这次约会期间不能让他的摩托车再妨碍他的好事，特意将他的摩托车开进晓雨家的院子停好锁好，好让她跟他肩并肩地散步迈向老地方。在他看来，这样才够浪漫。

然而，俊南与晓雨的步调不一致，两人走起来两度出现你朝东我朝西的状况。他只好伸手示意，为她领路。"如果好似情侣一样，我牵住她的手由我来领路，这种唔协调就能避免啦。"他想着如何应付这种场面，而她心里却在责怪他。"这个家伙真笨！"她希望他能抓住机会牵住她的手。

就在这一瞬间，俊南萌发一股冲动，渴望去牵晓雨的手。"刚才为摩托车上锁，双手有点邋遢，这时牵她的手欠妥吧？"他犹豫不决，最终没有胆量动手。

进入红茶馆，晓雨与俊南来到老座位坐下，彼此寒暄一番。"我特定在滨海市为你买来礼物，希望你中意它！"他担心她不喜欢他买的小礼物，犹犹豫豫地从裤袋掏出小礼物递向她面前。

"你外出我有礼物收，如果你外出多几次，我就能够收到好多礼物喽！呵呵。"晓雨一边接过这份礼物，一边开玩笑。俊南笑眯眯，点头称是。

"什么礼物啊？"晓雨慢慢打开这份礼物，发现它原来是一对发夹子。这对夹子是黑色的，各镶有一朵水晶玫瑰花，显得十分精致。"好精致，多谢！"她仔细打量着它，满脸悦色。

俊南俩边吃边聊，由于疾病最近折腾他们，自然成为他们首先谈论的话题。他问晓雨的喉咙发炎是否痊愈，借以表示自己对她的在乎。而她心里再三叮嘱自己不要向他透露自己遭遇飞抢的倒霉事，免得影响自己在他心中的形象。

红茶馆里乐韵悠扬，受宠的幸福感又光顾晓雨。此际，她记不起这一次跟上一次相隔多少个岁月，全身每一根神经高度兴奋。她那种充满强大磁性的眼神

缠绕俊南,那双滑嫩的玉腿也不由自主地移向他,她感到自身的涓涓春水微微外渗。对于她的爱意,她渴望他能够做出及时的回应。

俊南想换个舒服一点的坐姿,下意识地往饭桌下方瞧一瞧。"啊!十月芥菜——起晒心(粤语歇后语,寓意少女起春心)。"他发现晓雨的双腿离自己异常贴近,心里既高兴又紧张,甚至莫名其妙地害羞起来,"真想将自己的双腿靠上去,换取一时的快感!不过——"他竟悄悄向后挪动吊摇椅,腾出足够空间移动自己的双腿,避免碰到她的玉腿。

俊南的异常行为惊动晓雨。她盯着他,心里埋怨他竟然这么不解浪漫风情。他跟她对视片刻,脸上泛起红晕,心里有点后悔。

每逢这种时刻,俊南往往会竭力寻找话题,缓和尴尬局面。他家近期筹划在村里建房子,因而他禁不住打个"擦边球"。"住在城市里跟住在农村里,真系存在好大的不同。"他的这个话题引起晓雨的好奇心,她即刻向他询问不同在哪里。

"农村系一个熟人社会,而城市系一个陌生人社会。"俊南开始手舞足蹈,"生活在越大的城市里,人跟人之间的陌生感越强烈。"

"系啊,我跟我爸返到老家,发现好多人都认识我爸。"晓雨喝下一口清水,心有所思。

"所以嘛,"俊南做出更多的手部动作,借以强调自己的观点,"农村里办事更多系靠关系,而城市里办事更多系靠契约同制度。"

这个沉闷的话题好不容易才结束,俊南又特意找来一个轻松的话题,那就是旅游。"我今年以来冇外出旅游,你呢?"他明知故问,想试探晓雨。

晓雨故意撒谎说她今年也没有外出旅游,欲给俊南一点暗示。他及时谋划他们俩的将来,建议在国庆黄金周结伴出游。但她考虑到国庆黄金周出游的人会好多,又不知自己是否需要在国庆长假里值班,就迟疑地说:"到时再讲吧。"

浪漫不知时日过,这次约会直至红茶馆打烊才被迫中断。俊南与晓雨离开红茶馆,迎来新的浪漫时光,一起漫步前往她家的楼下。

晓雨想跟俊南深入交往,希望他今后多邀约她打球,特意在分别之际又给他一点暗示。"我想重新绕缠羽毛球拍抓手,你能够帮我买一些新皮带吗?"她的话外音他并没有当即听懂,他只是爽快答应她的表面要求,还询问她喜欢哪种颜色的皮带。

"随你的便。"晓雨借助路灯的光线,深情款款地凝望俊南。

"哦。"俊南正对着晓雨,却不敢正视她,"你将球拍交给我,我去买新皮带,叫专业人士帮忙绕缠球拍抓手吧。"

"好。你等等,我上楼拿球拍给你。"晓雨转身走进小院,上楼回家。

不久,晓雨拿来球拍交给俊南,又含情脉脉地看着他。他很想趋上前吻她,但心中的畏惧就像可恶的心魔依旧控制他的躯体,他只好道别作罢。她盼望的爱情表白甚至亲昵情形,仍旧没有出现。

"这个家伙搞什么鬼啊?!"晓雨对俊南当晚的表现失望至极,躺在自己的床上聆听中海电台播放的、香港知名歌星周慧敏演绎的粤语流行歌《如果你知我苦衷》——

你说你,从来未爱恋过,但很珍惜跟我在消磨。我笑我,原来是我的错。裂开的心,还未算清楚。如此天真竟得我一个,付出的心你收不到么?如果你知我苦衷,何以没一点感动?谁想到这样凝望你,竟看不到认同?明知我心里苦衷,仍放任我造好梦。难得你这个朋友,极陶醉但痛。

你笑我,为何没答一句?像不开心,心里在想谁?我说你,为何没法猜对?未得到的,从未怕失去。如此相亲竟不算一对,从不相恋怎么可再追?如果你知我苦衷,何以没一点感动?谁想到这样凝望你,竟看不到认同?明知我心里苦衷,仍放任我造好梦。难得你这个朋友,极陶醉但痛。……

伴随着深宵一曲悲情歌,晓雨无法入睡,刚过去不久的约会情景依然历历在目。她被俊南重新点燃的、欲火烧得正旺。她唯有躲在被窝里悄悄自慰,逐渐扑灭那撩人的欲火。

对于俊南的异常表现和迟钝反应,晓雨真是百思不得其解。忽然,她的心思又转移到如风那里去。"如风的EQ(情商)比俊南高得多。如风啊!为何你迟迟未来解脱我这个可怜的女仔?"她万万没想到如风已情定那个各方面都优胜于她的粤州美女蔡云。

如风穿上鳄鱼牌休闲套装,梳好西装头打上定型发胶,利用周末前往粤州跟蔡云一家三口见面。"我只不过系一个乡下仔,追求蔡云这种省城大家闺秀,会唔会被她的爸爸妈妈睇作癞蛤蟆想食天鹅肉呢?我如何才能山鸡变凤凰呢?"他背靠着快巴沙发椅,闭目冥想,铁心要横跨自家跟蔡云家之间的城乡藩篱。

如风转乘粤州地铁后,仍在沉思中,粤中的同城生活引发他太多的感触。

迷城恋歌

"从粤中都市圈到粤中同城化的时代命题,讲起来系一个令人比较困惑的命题。粤州人对中海人并无什么太大所求。而中海人在发展迷途中寻求出路之时,对待粤州人的态度从抗拒到羡慕又从羡慕到抗拒,到如今产生融合的愿望……"他被地铁报站声唤醒,随即下车赶赴约会地点,心脏怦怦跳。

蔡云家位于粤州市中心繁华地段。她的父母主动约见如风的地点并非在她家里,而是选在她家附近的花城大酒店,这是省城最高档的酒店。这次约会计划以共进午餐的形式进行。接近午时,她一袭连衣裙打扮,跟随她的父母提前来到她的父亲老蔡前一天致电订好的厢房。

当如风准时走进蔡云一家所在的厢房,蔡云已主动开好茶位,一瞄到他的身影,马上起身走上前迎接他。她的父母也站起来,笑脸相迎。他径直来到她的父母面前,"爸、妈,这是如风。"她笑眯眯的。

"你好,欢迎!"老蔡一脸和蔼可亲的神情,跟其老伴一起打量这个中等身材、打扮入时的后生仔如风。

"世伯、伯母,你们好!"如风报以微笑,主动跟老蔡握手,还双手递上自己的名片。

老蔡单手接过如风的名片并扫视一下,伸手示意请如风在蔡云旁边落座。老蔡坐在主位上,他的右边是蔡太太,他的左边是他的闺女。"如风啊,听云云讲,那天好彩有你及时拉住她。否则,后果不堪设想啊!"老蔡喝下一口普洱茶润润喉咙,"我同我的太太都好感谢你啊!"

"作为朋友,我应该这样做嘎!"如风主动拿起茶壶,为蔡云一家斟茶。

一名男服务员被蔡云喊进来写菜单。她听从老蔡之前的吩咐,按高标准点六菜一汤,要好好款待如风。与此同时,老蔡继续和如风聊天,询问如风的老家在哪里。

"粤北。"如风下意识要惜话如金。

"如风系当年他们地区的语文高考状元呢。"蔡云停止点菜,突然插话。

"这么厉害呀!"蔡太太虽年过五十,但风韵犹存,"云云,别开小差啦,快点菜吧。"

"你的家人都住在中海吗?"老蔡想深入摸摸如风的底细,看看如风是不是他的理想女婿人选。

"他们尚在老家。"如风看透这位老人家的心思,"过两年,等我爸退休之后，我就接他们出来住。"

"哦？"老蔡对"退休"两字十分敏感，又品一品普洱茶，"你的爸爸妈妈从事什么工作？"

"我爸系重点高中的高级语文教师！……"如风欲言又止，想到他的母亲是农民身份，暗自叮嘱这一点千万不能够讲出来。

"呵呵，跟我们家一样都系教师之家喔！"老蔡满脸笑容看着他的老伴，她也微笑点点头。

"世伯在哪一所学校工作？"如风也想摸摸蔡云家的老底。

"我在岭南师范大学附属高中，我的太太在粤州市一中。"老蔡一直微笑着，显得异常慈祥。

"都系名牌学校啊！"如风喝过一口茶水，"世伯、伯母教哪一科？"

蔡云点完菜，听到她的父亲跟如风的对话，抢先回答如风的话。"我爸系校长，无须任课，我妈教初中语文。"自豪的神情在她的脸上充分流露。她的母亲故意责备她，说她被老蔡纵惯得讲话不讲规矩。

"难道你冇纵惯她吗？哈哈……"老蔡笑得不亦乐乎，把大家都逗得笑呵呵。

例汤、菜肴陆续被呈上桌面。蔡云一家和如风开始用餐，厢房里谈笑风生。如风侃侃而谈，说起自己当记者遇到的趣事，将气氛搞得十分喜庆。

这个特别的答谢宴会结束后，如风辞别蔡云一家，启程返回中海。"这个饭局好似一场面试，不知我能否pass（通过）呢。"他的心中忐忑不安。

蔡云一家步行回家，说笑声相伴。"如风这个后生仔聪明、幽默，前途无量啊！他好似年轻那时的我。"老蔡隔着白色雅戈尔短袖衬衫，摸摸自己饱满的肚子，一副满足的模样。

"爸，难道你今日请客只为拣女婿？"蔡云轻轻摇晃着老蔡的手臂。

"考察一下亦无妨嘛！"老蔡乐呵呵的。

"你爸怕你交朋友会遇人不淑嘛。"蔡太太习惯性地摸摸其乖女蔡云的头。

"哦——原来你们两个早有预谋！"蔡云心里乐颠颠的，还悄悄发短信给如风——"我爸刚才赞你聪明幽默，前途无量，好似年轻那时的他。"

如风一边翻阅这则短信一边走入地铁站。"总算通过她的爸爸妈妈那一关！"他自然信心倍增，开始谋划下一步的追求行动。

跟如风一样，俊南也谋划利用七夕节这个中国情人节，谱写好一篇爱情文章。

俊南打算与晓雨在七夕节那天约会，到时将羽毛球拍还给她。她的球拍抓手不仅绕缠上新皮带，末端还吊着一颗心形水晶。他想把这一心思当成特别的礼物，给她一个意外惊喜。而她却整天埋怨他EQ低，接到他的短信就更加烦恼，只好借故说近来好忙以婉拒他的约会。为取回球拍，她通知他于七夕晚上在岭南时报社门口等她。

七夕节到来。傍晚时分，如风提前下班，前往粤州跟蔡云展开浪漫之约。而俊南独自吃过晚饭，便开始独守办公室，等待晓雨的音信。

晓雨跟她的女同事吃完饭闲聊罢，不慌不忙地打电话，通知俊南在15分钟后到岭南时报社门口等她。直到这时，他已守候两个多小时，望穿秋水。

岭南时报社外，华灯璀璨，车水马龙。俊南隔着大老远的距离，就认出晓雨的倩影。只见她骑着女装摩托车，头戴粉红色头盔，身穿工作服。她上身是白色短袖衬衣，下身是黑色齐膝短裙，身段玲珑浮凸异常迷人。

晓雨将车驶离主干道，渐渐减慢行车速度，来到俊南跟前停住。她把头盔透明塑料面罩掀起来，她那张俊俏的脸蛋清晰显现于他眼前。她挤出微笑，她的眼光往他身上一扫而过。他像是受到磁力作用，情难自控地倾向她并将球拍递给她，声音柔和地说："还给你。"

"麻烦你。"晓雨接过球拍，没细看一眼，就把它放在摩托车踏板上。她的客气话令俊南觉得有点怪，他多么希望是自己听错，竭力忽略这种异常感。

"我们一齐去'迷你果汁'店饮果汁吧。"俊南伸手轻轻拍摸晓雨嫩滑的手臂，想表示亲昵之意。但她冷若冰霜，声称她刚加完班感到好累，想早点回家休息。

俊南跟晓雨道别后，一直忧虑她会不会接受他这番心意，但他可以做的只能是静候她的回音。她回到家中，方发现球拍上吊着的心型水晶。"多此一举，阻手阻脚！"她自言自语，生气地把心形水晶扯掉。心形水晶摔在地板上，顷刻之间裂成两半。

跟晓雨、俊南的情感冷战形成强烈反差的是，如风与蔡云爱得如胶似漆。蔡云捧着如风送的那束11朵大红玫瑰花，跟他走入电影院共赏爱情影片，手牵手漫步夜市。在她家的楼下，两人站在幽暗处激情拥吻，良久方休。

临近子夜，如风致电中海的士（出租汽车）电召台，电召返程的士过来接他。十几分钟后，一辆廉价的士从附近赶来接载他，仅半小时就回到了中海市区。

又过数日，如风"猫"在他的单身宿舍里，用自己的二手手提电脑上QQ聊天。晓雨上QQ聊天打发时间，令他兴奋起来。他急于想知道她跟俊南的感情进展，于是通过QQ问她近来忙什么，为何晚上不去拍拖。她谎称自己太忙太累，不想出去，还反过来问他为何不去拍拖。而他则责怪她不为他介绍一个靓女，轻松应对她的质问。她想起俊南说过如风经常往粤州跑，怀疑如风在粤州交上女朋友，便利用这个机会试探如风——

晓雨："你唔系在粤州有一个吗？"

如风："谁讲呀？冇啊。"

晓雨："唔好唔（不要不）承认啦。"

如风："不用承认，我根本就冇。我冇晓雨那样幸福。"

晓雨："你整天去粤州做什么啊？"

如风："有同学请吃饭。"

晓雨："肯定系女仔。"

如风："女仔请我我唔好意思去食，一定系男仔请我我才去。"

晓雨："不过我听人家讲的并非如此。无须将女朋友藏起来喔，如果有女朋友，就将她带出来让我睇睇吧。"

"如果有的话，我早就带出来啦。你听谁讲嘎？"如风输入以上文字，并没马上发送出去，而是稍停片刻。"如果跟她再扯落去，一不小心就会露馅。将话题引到她跟俊南的关系上为妙。"他想到法子解围，便继续输入以下文字："你们的关系发展得怎样啊？"

晓雨："唔知道啊。我觉得他对我好好，令我觉得有压力。"

如风："人家对你好你却有压力？难道你觉得他不够坏吗？"

晓雨："系啊。"

如风："难道男人不坏，晓雨不爱？"

晓雨："唔系。不过我觉得这样好似有点不太自然。跟你聊天就唔同喔，感觉好好多，够轻松自然。"

如风："唔会吧，有男仔追求你你觉得有压力，冇男仔追求你你却觉得闷。

如今的女仔真系难追求啊！"

晓雨："我亦唔想这样。"

如风："你觉得他怎样？他见识广人品正。"

晓雨："我知道他好，所以我才觉得有压力喇，觉得自己难以配上他。"

就在此时，俊南在办公室上网登录QQ发现晓雨在线，迫不及待地发送笑脸图标"：-）"（表情符号，表示微笑）跟她打招呼。然而，她收到他的信息后，心里很不是滋味，没有理会他。如风继续跟她聊天，竭力说服她——

如风："唔系吧？现在这种纯品男仔好难揾，他很好我才介绍给你。"

晓雨："你自己为何唔要？"

如风："唔系吧？你想我搞同性恋？"

晓雨："你才觉得他好。这肯定是因为你中意他。"

如风："唔系吧？我们系同事，亦谈不上中意啦。既然你这样讲，我亦冇什么好讲。"

晓雨："你可以反驳。"

如风："唔好，我唔中意啊。"

俊南苦等一阵仍未见晓雨回复，干脆下线，动身前往体育馆打乒乓球。与此同时，她恨不得跟如风表白说"我中意你"却羞于启齿，只好在话语中暗示，渴望如风能明了自己对他的爱慕之情——

晓雨："究竟你中意哪一类女仔？我以前介绍我的同学让你认识，你却唔中意她。你觉得她怎样啊？"

如风："她并非我中意的那类。你还有冇其他同学？比较青春一点的。"

晓雨："哦——你死定啦！言下之意，你嫌她老，我要告诉她。"

如风："我并非讲她，我讲要你介绍一个年轻女仔给我。"

晓雨："你无须解释，我告诉她，让她骂你一顿。"

如风："你用得着这样吗？请你好心一点啦！"

晓雨："我偏要这样，谁叫你在出去玩的时候无带上我呢？"

如风明显看穿晓雨的心意，自我叮嘱"千万不能乱方寸"，思考好久方找好借口。"我唔够靓仔嘛，俊南才够靓仔，当护花使者带你去玩就得啦。"他的这种说辞遭到她的臭骂"你乱讲"，她还向他埋怨俊南经常不得闲。就在这一问题上，彼此又展开一番争论，互相指责。

结果，晓雨跟如风闹得不欢而散，连续臭骂他"衰人"却仍不解恨。他下线后不禁长舒一口气，思索今后如何应付晓雨，防止她破坏自己的好事。

晓雨摘下耳机，听闻她的父母在大厅吵架的声音。原来，她的父亲炒股亏损一万多元，她的母亲责骂他没用。他不服气，回敬几句，导致双方激烈争吵起来。

"注定你一世无得发达！屎坑关刀——文（闻）又唔得，武（舞）又唔得（粤语歇后语，寓意没本领）。以前无得升职，如今连炒股都蚀本，确实阎王殿大罢工——冇鬼用（粤语歇后语，寓意没用）！"晓雨的母亲坐在沙发上指着自己的老公，恨铁不成钢。

"你这只'老虎乸（母老虎）'！"晓雨的父亲站在饭桌旁，怒火中烧，往桌面重拍一掌，"几十年如一日地踩低我，有本事就自己高飞吧！"

"你以为我好想跟你啊！？"晓雨的母亲开始热泪盈眶，"我好后悔当初一念之差嫁错郎呢！"

"哎——"晓雨的父亲不停摇头，"我亦受够啦！既然我们都退休喽，我们的乖女又长大成人，我们离婚亦无妨。"

"呜呜呜……"晓雨的母亲不停拭泪，"离就离！你以为冇你我就无法生存吗？"

晓雨听闻"离婚"两字，紧张地跑出闺房。"你们两个得神经病呀？！一大把年纪还离什么婚啊？！"她大声骂她的父母。

"乖女，这件事你少管喽。"晓雨的父亲坐下来，像个泄气的气球。她见劝架不成，也哭起来，还坐到她的母亲旁边安慰她的母亲。

俊南打完乒乓球，再次返回办公室上网登录QQ，发现晓雨的QQ头像已变灰。"今晚八点你上线那时，我刚去体育馆打球。为何我发信息给你你却不回复呢？"他只好发出这则手机短信给她，心中产生一种不祥的预感，随即竭力安抚自己脆弱的心。然而，她的影子一直干扰他的思绪，让他不得安宁。

晓雨的父母吵闹后又分床睡。她的父亲到偏房睡折叠床，她的母亲躺到主人房的床上抽泣，两人都在思考离婚后生活的打算。晓雨心情很糟，提早躺在自己的床上看电视，看着看着就进入梦乡。

凌晨5时，晓雨就醒来，心里还是又气又恨。俊南发来的那则短信，令她更痛苦。"IQ（智商）高EQ低的家伙！"她如此骂道，默默落泪。

白天里又有好多工作等着晓雨来完成，把她累得够呛。但是，忙碌犹如麻醉

剂，使她暂时忘却那些令人痛心的事情。

傍晚时分，俊南又鬼使神差地来到如风所在的办公室。如风心中窃喜灵机一动，马上装出紧张的神色，向他小呼"不妙啊"。"有何不妙？！"他的心立刻被揪住。

"你来睇睇这些聊天记录！"如风打开他的办公电脑，翻出前一晚他跟晓雨聊天的记录让俊南粗略浏览，还点击鼠标不断翻新页面。俊南每看一行，脸色就越发阴沉，不敢相信这些词句所反映的事实。"她为何会感到压力呢？""难道女仔并非都想搵个好男仔吗？""她讲她难以配得起我系唔系她的借口呢？"……他的心里产生一连串疑问。

"如今的女仔到底搞什么鬼？确实让人难以摸透！"如风看见俊南难过的样子，装出糊涂的姿态。

俊南无话可说，呆立着心里感叹"命苦啊"。"唔得！我唔能够信命，唔能够死心！毕竟自己付出这么多，绝对唔能够轻言放弃，要极力挽留晓雨的心！"俊南离开如风的办公室，给晓雨发送手机短信邀约她登录QQ聊天，希冀奇迹的降临。

晓雨想到前一晚自己在如风那里碰壁，自己的父母又闹离婚，亟须别人来哄。因此，她接受俊南的"骚扰"，随即登录QQ跟他聊天，寻求临时的慰藉。面对她倾诉自己工作忙且失眠，他明了实情，有的放矢地做她的思想工作——

俊南："我觉得跟你聊天比较开心，心情好放松。"

晓雨："唔系吧？你讲得比我多喔。"

俊南："你可以多讲一些，你唔讲只能够由我多讲一点喽，你多讲一些让我多了解你嘛。这样可避免我因不知情而乱讲话，有时会搞得你有压力，会唔会啊？"

晓雨："唔会。"

俊南："这样最好啦！两个人坦诚相处开开心心最紧要。有时我可能表现出一些书呆子气，你可以帮我改变一下。"

晓雨："吓？好难喔，本性难移。"

俊南："我本性不坏。尽管人家讲男人不坏女人不爱，不过我觉得这一点本性唔能够改，依然相信坏男人唔能够给女人安全感。"

晓雨："系啊。"

俊南:"我优点多,缺点亦多,希望这一点唔会成为我的缺点就好喽。"

"奇怪?为何俊南讲的话这么有针对性?他在延续昨晚我跟如风聊天的话题。"晓雨翻看自己与俊南的QQ聊天记录,心生疑问。最后,她答应周六跟他一起到粤州逛街,想趁机去"FORTUNE STAR(幸运星)"专卖店选购提包。

这次历时一个小时的长谈,让俊南感到自己跟晓雨的关系尚未到达无可挽救的地步,稍微松一口气。"女人心,海底针,难摸透!俊南,你一定要撑住!"他带着忐忑不安的心情,不经不觉地进入梦乡。

果然,仅过一天,晓雨就希望取消粤州之行。因为她家的电脑不能正常发声,她的一位男性朋友答应于周六中午抽空帮她修理。但俊南不依她的变卦,建议她喊那位朋友早点来修理电脑,或者推迟到周日来。而她却声称那位朋友于周六中午才得闲,不知道啥时候才能修好电脑,而周日她还要陪她的母亲外出办事。

具体办什么事晓雨只字不提,俊南就套问其父母的情况。她对此异常敏感,只透露自己的父母均已退休。由于俊南的坚持,她做出让步,同意推迟一点出行甚至直到傍晚才去粤州逛夜街。

在通过QQ跟俊南聊及以上话题的同时,晓雨还跟别的网友聊天,网友给她出一道IQ题。"英文共有26个字母,请问:走了'ET'两个,还剩几个字母?"她想不出答案,便将它转给俊南,顺便测测他的IQ。

应付IQ题俊南从小到大表现得比较弱智,他只能走去请教正在办公室加班的两位外省才女美媚、秋荷。潘美媚留着一头微卷长发,相貌姣好皮肤白皙,刚从华东一所国际知名大学毕业。而黄秋荷留着一头飘逸长发,长着一张瓜子脸,刚从华中一所国内知名大学毕业。她们听完他用普通话表述的IQ题,一时也难以破解此题。他只好依靠自己,返回到自己的办公座位,沉下心来想答案。有一点头绪他便匆忙给出答案,可惜他几经努力仍是徒劳。

"'ET'是代表外星人嘛,他要走肯定要坐UFO(不明飞行物)走喽,所以答案就是21个。"网友向晓雨给出正确答案,还讥笑她脑子笨,令她十分生气。她把这个答案转告俊南,还说自己刚被网友讥讽,感到十分委屈。在她看来,他的急转弯能力不高,估计IQ也不会高。

俊南慨叹自己没用,唯有告诉晓雨他的两位同事也没想出准确答案来,一心想为自己挽回一点面子。他的心里十分不爽,他特意把这道IQ题答案告诉那两位

才女。"'ET'是代表外星人呀,这一点我本来晓得,怎么会一时忘了?真丢人!"美媚显得一脸懊恼,而秋荷做出鬼脸。

周六下午,俊南终于等到晓雨的电脑被修好,他们俩的粤州行才得以成行。她特意穿上粉红色的短袖纯棉T恤衫与浅蓝色的七分牛仔裤,手挽白色小皮包,脚踏白色旅游鞋。这身打扮就是与她首次跟俊南约会时的打扮一样,她想让自己和俊南重温那种初恋时的浪漫感觉。

俊南与晓雨乘坐粤中城巴再转乘粤州地铁,仅需一个小时就从中海市中心来到粤州闹市区的粤州大道。彼此保持普通朋友的距离闲逛着。他感觉不爽却又无可奈何,不敢轻易"冒犯"。"难道要我主动挽你的手吗?蠢材!"她一直等候他采取主动进攻,心里在埋怨他。

走进FORTUNE STAR专卖店,晓雨选中一个款式新潮的手提包,佯装出自己要付钱的动作。见状,俊南只好充当流动提款机,及时提出要替她埋单(结账)。她没有拒绝,默默看着他,心中窃喜。"这个手提包竟然要三百几块,贵得要命!"他有点舍不得,但又装作大方付钱的样子。她将原来的白色小皮包放进新买的手提包里。这款FORTUNE STAR手提包是她心仪已久的东西,挽着它逛街令她满脸喜悦。

夜幕降临之际,俊南打的士带晓雨来到粤州的昔日西方列强租界"珠岛",一下车就出现身在异国的错觉。这里的建筑规划合理,精美西方化,让他们俩心旷神怡。他想带她进去珠岛酒吧把他们俩的肚子填饱,顺便歇一歇脚。但这里客已满,还有好多客人坐在门外的凳子上守候。他不知珠岛内哪里还有食肆,竟一时不知所措,只好把她领到附近的街边圆形石凳上坐下歇脚。

绿树参天,灯光昏暗,树影婆娑。此情此景本来很浪漫,而俊南跟晓雨相对却无言。为打破闷局,他只能像炒冷饭那样,重提一些旧话题。她渐渐变得满脸愁容,一时接听其堂姐的来电,一时又给其同事发短信。"唉——笨嘴笨舌,真有趣!"她在心中贬损俊南,不满他的表现。他看着她心不在焉的表现,也觉得无趣,渐渐收声归于沉默。

与此同时,如风与蔡云肩靠肩,坐在从粤州开往贵琳的列车里,启程西行。如风俩相约一起休年假,结伴到贵琳旅游5天,一心要找个好地方深交。跟如风如鱼得水畅游爱海不一样,俊南呆坐在石凳上环视周遭,竟无计可施。晓雨只好建议他们俩动身返回中海,得到他的爽快应承。

回到澜湾区中心区后,俊南跟晓雨挤进西餐厅吃过晚餐,又打的送她回到她家楼下。双方默然分别,隔在彼此之间的那层薄纸,始终没有被捅破。

　　这次粤中同城生活从理想角度来说可催生俊南与晓雨之间的激情,但始终未能成为推动他们俩进一步深化情感的催化剂。"这是否暗示我跟她的关系将会……"俊南不敢想下去,只能在心中不停祈祷,祈求老天爷可怜他这个"笨小孩"。实际上,他与她之间的情感即将迎来更大考验。

　　第二天,晓雨陪伴她的母亲如期来到澜湾区中心区一家知名律师事务所,跟她的律师朋友见面。她的母亲要咨询离婚手续、女儿归属、财产分割等众多问题。她的律师朋友分析过她家的状况,便建议她家中唯一的房产和一半钱财归她的母亲,而她家中唯一的小汽车和另一半钱财归她的父亲。她的母亲并不满足于此,甚至希望她不仅跟她的母亲一起住,还改用其母亲的姓。对于跟母姓一事,她显得十分犹豫。

　　晓雨的母亲回到家中,立刻跟她的父亲商量这些事情。他唯一不答应的就是他的女儿跟母姓,他认为这是他莫大的耻辱。因而这对老夫老妻又激烈争吵起来,她甚至以不离婚来要挟他。他们的女儿已哭成泪人,不知如何是好。

　　在晓雨遭遇亲情、爱情双重打击之时,如风、蔡云入住贵琳一家旅店的标准双人房。孤男寡女共处一室,白天游玩所带来的愉悦,令这对情侣情意更浓。彼此性趣渐增,默契地想要好好享受鱼水之欢。

　　房里静谧,灯光柔黄,多么难得的二人世界。如风双手搂住蔡云的纤腰,正视着她的明眸。她闭上双眼,默然等待。他收到这一暗示,放胆将自己的双唇吻住她柔软的红唇,还顺势把她慢慢放倒让她躺在松软的床垫上。两人紧紧抱拥,翻来覆去,展开一番热烈的湿吻"车轮战"。

　　不知历经多久,如风压在蔡云无力的玉体上。两人默契地将彼此的嘴唇缓缓松开,都在急速呼吸着,互相报以微笑。她的性趣被充分调动起来,春水流淌。"不如我们来个鸳鸯戏水吧!"春心荡漾令她将平日的矜持完全抛诸脑后,主动提出做爱要求。他真是求之不得,爽快点头应承她,心花怒放……

　　性事善后期间,如风从蔡云的玉体上爬起。她屁股底下的床褥上有一块鲜红的血迹,让他感到更有征服感、满足感。她起身也发现这块血迹,见到他脸上笑容绽放,即刻轻揪他的耳朵。"我将自己的第一次给你喽,将来你要为我着上嫁衣噢!"她一脸严肃地教训他。

"嗯。我的宝贝，放心吧！"如风侧着脑袋，假装其耳朵被揪痛的表情。蔡云暗中推算自己的例假时间，害怕自己会意外怀孕，当即责令他漏夜外出买避孕药。他乖乖照办，买回药物让她服下。

连日来，如风数度销魂爱河，而俊南却愁如锁眉头聚。"遇到生肖属马的女仔，你可以跟她发展一下关系。"这句话时不时刺激着俊南的大脑神经。他不禁揣摩那个神汉的话到底暗示着什么，"你可以跟她发展一下关系"是否意味着光开花不结果。

入夜后，俊南仍坐在办公桌前加班，不停敲击键盘写稿。因此，业余运动的计划临时泡汤，使他心中十分郁闷。他的新同事潘美媚缓缓走进办公室，她的视线被埋头苦干的俊南牵引着。进入报社工作以来，她了解到俊南是个名记者，对他颇有好感。

俊南也好想跟美媚深入交往。因为他平时爱看相书，了解到属龙的男子跟属猴的女子特别合得来，两者的结合可谓绝世良缘。恰好她生肖属猴，他生肖属龙。他对美媚的好感，就如感情的种子早已埋在他心中，等待萌芽。

而俊南却顾虑到自己跟美媚在同一个部门，发展办公室恋爱弊大于利，所以不敢贸然行动。其实，这一因素并非最大的阻力，对他束缚最大的却是更深层次的文化因素。"文化背景差异较大的一对男女如果恋爱甚至步入婚姻殿堂的话，将会在文化观念、母语情结与风俗习惯等多个方面面临好多矛盾与磨合。"俊南意识到恋爱只是男女双方的事，不过联姻就不仅仅关系到男女双方，而是两个社会关系群体的对接与磨合。

俊南那位来自西北地区的同事荔婷为他带来的心理伤害，至今让他心有余悸。"岭南是个南蛮之地，这里的人没文化！"她不认同乃至貌视岭南文化的话语，时常在他的脑海里回荡。一联想到她，他想跟"外来妹"发展恋情的信心和勇气，就会严重受挫。

"身陷文化迷宫，我的情路何去何从呢？"俊南面对北方来的美女，终究还是压抑不住自己的欲望，平时总是偷偷留意美媚的举动。

美媚一落座就打开电脑准备写稿，而俊南马上打开自己的QQ，等待她上线。她的QQ个人说明是"我选择绝对或者零，不要中间或者一些"，这让他似乎从中悟出她的处世之道。"傍晚看见你和一个女子走在一起，不会是……呵呵！"她很快上线，还主动跟他在QQ上聊天。

"那是报社人力资源管理办公室的花姐，她跟我比较要好。听说她已经四五十岁。我从不缺少母爱。呵呵！"俊南将以上的文字发送出去，不由自主地抬头看看不远处的美媚，心里偷着乐。

美媚了解到实情，没有回复俊南也没有看他一眼，继续上网。既然如此，他没有继续跟她闲聊，办公室里保持如常的平静。

俊南另一名新同事黄秋荷也回到办公室，不是为了写稿，而是专程回来找乐子。因为她之前在其单身宿舍独自听收音机，感觉没意思。

秋荷的办公座位就在美媚的前面。秋荷一坐下来就开始上QQ，俊南主动找她聊天。在他们寒暄期间突然有位网名叫"蓝色鸟"的陌生女子发来短信，自称是秋荷的大学同学蓝天青，请求他将她加为QQ好友。她在华中一家广告公司从事文案工作。在这个胖妞主动联系他之前，秋荷也跟她聊过好一会儿，甚至动员她主动结识这个帅哥。

俊南一开始疑惑不解，经过片刻才反应过来，明了蓝天青就是秋荷介绍来的。既然"骚扰者"是个女的，他当然多多益善，立刻将她添加为好友。在与他闲聊的同时，她又私下感谢秋荷为自己牵线搭桥。

在俊南埋头网聊之时，美媚起身离开，经过他的办公桌前故意不看他一眼。"好靓啊！"他窃看她的背影，心里痒痒的，继而跟秋荷搭话——

俊南："你的同学在跟我聊天。"

秋荷："这个重色轻友的家伙，怎么就不理我呢？我正纳闷呢。"

俊南："我并不是重色轻友。"

秋荷："她把你拯救得咋样啦？"

俊南："刚开始。"

秋荷："你怎么把你家老底全告诉别人呀！我的同学说你很淳朴！"

俊南："我不喜欢虚伪，既然她是你的同学，我简单介绍自己也应该。"

秋荷："好！有个性！"

秋荷："俊南哥，你也老大不小了。报社内部网不是公布什么'情系仿古街凉园结良缘'活动吗？你去试试吧，还有什么速配节目你也大胆上，咱们给你组织亲友团。"

秋荷把这段话连发两次给俊南，"你也老大不小了"等字眼刺痛他心灵深处的伤疤。他马上想到要反驳自卫，但这毕竟是事实，就算他不认同也是客观存在

的。在无奈之中,他只好敷衍一两句了事——

俊南:"我是随缘的那种,不太喜欢参加那些活动。"

秋荷:"我晕了!那你每天待在报社里,随什么缘呀?还是多出去走走,那才真有可能随缘呀。"

俊南:"总不能满大街乱跑呀,随着关系网走吧。"

秋荷:"真是九头牛也别想拉你回来,还是让俺同学改造你较合适。"

俊南比秋荷先行一步离开办公室,彼此表面上显得若无其事。但她的建议他分析认为不无道理,他执着追求晓雨的信心堡垒开始动摇。

俊南和晓雨已有五天没有联系。他心里有点生气,又开始埋怨她从来不主动联系自己,除了两三次主动临时取消约会之外。"为何当初晓雨收到那封情书之后会做出回应呢?难道我死缠烂打导致这样的结果?正如那个神汉所讲,我们命该如此吗?"他的心里很矛盾,反复自问。

闲来无事的俊南很想跟晓雨联系,但又不断告诫自己不要主动跟她联系,免得将她宠坏。"就算我唔跟她联系又有何用?她并不在乎我,怎么会主动联系我呢?不过,追女仔要胆大心细脸皮厚喔。"他想来想去,还是放弃自己的高姿态,决定给她发送手机短信。"谈什么话题好呢?"他沉思片刻,勉强想到一个传统节目,直接拨通她的电话。

晓雨耐心听过俊南所列举的香江影片,却说"都睇过"。这令他大为不爽,他赌气地说自己本来想在周五晚带她去看电影。她感受到他的反常态度,便询问他有什么节目,希望他能出个好节目。"现在我等你出主意,这次应该轮到你出喽!"他一时想不到什么好节目,顺着自己的脾性,不经大脑地乱说一通。她心中不悦,便声称待她想到节目再告诉他来敷衍了事。这让他开始意识到自己说话欠妥。

一个小时过去,晓雨一直没有答复俊南。他在宿舍里坐立不安,对自己不顾后果的说法后悔不已,再次主动发送短信询问她想到什么节目。"真冇脑!"她面对他的愚钝,哭笑不得,干脆关闭手机睡大觉。他又主动提出钓鱼之类的节目,依然没有收到她的回音。他意识到自己把事情搞砸,忐忑不安的情绪日夜缠绕着他,使他睡不香吃不甘。

周末的气氛逐渐感染众多忙碌的人们。周五下班前,俊南眼看周末要孤单度过,于是再次通过手机短信将一些建议性节目告诉晓雨。"我要惩罚你一下!"

她特意约上一位女同事共进晚餐，等到饭局开始后才回复他说"今晚我要跟同事一齐食饭"。

晓雨愿意回复短信，让俊南看到一丝希望。但是，他确实寂寞难耐，难免会胡思乱想。"昨晚她明明讲过今晚得闲（有空），为何现在又讲要跟同事食饭？难道她以这个借口避开我吗？"他无事可做留在办公室守候佳音，又发送短信询问她吃过饭之后有没有空跟他一起玩。她开始感到他有点烦人，故意不作回复。

又过半小时，俊南嫌手机短信的沟通效果太差，干脆直接拨打晓雨的手机。"嘟——嘟——嘟——您拨的电话暂时无人接听，请稍后再拨！"手机每"嘟"一声，他的心跳就跳得更快。他连续拨打她的手机，可她就是不接听他的电话。

俊南开始失望甚至胡乱推测。"她好可能正在跟其他男仔约会，才如此拒听我的电话。"他越想越生气，却又像老鼠拉龟那样无从下手，无可无奈。

岭南时报社摄影记者夏雨外出采访回到办公室，从俊南的身旁经过。他从华中地区跳槽过来岭南时报社工作不久，擅长搞人际关系，很快就跟俊南成为好朋友。俊南比他小三岁，彼此的共同话题较多。他经常在俊南面前说美媚如何如何的好，还说要不是自己两年前结了婚，否则现在肯定会追求她。

俊南的异常神情引起夏雨的察觉。"什么烦人事搞得我们的帅哥如此憔悴？"他走近俊南，试探俊南。俊南不想道出实情，说"没事啊"，欲敷衍了事。但俊南的脸色像乌云密布，根本骗不到别人。"你骗不到我，有烦人事别向心里藏，说出来看我能不能帮你一把。"夏雨并没罢休，继续套问他的话。

俊南想到夏雨素来低调谨慎，结果经不起夏雨的软磨，心理防线一下子溃散。夏雨被他拉到办公室一个无人角落，他尽量压低自己的声音，将自己跟晓雨闹别扭的事情一五一十地倾吐出来。

夏雨真是情场老手，当场对症下药。"不知谁将白雪公主激怒呢？罪该万死！不然的话，白雪公主怎么会'闭门谢客'呢？"俊南听从他的指引，发短信跟晓雨沟通。这一招数果然奏效，让她的火气消掉不少。

半小时过去，俊南变得聪明，改用固定电话拨通晓雨的手机。她跟其同事的饭局行将结束，趁同事在埋单，她走出餐馆接听俊南的电话。

"我系俊南啊，你食完饭未啊？"俊南说得战战兢兢的，晓雨故作冷淡地说刚开始吃，吃完饭再打电话给他。

"哦，我等你的电话。"俊南很在意电话另一边的声响，晓雨那头的声音确

实有点嘈杂，难以辨认那里是什么地方。电话挂掉后，他神情愕然，并不吱声。

"怎么样？"俊南面对夏雨的追问，拖延片刻才说出晓雨敷衍他的借口。

"那你就等她的电话喽。"夏雨拍拍俊南的肩膀，满脸神气。

"我只能这么做。"俊南一边等晓雨的电话，一边利用QQ聊天解闷。

美媚发现俊南登录QQ，马上发信息向他求教。她因自己的工作一筹莫展而郁闷，渴望得到他的援手。他边教导她，边安慰她。她感动不已，想到俊南哥为人真好。

俊南望见美媚就坐在离自己不远的地方，真渴望径直走到她的身边，以男朋友身份安抚她。但严重的矛盾心理束缚着他的脚步，他本身也失落无助，这种尴尬的处境弄得这位大好青年心乱如麻。他瘫坐在办公椅上，不知所措，只好借故避开她。

等啊等，就是等不到晓雨的来电。俊南无奈至极，迎接他的又是一个不眠之夜……他躺在床上，半梦半醒。突然，一则短信发到他的手机，产生"嘀"一声响。他的神经从放松状态瞬间变成紧绷状态。他立即侧过身来，拿起床头的手机翻看短信。原来是天气预报信息，并非晓雨发来的短信。

"唉！"俊南心凉如水，萌生放弃的念头，却又心感不甘。思绪几经折腾之后，他强迫自己争取那一丝希望。

"那个书生有时做事确实有点笨，他知道昨晚做事有点欠妥，他知错啦！！！白雪公主就原谅他啦，他会好开心！！！"俊南对自己的措辞再三推敲，才敢将这则短信发出去。不过，晓雨越来越嫌弃他的笨拙，不想理睬他，继续睡自己的懒觉。

由于家中有要事，俊南不得不早起返回老家——龙湾镇崇中村。半小时之后，他以双手撑起疲惫的身躯，慢吞吞地起床，稍作梳洗就赶快出门。感情把他折磨得连早餐也无心进食，他只管骑着摩托车赶回崇中村。

跟中海市的很多农村一样，崇中村部分集体土地不久前被征用来发展工业园区，让村民们获得一笔征地补偿款。这使得崇中村里渐渐出现"三多"现象。买摩托车或小汽车的村民多了，在村口大榕树下聚赌的人多了，堆放在村口的红砖沙石多了。

跟俊南家一样，多户村民正在赶建新房子或改造旧房子。施工队忙碌的身影在村里不绝于眼，他们用斗车运取沙石，一些沙石洒落在地上。这给摩托车驾驶者留下不少交通隐患。

俊南的摩托车驶过二十多公里回到村口。他不得不小心翼翼，避开洒在路面的沙石，来到自家旧房的改造现场。

俊南家请来的施工队是无证的，他们按照他家商定好的改造计划，正在忙碌施工。俊南的父母李英洪、王梅芳，还有俊南的表哥王敬松，就在现场不停地指挥着。俊杰早在数天前就回到家中参与筹备工作，此时站在一边没有作声，遵照俊南事前的叮嘱观察周围的动静。

俊南把车停好，连忙跟亲人们碰碰头，向他的父亲李英洪询问进度如何。"屋顶刚被拆掉。"李英洪光着黝黑的上身，仅穿一条粘着泥巴的五分裤，指着墙顶位置神情兴奋。

眼前，原来占地过百平方米、高一层的"烂尾屋"只剩下几堵高墙。那个混凝土钢筋结构的屋顶已被砸掉。俊南家计划对原有的门与窗户进行小改造，并对首层的墙壁加高加固，重新构建较为稳固的首层屋顶。他家的目标是要把这间旧屋改造成结构设计独特、外观设计新颖的三层小洋楼。

比俊南年长两岁、已成家生子的王敬松主动来帮忙，当监工。"上面的兄弟，小心！"他突然向一个施工人员大声喊叫。只见这个施工人员急忙平衡身体，连忙惊呼"好彩"，让大家直冒冷汗。

年近六十的李英洪显得异常得意，在众多施工人员面前透露有关这间烂尾屋的来历。它就是他夫妇俩在十几年前建下来的。之前，尽管生产大队批准了他的建房用地申请，但不少村民仍盯准这块宅基地。"两公婆只好争分夺秒地建起一层房屋，先人一步占据这块宅基地，当时几乎要砸锅卖铁。"他说得口水四溅，突然被俊南打住。

"爸，收声啦！你闭嘴，无人会认为你系哑巴！"俊南说完这话，心里就想到原来的烂尾屋这时已不能说是基本意义上的房屋，这种情况最危险。

"系啊，你阿爸从来都罔顾有冇外人，讲话就好似直屎流肠！"俊南的母亲王梅芳也颇生埋怨，俊杰、王敬松亦点头附和。

俊南心中想着最坏的情况，这就是一旦有村民向管理部门投诉，麻烦就大喽。因为他家改造旧屋事前没有报建申请，一方面是为赶建，另一方面是为节省一笔报建费。

面对妻儿的教训，李英洪不敢再吭声。施工人员都在偷笑。"你们只顾笑，

做得拖拖拉拉，又赚到半天工钱。你们真系好划算，你们老板就要亏本喽。"王敬松带着半骂半开玩笑的语气，对施工人员表示抗议。

俊南憧憬着数月后新房落成的情景，心中渐渐自信起来，还幻想以后可以大大方方地带女友回来。"今日下昼（下午）得闲唔得闲出来一齐聊聊。"他的脚步不禁移开，他悄悄向晓雨发送约会短信。她感到食之无味弃之可惜，不想理会他，继续打冷战惩罚他。

俊南一家四口先后穿过村中几条狭窄的硬底化巷道，要返回他们的住处。那里是一间既小又黑的两层砖瓦房。李英洪夫妇一直靠务农维持生计，还因为他们的两个儿子读书花费大，一直没有能力对那间烂尾屋进行加建。一家四口只能蜗居在这间砖瓦房，它还是由李英洪的母亲潘琼亲手筹建而成的。

俊南一边骑着摩托车，一边哼着小曲，不用两分钟就来到自家门口。当车停好，他踏上三层石台阶把门锁打开，顺手推开两扇残旧的木门。他的面前立刻暗下来，一股霉味扑鼻而来，鼠窜声音也随之传来。"唉——简直就系一个狗窝！"他又被自卑的情绪笼罩着，开始嘀嘀咕咕地骂。

跟随俊南进屋的李英洪、王梅芳与俊杰并不作声，任凭他宣泄。"睇一睇你们的'杰作'吧，你们快要将这里变成仓库啦！"他指着屋里四处堆放的务农用品，又继续责骂。

"做农民就系这样啦！这些东西唔放在屋里，难道放到大街上吗？"王梅芳忍不住回敬她的大儿子俊南一句。他不得不向他的父母郑重声明他们一家四口以后住入新屋，要实行严格的卫生管理制度，这些东西都要放到储物室里。

王梅芳为缓和屋内紧张气氛，故意笑着跟其丈夫李英洪说："你要听话啦。""阿聋送殡——唔听你支死人笛"（粤语歇后语，寓意故意装聋不听对方的话），李英洪摆出一副满不在乎的样子。

俊南气得满脸通红，脖子尽露青筋。"爸，你到底有冇考虑过我的处境啊？我出来工作之后，既要搞交际，又要揾对象结婚！现在我们屋企搞成这个衰样，会严重影响我的对外形象。我出这么多钱来改造那间烂尾屋，不仅仅让你们住得好一点！"他紧握双拳几乎蹦起来，却感到自己是南无佬跌落屎坑——无晒符（粤语歇后语，寓意毫无办法）。

消瘦的李英洪坐在凳子上，不再作声。而俊南一屁股猛然压在凳子上，情绪久久仍未平复下来。"大佬真累！"俊杰心里感叹，也不敢作声，跟随他的母亲到厨房煮饭。

俊南吃过午饭稍作休息，又骑摩托车赶回城里。"你系唔系感到好累抑或唔舒服？为何唔见你回复我的短信？我担心你，搞得心里有点乱。"他在骑车期间斟酌好这则短信，一回到岭南时报社就向晓雨发去。

这则短信同样石沉大海，俊南感到无奈又无聊，只好登录QQ看一看晓雨在不在线。她的头像一直保持灰色，而如风此时在线跟蔡云聊天。俊南急忙向他求助，将事情的前前后后全部告诉他，希望他帮忙释疑解难。

令俊南大失所望的是，如风表示自己已无能为力。既然自己跟蔡云正式确立稳定的情侣关系，就无须太顾忌晓雨对自己的纠缠。如风重温着自己在贵琳之旅期间跟蔡云享受鱼水之欢的一幕幕，不禁偷笑。

傍晚，大雨滂沱。俊南不甘心，用办公室的固定电话拨打晓雨的手机，但无人接听。她看见是陌生电话，估计是俊南打来的骚扰电话，故意不接也不回电话。渐渐地，他对她的那份执着开始弱化，失望的感觉越发厉害。此刻，秋荷的建议又浮上心头，他终于鼓起勇气，决定到凉园觅良缘。

第三乐章 花谢花开总是情

"'遇到生肖属马的女仔，你可以跟她发展一下关系'，那个神汉的话一点都唔准！"

"唔系！其实，他的话模棱两可。"

"正如他所讲，我继续等待，睇一睇我跟晓雨光开花无结果抑或既开花又结果。不过我唔能够完全相信他的话，如果在一棵树上吊死最终只有我吃亏，脚踏几条船比较保险。"

……

连日来，俊南想来又想去，开始对那个神汉的话产生怀疑。这一番精神折腾让他消瘦一圈，终日无精打采。

俊南无所事事，守在自己的办公电脑前，祈望着幸运的降临。但在QQ里，晓雨的头像始终保持灰色，并不如他的愿。在他失望之际，电脑屏幕上突然显示出秋荷的短信。他的第一反应以为是晓雨发来短信，他的精神为之一振。不过，他定神一看，才发现这只是个误会。

"俊南哥，你在疲于写稿吗？"俊南看完这则短信，抬头环视办公室，发现秋荷正坐在她的座位上。她也抬头看一看他，彼此报以微笑，继续闲聊——

俊南："不用写稿啊。吃过晚饭，坐下来听一听歌，待会儿去打球。"

秋荷："好幸福！"

俊南："还说幸福呢，我没有人陪，才会这样打发时间。"

秋荷："让你去凉园结良缘你又不愿意，活该一个人！：-D（表情符号，表示开心）"

俊南："去那里行吗？大家不了解就搞速配？"

秋荷："老爹！你咋就不开窍哩？你在报社窝着，能认识谁呀？还是多出去走走，哪怕晃晃悠悠也好。"

俊南："是的，听你的话。"

俊南好想让别人为自己的感情经历"把脉"，但考虑到自己跟晓雨的关系不

便公开,只好打个"擦边球"——

俊南:"有这样一个例子:有一个女子说一个男子很好。但正因为他的好,她感到有压力,觉得配不上他。这真正的意思是什么?"

秋荷:"那个女子平时很自卑吗?"

俊南:"双方聊天时,总是男的说话较多,但女方很少主动提出自己的话题。她可能有点自卑。"

秋荷怀疑这就是俊南的经历,特意试探俊南询问:"你是在说你的经历吧。"她的试探让他马上多长一个心眼。他经过周全的思考才敢回复:"不是,我了解到这个例子,想从中取经。"

秋荷:"那可能就是她自卑。那个男子就应当多了解那个女子心中的想法,多关心她的生活,多说说她感兴趣的话题。他别总在人家女子面前谈自己多么多么的优秀。"

跟秋荷聊到这里,俊南动身前往体育馆,更换李宁牌运动服打乒乓球。他的心惦记着晓雨,打球只是他借以填补自己心灵空虚的方式,却治不好他的心病。

俊南运动两个小时后走出球馆,骑上他的摩托车准备返回他的宿舍。而他的摩托车却鬼使神差地缓缓驶向晓雨家,并在她家的楼下停下来,他开始仰望她的闺房。

晓雨的闺房在三楼,有个临街大窗户。此时她的房里亮着灯,身穿真丝睡衣的她坐在电脑前,上网查看哪些名字好听好记。"芝婷"两字让她颇有好感。她还念道"刘芝婷、刘芝婷"并点了点头,便将这个姓名存入电脑文档。

俊南坐在自己的摩托车上呆望着晓雨的房间,感到自己跟她的距离是这么的靠近,心里的感觉是多么的舒服。驻留片刻之后,他依依不舍地驱车离开,想不到自己的情路上还有另一位女子在等他。

这位女子就是美媚。次日傍晚,一身白色连衣裙的她呆坐在座位上,因工作难以打开局面而苦恼。俊南在外忙碌一整天,一踏进办公室就看见她一张苦瓜脸,立刻想起上周末自己跟她的未了之事。"现在上QQ吧,我有话跟你说。"他移步到她的办公桌前,低声呼唤她。

美媚含情脉脉地看俊南一眼,他们俩的视线短暂交汇。他转过身,返回自己的办公桌,以最快的速度打开电脑。当他上线时,她已在线等候着——

美媚:"什么事情?"

俊南:"上周五晚,我本来想一写完稿件就跟你详聊你该如何开展工作,怎知道你很早就离开报社了。"

面对这样的关心,美媚就像遇到亲人一样,马上大吐苦水。俊南随即将一份工作通讯录传给她。这种雪中送炭的行为足以打动她的芳心。

美媚:"谢谢哦。俊南哥你人怎么这么好啊!"

俊南:"好好干吧,千万不能灰心!"

美媚:"好!感动得痛哭流涕……"

俊南:":-)"

美媚:"你还要写稿子?不去吃晚饭?"

俊南接上美媚的话茬,输入发送"你是不是想请我吃饭呀"这句话,试探她是否有那种用意。她的确有那么一点那种用意,便急着回复"好啊,不过请不起大餐哦"。

俊南突然犯难,想起自己跟一位朋友事先约好,这个约定不好推掉。而面对这个跟美媚进一步发展的机会,他又变得迟疑起来,最终还是选择暂避——

俊南:"改天好吗?因为今晚我的一个男性朋友请我吃饭。"

美媚:"呵呵,不用强调'男性'吧。这顿饭总之是我欠着得啦。"

俊南:"这顿饭我吃定啦,那到时候根据大家的具体情况安排吧。"

美媚:"没问题!"

美媚望着俊南走出办公室,她阴云密布的心情渐渐明朗起来。

可惜,好景不长。

次日,俊南办理好借调到公关策划中心的手续,就悄悄向岭南时报社团委打听如何报名参加中海白领青年大型联谊文化活动。没等岭南时报社全体员工大会结束,俊南匆匆骑上他的摩托车离开报社,前往中海市凉园博物馆办理报名手续准备参加联谊活动。

短袖细格纹衬衫、深蓝色西裤、亮锃锃皮鞋……刻意装扮过的俊南驾驶自己的摩托车在交通繁忙的城市里穿梭了十来分钟,终于提前到达凉园。等他的车一停好,他就马上到处打听在哪里办理报名手续,并根据工作人员的指引来到凉园正门一侧的售票亭。一位中年工作人员接待他,收取他的学位证书与身份证等复印件,并将报名表交给他。"好彩你来早一点,再迟一点就唔能够报名啦。"这位中年工作人员的话让他的心里异常庆幸。

随后,别的工作人员又殷勤地把俊南领到一办公桌旁,好让他慢慢地在报名表上填写个人资料。个人资料栏目中有一项是"个人月收入",他思考片刻谨慎填下"5000元",填好后交给工作人员。80元报名费换来的是活动胸卡、活动议程表、餐费收据和活动赞助商广告资料。

报名手续全部办好后,俊南从自己的裤袋里拿出手机看看时间。离报到时间还有一个小时。他挂上活动胸卡,拨弄头发整理衣装,顺便游览欣赏这座由清代中海文人构建的岭南特色园林建筑。

特别引人注目的是,凉园内外除了插满彩旗,还拉着"情系仿古街 凉园结良缘"等多条活动横幅。俊南心不在焉地游览,心里一直憧憬着"白雪公主"的出现,同时感到莫名的紧张。

眼见日落西山,俊南走到凉园正门牌坊处报到,随后又来到与凉园隔路相望的粤菜食府准备就餐。这次活动的指定就餐地点分为粤菜食府、西式餐厅。俊南在报名时就权衡过选择哪一家为好,并猜想吃中餐的女子可能会传统一点,这样的女子他还是比较喜欢的。

吃晚餐为时尚早,俊南就坐在粤菜食府一楼歇着,一边喝茶一边翻看此次活动的各种资料。

与此同时,美媚坐在岭南时报社全体员工大会会场最后一排,因听到会议宣布俊南当天开始调到公关策划中心而产生怅然若失的感觉。"我要做点事情,拉近自己跟俊南哥的关系。"她开动脑筋想法子,还环视会场,却没发现俊南的身影。

会议结束之时已到晚宴时间,岭南时报社在食堂安排晚宴招待新员工,其中还有外地单身青年员工。为参加这次晚宴,美媚已提前进行一番精心装扮。水蓝色牛仔布收腰连衣短裤搭配木底高跟凉鞋,再戴上一顶草帽,让她显得优雅又迷人。但她并没有马上去赴宴,而是回到办公室,发现俊南的座位上仍摆放着办公电脑。她的脑海即刻灵光一闪。

"让开,让开……鸣——车来了,俺来给你送月饼了。八月十五日中秋节快到了,送你一个月饼,它的含量成分:100%纯关心。配料:甜蜜+快乐+开心+宽容+忠诚=幸福。保质期:一辈子。保存方法:珍惜。"美媚坐在办公电脑前,从互联网上精挑细选这则短信,并通过QQ发送给俊南。

美媚的部门领导从主任办公室里走出来,发现美媚坐着发呆,便将她逮去赴宴。

俊南这边也等到进餐时间。他起身走到粤菜食府正门口，拿出餐票从工作人员那里领取一个盒饭，往二楼的"联谊活动聚餐点"走去。

上到二楼，俊南马上遭到众多双眼睛的"围攻"，显得很不自然。这里的每张桌子都有人坐着，几乎都是女的跟女的坐，男的与男的坐。俊南发现离自己最近的那张桌子有三位男青年坐着，便匆匆走到那张桌子旁唯一的空位置落座，边进食边偷偷扫视周围的人。在俊南对面的桌子旁，有几个女青年坐着。其中一位的相貌乍一看差强人意，吸引到俊南的注意，彼此的目光不时碰撞一下。

俊南看着丰盛的饭菜却一时提不起胃口，最后不得不强迫自己填饱肚子，稍息片刻就下楼去。在粤菜食府门口，刚才那位让俊南感觉良好的女青年，就走在他前面不远处。他加快脚步趋上前，要看清楚她的正脸。这一举动引起她的注意，她正视着他。他发现她的正面看起来马马虎虎，她只是个"背多分"而已，令他大失所望。与这位"背多分"同行的女青年也是相貌平平，同样注视着他。"唉——睇来，参加这次活动的女仔一般化！"他心中感叹，厌恶不已，连忙逃离这些女子的视野。

俊南来到凉园正门外的活动报到处看到这里挤满前来报到的男女，活动主办方正广播着香港知名歌星谭咏麟演绎的粤语流行歌《朋友》来渲染活动现场的浪漫氛围——

繁星流动，和你同路，从不相识，开始心接近，默默以真挚待人。人生如梦，朋友如雾，难得知心，几经风暴，为着我不退半步，正是你。遥遥晚空，点点星光，息息相关。你我哪怕荆棘铺满路，替我解开心中的孤单，是谁明白我？情同两手，一起开心，一起悲伤。彼此分担，总不分我或你。你为了我，我为了你，共赴患难，绝望里紧握你手，朋友……

俊南穿过人群又走进凉园闲逛，把没有到过的地方都逛一遍提前考察地形，一心只为到时更好地寻觅良缘。然而，就在他外出觅良缘之际，他的"窝边草"良缘却阴差阳错地溜走。

岭南时报社此次的晚宴阵容庞大，所有老总都出席，那个最能喝酒的老总特别会灌人。美媚因酒词少而推不掉那个老总的灌酒，先自灌几杯啤酒，又喝下不少红酒。她的舍友芙蓉、秋荷等人私下劝她少喝。但她心中郁闷只想借酒消愁，根本听不进舍友的话，拼命地喝拼命地喝。

　　在美媚想见俊南之时，俊南却在凉园里无所事事，又踱到活动报到处看别人办报到手续。在俊南的跟前站着一位让他感到有点面熟的男青年。这位男青年身穿竖条纹短袖衬衫，脚上的黑皮鞋擦得发亮。俊南歪着脑袋，皱皱眉头，询问这位男青年是不是环市人。

　　"系啊。"这位男青年感到有点意外。原来，他是比俊南低一届的环市高中校友，在岭南大学毕业。俊南看着这位身高一米七几、长得蛮帅的高中校友，从胸前口袋掏出名片递给他。

　　"原来系记者。"高中校友看过俊南的名片，也赶紧掏出自己的名片递给俊南，"我叫张皓帅，现在电信单位工作。"

　　"据我了解，在电信单位工作的靓女好多啊，你用得着来这里揾靓女吗？"俊南看着张皓帅的名片，跟他开起玩笑。

　　"哈哈。"张皓帅无奈地笑一笑，"那些靓女我难以高攀啊！报社亦有好多靓女记者啊！"

　　俊南拍拍张皓帅的肩膀，问他需不需介绍靓女记者认识。张皓帅笑一笑，说这样都好。"不过……"俊南想到荔婷，不禁摇摇头说找女记者做老婆不好。张皓帅皱起眉头，连忙问为何。

　　"女记者平时好忙，好难照顾家庭。"俊南随口找来一两个借口忽悠张皓帅，"而且交际应酬甚广，她偶尔去一两次应酬你可能可以忍受，不过长期如此你能够忍受吗？！"

　　忽然，俊南的手机响起来，打断了他与张皓帅的聊天。这是王敬松打来的电话，他要向俊南汇报有关旧房改造的情况。俊南不得不暂时告别张皓帅，走远接听电话。王敬松反映李英洪在包工头的怂恿下，坚持要临时改动原来的建设计划，就算到处借钱也要对改建房进行内外装修。

　　"李英洪这人简直系傻仔（傻子），屎坑关刀——文（闻）又唔得，武（舞）又唔得（粤语歇后语，原意是刀既不能闻也不能舞，寓意人平庸无能，文不成武不就）！"俊南急得直骂，气不打一处来，不过马上镇静下来，"表哥，你先将我老豆（父亲）镇住，等我周末返来再治他。"

　　周围充满各种声响，严重影响俊南跟王敬松的通话。俊南只好用手捂住自己的左耳，用右耳艰难地听电话。"一要……二要……三要……"他只能通过电话对建房一事进行操控，在电话的那头，王敬松认真听着他的再三叮嘱。电话挂掉之后，他内心异常沉重，再次强颜欢笑地走进热闹的凉园。

天色已暗。俊南在凉园的石板上踏步悠行，使劲睁大双眼对沿路遇到的女青年一一仔细打量，期盼能遇上一个相貌姣好的女子。不过，随着他的希望一点一点地幻灭，晓雨的面容在他脑海浮现的频率也不断增加。

俊南来到群星会堂，这儿摆放着很多桌椅供参与活动的男女歇息、聊天交流。俊南在一张空椅子上坐下歇着，悄悄打量周围的男女。"我要表现得大度一点，主动跟那些相貌稍好的女仔交往。"他因有羞怯心理作怪而始终不敢动，只好无趣地走出群星会堂溜达，想不到在凉园家庙前又遇到张皓帅及其两位同事。

这四个年轻人互换名片，交谈得十分投契，仿似故友重逢。俊南摇头感叹来参加这次活动的女子相貌好一般。"你来这里想揾靓女，真系异想天开，能够睇到一两个相貌过得去的已经算系幸运喽！就算让你揾到靓女亦不容乐观，理由好简单。她们素质高相貌好，到现在尚未有男朋友，不是'二手货'就是心理有问题。这些女的在择偶上要求好高。有些女的相貌平平，如果男方冇车冇楼，免谈！唉，我们这些打工仔注定要打光棍喽！"被张皓帅称呼为"前辈"的那位同事道出自己的高见，令俊南三人纷纷点头称是："有道理有道理，果然系'前辈'！"

这位"前辈"年过三十，身材中等长相普通，满脸粗糙的皮肤显出一种沧桑感。这位"前辈"继续为俊南指点迷津，得到张皓帅另一位被称为"高佬"的同事附和。这位"高佬"的个子超过1.8米，身穿T恤衫牛仔裤。

突然，一支摄像枪从人群中伸出，对准俊南他们的方向。他们慌忙躲闪，往阴暗处藏身。"我系公众人物，如果被摄入录像播放出街，麻烦就大喽。这样不利于我今后追其他女仔！"俊南的这番话引发张皓帅三人哈哈大笑。

俊南在凉园谈笑风生，而美媚却在岭南时报社食堂醉酒。还没等到宴会结束，芙蓉、秋荷合力将美媚扶回宿舍。美媚躺床不久就开始发病，浑身不停打哆嗦，脸色发青。这一状况把芙蓉、秋荷吓坏了。

这一晚，俊南毫无心思装载美媚。七时许，中海白领青年大型联谊文化活动组委会通过高音喇叭发出"集结号"。参加此次活动的众多男女青年纷纷到凉园正门集中，准备列队分组，同行仿古街。

俊南他们怕被拍摄，不想游街，故意迟迟才走出凉园。等到队伍已经出发，俊南他们都把胸卡藏起来，待在凉园牌坊附近"狩猎"。

迷城恋歌

忽然，俊南眼前一亮。原来，一位身穿粉红色连衣裙的亭亭玉立的女子就在离俊南他们不远处。"兄弟们，睇下这位靓女吧！"俊南有点激动，赶紧提醒同伴，带头走近这位女子。

"高佬"主动跟这位女子交流，询问她为何不跟大队伍去逛仿古街，又问她是哪个单位的。"我系今次活动赞助单位的员工。"这位女子操着一口流利的粤语，她的脸蛋俊俏，唯独嘴巴部位不太好看。

俊南壮起胆量，邀约这位女子一起逛仿古街。她一开始尽显矜持，最后还是接受俊南的邀请一起逛街，想跟上大队伍。不过，当俊南他们走出不远，大队伍已折回并走向仿古街中心舞台，俊南他们只好转身走向中心舞台。这位女子突然跟俊南他们辞别，声称"我有事要做，我要先返单位喽"。

这边，俊南在迷乱中苦觅佳人。那边，美媚醉卧床上，还在迷糊中惦记俊南。她的醉酒反应越发严重。芙蓉和秋荷拨打120，叫来救护车，把她送进中海市中心医院。医生说她酒精过敏，幸亏早送院医治，否则后果不堪设想。

美媚被送进住院部打吊针，需要留医一夜。芙蓉、秋荷坐在病床旁照顾她。秋荷忽然想起一个男子。他就叫詹宇，经常在周末从粤州过来中海追求美媚。秋荷致电告知他美媚酒精过敏入院留医，叫他赶来照顾美媚。

俊南哪里晓得美媚对他萌发的情愫，一门心思盼着能在此次联谊活动中有所斩获。

八时许，中海白领青年大型联谊文化活动主办单位的负责人走上中心舞台，在开场仪式上讲话并宣布活动正式开始。

大部分白领青年忍受闷热，坐在中心舞台前。而俊南仨人一怕闷热，二怕被拍摄，站在外围观望聊天。俊南一直埋怨自己胆子太小。"如果等一阵再遇到那位靓女，我一定要主动跟她结识。"听到俊南这番话，张皓帅微笑不语，心里嘀咕："苏州过后冇艇搭喽。"

在中心舞台举行的活动包括"月老牵红线 移位绣球速配""爱的胸怀"等多个项目，吸引不少路人驻足围观。大队伍要在这里逗留一个半小时以上，才会移步到凉园内参加其他活动。俊南三人站立半小时，等得不耐烦，便决定提前返回凉园等候。大伙在车水马龙的仿古街上漫步，来到一间小店门前停下买烟，还坐在店前的小凳上歇息聊天。

闲聊的主要话题围绕俊南的恋爱困惑展开。当俊南介绍完自己近期恋爱经历，自称恋爱经验丰富的"高佬"即刻为俊南把脉诊断。"你所讲的这个女仔比较中意文学，你可以尝试从这里突破，利用你的优势来感染她。"高佬的建议为俊南拨开眼前一些迷雾。

"有点道理！"俊南回忆着自己跟晓雨的交往情景，此际的心情既无奈又低落。

"你所讲的这位女的跟我们刚才识到的那位女的相比，谁更靓？"高佬为自己点燃一根烟。

"我所讲的这位女仔稍为漂亮一点！"俊南联想着刚才大家遇到的那位性感女子，"我们刚才识到的那位女仔嘴巴唔好睇！"

"我相信你的眼光，你所讲的这位女的已经算好好啦！"高佬吞云吐雾，向俊南询问他所讲的女子是否在城里生活，迎来他的点头称是。"皇帝女——唔忧嫁（粤语歇后语，寓意很抢手）。这样的靓女肯定有好多人追求啦！她的选择那么多，她唔会轻易答应你，你非要费一番苦功不可！"高佬摇头长叹，为他释疑解惑。

俊南所坐的位置正对着大马路，他的目光不时为往来的女子所牵引，但他的心里一直惦记着晓雨。既然她并不在乎他，他只好跟两位临时"战友"返回凉园，继续寻觅良缘。

进入群星会堂正门，右边早已坐满一席女的。让人大跌眼镜的是，当中没有一个是漂亮的。俊南三人只好到左边的一席坐下。俊南跟高佬继续谈论自己的感情问题。高佬却显得不耐烦，声称自己为人好实际，向别人支招要收学费。俊南突然被打住，沉默片刻，便转换话题。

一名中等身材的男青年走进来，跟俊南三人围坐在同一桌。大家寒暄过后，还互换名片。原来，这名男青年叫潘世杰，是中海微生物研究所业务主管。他前额光秃发亮"绝顶聪明"，戴着一副近视眼镜，成熟老练的架势让人一看便知年过三十。

与俊南相比，潘世杰更为饥渴，一看见美女就两眼放光。"青年联谊会的人知道你的电话之后，每逢搞活动就老骚扰你，烦死人啦！我已经被拉进去当会员了。"潘世杰故意表现出一副很不屑的表情，"其实，当这种会员亦有用。上次元宵联谊会冇效果，搞得好似人肉市场，商业味太浓！"俊南听到"人肉市场"一词，不禁失笑，心想这个词用得真够形象。

港城恋歌

大家一边聊天一边吃着主办方提供的花生、水果。高佬、张皓帅终于耐不住寂寞,先后借故走出来"狩猎",独自精彩。俊南坐等许久还是没等到符合自己眼缘的女子出现,就离开群星会堂欲前往凉园深处,岂料潘世杰主动跟他同行。

穿过群星会堂的过道时,俊南俩发现这里举行的"诗情画意说灯谜"活动吸引着不少男女。但"醉翁之意不在酒",俊南俩对猜灯谜都不感兴趣,继续走向"园中湖"景点。

在园中湖景点入口处,一位女工作人员突然闯入俊南的视野。通过幽暗的灯光,他依稀望见她的身材玲珑浮凸、相貌姣好。她跟其同事面对面说上几句话,就匆忙地往园中湖景点深处小跑而去,转眼间便消失于夜幕中。俊南不愿再错失良机,疾步跟上去。潘世杰紧随其后,一起朝着那位女子离开的方向前进。

湖边种满树木,树林里早已放满小椅子。沿湖边还亮着灯,灯光透过密密的树林射到湖边小路,营造出斑驳浪漫的氛围。一双双男女青年就藏身于树下,窃窃私语。而俊南与潘世杰却在等米落镬(等米下锅,等待结交女友),走着说着,很快就来到"凉园韵桥"。

桥上有很多工作人员在忙于试验"情对歌赋"活动的设备,刚才俊南看中的那位女子手持对讲机,就在人群中。俊南加快脚步走上桥,当她即将离去时,果断出击,在引桥处拦住她。

"靓女,我系岭南时报社记者,能否跟你认识一下?"俊南连忙递上自己的名片,"今晚我对你留意已久啦,一直想认识你!"

在大型射灯的照耀下,俊南眼前的这位女子显得更加亮丽动人。只见她长着一张白净瓜子脸,五官配搭得完美无瑕,脑后扎着一条乌黑长辫子。一身蓝白相间的工作服、斜挂于肩上的小挂包、脚上穿着的白色皮凉鞋……这副装扮让她显得十分干练。她打量着帅气、斯文的俊南,爽快答应说:"OK。"这位女子姓温,与俊南互相交换手机号码、QQ号码后,随即又投入到繁忙的工作中。

由于整个联谊活动延时开始,特别是在仿古街中心舞台举行的分项活动超时,原计划在凉园举行的多个分项活动都一一推迟举行。俊南离开凉园之时已是晚上11点,按计划该结束的"情对歌赋""情缘舞会"活动环节尚未开始。

俊南没想到会在凉园正门处再次遇见温小姐。她忙得不可开交,但看到俊南正要离开,当即报以微笑与预祝中秋快乐。

"节日快乐!Byebye(再见)。"俊南面带微笑,挥手告别,心里庆幸当晚认识到这位靓女对自己总算有个交代。然而，迷茫、自卑的心态令他裹足不前。这个陌生女子在他的生命中只是昙花一现。

俊南骑着摩托车离开凉园，慢慢行进于渐趋平静的大马路上。就在同一时刻，詹宇从粤州赶到美媚入住的病房，打算守在她身边照顾她，直到她康复出院。

美媚的酒精过敏症状有所消退。秋荷与芙蓉稍微放心，詹宇主动要求接班，让她们回宿舍休息。美媚看见他的到来，感动得热泪盈眶。他趁机抓住她的嫩手，抚摩她的秀发，努力安慰她。她此时的心里唯有詹宇，暂时容不下俊南。

俊南开着摩托车，直接来到晓雨家的楼下，看见她的房里依然亮着灯。由于时候不早，他没有停留，只是望上两眼就驱车离去。

身穿真丝睡衣的晓雨坐在其父亲房里的椅子上。而她的父亲穿着背心、中裤，坐在床沿向她诉说自己的不幸婚姻经历。以往的一幕幕生活情景不断浮现在他眼前——

30年前，晓雨的父亲退伍转业，进入中海市交通局办公室工作。而晓雨的母亲在中海市粮食局工作。两年后，中海市交通局领导亲自为晓雨的父亲做媒，将晓雨的母亲介绍给他认识。晓雨的母亲长相普通，对健硕帅气的他情有独钟，并不介意他出身"农门"。两人拍拖一年后便结成连理。晓雨出生之后，家庭负担日益加重，而他始终没有得到提拔收入平平。为此，她不时唠叨，嫌他没本事。夫妻时常吵架，数度将婚姻推至危险边缘。考虑到晓雨的正常成长而且碍于同在政府部门工作，晓雨的父母多年来凑合着过，但貌合神离同床异梦。直到晓雨大专毕业参加工作后，夫妻俩先后退休，对于离婚已没什么顾虑。

"老豆，既然如此，你跟老母离婚算啦。再耗下去，对大家都唔好。"晓雨听完其父亲的苦诉，双眼发红，低声劝说她的父亲。

"乖女啊，"晓雨的父亲额头皱纹舒展开来，"你终于理解老豆的苦衷啦！"

"老豆，我系你的乖女，身上永远流着你的血。只要我心里永远铭记着你系我老豆，改个姓名并不会碍事。"晓雨上身稍微前倾，用自己的双手握住其父亲的双手，"今后，在你的家族里和朋友圈里，我仍然用原来的姓名。我希望你同意老母的要求，好让大家尽快解脱吧！"

晓雨的父亲迟疑片刻，才表示同意。"这就好！现在好晚啦，我们早点休息

吧。"她动身返回自己的闺房，准备休息。

离晓雨家不远处有一个公交车站点，唐仁正站在这里候车。他跟珍妮逛完街分别不久，就忙着向网友乔巧发短信聊天。他打心里受不住将来寄人篱下的生活，近期偷偷通过短信频繁跟乔巧联系。

乔巧家住东北地区，又跟别的男子恋爱失败。因而她欲遥控唐仁，存心破坏他跟珍妮的感情，期望能重拾那份远隔万水千山的旧日情缘。

俊南驱车在唐仁前方数米处快速经过。唐仁进入他的视野，令他随即想起龙湾山上那个相士的话语。"那个睇相佬讲过，唐仁跟珍妮之间的情缘系千年修得的缘分，属于破镜重圆。这句话到底蕴涵着什么深意呢？"他看到唐仁一直低着头把玩手机，但他不但不停下来让唐仁搭乘"顺风车"，反而加速驱车离去独自返回宿舍。"唐仁现在情场得意，我却又一次情场失意。要避免让他知道晓雨就住在附近。"他一边开车一边告诫自己谨慎低调一点为好。

尽管前一天已向岭南时报社公关策划中心报到，但俊南仍要利用周六休息日的时间，返回采编新闻中心完成那些尚未收尾的工作。回到办公室看见美媚的座位空空如也，让他的心中产生莫名的不安。

当俊南打开QQ，美媚前一天发给他的那则中秋祝福短信显示出来。他仔细看看是谁发来的短信，发现原来是美媚。"咦，她并不在办公室，到底在哪里上网呢？"俊南不禁满腹疑问，又立刻看一看发送时间。

"哦，9月10日18时06分！"俊南更是莫名其妙，再仔细推算一下，"就在昨天傍晚。当时我正在凉园空等良缘呢。"

"哎哟——天啊——坏啦坏啦！"俊南一下子瘫软在椅子上，"这样就等于她的真心告白啦！老天啊，您为何如此纯心玩弄我！？"

"既然自己跟晓雨的情侣关系尚未确定，这时自己跟美媚发展一下两人关系，亦不失为周全之策。"俊南非常渴望即刻能与美媚取得联系，马上拨打她的手机。岂料两次拨打都无人接，让他很失望也很无奈。

突然，俊南醒悟过来，快速从椅子上站起来。恰好夏雨也在办公室里加班，他急步走到夏雨的办公桌前，将夏雨拉到他的办公电脑前。他动作麻利地打开美媚的祝福短信让夏雨细看，还透露她不接听他的电话，希望夏雨能为他支招。夏雨当即催促他快给她发送手机短信，还积极参与酝酿短信内容。

"你送我的月饼非常甜蜜！很感谢！此月饼我将用一生的幸福慢慢地品尝，

直到永远……预祝中秋节快乐！"俊南向美媚发送出这则情意绵绵的短信，一边守候她的回信一边在想如果她回复他，他应不应该跟她约会。但她杳无音信，让他懊悔不已。

"唉——真系天意啊！现在两头唔到岸，可悲啊！"俊南怀着沮丧的心情，把自己的办公用品搬到岭南时报社公关策划中心，没想到在报社大楼一楼电梯口遇到美媚的舍友芙蓉。满脸倦容的她刚探病回来，恰好跟俊南一起等电梯。他想起她跟美媚是舍友，便旁敲侧击地询问她们在迎新人晚宴上吃得好吗。

"能吃得安心就好咯。我和秋荷都在忙于照顾美媚呢。"芙蓉不禁长叹一口气，"哎——"

"美媚发生什么事啦？"俊南心里着急，却故意装出很随意的语气。

"你不知道吗？她的事情可闹大啦！……"芙蓉忆述美媚前一天被部门主任抓去赴宴的那一幕。电梯门打开后，她走进电梯，俊南紧跟她。电梯里没有其他人，她继续忆述美媚被灌酒的情形。

"你知道吗？那个晚宴阵容可大咯！……"芙蓉开始露出一脸莫名其妙的表情，"想起来昨天她真是有点异常，就是耐不住别人的激将法，拼命地喝拼命地喝。结果呢？坏了自己的身子！"

"她现在怎样？"俊南的脸色一沉。

"昨晚还没等到散席，她就已醉酒，我和秋荷合力把她扶回宿舍。她躺床不久就开始发病，浑身不停打哆嗦，脸色发青。我和秋荷被吓坏啦！"芙蓉忆述起那惊人的一幕，仍心有余悸，"我和秋荷马上把她送到中海市中心医院。医生说她酒精过敏，幸亏早送院医治，否则后果不堪设想。"

"啊——"俊南惊讶得张开嘴巴，"这么严重啊！我早就告诫过她喝酒不能逞强。她现在已经出院吗？"

"现在还没有。"芙蓉看见俊南异常紧张的样子，心生好奇，"不过，医生说她如果康复得快，今天就可以出院。"

原来，美媚并非有意不回复俊南的电话，让他的心中又燃起一丝希望。他想马上赶到医院探望她，还急着向芙蓉询问美媚留医的病房在几楼。芙蓉会意地笑一笑，回答说在住院部4楼。

电梯门打开，芙蓉步出电梯，进入办公室。俊南并没有走出电梯，而是伸出食指对准"关闭"键连按几下，让电梯门以最快速度关上。当电梯到达一楼，他

又伸出食指对准"打开"键连按几下,要让电梯门以最快速度打开。电梯门才打开一半,他就侧身走出电梯,快步离开报社大楼奔向医院。

俊南走在途中,忽然意识到自己两手空空去探病不礼貌。"阿妈经常讲送苹果寓意送平安。"他便来到水果店选购一袋共八个大苹果。

当俊南踏进中海市中心医院,他的眼球不停移动以尽快捕捉"住院部"字样,心里恨不得马上能见到美媚。然而,老天爷好像在捉弄他。他几经兜转才找到住院部,乘电梯上到六楼,又要返回到四楼。

俊南一走出四楼电梯口,就跟詹宇擦身而过。满脸倦容的詹宇拖着疲惫的身体,提着暖水壶,正前往茶水间打水。而俊南在护士的指引下,走到走廊尽头,很不容易才摸进美媚留医的病房。

美媚所在病房的门敞开着。俊南一边走进房里,一边扫视房里的情况。房里有六张病床,只有两个病人入住。靠外边的这张病床上,有一个中年妇女躺着。靠里边的那张病床上,有一个身形像是女子的人侧躺着。这人的脸朝向里面,让俊南一时无法辨认。病床旁边,有一个女子坐着,看样子是在看护床上的病人。她听到背后有脚步声便转过头来,发现原来是俊南,脸露悦色地询问俊南哥怎么也来啦。

这位女子就是俊南的同事梁雪菲。她个子不到一米六,扎着两条大辫子,样子酷似卡通人物"美少女战士"。俊南认出雪菲,心里一下子安定一大截,微笑着说:"来探望美媚喽。"

一身病人服的美媚听到俊南说话的声音,艰难地转过身来看他,声音虚弱地说:"你来啦。"她那头微曲的长发依然令他特别着迷。但她原本白净靓丽的面孔因患病而显得异常苍白,她的四肢乏力难支,令他十分揪心。酸酸的感觉涌向他的鼻子。"是的。你的病现在怎样啦?"他极力控制好自己的情绪,以和缓的语气说话。

"比昨晚好多了。"美媚想撑起自己的身子,显得有点艰难。雪菲马上站起来帮助她,拿起枕头为她垫背,让她挨在床架上。

俊南走到床边的小柜子前,将自己拎着的那袋苹果,放在小柜子顶上。雪菲略为诧异地说俊南哥来探病还带来水果呀。"是苹果来的,这寓意平平安安嘛。"他看着美媚,显得深情款款。

"俊南哥真是个'三好'青年!"雪菲微笑着跟俊南调侃。

正当俊南想回话之际,身穿白色短袖T恤衫、蓝色牛仔裤的詹宇走进病房。詹宇满脸微笑,径直走到美媚的床头旁,把手中的暖水壶放在小柜子顶上。面对这位身体健硕、样子俊俏的陌生青年,让俊南陡增无形压力。"这是谁?!"俊南马上产生提防心理,急切地询问雪菲。

然而,俊南最不愿意见到的一幕还是当场上演。

"这位是你们的同事吗?"詹宇坐到美媚的床头边,伸手指一指俊南,不慌不忙地询问美媚。她露出满脸微笑,回答说这位是她们的俊南哥,还盛赞俊南是中海有名的才子。

俊南竭力掩盖自己心中的慌张,故作大度姿态,摆摆手摇摇头。虽然他的嘴巴上谦虚地说"过奖了",其实他的心里急于想知道这个男的到底是谁。"这位是美媚的同学,是《粤州日报》记者来的!"雪菲看穿俊南的心思,故意婉转表达言辞,尽量避免自己的话语伤害俊南。

"哦?"俊南随手拿出自己的名片,主动跟詹宇交换名片。詹宇淡定地站起身来,显得彬彬有礼地跟他交换名片。他扫视詹宇的名片,当场让一种自卑感笼罩着。"詹宇样样都比我强,千万不要成为我的情场对手,否则就糟糕啦!"俊南勉强装出若无其事的样子,向詹宇询问他们俩是不是大学同学。

"高中同学。"詹宇又在床头边坐下甚至挨在床架上,还故意用右手搂着美媚的肩膀,特意在俊南面前显露自己跟她的特殊关系。而她也顺势把头靠在詹宇怀内,一脸幸福的表情。

目睹这一幕,令俊南非常揪心,恨不得自己能顷刻消失。但是,眼前的现实要他必须死鸡撑饭盖(粤语歇后语,寓意死撑)。"你——你是哪所大学毕业的?"他继续向詹宇发问,欲摸清詹宇的底细。詹宇爽快应答说今年在岭南大学毕业,甚至流露出自豪的神情,却让他更为难受。

"一了解到美媚入院,詹宇就马上请假从粤州赶过来,从昨晚到现在一直照顾她。"雪菲的话像一种情感催化剂,让美媚更加感动,竟旁若无人地跟詹宇更加亲密。詹宇眼看自己占尽天时、地利、人和,就心安理得地抚摸她的秀发。

面对此情此景,俊南感到自己的喉咙异常难受,不得不低下头以避免别人看到自己的难堪。"睇来,美媚跟秋荷一样,来到中海工作极有可能基于男朋友在粤州工作的缘故。她们一时难以落户粤州,就利用中海作为跳板。原来一直以来都系我在自作多情!"当一度燃起的希望之火又被扑灭,俊南只好循例进行一番

自我心理安慰。

　　雪菲察言观色，眼珠一转，尽快岔开话题跟美媚谈起如何办理出院手续。俊南一边应对这个尴尬场面一边调整自己的情绪，临时以要回去加班为借口，火速离开这片伤心地。

　　俊南因又一次受到重大打击而食欲大减，强迫自己到报社附近的餐馆象征性地进食一些东西。坐在餐馆里吃午饭的顾客有近百人，现场非常嘈杂。"嘀——"俊南隐约听到一声手机短信的声音，出于习惯性地掏出手机，看看是否收到短信。果然是别人给他发来短信。他即刻紧张起来，脑海里立刻浮现出晓雨的样子。不过，他一打开短信，就再次陷入失望之中。

　　"俊南，你好！我叫阿澜，听讲你系一个才子，所以好想结识你。希望你得闲就回复我！"这则短信让俊南感到莫名其妙，不停思索这个人到底是何许人也。但他将自己交往过的人通通想过一遍，都找不到一个叫"阿澜"的人。"何解（为什么）这个人知道我的手机号码？睇短信内容，唔似误发短信喔。"他打算等到得闲之时再回复这个陌生人。

　　在俊南巧遇花谢花开之际，美媚病已痊愈，换上连衣裙要出院。詹宇一手搀扶着她，一手提着一个装有住院用品和那八个苹果的小提包，陪她慢慢走出医院正门。两人坐的士回到她的宿舍。他刚把她安顿下来，就接到部门领导的电话派工通知，急着要返回粤州工作。

　　詹宇在临走之前从美媚的小提包拿出一个红苹果，将它洗净削皮并递给美媚吃，还不忘跟她深情吻别。她送他出门口，一边望着他远去的背影一边品尝着苹果，感觉甜滋滋。

　　忽然，美媚记得要去查看自己的手机，看看过去一天里有什么人找过自己。俊南当天上午打来的那两个未接电话，首先映入她的眼帘，她又翻阅他发来的短信。"你送我的月饼非常甜蜜！很感谢！此月饼我将用一生的幸福慢慢地品尝，直到永远……预祝中秋节快乐！"她看着看着，眼前逐渐模糊。

　　"我的妈呀！老天爷怎能够这样跟我开玩笑呢？"美媚坐在床沿，回忆过去一天阴差阳错的经历，感到茫然无措。手机、苹果从手中滑落到地上。两行热泪滑过她的脸蛋，流进她的嘴里，冲淡她口中甜蜜蜜的苹果味道。

　　天意弄人，美媚令俊南在爱情路上重重摔一跤。为安抚自己受挫的心灵，他不时自吟自唱那首香港知名歌星陈百强原唱的粤语流行歌《一生何求》——

冷暖哪可休，回头多少个秋，寻遍了却偏失去，未盼却在手。我得到没有，没法解释得失错漏，刚刚听到望到便更改，不知哪里追究。一生何求？常判决放弃与拥有，耗尽我这一生，触不到已跑开。一生何求？迷惘里永远看不透，没料到我所失的，竟已是我的所有。一生何求？曾妥协也试过苦斗，梦内每点缤纷，一消散哪可收。一生何求？谁计较赞美与诅咒？没料到我所失的，竟已是我的所有。……

除了情歌，老家自然成为俊南寻找慰藉的精神港湾。

傍晚时分，俊南的老家崇中村环村河涌的水面闪烁着落日的霞光。众多农民纷纷收工，扒（划）着小草艇返回村口。俊南的父亲李英洪光着上身，穿着中裤，扒艇前去"拦水"。肤色像非洲黑人、肢体瘦削、头发花白……这是漫长岁月、艰苦生活在他身上烙下的痕迹。

李英洪不仅承包两个鱼塘养殖四大家鱼，饲养20多头猪，还承包环村河涌开展渔业。沿着河涌每隔一段距离，他就在靠近岸边的水域，插下多根长竹竿来安装一个大网箱。每个大网箱总长近十米，由几个小网箱连接而成。第一个小网箱的入口面积超过一平方米，小网箱之间的出入口面积越来越小，最后一个小网箱的末端用绳子紧紧绑住。鱼虾蟹蛇鳖等进入网箱后，越往深处就越难逃脱。

李英洪将与第一个小网箱连在一起的大鱼网展开，横向拦住河道。这样，鱼虾蟹蛇鳖等难以通过渔网，被诱导进入网箱。有十个网箱需要做"拦水"工作，让他忙上两个小时才能回家吃饭。

李英洪直到吃过饭又喂完猪，才洗澡睡觉，不过只能睡上两三个小时。到次日凌晨，他就要起床准备提取渔获。

上身着破旧T恤衫下身穿防水裤，肩背充电池，头戴探照灯……李英洪搞定全副武装才动身出发，还带上渔网兜、养鱼桶与网袋等多种与捕鱼相关的工具。如果遇到刮风下雨的天气，他还会着雨衣。

提取渔获时，李英洪跪在小草艇末端的座板上，借助探照灯的照明慢慢解开最后一个小网箱末端的绳子。受困于最后一个小网箱里的鱼虾蟹蛇鳖等，被他熟练地抓取出来。鱼虾被养在鱼桶里，蟹蛇鳖分别被困于网袋中。

东方的天空渐渐泛白。李英洪硬撑着疲惫的身躯，缓慢地扒艇，将自己的劳动成果运回家。等到他的妻子王梅芳与他完成交接工作后，他就尽快爬上床休息。

第二天一大早,王梅芳就前往崇中村肉菜市场卖鱼换钱。她的右肩挑着两只养鱼桶,桶口处安装着网线。她的右手扶着担杆的前半部,左手拿着几个叠放于一起的红胶盆。腰间系着一个扁扁的小钱包,双脚穿着黑色防水鞋。看到渔获不多,她露出一脸不悦之情。她盼着其大儿子俊南尽快归来,替她修理修理她的丈夫。

告别以往周末的加班生活,令俊南一身轻松。他到早餐店吃过早餐,骑着摩托车赶回老家。和风拂人面,丽日养人眼,美景怡人情。沿途要经过两座大桥,他看到以往建在引桥处的收费站已是人去楼空,滚滚前进的车流畅通无阻地通过大桥。如今,过桥不用交过桥费,大大减少他的出行成本。

在俊南的记忆中,中海市从去年三月起实行辖区中心地带的20多个路桥收费站暂停收费,改为路桥费年票制。不过,中海心脏地带与外围区域的交通衔接较差,导致新政实施后交通堵塞成为家常便饭。这趟回老家让他饱受塞车之苦。通常情况下仅需40分钟走完的车程,这次令他耗费一个多小时。他唠叨不断,终于回到崇中村。

自家旧房改造现场是俊南第一时间要到的地方。不过,他的家人、表哥都不在现场。施工队忙着安装模板,搭建首层楼顶的模板框架,准备扎钢筋浇注混凝土。其中,正在首层楼顶干活的包工头眼睛麻利,大老远就瞄见他。

"老板,返来啦!听你老豆讲,你们打算对这栋楼房进行内外装修喔。"包工头等俊南走近,就停下手上的活儿,装出一副笑脸故意提高嗓音朝他喊道。对于这种带有试探性的话,他早就打好"预防针"。对付包工头的第一招就是装出皮笑肉不笑的样子,接上包工头的话茬仰头说道:"他随便讲讲而已,你不必当真。"

"其实,装修外墙只不过增加那么几个钱。"包工头使出激将法,保持微笑,"老板您系大记者,还会在乎这几个小钱吗?"

然而,俊南冷笑一声"哈哈",还向包工头询问到底要增加多少钱。"不过两三万元而已。"包工头显出满不在乎的表情。他在心里盘算片刻,不急不忙地回应说施工队还是按照原来的改造计划施工吧。这令包工头当即语塞。

俊南将改造房首层里外察看一遍,又顺着楼梯模板框架,小心翼翼地爬到首层楼顶的模板框架上面。他还特意来到包工头身旁,向包工头盼咐这个盼咐那个。包工头个子偏高又瘦又黑,身上的衣服和脚上的胶鞋满是石灰迹,且多处被划破。他的十只手指很粗，伤痕累累。这副模样让俊南感受到农民工挣钱的确不容易，他们挣来的每一个铜板都是有血有汗的。

经过长途奔波的俊南感到有点累，便蹲下来跟包工头聊天套近乎。包工头又停下手中的活儿，点着一根亲手包的旱烟不停地吞云吐雾，摆出心满意足的样子。"中海今年开始深化农村变革，你知道吗？"俊南对着这位包工头，产生一种心理强势，主动提出这个新话题。

"好似几时从电视中听讲过，不过不太清楚具体要搞什么。"包工头听见"农村"两字，对这个话题产生一点兴趣。

"两个月之前，中海正式实行户籍改革。全市统一户籍管理，施行统一的计划生育适用政策，160多万农民在一夜之间由'农民'身份转换成'居民'身份……"俊南解说的语气跟政府官员向普通农民宣教没两样，让包工头有点反感。

"不愧系记者，讲起话来亦系一套一套。"包工头话中带刺，还忍不住马上补充一句，"他们做官的一时改革这个一时改革那个，我们农民无权干涉。懒得理他们搞什么名堂，我们最关心的系自己的利益会唔会受损，能唔能够得到更多好处！"

包工头的大直话令俊南心里有点不爽。俊南沉默片刻，才回应说户籍改革之后，他们这条村所有人的户口都已经进城喽。"我本来就系农民，除低（脱下）身上的衬衫，就露出黝黑的后背。尽管着上一件新'衬衫'，后背仍然黝黑。"包工头袒露自己的心声，声称无论户籍政策如何改革，他依然是个农民。

包工头回敬的这句话，让俊南陷入沉思中。"这句话多么朴实啊！农民要实现真正进城并不能够仅仅靠一纸户口簿的改变，更重要的系靠观念的更新，要以城市人的观念意识工作和生活。"他还结合自身的情况思索自家人的生存与发展。在他看来，他的一只脚早已踏上城市化的时代快车，但另一只脚仍然深陷于乡村落后文明的沼泽之中。只有带领他的家人也跟上城市化步伐，他才能彻底城市化。

包工头发现俊南忽然缄默不语，就把其抽剩一半的旱烟弄灭并放入口袋，重新忙起自己的活儿。"你们唔好（不要）接太多项目，要赶在过年之前帮我改建好这间屋！"俊南忽然提出一个跟包工头更贴近的话题，话语中略带命令语气。

"我们已经累得好似铁木真打仔——大汗耷细汗（粤语歇后语，寓意大汗淋

滴）"。起屋（建房）并非砌积木，唔能够操之过急！"包工头考虑到俊南已经不是第一次如此催促他，遂露出一脸疑惑之情，询问俊南为何这么着急。俊南站直身子，舒展一下筋骨，向他反映中海市正在建设组团式现代化大城市。他以左手扶铁钉又以右手拿铁锤，边装钉模板边询问这跟俊南起屋有何关系。

"这个意味着农村城市化不断加快。譬如龙湾镇紧贴中心组团，在不久的将来亦会变成城市。"俊南指一指龙湾山的方向，提示包工头抬头看看众多已从龙湾山那边一直铺建过来的市政设施、房地产项目。包工头暂停干活往龙湾山方向望去，感叹龙湾医院已从龙湾镇里搬到他们村外围。

"既然这间屋已经打下一定基础，我就想多投入一些钱，尽快将它改建得更好一点。"俊南一直在忧虑如果再迟一些，市里可能要严格控制农村宅基地建设，到时有钱也未必能够建房呢。包工头却不以为然，低头干活，质疑他根本用不着这么紧张。

"中海有些城镇化程度较高的地方，已经限制农村起屋啦！你知道吗？凤城区有条村在前段时间重建一座神庙。这件事被报纸曝光之后，有关部门就强行将它拆掉！"俊南口沫横飞，手舞足蹈，不经意地把夹在其腋下的公文包掉到了地上。包工头开始紧张起来，再度停止干活，抬头看他一眼。他俯身捡起自己的公文包，显得洋洋得意。

"如果这间屋能够挨过十年，我已经好满足。"俊南为巧妙对付包工头，刚才绕了一大圈，终于回到正题上，"你刚才讲什么内外装修，我有何必要投入那么多钱呢？倒不如多留一些钱，到城里买房啊。等到这间屋变旧，如果到时形势允许的话，我再投入一些钱装修一下。这间屋自然成为新屋啦！"

"你的算盘打得好喔！"包工头被俊南说服，不禁朝他竖起左手大拇指。他又举例欲吓唬包工头，透露三江区有些村要发展工业园区，就统一规划建设农村公寓甚至将旧村全部拆掉。"有可能我们村以后亦会这样做。不过，我们村的工业化、城镇化、农业产业化，就比其他村慢几拍。"他有点喉干，吞吞口水。

"做记者真系神通广大，什么情况都能够搜集到！"包工头马上忆述前段时间自己参加村民大会，投票表决是否同意征地的那一幕——龙湾镇原计划将龙湾科技工业园放在崇中村及其周边村落。但崇中村村民拒绝把集体土地所有权卖断，只想出租集体土地，通过流转土地使用权长期获得经济收益。镇里最终没有征用那些土地，把这个园区放到别的地方。在包工头看来，这样既有不好的一面，也有好的一面。

俊南觉得包工头所讲的观点也有道理。"你搞建筑好多年，应该积累到一大笔钱啦！你亦分有宅基地，赶快起屋吧。如果你的动作一慢，就会执输行头惨过败家（事事落后比败家更惨）了！"他的话把包工头弄得更加紧张。在包工头看来，抢建两间房子住上几年再说，好让他的两个儿子一人一间。如果有房，他的两个儿子就容易结婚。就算以后政府要征地拆屋，他家亦可以获得一笔补偿款。

俊南指一指那些在村中扎堆建起的多间"烂尾屋"，向包工头表明那些"烂尾屋"按照城里那套管理规定都属于村民抢建的违章建筑物。原来，那些"烂尾屋"所在的那片宅基地是崇中村村委会在十年前为村民划分的，但村委会并没有到镇里办好相关登记手续。近几年在那片宅基地涌现的房屋都无法办理土地使用证、房屋产权证。俊南认为一旦这些违章建筑物遭遇征地拆迁，麻烦就会很大。

"正所谓法不治众。到时好可能因为历史遗留问题，政府会为我们集体补办这些证件咧！"包工头突然神气起来，呼吁俊南少担心那些"烂尾屋"的问题。其实，包工头正在谋划抢建新房的位置就位于那片宅基地内。

"哦——"俊南若有所思，突然被一则手机短信打断。这则短信不是晓雨发来的，而是昨日那位陌生人发来的。"你是否认为你昨日收到的系一则无聊信息？不过我真系好有诚意，而且我并非坏人，跟我交个朋友好吗？"他反复看过几遍，心软下来，想直接打电话给那个陌生人。然而，附近的手机信号不好，他只好来到村口的空旷处回复对方的电话。

"如果对方系男仔，就敷衍几句了事。如果对方系女仔，就多讲几句。可能会有意外收获呢！"俊南想好这个应对策略，便动手拨打对方的手机号码。

"喂，你好！"从电话那头传来一把带有龙湾镇附近土音的女声，让俊南喜上眉梢，立即问好并询问这个女子是不是阿澜。

"系啊，你系哪一位？"

"我系李俊南。"

"哦，我系你表妹叶颖仪的朋友。"

"哈哈，我一直感到奇怪，你如何知道我的手机号码呢？"

"颖仪经常在我面前赞扬你系个才子，所以我想见识一下，就向她要了你的手机号码。"

"什么才子，过奖啦！其实社会上有能耐的人好多啊，各有各的长处。譬如

迷城癫歌

早年'洗脚上田'的农民现在搞大企业，你能够讲他们无能耐吗？"

"真不愧系才子，果然不同凡响！"

……

俊南跟阿澜结束通话后，呆立于原地，一脸傻笑。"如果她系靓女就好喽！"他幻想着她的容貌，自言自语。

当白日梦结束，俊南骑着他的摩托车来到他的住家门口，他的家门敞开着。在屋里的小厅堂，身体瘦弱、头发散乱的俊杰坐在椅子上入迷地观看外国篮球赛电视直播。让他垂头丧气的是，他到处寻找工作经过多次面试，结果是高不成低不就而在家待业。

俊杰遭遇一毕业就失业的挫折，今后进公家单位工作的机会很小，一般只能到私营企业打工。但私人老板为控制成本，不会轻易为俊杰办理社会保险。于是，俊南早已做好盘算。在他的如意算盘中，俊杰要把户口迁回村里换取双重保障——可享受村集体股份分红与农村居民基本医疗保险。俊杰还要近距离守住李英洪家的老巢，避免让人家在未来的城镇化中轻易乱动李英洪家的家业。

两个月前，俊杰跟俊南去到环市区人事部门，办理毕业生报到手续。然而，他们意外地发现中海市已从当年7月1日实行户籍改革并出台相关规定，不允许新毕业生户口实行"非转农（非农业户口转为农业户口）"。

可是，俊南兄弟俩并不甘心，登门找崇中村"两委"干部打听村里是否能网开一面。崇中村领导同意俊杰的户口回迁，让俊南兄弟俩欣喜若狂。这是因为俊杰读书时把户口迁出，按照崇中村的"土政策"，他的户口可以回迁。况且在他迁出户口之前，崇中村里已实行农村集体土地股份合作制股权固化改革，他可以永久享受股份分红。他的户口回迁不会影响既定的村集体经济收益分配格局。

俊杰在第一时间赶到户籍管理部门，办理新毕业生户口回迁手续，实现"非转农"。他还通过个人和村集体共同出资，区和镇两级财政补贴的方式，补买农村居民基本医疗保险。

俊南经过殚精竭虑，才将俊杰基本安置好，总算可以松一口气。然而，俊杰处于不思进取的状态，却令他大动肝火。"俊杰！成日睇电视就有饭食吗？"他走进自家门，冲着俊杰厉声骂道。

俊杰突然被吓一跳，显出一脸委屈的表情。"大佬——四处乱跑揾工只能徒劳，而且你无法帮我的忙！"他甚至反问俊南他又能如何做呢。

俊杰的埋怨让俊南一时语塞，怒气尽消。在俊南看来，俊杰的思想水平同技能素质跟他相差甚远，就业竞争力很低。自家无后台且他处于工作低潮期，令他觉得好难调动自己的社会关系帮俊杰找到一份好工。

屋里除了电视传出的声响，没有其他声音，俊杰沉默地看着电视。"俊杰你要知道，我如今在报社里唔得志，我想帮你不过爱莫能助啊！"俊南坐在椅子上歇着，改用和缓的语气劝说俊杰，"你要树立失业只是暂时的意识，平时要多睇书'充电'，为日后就业做好准备。"

"哦，知道啦。"俊杰一脸愁容，双手托着下巴，继续看球赛。

俊杰的话音刚落，王梅芳缓慢走入家门。她的脚步在木门旁停下，她将养鱼桶、胶水盆随便堆放在东南角落。俊南轻声喊"妈"，看到她一身残旧衫裤，腰间系着的钱包还是扁扁的。

"俊南，返来啦！"王梅芳又黑又瘦，一脸疲态，说话的声音低沉无力。

"阿爸呢？"俊南的脑海里不断浮现李英洪捕鱼为生的情景，心里非常痛心。

"俊杰，你阿爸在睡觉吗？！"王梅芳突然发出刺耳的声音，令俊南从思绪中惊醒过来。俊杰歪着嘴巴，不耐烦地回应："系啊。"她更加大声地喊叫"阿洪——快起床"，声音传遍屋外的整条巷道。

神后房里即刻传出李英洪唠叨的声音。"真系死婆！我通宵做事好疲劳啊，连我休息多一阵你都有意见！"他连忙起床从神后房里走出来，依然以那副大家习以为常的夏秋装扮出场——光着上身，仅穿着中裤。

"现在几点啦？快喂猪啊！"王梅芳的样子显得恶狠狠的。

"人尚未喂饱，难道喂猪比喂人更重要吗？"李英洪向他的两个儿子求援，露出笑嘻嘻的样子，"嘻嘻，你们两个睇睇，评评理。这个衰婆通常在渔获多、日入过百元那时就唔会出声，不过在渔获少那时就会大声骂街。"

"当然啦！今日只卖得二三十元，刚够一日家庭开支。"王梅芳向她的两个儿子诉苦，又转向李英洪埋怨，"鬼叫（谁叫）你连我种青菜卖都反对！"

"你以为每日打鱼都能够有一两百元收入吗？如果系那样的话，我们就发达喽！打鱼收入有日多一些，有日少一些，好正常嘛。"李英洪以委屈的语气辩驳着，"你种菜卖耗时好多收入好少，倒不如你配合我，这样会搵到更多钱。"

俊南兄弟俩看见其父母十年如一日地耍花枪，都摇头发笑，无可奈何。"阿

爸似只羊，阿妈似只虎，你们两个的结合系送羊入虎口。"俊杰暂停观看电视节目，想通过打趣帮助他的父母和解。俊南赞扬俊杰的分析颇有见地，又连连叹气，心中异常郁闷。"你们两个的结合本来就系一出悲剧，你们尽管成为老夫老妻喽，不过从未有一件事一开始就有共识。"在俊南看来，他的父母简直就是"阿兰嫁阿瑞——累斗累"（粤语歇后语，寓意互相拖累）。

"她一直唔听从我的话！否则，不知能够多赚几多钱呢？"李英洪急着插话，欲归咎于王梅芳，却即刻遭受她的反驳。在她的辩解中，他所讲的经常行不通，倒不如他听从她的意见。

俊南对其父母的争吵声充耳不闻，心里忙于分析。其实，打鱼是他的父亲从小习得的主要谋生技能，尽管好辛苦但收入尚算可以。而他的母亲种菜收入较少，又会影响他的父亲卖鱼。从整合他家劳动力资源、优化他家成员分工这个角度来分析，最好是发挥父亲的长处让母亲配合。"虽然阿爸系一家之主，不过他的魄力能力弱，难以令阿妈信服。这样就需要我想办法说服她。"俊南灵机一动，想出一个点子，便提高嗓音喝止他的父母，"唔好吵啦！你们两个老东西听我讲一句得唔得（行不行）？"

这一下，俊南的父母果然都一起闭嘴，他才恢复平和语气陈述自己的观点。"结合我的理财心得，建议阿爸将每日卖鱼收入都——登记在笔记簿上，统计每个月打鱼收入。收入情况无论多与少，都一目了然。如果阿爸打鱼收入高，阿妈就要适当迁就，配合好阿爸的工作。"在他看来，作为一个最基本的社会组织单位，他家只有这样运作才能较好地整合家庭劳动力资源、优化家庭成员分工并提高家庭运作效益。他见到众亲人频频点头，以为自己说话很有分量。

俊杰通过遥控器关掉康佳彩色电视机，大赞俊南的分析颇有道理，还呼吁他家就这样定下来。俊南的高见促使他的父母停止了第一轮争吵。岂料王梅芳又发起新一轮攻势，向俊南投诉李英洪在几日前竟然跟包工头说他家要对新屋搞内外装修。

"你简直系个大傻瓜！好大喜功，死爱面子！"俊南听到这个敏感话题，马上火冒三丈，冲着李英洪大吼。

"仅仅简单装修屋里而唔装修外墙，就好似大只佬（大块头）冇着西装。外人会如何睇我们呢？"李英洪并不服输，异常神气地跟俊南顶嘴，还声称装修外墙无须增加太多钱。王梅芳又往火里加上一点油，向俊南透露李英洪甚至讲过如果钱不够,就向俊南的三叔仔借。

俊南想到自己的三叔仔就是李英洪的堂弟。从上世纪80年代中期开始,他的三叔仔凭借岳父的资助开办一家纺织厂,不断扩展经营规模。如今,在崇中村的李氏家族中,他的三叔仔算是一位小有成就的成功人士。

"讲借就借,怕什么?"李英洪显得底气十足,却引发俊南的情绪失控。

"你这种死蠢农民,真系无得救啦!"俊南突然站直自己的身子,以右手用力拍案,用左手指着李英洪破口大骂,"为了面子,就连最基本的生存问题亦置之不顾喽。你以为你系哪一位呀?大官抑或大老板?"

"船头尺——度水(粤语歇后语,寓意借钱)?你居然敢讲向三叔仔借钱,真可笑!"俊南感到哭笑不得,只好连续反问,"人家要用钱经营纺织厂,哪里有那么多闲钱借给你?人家就算有钱,亦不一定肯借给你,你以为借钱无须还呀?就你这种本事,你能够还债吗?平时人家给你这个穷鬼一点面子,就系睇到我混到今日这个份上!"

王梅芳和俊杰不约而同地点头称是。"你这个衰婆真有一套,又揾俊南来教训我!"李英洪终于软下阵脚,笑嘻嘻地埋怨王梅芳。她故作生气状地声称当然啦,还怪责他一直不听她的劝告。

"爸,你太令我失望啦!"俊南开始控制自己的脾气,叹着气摇着头,"你要知道改造这间烂尾屋起码需要十万元以上。我想问问你,如今你的家底究竟有几多钱?"

李英洪的语气一下子软下来,他低着头透露自己的家底。原来,他的整个家底总共只有四万元左右,其中包括他放在银行里的两万元活期存款。而俊南也透露自己的身家只有十万元多一点。按照俊南为自家设立的运作保险线,将那间烂尾屋改造完之后,他的父母至少要留有一万元来解决生存生产的资金需求。而他要留下几万元,来满足自己在城市里生存发展之需。

"爸,你到底有冇想过我的将来?今后我肯定要在城市里买房结婚。难道你只希望我揾个村姑结婚吗?"俊南的眼眶里泛起泪光,心中充满埋怨,"尽管你将我养大并供我读完大学,不过我供俊杰读完大学,甚至竭力为你们二老营造好的生活。而你这样不顾后果,对我实在太不负责任啦!"

在这间漆黑、脏乱且潮湿的小平房里,李英洪一家四口突然陷入长时间的沉默中。这家人都在思索同一个时代命题——在乡村都市化进程中,传统农民及其

子女该如何解决好自身的生存与发展问题。

"唔讲那么多啦，民以食为天，先煮饭填饱肚再讲。"王梅芳主动打破一家人的沉默，又对李英洪开骂，"阿洪，只知道一屁股坐在那里唔愿动，快去喂猪啦！"

"哦，衰婆！"李英洪又跟自己的妻子打趣，而她赌气地笑一笑，走去做午饭。

俊南对屋里环视一遍，突然想起一个问题，语气平和地向李英洪询问他们家两间屋有没有办理土地使用证和房屋产权证。"有！"李英洪变得神气起来，还透露就在两年前俊南提醒他之后，崇中村里统一为一部分村民的房屋补办土地使用证与房屋产权证。

"这样就好！"俊南在庆幸中又忧虑他们家那间新屋改造好之后，是否只有首层具有合法产权。这也引起李英洪的忧虑。俊南遂计划向他的朋友打听如何才能为其他楼层办理产权手续。

李英洪发现俊南不再吭声，就起身迈开几个大步，走到小厅堂里的东南角。只见李英洪提起两只高近一米、直径近半米的塑胶桶，来到厅堂西北角堆放小麦粉的地方。他又为粉包解开包装线，扛起粉包往大塑胶桶里倒小麦粉，准备去喂猪。

俊南看着其父母在这间破屋中忙忙碌碌的身影，顿时感慨万千，很想大哭一场。"现实并不相信眼泪，改变现实需要强者！"俊南在心中告诫自己，只有俊杰能理解他此时此刻的心情，他只能向俊杰倾诉自己的心声。

"我们这个家族属于灾难深重的没落家族。少数富起来的兄弟睇唔起（瞧不起）穷的兄弟，而穷的兄弟就'狗咬狗骨'。一盘散沙何来竞争力？"俊南双眉深锁，舞动双手配合自己的言语，"唉，我并无过硬的后台来支撑，在城市里立足并不容易。目前我掌握的社会资源好有限，倒不如提早将我们屋企分散的资源整合经营好，提高我们屋企的竞争力。"

俊杰一直看着俊南苦瓜般的面孔，倾听着俊南的高论，并没有发出只言片语。

"这个屋企要我撑住，我必须在城市里稳步开拓。"俊南的高论一发不可收拾，他产生一种思想观点倾泻后的快感，"而你跟我并不同，先将根扎在农村巩固好我们的物业，再进入城市大胆闯。就算结果再差，我总能够让你食饱饭。"

俊杰生怕俊南不高兴，只敢低声嘀咕，袒露自己的心声。在俊杰看来，他自己是堂堂一个大学毕业生扎根农村，毕竟感觉并不太爽！像一般知识分子那样，他也心存那种热衷城市优越生活的情结。但时代在变还有贫寒家境，都要求他转变这种心态。俊南晓得这个理，尝试说服他。

"有好多人都讲'当今择偶标准发生改变，有车有楼又有农村户口的人最吃香'！"俊南手舞足蹈，口水外溅，"俊杰，时代改变啦！如今中海实行城乡统筹发展。在不久的将来，户口、就业以及社会保障等多方面都会实现城乡一元化。"

"嗯。"俊杰郑重点头，还提及他最近听讲有好多人都想将户口迁回农村。

"这种现象主要出现在崇明区、三江区等后发地区的农村。那些地方并不似澜湾区、环市区与凤城区等先发地区的农村那样，未实行股权固化改革。我从市里了解到，两个月以来，全市有过万人将户口迁回农村。"俊南还一针见血地道出个中的本质，"那些人主要盯住那块'肥肉'。回迁户口而有股权，这种迁法有几多实际意义，只能表明你在这个地方居住而已。那些回迁居民平时涉及当地的治安、计划生育、选举等管理问题。"

"最近，我们旧的户口簿已经免费换发新的。"李英洪停下手上的活，还利索地从抽屉里拿出新的户口簿，递给俊南兄弟俩看。李英洪夫妇和俊杰同属一个户口。在他们新的居民户口簿上，"户别"栏上已从原来的"农业家庭户"改为"家庭户"，但"职业"栏上仍标注着"农业"两字。

俊南仔细看过这本崭新的居民户口簿，把它合上还摸着它，想到很多很多。"既然你的户口、医疗保险问题已经得到解决，你就应该为自己的将来好好谋划一下啦！"他回过神来又老调重弹地教导俊杰，岂料俊杰不胜其烦地应答"得啦得啦"，甚至埋怨他真像老伯整天唠唠叨叨。

"你这个家伙，每当我讲到你那份，就讲我似老伯。我关心你才会多讲几句。如果换成其他人，我就懒得理呢！"俊南往俊杰的胳膊上轻轻捶打一下，兄弟俩会意地笑起来。

当李英洪挑起两只装满小麦粉的塑胶桶，走出家门前去喂猪，厅堂里只剩下俊南兄弟俩。俊杰低声询问俊南跟那个女仔（晓雨）之间的关系发展得如何。"唉，乱糟糟！"俊南做深呼吸，眼泛泪光，讲述自己跟晓雨的曲折感情经历……

"大佬,我觉得你一直在自作多情。她有什么了不起啊?竟然可以这样对待你?你何苦这样作践自己呢?"俊杰听着听着俊南的爱情故事,变得不耐烦,忍不住质问俊南。

"本来我亦这样认为。只不过,我总觉得自己的头脑被神棍的那些话控制住。它们好似一种精神鸦片,又一次将我逐步推向深渊。"俊南眉头紧皱,话毕就长叹一口气。

俊杰也郁闷起来,询问俊南今后有何打算。"我正在揾一种彻底破解的方法。"俊南露出一脸彷徨的表情,他的眼光长时间落在家中一堵残旧的青砖墙壁上。

在俊南兄弟沉默之时,王梅芳从厨房走进厅堂,要从米缸取米做饭。李英洪家早在上世纪90年代初就开始不种水稻,靠买米做饭。因为当时崇中村将种植效益较低的稻田改造成鱼塘与瓜菜地,形成"瓜基鱼塘"与"菜基鱼塘"发展水产养殖业、黑皮冬瓜与大白菜种植业。

王梅芳从俊南兄弟俩旁边走过,忽然回想起自己的家婆潘琼病倒。"俊南,你阿嬷近两日生病,她一直都挂念住你。"她停住脚步,回头望着俊南,"趁着现在尚未有饭食,你就去探望她老人家吧。"

"哦……"俊南有点迟疑,心里产生一种莫名其妙的不良预感。

俊杰见俊南迟迟未动身,就一手拉着他的手臂,硬是把他领出家门。他们的祖母潘琼住在一间占地面积仅十来平方米的小平房里。它是五年前由潘琼的儿女们凑钱建造的,离俊南家仅仅20多米。俊南兄弟俩穿过自家房子后面的小巷,很快就来到那间小平房的门外。

在小平房门前,俊南呆立片刻回想潘琼的生活经历,心里很不是滋味。她年逾八旬,早年丧夫,40年前以寡妇之力斗天斗地又斗人。全赖于她含辛茹苦地撑起一头家,她膝下的五条"化骨龙"(五个儿女)终于被拉扯大。其中的三个儿子分别是大儿子李英礼、二儿子李英洪、三儿子李英德。还有两个女儿分别是大女儿李惠茵、小女儿李惠灵。而李英德的年纪位于她们之间。

自从儿女们开枝散叶后,潘琼就一直与李英德一家同住。她不仅把持着李英德一家的家政,还插手其他儿女们的家政,弄得婆媳关系十分紧张。

然而,逢年过节或每当纪念生辰死忌及占卜吉凶之事,潘琼的女儿和儿媳妇都会乖乖听从她的老一套。那就是如何剪裁制作纸衣与纸元宝,如何添置冥钱与香烛，以及如何开展相应的拜祭仪式等等。

直到五年前，李英德的妻子终于跟潘琼彻底闹翻。她甚至以自己的儿女已经长大，不需要潘琼照料为借口，硬是把潘琼逼出家门。

当俊南回忆到这里，他的衫袖被俊杰扯一下。他即刻回过神来，跟随俊杰走进潘琼所住的小平房。

这间低矮、狭窄的小平房靠着门口和一个小窗口采光。门口开在东面墙南边，0.5平方米大小的小窗口开在东面墙中部。屋里显得昏暗，让人感到郁闷。

一进屋，迎面的就是一个神位。它占地不多，但显得非常醒目，上面放着一个小香炉。炉中插着三根烧掉一半的香枝。这些香枝燃烧后散发出来的味道，与那些药油味混杂在一起，让人闻后直想作呕。离神位不远处设有一个做饭用的炉灶，自从潘琼生病后，它就再没有用过。她的一日三餐就由她的三个儿子轮流送来。

在屋中的东北角，摆放着一张单人床。它由两块木板、两张长板凳砌成。在四个床角处，都竖着一根竹子撑起那副经过多次缝补的旧蚊帐。在床头旁边，配设一张木桌子，有不少日常用品与药物杂乱叠放于桌面上。

潘琼就躺在床上养病，身上盖着被子。她的大女儿李惠茵身穿泛黄的碎花短袖衬衣，坐在床边一张竹椅上，守在床边照料自己的母亲。"俊南，放假休息啊？"李惠茵看见俊南也来到小屋，面泛悦色。

"系啊，大姑姐。"俊南搬来一张竹椅坐下，俊杰就坐在俊南的旁边。

李惠茵转过身去，对潘琼说："老母你的两个乖孙来睇你啦！"还扶老人家起身。"咳……系啊，我两个最有出息的乖孙来啦！"潘琼马上打起精神，艰难起身半躺着，说话的声音沙哑。

俊南、俊杰异口同声地向潘琼喊"阿嬷"。只见她一头银发满脸皱纹，那张瘦削的脸庞已失去往日神采，身上依然穿着历史久远的褐色香云纱外衣。俊南向李惠茵询问潘琼到底患有什么病。李惠茵一边起身为潘琼盖被子，一边应答说村卫生站的医生初步诊断为肺病。

"过去那么多年我好少得病食药！"潘琼一脸得意，片刻之间又变得失意，"冇想到今年过年那时，在你们三叔家楼梯口跌倒之后，身体就越来越差。"

"你一直一厢情愿地为那一家人白忙，不但人家并不领你的情，你自己甚至换来这种下场。好不吉利呀！"李惠茵说话的语气很重，潘琼听过这话之后表现

得很无奈,没有吭声。

俊南为转移这个易惹争论的家庭纠纷话题,便当众质问这个肺病会不会跟潘琼长年累月吸烟有关。俊杰连续点头,认为好有可能。"过去那么多年里,老母的身体都好好,我睇她这个病跟食烟(吸烟)关系并不大!"李惠茵理直气壮地坚称最紧要的是为潘琼拜一拜神。这一观点必然得到潘琼的点头同意。

俊南兄弟俩不约而同地摇摇头。俊杰忍不住说:"总不能够靠拜神来医病吧。""如果拜神有用的话,所有医院都要关门喽!"俊南立刻为俊杰补充一句,他的心里还在想如今本地农村尽管富裕起来,不过好多人尤其是老一辈仍然好愚昧。

"你们两个后生仔晓得什么?"潘琼一时不知如何辩驳俊南兄弟俩,只好如此勉强为自己解围,幸好得到李惠茵的积极附和。俊南兄弟俩见潘琼母女俩仍旧这么食古不化,也不再作无用的争辩。潘琼咳嗽不断,还往床边的痰盂吐下一口浓痰。这令到俊南兄弟俩都感到很难受,恨不得马上逃离此地。

"俊南啊,现在你拍拖未啊?"潘琼看一看俊南,当众过问他的隐私。他见这里人多,不想公开谈论这个话题,却又不得不应答:"未啊。"

"俊南啊,咳……"她一边咳嗽一边唠叨,"你年纪亦唔细(也不小)啦,唔能够一味只顾工作,要抓紧时间物色好的女仔结婚啊!"

"哦。"俊南低下头,心里很不是滋味。潘琼还是不饶他,竟建议等她的病痊愈后,再带他去问一下他的姻缘。这又得到李惠茵的积极附和。

"你们唔好再搞封建神鬼迷信啦!"俊南几乎哀求潘琼母女俩,得到俊杰的点头认可。在俊南看来,作为一个堂堂的现代知识青年,他不能信仰其祖母的老一套。否则,这种事一旦传出去,影响会好坏。

"什么封建神鬼迷信?老一套自然有它的道理!"潘琼声色俱厉地训斥俊南,她的咳嗽突然加剧起来。但他把她这番训话当作耳边风,同时回想自己不幸的遭遇。

"我未能经受住封建神鬼迷信的再三诱惑,长期沉溺于封建神鬼迷信活动之中寻求精神寄托,令情路更加坎坷。这些经历真令我刻骨铭心!"俊南想到这儿,再也忍受不下去,在内心深处积压已久的愤怒就如江河决堤那般一发不可收拾。

"就系你的老一套将我害得好惨啊!你知道吗?"俊南突然满脸通红,颈部青筋毕现，聚集中气破口呐喊，"近几年，我的头脑一直被那些神棍所讲的鬼话控制住，它们好似一种精神鸦片逐步将我推向深渊！"

俊南的话就像一把利刀刺痛潘琼的心灵，强烈震撼她的精神。她的咳嗽更加频繁，咳得更响。她气得胸口又痛起来，呼吸困难，一时无力支撑瘫倒在床上。

"唔好再讲啦！"李惠茵央求俊南住口，马上起身照料她的老母亲。俊杰见形势不妙，立刻推俊南出门。但俊南还不想罢休，好不情愿地离开这个"火药库"。

俊南与潘琼激烈争辩的这一幕，与其说是孙辈与祖辈之间意见分歧的展现，不如说是封建神鬼迷信思想的叛变者与承传者之间的一次强烈交锋。

潘琼是承传落后封建神鬼迷信思想的载体之一，不知在中国广大城乡还有多少像她一样的个体。这支大军正是在中国乡村都市化历史进程中必须接受思想改造的对象。而李俊南就是这支叛变大军中的一员。他经过高等教育的洗礼，才得以从落后封建神鬼迷信思想的浸淫中挣扎觉醒。改造自我思想体系是他未来的必经之路，一路走去将会很漫长、很艰辛。

交替经历的城乡生活，使现代都市文明与落后乡村文明在李俊南的思想意识里，不断强烈碰撞。面对重重的城乡壁垒，他的心理必然是矛盾尴尬的、无奈痛苦的。跟他形成情侣关系的晓雨也不可避免地蒙受煎熬。

第四乐章 花好月圆情迷乱

跟祖母潘琼的激烈交锋，令俊南面对丰盛的午餐大掉胃口。但他强迫自己塞饱肚子，带着复杂的心情进入午睡中。

而晓雨却毫无睡意满脸愁云，双手托着下巴，盯着其闺房里的电脑屏幕发呆。良久之后，她的双眼泛起泪光。她终于鼓起勇气，不停地敲打键盘，往电脑里输入自己想对俊南说的话。"对唔住。我并非想这样，因为这段时间好唔开心，屋企有好多事情但唔能够跟你讲。给我一点时间好吗？"她通过QQ把这些话语传给俊南，马上把她的房门紧闭，躲进被窝放声痛哭。

俊南怀着沉重的心情，拖着疲惫的身体，步履沉重地返回他的单身宿舍。一打开门，只见自己的房间空荡荡，四堵白墙特别刺眼。房里没有电视机、空调机、书桌与衣柜等现代居室的必备用品。那张组合床、弹簧床垫尽管勉强能撑一点场面，却无法摆脱这间陋室的寒酸感。这种状况就是他几年来省吃俭用的结果，只因他一心要积蓄尽量多的钱，为全家换来多一点保障。

俊南待在单身宿舍倍感孤单无聊，只好用手机登录QQ找人闲聊，晓雨的头像立刻在手机屏幕上闪动。他以为晓雨正在线上，即刻产生一阵窃喜，但打开消息仔细一看才发现这是她在几个小时前发来的。这则信息俊南竟反复细看几遍。他一反应过来，就兴奋得握拳振臂高呼"Yeah"，恨不得即刻见到晓雨。

"晓雨！你的答复让我放下心头大石，心里感到异常温暖！无论你遇到什么事，我都会永远支持你，因为我真的爱你！我会给你时间！"俊南忙乱地按下键盘快速输入词句，恨不得一下子把自己的真情实感全部倾泻出来，哪里顾得上自己的用词肉麻与否。直到这些话语通过QQ发送出去，他的神经才放松下来，一阵快感在他心中油然而生。

然而，俊南的多疑揣测心理又在作怪。"'屋企有好多事情但唔能够跟你讲'，到底她有什么家事唔可以告诉我呢？难道她的父母离婚啦？'给我一点时间好吗'，我到底要等几长时间啊？莫非她采取拖延战术，一旦搞到比我好的男仔，就跟我讲'Byebye'？"他反复自问，又犹豫不决地对上天发问自己应不应

该守候晓雨。

俊南没有脱掉穿过整天的短袖衬衫、长西裤和黑皮鞋，就在单身宿舍里的床上呈"大"字形躺着。一会儿，他的心头又有一阵无聊感袭来。他便起身走出自己的房间，想到隔壁的房间看电视打发时间。在这个房间里，各种中高档的生活用品一应俱全，这是唐仁精心筑就的小爱巢。

原来，唐仁就把自己的房门钥匙放在宿舍小厅的饭桌上，方便俊南开门看电视。俊南伸手去拿钥匙时，下意识地察看一下门口旁的鞋架。鞋架上只摆放着唐仁、珍妮的拖鞋，这表明他们尚未回来。不过，俊南素来行事小心，在打开唐仁的房门前先敲敲门。唐仁的房内没有动静，他还朝房里喊"我要进来看电视啦"，房内依然没有动静。这时，他才安心打开唐仁的房门，坐在唐仁的床边看电视。

尽管看着电视，但俊南还是很不安心。想到阿澜这位陌生女子，让他忍不住意淫一番，他的下体很快就有一股热流在乱窜。他终于坐不住，掏出手机想联系他的表妹颖仪，了解阿澜的情况。

颖仪是俊南的姨妈王梅兰的大女儿。二十出头的她长得秀气可爱，正处于如花似玉的季节，算是澜湾区陶都镇紫罗村里的一位大美女。俊南平时跟她很少联系，一时找不到她的联系电话，只能通过他的母亲王梅芳获得颖仪的家庭电话。

接听俊南来电的并非颖仪，而是王梅兰。她形体瘦高，身穿单衣，脚踏拖鞋。"俊南，这么晚才打电话过来，"她对他的突然造访产生好奇心，"有什么事啊？"

"唔好意思，打搅你们休息。"俊南意识到自己的确有点冒失，"我有件小事想跟颖仪聊聊。"

"她在楼上跟朋友煲'电话粥'呢！"王梅兰说起话来就像个大喇叭，"你等一阵，我去叫她。"

"好。"俊南手持话筒，耐心等待王梅兰上楼通知颖仪来接听电话。颖仪听说俊南表哥打电话来找自己，马上结束自己跟闺密吴淑澜的聊天。她穿好鹅黄印花套装睡衣，踏着拖鞋，蹦蹦跳跳地下楼来。"俊南表哥，揾我有什么事呀？！"她也是个大嗓门，一拿起话筒就高声说话。

"颖仪表妹啊，近两日有一位叫'阿澜'的靓女'骚扰'我喔，哈哈！"俊南故意以调侃的语气来引出话题，而颖仪则感叹他艳福不浅，还滔滔不绝地向他透露阿澜的底细。

俊南所说的那个"阿澜"其实就是刚才跟颖仪电话聊天的吴淑澜,是颖仪的同村人。淑澜长得还算不错,比俊南小三岁。但她只有中专学历,在一间陶瓷展厅当销售员。她家原来是一家五口,不过前两年她的母亲因患肺癌去世。她的父亲做建筑散工为生,她还有一个妹妹、一个弟弟在读书。生性好强的她谈过两次恋爱都没有成功,先是跟一位香江老板因两地分居而告吹,再是跟一名本地男子因性格不合而散伙……

"近期我的感情经历亦十分坎坷,就连明天生日都冇女朋友陪伴,真可怜!"俊南一边跟颖仪聊天,一边在宿舍里走来走去,不亦乐乎。她特意以反问语气提醒俊南现在机会来啦,就看他能不能抓住机会。

俊南俩的"电话粥"足足"煲"过一个小时,他们俩才依依不舍地把电话挂断。颖仪马上又拨打淑澜的手机向她通风报信,告诉她第二天就是俊南生日,希望她想想如何采取下一步行动。

不知不觉中,俊南已经身处自己的房里。"俊南,你怎么搞的?!把电视打开了又不看,只顾着打电话,是不是在泡妞呢?"唐仁站在两扇房门之间,故作生气状跟俊南开玩笑。

"跟表妹聊天而已,难道我连自己的表妹也泡吗?哈哈!"俊南马上为自己辩解,唐仁也以"哈哈"打圆场,领着珍妮走进自己的房里。

唐仁之所以整天不傍家,是因为他陪珍妮乘坐公交车,往返于环市区东北部的偏远城镇与澜湾区中心区之间。珍妮穿着女人味十足的宽松上装、合身七分裤与优雅低跟鞋,打扮出办公室文员的甜美形象。其实,她刚应聘一家知名的家庭电器民营企业"乐高家电"办公室文员一职,准备辞去保险业务员一职继而跳槽到"乐高家电"上班。

唐仁陪同珍妮前去求职,却发现从澜湾区中心区到那里交通出行不便,坐公交车辗转单程就要两小时。因而他心中闷闷不乐,不愿她到这种乡下地方上班。但珍妮不是干保险业务员的料,学历又不高,在市区好难找到体面的工作。唐仁一时无计可施,打算见一步行一步。

夜已深,唐仁和俊南默契地闭上各自的房门,开始各自"精彩"的夜间生活……

次日八时许,淑澜穿着乳白色短袖衬衫和黑色长裤,在陶瓷展厅外停好自

己的摩托车。"在这个特别的日子里,送上我最深切的问候。愿你把握每一次机遇,珍惜每分每秒,创造美好未来。生日快乐!"她走进展厅上班前,特意从她的手提包拿出手机,给俊南编发这则短信。

在面包店里,俊南一边喝酸奶吃面包,一边翻看淑澜发来的短信。尽管这种祝福不是来自他的心上人,但他的心里还是暖烘烘的,觉得毕竟还有一位女子在乎他的生日。"谢谢你的祝福!"他给她一个带有礼貌性的回复,还歪着嘴角露出微笑,自言自语地感叹颖仪这个媒娘的动作好神速。

"晓雨会唔会记得我生日呢?这亦系一块试金石,大概能够试探出她到底是否在乎我。"俊南虽然在上班,但经常走神,他的心里为晓雨是否记得他生日纠结。然而,她已被她的父母离婚一事烦透,根本无心装载他生日之事。只因她的母亲在当天一大早就跟她约好,她要提前下班,陪她的母亲去照相馆拍个人照。

苦等到下午上班,俊南终于忍不住,给晓雨发去短信。"今日系我的生日,你今晚得唔得闲陪我过生日啊?"他的提醒经过很长的时间仍未得到她的回复,让他心里像被一群蚂蚁乱咬,既痒又痛。

晓雨在上班期间根本没空理睬俊南,等到自己提前半小时下班后,才可以慢悠悠地回复他。他收到她的短信,心里紧张得怦怦乱跳,深呼吸过后才敢翻看短信。但她说要陪母亲办事,不能陪他过生日,让他又一次成为泄气的皮球。"借口!她根本唔在乎我。她的屋企搞什么鬼?为何她经常要陪她的妈妈办事?"他瘫坐在办公椅上,长时间发呆,胡思乱想却不知所措。

事实上,头戴红色头盔的晓雨骑摩托车从她的工作单位返回自家的楼下,又把她的母亲带去离自家一两公里远的照相馆。为办理离婚申请登记手续,她的父母必须各提供两张同一底板的两寸近期半身免冠证件照片。她的母亲要她一起去照相,只为拉她去拍个人照。等她的父母拿到离婚证,她就要尽快改姓换名,再用新姓名申请办理新的身份证。

当俊南回过神来,美媚的QQ头像在他的电脑屏幕上闪烁,牵引着他的视线。尽管对她已经失望,但他还是十分有礼地跟她寒暄几句。他调到岭南时报社公关策划中心之后的工作情况,令她非常关心。他好想告诉她今天就是自己的生日,借机约她共进晚餐。不过,一想到她跟其男友亲密的情景,他心里就有一种自卑感在作怪。与此同时,她也在告诫自己尽量不要再惹他,以免陷入三角恋之中。

眼看就要孤独一人过生日，俊南又临时找到他的老友杨小虎做伴，一起到愉心园餐馆吃晚饭。面对这位最忠实的听众，他尽情倾诉自己的感情困扰，企图减少自己心中的痛苦……

然而，无奈的等待依然继续，痛苦的生活仍然延续。既然无法跟晓雨面对面交往，俊南唯一可做的便是通过电话跟她沟通。

接近午夜时分，俊南在单身宿舍里踱来踱去，迟迟不想上床睡觉。"难道这几日她都在为家事忙碌吗？"他想通过给晓雨发送手机短信，传达自己对她的思念和问候，岂料她迟迟未作回复。"她系唔系未睇到我的短信呢？""她系唔系想拖延呢？"他躺在床上辗转反侧，一副苦瓜脸，思绪万千。

晓雨躺在床上，想到明天自己的父母就要去办理离婚手续，不禁痛苦得泪水盈眶久不成眠。"唉——好唔开心。"她遂拿起自己的手机给俊南编发短信，想寻求一丝心理慰藉。

"嘀——"从俊南的手机传出一声短信的声响，令他的心里产生一阵悸动。他重复翻看晓雨回复的短信内容，忙着从中闻味道，此时已是凌晨两点。"太晚喽，好唔好回复她呢？可能系通讯网络的耽误导致她的短信迟到，如果我这时吵醒她，她嬲我（对我生气）就更坏啦！"他又患得患失，跟她一样都是久久未能成眠。

朝阳又升起来。晓雨向自己的工作单位请假一天，陪着父母前往澜湾区婚姻登记处办理离婚手续。她的父母带齐办理离婚申请登记手续所需的材料和证件，走进澜湾区婚姻登记处，她跟随她的父母也走进去。眼看原本好好的三口之家即将解体，大家都神情凝重。婚姻登记处工作人员受理她的父母离婚申请登记，还声称自受理申请之日起一个月内婚姻登记处还要进行认真审查，叫她的父母回去等通知。

晓雨的父亲已找好出租屋，从婚姻登记处返回到原来的家就着手搬家，跟她的母亲那只"母老虎"正式分居。直面这一幕令她难以忍受。她干脆把自己关在房里，戴上耳机看网上电影，心里在琢磨自己找房子搬家独居。当她看完电影，她就想要外出散心，便打电话邀约韩缨子等几个高中同学外出聚会。

俊南忙完自己的事务，又傻待在办公室里，对晓雨胡思乱想。"既然唔开心，不如出来让我陪你散散心。"他接上当天凌晨的话茬，给她发短信。但她不想泄露自家的家丑，没有回复他，继续跟缨子等几个高中同学在卡拉OK包厢里

纵情高歌。

俊南走进公园溜达散心，躺在草坪上双手抱着后脑勺，闭目沉思自己如何才能跟晓雨面对面交往。刚好有两位逛公园的老头走在石径上，谈及国庆黄金周旅游，这一话题引发俊南的心中盘算。"系喔，孤男寡女出游能够促进关系的发展，好有可能会抱得美人归呢。嘻嘻！"他意淫过后，眼看夜幕降临，又主动发短信邀约晓雨在国庆节期间跟他一齐外出游玩放飞心情。

俊南的建议正中晓雨的下怀，她很快送来"同意"的回音。但仅隔六分钟，他就看到"到时可能唔得闲，我想揾屋搬家"的答复。这使他满腹疑团，立即询问她为何突然要搬家。

"冇其他原因啊，只想一个人住而已。我正在外面食饭啊，得闲再聊吧。"晓雨正在莱茵西餐厅跟一班新老朋友聚会，借机认识新的异性，暂时不想搭理俊南。

在这班年轻人中，有位三十出头的男子叫张伟锋。他是缨子的男朋友高铭泽的死党，特意来参加聚会认识晓雨。他的身高不到一米七，是典型的"二级残废"。他身宽体胖，几乎是俊南的两倍。留着小平头的他笑起来两眼快眯成一条线，两只耳朵较长，看起来样子真有点像佛。挂在他脖子上的那条金项链，粗粗的，异常抢眼。当晓雨一进入他的视野，他就倾倒于她苗条匀称的身段、文静优雅的举止之下。他的全身就像触电似的。

"晓雨，这位系我们的朋友伟锋，系省城人喔！"脸上多处长着青春痘的缨子特意拉着晓雨的手，连忙向她介绍伟锋。高铭泽跟缨子唱起双簧，特意透露伟锋常年在环市区中心区做玉石加工生意，如今已成为百万富翁。在高铭泽说话之时，他的嘴里露出一副发黄的烟屎牙。

伟锋故意摆摆右手，声称小生意小老板而已，不足挂齿。"谦虚亦系你的优点。"高铭泽拍拍他的肩膀，"将来就系大生意大老板啦！"

"在读高中那时，晓雨系我们的级花呢。"缨子的话让晓雨的心情乐开花，晓雨一脸微笑，主动伸出玉手跟伟锋握手。

"能够认识到这么迷人的靓女，真系三生有幸啊！"伟锋就像倒挂腊鸭——油嘴滑舌（粤语歇后语，寓意说话油滑轻浮），主动跟晓雨套近乎。

晓雨对伟锋渐渐有点"感冒"，却对俊南爱理不理，竟导致他恼羞成怒。他自言自语地轻声骂道："你老母啊！几时才算得闲啊。"挥拳捶打他身旁的草坪。直到此时此刻，他的确还摸不清晓雨的葫芦里到底装着什么药。但她对待他的态度，让他越来越感觉到"晓雨好有可能采用拖延计策"。他越想越坚定自己的推测，使他对她的信心也开始动摇，他倾向于淑澜的心思也一点一点增多。

俊南返回老家度周末，他的人生大事开始受到其母亲王梅芳越来越多的关心。在她一再追问之下，他才将自己跟晓雨的关系进行蜻蜓点水般的透露。"小心她拖住你，你的岁数并不少啦！"她是过来人，略懂谈情说爱方面的一些缘由，马上提醒自己的儿子。然而，他好不耐烦地央求她不要提这件事，还声称自己知道如何处理这种事。

置身于那个破旧的农村老巢，让俊南一想起晓雨就会感到自卑，不敢轻易跟她联系。进入周末，她没有主动理会他，更令他心乱如麻。"放弃吧，何苦作践自己呢？……不过现在打退堂鼓，太不划算啦！我应该何去何从呢？"他深陷情感沼泽而不能自拔。

"在做出新的决定之前，再做一次努力吧。"当俊南于周日下午回到办公室发现办公室里没有其他人，他才鼓起勇气拿起固定电话联系晓雨。他的电话被接通数秒后，他主动打破沉默，询问她现在在哪里。

"我在粤州。"晓雨的声音还是略显沙哑低沉。她正跟缨子、高铭泽同行，坐在伟锋所驾驶的进口别克汽车副驾驶座位上前往粤州散心。

"去玩吗？"俊南立刻警惕起来，晓雨不吭声，让两人的通话一度陷入闷局。

"为何唔打电话给我呢？！"俊南的语气很生硬，令晓雨感到被责问。情急之下，她竟拿他的话柄来治他，责怪他叫她等到得闲才打电话给他。

"你……你一得闲就打电话给我吧。"俊南的语气一下子软下来。

"哦。"晓雨不再吭声，令俊南无可奈何，无趣地挂掉电话。

事到如今，俊南艰难地做出新的决定，要与淑澜见面进一步交往。其实，俊南每天都与淑澜互发手机短信进行初步交往，为两人的见面交往打下基础。经过两度预约，两人终于敲定初次的约会。

约会当天傍晚，俊南开摩托车赶到龙湾山登山大道牌坊处，等待跟淑澜会合。龙湾镇城区华灯初上，呈现一派小城市风光，为俊南带来赏心悦目的感觉。他一边放飞心情欣赏着感叹着，一边在车流人流中寻找着未曾见过面的淑澜，但众里寻她却未见她的身影。等他的车停好，他弓着腰，通过摩托车倒后镜检查自

己的仪容。"阿澜到底长成什么样？如果长得好一般，我就跟她交个普通朋友算啦。"他想着想着，身体微微颤抖。

车流中有一名身穿乳白色短袖工作服、骑着女装摩托车的女子，在俊南的视野里越发显著。这名女子将女装摩托车慢慢驶离车流，朝着他这边渐渐靠近，最后在他的跟前停下来还打开头盔挡风板看他。

"哦……"俊南睁眼看着，原来这是一位五官十分俊俏的女子。他的心里产生一阵激动，他露出满脸的微笑，温和地询问他面前的这名女子是不是罗淑澜。

"我姓吴，并非姓罗。"淑澜沉住气，平和地纠正他的错误称呼。当她开口说话时，她的两片红唇之间竟露出两只参差不齐的门牙。这跟她俊俏的五官形成强烈反差，在他的心里有一种美中不足的遗憾。

"对唔住！一时口快叫错，我们到波尔西餐厅吧。"当俊南的建议获得淑澜点头同意，他开动自己的摩托车，领她前往不远处的波尔西餐厅。在西餐厅门外，他们俩将各自的摩托车停好上锁，然后往餐厅里走去。她走在前面，他跟在后面。彼此一左一右，相隔不到半米。

只见淑澜的身材高挑，前凸后翘，呈现出一条令人想入非非的性感曲线。她还扎着一条垂至半腰的辫子。俊南从她的侧后面悄悄打量着，顿时真有一种想侵犯她的冲动。"你好高啊！好少本地女仔好似你长得这么高。"他忍不住抛出这句赞美之词，她把脸转过来向他报以甜蜜的微笑，又露出那两只大煞风景的门牙。

灯光昏黄，浪漫醉人。俊南、淑澜边用餐边交流。他的话题还是离不开家庭经营、城市发展、旅游休闲与文学创作这四板斧。而她很有耐心地听着，仔细欣赏这位才子，渐渐走神。"揾你做老公的确不错！我要更加努力，将你追到手。"她想着想着，不禁流露出满意的微笑。

在俊南俩等待埋单之际，他故意试探淑澜有没有谈过恋爱。"这一点如何讲好呢？"淑澜即刻显出小心翼翼的样子，迟疑片刻才想出尽量稳妥的措辞，"谈过，不过由于性格问题，最终冇成。"

"难怪，通常农村女仔二十出头就嫁人喽。"俊南说话心直口快，让淑澜一时感到有点尴尬。她连忙为自己解围，声称自己不过25岁，年纪不算很大。

"系啊。"俊南发现自己说话欠妥，趁机为自己"补镬（补救错误）"，还忙着缓和尴尬气氛，"国庆节你休假吗？"

"可能休假，现在未定。"淑澜知道俊南话中有话，含情脉脉地盯着他。

"如果休假，你有什么节目？"俊南不敢正视淑澜的脸蛋。

"我未有节目，你呢？"淑澜渴望自己能抓住机会，跟俊南深入发展。

"由于尚未有节目，我正在发愁呢。"俊南一时心直口快说漏嘴，"到时系唔系可以考虑一齐外出游玩啊？"

"好主意！"淑澜心里窃喜，"你有什么提议？"

忽然，俊南回忆到自己几天前邀晓雨一起出游，而她当时没有明确拒绝这个邀约。"嗯，这个……"他心里异常着急，变得支支吾吾，"等我返去想想，再告诉你吧。"

两个小时的约会结束，俊南、淑澜骑上各自的摩托车回家。半小时后，他特意经过晓雨家的楼下，发现她的房灯亮着。"晓雨，你到底搞什么鬼？你害得我好苦啊！"他一边开车，一边抬头看她的闺房，迅即驱车离去。

俊南才走进宿舍，身穿背心、短裤的夏雨就尾随而至。这位情场老手渐渐成为俊南的爱情顾问。他有点累，坐在床沿，背靠床架。而夏雨坐在椅子上，耐心倾听他的情感倾诉……

"城里那个女孩你最好再等一等。"夏雨还认为那个村姑尽管文化程度只有中专水平，不过要是性情好的话，俊南可以考虑跟她继续交往。面对夏雨的对症下药，他显出一脸无奈的神情，说只能这样别无选择。

"说句真心话，美媚很不错，跟你很般配。"夏雨为俊南的不幸唏嘘不已，"可惜老天弄人啊！"

"我属龙，她属猴，这样配对可是绝世良缘呀！原以为干塘捉鱼——冇走鸡（粤语歇后语，寓意十拿九稳）。"俊南的讲话从普通话频道忽然转换到粤语频道，一再摇头叹息，"哎，可惜可惜！"

令俊南想不到的是，次日他的生活中就出现美媚的踪影。上班期间，他们俩都登录QQ聊天，聊及她刚参加完一周岗前培训。她主动向他请教工作问题，还重提宴请他一事。

"本来早就说要请你吃饭，一直拖到现在。正好下个礼拜发工资，到时请你吧。多谢俊南哥这么关照我！"美媚想继续获取俊南的指导和帮助。然而，一旦想起她跟其男友亲密的情景，俊南既自卑又失望地说："不用客气。"她被无情地泼了一盆冷水，只有打消继续利用他的念头，考虑向詹宇求助。

颖仪的来电突然结束俊南与美媚的聊天,颖仪向他汇报最新的情场情报。早在当天中午,这位红娘就跟淑澜"煲"足一个小时的"电话粥",为他打探回许多他很想获知的信息。

俊南快步走出办公室,来到岭南时报社外面,开门见山地向颖仪询问淑澜对他的印象如何。"呵呵!表哥,你要自信自己的魅力。"颖仪想竭力促成这桩好事,"她对你的印象非常好,愿意跟你深入交往。"

"哦——"俊南故意自贬一番,"我这个烂人居然会被靓女睇中?"

"表哥要自信一点。如果你唔系我的表哥,我亦会追求你!"颖仪忍不住呵呵呵地笑起来。

俊南感觉甜滋滋的,询问颖仪在国庆节能不能休假,还建议他们三人一起外出游玩。"这一点她亦跟我提及过,我好想这样。"颖仪有点失望地透露淑澜拒绝她当"电灯泡"。

这一锅"电话粥"也"煲"足一个小时。俊南依依不舍地挂掉颖仪的电话,待在原地不由想到"男人之间深交会成为知心挚友,男女之间深交会奔向婚姻殿堂"。情已到此,他不得不展望自己跟淑澜的将来——

如果他跟她最终结成夫妻的话,彼此的居住、工作方式就会面临两种较具可行性的选择。其一,她并非来自大富大贵之家而且学历较低,就算进城工作收入也不会高。如果在城里买楼的话,他就很可能要独力挑重担。还有她现在的工作地点离中心城区十几公里,为方便他们俩的居住与工作,他可以在中心组团新城区附近买楼。那里尽管现在还是乡镇地区,但几年后就会变为城市。其二,如果他们俩婚后不在城里买楼而住在龙湾老家,她上班只需走数公里的路程,但他就只能隔三岔五地骑摩托车回家。再看长远一点,他可以买小汽车代步,每天往返于工作地和居住地之间。这样的话,他会更多地困身于农村生活圈,自己的思想观念等很多方面必然受到束缚……

"第一种选择对我造成的经济压力比较大,而第二种选择对我造成的精神压力比较大,这两个'芋头'同样烫手!"俊南权衡一番,心中不禁产生一个大问号,"有冇两全其美的选择呢?"

这道情关难住俊南,这时他的脑海中又浮现出晓雨的倩影。

澜湾区婚姻登记处正式批准晓雨的父母离婚,她的父母当天领取到离婚证。她的母亲在第一时间催她去户籍部门办理新的身份证。她怀着复杂的心情,拿着

110

父母的离婚证及自己的单位同意证明，前去办理相关手续。

俊南返回到办公电脑前，感觉仿佛有人在呼唤自己。当他登录QQ不久，晓雨少有地主动给他发信息，想将这份被冷落的关系重新加热——

晓雨："：-)"

面对晓雨异常的热情，俊南的心情夹杂着欣喜、忧愁及埋怨。"坏啦……晓雨啊！你为何这样折磨我？睇来，你的城府真深啊！"俊南迟疑数秒，还是忍不住回复她，聊到国庆黄金周结伴出游的建议——

俊南："国庆黄金周我们结伴出游吧？你想到远一点的地方抑或近一点的？"

当这些字句发出后，俊南才想起自己约过淑澜一起出游。"要么孤家寡人寂寞难耐，要么一脚踏两船，好彩我会游水。"他还暗自庆幸自己够醒目（聪明），之前没有一口应承淑澜，为自己留下周旋的余地。

晓雨："好啊。我想去女儿山和河螺沟，不过我冇身份证，唔能够坐飞机啊。"

俊南："为何你冇身份证呢？"

晓雨："换新身份证嘛，新证尚未能拿到啊。"

俊南提议到周边地区泡温泉，可是晓雨不感兴趣，要他再出建议。"你老母啊！简直不可理喻！"他沉不住气，私下骂她，却又极力控制住自己的脾气耐心应付她。

国庆黄金周晓雨能抽出三四天去玩。俊南建议后三天出游，这样既方便她找房子，也方便他回家看父母。面对这个憨货，她心感不悦，故意要他一把——

晓雨："我想去华东和华西南，不过那些地方游客都爆满喽。"

俊南："到这些地方只能坐飞机，你又冇身份证，坐火车要好长时间喔。"

晓雨："我本来打算出游七日，这样就够时间。"

俊南："出游六日我亦可以。"

晓雨："你要返屋企，这就免啦。"

俊南："其实冇什么事做。"

晓雨发现俊南终于就范，不禁偷笑一声，回复"哦"继续观察他的反应。

俊南："你到底想去华东抑或华西南？"

晓雨："两个地方都想去。"

俊南："先去华东，再去华西南。"

晓雨："够时间吗？"

面对这个反问号，俊南快被活活气死。尽管如此，他依然要保持低声下气。

俊南："就去华东的景区吧，华东与华西南跨度好大，坐车好难。"

晓雨："现在还可以买到车票吗？到时能够租到房间住吗？"

这两个反问号让俊南的坏脾气终于爆发。"你老母啊！老提不经大脑的问题。既然这样，干脆唔去！"他愤怒得骂骂咧咧，但这些异常反应晓雨根本无从知晓。她等待良久仍未收到他的回复，就干脆从QQ下线，外出跟缨子去泡酒吧。

骂归骂，干归干。骂完后，俊南马上着手打电话，跟在华东工作的一位大学同学取得联系。可惜那位男同学跟华东那边的景区联系不多，一时不能帮他订房。他又打电话想将最新情况告诉晓雨，但他所打的两个电话都没人接，令他感到莫名其妙。不过，他锲而不舍，再次联系她。她终于发现他的来电，接听他的如实报告，之后还跟她身旁的缨子说："他讲未能订到房间喔。"

缨子产生幸灾乐祸的心理。"这样就无法出游喽？"她跟晓雨说话的声音让俊南隐约听到。晓雨的内心不爽，她说自己跟同学先想想办法，再通知俊南。

"哦。"俊南将好事办砸后，失望地挂掉电话，还不忘自我安慰，"原以为孤男寡女结伴出游那么爽，现在发现竟然冒出一个'电灯泡'，唔去也罢！"

俊南感到很郁闷，便回到单身宿舍楼，找夏雨为自己的感情问题把脉。但夏雨的宿舍大门紧闭，他只能致电夏雨了解夏雨的行踪。原来，夏雨骑摩托车去到陶都镇看文艺晚会，要到子夜时分才能回来。他唯有拖着疲倦的身躯，垂头丧气地返回自己的宿舍，迎接愁眉难舒的漫漫长夜。

连日来，俊南多次提醒自己不能就此放弃与晓雨结伴出游的机会。他甚至认为来到这个关键节点上，不成功便完蛋。既然自己无计可施，他就试图向如风寻求帮助。

周日傍晚，俊南通过QQ主动找如风聊天，倾诉自己的苦恼。如风给予的答复是："晓雨一般唔会单独跟男的出游，揾个同性旅伴亦好正常。"

经过如风半小时的开解，俊南又鼓起勇气，给晓雨打电话。她正跟缨子一起在澜湾大道逛商场。从她的手提包里传来隐约的手机响声。她利索地拿出手机查看电话，发现这是俊南的来电，便即刻接通电话。

俊南听到电话的背景声音很嘈杂，立刻长个心眼，询问晓雨现在哪里。她不喜欢这样的盘问，只想敷衍他就说在外面。他继续盘问："在外面玩吗？"这让她不得不以沉默应对。他生怕她会借故结束通话，赶快转换话题，询问外出旅游那件事怎样处理。"国庆黄金周你只能抽出六日时间，我的同学讲六日时间并不够，大家决定取消出游喽。"晓雨看看走在前面两米远的缨子，"我继续揾房租房算喽。"

　　"我陪你揾房好吗？"俊南握着话筒的手在微微颤抖。但晓雨拒绝他的建议，说自己想先看看房源资料，还建议他返回老家探望他的父母。他尽管有点不耐烦，却只能努力控制自己的情绪，跟她说他可以为她出点子。她再次拒绝他的好意，不过向他透露她想选购一厅两房或一厅一房、每平方米1000多元的那种商品房。在他看来，在澜湾区中心区跟环市区中心区交界区域的房子挺好，交通便利配套完善。可是，那里的房子每平方米要2000多元，她根本买不起。

　　俊南不想晓雨的新住所离他太远，便建议她最好选购那些离她家近一点的楼房。"不然的话，一旦出现什么病痛，你如何是好呢？"他特意表现出自己好在乎她的语气。

　　"有你嘛！"晓雨此语一出，让俊南感到惊喜。他好想立刻见到她，而她却以时间已晚为由拒绝他。他顺水推舟地询问她为何整天都那么忙，还故意编出一个有点夸张的借口，谎称他们俩差不多有一个月没有见面啦。她笑咧咧地反问时间没有这么长吧。他更夸张地声称如今自己都记不起她的样子喽，果然收到奇效。

　　"哇！系唔系啊？我一得闲就打电话给你了。"晓雨好不容易才把俊南打发掉，接着跟缨子手牵手继续逛街购物。

　　晓雨一再折腾俊南，换来的是他的胡思乱想、辗转反侧与失眠消瘦。"既然对我讲'有你嘛'，又为何借故躲避我呢？"他疑惑不解，一时难以找到答案。

　　再过一天就是中秋节。每逢佳节倍思亲，而俊南却一门心思地苦想如何打开感情闷局的良策。"明日就系中秋节，不如现在打电话预订好一束鲜花，明日就将花送给晓雨。"他的脑中忽然灵光一闪，却被他的父亲李英洪从家里打来的电话打断。

　　李英洪询问俊南中秋节回不回家吃晚饭。但他犹豫不决，需要等到明日再做决定。李英洪恳求他如果没有什么事就回家吃饭。"爸，你要理解我啊！"俊南

有点不耐烦,"我有好多私事要办。"

俊南一挂掉李英洪的电话,就打电话向情侣花店预订鲜花,还精心琢磨好一段文学味浓郁的祝福语。"不仅明月当空,月圆花好,这个午夜还可以祈盼晓雨的降临。午夜晓雨洗刷中海的夜空,向您呈现一个明净、美丽和温馨的中秋夜!俊南真诚祝福晓雨节日快乐!"他希望以祝福、鲜花来感动晓雨,跨过爱途中这道坎。

中秋节早上七时闹钟响起,但俊南并没有听见闹钟声,睡过25分钟才醒来。"唉,上床睡觉太晚,这次衰啦!"他心中悸动,连忙从床上爬起进行简单梳洗,匆匆驱车赶往情侣花店。

俊南所预订的18枝粉红玫瑰花配上几枝满天星,已用紫色纸包扎好,可表示真诚的意思。他一到情侣花店,就马上仔细打量这束鲜花,感到十分满意。他提前想好的那段祝福语被工整地写在一张小贺卡上。他反复检查那段祝福语确认无误,还把晓雨的姓名与手机号码留给那名送花的女工,并再三嘱咐她把这束鲜花送到晓雨手上。

那名送花女工骑摩托车,前往晓雨的工作单位中海市车辆管理所替俊南送花。"最好赶在所有对手之前,将花送到晓雨手上,先入为主嘛。否则,麻烦就大喽!"俊南目送那名送花女工离去,骑摩托车返回岭南时报社,心中忐忑不安。

八点半,晓雨挽着小提包,准时走进车管所上班。那名送花女工恰好跟在她的后面,走进车管所。

"卢晓雨在哪里办公?"那名送花女工按照俊南提供的姓名,询问车管所办公大厅里的办公人员。然而,大家都说没有这个人。那名送花女工将写有卢晓雨姓名和手机号码的纸条递给其中一位男职员。他看过这个手机号码,才认出这是其同事刘芝婷的手机号码,便告诉刘芝婷有人送花给她。

那名送花女工发现那名男子喊出的姓名跟俊南所提供的不一样,感到莫名其妙。"哦!"晓雨转过脸来回应她的男同事,还看着那名送花女工。她看见晓雨有所回应,便走到晓雨的座位旁,把纸条递给晓雨看。晓雨看过俊南所写的姓名及手机号码,就签收下这束鲜花,还凑近红艳的玫瑰闻着花香。她的脸上流露出满意的微笑。

"李先生,我已经将那束鲜花送给那个女仔啦。"那名花店女工走出车管所，还按俊南的要求致电将送花情况告诉他。他在办公室守候半个小时，一接通那名送花女工的来电便悸动不已，好像是在等待法官判决那样。她带来的好消息令他松下一口气。她还讲述自己刚才送花的曲折过程，也令他感到莫名其妙。

当俊南委托的那名送花女工正走出车管所，伟锋委托的那位送花女工恰好跟她擦身而过，也为晓雨送来一束共11枝鲜花。这束红玫瑰的枝数没有俊南所送的多，在晓雨看来明显逊色不少，不过也为她带来一阵兴奋。她的同事们看见她接连收到鲜花，纷纷议论甚至吹捧说她魅力大，追求者众多。

俊南一挂掉那名送花女工的电话，就迫不及待地给晓雨发去自己早已准备好的手机短信。"举头望明月，低头思晓雨。在这个月圆花好、阖家团圆的节日里，送上一束鲜花衷心祝愿你拥有一个安顺愉快的中秋节！"尚处于亢奋之中的晓雨看见俊南发来的这句祝福语，感到非常满意，随即回复"谢谢"。

"今晚出来一齐赏月好吗？"俊南乘势而上，向晓雨发出约会邀请。她答应说她吃过晚饭给他打电话。这样的回复令他欢喜雀跃，握拳大喊"Yeah"。他的异常举动引来办公室里数位同事的诧异目光。他感到自己跟晓雨之间的冷战终于迎来终结之日，他的心头大石也自然落下来。

跟俊南相比，伟锋的表现棋差一着，自然令他陷于被动。当得知晓雨已签收他的鲜花，他立即打电话约她当晚外出赏月。她谎称自己晚上要参加亲戚聚会，拒绝他的邀请。但他十分淡然，另结新欢，要到龙湾山欢度良宵。

初战告捷后，俊南继而登录互联网搜索赏月地点资料。当他登录QQ，秋荷的大学同学蓝天青即刻向他发送节日祝福"中秋快乐"，还跟他聊起中秋夜节目以试探他有没有女朋友。他敷衍几句，不得不谎称工作忙，摆脱她的纠缠。她抱怨她跟他聊天，就像她是记者而他是被访者。

实际上，俊南并不想跟蓝天青多聊一会，他的主要心思正用于考虑最重要的约会选址问题。"今晚带晓雨到哪里赏月好呢？龙湾山？哇，太远啦！环市区中心的灯湖景区？系喔，那里比较近，而且可以划船赏月！"中秋夜的赏月地点终于确定下来，他收拾心情投入工作，岂料淑澜主动向他发来"中秋节快乐"的短信。她殷切期盼他会主动提出中秋夜约会的邀请。而他却回复同样的祝福语竭力冷淡对待她，以避免她来搅乱大好局面。

一波未平一波又起。李英洪再次给俊南打电话，询问他当晚回不回家过节。他随口回答不回家过节。李英洪央求他如果得闲的话，就回家一趟。"爸，你要

理解,我尚有更重要的事要做啊!"他显得不耐烦,迫使李英洪只好闭嘴,挂掉电话。

夏雨外出采访回来,小声询问俊南当晚有什么节目。他向夏雨透露自己向晓雨送花并邀约她一起去赏月的详情,甚至尽力压低说话的声音,生怕办公室里其他同事听见。"好事情,好好努力!"夏雨轻拍他的肩膀,报以满脸微笑,他激动地点头应和。

恰在此时,淑澜又主动向俊南发来短信说当晚花好月圆,询问他有什么安排。这一意外令他茫然失措,只好请教夏雨。"如果跟淑澜约会,我如何应对晓雨呢?"他觉得自己如果跟两个姑娘约会,就只能跟阿澜共进晚餐,之后与晓雨去赏月。

"路途遥远,你难以兼顾……不如专心带城里那个女的去赏月。"夏雨又教俊南撒谎说"好惨啊!今晚要加班",委婉拒绝淑澜。

这一招果然奏效。淑澜大失所望,唯有下班买菜,回家过节。俊南等候半个小时仍未收到她的回复,才稍微安下心来,准备跟晓雨共度浪漫之夜。

在晓雨看来,今年过中秋节跟往年特别不同,她的三口之家已经破裂,不能阖家团圆。她的父亲早已搬离这个家,到外面租房住。她的家中过节气氛不浓,跟她的母亲一样,她的心头也有抹不去的痛。她好想念自己的父亲,只能通过手机短信祝福他中秋快乐。他应邀到他的亲弟家过节,向她表示他并不孤单。

晓雨应缨子之邀登录QQ闲聊。当缨子特意问及她当晚有什么安排之时,她同样谎称自己在当晚要参加亲戚聚会,避免自己的谎言会被伟锋揭穿。伟锋原本想通过缨子对她摸底的小伎俩没有得逞,因而缨子不再提出新话题。她就系上围裙,协助她的母亲准备应节晚餐。

在俊南的办公电脑屏幕上,晓雨的QQ头像呈现彩色。"在线吗?"他的信息发出后,立刻收到她的留言:"暂时失踪……唔好挂住我喔……"如风也在办公室上网,发现晓雨又改变QQ网名,便发信息过问此事以满足自己的好奇心。他的电脑屏幕也显示着晓雨的那句留言。

如风不得不留在岭南时报社加班编版,要熬到三更半夜才能赶往粤州跟蔡云约会,陪她外出逛街赏月。她有点不高兴,他只好通过QQ向她再三解释加班原因,求得她的谅解。"前几日新买的国产三菱汽车真能救急!在一个钟头之内赶到粤州约会,真爽!"他在庆幸之余,长吁一口气。

俊南轻松的脚步不由自主地移到如风的身旁。如风看到满脸春风的他，便询问他当晚有什么节目。他又向如风透露自己向晓雨送花并邀约她一起去赏月的详情，显出异常得意的样子。如风笑嘻嘻地感叹他的真诚竟能将她的冰心融化，并向他贺喜。他趁机邀请如风共进晚餐，一来向如风表达谢意，二来求如风赐高招。

"阿澜会唔会再约我呢？……等过这么长时间，都未收到她的回复。睇来，她肯定约其他人喽。"俊南心里一直处在忧虑中，与如风肩并肩走进愉心园餐馆，在最北端的树下落座。

愉心园里间隔种着一些树木，树下摆放着餐桌。这里的老板别出心裁地利用马路边一排店铺和周边一些民房，把一大片露天场地围起来，尽量隔开马路的灰尘及噪音。这里还播放怀旧流行歌以营造出舒适休闲的进餐氛围，不仅受到俊南与如风的青睐，也吸引美媚和詹宇的到来。

詹宇刚从粤州赶到中海，跟美媚共度中秋佳节。他们俩携手走到愉心园最南端，她捧着他送的一束共11枝红玫瑰，却没有引起俊南俩的注意。

美媚长得蛾眉凤目，细滑的肌肤晶莹雪白，娇嫩无比。她的身材苗条，紧身牛仔裤衬托出玉润浑圆的修长美腿，给人一种骨肉匀婷的柔软美感。婀娜纤细的柔软柳腰配上微隆的美臀、翘挺的酥胸，浑身线条玲珑浮凸。打量着这位美人儿，让詹宇感到异常自豪，十分陶醉。

然而，美媚近期的工作还是没有大的起色，心情郁闷得很。从落座开始，她就三句不离本行，詹宇没有感到丝毫的浪漫情调。"你不能光是听我说呀，要帮我想想办法呀！"她面对他的沉默变得十分不满，斜眼瞪着他。

"晓得！我正在想法子呢。"詹宇一时想不到什么好法子帮美媚。

"晓得晓得！过了半天还想不到法子，真没用！"美媚喋喋不休，她的脸色变得很难看。詹宇耐心听着，不敢轻易作声。

愉心园炮制的中秋夜宴，让众多食客大快朵颐。而坐在最南端的美媚、詹宇却吃得索然无味。坐在最北端的俊南、如风也吃得并不安心。

如风对俊南与晓雨的关系柳暗花明表示诧异，声称"想唔到"。"系啊——"俊南长叹一口气，承认过去的磕磕碰碰是因为自己做得不够好，不过也有晓雨的原因。

"听讲她最近改变姓名，你知道吗？"如风试探俊南跟晓雨的真实关系。

"啊——"俊南皱起眉头,"系吗?"

"她叫刘芝婷,"如风情不自禁地抛出赞美之词,"一个好好听的名字!"

"哦?"俊南眉头深锁,急于打探如风跟晓雨之间的最新关系,"你如何得知嘎?她为何连姓都改呢?"

"在前几日网上聊天的时候,她告诉我……"如风欲言又止,看到俊南盯着自己,唯有如实交代,"至于她连姓都改我的确并不清楚个中原因!"

"她为何隐瞒我呢?"俊南疑惑不解,心生埋怨,"她到底搞什么鬼!?"

如风见俊南脸色异常,马上为自己解围。"无所谓啦!反正你今晚跟她约会,可以试探一下。如果她唔讲,你就无必要勉强。如果她讲,你就趁机讲'新名字、新形象、新生活'逗她开心。"如风的建议并未能改变他一脸茫然的表情。他向如风讨教今晚约会他需不需要再送花给晓雨。

"当然要啦!不过并不用送那么多。"如风一如既往地乐于为俊南当导演,"一枝红玫瑰就得喽,暗示'对你情有独钟',这样够浪漫嘛!"

俊南一边吃饭一边忧虑晓雨到底会在几时打电话给他,打算一吃完饭就提前准备中秋夜约会一事。"只要提早将鲜花搞到手,就无须顾虑晓雨何时打电话给我。"他恨不得瞬间去到情侣花店,却要竭力掩饰自己心中的焦急。如风优哉游哉地迈着小步返回岭南时报社,迫使他不得不放慢脚步跟如风同行。

当俊南、如风来到愉心园门口,跟捧着一束红玫瑰的美媚碰个正着。俊南与美媚彼此正视却哑口无言。"这不是俊南哥吗?怎会这么巧?我们真是有缘!"詹宇紧随美媚的身后,面对此情此景,心里非常难受地主动打招呼。俊南却装得十分淡然,声称自己有急事要赶快走,免得让同行的如风看破这段三角恋。

愉心园外,大路朝天,各走一边。

詹宇与美媚朝着大路西边并肩走去,两人的步伐异常沉重,若即若离。他心事重重,临时改变在她的宿舍过夜的打算,借故辞别她就坐上粤中快巴返回粤州。而俊南与如风朝着大路东边齐头走去,各有所谋,心照不宣。如风打算等下夜班后驾驶私家小汽车带蔡云到珠水河边赏月,他的车内早已准备好一大束红玫瑰。俊南则要骑摩托车从岭南时报社出发前往情侣花店,并在开动摩托车前先致电情侣花店订花,以便花店女工尽快为他包装好一枝红玫瑰。

愁眉难舒的淑澜在家中吃过晚饭,除了拜神贺月外并没什么娱乐活动,忍不住拨打俊南的电话。他隐约听到口袋中的手机在响,匆忙将车靠边停下,掏出那

118

部国产手机准备接电话。然而，在他慌乱之际，他的手机盖才掀开一半又重新盖上。令他感到异常意外的是，电话挂断后，竟然连来电显示都没有。"衰啦！会唔会系晓雨来电呢？冇办法啦，只有等对方再打电话来。"他一想到晓雨就紧张起来，立刻往情侣花店那里飞驰而去。

电话被挂掉让淑澜感到备受打击。她不敢再打俊南的电话，只好找颖仪闲聊几句。颖仪也没有约会，待在家中倍感无聊。两人相约到村口会面，结伴前往龙湾山赏月。

中秋月光照耀下的龙湾山的确是赏月游玩的好去处。颖仪、淑澜共骑的摩托车开始沿登山大道缓慢爬行，恰逢伟锋也开着私家汽车上山。颖仪俩在前方妨碍他的去路，他猛按喇叭提示颖仪让路，急于上山赏月偷欢。

伟锋的车里坐着两名穿着性感的酒吧小姐，她们平常跟他玩得亲密无间。中秋夜里，他提前在山上宾馆订好房间，准备跟她们共度良宵。而遭受晓雨婉拒一事，早已被他抛到九霄云外。

俊南从情侣花店拿到那枝准备送给晓雨的红玫瑰，看看手机发现时间尚早。既然晓雨还没给他打电话，他只好来到情侣花店外边，坐在自己的摩托车上等待。

"为何刚才那个人不再打电话来呢？按理来讲，刚才的电话好有可能由晓雨打来。假若如此，我一不小心将电话挂断，她会唔会因误会而发嬲呢？"俊南越等待越心虚，责备自己遇事慌张，还叮嘱自己镇定一点。

大街上霓虹闪烁，车水马龙，人们纷纷赶回家中团圆或外出赏月。俊南望着这一切，丝毫没有过节的感觉。想起家中的父母，让他心里夹杂着内疚、无奈。

十几分钟过去，俊南觉得与其待在那里傻傻地等，还不如开车到晓雨家的楼下等。在他看来，就算她随时召唤，他都能随时到位。不用五分钟，他就现身于她家的楼下。她的闺房正亮着灯。他脱下头盔坐在他的摩托车上，拿着玫瑰花仰望她的闺房，却始终望不到她的身影。

"已经七点过后喽。如果再晚一些的话，灯湖景区的游人会好多，到时会好难租到游艇。为何尚未收到她的来电呢？她应该食过晚饭啦。"俊南尝试打电话给晓雨，但没人接听。他竟以"她可能会一时走开"来自我安慰，再拨打她的手机，仍没人接听。令他开始忧虑的是，当日她已经跟他约好，会不会突然又变卦。

俊南的心情夹杂着焦急、无奈与气愤。他开始乱套，连续几次拨打晓雨的电话，依然未能得到她的回音。"继续留在这里等，唔知要等到几时。"他坐立不安，患得患失的心态又在作祟，"假若刚才来电者系晓雨，按照眼前这种情况推测，她可能在嬲我。如果我贸然离开此地，之前的一切努力都会付诸东流。"

经过思想斗争，俊南选择留下来守候晓雨的回应。在她家所在的住宅楼大院，不断有人进进出出。俊南盯着每个走出大院的人，生怕晓雨会偷偷离开，去跟别人约会。

半小时过去，复杂的思绪渐渐让俊南失去理智，他的脚步开始不受他的控制。跟晓雨太久没有见面，让他太想她马上出现在自己的面前。他情不自控地把自己的摩托车开过马路，挨着她家所在的住宅楼墙脚停放着。这样竟让他感觉自己跟她又靠近一些。

晓雨闺房里的音响设备打开着，嘈杂的音乐声不断传进俊南的耳朵。"房间既开着灯，又开着音响设备，肯定有人。难道音响的声音太大，致使晓雨听唔到手机铃声？"他的两只手掌合成喇叭状，放到他的嘴边。他仰首深呼吸，大喊"晓雨"。

然而，晓雨的房里没有任何回应。过一会，俊南的手机依然没有来电。他又连喊几声"晓雨——晓雨——晓雨——"。结果还是一样。

几分钟后，刚洗完澡的晓雨穿着白色浴袍，从冲凉房返回自己的房间。而俊南的喊叫声却停住。她打开衣柜挑选衣服，准备穿上漂亮的晚装跟俊南约会。

俊南的样子显得非常失魂落魄，路人对他的异常举动都投以诧异的目光。然而，他根本无心理会外界的一切，一心只想得到晓雨的回应。不过，结果令他痛心、无奈与迷惘。

"难道就如此玩完吗？唔得，我唔能够轻易放弃！可唔可以上楼到她的屋企敲门呢？"这个念头突然在俊南的脑里萌发，他迅速把他的摩托车开进住宅大院停好，拿上玫瑰花疾步走到晓雨家所在的住宅楼铁闸门前。但铁闸门锁着，他进不去住宅楼楼道里，只能待在外边等铁闸门被打开。

俊南见到一家老少走进这个住宅大院，立即把玫瑰花放在背后，以免引来旁人好奇的目光。那一家老少打开铁闸门，一个接一个走进去。"好机会！"俊南欲进又止，犹豫着自己该不该进门，"如此上楼揾她，肯定会惊动她的家人。这种冒失的举动会唔会令她更加嬲我呢？"

铁闸门又关上，俊南只好在外继续傻等。又有一个老婆婆走进这个住宅大院，要开铁闸门上楼。"阿婆，您好！我正在等住在三楼右边的那个女仔。麻烦您帮忙转告她一声，就讲有个男仔在楼下等她。"他终于鼓起勇气，迎上前向这位老婆婆求助。

　　这位老婆婆停住脚步，打量俊南一番。他见她迟疑不表态，马上补充说那个女子姓卢。"三楼右边的那户人家好似系姓刘。"这位老婆婆见他不像是坏人，便回应一句，转身上楼走向晓雨家。

　　晓雨穿上玫瑰红花样风情短袖T恤、蓝色七分牛仔裤，对着一块落地长镜仔细装扮一番。"将那个FORTUNE STAR手提包配搭这套衫裤，真系最好不过喽！"她从衣柜里找出俊南送的那个手提包，仔细整理一番。

　　晓雨的母亲听到敲门声，便打开木门，隔着铁门看看谁在敲门。"原来系二楼的老邻居，有何贵干啊？"晓雨的母亲挤出满脸的微笑。

　　"有个后生仔在楼下等你的闺女，他麻烦我转告一声。"那位老婆婆完成俊南拜托她帮忙做的事情便转身下楼，得到晓雨的母亲一声道谢。晓雨的母亲关上门，走去询问晓雨。

　　晓雨正走去拿自己的手机，要打电话叫俊南过来接自己。这时，她的母亲走进她的房里。"芝婷，为何住在楼下的阿婆传话讲有个后生仔在楼下等你啊？这到底系怎么回事？！"她的母亲一脸不悦地责问她。

　　"可能系朋友揾我。"晓雨拿起自己的手机，发现俊南刚刚多次来电，估计她母亲口中所谓的那个后生仔十有八九就是俊南。

　　"他有冇搞错啊？闹得整栋楼的住户都知道他揾你，打个电话给你就得啦！……"晓雨的母亲喋喋不休，转身走到客厅继续搞清洁。

　　"我刚才冲凉嘛，房里又开着音响设备，所以无听到他的电话喽。"晓雨忘记抹保湿润肤面霜，提上手提包换上旅游鞋，就匆匆离家下楼找俊南。

　　俊南在晓雨家所在的住宅大院里踱来踱去，想着那位老婆婆会不会帮他的忙。突然，晓雨下楼打开铁闸门走出来，进入他的视野。她的出现令他既喜又忧，她拉长着脸，显然是在生气。

　　"我等你好长时间啦！"俊南迅即把玫瑰花递到晓雨的面前，"送给你，中秋快乐！"

　　晓雨并没有伸手接住俊南送的玫瑰花，而是赌气地往外走。俊南紧随其

后,异常紧张地询问她发生什么事。她起初不愿说话,在他一再追问之下,终于开口。"你有神经病吗?闹得整栋楼的住户都知道你揾我,我阿妈刚才教训我啦!"她的双唇伸得长长的。

"对唔住喽!我无心嘎,你原谅我啦!"俊南正对着晓雨,竭力显出100%诚意。他的一再恳求令她的心软下来。他趁机建议她跟他一起去赏月,随即将头盔递给她。他的摩托车开着,她有点不情愿地戴上头盔,坐到他的摩托车上。他把玫瑰花放在脚踏板上,开动摩托车直奔灯湖景区。

俊南的摩托车快速经过岭南美食城外围,恰好唐仁与珍妮走出美食城,打算前往澜湾大道逛街购物。中秋夜幕下的澜湾大道两旁悬挂着不少花灯,人流涌动,好不热闹。

唐仁俩的中秋晚餐吃得好迟,是因为珍妮直到傍晚时分才能下班,还耗费两个小时坐公交车辗转赶回市区。唐仁等得饥肠辘辘,牢骚满腹,根本浪漫不起来。"到那么死远的乡下地方上班,回来一趟不容易。不用多久,你肯定会变成乡下婆娘!"唐仁跟珍妮携手漫步,感到仍不解气,继续唠叨。

"在市区找来找去都找不到像乐高家电这样好的单位,我有什么办法呢?"珍妮露出一脸委屈的表情,松开唐仁的手。

"平时不注重看书学习,没文化就会这样!"唐仁一口不屑的语气。

"既然你这么嫌弃我,那就分手吧!"珍妮气急败坏,乱说话来气唐仁。

"分就分!"唐仁被气得满脸通红,忍无可忍。

以往每次珍妮以分手来威胁唐仁他都会忍而不语,但这次情况不同,令她犹如五雷轰顶。忽然,她的眼泪哗啦啦地流下,她伤心欲绝,小跑离去。他没有去追她,反而仰首望天长舒一口气,坐公交车返回自己的宿舍。

唐仁的感情危机终于如火山般爆发,而俊南跟晓雨的关系能否化险为夷呢?

从晓雨家到灯湖景区的车程只有数公里,一路上车流、人流交织。灯湖景区将到,车流人流更为拥堵,俊南的摩托车很不轻易才能前进一步。他骑着摩托车左避右闪,突然被迫两脚着地,把摩托车停住等候通行。

"为何放在脚踏板上的玫瑰花唔见啦?!"俊南的全身神经突然绷紧,他立刻朝其摩托车两旁看看,发现那枝玫瑰花就掉到自己的右脚旁。"噢——好彩及时发现玫瑰花唔见喽,否则……"他一下子放松下来,马上俯下身,把花捡起放在脚踏板上。

俊南的一举一动晓雨看在眼里气在心底。在她的想法中，如果能够开一部小汽车到远一点的地方赏月，应该挺好。而俊南则心乱如麻。在他看来，如果当晚不能跟她和好如初，一切就会玩完喽。

俊南的摩托车来到灯湖景区市民广场外围停下，挤进密集的车排里。晓雨跟着他，慢吞吞地进入市民广场，彼此保持着半米距离。此刻的灯湖景区夜色绚丽多姿，生机勃勃。月如盆，灯如海，人如潮。人观灯月，灯月影人，湖映灯月。然而，这些美景根本无法引起俊南的兴致，因为他一直在想如何说服晓雨。

"游人实在太多，估计游艇早就租完。尽快揾个地方坐落来，跟她解释清楚为好。"俊南想好应对之策，来到市民广场的露天茶座区并找到两个空座位，便向晓雨伸手示座，"我们在这里坐一阵好吗？"

晓雨坐下来背靠椅子，把自己的手提包放在大腿上，而两只手掌压在手提包上。她的脸色冷冰冰的，两眼往外看，故意冷落俊南。他侧对她坐着，微弓着腰，尽量靠近她。他的右手掌轻包左拳，微微颤抖。他不停思索开场白，想尽快打破尴尬局面。

女服务员走过来，问俊南俩想要什么吃的喝的。俊南转过身，尽管心里有点不耐烦，但还是请她介绍这里提供什么吃的喝的。她一口气地介绍这里有七星伴月水果拼盘、果汁、汽水……他觉得点个果盘会显得大气一点，还不忘问清楚一个果盘卖多少钱。她说一个果盘卖68元，还陪上满脸微笑。他硬着头皮买下一个果盘，心里骂这么死贵，还暗叹商人真会趁机抢钱。她一边记录，一边询问他们俩还想饮什么。他又要一杯橙汁，转身询问晓雨想饮什么。晓雨沉默不语。他想起她多次带他到迷你果汁店饮橙汁，就主动为她点一杯橙汁。

等到烦人的服务员终于离开，俊南马上恢复原来的坐姿，一脸茫然。"她今晚携带的手提包正是我送给她的那个！"他盯着那个手提包，心中窃喜，终于鼓起勇气去消除自己与晓雨之间的误会。

"你在嬲我吗？唔好发嬲啦，原谅我吧！"面对俊南如此低声下气的乞求，晓雨看起来依然是无动于衷。"你这个傻瓜，害得我让阿妈批评，我当然嬲啦！"她的内心悄然回应他。

服务员把果盘及饮料都端上来，俊南拿起杯子饮下两口橙汁，而晓雨却纹丝不动。"来啦，饮橙汁啦！"他伸手拿起一杯橙汁递给她。

"不再嬲他好吗？"晓雨犹犹豫豫地从俊南的手中接过杯子，喝下两口橙

汁,"这样好似太便宜他喽!"她把杯子放回桌子上,又恢复原来的坐姿。他发现她筑起的心理堡垒开始有点松动,便继续思索新的招数,并决定赌一把将自己跟她之间的模糊关系完全表白。

"半路上,我在接电话的时候一不小心将电话挂掉,手机屏幕上冇来电显示。我以为你打电话给我,所以心里有点紧张……"俊南将之前发生的事情一五一十地交代清楚,希望能消除晓雨的误会。

可惜晓雨仍显得不为所动,俊南不得不动用最后一招。"其实,今日我阿爸多次催我返屋企过节。不过,为了今晚的约会,我拒绝我阿爸喽。你知道吗?在我的心中,你是第一位!无论在任何时候,只要你需要我,我都可以将其他一切放在一边!……"他一直盯着她,尽力表现出真诚的神情。

俊南的心里话让晓雨有点感动,但她坚持装作若无其事,内心正在纠结。"一想起爸妈的婚姻悲剧,我就会产生恋爱恐惧症,好难投入到恋爱状态之中。这个傻瓜贸然讲出这些真情告白,我实在好为难!"她的眼袋微凸发红,面部皮肤略显粗糙,跟那个平常光彩照人的她大不一样。

俊南已无话可说,坐在那里不知如何是好,只能拿着杯子把橙汁饮光。而晓雨的心里一直泛起波澜。"如果今晚返屋企太迟,阿妈肯定会啰啰唆唆责怪我。既然今次约会搞得唔开心,不如提早走人,好让大家休息一下冷静一下。"她想到这儿,终于张口跟俊南说她好累,想回家休息。

俊南拿起手机看看时间,发现为时尚早,就劝晓雨多坐一阵。"唔好,我要返去!"她的两眼直视前方。他无可奈何,只好应承她。在他看来,该说的都已经说完,只能听天由命喽。此刻,他反而感觉有点洒脱。

俊南在起身离座之际不忘从茶桌上拿走那枝玫瑰花,并悄悄折断部分花枝,把花放进他的摩托车尾箱中。在返回晓雨家的路上,她还是一言不发,而他则谋划在他们俩分别前如何将这枝玫瑰花成功送给她。

俊南的摩托车来到晓雨家的楼下,他一边让她下车,一边用他的左脚踩下车脚架。当摩托车停稳,他就立即转身打开车尾箱,拿出那枝玫瑰花直接递向她的手中。"我今晚对你讲的话都系出自真心,你原谅我吧!"他怕她不接受那枝玫瑰花,他的双唇在微微颤抖。

晓雨借助昏黄的灯光看见俊南苦苦恳求的样子,被他真诚的言行感动,就伸出双手拿住那枝玫瑰花。"一场误会完全透露了他的底细,我要考虑考虑今后如何对待他。"她暗自算计,转身走进住宅楼大院,渐渐从他的视野消失。他原地站着,心里庆幸自己可能迎来转机,稍过片刻才驱车离开那里。

在俊南走进单身宿舍的同时,唐仁坐在自己的床沿向乔巧发短信,表示他想过两天坐飞机到京城旅游跟她见面。

俊南径直走进唐仁的房里,唐仁尽量调整好自己的情绪,假装在看电视吃水果。他与唐仁并肩坐在床沿上,唐仁的脸色有点阴沉,而他却是一脸沮丧。唐仁心生好奇,便套问他当晚到过哪里玩。他不想透露自己的隐私,只好反问唐仁跟珍妮到过哪里约会。

"我们去逛街赏花灯,那里人太多,我们逛过一圈就早早离开了。"唐仁点到即止,趁机诱导俊南,"你有什么好节目?"

"到过灯湖景区坐坐……"俊南小心翼翼地作答,"那里人也是好多。"

"自己一个人去吗?"唐仁露出诡秘的笑容,俊南不愿自尊被伤害,沉默片刻后说:"不是。"

"跟谁去的啊?"唐仁摆出一副打烂砂锅问到底的架势。心乱如麻的俊南在他一再追问下,终于守不住自己的嘴巴,只能顺着性子将自己与晓雨的尴尬关系一一告诉唐仁。唐仁在满足自己的八卦心理后,仅仅敷衍几句,并非真心为他排忧解难。

等俊南回到自己的房间,唐仁又陷入沉思。"龙湾山上那个相士曾经说过'这是千年修得的缘分,属破镜重圆',这就是说破裂的镜子就算拼凑起来重新复圆,也肯定有裂缝,不可能完好无缺。"他的心思从珍妮这里渐渐移向乔巧那里。

跟唐仁一样难以入眠的俊南平躺于床上,编写手机短信,欲向晓雨倾诉自己的郁闷心情。"人家讲我最近有所消瘦,我竟觉察不到,只感到寂寞正没日没夜地折磨着我的身心。其实,我真的好需要关爱。然而,我爱慕的那位女子却未能及时出现,为我驱除寂寞的煎熬!我一直在等候她的出现,同时不知多少次劝说自己要以从未有过的毅力坚持住,把最后的机会一次又一次往后推移。我连做梦都盼望自己能拥有一份彼此珍惜而真挚的爱,真希望她能告诉我,如此的等候会否徒劳?"这则体现痛苦无奈心情的短信,经过俊南的再三推敲才发送给晓雨,却犹如石沉大海一去无回。她被短信声响吵醒,睡眼蒙眬地翻阅短信,感叹"好憨"后重回梦乡。

迷城恋歌

清晨时分，俊南瘫躺于床上，他的双眼红肿得像熊猫眼。他仍在责怪自己不够稳重导致一场欢喜一场空。"事至如今，我已无能为力，除了听天由命还有其他选择吗？"他强抑住胸中的悲愤，给自己打上一个大问号，脑子空荡荡。

淑澜怀疑俊南于前一天婉拒她，是因为他跟别的女子交往，可惜这一点未能从颖仪那里得到证实。淑澜特意暂停手中的月结工作，通过手机短信试探他。"这几日做月结做到头晕，不过我依然比较中意忙碌的生活，可以令我没有时间胡思乱想。你正在做什么？"她的短信骚扰迫使他小心翼翼地应付。他半坐半躺在自己的办公椅上，回复她说自己正在听歌准备午睡，还附和她说人一得闲就易胡思乱想。

在俊南被自己的感情问题弄得焦头烂额之际，唐仁与珍妮的关系并非因吵嘴说气话而恶化那么简单，而是出现无可挽救的危机。

珍妮上班心不在焉，整天反思唐仁的异常言行。两人的恋爱关系已走到悬崖边，她不得不主动联系他，想向他示好试图挽回这段感情。然而，他已置身于粤州国际机场候机大厅，准备登机飞赴京城跟网络老情人乔巧见面。当珍妮打来电话，他甚至故意告诉她自己此行的真正意图，把她气得伤心欲绝。

珍妮少有地给俊南打电话，询问他过两天晚上得不得闲。他不假思索地说得闲，还询问她有什么事。她故意轻描淡写地表示自己想到唐仁那里拿回一些东西。这令俊南感到异常意外，即刻询问唐仁是否要跟她一起居住。她予以否定的回答，她的声音变得更低沉。

"你们的关系发展得如何？"俊南想起唐仁于前一晚说过当天休假离开中海，当即意识到可能有不祥之事降临到珍妮头上。

"以后你就会知道。"珍妮暂时不想透露任何情况，她的声音有点凄怨。

"冇什么事吧？"俊南的疑心变得更重。

"以后你就知道啦！"珍妮快控制不住自己的情绪，尽快结束通话。既然如此，俊南就没把她的事放在心上，一心只想如何打破自己目前的感情困局。

岭南时报社摄影器材室里只有夏雨、俊南，没有其他人。俊南放心地向他讨教，他鼓励俊南即时打电话给晓雨。但俊南有点迟疑，拖延几分钟，才鼓起勇气拨打她的手机。果然不出俊南所料，电话无人接听。她正在跟伟锋、缨子及其男友铭泽一起吃西餐，不便接听俊南的电话。

俊南想就此放弃，而夏雨却一再鼓励他，让他犹豫不决。又过几分钟，他再次拨打晓雨的手机。这次，她起身走离座位，接听他的电话。"晓雨，你现在哪里啊？"他依然抛出这句自己惯用的开场白，显得笨嘴笨舌。她慢慢走出餐厅，回应说在外面，声音很低沉。

俊南遵照夏雨事先教他的套路说起，询问晓雨得不得闲，希望跟她见面。她机警地环视一下餐厅外围，强调自己正在外面以婉拒他的要求。他再次向她建议国庆期间一齐出去玩一下散散心，渴望奇迹会出现。但她以他要回老家探望他的父母为由搪塞他，岂料他对此早有防范，立即辩称他可以日后回去探望父母。她竟一时不知说什么好，就改口询问他想带她去哪里玩。

俊南明显加快自己的语速，简要推介自己提前挑好的理想旅游地粤东东樵山，还询问晓雨有没有去过那里。她并没有去过那里旅游，又想到自己在国庆黄金周尚未有节目，便问他计划几时出游。他想起自己要在国庆节当天加班，还要跟淑澜约会，只能选择国庆节次日早上为出发时间。她异常爽快地答应他的建议，一挂掉他的电话就转身走进餐厅，继续跟伟锋约会。

"成功了吧？脸皮不够厚怎能追到美女呢？"夏雨看见俊南满脸悦色，知道他出师告捷，露出一脸得意的表情。

"还有陶都镇那个女的，怎么办？"俊南就像傀儡，甘愿听从夏雨的摆布。

"在应付好陶都镇那个女孩的同时，一定要趁出游这个好机会，把城里这个女孩'干掉'。"夏雨手舞足蹈，显得异常自信，"否则，城里这个女孩会认为你是个不懂人情世故的傻了，以后就会跟你分道扬镳。"

上网查阅整理东樵山资料、向同事打听东樵山旅游行情、致电给车站打听交通情况……俊南想把这个国庆黄金周精心打造成自己的爱情黄金周。当他为便于买票，打电话向晓雨建议预先买好长途大巴车票时，她却又突然变卦。"到那天再买吧，这么麻烦！倒不如去贵琳的天阳，我仍然想睇天龙梯田！"她的感性善变令他的心情大为不爽，但他岂敢说出半个"不"字呢？他只能满口答应，尽量满足她的需求。

一想起如风去过贵琳旅游，俊南就打算找他支招。他在岭南时报社食堂里正襟危坐，饮和食德。俊南端着一盆饭菜，特意坐到他的身旁进食，低声跟他商量出游贵琳一事。他认为去贵琳坐大巴经过国道不安全，坐火车最好，还建议俊南在中海提前买票。

当俊南打电话查询订票情况时，粤州到贵琳的火车硬座票在10月3日傍晚就

有票,硬卧票要到10月4日晚上才有。对此他不敢擅自做主,他生怕自己出错又惹晓雨生气,于是打电话向她请示。

晓雨正在家中吃饭。她的手机已调成振动模式,放在她的手提包里,而她的手提包又放在她的房里。俊南拨打了多个电话都没人接听,他只好改发手机短信询问她,请她尽快回复。直到上床午休之时,她才拿出手机调闹钟,发现那几个未接电话都是俊南刚才打来的。就在这时,他的电话又打进来,她随手接听。"睡——睡着啦?"他被折腾得有点慌乱,结结巴巴地问话。她冷淡地询问他有什么事,还让他把事情交代清楚,最后决定预订10月3日傍晚的火车硬座票。

俊南忙碌大半天终于买到两张火车票,还找如风询问如风曾携蔡云出游贵琳的路线,并制订好自己与晓雨逍遥游的具体行程计划。晓雨了解到这些新进展,就要求俊南把具体行程计划发到她的QQ。

在俊南与晓雨的感情出现转机之时,唐仁和乔巧的感情已迎来深化发展的契机。

乔巧向她所在的工作单位告假数天,从东北地区坐长途大巴来到京城与唐仁会面。她正处于二十出头的芳龄,身材高挑,在唐仁面前完美展示出丰腴起伏的迷人曲线和玲珑浮凸的雪玉肉体。他自然被深深迷住,感觉现实中的她比照片里更具魔力,当即暗下决心。

乔巧跟唐仁下榻于同一家旅馆,计划结伴同游京城主要景点,培养培养感情。唐仁独处于自己的房间,特意打电话给珍妮。"我对她很满意,打算跟她过一辈子。"他的此番话语让她气得大骂"衰人",哭成泪人。既然走到这一步,她觉得自己可以做的就是等待俊南返回他与唐仁同居的宿舍,她要从唐仁的房里拿回那些重要东西。

"你今晚几时返到宿舍?我想去拿回一些东西。"珍妮发来的短信让俊南开始揣测她跟唐仁的关系出现危机。他及时对她做出回复,又将出游行程计划发送给晓雨,还不忘利用办公室电话拨打淑澜的手机。

淑澜正在家中看电视,猜测这个电话很可能是俊南打来的,随手挂掉电话。原来,她下意识是要为他节省电话费。她随即改用固定电话回复他,故意询问谁找她。他不得不表明自己的身份,还邀约她次日晚上外出一起游玩,自然得到她的爽快答应。他的心跳加速,是因为他意识到自己正在一脚踏两船。而她心花怒放,心情久久未能平静下来。

淑澜的电话挂掉后，俊南的视线移向电脑屏幕。他发现唐仁正在QQ上，心生好奇，便主动跟唐仁聊聊——

　　俊南："现在哪里？"

　　唐仁："京城。"

　　俊南："你跟珍妮关系怎样？"

　　唐仁："没什么。"

　　俊南："今晚九点半后，她要到我们宿舍拿回一些东西。"

　　唐仁："让她拿吧。"

　　珍妮如期来到唐仁与俊南同居的宿舍门外，不过未见俊南的身影，唯有一边守候俊南一边听歌安抚自己受伤的心灵。她的手机反复播放着香港知名歌星刘德华演绎的粤语流行歌《缘尽》——

　　相识只想心印心，相恋始知多怨恨，原来情更深伤口更深。只想一天可放心，只想一天不再问，我与你应不应依恋一生？仍然望你接受我，我亦只是常人。风波接近，到底怎么可抽身？谁能尽弃世上一切，去做快乐情人？即使有泪，已是没遗憾。相识只想心印心，相恋始知多怨恨，更爱你更多一份痛心。终于今天不再等，终于今天不再问，我厌了红着泪眼做罪人。无论是爱与被爱，也是寸步难行。风急雨劲，哪可守得稳痴心？谁能尽弃世上一切，去做快乐情人？只好接受，这叫没缘分。……

　　当俊南的前脚刚踏进宿舍，珍妮就跟上他的后脚进去。她原来圆润的脸蛋变得憔悴不堪，整个人已经脱形，心情非常低落。"我刚才跟唐仁通过QQ聊过几句，他讲他现在京城，我原以为你们俩一齐出游呢。"他断定她与唐仁真的出事，一心试探实情。

　　"俊南，我好惨啊！"珍妮欲哭无泪，走去打开唐仁的房门。俊南追问到底发生什么事，露出一脸焦急的神色，跟着珍妮走进唐仁的房里。她在唐仁的床沿坐下来，对着站在门边的俊南说："我跟唐仁要分手喽。"俊南皱着眉头反问她跟唐仁一直相处得好好的，为何会突然讲分手。

　　"唐仁经常讲，我头发长见识短，他跟我在思想沟通上有障碍。我平时亦想多睇一些他喜欢睇的书，尽量缩短彼此之间的距离。"珍妮目光呆滞，说话有气无力，"在中秋夜逛街那时，我就一些小问题跟他又争吵起来。我一气之下以分手来激他，岂料正中他的下怀。"

这些实情不禁令俊南摇头感叹。在他看来，情侣吵架本来是一件正常的事，但动不动就以分手要挟对方结果会好坏。尤其是由女方提出分手，结果会更坏。

"为何三年的感情竟然这么脆弱？"珍妮开始唠唠叨叨，讲述过去三年她跟唐仁的感情发展历程——

唐仁大学毕业后来到中海工作，初来乍到人生地不熟又没什么朋友，业余生活有点无聊。每天吃过晚饭，他就会"猫"着腰坐在电脑前点点鼠标敲敲键盘，上网看看新闻或进聊天室聊聊天。

互联网上每个综合网站几乎都设有聊天室，性格较内向的唐仁在虚拟空间里可以与五湖四海的各种人打交道。网上交往可以让男女双方畅所欲言，避免出现尴尬场面。平时跟女子交往有点害羞的唐仁在网上却能随心所欲地聊天，尤其擅长跟女子打交道。不久，一位东北地区的年轻漂亮姑娘乔巧被他"网"到，双方还互寄相片作进一步的交往。不过南北相隔千山万水，阻碍着两人关系的发展。

这年12月一个晚上，唐仁上网进入"老地方"，他的网名叫"唐僧"。到这里聊天的网友多数是本地年轻人、学生，大家共同语言多。当"唐僧"跟网友正聊得起劲之时，一个叫"Pretty lady（美女）"的女子主动跟他聊天。

"你叫'唐僧'吗？能不能带我到西天取经？"面对"Pretty lady"传来的这句问话，"唐僧"觉得这很像电影《大话西游》女主角紫霞的话语，便询问"Pretty lady"怎么这么像紫霞。

"紫霞是谁？是书里面的人吗？能不能借给我看一下？"接着"Pretty lady"的这个问题，"唐僧"说"紫霞不是书里的而是电影里的"，跟"Pretty lady"就这样聊起来。

这位"Pretty lady"就是珍妮。当时她的事业和感情都遇到挫折，她的心情很糟。她经常上网聊天，从而跟唐仁巧遇。双方认识后，网上交往更加频繁。在互相了解清楚个人和家庭的基本情况后，两人互换电话号码，方便平时联系。他跟她交往一段时间后，觉得彼此挺谈得来，想一睹她的芳容便主动约她见面。她爽快答应他的邀约，还定好约会时间和地点。

元宵节来到，唐仁准时赴约，但珍妮姗姗来迟。因为她怕有危险，原本由一个男性朋友陪伴来，但他临时有事走开使她只好独自赴约。她躲在暗处偷窥唐仁良久，觉得他的相貌还不错，便现身跟他会面。他们俩彼此都产生好感。

随着面对面的交往更加频密，唐仁与珍妮渐渐掉进爱河，他们俩的感情也日益深厚。数月后，他的父母专门来到中海，为儿子找对象把关。刚见到珍妮，他的母亲并不满意，主要是因为嫌珍妮学历低。但经过珍妮的努力，他的父母渐渐认识到珍妮贤妻良母的优点，才同意他跟珍妮继续发展关系。

又过去一年，珍妮的父母出资20多万元购置一套面积100平方米的房子，帮助女儿构筑"爱巢"。而唐仁也出资两三万元为这个两厅三房的"爱巢"搞装修。今年中，唐仁与珍妮的关系已发展到拍摄婚纱照的地步，离婚姻殿堂咫尺之遥。

珍妮忆述起这一段浪漫的情缘，让俊南听后无限唏嘘，唯有不断安慰她以防她一时想不开干傻事。她身心俱累，背靠着墙。她故意询问他知不知道唐仁这次休假的目的。他皱着眉头说唐仁跟他讲过要返老家探亲，但对唐仁为何如今人在京城感到一头雾水。

"他欺骗你！"珍妮突然提高嗓音，向俊南透露唐仁到京城旅游，其实是一心只为跟那位东北地区的妹子见面。

"他为何突然要去见那个女仔呢？"俊南的脸色更加阴沉。

"其实，他这几年来一直跟那只'狐狸精'保持联系。"珍妮一心想说臭乔巧，不惜揭露乔巧的老底，"她跟其他男仔恋爱失败之后，一直在遥控唐仁，存心破坏我跟唐仁的感情。"

"为何情况变得这么复杂？"俊南又深呼吸一下，"简直难以置信！"

"你知唔知道唐仁多么缺德？"珍妮的情绪越来越激动，"他跟那个女的见面之后，还专门打电话给我。他居然讲'我对她很满意，打算跟她过一辈子'，纯心来激我！"

俊南也觉得唐仁做得实在太过分，立即向珍妮问及唐仁的父母知不知道这件事。"我已经打电话通知唐仁的两位老人家。他们承诺等唐仁返老家之后，要狠狠教训唐仁，要唐仁断绝跟那个女的交往。"珍妮激动的情绪渐渐平复下来。

俊南沉默好久，又询问珍妮今次来，要拿什么走。原来，她要拿回一些买电器、买陶瓷的票据，等唐仁知道当负心汉要付出沉重代价。她还央求俊南把他们的宿舍正门锁匙给她，方便她再次回来拿自己忘记拿的东西。她一副楚楚可怜的样子，令他不忍心拒绝，只好默许。

"横睇竖睇，我尚且算得上一名靓女。这位负心汉抛弃我，我就唔相信冇其他人要我！"珍妮所说的这番赌气话，让俊南当即审视她一番。只见她五官端

正、中等身材、前凸后翘……可惜她的肤色偏黑，尤其是她的四环素牙影响他对她的综合评分。不过，她的相貌在岭南妇女中差强人意，勉强能跻身于中上等水平的行列。他回想起她刚才走路时的样子，发现她原来窈窕的女儿身已呈现出一些女人特征，于是不敢轻易回应她。

"虽然我已经不再是什么黄花闺女，不过我胜在有房屋，我的学历还可以。"珍妮还恳求俊南介绍一些男孩给她认识，并强调她的择偶条件是有车有楼。在他看来，她这种货色的择偶要求还这么高，她的媒人真难做。他只好把皮球踢回给她，微笑地声称她所在的企业应该有好多帅哥，她应该用不着他的帮忙。"他们跟你们相比起来相差好远！"她的话中有话，让他立即长起一个心眼。

俊南幸好遇到夏雨及时来解围，就借故离开那片是非地，回到他的房间跟夏雨聊天。夏雨关心他的出游准备情况，跟他聊过一会，就动身返回自己的宿舍休息。

子夜时分，珍妮把唐仁的房门闭上在他的房间过夜，因而俊南在上床睡觉前不忘走去关闭自己的房门。他想到要留一线门缝以留意她的举动，却又担心她一旦犯傻就会夜里骚扰他，思来想去还是将他的房门紧锁。"朋友之妻不可欺！"他反复叮嘱自己竭力控制自身。

10月1日是国庆节。俊南早早起床，要赶去参加澜湾区报纸征订大型咨询会。恰逢珍妮要回家，他就开摩托车把她带到附近的公交车站点，让她自行坐公交车回家。

在俊南的认知中，夫妻床头打架床尾和。同理，唐仁与珍妮昨天吵架闹分手，可能明天就会和好如初。俊南一边驾驶摩托车一边叮嘱自己还是少说为妙，免得最后自己落到"猪八戒照镜——里外唔系人"（粤语歇后语，寓意将两边的人都得罪）的境地。但看到珍妮的可怜样子，他觉得如果自己不安慰她几句，就于心不忍。

"多给他一点思考的时间，就算作给他最后一次机会。"俊南一边让珍妮下车，一边安慰她，"如果他将沉香当烂柴——唔识货（粤语歇后语，寓意不识货），你就干脆作罢啦！难道这个人值得你留恋吗？你根本无须胡思乱想！"

珍妮站在路边，跟俊南挥手道别，自言自语。"俊南心地真好！为何我当初会拣到那个负心汉呢？真系死蠢！"她远望着他的背影渐渐从车流中消失。

当天上午节日加班结束后，俊南回到龙湾老家休假，还打电话约淑澜到"老地方"会合。

夜幕下的龙湾山登山大道流光溢彩，车水马龙，上山下山的车流人流络绎不绝。登山大道旁的龙湾山文化娱乐广场成为本地人与外来务工者和谐相处、老少咸宜的欢乐天地。文艺表演晚会、卡拉OK流行歌曲点唱、休闲餐饮……数百平方米的广场内为俊南俩提供应有尽有的国庆节目。

俊南与淑澜骑着各自的摩托车，来到这里趁热闹，漫无目的地闲逛。他一直心不在焉，勉强敷衍她，还悄悄打量她。

淑澜像本地一般女子那样不爱化妆。她的皮肤黄中带着一点黑，不像晓雨等本地城市女子、美媚等外省女子的皮肤那样白滑细嫩。她的身材呈现出一条"S"形性感曲线。她那条垂至半腰的辫子更有锦上添花之美。然而，她说笑时又露出两只参差不齐的门牙，令他的情欲顿消。

当俊南俩逛到卡拉OK流行歌曲点唱处，淑澜为当面向自己的意中人表露自己的心意，竟主动点唱香港歌手冯曦妤原唱的粤语流行歌《如果……阳光》——

当初相遇时回头在笑，望着笑脸感觉像似首诗。每次见他将心意合成字句，偷偷地Say Hello。如阳光伴我，清新笑迎面。愿照遍我心，自视每天快乐过。如阳光伴我，心中更明亮。在细细说声，但愿每天也望见。……

俊南竭力避免跟淑澜太热情，对她的动情演唱仅仅报以微笑。他们俩又来到瓷器摆卖档，他挑选11个瓷娃娃作为礼物送给她，令她心花暗放。"尽管整晚闲逛有点无趣，不过他送的礼物颇有心意！"她暗自体会着这份甜蜜，跟他走出广场，相互道别归家。

秋日高挂，俊南仍赖床不起。淑澜送走前来陶瓷展厅参观的客人，又主动编发短信询问他在做什么。原来，他前一晚跟他的父母聊天聊到很晚，所以睡个懒觉。"可以睡到这么迟，真是好幸福啊！今日有什么节目？"淑澜想趁热打铁，主动发起"感情进攻"。

俊南不希望自己跟淑澜的关系过热，故意冷淡地回应说他在家陪父母，跟踪新房建设情况。"我今日没有把那些瓷娃娃带回公司，因为我知道同事们一定会抢它们。我又舍不得给他们，因为这是你送给我的第一份礼物，好有纪念价值。我将它们放在家里的电脑台上，它们都好可爱！昨晚太开心，忘记跟你说'谢谢你的礼物'。"她原想以满腔热情感动他，但他异常谨慎地权衡一番，对她的热

情表白降温处理。

俊南应其表哥王敬松之约,来到他家的新房二楼,一起研究二楼小客厅正门的建设风格。在王敬松跟包工头进行交涉之际,俊南抽空打电话到粤州,想向David取经。然而,俊南两次拨打都无人接听。

实际上,David正在跟他的女友婧婧在"爱巢"里云雨。房事完毕后,他披上外衣,慢悠悠地走出房间回复俊南的电话。鉴于俊南要带一个女的出游,另有一个女的追得很紧,他结合自己对"一脚踏两船"驾轻就熟的经验为俊南献上金点子。按他的建议,俊南不能操之过急,应通过这次出游机会观察晓雨的真实为人。

俊南刚结束自己与David的通话,又接受其初中同学旺材的邀约,准备参与招待两位医生。由于旺材的父亲患有鼻咽癌,旺材想通过热情招待,恳求那两位医生多花心思为他的父亲治病。高中毕业后,旺材逐步从他的父亲手中接过"接力棒",掌管家族开办的小型眼镜加工厂。尽管皮肤黝黑,一副农民的憨样,但他堪称一位颇有社会活动能力的"富二代"。

旺材在龙湾山傍山宾馆设晚宴款待那两位医生,俊南如期赴宴陪吃陪喝陪聊。既然菜品尚未上台,俊南就悄然发手机短信跟晓雨商量出行的时间及方式,还特意提醒她最好带上能证明身份的东西。他们俩商定出发时间是次日下午5时,但会合地点并非她家楼下,而是中海汽车站。其实,她已跟她的母亲谎称自己与缨子出游,不想让任何人在自家门口看见自己跟俊南出游。

在俊南与晓雨沟通期间,珍妮向他发来短信,问及他在当晚几时返回他的宿舍。他回复珍妮说他现在龙湾山,可能要午夜时分才能回到他的宿舍。但她希望尽快跟他见面,就故意以归还宿舍钥匙给他为说辞。他建议她以后再还。她不得不向他透露自己的真实意图,声称她有事要他帮忙,希望他到晚些时候给她打电话。

趁着旺材与那两位医生吃饱撑着闲聊,俊南走远一点打电话给珍妮,有点不耐烦地问她到底有什么事。她就把自己当天查看唐仁的电子邮件一事告知他。

原来,珍妮打开家用电脑上网进入唐仁的电子邮箱,查看到唐仁写给乔巧的电子邮件底稿。"过去三年我对她的感情都是假的,一直都是她的单方行为,我现在只考虑自己跟你的未来。"这些字句赫然在目,让珍妮气急败坏。在失去理智的情况下,珍妮当即打通唐仁的老家电话,找他的父母告状。为稳住珍妮,他的母亲满口答应马上打电话教训他，命令他不能胡来。

在唐仁接到其父亲的来电之时，他与乔巧正齐登长城领略长城内外风光，享受当一回好汉的感觉。当他的父亲唠叨几句，他却满不在乎地敷衍他的父亲，竟叫他别管珍妮那个疯女人。

当提及唐仁跟乔巧所说的那句话，珍妮越说越激动，甚至有点语塞。"他——他根本一点良心都没有。他的父母正在教训他，我绝不能让他跟那只'狐狸精'这么好过！"她还央求俊南打电话给唐仁，就假称她割脉自杀被俊南送到医院抢救，以试探唐仁会有什么反应。

"你最好找唐仁的老乡帮忙。我一直跟你们俩相处得好好，这样做最终会让我得罪你们俩。"俊南走离傍山宾馆越来越远，想极力把珍妮打发了事，"我并非不想帮你，讲实话，我并不想被卷入你们俩的感情旋涡中。因为我自己亦为情所困，泥菩萨过河——自身难保（粤语歇后语，寓意连自己也保不住，无法顾得上别人）！"

第五乐章 万水千山风雨情

第五乐章　万水千山风雨情

10月3日，天气晴好。

俊南的情敌詹宇跟俊南一样，在各自简朴的单身宿舍里睡着懒觉。直到正午12时手机闹钟响起，詹宇感到国庆黄金周值班为自己带来的疲惫渐已消除，才爬起来找吃的。睡觉期间，他的手机一直处于关机状态。这是因为他特意要躲开美媚的骚扰。

中秋夜约会以来，詹宇没有主动联系美媚，故意不接听她的来电。她发来的短信他也不予回复。他想静一静，思考自己在感情上该如何取舍为好。

在詹宇看来，自己是个外乡人，在粤州大都市没有根很难往上爬。他梦想能娶到本地富裕家庭的千金小姐，让自己今后往上爬有点依仗。他经过权衡将心一横，不敢再惹美媚这个"困难户"，而是主动靠近他的大学同学程蔼思。虽然蔼思的长相远不及美媚，但蔼思却是他理想的结婚对象。对于他来说，蔼思最大的可娶之处就是她有个富爸爸，她家的家族企业更是粤州的房地产大鳄。

回想往昔，詹宇不禁感到懊悔万分。大学期间，蔼思十分仰慕他的才华与相貌，有意靠近他。不过，他不忍心舍弃美媚的那份情爱，只是跟蔼思保持好友关系。离开校园走向社会，让他逐渐醒悟过来，发现面包比爱情更实际。

国庆节前，詹宇谋划着怎样跟蔼思重续旧情，还跟她定好这天傍晚的约会。

而美媚不知何故被詹宇冷落，憋着一肚子气，只能往软床铺上摔手机来发泄。俊南这个情爱备胎自然地浮现于她的脑海里，她却又不愿打电话给他，怕节外生枝。她还是执着地奉行自己的人生格言——"选择绝对或者零，不要中间或者一些"。

太阳西斜，俊南坐的士从岭南时报社来到中海汽车站，开启贵琳之旅。他穿着白底紫色字短袖T恤、土色纯棉透气水磨休闲中裤及黑色皮凉鞋，用心装扮自身。晓雨尚未到达车站大堂，他便将沉重的行李包放在大堂的座位上，望眼欲穿。守候数分钟之后，他不忘向她发送手机短信，温馨提醒她他已到达彼此约定的会合地点。

与此同时，晓雨在家中为自己的手机更换另一张电话卡，只因这个号码伟锋并不知道。"这次一定要趁机摸透俊南的底细，再睇情况决定是否跟伟锋出游东樵山。不过，在出游贵琳期间，绝不可以受到伟锋干扰。"她背上一个小行李包，前面挂上一个黑色摄影包，准备轻装出行。

"晓雨，注意旅游安全啊！"晓雨的母亲为女儿开门，再三叮嘱女儿，"要跟缨子她们互相照应好！"

"得啦！啰唆！"晓雨面对其母亲的嘱咐，不胜其烦地嘀咕着，快步走下楼去。原本俊南想到她家的楼下跟她集合出发，但她考虑到是否跟俊南继续发展下去尚待确定，特意主动提出要他在车站等她。这样可以避免让她的母亲和街坊邻里看到俊南，知晓与她结伴出游的其实是俊南。

"我跟晓雨的交往经常搞成如此别扭，何解呢？"俊南坐着，盼着，不禁纳闷，"天啊！求求您让我们发展得顺利一点好吗？她会唔会遇到意外呢？"

俊南拿出手机盯着时间一秒一分地流逝，还翻看旺材于当天凌晨发来的短信。原来，旺材祝他一路顺风，马到功成。"峰回路转出现这种局面好啊！她肯跟你一齐去旅游，说明成功八九不离十。你要表现得既稳重又大胆。在前两晚搞得好浪漫，不过唔好'动'她。等到最后一晚带她去唱歌跳舞，点一些酒将她灌得差不多，就'搞定'她！"他的眼前渐渐模糊，他又回想起旺材的那些判断与建议。

"一定要趁出游这个好机会把她'干掉'！否则，她会认为你是个不懂人情世故的傻子，以后就会跟你分道扬镳。"夏雨的这一劝告在俊南的脑中再度突显，不过潘琼多年来的谆谆教导也在干扰着他的思维。潘琼认为不仅仅女人会一失足成千古恨，男人亦会如此，所以男女都要自爱。

俊南思绪很乱，变得六神无主。"唔好再想他们的话啦！水到渠成的事我要顺其自然，唔能够强求！"他郑重告诫自己，不过心里对将来没底。

晓雨终于出现在俊南的面前。他早已望穿秋水，忍不住质疑他发过短信给她，却为何没有收到她的回复。她摘下随身听的耳塞，平和地解释她刚换上另一张电话卡，没有看到他的短信。他应和一声，赶紧走去买车票。车票到手后，他领着她登上即将出发的粤中快巴。"为何她无缘无故更换电话卡呢？"他一时未能想通个中缘由。

数分钟后，粤中快巴徐徐驶出中海汽车站，俊南与晓雨的爱情之旅正式开始。"食鱼翅抑或粉丝,就睇今次啦?保佑我,月老!"他面对这个颇具纪念性的一刻,心潮澎湃,默默祈祷。

俊南俩所在的粤中快巴驶上粤中高速公路直奔粤州长途汽车站。俊南与晓雨坐在车厢最后一排座位上,他渴望跟她肩贴肩,借机亲密一下。她有意躲开他的揩油,只顾自己通过随身听听歌,心中嘲笑他想占她便宜真是想得美。

这样的冷落令俊南的心里不是滋味。但他透过车窗望着高速路两旁杂乱的民房厂房与专业市场,极力安慰自己并佯装若无其事,又不禁偷偷打量久违的晓雨。

不到一个小时,俊南一行所坐的粤中快巴就缓缓驶进粤州长途汽车站。俊南、晓雨一下车随即走进候车大楼里一间快餐店。他跑上跑下,忙于点菜打饭。这里的服务员态度很差,令他差点忍不住骂出来。晚饭两菜一汤,有点不合他们俩的胃口。他们俩只是随便吃上一些填肚子。火车出发为时尚早,他们俩便留在快餐店二楼歇息聊天。她的沉默寡言让他觉得好不自然,他只好胡扯一些无聊的话题。

离出发时间还有半个小时,俊南领着晓雨朝粤州火车站入口处走去。她又把耳塞戴上听歌。"在快巴上她就一直只顾着听歌,我想跟她多讲几句都唔得。"他越想越不爽,终于忍不住责怪她整天只顾着听歌,央求她陪他聊聊天。

"你讲吧,我能听到。"晓雨转过脸,看看俊南。

"睇你的样子,既唔似高兴,又唔似唔高兴。"俊南看见晓雨不冷不热的表情,心里有点难受,但依然保持平和的语气。

"节前有好多事做,就快将人累坏啦!其实,我好想在屋企休息,哪怕休息七日都唔足够。不过,你又要人家外出旅游!"晓雨故意透露怨气,来试探俊南的反应。

俊南沉默不语,其实是敢怒不敢言。"哼!当初你亦想出游,现在居然出尔反尔,倒过来怪责我。莫名其妙!"他只能不露声色地在自己的心里骂晓雨几句。

当俊南与晓雨走进粤州火车站大堂之时,詹宇坐的士经过火车站广场外围,赶往约会地点。崭新的T恤衫、笔挺的西裤和黑得发亮的皮鞋,令他显得神采飞扬。他捧着一束粉红玫瑰,将自己的鼻子凑近那九朵玫瑰,醉人花香沁人心肺。

约会地点选在粤州江滩面的一间休闲酒吧。詹宇提前到达这里,开好雅座,

欣赏着优美的轻音乐,等待蔼思的到来。

蔼思开着自家的"奔驰"汽车,缓缓来到这间酒吧外。等车停好后,个子接近1.6米的她换上高跟鞋,提着大号白色牛漆皮挂包往酒吧里走去。

一袭偏蓝调的紫色连衣裙,跟蔼思的偏白肤色搭配得大方得体,多少能体现出她在商海里的干练。不长不短飘逸没肩的一头微卷秀发,与她的瓜子脸一起衬托出清秀、恬静及温柔的气质。然而,她的身材偏瘦,谈不上什么玲珑浮凸。光论相貌、身材,她是无法跟美媚媲美的。不过,在詹宇眼里,这些都不打紧。关键是她头上的光环特别耀眼,令她焕发"白富美"知性美女的风采。

一瞄见蔼思,詹宇就马上站起身来,趋前迎接她。她露出可爱的笑脸,牵引着他的视线。等她落座后,他就拿起那束玫瑰递给她,笑称鲜花配美女。

"Thank you(谢谢)!"蔼思伸手接过詹宇的鲜花,彼此的眼波交汇片刻,"毕业之后第一次收到别人送的花,感觉真好!"

詹宇跟蔼思谈得十分投契,激发起彼此对大学光阴无限的眷恋。虽然促膝闲聊两三个小时,但他们俩意犹未尽,商量好第二天一起自驾车到东樵山游玩。她还充当"护草使者",开车送他返回粤州日报社。坐在她的奔驰车里,让他感觉这座繁华大都市顿时跟自己亲近好多好多,身边的她也变得更加楚楚动人。

当蔼思所开的奔驰车穿梭于流光溢彩的不夜城中,晓雨所坐的火车正沿着从粤州向贵琳延伸的铁轨风驰电掣,直刺夜幕。

晓雨靠窗而坐,俊南的座位在她的旁边。他征得她的意愿,从行李包里拿出自己当天中午特意到超市选购的食品,让她品尝美味。其中有她喜欢吃的黑布林、果冻。这两个果冻呈心形,他们一人吃一个,吃得甜滋滋的。

夜渐深,列车里冷气袭人,但晓雨没带什么御寒衣服。为避免她着凉,俊南主动从行李包里拿出自己新买的混合色格子休闲服,披在她的身上。她表面上不为所动,却暗自体会着这种温暖,心里点赞这个憨厚的家伙好细心。

眼看这份关怀没有引起爱的涟漪,让俊南的心里不禁凉了半截。晓雨斜靠车厢壁坐着,低头闭目,双耳戴耳塞只顾听歌。这样令他自然倍感失落。尽管如此,他还是好好守护她,不时为她盖衣服保暖。

在闭目养神之际,俊南回忆起自己以往辛酸的情感历程。上初中时,他的示爱曾被人婉拒,他也曾为学业忍痛割爱。上高中时,他自我压抑一心向学,竟违心地拒绝过三名少女的贴近。上大学时,他苦苦追求到心仪少女终于换来老树开花，可惜最终各奔南北。走进社会数年来，他又先后与啤酒推销员张恒、报社同事荔婷与美媚等多名女孩擦身而过……他还审视着他面前的晓雨，觉得彼此的心理距离并不像现实距离这么近，想抓住她却觉得心有余而力不足。不经不觉之间，晨曦渐渐降临，他几乎彻夜未眠。

俊南俩所坐的列车迎着曙光，徐徐停靠在贵琳站。一下火车，他们俩便感到凉风习习，有点不适。他竟心直口快地说没想到贵琳会这么凉。"你有提前上网查一下贵琳的气温吗？！"晓雨的话中带有责备的语气，她的脸色一沉。他连忙解释自己早已考虑到贵琳的纬度比中海高，特意多带来几件衫裤。

出站后，俊南俩随即来到火车站售票厅，排长队买回程票。但国庆黄金周期间的火车票已经售罄，他们俩只好前往附近的汽车总站买票。"在贵琳旅游期间，一旦跟俊南谈崩怎么办？提早返去跟伟锋到东樵山！"晓雨忙于心中算计，还向俊南声称自己只想在贵琳玩两日，最好在10月5日一游完天龙梯田就坐夜车返回中海。

"只玩两日？"俊南觉得这样一搞就会将旺材为他设计的计划完全打乱。他对晓雨的要求很不解，心里急于思索一个征服她的新计划。"从贵琳返回中海的汽车班次好多，不如游完天龙梯田返来再买票吧？"他的这个建议得到她的爽快回应。她甚至催促他们俩即刻就坐车去天阳。

在火车站广场外围，停有很多从贵琳市区至天阳县城的专线中巴。俊南、晓雨乘坐其中一辆专线中巴，启程前往贵琳之旅首站——天阳县。

俊南俩所乘坐的那部中巴满员，他与晓雨肩并肩，坐在车厢前部的临时座位上。一路上，不时的颠簸让他能趁机跟她肩磨肩。她却用耳塞塞住两个耳孔听歌，对他爱理不理。俊南恳求她分享其中一个耳塞，让他听歌解闷。不过，她又一次拒绝他，使他的心情变得十分冰凉。

晓雨又让自己的头部侧靠在副驾驶座位的背部，闭目养神一言不发，继续对俊南实行冷处理。然而，同车的其他情侣正在亲密无间地谈天说地。面对截然相反的情景，俊南不禁产生一阵心酸，木然地看着窗外景物。

"她到底在想什么？既然这样对我，又为何跟我出游呢？"俊南不断思索自己跟晓雨的关系定位，"我们到底发展着一种什么关系？"

天阳县城里满大街都是人，十分热闹。俊南俩到达天阳汽车站，一下车就马上商量解决住宿问题。"我们住什么样的旅馆好呢？"他首先征求她的意见，她

想一想再说最好入住有独立卫生间的旅馆。

当俊南俩走到离汽车站不远的地方，一位中年女导游迎上来，对他们俩十分热情。这名女导游自称姓陈，他很有礼貌地管她叫陈姨。陈姨递来一张个人名片，在名片上打着"天阳地方导游"等字样。被问及住宿问题，他说想找有独立卫生间的旅馆。陈姨立即向他们俩推荐一家位于汽车站附近、私营小洋楼旅馆——天阳旅馆。

俊南俩由陈姨带路，来到离汽车站数百米远的天阳旅馆。这里的老板是一位中年男人。他打量俊南俩一下随即领俊南俩上二楼，打开一个标准双人房，殷勤地向俊南俩推荐。俊南走进这个标准双人房一看，爽快地说不错。"我想要一间单人房！"晓雨站在房门外，加重语气回应他。他的心情凉如水，却又不好表现出来，他只得低声向旅馆老板询问有没有单人房。

"呵呵！有啊，要几间？"旅馆老板露出不经意的笑容。这种很平常、很礼貌的笑容，此时在俊南的心里却是一种被羞辱的符号。他强装若无其事的样子。他回答说两间，答话明显带有失望、颤抖的声音。

"不过，两间单人房不在同一层楼。"旅馆老板随手把标准双人房的门关上。

"分别在哪里？"俊南皱着眉头。

"一间在二楼，另一间在三楼。"旅馆老板麻利地打开二楼一间单人房的门。

"住一晚一间多少钱？"俊南环视着房里的格局。

"260元。"旅馆老板故意轻描淡写，实则在抬高价格。

"可以。"俊南的嘴巴爽快答应，而他的心里却觉得很贵。

"你们先跟我下楼办理入住手续吧！"旅馆老板满心欢喜地带领俊南俩下楼到服务台，为他们办理住客资料登记手续。这些资料包括俊南俩的姓名、身份证号、工作地址等。旅馆老板要求看一看俊南俩的身份证，俊南想到晓雨没有带身份证，下意识地看看她。她轻声一笑说："登记你的就行啦。"旅馆老板不作声，向俊南俩投去惊奇的目光。面对此状，俊南的心中在生气。在他看来，这样搞法不仅向外人透露他跟她的非亲密关系，更容易让外人有机可乘打她的主意。

住客资料登记完，俊南承诺当天下午请陈姨当导游，等他们俩中午起床后再跟陈姨联系。陈姨应答一声，随即与他们俩辞别。

等晓雨住进二楼那间单人房后，俊南走进三楼那间房子，一放下沉重的行李包就打开窗户视察周围环境。看着情况并无不妥，他便往床上倒下，心中略带不安，但很快睡着。

　　日上中天。晓雨醒来洗澡，换上时尚低U领短袖两件套T恤衫，等待俊南的来电。而蔼思也为出游精心装扮一番，改开自家的"凌志"汽车，来到詹宇的宿舍楼下等候他一起自驾游。

　　蔼思身穿粉红色圆领精美蕾丝花朵图案修身短袖T恤衫。她胸前的纯色立体花由雪纺与网纱制成，蝴蝶结是个别针，配搭灰色棉质运动裤与黑面白底运动鞋。经过如此装扮，她从职场干练女性又变回天真可爱的大学生。她的靓丽让詹宇眼前一亮，赞美之词不绝于口。

　　而詹宇身穿粉红色V领男装短袖T恤衫和五分蓝色牛仔裤，手提一个黑色旅行包，脚踏耐克运动鞋。在蔼思眼里，他充满阳光气息，显得十分帅气。

　　在前往东樵山的路上，詹宇跟蔼思侃侃而谈，车厢内充满欢声笑语。他早已将美媚忘得一干二净。然而，美媚又拨打他的手机，令他的心里烦躁不安。"早不打晚不打，偏偏在这个时候骚扰我，真烦人！"他在心里骂着美媚，对手机铃声置若罔闻。他等铃声一停，就马上关机，以求耳根清净。

　　美媚屡遭詹宇的冷处理，一气之下将自己的心思转向俊南，可惜又一次遭遇阴差阳错。正当她拨打俊南的手机，他的手机闹钟正在响着，令她的来电打不进去。她听到"您拨打的电话无法接通"的电话提示音，竟误以为他也冷待她，连再次拨打电话的勇气都已没有。她瘫在床上哭成泪人，她的思绪步向绝望境地。

　　"铃铃铃……"手机闹钟声把俊南吵醒。他起床梳洗后，马上打电话叫晓雨出门。

　　离开天阳旅馆后，俊南领着晓雨，来到桃园路边一家小吃店。店前临时摆设着一些桌子、凳子。俊南俩坐下来，向店家下单要两碗米线当午餐。

　　俊南与晓雨相对无言。他强行抑制住自己内心的冰凉，主动找话题跟她聊天。传媒业正处于暴利性赢利发展时代，岭南时报社员工福利很好，这成为他临时想到的话题。在他看来，向她透露这一信息有利于改善自己在她心目中的形象。"节前报社为我发放年中奖1700元，这笔钱在今次旅游中可能够用。"他所提及的金额让她异常惊讶，她立即感叹"这么多啊"。

　　"算少啦！"俊南顺着自己的惯性思维实话实说，令晓雨一时无话可说。他还想暗示她也要花钱旅游，便探问她为今次旅游带来多少钱。

　　"1000元，你呢？"晓雨也想摸摸俊南的底。

"2000元现金、一张信用卡。"俊南萌生出大款的感觉。

"为何带这么多？"晓雨用诧异的眼神看一看俊南。

"多带钱出游比较保险。"俊南特意扯到晓雨的家人，想打感情牌，"万一发生意外情况，无钱寸步难行，我好难跟你的父母交代啊！"她听到这种话，沉默不语，心中不爽地祈祷"大吉利是（大吉大利）"。

两碗米线被端到桌上来，俊南俩刚开始进食，陈姨主动找到他们俩并坐到一边耐心等待。他很快吃完一碗米线，看着晓雨慢条斯理地吃米线，忽然又想起旺材的那句话。"峰回路转出现这种局面好啊！她肯跟你一齐去旅游，说明成功八九不离十。……"他觉得就算旺材的判断是正确的，而旺材为他提供的征服计划却不一定行得通。

他打算无论如何要在当日下午的游览中牵住晓雨的手，甚至通过辱骂自己无能来激励自己，"跟她交往这么长时间，竟然连她的手都未牵过，真无能！"

然而，晓雨的冷淡令俊南就像老鼠拉龟——无从落手（粤语歇后语，无从下手）。"我发觉你性情好沉静，平时并不爱讲话。"俊南感到无可奈何，却又努力寻找突破点。

"系啊。这一点如风有告诉你吗？！"晓雨依然记恨如风抛弃她，更记恨他通过诱导俊南纠缠她的手段来达到抛弃她的目的。

"你可以多讲一些话嘎！"俊南对晓雨故意提及其他男子实在反感，唯有竭力装出无所谓的样子。

"无事就沉默不语啦！"晓雨停下自己手中的筷子。

"怪不得连我这么能讲的人面对着你，亦感到无所适从。"俊南显得更无奈，沉默片刻，"我一直记住你原来的名字。"

"你要改口啦！我从未听过你叫我的名字！"晓雨的声音突然升高，明显带有责备俊南的意味。他微笑地辩称自己每次打电话给她都叫她的名字，却从未听过她叫他的名字。这样的辩解反而让她笑而不语。

俊南终于找到晓雨感兴趣的话题，便询问她知不知道她的新名字蕴含什么意思。她摇头说不知道，让他显出一副洋洋得意的样子。其实，他提前查过字典了解到原来"芝"字是一种香草名，古时比喻德行的高尚或友情的美好等。而"婷"字则形容人或花木美好。"芝婷"一词引申开来，可以理解为貌美如花、贤良淑德。"哦？这样竟然讲得通！"她开心地笑起来。

"你的爸爸姓卢吧？"俊南开始试探晓雨的家庭成员情况。

"唔系，我跟妈妈的姓。"晓雨不想让俊南了解自家的具体情况，故意答非所问。

"哦……"俊南更加好奇，"那么，你的爸爸姓刘吧？"

"嗯。"晓雨违心地点点头。

俊南听到这里，一下子被搞懵，又询问晓雨为何无缘无故改姓名。"肯定有原因啦！"晓雨的脸色变得有点难看。他不再吭声，在心里揣摩个中原因。

此时，陈姨主动插话，跟俊南俩商量下午出游行程。他们俩计划骑自行车到龙溪桥渡口，再坐竹筏在龙溪河漂流。陈姨带他们俩沿着桃园路边，迎着车流往西街方向走去租取自行车。

道路交通状况忽然变得混乱，自行车与摩托车穿插而行，让俊南意识到机会来到。他便毫不犹豫地伸出自己的左手抓住晓雨嫩滑的右小臂，顺理成章地领着她走路。此时的心情激动澎湃，令他脸上有点发烫。他走出几步，主动把自己的手松开。"嘻！这个'笨小孩'竟然学会这一招？"她的心脏也在怦怦怦地加速跳动。

俊南见晓雨刚才没有拒绝的意思，又特意放慢脚步渐渐靠近她，一经过桃园路环岛就轻轻牵住她的右手。他的心中立即产生一种慰藉的感觉。"如风，我终于牵住晓雨的手啦！"他心中窃喜，喜形于色。

不过，晓雨此时的心理十分矛盾。她本来想利用这次出游摸清俊南的底细，再决定是否跟他进一步发展这段关系，于是一直设法跟他保持一定的距离。但他的痴情毕竟令她产生了那么一点感动。面对此刻他的贴身进攻，她不由自主地心软。"只要他的举动靠谱，我可以将就一下。"她的内心在不断劝慰自己。

在离桃园路与西街交界处不远的地方，俊南、晓雨向一小店租用自行车。他建议他们俩租用一辆两人同骑的自行车，但她噘起两片嘴唇，坚持要骑单人骑的变速车。他只好依从她的意愿，心里感觉十分不爽。

当陈姨临时去上厕所之际，俊南与晓雨就在店前小凳上坐等。他不放过这个好机会去摸清她的底细，便抛出藏在心里良久的问题，问及她的父母是否已经离婚。"嗯……"晓雨慢吞吞地回答，只因她的心里很不情愿作答，其父母的不幸婚姻经历一幕幕浮现在她的眼前。

"我一直在猜这个原因。唉，感情之事真微妙！"俊南实在憋不住，滔滔不

绝地道出唐仁的感情问题来印证自己的观点，"……这些就系唐仁跟珍妮的不幸遭遇。龙湾山上有位相士讲过他们的姻缘属于历经数百年的破镜重圆。不过，我认为那面破镜尽管重圆，而裂缝终究存在！"

由此，俊南还发表自己对网络恋爱的看法。在他看来，虚拟网络丰富恋爱手段，成为一条牵引陌生男女的姻缘红绳。但感情的培养到底还要依赖平常面对面的现实交往，毕竟虚拟空间含有许多不真实。唐仁和珍妮只因在当初的交往中相互信任和坦诚沟通，才有那一段浪漫情缘，但那一段情缘还是要接受现实考验。

陈姨一回来就催俊南俩动身前往龙溪河景区。"珍妮叫我帮忙，我并不想被卷入她的感情旋涡。唐仁的爱情成也网络，败也网络！"他站起身来，仍喋喋不休。晓雨一直保持沉默，她的脸色显得沉重，迫使他只好闭嘴收声。

秋日暖阳让俊南一行尽情沐浴。陈姨骑车在前头带路，晓雨骑车靠路边走，双腿渐觉吃力。而俊南故意放慢踩踏速度，紧跟在晓雨侧后方，无时无刻看护她。沿路两边青山连绵不断，还有大片绿油油的禾田，让他触景生情。他兴致勃勃地跟陈姨聊及中海工业化城镇化，难觅大片禾田。

"你们家乡经济发达嘛。我们这里有很多人也去到中海打工。"陈姨放慢车速，她的脸朝向俊南。他望着一副农妇模样的她，询问她是不是只当导游。原来，她家还在种田种地，她只是在农忙过后出来当导游。

当陈姨问及晓雨是俊南什么人，他迟疑回答："我……我的朋友。"其实，他的心里好想说"我的女友"。但一想到晓雨对待他的冷淡态度，他就选择这个折中的答话。

"你真有福气！我跟他相处不久，就看出他为人很好！"陈姨转过脸来特意提醒晓雨，但晓雨闷声不语，俊南只好哈哈赔笑。陈姨又盛赞他对晓雨十分关心体贴，并认定晓雨跟着他是没错的。然而，晓雨依然一声不吭，只管看路骑车。他立刻赞同陈姨的说法为她解围，还声称自己以后会对自己的老婆很好，就等晓雨如何选择。陈姨只想成功说服晓雨，更进一步地强调晓雨就应该跟定他。在他的眼里，陈姨不仅是一个称职的导游，更是一名出色的红娘。

晓雨被陈姨逼得无路可逃，有点难为情。"论人品算可以，不过，在现实社会仅仅有这个尚且未够喔。"晓雨的内心如此评价俊南，她故意对陈姨的话充耳不闻，竭力控制自己不作回应。

俊南发现眼下这个试探晓雨真实心思的好机会，及时接上陈姨的话茬，特意自嘲说可惜他是穷出身的孩子。"穷出身的孩子懂得关心人呀！以前穷，如今可出头啦！"尽管陈姨的"大葵扇"一扇再扇，但晓雨一直沉默不语，让俊南甚至感到自己涉嫌跟陈姨唱双簧。

跟晓雨所游的贵琳山水一样，蔼思所游的东樵山山水也引来众多寄情于万水千山之中的情侣。

蔼思的爱车缓缓停到东樵山度假山庄里。她与詹宇商量好要入住当中的一厅两房木屋别墅。办理入住手续时，他抢先掏出1000元，向前台服务员交纳押金。她看在眼里喜在心里，感觉他为人做事比较大气，具有成为"高富帅"的潜质。

这间木屋别墅装修高档、情调高雅且温馨浪漫，算得上"高端大气上档次"。蔼思、詹宇一起吃过午饭，便住进各自的房间。两人计划先午休一个小时，再同游东樵山。

詹宇的爱情之旅取得开门红，而俊南的爱情之旅也迎来破冰时刻。

经过40分钟车程，俊南一行来到龙溪河渡口。俊南与晓雨坐上竹筏，从龙溪桥下开始漂流。陈姨骑车到漂流的终点等候他们俩。

在俊南俩所坐的竹筏上，筏工是个皮肤黝黑的小伙子。在他的帮助下，俊南俩的自行车被搬到竹筏上。他拉开马步，稳当地站在竹筏后部，手执长竹竿慢慢撑动竹筏。

竹筏中部安装有一把遮阳伞、两张竹椅，椅子后还挂着救生衣。俊南俩把脱下的鞋子、袜子系在竹椅上，把裤脚卷至膝盖处以防弄湿。之后，他们俩半坐半躺在竹椅上，逍遥地欣赏龙溪河美景。

船过景移，倒影如画，龙溪河成为天阳山水的摄影长廊。"咔嚓、咔嚓……"晓雨拿出私家相机，摄个不停。在这种情境下，通常人是最容易敞开心扉的，俊南决定趁机跟她说说心里话。

"你以前有过男朋友吗？"俊南眺望前方，开门见山地询问晓雨。她有点意外，看看他才应答"有"，心想他为何这么憨。他连忙追问"为何分手"，逼得她慌忙为自己解围。但她装得不慌不忙，解释说那是好久以前的事，她都忘记喽。他竟声称当中的经验教训值得她吸取，她没有理会这种傻帽观点。他想继续试探她，隔一会又提出最核心的问题，询问她现在有没有其他男孩追求。

"我讲'有'你会相信吗？！"晓雨看着周围的风景，一脸严肃地反问俊南。一时的心理失衡促使他犯下一大禁忌。他耐不住自己率直的本性，"现在有

个女仔追我追得好紧"这话冲口而出。她立刻反问他被女孩追求不好吗,他不假思索地回答"我怕辜负人家嘛"。她又追问他为何不选择那个女孩。他开始意识到自己犯傻,便慌不择言说:"她不如你这么好。"期望能感动对方。

俊南、晓雨陷入一阵沉默。"傻瓜!不过,这个傻瓜够忠直,起码唔会骗人感情。"她一边摄影,一边如此考量。他搞不懂自己为何被问到几句话就乱讲一通,心里增添几许担忧,希望她能够体谅自己的心情。

漂流开始不久,靓丽的景观已"谋杀"晓雨的不少胶卷。等她们俩为对方拍过数张个人照后,俊南提出要跟她来一张合影,还请筏工帮忙。筏工停止撑筏,接过她的相机准备为俊南俩拍照。俊南俩小心翼翼地挪至竹筏前部蹲下来,调整好各自的姿势、表情。

俊南情不自禁,把自己的左手搭在晓雨的肩上,以自己的右手抓住她的小手。这一刻成为他有生以来在恋爱征途中最为"越轨"的"情侣"合影。此时此刻,他们俩的关系似乎从冰点直奔向沸点。他极少体会到恋爱的愉悦感觉,突然仿似身坠爱河,一时变得晕头转向。他率直的本性又起作用,他甚至觉得将自己的心底秘密向她和盘托出也无妨。

晓雨、俊南先后坐回椅子上。等双方坐稳,他又掏出自己的真心话。"我认识你以后,报社老总想给我介绍对象。那个女仔就系……系市城乡统筹发展局局长的千金,不过我一口拒绝他了。"他刻意去观察她的反应。

"为何?去认识一下亦无妨。"晓雨显得异常平静,通过拍摄美景来掩饰自己内心的不安,她的话出乎俊南的意料。他也装得很镇静,不敢向她说真话,竟声称自己并不知道个中原因。其实,原因就是他一直在等她。

当俊南俩再度陷入沉默之际,他眼前的风景渐渐变成岭南时报社老总提出给他介绍对象的那一幕——

就在俊南生日那天,他在岭南时报社食堂吃过午饭,正想下楼回办公室。胡总把他喊住,还邀约他到总编辑办公室谈话。

在总编辑办公室里,俊南跟胡总面对面而坐,彼此之间隔着一张大型办公桌。俊南的心里有点不安,表情也不太自然,他主动询问胡总找他来有何事。胡总平时的严肃表情变成满脸慈祥,"俊南,你来报社有几多年啦"成为胡总的开场白。他爽快应答:"四年喽。"胡总微笑地叮嘱他平时不能够只顾工作,要想一想自己的人生大事。这种领导关怀令他立即点头认同。

"市城乡统筹发展局局长找我帮忙,想在报社里为他的女儿找个具有本科学历的对象。我打算向他介绍你,你从重点大学毕业,完全符合要求!"胡总看着俊南,满意地点点头。

俊南忆起晓雨的回复"……给我一点时间好吗",迫使他的心里匆忙盘算。"如果我答应胡总,无论那位姑娘如何,我都要接受她。否则就要得罪胡总。与其这样,不如现在推辞。况且晓雨叫我等等她呢。"他权衡至此,不得不婉转谢绝胡总对他的关心,还声称自己已经有对象喽。

"啊?我冇想到你将自己的感情之事藏得这么严密!"胡总甚感意外,立刻探问目前俊南跟其女友的关系如何。他稍微心虚地谎称他跟其女友的关系发展得还算可以,甚至建议胡总将那位局长千金介绍给同样从重点大学毕业的如风。

"如风系外地人,那位局长想揾本地人!"胡总的脸色晴转多云,让俊南一时犯窘,静待他再次发话。他轻轻摇摇头,感叹既然如此就不勉强俊南。

回想起这些经历,俊南不禁摇摇头,心里感叹世事如戏。直到他回过神来,晓雨依然在独自赏景摄影。"你节前讲过想从屋企搬出来单独住,到底想租房抑或买房?"他耐不住寂寞,又抛出房事话题,果然引起她的浓厚兴趣。

"买啊!"晓雨转过脸来,看看俊南。他睁大双眼,追问她想买多大的房屋。原来,她看中一个一房一厅的套间,不过它并无阳台。他皱起双眉,疑问无阳台如何晾晒衫裤呢。她脸带愁容,声称到时买一部干衣机就可以解决问题。他不想就此停止摸底,稍等片刻又问及她看中哪里的房屋。她将计就计,透露自己所看中的房屋就在澜湾区与环市区的接合部,特意要看看他会有什么表示。

俊南想到可以共同买房的方式促进自己跟晓雨的关系发展,追问她购买这个套间需要多少钱。"七万几元。"她心中窃喜,以为遇到"有米之人"(大款)。他想到自己的那点家底,谨慎地表示他们俩可以考虑一齐供楼。她有点失望地追问具体怎样供楼,他心中盘算片刻说:"你付首期款,剩余款由我供。"

"不过……"晓雨快速算计如何摸清俊南的家底,"我连首期款都难付齐。"

"首期要几多钱,你能付几多?"俊南不敢轻易许诺,问清情况再说。

实际上,首期款要3万元,每个月要供超过400元。其中,包括物业管理费、停车费等等。晓雨显得忧心忡忡,谎称自己只能出1万元。俊南盘算自己近期开支情况,自信不足地表示首期款他可以分担2万元,还建议以后他们俩一齐

供楼。

俊南的话音一落，双方就陷入沉默。"这么寒酸！如风讲过做记者收入都好高，难道这区区几万元就将俊南难住喽？"晓雨的心里还琢磨要将鱼线放长一点，看看这两天能否钓到大鱼。

来到情侣峰前，晓雨应邀与俊南一起以情侣峰为背景，再次像情侣那样亲密合影留念。龙溪河漂流的终点——月儿山下的大榕树终于到达。他们俩远远就望见导游陈姨，她已在榕树头守候多时。

俊南觉得美好的时光实在太短暂，多么渴望能跟晓雨继续漂流下去，永远生活于这个世外桃源中。

在另一个世外桃源中，詹宇跟蔼思肩并肩地走在东樵山蜿蜒的山路上。呼吸着充满负离子的清新空气，让他们俩倍感心旷神怡。奇峰怪石、飞瀑名泉与洞天奇景等东樵山三大景观特色，让他们俩流连忘返。

忽然，山中下起细雨。詹宇、蔼思匆忙小跑起来，前往附近可以避雨的地方。她踩到湿滑的石板上，她的身体失去平衡，快要滑倒。他手疾眼快，一把拉住她的右手，使她的身体重新平衡。"幸好有你在我身边！如果滑倒，那就丢人喽！"她深情地看着他，流露出一脸微笑。

詹宇舍不得松开蔼思的手，一起小跑到附近的东樵山特产店避雨，站着欣赏店外雨景。他们俩的手依然没有分开，彼此默默感受对方的温暖。他看准眼前的好机会，便大胆表白。"蔼思，我想以后都在你身边保护你，你看好不好？"他望着她，会意一笑。她没有作声，红着脸点点头，不敢望他。

隔在詹宇、蔼思之间的那层薄纸就这样被捅破，他们俩正式走上爱情之旅。而俊南与晓雨的爱情之旅似乎也呈现坦途。

返回天阳县城的途中，俊南俩跟着陈姨领略优美的田园风光，偶尔停下来拍照留念。陈姨又趁机盛赞他挺帅气，他哈哈大笑地叫她不要开玩笑，而他的心里却是甜滋滋的。她更大赞特赞他和晓雨郎才女貌很相衬，使他的感觉甜得像吃蜜一样，却引发晓雨的猜疑。"嘿，难道这个导游平时亦做媒婆？"她的表情渐变轻松，她跟他相处得非常和谐。

归还自行车后，俊南不仅向陈姨支付导游费还另打赏十元给她，由衷感激这位临时上马的红娘。意外的小收获令她心满意足地离开这对小情侣。他随即向晓雨提议先回旅馆歇一歇，吃过晚饭再逛西街泡酒吧。她却想晚上早点休息，要求即时逛西街。这使他的征服计划再度落空。

傍晚的西街游人如鲫。俊南搂着晓雨的肩膀,一起走在人流中,两人俨然一对热恋中的情侣。

晓雨走进小店看工艺品戒指。跟随其后的俊南趁机试探她的真实想法,半开玩笑地试问她几时戴上自己买的戒指。"无须这么快吧!"她只顾看工艺品,脸上没有什么特别表情,心里嘲笑俊南想得好美。

"我好似有点发烧喔。"晓雨走出这家小店,感到不舒服,突然撒起娇来。俊南十分紧张地伸手摸她的额头探热,发现她的确有点发烧症状,连忙安慰她无须担心。只因他从中海带来一些药品。在他看来,只要她吃过晚饭再回旅馆服下那些药品,好快就会平安无事。

好不容易才来旅游一次,既然西街已走过一大半,俊南俩就打算把西街走完再往回走。既然她对他更加依赖,他就干脆把她搂得更紧,一起在江边闲逛。面对靓丽的江景,他显得异常精神却无心逗留欣赏,生怕她逗留太久会太累。他的内心十分郁闷,正在谋划自家人的未来、自己与晓雨的未来。建房和供房同样需要大量金钱,让他感到异常为难,一时不知如何实现鱼与熊掌兼得。

俊南俩几经寻觅,终于找到一家离天阳旅馆较近的路边大排档,点下几个菜作为他们俩的晚餐。候菜期间,他竟把谈话内容锁定在供楼这个沉重的话题上。谈话气氛难免变得十分沉闷,使晓雨的眉头也舒展不开。

俊南不想向晓雨透露自家正在改建房屋,但又想把她稳住,不得不开出一张"空头支票"。"不如我们在城南新区买楼吧,买一厅两房的套间,我买楼报社有补助。"当他的话音刚落,她立刻追问岭南时报社会补助多少钱,致使他不假思索地亮出自己的老底。原来,他购房可享受岭南时报社每月400元的补助,补助年限为15年。

"哦,算起来总共七万几元。"晓雨素来对数字敏感,快速盘算出总数。

"如果你愿意跟我一世的话,我会努力赚钱,好好对你!"俊南十分实在的表白竟然没有得到晓雨的回应。她只是无精打采地拿起杯子喝水,心里十分不屑地嘲笑"空头支票"。

既然晓雨没有表态,俊南只好转换话题,谈及旅游行程。"最好一游完天龙梯田就马上连夜返中海!"她难以掩饰一脸急躁的神情。他无计可施,心中异常郁闷,不停夹菜往自己的嘴里塞。

　　这顿晚餐不但没有丝毫的浪漫,反而在沉默中草草收场。俊南俩缄默地走在返回天阳旅馆的路上,全然没有了逛西街时的肌肤之亲。而他却觉得这样很别扭,便重新搂着晓雨的肩膀,询问她为何一直不跟陈姨说话。她灵机一动,立刻找来一个非常牵强的借口,竟谎称自己不会讲普通话。他淡然一笑,明知她撒谎,却感到无可奈何。

　　俊南俩与归途背向而走,走着走着才发现迷了路,几经周折终于找到天阳旅馆。晓雨开始盘算自己如何安全度过即将面临的危险之夜。

　　晓雨由俊南送进她的房间。他即刻返回自己的房间,把药物、水果等拿给她。不过,这些药物中并没有专门用来退烧的,只有治伤风感冒的。他坐在床沿傻待着,感到左右为难。"如果我现在外出买药,让歹徒知道房里只有她,这样好危险啊!"他想到那种可能发生的最坏状况,鉴于她的病情并不严重,只好建议她搽药油缓解病情。

　　"轻微发热可能由连日劳累引致,搽过药油尽快休息,明朝就会无事。放心吧!"俊南不敢正视晓雨,担心陷入尴尬局面,唯有安慰她。她坐在床头边沿,与他相对。但她的眼帘微垂,她也不敢正视他,只是点头回应他。

　　"俊南会唔会'动'我呢?一旦……"晓雨不敢想下去,就连忙转移俊南的视线,故意提醒他临街窗户锁不上。他起身去检查窗户,发现她所言属实。实际上,他的房间窗口也存在同样的问题。这种状况令他呆立在她的房里,表情困窘,心生埋怨。在他看来,如果一齐入住标准双人房,这些问题就会迎刃而解。他暗自感叹这个少女真麻烦。

　　俊南俩都觉得晓雨住三楼会比较安全。于是,他们俩轻手轻脚地搬动她的行李,悄悄调换房间把她安顿好。他却有点不情愿离开她,不仅是因为她的安全让他担忧,更主要的原因是此时有很多杂念涌现在他的脑海之中。"峰回路转出现这种局面好啊!她肯跟你一齐去旅游,说明成功八九不离十……就'搞定'她。""你一定要趁这个好机会将那个女的'搞定',否则她会认为你是个不懂人情世故的傻子,以后你们俩很可能会分道扬镳。"……

　　就在这种敏感时刻,俊南竭力压制住自己的邪念和性欲,犹犹豫豫地走出晓雨的房间。俊南多么渴望她把自己及时叫停,哪怕以不切实际的借口也可以。然而,他渴望的那一幕并没有如愿出现,他失意地把她的房门轻轻锁上。直到这时,她才长长地舒出一口气,揪紧的心得以放松下来。

正当俊南经受邪念考验之际，饱受单相思之苦的淑澜跟颖仪狂煲"电话粥"。她们讨论俊南最近的异常表现，淑澜还托颖仪试探他近两日到底在干什么。

颖仪随口把这事告诉她的母亲王梅兰，没想到王梅兰异常关心俊南的人生大事，甚至主动请缨打电话跟她的姨妈王梅芳说亲。当被问及他跟淑澜谈恋爱谈得如何，他的母亲王梅芳透露他已经跟她讲过这件事，不得不婉转回应王梅兰说："后生仔女拍拖就随缘吧。"

颖仪就站在王梅兰的身旁，着急地叫她不要张扬此事。但她不管三七二十一，又向王梅芳追问俊南在不在家。王梅芳不想透露俊南的真实行踪，谎称他已返回中海市区。

此时身处天阳宾馆的俊南变得六神无主，无所事事，唯有靠在床头看电视。他的手机突然有一个中海电话打入，这个电话号码看起来有点眼熟，但他一时认不出来。"认得唔认得我呀？"这把女人的声音他因心不在焉而认不出来，他竟询问她是哪一位。

"真失望！颖仪呀。"颖仪得知王梅兰未能从王梅芳那里套问到确切情报，便自己亲自一探究竟。

"哦，有何事？"俊南感到十分意外。

"你现在哪里？方便聊天吗？"颖仪如此的盘问迫使俊南打醒十二分精神。他并没有马上回答她，而在心中谋算。"唔能够讲自己正在跟晓雨外出旅游，给颖仪的讲法要跟节前给淑澜的讲法一致！"这一想法让他的回应拖延片刻，他慢吞吞地向她声称自己跟同学在外面玩，可以跟她谈几句。

"以后再揾你聊吧。"颖仪觉得自己的目的基本达到，便及时收线，让俊南一时尚未弄懂她的真正意图。他的回应异常冷淡、说话犹犹豫豫，足以让她猜出他的大概情况。

"俊南表哥曾经讲过他追求一个女仔搞得自己好苦，难道现在跟那个女仔在一起？嗯，这个极有可能，不过我唔能够跟淑澜直讲这一点啊。"颖仪揣测至此，动手拨打淑澜家的电话。淑澜正在家里守候她的电话，一接通她的电话，马上就问情况怎样。

"俊南表哥讲现在跟同学在外面玩。淑澜，放心吧。"颖仪尽量为俊南隐瞒实情，虽然这让淑澜将信将疑，但她的心里终究踏实一点。在她看来，从颖仪打

探的情况来分析，实情好可能是她想多喽。

俊南的心情受到颖仪的骚扰，变得更乱。他关掉电视机，想让自己的心灵安顿一下，但他的心里开始埋怨颖仪。"颖仪啊！当初我跟你讲过我只想跟淑澜交一般朋友。你的'大葵扇'扇得真够力，竟然搞到淑澜跟我交往过一两次，就快要将我当成情人的地步。尽快跟晓雨确立公开的情侣关系就好喽，免得我再受这种痛苦煎熬。可惜她对我忽冷忽热，令我把握不准。明天我一定要直接问问她……"

俊南心里极不踏实，动作利索地打电话给晓雨，询问她睡觉没有。她正在她的额头两边搽一点驱风油，又为她的小腿搽一点活络油，准备睡觉。

"如果夜里有人敲你的房门，你唔好轻易开门。如果我敲你的房门，我会事先打电话给你！"俊南既想关心晓雨，又想暗示她，期盼奇迹的发生。她回答"知道"后，一挂掉他的电话就把她的电话卡换回她平时常用的那一张，看一看她出游这段时间有什么人找过她。

晓雨的手机里有几则未阅短信是伟锋发给她的，原来他邀她一起出游散心，希望她尽快回复他。"返去再跟伟锋联系，免得他知道我的行踪！"她往小腿搽活络油，自言自语。

俊南还是不能完全安下心来，甚至打开临街窗户张望大街情景，密切留意晓雨的房里动静。无论是他，还是詹宇，他们的下意识都觉得这个夜晚肯定是不安之夜。

东樵山度假山庄的大型豪华歌舞厅里，一派灯红酒绿、燕舞欢歌的情景。詹宇、蔼思乐在其中，一起上台合唱由台湾知名歌星邓丽君原唱的国语流行歌《月亮代表我的心》——

你问我爱你有多深，我爱你有几分？我的情也真，我的爱也真，月亮代表我的心。你问我爱你有多深，我爱你有几分？我的情不移，我的爱不变，月亮代表我的心。轻轻的一个吻，已经打动我的心。深深的一段情，叫我思念到如今。

你问我爱你有多深，我爱你有几分？你去想一想，你去看一看，月亮代表我的心。轻轻的一个吻，已经打动我的心。深深的一段情，叫我思念到如今。

你问我爱你有多深，我爱你有几分？你去想一想，你去看一看，月亮代表我的心。你去想一想，你去看一看，月亮代表我的心。……

合唱情歌期间，詹宇与蔼思不时深情对望，甚是浪漫。然而，他裤袋里的手机又振动起来,他没有理会。直到返回座位后,他才翻看手机,原来是美媚的来电。他的脑子里开始酝酿如何跟她说分手。

尽管蔼思跟詹宇情到浓时,但她却心存犹豫。"唔知爸爸妈妈会唔会同意我跟詹宇这个外省人拍拖呢?这段感情暂时不宜发展过快!"当她的心思想到这里,她已跟他回到两人落榻的别墅。彼此互说"Good night(晚安)",便走进各自的房间,随手把房门反锁。

詹宇随即拨打美媚的手机,但她非常生气,故意不接听他的电话。他坐在床沿,犹豫几分钟,再次拨打她的手机。她终于心软,一接通电话大声开骂"你这混蛋",还质问他为什么老是不接听她的电话。

"嗯……"詹宇沉吟片刻,淡定地向美媚解释这几天他心情很糟,只想一个人静下来好好想想彼此的关系。美媚变得异常紧张,立刻追问她们俩之间的关系还有什么好想的呢。

"我们分手吧!我不适合你,你是个好女孩。祝你早日找到适合你的另一半。"詹宇的分手宣言犹如晴天霹雳,导致美媚顿时瘫坐在地,背靠着床反复骂道"混蛋"。

美媚、詹宇沉默良久。他主动挂断电话,躺到床上,感觉前所未有的轻松。"选择绝对或者零,不要中间或者一些。"美媚泪流满脸,她竟用右手拿起水果刀,毅然在她的左手腕上割脉。瞬间鲜红的血液涌出。

美媚的隔壁房舍友秋荷、芙蓉听到美媚的大声咒骂,都在留意美媚的房里动静。就在美媚等待死亡之际,秋荷俩带着多管闲事的心态去敲美媚的房门,看看美媚到底发生啥事。美媚的房里没人应答,秋荷俩喊过几声,还是没有得到美媚的回应。秋荷俩想到美媚平时性急冲动,容易干傻事,开始感到有点不对劲。芙蓉想自行打开美媚的房门,但美媚的房门被反锁了。秋荷唯有退后两步冲上前,一脚把美媚的房门踹开。

令秋荷、芙蓉瞬间傻眼的是,身穿玫红色真丝睡衣套装的美媚已倒在血泊中。"我的妈呀!"她们惊恐万分,马上拨打120喊救护车来,把美媚送往医院抢救。"为啥你这么狠心?……"美媚在迷迷糊糊中不停地自言自语。

秋荷、芙蓉坐在手术室外的椅子上休息,等待抢救结果。秋荷想到美媚的男友詹宇,尝试打电话通知他。然而,他的手机竟然关机。"詹宇,美媚今晚割脉自杀,已送医院抢救。收到短信请即复!秋荷。"秋荷只好发手机短信通知他。

迷城恋歌

美媚出事詹宇未能及时知晓,俊南同样不知,就算知道也只会爱莫能助。

夜渐深,四周嘈杂声渐少。俊南躺在床上,闭目沉思,心里有种不安的预感。

"咚咚咚……"一阵低沉的敲门声传进俊南的耳朵。他问"是谁啊",房门外传来一把女人声——"送开水的"。

俊南以为那是服务员,便把房门打开,岂料他的面前突然站着一名年轻女子。她的脸上涂脂抹粉,身穿低胸上衣及超短裙,脚穿高跟鞋。这副装扮看起来十分妖艳。她并没有提供送开水服务。她的后背斜靠着门框,右手的食指与中指夹着香烟,两片红唇轻呼烟圈吹向他的脸。"老板呀!我可以进来坐坐吗?"她嗲声嗲气、搔首弄姿地色诱他。

"坐个啥?"俊南一看这种架势,便明白这名女子是提供性服务的。

"你想做啥就做啥喽!"这名女子色迷迷,欲顺势扑向俊南。

"你到别的地方坐好啦!"俊南立刻把自己的房门闭上,坚决地把这名女子打发了事。其实,他的心里痒痒的,但他意识到自己要对得起晓雨。

等俊南刚躺回到床上,"咚咚咚……"一阵低沉的敲门声又传进他的耳朵。"有冇搞错?又来啦!"他不禁纳闷,喃喃自语。

"是谁啊?!"俊南的话音刚落,门外又传来一把女人声。

"俊南,系我呀!"这是晓雨的声音,俊南急忙起身开门,惊恐不安地询问:"晓雨有事吗?"

"我留在我的房间里感觉好闷,想来你这里坐坐,睇电视聊聊天。"晓雨随即跟随俊南走进他的房间。

房里灯光柔和,俊南与晓雨在床沿坐下,含情脉脉地对望着。她主动躺到床上,伸手把他往下拉扯。他心领神会,顺势压在她身上。她的面容并不清晰,不过他感觉她很漂亮。他轻轻吻过她的额头、红唇,替她宽衣解带……

强烈的快感催醒俊南,原来刚才的一切都只是美梦一场。即使如此,他还是要尽情享受这番难得的快感。他真想重回梦乡,永远不要醒来。

俊南起身更换内裤后,疲倦地躺在床上,渐渐进入新梦境。突然,一位百岁老翁呈现于俊南的面前,竟然跟俊南说:"晓雨在你的情路上只是昙花一现。"这一奇怪的梦境让俊南惊醒过来,吓出一身冷汗。

俊南心系晓雨,格外关注楼上的动静,但四周一片死寂。忽然,他的手机闹钟响起。他随即拨打晓雨的手机，想把她叫醒。"你拨叫的用户已关机，请稍后再拨。"他一听到此声，心里即刻紧张起来，马上又拨打她的另一个电话。她的电话终于拨通，让他稍微放心。

手机铃声把晓雨吵醒。她睡眼蒙眬，拿起手机接通了俊南的电话，她的声音异常疲弱。他温和地催促她起床，感觉她异常亲切，只因梦中性爱为他留下万分温存。她嫌这时起床太早，但望一望窗外发现天蒙蒙亮，不得不艰难起床。

俊南也起床洗刷，连忙收拾行李。忽然，从他的身后传来"啪"的一声。原来是他心爱的牛骨梳掉到地板上，断成两半。他把它们捡起来放进包里，还自责自己这么不小心。他的心里隐约有种不祥的预感，还劝慰自己对此不要太在意。

跟陈姨约好的时间快到，俊南提着行李，到晓雨的房里催她。等她把行李收拾完，他为她披上那件休闲服，一起下楼办理退房手续。

在旅馆大堂，陈姨等待已久。她帮俊南俩联系好的那辆旅游面包车，先去接其他游客，待会再来接俊南俩。

在陈姨的陪同下，俊南搂着晓雨的肩膀，离开天阳旅馆来到桃园路边的小店吃早餐。他很快就把一碗过桥米线吃进肚里，而晓雨却吃得慢吞吞，显出一副无心进食的样子。

于是，俊南询问晓雨昨晚搽过药油感觉如何。她说自己仍有轻度发烧，难受得几乎要哭出来。这让他紧张起来，伸手摸她的额头探热。他发现她的确仍有低烧，就打算马上到附近的药店买退烧药，还嘱咐她留在原地等他。

附近有家药店刚开门，俊南跟着陈姨前去买药。她边走边说自己看见晓雨快要哭脸。"这两天舟车劳顿，她是在城里长大的，受不了这苦头！"他摇头叹气，心里在责备自己疏忽大意，对晓雨照顾不周。晓雨服下几颗他买回来的退烧药，让他稍微松一口气。

陈姨联系好的旅游面包车终于来到，俊南领着晓雨上车，隔着车窗跟陈姨挥手告别。"陈姨心地真好！"他忍不住低声私语，晓雨却闭目不语，心中质问："心地好能够当饭食吗？"

贵琳之旅第二站是天龙梯田。经过三个小时的车程，俊南一行到达平安寨。俊南从浅睡中醒来，摸摸晓雨的额头。她终于退烧，总算让他安心。

车主替俊南一行买过门票，又前往山上的平安村停车场。由于平安村停车场已停满车，上山车辆受限制，被迫推迟上山时间。俊南一行唯有中途转车，准备

挤公共汽车上山。

　　这时，俊南的母亲王梅芳从家里打来电话。俊南走开几步，捂住自己的手机责备她，强调自己早就叫她这两日不要烦他。"如果只有一般事情，我会揾你吗？"她在他的催促下道出她所谓的大事。原来，他的祖母潘琼病情恶化。他的大姑妈向外声称他将潘琼激成这样。他的伯父和三叔知道这件事都好火爆，刚才去他家找他算账。

　　"哼！算账？等我返来再讲。"俊南主动挂掉电话，怒火心中烧。但晓雨就在不远处等他上车，他不得不竭力控制自己的情绪，旅游的雅兴荡然无存。

　　挤上公共汽车后，晓雨坐在临时增设的座位上，而俊南就站在车门旁用手紧抓扶手。公共汽车沿弯曲狭窄的山路往上爬行，把乘客们弄得晕头转向。俊南被这样折腾着，心里更生气。

　　"铃铃铃……"从俊南的裤袋里隐约传来手机铃声。他好不容易掏出自己的手机，发现原来是夏雨的来电。"喂，夏雨，有什么事？"他的心中产生不祥的预感。

　　"俊南，现在哪里啊？"夏雨刚探望过被成功抢救过来的美媚，正走出医院，想尽快将美媚自杀一事告诉俊南。俊南微笑地望着车窗外的美景，跟他说自己正在贵琳天龙梯田。他追问俊南是否跟晓雨在一起，说话的语气略显诡秘。俊南看过晓雨一眼，发出"嗯"的一声回应他。

　　"你知道吗？"夏雨的语气变得紧张起来，"美媚割脉想自杀啊！"

　　"啊——"俊南一时激动，不禁张大自己的嘴巴，说话声突然提高几倍。这令车厢里的其他乘客无不愕然。俊南意识到自己失态，压低嗓音向夏雨询问到底为什么会发生这样的悲剧。

　　"……我就知道这么多。"夏雨将自己所获知的情况向俊南描述一番。原来，当天上午他打过电话给他的老乡芙蓉商谈大家结伴回老家休假一事，因而从她的口中了解到美媚自杀一事。

　　俊南焦急地追问美媚当时的情况怎么样，并从夏雨的口中了解到她现在已稳定下来。"夏雨，你再进一步了解当中的原因吧。"俊南忧心忡忡，不敢肯定这事是否跟自己有关。

　　电话挂掉后，俊南看看自己身边的晓雨。她也看看他，好奇地探问究竟发生什么大事搞得他这么紧张。他不想向她透露美媚割脉自杀一事，于是谎称他有位同事遇到小小的意外。

詹宇的手机仍处于关机状态，美媚割脉自杀一事他依然一无所知。他只顾谈笑风生，与蔼思共进早餐。两人还手拉手回到别墅，各自收拾行装，准备启程返回粤州。

当詹宇打开自己的手机，秋荷于前一晚发来的短信随即显示出来。他乍一看短信内容以为美媚联合她的舍友哄骗他，但细想一下又觉得有点不对劲，于是先紧闭房门再致电秋荷。然而，她的手机恰好没电关机。他还是不放心，又打电话给美媚。她的手机也一直没人接听。这番折腾令他竟认定自己的第一判断是正确的。继而，他铁定心肠，钻空心思跟蔼思发展情侣关系。

美媚割脉想自杀，在俊南看来，詹宇一定难脱干系。而俊南并不想去趟这浑水，而是一心想经营好自己跟晓雨的爱情之旅。

一进入天龙梯田景区，俊南就为晓雨叫来人力轿子，让她坐着轿子上山减轻劳累。登上1号观景台后，他们俩下轿观赏梯田胜景"九牛二虎"，还合影留念。在徒步前往2号观景台的途中，满眼胜景使她再次面带喜色。他觉得机会到来，准备向她提那个异常敏感的问题。它，已憋在他的心底很久很久。

不过，俊南并没有猴急地直奔主题，而是采取迂回战术。"你想买的那个套间首期款我可以出两万元。"他走着走着，突然转过身来，跟醉心于沿途美景的晓雨聊天，"如果唔急，我想等那些定期存款到期，再拿钱出来。"

"再拖的话，那个套间可能会被卖掉。如果无钱的话就算啦！"晓雨说这话时摆出赌气的架势，让俊南心里异常难受，却又不敢即刻许诺。因为建新房会让他花掉不少钱，投入资金总数一时尚未能具体确定，而他又想多留一点钱傍身。

"今年我有几个月月收入过万。"俊南故意炫富要为自己挽回一点面子，但不经意地透露自家老底，"等我的细佬揾到工作，我就轻松喽。我平时要补贴一点家用。"

晓雨抓住俊南的话茬即刻反驳他，强调说自己既然搬出来住就不需补贴家用。他意识到自己刚才的话说过头，忙于自圆其说地声称他的父母将他培养成才好辛苦，反问她难道他不应该孝顺他的父母吗。在他看来，他补贴一点家用可以逗他的父母开心嘛。

在晓雨不再吭声之际，俊南趁机切入正题，终于鼓起勇气提问她到底喜不喜欢他。"哦——"她竭力逃避俊南的直接进攻，以"这个问题这么直接"为由婉

拒回答他的提问,而她的心里却在骂他是"傻仔"。

俊南对晓雨说话老是态度暧昧感到有点讨厌,心里来气。"我就喜欢直接一点,免得以后出现好似唐仁跟珍妮的那一幕!"他口不择言,竟把自己对晓雨的忧虑完全坦白,"他们俩拍拖三年,购买婚房甚至拍好婚纱照。事到如今,男方竟然讲一直以来女方一厢情愿,确实荒唐!你以后会这样对我吗?"

"好难讲喔。"晓雨如此回答让俊南的内心更生气。他却强行压制自己的脾气,再次疑问"你唔会欺骗我吧",还无可奈何地声称自己最怕被女孩欺骗。她一声不吭地走着,心里责备他拎得起却放不低。他用忧郁的眼光审视她,想到越靓的女人越会欺骗人,心中质疑自己今次会不会偷鸡唔到蚀渣米(粤语歇后语,寓意占不成便宜自己还吃亏)。

行至2号观景台,梯田美景"七星伴月"吸引晓雨也急忙加入摄影大军行列。眼看希望越来越小,俊南想办法刺激晓雨。"追求我的那个女仔系我的表妹介绍嘎,家住陶都。她身高1.67米,身材非常好,长相亦可以。"他所使用的激将法又犯大忌。

晓雨拿起相机假装瞄着远方,却在心里辱骂俊南是个没得救的傻子,疑问他的老母到底有没有教他在女孩的面前不要提及其他女孩。"陶都人'有米'哟!"她甚至装出满不在乎的模样,故意跟他开玩笑。他立刻回应称自己并不在乎女方"有米冇米",当被问及他为何不选择陶都那个女孩,他唯有如实交代自己讲求爱情的感觉。

俊南、晓雨又陷入长久的沉默,皆无心恋景。她偷偷看他一眼,心中在冷笑。而他却被气得十分痛心。他们俩沿着山间小道,漫无目的地走着。途中一间壮寨木屋小饭馆成为他们的临时落脚点。他们俩向店家点下几个小菜、一个竹筒饭作为他们俩的午餐。

俊南感到身心俱累,跟晓雨聊过几句话,他的脑瓜子就已经没词。他将其两只手臂交叉趴在桌子边沿,让他的脑袋侧压在自己的手臂上,含情脉脉地盯着她。"唔好这样啦!这样盯住人家,将人家搞得好尴尬!"她极力躲避他的目光,显得有点生气。

俊南一笑置之,他的内心感受却异常复杂,因为他讨厌自己喜欢的人如此对待自己。"为何晓雨跟荔婷一样,都这么无情对我呢?!"他眺望门外景物,心中如此哀叹。

吃菜肴不觉美味，看风景不觉悦目，令俊南与晓雨只想尽快下山。趁着山路狭窄难行，他偶尔牵牵她的小手，搏望一点点爱的慰藉。"山路这么窄，牵手有必要吗？"她终于不耐烦地反问他，令他觉得索然无味，立刻松开她的手。

俊南俩提前回到平安村停车场，这时离启程回贵琳市区尚有一个半小时。返程中巴还没有出现，他们俩只好来到一家小饭馆门前，肩并肩坐在凳子上歇息。她将自己的两脚搁在凳脚的横梁上，她的前额压在她的两个膝盖上。她闭目冥想，觉得自己已将他的老底大致摸清，应该可以宣告Game over（游戏结束）。他微微挨着她，觉得好孤寂。天气转阴开始变凉，他便多情地为她披上自己的那件休闲服。只可惜，她丝毫不为所动。

突然，晓雨的手机响起来。她看看来电显示，这竟是伟锋的来电。她神色略显紧张，匆匆走到停车场边接听电话。他前一天已多次来电，但老是打不通她的电话。他的短信她也没有回复。这天他决意再"骚扰"一下，终于交上好运。她向他谎称自己两日来跟她的女同学一起出游贵琳。在他的再三央求下，她答应明天跟他一起自驾车出游东樵山。这次通话持续许久，更促使俊南萌发不妙的预感。

俊南、晓雨所坐的旅游中巴奔驰于返回贵琳市区的高速公路上。她又接到伟锋的电话。今次他特意问她具体几时出发去东樵山，但她暂时无法将具体时间确定下来。

俊南终于按捺不住，开口试探晓雨，询问谁打电话来。"我的堂哥问我几时返到中海？"她又独自听歌，闭目养神，对他爱理不理。他的心渐渐冷淡下来，对她这种态度不再那么在乎。

不久又有电话打给晓雨，这是缨子受伟锋委托打来的电话。她跟晓雨谈起贵琳之旅，甚至声称自己好羡慕晓雨遇上免费旅游这桩好事。其实，在国庆节前，她就曾受伟锋之托动员晓雨跟他们一起自驾游。但晓雨拒绝她的建议，坚持首选跟俊南一起出游。

听着缨子这把格外熟悉的声音，让晓雨变得兴奋不已。晓雨强调说当初她叫缨子同游贵琳，而缨子却拒绝她，便开玩笑地说："你能怪谁啊！""昨晚落雨，有无淋湿身（谐音'失身'）呢？哈哈！"缨子以暗语试探她跟俊南的关系。

"哈哈，你不如去死吧。"晓雨猜到缨子的来电是受伟锋委托打来的。她怕

第五乐章　万水千山风雨情

晓雨介意刚才的玩笑话，连忙解释这是开玩笑而已，还转换话题向晓雨透露她跟男朋友要到中海周边玩一两天。

"你们想去哪里玩？"晓雨想知道缨子两口子是不是跟伟锋一道出游。缨子回答说粤西顶湖山，并意识到她们俩的通话该要转入正题。

"你们开车去吗？"晓雨知道东樵山之旅没有"电灯泡"，显得十分高兴。缨子回答"自驾游"，遂开始为伟锋充当说客，声称自己听说她跟伟锋准备到东樵山玩。她感觉在旅游车上说话不方便，支支吾吾地应付缨子。

等晓雨通完电话，俊南又问她为何聊得那么兴奋，竟然说出那么多脏话。"她系我的高中同学，跟我的关系好密切。同我跟你讲话的态度当然不同啦！"她对自己虚伪的一面供认不讳。他无言以对，继续闭目养神，而她将"随身听"耳塞塞进自己的耳朵里，继续听歌冷落他。

回到贵琳市区汽车总站之时已是傍晚时分。俊南一到埠就随即买到返程车票，具体行程是21时坐空调大巴启程返回粤州，第二天凌晨5时30分到达粤州汽车总站。晓雨想好自己如何打发俊南的借口，就主动向他探问到达时间、具体站点。"为何问到这个？"他预感到事态不妙，却不得不把车票递给她看。

"我要告诉我爸具体的时间、地点，方便他来接我！"晓雨一边撒谎一边扫视车票信息，还不忘打电话将这些返程情况转告伟锋。等她挂掉电话，俊南挤出微笑，强调说他护送她返回中海可以免得她的爸爸一大早赶到粤州这么辛苦。

"我爸坚持要来接我！"晓雨故意加重自己说话的语气，迫使俊南不敢勉强她，更不会深思实情。

夜色渐浓，华灯初上。俊南背上行李包靠路边走着，搂着晓雨，手轻轻抓摸着她的胳膊。他的胸肌贴着她的肩膀不断磨蹭，一阵阵兴奋感冲击着他全身的神经。而她强忍着这种性侵犯，心里诅咒他是"死色鬼真讨厌"。

俊南意识到在这种身处异地无人认识的情况下，晓雨才会将就他亲密亲密。"等到明天一返到粤州，你对我的态度难保不变。"他思前想后，决心再一次探明自己在她心中的地位。

"如果别人问我'你系我什么人'，我应该怎样回答好呢？"面对俊南所提的这个婉转的问题，晓雨也婉转地说："我……我并不希望让他们这么早知道。"他以为她提到的"他们"是指她的父母，便继续追问："其他人呢？""你先保密吧！"她的说法变相向他泼冷水，她立刻紧张起来，只因担心自己跟他会尴尬收场。

在汽车站附近的小饭馆候菜期间,俊南仔细思索晓雨刚才说过的话,觉得她并无直接拒绝他却又根本没有认可他。这样让他憋着一肚子的气实在难受,干脆把话说得更直白。"追求我的那个女仔,系我表妹的同事。表妹将我的好多情况告诉她,用一年时间动员她来追求我。现在只要我一点头,这件事就成喽!"他所说的这番话不但没有引起她的紧张,反而遭到她的冷言冷语。

"有人追求唔好吗?"晓雨的反问显得她对俊南满不在乎,害得他既气又急。

"我并不想辜负别人嘛!"俊南拿起茶杯并没有喝茶,心想现在自己如何做是好呢。

"给她一个机会喽。"晓雨的样子显得十分尴尬,她怕这句话会把俊南逼疯。

俊南马上把头向左一转,审视晓雨的表情,根本不敢相信这种话是从她的口中说出来的。他的眉头紧皱,他的怒火已在心中燃烧起来。"给她一个机会?为何你迟迟未拒绝我呢?你以为应付两个女仔好玩吗?非常耗精力耗金钱嘎!"既然他的幻想被完全击碎,他就再也控制不住自己的情绪,不断加重语气质问她。这让她的脑海刹那间一片空白,她哑口无言,一脸愕然。

俊南的手脚几乎要失控。他又拿起茶杯,大口饮下茶水,竭力控制自己的激动情绪。"我并不想将我们的关系再拖下去,我的想法并非要马上结婚,至少亦应该有个阶段性结果。我希望你尽快给我一个直接正面的答复,免得让我最后两头不到岸!"他把自己的心思向晓雨进一步挑明,却换来她的冷处理。她看着店外的车流人流,心里直骂:"衰人,确实有得救。"

"我为人多愁善感,平时好易胡思乱想,感到好累!"俊南意识到自己刚才所说的话说得太严重,强迫自己稍微冷静下来,还特意向晓雨解释自己刚才的失态。

"想与唔想,结果都一样,想不如唔想。"晓雨平和地表达这一观点,马上遭到俊南的反驳。在他看来,如果不想的话,结果可能不一样。她建议他应该学学如风,但他厉声驳斥说如风想独身是假潇洒。

谈话氛围充满火药味,让俊南俩不约而同地缄默起来。他拿起茶壶主动为晓雨倒茶,还故意说出一些废话缓解紧张气氛。

菜肴一一呈上餐桌,俊南一边吃饭一边暗自盘算。"这段关系几乎要宣告破裂。不过,我心有不甘,一定要将真相搞个明明白白!"他想到这里,便向晓雨探问追求她的那些男孩条件如何。她低声说"一般",不敢看他一眼。这个答复令他的心里又燃起一丝希望,妄想尽最后一番努力。

为取悦晓雨,俊南挑着话说:"你的发型好特别。""好多人早就讲过这一点!"她说话的声音明显提高,充满自豪感。他故意嘲笑自己又讲废话咯,还赞美她打扮前卫,而她的观念则比较传统。果然不出他所料的是,这种戴高帽的招数真能引来她的点头应和。

这顿晚饭俊南俩吃得好像只为完成任务似的。他们俩撑饱肚子后,都再没心情逛街,而是并行前往汽车站候车。他想进一步摸清她家的老底,问及她的母亲是哪里人。她晓得他的小心思,故意模糊回答:"客家人。"他仔细打量她,借机恭维她长得这么靓是因为原来有客家人血统。但她用诧异的眼光看他,以"关系不大"来质疑他的观点。"你睇,混血儿通常都长得比较靓。老人家讲,揾老婆往远处揾,后代会比较优秀。"他还想用自己的纯真、热诚感化她,不愿放弃最后一丝机会。

而远在京都的唐仁也在争取最后一丝机会,挖空心思游说乔巧南下中海工作。"中海那边月薪水平比较高,而生活成本却不太高,十分适宜工作生活。我的月薪就有四千多块钱,还有半年奖、年终奖等等。"他标榜完自己所谓的高薪,继续利诱她,"你到了中海,我利用自己的关系为你找一份好工作!"

乔巧现在银行工作月薪只有一千多元,感觉自己的收入实在寒酸得很。唐仁的夸夸其谈,让她不禁心动,欲南下中海闯一闯。"我回家跟爸妈说说,尽量说服他们。"乔巧的点头回复令唐仁吃下一颗"定心丸"。

与唐仁相比,俊南的情商较低,情场掌控力自然也不强。

俊南、晓雨走进贵琳汽车站候车大堂,大时钟显示尚有两个小时才到登车时刻。大堂里有很多乘客在候车,俊南俩挑选靠近登车入口处的座位并排坐下。他斜着身子坐,正面朝向她。她也斜着身子坐,并不想跟他多说话,只是拿着手机玩游戏。

"就快启程返屋企喽,应该好高兴吧?"俊南耐不住寂寞,主动逗晓雨。她迟疑一下说回到家里才会高兴,勉强挤出一点笑容。

"女仔留在屋企会感觉最安全吧?"俊南露出憨厚的笑容,而晓雨以诡秘的眼神看看他，说："系。"

"为何？"俊南故意向晓雨凑近一点，而她即刻让自己的身体离他远一点，解释说在外面害怕喽。

"怕什么？怕我吗？"俊南故意试探晓雨，盯着她的表情。她再度沉默，瞄他一眼。

"你将我当成大色狼！"俊南的话把晓雨逗笑起来，他故意呵呵大笑。

"昨晚我一直担心你对我……"晓雨不经意吐露自己的心声，马上意识到不该这样说。

"当然啦！我系最有可能的潜在色狼。不过你大可以放心，你唔答应，我绝对唔'动'你！"俊南郑重其事，声明自己对待异性的原则，"如果对某个女仔无感觉，我唔会'碰'她！"

晓雨马上看看俊南，一脸惊讶地追问为什么，却换来他的一声冷笑。他声称自己做人好正统，劝她无必要将他想得那么坏。他的脑海中又忆起"不仅女仔会一失足成千古恨，男仔亦会如此，男女都要自爱"。她却想到"忠忠直直终须乞食，奸奸狡狡又煎又炒"这句话，反复玩着同一种电子游戏。

郁闷无聊令俊南拿出笔记本计账。晓雨转过身来，看见他在写写画画，好奇地询问他在搞什么。既然跟她的关系已发展到这个地步，他觉得自己已无所顾忌，照直向她透露自己的隐私。实际上，他的每天收支情况都被他登记起来。这是因为他知道自己花钱厉害，特意用这种办法要求自己合理花钱。

"你好悭钱（省钱）？！"晓雨显得异常惊讶，心里并不欣赏俊南这点财商天赋。他立即否认她的观点，赶快把笔记本放进行李包，竟透露自己每个月都要花两千多元。她用疑惑的眼光看他，追问到底他的钱都花到哪里去了。

"平时交际要使钱（花钱），好似今次旅游亦要使钱啊！"俊南刻意在晓雨的面前标榜自己的高消费，感到十分自豪，"每天记账并不代表我系'风吹皇帝裤浪——孤鸠寒'（粤语歇后语，寓意吝啬）。只因我想将钱使用在自己最需要的地方。讲实话，我以前'着过开裆裤'，现在开始做绅士！做记者，社会地位较高，收入亦较高。"

当俊南过着绅士生活之时，他那群仍然"穿着开裆裤"的亲人却闹得像炸开锅似的。

俊南的祖母潘琼竟咳出血来，她的肺病闹得更厉害。李惠茵急忙走出小屋，

破声大喊。她的哥哥、弟弟、妹妹等4人闻讯,纷纷火速赶来。

潘琼的儿女们已经来齐。潘琼背靠着墙半躺在床上,忍受着病痛,扫视大家。大家或站着或坐着或蹲着,一时无计可施。李英礼踱来踱去,口中骂道全因俊南惹祸。"系啊,他真会逃避!"李英德蹲着,咬牙切齿。

潘琼强烈咳嗽几声,又咳出血。"大家好似木头!快定主意啊!"李惠茵坐在床沿,显得十分焦急。

坐在小凳子上的李惠灵说:"不如我去叫卫生站医生来吧。""将老母送入龙湾医院比较好!"站在床前的李英洪特意提高嗓音。

"住院?要用好多钱嘎!"李英德凡事斤斤计较,尤其是在钱财方面,被乡亲们冠以"算死草(吝啬鬼)"的绰号。

"兄弟姐妹每人出一点钱就得啦!"李英洪火冒三丈,手舞足蹈,"阿德,如果你唔出钱,我就帮你出钱!人命关天啊!"

"人命关天"这四个字如雷贯耳,把大家都震住。当李英礼点头默认,李英洪就说"我去打120",拔腿就跑回家电召龙湾医院的救护车进村。

不到十分钟,救护车就来到村口。心急如焚的李英洪带领医护人员火速奔赴潘琼的小屋。医护人员用担架把她抬上救护车,送往龙湾医院救治。

李英洪主动跟车陪同潘琼,在上车之前还不忘吩咐他的老婆王梅芳打电话通知俊南。但她知道俊南尚在旅途中,不敢再次电话骚扰俊南。

返程大巴徐徐启动,俊南与晓雨并排坐着,半躺于靠椅上。车内变得黑灯瞎火,人声消沉,机器运作的杂音充斥人耳。靠窗而坐的晓雨依旧充耳不闻,闭目听歌。车内冷气很大,俊南又主动把自己的那件休闲服盖在她的身上,也为自己多盖一些衣服御寒。

"事到如今,你到底有何顾虑呢?"俊南趁着晓雨摘下耳塞起身喝水,马上坐直身子打探她的心思。她不愿如实作答,仅说并无顾虑。他无可奈何,只好郑重声明自己好有诚意,委婉劝说她回家好好想想这件人生大事。她只吭出一个"想"字,背靠靠椅,闭目睡觉。而他心事重重,无心入眠。

时近午夜,晓雨醒来喝水,俊南又询问这次旅游她玩得开不开心。她冷冷地说"高兴",只想敷衍他了事。

"你知道吗?这次旅游好有意义!我有生以来第一次跟自己中意的人一齐出游。"俊南感到从未有过的满足,由衷地流露出这样真可谓他一直想要实现的理想。

"你终于实现这个理想啦！"晓雨不想再次伤害她眼前这个心地善良的人，不得不附和他。

"嗯！"俊南望着车外的景物，朝车外仰仰头，"你睇，外面的山头在晚上另有一种睇头。"

"我觉得好恐怖！"晓雨扫视着车窗外的夜色。

"可不可以讲——以往的一种恐怖，现在却成为一种风景呢？"俊南挤出一脸微笑，希望以文学性思维感化晓雨的消极。

晓雨笑而不语，心中冷嘲俊南。"恐怖成为风景？"在她看来，他是穷酸文人，真会天马行空。

"你睇，今晚月色好靓！"俊南望着车窗外的明月，又想传播正能量融化晓雨的冰心。她看看那轮弯月，接上话茬说当晚并非月圆之夜。"想起在中秋夜你好嬲，对赏月毫无兴趣。那样令到我好紧张，一直解释搞得喉咙非常干。"他主动提及中秋夜约会的旧事，欲借题发挥。

晓雨笑而不语。"在中秋夜，除了我约你，有冇其他男仔约你啊？"俊南想利用这次可能是最后的机会去解开自己心中的那个谜团。她摇摇头，口中说"冇"，而心里却想到他要套问我的话好难。他陷入沉思之中，难道一切皆因他的错吗，但百思不得其解。

晓雨不断回复手机短信。俊南忍不住悄悄伸长脖子，在黑暗中偷看。在她所保存的那些短信中，显示出至少两个男性的姓名。他不断揣测她为何跟这么多男性保持联系，根本无法入眠。

乌云闭月，电闪雷鸣，风雨飘摇。俊南俩所坐的返程汽车顶着风雨艰难前行，徐徐驶至中海市三江区。

俊南睡醒发现车外雷雨交加，更为心神不宁。趁晓雨尚在熟睡中，他就坐直身子，借路灯光审视她。她红肿的眼袋上是弯弯的柳眉，让他浮想联翩。"俗话讲红颜祸水，漂亮女人弯弯的柳眉下可能存在黑黑的深潭，深潭里藏着焚筋酥骨的刀子。"他还不禁扪心自问为何自己会对她如此痴情。

"生理饥渴太强？真情付出太多？受神汉指引驱使？"俊南一时难以确定一个令自己信服的答案，突然萌发唇吻晓雨的冲动。然而，他的脑海里不断浮现自己跟她相处的苦涩情景，令他的那么一点勇气悄然泄掉。

迷城恋歌

俊南俩所坐的返程汽车驶上粤中高速公路，向粤州直奔而去。他多么渴望它驶入中海市区停下，把晓雨送到她的家门口，为这趟特别的旅程划上漂亮的句号。

等到晓雨也醒来，俊南发现他们俩快到终点站，便抓紧时机总结陈词。"经过这次旅程，我的人格、性格你都了解清楚吧？"他的发问竟得到她的淡然回复："尚未想过呢。"

"返去之后应该想想。"俊南深情地看着晓雨，再次强调表达自己的想法，"对待你，我好有诚意嘎！如果我们谈成喽，在城南新区买一厅两房的套间最划算。我买房报社有补助。首期款我可以付两万元以上，我月供1000元不成问题，只要三四年就可以搞定全部供楼款。你返去好好想想吧！"

当晓雨点头说好，俊南故意表现得很紧张，表达自己心中的忧虑来试探她的反应。"返到中海之后，你会换另一种态度对我吗？你会对我实施精神折磨吗？我好怕啊！"他的谈吐表情竟引起她的发笑，她忍不住转过头来看他，她的眼神中明显流露着一种暧昧。

晓雨、俊南的目光首次正面而持久地交织，让他感到格外温暖。但她的暧昧眼神又让他倍感悲凉、恐惧。随即，他的心中默唱起香港知名歌星黎明原唱的粤语流行情歌《无名分的浪漫》——

从未试过这恐惧，仿似孩童被降罪，从未听过这种话，使我缓缓滴了泪。当你自认这份情感千样不对，当你自问继续迷恋等如有罪，当你用未用过的神情来回望我，刹那间更像爱侣。

从未见过你的脸幽怨迷离像眼前，从未试过这滋味苦涩茫然又带甜。当你默默道别而不知是否会再遇见，当你慢慢荡入人海之前已在怀念，一刹浪漫在这关头如像慢镜，看一生也未看厌。

临离别的浪漫却又来得太晚，为何梦幻在分手一刻最灿烂？无名分的浪漫最后留低慨叹，时间能否转慢。

从未试过这么乱仿似无情但有缘，迷乱扑朔这关系今晚柔情地了断。……

俊南意识到自己跟晓雨相处的时间越来越少，不放过最后一丝机会，甚至发出离谱的哀求。"以后我想你，拨打你的手机，你一定要接啊！你的电话费就由我来报销吧！……"他的话语说到这里，突然被伟锋打来的电话打住。

晓雨拿出自己的手机，淡定地接通伟锋的电话，当着俊南的面跟伟锋通话。

"仍然在粤中高速公路上喔!"她的话语在俊南听来充满撒娇的语气。伟锋询问她要到几时才能到站,他的私家车快到粤州汽车总站。

俊南竖起耳朵,希望听清跟晓雨通话的那个人所讲的话。不过,由于汽车发动机的声音太大,那个人跟晓雨讲的话俊南一点也听不到。

"可能要等半个小时喔?!"晓雨生怕自己会当着俊南的面露馅,小心地跟伟锋对话,"现在风大雨大,车行得好慢。"

伟锋告诉晓雨汽车站门口停车难,他就在汽车站门口西面100米远的商场停车场等她。

"那里好难揾喔!"晓雨皱皱眉头,继续撒娇。伟锋好想早点见到她,便建议自己走到汽车站门口接她。但她马上警觉起来,要求他"站在原地啦",还承诺自己一到站就给他打电话。

俊南旁听到这里,竟以为晓雨的父亲可能等得太久,急着要开车上高速公路来接她。"其实,你用得着叫你爸爸一大早就爬起床,出来粤州接你吗?"他甚至天真地跟她开起玩笑,"担心我会将你卖掉吗?如果要卖,在贵琳就可以啦!"

晓雨不动声色,只觉得俊南傻得可爱。

"现在你爸爸等待的心情可能——既有一点焦虑,又有一点不满。"俊南依然在傻傻地做梦,尚未梦醒,"尽管他食过早餐,你最好讲请他饮早茶,这样会令他好开心。做个孝顺女吧。"

晓雨还是不说话,笑一笑,心想怎样避免俊南跟伟锋碰见。"落车后,你先行一步,我迟一点再落车。"她眼见快到站,一再向俊南提出这个令人不解的要求。

"哦。"俊南没有问为什么,一直自以为晓雨暂时不想让她的父亲知道俊南的存在,而浑然不知这是一个美丽的谎言。

天空完全亮起来,雨下得更大,俊南俩所在的汽车终于进站。他遵照晓雨的再三叮嘱先行一步,依依不舍地下车,心里若有所失。直到他走出100多米远,估计他看不到她,她才慢慢下车。

此刻,俊南跟晓雨形同陌路人。而有点心计的他却放慢自己的脚步,走出汽车站门口后,就佯装走向售票厅。对她的牵挂令他走出几步,忽然转身回望。她恰好朝这边走过来,让他又惊又恐。他急忙闪身,躲在她的后面,一声不响地跟

着她。他想跟她搭话，又怕她责备他偷偷跟踪她。这样跟踪十多米后，他就停住脚步，目送她远去直至消失在人流中。

晓雨一边提着行李包走着，一边拨打手机跟伟锋联系，终于款步走进他所在的那个停车场。他早已望穿秋水，一瞄到她的倩影，就在第一时间小跑上前迎她。精致西服配搭个性休闲衬衫，令他显得既有个性又时尚轻松。挂在他脖子上的那条金项链粗粗的，折射着光辉异常显眼，弥补了他先天的身体缺陷。

"你让我等得就快发疯喽！"伟锋说话的声音深沉，一手主动接过晓雨手上的行李包，一手牵住她的小手。

"小笨猪，多等一阵你就有怨言啦！"晓雨用食指轻点伟锋的脑袋，故意撒娇，"好衰嘎！我要惩罚你！"

"Come on, my dear（来吧，亲爱的）！我甘愿受罚！"伟锋把晓雨逗得呵呵笑。

"OK！你想我如何罚你？"今天活泼爽朗的晓雨跟过去两天沉默寡言的她相比，判若两人。

"来个香吻吧，哈哈！"伟锋领着晓雨，径直走向停在不远处的那辆崭新"别克"汽车，还大献殷勤地为她打开车门。

"你好坏啊！"晓雨异常优雅地坐进伟锋的私家车里，像是在享受"皇帝女"的待遇。

"你的同学呢？叫她一齐到东樵山玩吧？"伟锋还不知晓雨跟俊南之间的事，只因缨子承诺过一定为晓雨保密。

"她要返去值班。"晓雨又在编织谎言，她的脸上丝毫看不出异常的表情。

"为何前日我好几次打你的电话，你都关机呢？"伟锋转过脸来，留意晓雨的脸上有无异常神情。

"我的手机无电，昨日充电之后才能接到你的电话。"晓雨的谎话顺手拈来，让她在俊南、伟锋等两个男子之间游刃有余。但伟锋半信半疑，不禁回忆起在中秋夜她的手机同样好难打通，她直到当晚将近22时才回复他的电话。

跟伟锋一样，俊南也是满腹疑云。他撑伞挡雨，呆立于汽车站门前，茫然无助。他的手机突然显示出一则短信。"成效如何？明日几时返来？"看完旺材发来的短信，让他的感受异常复杂，心里隐隐作痛。他好几次拨打晓雨的电话，发现自己的手机因没电而打不出去，连忙更换电池再次拨打。

俊南来电骚扰，接听还是不接听呢？这令晓雨一度十分纠结。不过，她想到自己的最终选择尚待考察完伟锋才能敲定，于是选择接听俊南的电话。

"晓雨，你揾到你爸吗？"俊南异常留意电话那边的动静。

"揾到。"晓雨的声音很低。

"你无欺骗我吧？"俊南开始意识到晓雨可能要诈，"返到屋企打电话给我！"

"哦。"晓雨冷淡对待俊南，迫使他尽快结束通话。

几分钟过去，俊南独自踏上返回中海的空调大巴。他的心里一直忐忑不安，促使他又打通晓雨的手机。"返……返到哪里？"他全身紧张，连说话都变得吞吞吐吐。

晓雨没有吭声作答，令俊南不得不继续发问："在中海抑或在粤州？"

"喂喂……"晓雨假装听不清电话，忙于想对策，"哦，我们正在去东樵山。"

"返到屋企打电话给我吧！"俊南的央求又换来晓雨的一个"哦"字。

尽管舍不得跟晓雨分开，但俊南一直在安慰自己。"女仔跟爸爸一齐去旅游，正常嘛。不过……"他不敢再往下想，她那暧昧的眼神又在他的脑海浮现。就在这时，他所坐的汽车内恰好开始播放中国知名歌星王菲演绎的粤语流行歌《暧昧》——

眉目里似哭不似哭，还祈求什么说不出。陪着你轻呼着烟圈，到唇边讲不出满足。你的温柔怎可以捕捉，越来越近却从不接触，La La La La La……茶没有喝光早变酸，从来未热恋已相恋。陪着你天天在兜圈，那缠绕怎么可算短。你的衣裳今天我在穿，未留住你却仍然温暖。徘徊在似苦又甜之间，望不穿这暧昧的眼。爱或情借来填一晚，终须都归还无谓多贪。犹疑在似即若离之间，望不穿这暧昧的眼。似是浓却仍然很淡，天早灰蓝，想告别，偏未晚。……

听着听着幽怨的歌乐声，俊南的眼渐渐模糊。他不由自主地想起自己在前一天凌晨的怪梦，还依稀记得梦里的那位百岁老翁跟自己说过"晓雨在你的情路上只是昙花一现"，再次被吓出一身冷汗。

第六乐章 秋夜情愁无情雨

贵琳之旅画上句号，带给俊南的不是欢愉，而是身心疲累。情与性皆受压抑，他唯有在单身宿舍里偷偷跟充气娃娃云雨一番。"真可悲！"他发泄完毕，不禁摇头叹气。

一觉醒来，俊南不得不赶回他的老家主持大局。傍晚，他的母亲王梅芳陪他来到他家的新房建设工地，跟包工头商量解决一些施工难题。他还在他家的新房二楼反复察看，心里恨不得这房子马上建好。

无所事事的心情再次勾起俊南对晓雨的思念。此刻，她却与伟锋那个胖子同处隆门温泉旅游度假区，一起在露天温泉泡鸳鸯浴。

俊南终究耐不住思念的折腾，拨打晓雨的手机。她泡完温泉进行沐浴更衣，恰好接听到他的电话。他心跳加速，小心翼翼地询问她在东樵山游览过哪些景点。她想尽量少说话，仅答"隆门"两字，免得透露过多实情。

"你几时返来？"

"明日。"

"你游过两个地方，劳累吗？"

"累啊。"

"你最好叫你爸提早返来，让你好好休息。"

"嗯。"

"现在你有冇发烧？"

"冇啊。"

热脸蛋贴着冷屁股，令俊南开始意识到自己跟晓雨遥不可及。他的口中渐渐词穷，使这次通话又不得不草草收场。他呆立于原地，遥望龙湾山，感到前路迷茫。

跟俊南不一样，唐仁在情路上不迷茫，很果断。

唐仁背着行囊，跟乔巧手牵手，随着人流走上京都西高铁车站月台。开往粤州的高铁列车就快开动，乘务员催唐仁上车。他依依不舍地辞别亭亭玉立的乔

巧,踏上即将南下的高铁列车,还转身跟她一再强调说自己在中海等她。

"好!"乔巧向唐仁不停挥手,目送他离开,直至高铁列车在她的视野消失。她打算回东北老家一趟,跟她的家人交代清楚,就南下中海延续自己的爱。

乔巧的爱的承诺让唐仁变得十分淡定。他望着车窗外瞬间即逝的景物,开始思索如何应对其父母的责备。

唐仁的遭遇比俊南的好一些。俊南不仅情场失意,还遭受多位亲人的误解和围攻。

入夜后,俊南一家四口围坐在一起吃晚饭。他的父亲李英洪突然停止用筷子夹菜,显出一副想生气又不敢生气的样子。"俊南,昨日你阿嬷病得更厉害啦!我们将老人家送进龙湾医院急救,让老人家住院留医。等一阵,你的伯父、三叔可能来跟你算账!"李英洪的提醒却让他摆出不以为然的架势。

"哈哈,该来的始终要来,我正等着他们呢!"俊南的冷言一出,他的伯父李英礼、三叔李英德就应声而至。满头白发的李英礼光着黝黑的上身,下身穿着一条短裤,光脚上粘着一些泥巴。相比之下,李英德则显得斯文一点,他身穿私营陶瓷厂工服,脸上粘着粉尘。

"果然返来啦!俊南,听你大姑姐讲,你阿嬷发癫加重病情皆因你!"李英礼进屋看见俊南,两眼发光,向他大声吼叫。他被吓一跳,转过脸看看李英礼,一时不知说些什么来反驳。李英德满脸青筋尽显,手舞足蹈,也愤怒地质问他有什么话好说。

李英礼、李英德来势汹汹。李英洪、王梅芳与李俊杰都放下各自手中的碗筷,忙着想办法为俊南解围。"阿礼、阿德,算罢啦!"李英洪起身劝说自己的兄弟息事宁人。

"阿洪,你唔好袒护他!"李英礼张牙舞爪,口水四溅,"否则,只会将他宠坏!"

俊南用袖子擦去那些溅在自己脸上的口水,积聚在心里的怨气忽然倾泻出来。"你们居然够胆将责任全部推给我?!你们的责任跟我的相比,就好似西瓜跟芝麻相比。现在你们倒过来搵我算账,真可笑!"他想后发制人,迅速站直身子,冲着自己的伯父与三叔大声吼叫。

"我们要承担什么责任?"李英礼愣一愣,怒气消减。

"你系长子,肯定要承担责任!阿嬷得病的主因系食烟。阿嬷平时食那么多烟，你为何不加劝阻？"俊南训斥李英礼一顿，见他默不作声，转而对李英德大声训斥，"三叔要承担的责任最大！阿嬷将你的儿女一泡屎一泡尿抚养长大，你竟然打完斋就抛弃和尚。阿嬷稍有失误，你就纵容你的老婆将阿嬷赶出家门。阿嬷独居小平房，郁郁寡欢，一病不起！"

"我，我……"李英德感到理亏，当即语塞，怒气被打消过半。

"哈哈，我们毕竟系你的前辈！你做个什么记者，就以为自己了不起，胆敢教训我们！"李英礼依然是"死鸡撑镬盖"（粤语歇后语，寓意死撑、硬撑）。

"我讲道理而已。无论前辈抑或后生，如果有过错就要承认，就要改正。前辈更要做好表率！"当俊南的话音刚落，俊杰及时帮腔说："系啊系啊。"

俊南兄弟俩的联合反攻，令李英礼感到更加理亏。既然没有台阶可下，李英礼就唯有继续硬撑。"浸过墨水果然厉害，讲道理讲得一套接一套。不过，讲到底，你阿嬷的病情加重俊南你亦有责任。"李英礼的语气渐渐恢复平常。

"系啊系啊！"李英德长叹一口气，"你阿嬷出于一片好心，关心你的人生大事，你竟然……"

"我希望阿嬷唔好再搞封建神鬼迷信活动！她那一套长期误导我，害人不浅啊！"俊南再次大声呐喊，他挑战封建神鬼迷信思想势力的决心变得更加坚定。

"老一套千百年传承下来，肯定有它的道理！"李英礼再次提高嗓音，冲着俊南怒吼，"你信不信老一套我懒得理，不过你刺激你阿嬷发癫我就要理！"

"哈哈，我懒得理你们！"俊南摇摇头，长叹气。

"大家既然都有责任，就免得互相指责喽，以后好好对待老人家就得啦！"王梅芳面对这种针锋相对的场面，及时为大家打圆场。李英洪见机行事及时附和自己的妻子，劝说他的兄弟赶快归家，好让他一家人吃一顿安乐茶饭。

"阿洪，你记住好好管教你两个宝贝仔。"李英礼见到可落台的台阶，正想及时撤退，但还不忘耍一耍家长作风。

"知道啦，你们返去吧，免得节外生枝啦！"李英洪轻推其兄弟的胳膊，催促他们快点离开。

李英礼、李英德一前一后地走离李英洪的家门。"恶人先告状，岂有此理？！"俊南拿起筷子击打饭桌，厉声骂道。俊杰摇头轻叹，认为李英礼、李英德简直无药可救。而李英洪夫妻只顾吃饭，没有作声。

这一顿饭俊南一家自然吃得索然无味。晚餐结束后，李英洪忙去喂猪，王梅

芳也忙干家务。而俊南、俊杰围坐在饭桌旁看电视。俊杰关心他在贵琳之旅中所取得的成果,便问及他在出游期间跟城里那个靓女发展得如何。

"直到现在,我尚未摸透她。"俊南瘫坐在椅子上,显出泄气的样子。

"啊?"俊杰皱皱眉头,"这个靓女真奇怪!"

"她性格有点内向,她的父母已经离婚。"俊南对着电视,面无表情。

"啊?"俊杰张大自己的嘴巴,"那么悲!"

"她承认有其他男仔追求她,不过对方条件一般。"俊南回想起自己与晓雨在贵琳市区吵架的一幕,"她尚未愿意向外公开她跟我的关系。"

"你想放弃她吗?"俊杰用双手托住自己的腮,"要淡定行事!"

"我知道她有点中意我。不过,她显得犹犹疑疑。"俊南心虚地表达自己的判断,这样竟让俊杰认为他与晓雨的感情还有戏。

俊杰还转移话题,向俊南问及唐仁的感情怎样。其实,唐仁想移情别恋,但珍妮死死缠住他。前几日,她才查知那个东北妹玩手段,将唐仁搞得神魂颠倒。"唐仁从未告诉我这些内情,珍妮求我帮忙才向我透露真相。"俊南冷冷一笑,强调说自己避免涉入唐仁俩的感情旋涡。

"典型的花心大萝卜!"俊杰萌发出一点愤怒情绪,误以为唐仁的家人也希望他找另一个跟他条件差不多的女孩。实际上,他的家人极力反对他跟珍妮分手。乔巧只有中专学历,三年前在网上跟他认识,一直跟他保持联系。

俊杰马上质疑唐仁通过网上认识的异性朋友是否靠得住。在俊南看来,唐仁的感情"成也网络,败也网络"。俊杰又质疑乔巧的中专学历有点低,而俊南认为这样的学历好一般。

"哼!"俊杰愤愤不平。在他的心目中,恋爱之事复杂、难懂。青春期骚动迫使他蠢蠢欲动地要跟异性交往。然而,他尚未实现经济自立,在情事上缺乏自信心。

王梅芳忙完家务活,坐到饭桌旁静听其两个儿子的对话,终于忍不住插话。在她看来,娶老婆娶身体好的少女最紧要。"如果她经常背着药煲,几多钱够她用啊?"

王梅芳自然成为俊南倾诉自己最近情感遭遇的理想人选。他从她的口中获知在他出游的第二天晚上,他的小姨打电话来问及他跟淑澜之间的事。"我告诉你的细姨,你已经跟我谈过这件事。当时颖仪就在一旁好着急,急忙叫她妈保守隐私。"王梅芳绘声绘色地描述那晚的情形。

"嗯，难怪那个晚上颖仪打电话给我。"俊南突然紧张分分地叮嘱王梅芳千万不可以向其他人透露他跟晓雨的情事。

"知道啦！"王梅芳一边应答一边走进房间睡觉，"你以为我傻啊！"

俊南无言以对，翻看旺材刚发来的手机短信。"返到中海？有冇得手？"旺材如此八卦的问题俊南一时不知如何回答是好。他没有马上搭理旺材，直到夜深时分躺在床上思前想后，才给旺材回复短信"关系进一步发展"。

"有冇得手？"旺材就像"狗仔队"那样缠住俊南。俊南心里只有一个念头，那就是"躲"。然而，旺材甚至打烂砂锅问到底，竟打电话来追问他。

"你一直追问我，难道想将我的情事登在娱乐版头条吗？哈哈！"俊南哭笑不得，只好跟旺材开起玩笑。

"哈哈！我带靓女到粤西泡温泉，想起老弟你的人生大事，所以发短信问问情况。"旺材不时驾驶自家的面包车，带上奇花异柳，云游潇洒。在他看来，及时行乐，方不枉此生。俊南知道他难守秘密，并不想声张自己的情事，只好轻描淡写来应付他。

当俊南从他的老家重返自己的单身宿舍之时，唐仁正在自己的房里睡午觉。俊南轻轻把自己的房门关上，打电话给晓雨，探问她回到中海没有。可她的电话却没人接听，他再打一次，结果还是一样。"晓雨可能正在睡觉"竟成为他安慰自己最好的借口。

实际上，晓雨的手机已调到振动静音模式。她稳坐在伟锋的座驾里，飞驰于返回中海的高速公路上。伟锋的幽默、体贴早已令她忘却李俊南这个人。

情路崎岖。一路走来，俊南焦头烂额，而唐仁却游刃有余。

唐仁外出陪珍妮吃晚饭，还如常领她回到自己的宿舍。这对情侣看起来若无其事，令俊南一脸愕然。

当珍妮走进浴房洗澡，唐仁跟俊南并排坐在床边看电视闲聊。俊南主动提到自己带晓雨到贵琳旅游一事，唐仁颇感兴趣地询问他跟晓雨的关系发展到什么程度。"像这样。"他辅以动作演示，拖拉着唐仁的手。

"有没有十指紧扣呀？"唐仁知道自己有把柄在俊南的手上，想套问俊南的话摸一摸他的老底，以便伺机治理他。

"没有。"俊南又搂着唐仁的肩膀，"这样搂她可以吧？"

"好的,继续努力。"唐仁这回没有找到俊南的把柄,无法贬损他。

刚才的话题其实是俊南向唐仁下套问话的前奏。俊南开始套问他在这次休假出游中,除了到过京都,还到过什么地方。"嗯……"他打醒十二分精神,极力避免上套。恰逢珍妮洗完澡,走进他的房间,他趁机结束自己与俊南的闲聊。

趁唐仁去洗澡之机,俊南压低声音询问珍妮跟唐仁到底怎么回事。她坐在唐仁的床上,背靠着墙,无精打采地透露自己一直缠住他。俊南建议她给他一点时间,却遭到她的沉默,只好返回自己的房间看书。俊南的心里正在琢磨唐仁这小子到底想玩哪一种把戏。

唐仁洗完澡,到走廊晾衣服,俊南跟随其后。唐仁不想被套问,主动提出话题,感叹自己想不到他的感情发展这么神速。"我好想尽快组建家庭,男人有个稳定的家庭很重要。"他还故意调侃称在这个基础上可以找个情人充实一下。而唐仁却笑而不语。

俊南想到晓雨要买房子的事,趁机向唐仁请教,问及在城南新区哪个楼盘有两房一厅的套间卖。唐仁就向他推荐自己的心仪楼盘"中海名居"。原来唐仁在休年假前时常躲着珍妮,独自走访过市区的众多楼盘,一心想拥有自己的房子。

俊南很关心中海名居的房子每平方米卖多少钱。那里的房价高达每平方米4000多元,贵得让他咋舌。他希望物色到那种售价为每平方米2000多元的房子。

"卖这种价钱的房子要在旧城区才有。"唐仁晾好衣服,紧闭房门继续未婚行房生活。而他依旧独守空房,收拾心情迎接节后首个工作日。

淑澜坐在展厅前台发呆,因太惦记俊南而忍不住编发手机短信,询问他在长假后第一日上班有什么感觉。"想睡懒觉,正收拾心情投入工作。"他坐在办公桌前刚吃过早餐,尚未动手做事,心想转被动为主动试探她在国庆长假到过哪里玩。

"跟同事在市区玩游戏机,睇过两场电影。"淑澜的回复让俊南勉强安下心来。他不想回复她,以免自己的情事露馅。他的冷淡犹如泼出一盆冷水,令她的热情瞬间降温。

情事困扰未停,家事干扰又起,令俊南的心灵整日不得安宁。

俊南家的新房第二层天花板正在安装模板,准备扎钢筋铺水泥。这是整个改建工程施工的关键环节。而施工队却在横梁构造上偷工减料,害得王梅芳整天急得像一只热锅上的蚂蚁。她多次致电向俊南反映这些情况,还催他回家主持

178

大局。

将近日落西山时分，俊南才能从公事中抽身，骑摩托车狂奔20多公里。当他赶回到老家时，天色将黑，他未能缓过气就连忙跟包工头进行艰难的谈判。晚餐清茶淡饭，他频频扒饭狼吞虎咽，随后又匆匆赶回城里忙公事。

整天奔波劳累并无减弱俊南对晓雨的思念。在这种思念的驱使下，他专门途经她家的楼下。她的房间亮着灯，她正在网上聊天。哪怕只是看一看她的背影，也会令他感到心里暖烘烘。然而，这只能成为他的奢望。他唯有给她打电话，柔声细语地问她在家里吗。

"嗯。"晓雨不想跟俊南纠缠太久，一心敷衍了事。

"我刚才经过你的屋企楼下。"俊南面对晓雨默不作声，只好转换话题，"剩余的胶卷你拍完啦？"

"拍完。"

"跟你爸一齐拍吗？"

"嗯。"

"那些胶卷拿去冲洗啦？"

"尚未。"

"隆门好玩吗？"

"一般。"晓雨讨厌这种审犯式盘问，借故打发俊南，"我正在跟别人通电话，过一阵再给你打电话！"

"好啊。"俊南挂断电话后，竟傻傻地守候晓雨的电话。但她的音讯全无，害得他胡思乱想彻夜难眠，反复哼唱香港知名歌星陈百强演唱的粤语流行歌《等》——

等，寂寞到夜深。夜已渐荒凉，夜已渐昏暗。莫道你在选择人，人亦能选择你。公平，原没半点偏心。苦涩，慢慢向着心里渗。何必抱怨，曾令醉心是谁人？自愿吻别心上人，糊涂换来一生泪印，何故？明是痛苦伤心，还含着笑装开心，今宵的你可怜还可悯。目睹她远去，她的脚印心中永印。糊涂是你的一颗心，他朝你将无穷的后悔，这一生你的心里满哀困。……

彻夜煎熬导致俊南的精神明显不足。他在自己的办公室苦撑半天，来到岭南时报社人力资源管理办公室串门，跟他的好友花姐闲聊。

年过半百的花姐注重保养，打扮入时，看上去不到40岁。令俊南想起就忍不

住发笑的是,她时常自诩年轻时吸引到20个男子同时追求。俊南跟她谈话比较投契,关系比较友好。他的情事自然也得到她的关注。

花姐的表妹年纪比俊南小一点,不愿跟自己的父母到国外生活,留在粤州从事证券业。花姐主动提出想把这个表妹介绍给他,岂料他连忙摇头摆手,竟声称"那种高贵的'白天鹅'我这样的'癞蛤蟆'哪能高攀得起"。她上下打量他,盛赞他这只"癞蛤蟆"的条件不错,肯定能吃到"白天鹅"。他耸耸肩自称身高样靓,还调侃说自己家穷粮少,就怕饿坏"白天鹅"。

"听话听音,你好似已经成事喔!"花姐故意逗乐俊南,趁机套问他的底细。

"保持沉默。"俊南像泄气的气球,他的心思一下子就被花姐看穿。

"你肯定有料到(交有女友)啦!"花姐见俊南不吭声,便透露采编中心张鹏主任跟那个靓女护士分手的传闻,从而婉转套问俊南的实情。

乍听到这宗"八卦新闻",俊南不敢相信,急忙追问为何。花姐解释说"张鹏讲无感觉喽",渴望以此为诱饵能套问到他的情事。"文化水平高的人情感太复杂!"他的观点当即遭到她的反驳,她故意开玩笑,埋怨他这么说就等于说她无文化。

"No(不是)。那些联谊会吸引好多文化高人参加。那些人想法太多,对感情要求太高!"俊南一脸苦笑,他的这番"高论"逗得花姐抱腹大笑。

俊南宁愿吊死在一棵树上,也不愿瞄瞄其他树。唐仁却不像俊南那么傻,而是一脚踏两船,心安理得。

唐仁的电视机打开着,他无心看电视,却忙个不停发短信。旧手机用来应付珍妮,新手机用来联系乔巧。其实,他在耍"明修栈道,暗度陈仓"之计。一方面,他暂时安抚好珍妮,避免过早跟她决裂以致于堵死自己的后路。另一方面,他动之以情晓之以理地说服乔巧尽快南下,好让自己的情事打开新局面。

俊南放下哑铃结束健身,建议唐仁将频道转到香江台看电视剧。"有什么好看的?!"唐仁暂停发短信,讨厌他进来妨碍自己。他看见唐仁不断转台,不耐烦地质问唐仁:"你这样转台不是浪费时间吗?"唐仁满脸不耐烦,强调说自己想看别的节目,甚至非常不客气地叫他自己买电视机。他立刻回应称自己明天就去买电视机,还质问唐仁"你用不着这样对我吧",极力压制住自己的脾气以免彼此闹翻。

唐仁发现房中"火药味"渐浓,立刻沉默缓和气氛。俊南躺在他的床上,又尝试套问他的底细,于是询问他在休年假期间到过哪些地方旅游。他谎称在老家,竭力避开正题。

"不要骗我。"俊南忍不住要揭穿唐仁的谎言,"不仅仅在老家吧?"

"就在老家!"唐仁惊讶地看俊南一眼,心中盘算就算俊南知道他和珍妮之间的事,他也不能现在亲口承认。

俊南知道唐仁有意隐瞒自己的羞事,不再打破砂锅问到底,主动转换到购房的老话题上。当被问及城南新区还有什么好楼盘,唐仁认为"月儿湾"楼盘不错,住在那里上班方便。而他却声称"她上班不方便喔"。唐仁当即追问他的女友在哪里上班,岂料他回答"不告诉你",于是哄骗他说出来也无所谓。

"她暂时不想把她跟我的关系公开,这说明还存在变数。"俊南一不小心说漏嘴,让唐仁摸到他一点底细。唐仁诡秘一笑,提高嗓音叫他赶快把她"干掉"。

"要循序渐进嘛,先拖手,再搂肩……"俊南毫无底气地进行辩解,但他的话被唐仁瞄准机会打断。唐仁甚至质问他还没有搂腰吗,逼迫他只能以"先搂肩再搂腰嘛"来继续争辩,又追问他下一步会怎样做。

俊南挤出微笑掩盖其心虚,旋即又露出满脸愁容:"如果男女交一般朋友,彼此会比较客气,一旦变成情侣就会难相处。"

"那些小毛病、坏脾气就来,是吗?"唐仁想起自己与珍妮相处的点点滴滴。

"是的,我接触的女孩都是这样。"俊南愁眉紧锁,"为什么?"

"这是在考验你,你真是笨小孩!"唐仁趁机贬损俊南,以求得心理平衡,"通过九九八十一难的考验,女的看你是否全心全意爱她,是可以托付终身还是玩玩就算。等到考验结束,她就会主动来关心你。"

俊南恍然大悟,称赞还是唐仁有经验,并向唐仁询问是不是每个女的都这样。"差不多。"唐仁触摸到他的老底,故意再次打击他,"按理,你应该经历不少啦!"

俊南变得十分失意,他的心理防线终于彻底丧失:"以往的恋情大部分是开始不久就结束,有的甚至还没有真正开始呢。"

俊南完全败下阵来,让唐仁获得极大的满足感,自信爆棚。唐仁起身去阳

台晾衣服。他就紧随其后，又提出新话题，透露自己听说唐仁的老乡张鹏失恋。唐仁竟辩解称张鹏遭遇的不是失恋，而是分手。这一观点把他搞糊涂，迫使他追问："分手之后不就是失恋了吗？""为什么分手呢？""没感觉喽。"唐仁想起珍妮，心里也发虚。

俊南摇头感叹文化人就是麻烦，要求高，想法多。"既要入得厨房，又要出得厅堂，还要懂得行房。这样的女孩哪里找啊？！"唐仁显出一脸气愤的样子，他的心里正在自责。

"读书少的人要求简单一点，就如那些农村青年两下子搞定了事。"俊南一时还不知到底如何应付自己面前的情感困局，遂情不自禁地哼唱起香港知名歌星张国荣原唱的粤语流行歌《想你》——

呆坐半晚，咖啡早渗着冰冷。是否心已淡？是挂念你的冷淡。难合上眼，枕边早垫着冰冷。夜深不觉冷，但似躺在泥滩。长夜冷冷，晚风想冷漠驱散，但千种慨叹在脑内快速泛滥。垂下了眼，压抑想淌泪的眼，但沙吹进眼令我极甚为难。无助无望无奈曾立心想放弃，自制自我在每日怨天怨地。情话情意情路情尽都经过也是因你，留下我在昨日过活但如死。痴心像马戏，似小丑眼内希冀。为想得到你，愿竭力以心献技。想你但怨你，暗街灯也在想你，但却在暗示结局甚迷离。……

俊南一直苦苦等候那个他心爱的女子，与此同时，另一个心仪他的女子悄悄向他发起猛攻。一个进退两难的抉择，不经不觉地摆在他的面前。

淑澜业余在进修大专课程。她利用工作间隙，向俊南讨教学习的窍门。其实，这只是她向他发起真正进攻前的小铺垫。他背靠办公椅，慢条斯理地跟她闲聊。

"问你一个问题：你心目中的女友（老婆）是怎样的？"淑澜的短信提问非常直接，令俊南倍感为难。在他看来，答不好就会把自己推到两头不到岸的尴尬境地。他只能采取拖延策略，待想好答案再作回复。

"我一直在寻找答案，随缘吧！"俊南的短信送达淑澜之时，她刚回到她所在公司的总部办事。让她万万没想到的是，她的同事衡生竟主动透露自己曾在龙湾山娱乐文化广场见到她跟俊南在一起，甚至不断追问俊南是不是她的男友。她心里发虚，不知如何回答是好，唯有笑而不语。

淑澜的进攻终于暂停，让俊南得以喘一喘气。他的老家建房工程快速推进，他想赶回去监督进度。实际上，他的心里希望至亲之情能安抚自己孤独的心灵。

晚饭俊南一家四口围坐着吃。李英洪坐在主人位上，按逆时针方向依次是俊南、俊杰与王梅芳。大家吃饱喝足之后，一起看电视闲聊，还聊及俊南的堂妹安贤快要结婚。

安贤是李英德的大闺女，现年24岁，还有一个弟弟。她出身贫寒，异常能吃苦，一念完中专就出来打工帮补家计。几经跳槽之后，她留在龙湾轻纺城一家民营企业当会计，还念完函授大专课程。当她遇到一户好人家，她的父母便催她趁早出嫁。

考虑到结婚之前须购置一些家电作为嫁妆，安贤曾问过俊南认不认识卖家电的老板，想图个优惠价。于是，俊南特意带回那张家电连锁企业赠送的优惠卡，还叫李英洪帮忙把它送给住在隔壁的安贤。

李英洪绕过自家小屋后的巷子前往安贤家。安贤一家四口所住的房子也是两层砖瓦房，与俊南家的房子连在一起，呈现三墙两屋结构。这些房屋都是由俊南的祖母艰难攒钱建成的。身处其中，让俊南、俊杰等年轻一代被自卑情绪笼罩着。俊南多么希望尽快搬进新房，进而改变自家的穷酸形象。不仅如此，他更渴望有朝一日在城里购置房产，继而塑造自己的幸福爱巢。

俊南所在的祖屋通讯信号不强，影响珍妮与他的联系。独守两厅三房的新居令她感到自己挺孤单，更担忧唐仁移情别恋。她拨打俊南的手机，想求他帮她监视唐仁有没有整天发短信。但他的手机无法接通，使得她只能选择发短信，请求他在唐仁不在的情况下回复电话。她等候良久却未收到他的回复，便编发另一则短信，再次请求他帮她留意唐仁还有没有整天发短信。

俊南坐在家中那张靠墙的长板型红木椅上，闷声看电视。而李英洪不仅将俊南的优惠卡转交给安贤，还把她领到自家来，令俊南不再无聊。"家兄，多谢您啊！"她尾随李英洪，一进门就露出满脸笑容，主动向俊南道谢。

俊南眼前的安贤已是个长大成人的漂亮妹妹。她中等身材，留着短发，显得娇小玲珑。一身白色绸子睡衣，使她优美的体态曲线自然展现。

安贤坐到那张红木椅上，跟俊南一家寒暄几句，还聊及自己的婚恋情况。她的未婚夫何英勇身高1.7米，相貌英俊，现在龙湾排灌站工作。他的父亲跟别人合资经营纺织厂，家境较殷实。

在俊南的眼里，安贤恋爱成功，比较有经验。他希望她帮忙释疑，便当场将唐仁的"高见"复述一遍。"男女双方交普通朋友会比较客气，一旦成为情侣就

会难以相处，女方那些小毛病与坏脾气就会显露出来。"他还向她询问那样到底是不是在考验男方，却得到她模棱两可的答案。

在安贤看来，女方的心情并非一直都好。如果她心情差发脾气，一般朋友会拒绝接受，而男友就会接受。男友已经相当于女方的自己人，女方对着自己人讲话，当然会随便一点。听着安贤如此的解释，让俊南回想起晓雨跟他相处的尴尬情景，若有所悟地点点头。

安贤的文化层次跟她的未婚夫相当，而他的家境比她的强不少。这样的配对恰恰能佐证俊南的观点。俊南坚信男方的综合实力比女方的稍强，在这个男权社会中比较合理。这样可谓是现代版"竹门对竹门、木门对木门"（粤语俗语，寓意门当户对）。俊南跟安贤同声同气，颇为投契。他们俩的观点引起旁听者李英洪、王梅芳、俊杰连连点头认同。

"我的自身条件尚算可以，可以打80分。不过我的家境只能打50分，不及格！"俊南抬头环视凌乱破旧的小屋，十分失意，"我总体上缺乏竞争力，好容易成为'卖剩蔗'（粤语歇后语，寓意没人要）。如果你的未婚夫好似我这样，你的感受会怎样呢？"

"肯定有心理阴影啦！"安贤毫不掩饰自己的真实想法，令俊南一家有点难堪，却力撑俊南的常识判断。

俊南对安贤的看法进行深入剖析。在他看来，人家说谈恋爱讲感觉，其实这感觉也是受个人的生活方式和言行举止影响的。不是说"社会存在决定社会意识"吗？个人掌控社会资源的能力及数量，就影响个人的生活方式与言行举止。通常来说，后者会直接对别人的情感产生影响，而前者会间接影响别人的情感。这些观点得到安贤的默认。

"结合我的个人、家庭情况来分析，我揾哪个层次的女仔可行性比较大？"这是困扰俊南多时的大问题，他想听听安贤作为旁观者的看法。在她的分析中，他不应脱离自己的实际去择偶，而应找大专层次的女子为偶。如果找本科层次的女子为偶，他就会遇到较大的难题。除非那个女子的家境跟他的相近，或者那个女子看好他的将来。其实，择偶不能只看对方现成的条件，宜用发展的眼光看待对方。

"这间旧屋寒酸至极，所以我被迫强推烂尾屋改建工程上马！这项形象工程能令我一家安居乐业，尤其可以改写我的人生。"俊南扫视周围的家人，一脸无奈。李英洪、王梅芳、俊杰的双眼均闪烁着希望之光。他们已将俊南看作带领全家脱贫致富的大救星。

然而，俊南感到"压力山大"，皆因新屋落成之日正是他的账户空虚之时。"今后在市区贷款供房首期付款就要好几万元。我可能要拖到三十老几才能结婚。"他感觉与晓雨共筑爱巢的理想越来越渺茫，"正因为我的家境如此，家庭经营就更要讲究技巧。安贤啊，你今后亦要将家庭经营好。"

俊南的话音刚落，王梅芳就马上插话反驳他。"安贤的未婚夫家境这么好，何需好似我们这样呢？"她的观点却遭到俊杰的反驳。

"大错特错！家庭经济无论宽裕抑或拮据，都要讲究家庭经营！"俊杰不鸣则已，一鸣惊人，引来安贤、俊南的点头赞同。

"女仔经过'那一晚'就开始贬值，如果想长久得到老公的尊重，就要保值增值。"俊南情绪兴奋，手舞足蹈，建议安贤在结婚之后也要不断地自我增值。在她的自我增值计划中，她并不想在结婚之后做少奶奶，而是要继续进修本科课程。她的进取心令他竖起大拇指。他认为她的未婚夫家境殷实，她的自我增值想法可行性好大。

跟安贤一样，俊杰也想自我增值，多拿个证件好找工作。为了近期争取考过大学英语国家四级，他趁机向俊南、安贤请教英语学习技巧。

时近午夜，当安贤刚踏出俊南的家门口，俊南的手机才显示出珍妮发来的两则手机短信。他通过固定电话拨通她的手机，询问她是不是已经睡觉。她躺在自家的床上，回应说自己已经睡觉，说话的声音稍显沙哑。他特意解释自家的通讯信号弱，导致他无法接到她的电话，自然获得她的谅解。

随即，俊南主动向珍妮透露自己昨晚尝试套问唐仁的实情，岂料唐仁一直跟他绕圈。她拜托他帮她留意唐仁有没有发短信给那只"狐狸精"。他又爆料说自己昨晚发现唐仁拿出一部旧手机、一部新手机，不过无留意到唐仁发短信。这一重要信息引起她质疑唐仁使用不同的手机来应付她和那只"狐狸精"。

珍妮的电话一挂断，俊南就不由自主地长叹一声，自言自语地说女孩未婚失身好被动。"她真笨，一失足成千古恨！"王梅芳一直留意着他跟珍妮的通话内容，也为她的不幸遭遇叹息不已。

当一大早俊南一家一起视察新房建设进度，淑澜就在陶瓷展厅里无心工作，又向俊南发起新一轮猛攻。"我们公司总部有一位叫衡生的同事讲，他见到我和你在一起，不断追问我你系唔系我的男友。你讲我应该怎样回答好呢？"他看过

她发来的短信,一时不知所措,就跟王梅芳商量对策。

王梅芳深知俊南的尴尬,但一时亦无能为力。他不得不绞尽脑汁,寻思周全之策应对淑澜。"你可以跟他们说,暂时是普通朋友。"淑澜看到他的短信答复,犹如被泼一头冷水。但他在字里行间的玩味,让她依稀看到一丝希望。

夜深了,俊南独守宿舍,无心睡眠。而他朝思暮想的晓雨,却留在中海市区一间歌舞厅包厢里,陪伟锋唱卡拉OK乐而忘返。

等候晓雨的电话回复一等就是三天,俊南终于按捺不住,又拨打她的手机。电话接通后传来响亮的歌乐声。他满腹疑团,连忙质问:"你那里为何这么嘈杂?你在哪里?"

"我在滨海市。"晓雨好讨厌俊南一张嘴就问她在哪里,故意撒谎来气他。

"经济特区?"俊南感到意外,眉头一皱连忙追问,"到那里做什么?!"

"吃喝玩乐咯。"晓雨走到包厢角落,避免旁人听到她的话语。

"跟谁在一起啊?!"一个模糊的男人形象在俊南的脑海闪过。

"跟朋友。"晓雨快步走到包厢外面去。

"几时去嘎?"俊南的全身微微颤抖。

"今日下午。"晓雨不经意流露出微微的冷笑。

俊南感觉自己已经无能为力,不得不转移话题,询问自己跟晓雨合影的出游照片有没有冲洗出来。她回答说"冲洗出来啦",却并不想把那些照片交给他,以免他日留下不利的证据。他竭力控制自己的不满情绪,但忍不住质问她为何不打电话告诉他。她谎称那些照片在当日下午才冲洗出来,觉得他真是憨到极点。

"你主动打个电话给我嘛。"俊南改用平和语气,"我想约你明晚出来玩呢?"

"另拣日子吧。"晓雨只想逃脱俊南的纠缠,主动要求结束通话,走进包厢继续行乐。

电话挂掉后,手机从俊南的手中滑落到床上。"晓雨对我若即若离,而淑澜却对我发起猛攻,我应该如何应对呢?"他坐在床沿发呆,越想越困惑,忽然为唐仁的开门声所惊扰。

唐仁摆脱珍妮的纠缠,刚回到他的住处。他的心里仍在庆幸自己每次跟乔巧互通短信,都随即删除短信纪录,这样才助他逃过当晚珍妮的突击检查。

俊南起身走去请教唐仁,问及如果有两个女孩让唐仁挑选,他会怎么办。他不假思索地爽快回答当然挑好的。他的话音刚落，乔巧的短信又到。她说连日来费尽唇舌，初步说服她的家人，准备辞去工作南下跟他相会。他露出一脸满意的笑容，继续跟她聊天，完全把俊南晾在一边。

俊南转身回房，躺在床上琢磨唐仁的话语，又陷入无穷无尽的沉思。在他的梦乡里，那个百岁老翁再度出现，让他感到有点亲切。"你一生情路崎岖异常痛苦，沿途桃花无数但却难结正果，何苦太过执着呢？"那个百岁老翁谆谆告诫他，又令他惊醒过来，惶惶不可终日。

第二天有点特别，是俊南与晓雨相识刚满四个月的日子。从早到晚，他反复思考如何借机改善自己跟她的关系，她的容貌一直萦绕于他的脑际。让他始料不及的是，她的两部手机竟对他闭门谢客。她知道他当晚可能会骚扰她，就提早做好躲避的准备。"九点半睡觉为时尚早喔，她到底为何关掉手机呢？"他发愣许久，心中疑问一连串。

晓雨躲避俊南，他却躲避淑澜。在他的眼里，这种困局好像是月老特意跟他开玩笑。

俊南冷淡对待淑澜，令淑澜感到非常苦恼。她跟颖仪通电话的时长达一个小时。颖仪竭力开导她，直到答应把她的心声转达给俊南，才挂掉她的电话。紧接着，颖仪跟俊南的电话聊天开始，他站在自己的立场向颖仪详细交代自己的尴尬处境。"淑澜讲过她并不介意你目前的家境，反而睇好你的未来！"颖仪趁机向他转传淑澜的心声，还不忘贬损晓雨一番。在颖仪看来，"那个女仔"是娇生惯养的独生子女，以后很难孝顺俊南的父母。

"面对两个女仔，你到底中意哪一个？选择哪一个？"颖仪还建议俊南选择自己所追求的，追求自己所选择的。

"先解决这边的感情问题，我才能决定是否选择阿澜嘎。"俊南眉头深锁，胸口暗痛，"如果这边成事，我就拒绝阿澜。由于彼此交往尚浅，这样唔会为她带来大伤害。如果这边无望，我就选择阿澜。"

眼下，晓雨久拖未决，让俊南倍感进退两难。他不敢贸然向淑澜许诺，免得自己惹上大麻烦，然而又不想搞得自己两头不到岸。这样迫使他央求颖仪帮忙保密，再给他一点时间。颖仪无奈地摇头，力促他一搞定他跟晓雨的情事，就尽快给她电话。

俊南用自己新买的手机上网登录QQ，看看晓雨是否在线。让他感到失望的

是，他的好友栏显示秋荷在线，但晓雨并不在线。让他感到意外的是，秋荷主动向他发送笑脸图标，甚至趁机跟他聊及她的隐私。

原来，秋荷的男友当天跟他在岭南大学工作时的大学同学聚会。她跟随其男友一同参加聚会，刚从粤州回到中海。她及其男友是同届校友，均从华中大学中文系毕业。她的男友落户粤州，但她未能进入粤州媒体单位，只能进入中海媒体单位过渡。

秋荷早已察觉俊南对自己抱有好感，特意向他透露这些隐私，就是变相宣告他若想打她的主意连门都没有。为彻底打消他的非分之想，她格外关心他的人生大事。她的大学同窗蓝天青经过她的推波助澜，主动跟他隔空交往，但成效不明显。她又动员她的同事郑旭辉牵线搭桥为他介绍美女，岂料出师不利，唯有亲自上阵——

秋荷："前几天旭辉设宴邀来他的美女老乡，想将她介绍给你。你居然不来，太笨了！他的那个老乡很不错！"

俊南："我家里有事，下次吧。那个女孩怎么个靓法？"

秋荷："她很文雅贤淑！她的眼睛很大，身材也不错，很具母性！"

俊南："那一定要见识一下。"

秋荷："自然是要的！我是很刻薄的，难得有如此女孩在我的口中完美！"

秋荷的说法为俊南带来酸溜溜的感觉。他想为自己多找一条后路，便马上拨通旭辉的电话。旭辉听说他要择日宴请旭辉的美女老乡，自然爽快答应帮他邀约她。

眼前已留有两条后路，但俊南仍痴情守候晓雨，不时拨打她的两部手机。"邀约她出来玩我随口讲讲而已。"他躺在床上胡思乱想，又难以入眠，"她好可能信以为真，故意关机躲避我……"

在俊南的梦乡里，晓雨离他越来越远，另一个亭亭玉立的倩影逐渐逼近他。他仰望那个倩影，发现她就是淑澜。她对着他微笑，害得他慌忙逃避。面对这一幕，他猛然睁开双眼，方知刚才的遭遇只是一场梦。

旭日东升，两个黑眼圈悄然挂在俊南的脸上。为打消淑澜的疑虑，他想好借口后主动发短信给她。他的借口就是常回老家监督新屋建设，还参加报社足球赛，都令他倍感疲累。

与运动话题相比，俊南家的新屋建设情况备受淑澜的关注。他家的新屋第二层正在铺设钢筋，过几天将要铺水泥。在设计上，他家的新屋在崇中村里算是比较先进的。这个话题成为近期俊南向外展示自我的最大卖点，让他的心中增添不少自信。

在陶瓷展厅里，淑澜放下手上的工作，以最快的速度回复俊南的短信。她想为彼此的下一步交往埋下伏笔，便表示自己好想参观俊南家的新屋设计。然而，他的回复迟迟未到，导致她的心情忐忑不安。其实，他正在会议室里开会，直到此次长会结束才能回复说等他家的新屋建好，他就请她到他家参观。她竟天真地盼望着那一天的到来。

俊南躲到办公室里，一边以短信聊天方式应付淑澜，一边给晓雨打电话。她的电话被陆续拨打十来次，一直没人接听。连午休都遭受骚扰，让她觉得他非常烦人。她故意将自己的手机调为静音模式，耳不闻为静。

"为何又唔接听我的电话啊？"改发短信给晓雨成为俊南最后的手段，却仍不见效。他越想越生气，忍不住摧残自己的脸蛋来解恨。"啪——啪——啪——"他的右脸被重重地狠捆几下，声音响彻整个办公室。

俊南的失态让他的几位女同事感到莫名其妙，顿时办公室里变得鸦雀无声。他突然从办公椅起身，径直走出办公室，要到洗手间洗脸清醒清醒。他的脸上红一块紫一块，令大家皆以奇异的目光盯着他。

令俊南没想到的是，他一走出办公室门口就恰好碰见如风。如风走进电梯，他紧跟其后，喋喋不休地向如风诉苦。

"唉——"如风获知俊南惨遭折磨，不禁寒心，"现在的女仔为何变得如此难以捉摸呢？"他责备俊南不该说那么多让晓雨感到生活压力的话题。在他看来，俊南的恋爱经验还是不够，他最好多跟一些女孩交往积累多一些经验。

在如风的办公桌旁，俊南傻坐着，无言以对。"学你这样追女仔，肯定让好多人破产喽！"如风这一论断让俊南又一次忆起王梅芳的观点——俊南尚未跟晓雨确定关系，无必要下重本带她去旅游。

事到如今，俊南并不想在钱财问题上说三道四，只想继续努力一追到底。

相比俊南的贵琳之旅弄得焦头烂额，如风在事业与爱情上双丰收，如沐春风。他的女友蔡云是典型的粤州靓女，令他甚为神往。她在粤州市区一家大型外资企业工作，令他颇为自豪。贵琳之旅后，他们俩的关系急速升温。他们俩计划在粤州地铁站附近共筑"爱巢"，甚至首期购房款她愿出大头。令他更为自信的

是，他最近被提拔为专刊中心副主任，主抓《南国陶都》周刊的采编经营。

如风的春风得意、年少有为令俊南自叹不如。俊南不仅在工作上碌碌无为，更在爱情上颗粒无收。

等到下班时分，俊南又给晓雨发送一则充满疑问的短信。他谎称自己想看看彼此合影的照片而已，不知她为何不接听他的电话。他还疑问她不接听电话是因为她很忙，还是他的做法为她带来很大压力。

晓雨懒得理俊南，甚至对他的短信视而不见。她的芳心已明显偏向伟锋那边。俊南渐渐沦落为她在世界上最后一个可以托付终身的男人。

清晨气温骤降。俊南睡醒却赖床不起，身体蜷缩在被窝里，心中惦记晓雨。"为何我会对她如此痴情呢？"带着这个解不开的疑问，他情不自禁地给她发短信，提醒她多添衣服小心着凉。

"今日天气骤变，你有无多穿衫裤？你怕唔怕冻嘎？"这则新到的短信并非俊南心爱的晓雨发来的，而是俊南不爱的淑澜发来的。晓雨赶着出门去上班，根本无心搭理俊南的关爱。

其实，俊南太需要异性的关爱。淑澜的关爱令他感到久旱逢甘露，他干裂的心灵得到春雨般的滋润。他在办公室忙里偷闲，回应她的关爱，还主动关心她怕不怕冷。

淑澜的工服冬装她们公司还没分发出来。她在陶瓷展厅内所坐之处正对大门口。一旦玻璃门感应来客自动打开，寒风就朝她的嘴脸直扑过来，连她的手脚都冻得冰凉冰凉的。她趁机向俊南诉苦，而他却不知为何，对于这些情形感觉不爽。

俊南的感情顾问夏雨休完年假，从华中老家返回中海。俊南的情事他一直关心。他一回到岭南时报社就径直找俊南，俊南觉得在办公室不便交谈情事，就把他拉到附近的咖啡厅详谈。

夏雨的直觉就是"城里这个女的很可能一脚踏两船，甚至更多船"。夏雨还引用鱼篮养鱼之道，为俊南深入剖析他眼前的情局。在夏雨看来，俊南极可能成为鱼篮所养的一条鱼，如今就得看晓雨的选择。如果她选择俊南，俊南就会被继续养在鱼篮里。如果她放弃俊南，俊南将会被放生。

"放生？"俊南露出一脸迷惑表情，品一品咖啡奶茶。

"如果她不选择你，你再纠缠也是无补于事，还不如从此解脱。"夏雨也品过咖啡奶茶，苦口婆心地劝说俊南给自己多一个选择的机会，就等于给别的女孩一个机会。

夏雨的建言令俊南马上联想到淑澜。"陶都镇那个女孩追我追得好紧。"这句话从他的嘴里自然吐露出来。夏雨思虑片刻，建议他最好将重点放在淑澜的身上。他点头应和，心感一丝欣慰却又心有不甘。

"唉——"夏雨吸入一口气又长叹一口气，"想不到你的感情会搞得这么焦头烂额！美媚其实很不错，你和她很配。如果当初你们能顺利走在一起，该多好啊！"

"真是天意弄人啊！"俊南当即想起美媚，不禁摇头叹息，"最近我只顾着为自己的事情烦心。你有没有了解到她的最新状况？"

"啊？"夏雨显得异常惊讶，"你还不知道吗？"

"什么事？！"俊南不知美媚又发生什么大事，十分着急地盯着夏雨。

"我以为你在中海应该知道她的事，所以我在老家没有联系你。"夏雨特意加重语气说前两天她才辞职。

"啊！"俊南紧握咖啡杯，连忙追问为什么。

"俊南啊俊南，你真是的！"夏雨摇摇头，拍拍俊南的肩膀。

"对不起！"俊南低下头，暗骂自己糊涂。

"这也很难怪你。"夏雨恢复平和的语气，透露自己从小道消息了解到美媚被她的男友抛弃，那个男的移情别恋。

"啊——"俊南不知说些什么做些什么为好，厉声骂道："那个男的简直就是'公狗'。"此时此刻，他怒詹宇不负责任，也哀美媚不幸，更恨美媚不智。

东樵山之旅结束后，詹宇没有跟美媚见过面，甚至跟她没有任何联系。她割脉自杀的事他一直不问不理。他依旧认定她玩弄小把戏，竟伙同秋荷发短信谎称她为情割脉自杀。

在詹宇看来，没有上美媚的当显示出他的明智，矢志追求蔼思更证明他的英明。蔼思跟詹宇的爱情发展神速，也得助于她父母的开明、包容。她的父母听说詹宇是她的大学同学，还是省级大报的记者，都赞同她跟詹宇继续发展感情。

詹宇这个负心汉彻底粉碎美媚的真情。跟秋荷一样，美媚也是想以中海为跳板，等待时机落户粤州跟自己的意中人双宿双栖。事与愿违的是，美媚不得不着手整理行装，准备远离这片伤心地。

美媚的左手腕还用纱布包扎着，刀伤尚未痊愈。在她的眼里，刀伤所带来的

肉体之痛,远不及情伤所带来的心灵之痛。她期望俊南能主动救她于苦海之中,却再无勇气主动向俊南发出爱的呼唤。在阴差阳错之间,她满含怨与恨,在情路上跟俊南擦肩而过。

有关美媚的小道消息,对于俊南来说,无疑是个噩耗。不仅如此,第二天一大早,夏雨就为俊南带来更大的震撼。

"咚咚咚……"夏雨的宿舍房门响起敲门声,他穿着睡衣起床,询问来者是谁。"夏雨,我是俊南,有事找你。"他隔门听闻俊南的这段说话声,竟半开半掩自己的房门,跟俊南对话。

实际上,俊南一大早打扰夏雨只为借用牙膏,因为俊南和唐仁各自的牙膏都已用光。

突然,一位正在梳妆打扮的美女从夏雨的背后探出头来,令俊南眼前一亮。她长着姣好的瓜子脸,留着飘逸长发,身材高挑。在俊南的眼里,一身红色真丝连衣裙睡衣,令她显得玲珑浮凸,异常性感。

"如此美女到底是谁?"俊南皱着眉头满脸疑云,夏雨领会他的疑心,当即解释"这是我的老婆"以打消他的误会。夏雨的妻子是华中高校的讲师,跟夏雨来到中海度假,就下榻于夏雨的宿舍。

俊南暗地里感叹"好靓啊",十分忌妒夏雨"金屋藏娇",渴望自己也能拥有类似的美女。但晓雨若即若离,美媚已经远离,使他视野里的女孩只剩淑澜。如今,他倾向淑澜的欲念越发强烈。

淑澜在陶瓷展厅里忙碌着。俊南主动发短信跟她聊天,以自己早上睡在被窝里不愿起床为话题。她故意调侃说想不到他比她还懒,还主动扯到他的住处,声称难怪他会这样皆因他的住处靠近他的办公地。

当俊南提及他的宿舍离他的办公地四公里,淑澜就想为彼此的深交埋下伏笔,询问他是否欢迎她去参观他的宿舍。他爽快答应她,却又想起自己的陋室不禁汗颜,只好补充说自己要事先整理好自己的"狗窝"。在她看来,通常男人的房间都可以跟七国乱局相"媲美"。

俊南一边校对全市报刊发行工作会议文稿,一边忙里偷闲发短信回应淑澜。"我的'狗窝'打理得差强人意,当然无法跟女主人坐镇整理得井井有条的房间相比啦!"他的暗示让她感觉甜滋滋,她干起活来也特别来劲。

当天下午发行会结束后,俊南又赶赴凤城区参加全市新闻界乒乓球赛。直到夜色甚浓，他才走出赛场，坐车从凤城区返回澜湾区。淑澜发来短信跟他聊及自己当晚下班见到少许晚霞，有种想看日落的渴望。

"你喜欢浪漫吗？你是一个浪漫的人吗？"面对淑澜的这种浪漫问题，素来不善于取悦女孩的俊南一时感到十分棘手，思虑良久才回复称自己并非一个好浪漫的人但也喜欢浪漫。

随即，俊南还顺水推舟，建议淑澜跟他一起到龙湾山欣赏日落或夜景。他的建议自然得到淑澜的答应。从这一刹那开始，她热切盼望着自己跟他共享浪漫的一天快点到来。

淑澜的业余生活过得怎么样，开始引起俊南的密切关注。他聊及自己当天的比赛情况，还趁机探问她在晚上一般做些什么事。面对他的摸底，她坐在床上，一边缠棉被一边酝酿稳妥的说辞。"有时跟朋友、同事出街玩，有时在家里睇电视。"她回复的短信并没有"男友"等敏感字眼，让他一再审视后感到些许安落。

将近子夜，俊南正想上床休息，接到David从粤州打来的电话。David不仅向他打听在中海能否买到婧婧喜欢的那种外国名牌玩具，还顺便跟他聊起自己感兴趣的生意经。

David的父母辞去公职创办印刷机经营部已有十多年。随着生意日益壮大，他家不仅获得国内知名印刷机的岭南代理商资格，还整合家族资源在省内开办数家西饼店。他的父母年纪渐大，精力不济，不得不逐步让他接管档摊。作为"创二代"，他没等中专毕业就辍学，跟随他的父母从商数年摸熟一些门道。不过，他的家族生意面临如何做强做大的难题，而他的自身素质明显不足以化解这一难题。跟见多识广的俊南聊聊生意经，能让他从中受到启发。

俊南结合自己采访了解到的企业案例，为David出点子。"我觉得，你不能安于现状，商海弄潮不进则退！"在俊南的建议中，为降低经营风险，David应在搞好印刷机代理销售的基础上，及时发展跟这一主业相关的业务。这样旨在逐步生产出自有产品，打造自有产品品牌、企业品牌。

"有道理！"David饶有兴致地陈述自己的发展大计。他们准备将经营部从粤州市中心搬到粤州、中海交界区域。今后，他们的总部经营面积会比以前大很多，有利于主业发展。他们还在省内一些地级市发展二级代理，准备开办印刷厂。

生意经聊得差不多，俊南及时转换话题，询问David打算几时结婚。"暂时尚未有打算喔。"David的感情也实行"骑牛找马"的那种大众模式。过去两年

里,他一脚踏两船,无情淘汰那位个子较矮、长相一般、学历较低的女孩。而头戴"硕士帽"的婧婧则成为他的理想对象。

"尽快'拉埋天窗(结婚)'好一些!"俊南还分析认为婧婧是法学硕士,而且她家的社会关系网好广,对David的家族生意会大有帮助。

"嗯,讲讲你啦!"David担心睡在他旁边的婧婧听到俊南的话语,尽快打住俊南的话语。

在俊南看来,将贵琳之旅和盘托出,才能缓解他的心头恨。"我已经尽全力,结果……旅游返来之后,她一直逃避我,我亦无办法。"他感到自己就是没辙了。

"我早就叫你放弃啦,你偏要钻牛角尖!"

"事到如今,我唯有放弃啦!不过,为何我有种被欺骗的感觉?"

"啊?你跟陶都镇那个女仔发展得如何?"

"她追我追得好紧啊!"

"好事啊!她的家境如何?"David从俊南的口中了解到淑澜的微贱出身、贫寒家境后,变得有点犹豫,"这样啊……跟她发展一下再讲咯。"

婧婧轻掐David的手臂,让他意识到她已被冷落。他当即找来借口要求跟俊南结束通话,又投身到二人小天地里。

漫漫长夜,俊南寂寞难耐,东思晓雨西想淑澜。只有不断地意淫,他方能获得那么一丝慰藉。

周六淑澜如常骑摩托车前往陶都镇陶瓷博览城上班。沿途大兴土木推进工业化、城市化,到处坑洼不平。她一不小心就弄得车歪人倒,导致她的膝盖破损流血。她发短信将这些不幸遭遇告诉俊南。"我好倒霉啊!现在我的腿还在痛,血肉模糊,看见这样就觉得惨!"他被她的短信吵醒,看过这些内容,急忙致电安慰她。"今年属羊人时运比较差,要格外注意交通安全。"他的观点令她大为感动,点头称是。

晓雨的工作待遇比淑澜优越,晓雨在事业单位上班,周六日全休。她担心自己的午睡遭受骚扰,只好提前把自己的手机关掉。俊南多次拨打她的手机,饱受"闭门羹",只有通过短信形式质问:"难道你真想不理我吗?"

俊南返回岭南时报社加班,参与筹备订报大户酬谢晚宴,碰到同样加班的好友花姐。她仔细打量他的气色,猜到他又遇到失意事,就把他拉到自己的办公室。果然，当她聊及感情话题，他的悲观情绪显露无遗。

花姐出于一片好心，建议俊南跟她到附近的那位相士那里，看手相问感情。"不必，你一睇便知啦！"他伸出自己的手掌让她看，又摇头叹气。

"的确好差喔！"花姐看过俊南的掌纹，显得异常惊讶，"那位相士睇手相一次只收20元，睇得好准，解得好灵！"

俊南犹豫不决，内心告诫自己千万不能重蹈覆辙，以防别人抓住自己的把柄。但晓雨、美媚与淑澜的容貌先后在他的脑海闪现，使得他心乱如麻跃跃欲试。不过，花姐又开始忙得不可开交，只能答应改天带他去看手相。

岭南时报社订报大户酬谢晚宴设在中海大酒店，俊南忙于推杯换盏。珍妮从她的家里打来电话，向他探问唐仁最近的举动。"我发现唐仁最近几晚经常发短信，甚至将他的东西从你那里拿回宿舍！"他微带酒兴走出宴会厅，改说国语模拟自己跟唐仁的对话，"今朝我问唐仁'你跟珍妮分手了吗'，他说'差不多，珍妮打过电话给你吗'，我说'没有，我只是在猜'。"

"我就返去分手！"珍妮变得更加失意，两行热泪瞬间挂在她的脸上。俊南被报社领导拉进宴会厅陪饮酒，无暇理会她和唐仁即将上演的分手闹剧。

珍妮打通唐仁的电话，气冲冲地质问他有没有跟人家说过"你跟我差不多分手"。唐仁供认不讳，他的底气充足只因乔巧南下已是八九不离十的事。

"呜呜呜……"珍妮被逼得又哭又骂，"你真是没良心的混蛋！"

"嘟嘟嘟——"唐仁听着电话断线声，感到前所未有的快感。

在俊南酒后乱语的催化下，珍妮与唐仁的情侣关系提前走到完全决裂的地步。而俊南苦等到宴会厅曲终人散，就带着微醉离开酒店，骑车慢行到晓雨家的楼下借酒兴干傻事。

晓雨的房间位于三楼，正亮着灯。俊南将自己的摩托车停在路边，紧接着拨通她的手机，但电话依然没人接听。数分钟后，他又给她发短信说自己就在她的窗户对面马路边，希望她能下楼来见见面。

晓雨看过俊南的短信，不敢下楼露面刺激他，避免前功尽弃。"宁愿坐在宝马车里哭，也不愿坐在摩托车上笑！"她躲在窗户旁窥望楼下的俊南，心里嘀嘀咕咕，又躺到床上看书。

晓雨的窗外，路灯昏黄，树影婆娑。在车来人往的大马路旁，那个酒气未散的俊南苦苦守候，渴望奇迹的诞生。突然，"嘀"一声强烈刺激他的耳膜——他

的手机收到新短信。他即刻心生悸动且悲喜交加,下意识地抬头望晓雨的房间,迟疑不敢翻阅短信。在他看来,翻阅短信犹如听候法官判决,需要考验他的勇气。到底是吃鱼翅还是吃粉丝,很可能就要由这则短信一锤定音。

不过,老天爷真会跟俊南开玩笑。原来,秘书服务台发来短信通知他,颖仪在一个多小时前打不通他的手机。他不禁大失所望,随即回复颖仪的电话,询问她有什么事找他。

"明天我们村里过节!"颖仪的声音依然是那么尖,"你有冇空到我的屋企过节?"

"我暂时未能够确定明天得闲喔。"俊南不能预测今晚会出现什么样的结果。

"表哥,我正在跟别人通电话,等一阵再跟你聊。"颖仪挂掉俊南的电话,接着跟她的闺中密友淑澜通话谈心。令淑澜津津乐道的是,俊南对自己的热情近来急剧升温。颖仪正打算如果俊南确定有空到她家做客,就秘邀淑澜来跟他相会,促使他们的感情升华。

俊南并没听出颖仪的话外之音,只是一门心思地傻等晓雨。"晓雨,你好狠心啊!你好狠心啊!"在他自言自语的同时,他曾狠心拒绝张桓的那一幕仍旧历历在目,"难道前后两出感情悲剧属于因果报应?"

张桓与俊南的浪漫邂逅发生在三年前的那个国庆黄金周。当时已近午夜,龙湾山娱乐文化广场内好戏连台。身穿"淑女屋"短袖连衣裙的张桓,独自来到这里的小摊档吃夜宵。而俊南跟他的两位朋友也来这里凑热闹,还坐到张桓旁边的小摊档喝饮料闲聊。

忽然,张桓的倩影被锁定在俊南的视野里。她的身段高挑性感,皮肤白皙滑嫩,相貌靓丽无瑕。见此尤物,他心里痒痒的,蠢蠢欲动。

"哇!靓女喔!"俊南的朋友们心生默契,开始对张桓评头论足。在朋友的配合下,俊南甚至借故移步到她所在的桌子旁,跟她相对而坐。

张桓的长相俊南细看便知她是外省姑娘。因此,他改说国语主动跟她搭讪,特意询问:"你吃的麻辣汤很辣吗?""辣啊!你想食吗?"张桓竟操着一口流利的粤语应答他,完全出乎他的意料。

"我怕食!"俊南改说粤语,摇摇头,笑一笑,"几年前我在西北地区读大学,经常食麻辣汤,我的脸上并不会生暗疮喔。"

这个话题大大拉近张桓与俊南之间的心理距离。"哦？原来你到过北方读大学嘎。"她面露微笑，抬头细看俊南，感觉自己跟这位帅哥相见恨晚。

等到张桓吃完东西，俊南十分识相地递上纸巾。她欣然接受这种殷勤，对他倍添好感。眼看她即将起身离开，他及时为她递上自己的名片。而她扫视他的名片获知他的记者身份，放心地为他留下自己的手机号码，为这出感情悲剧画下首个浪漫的逗号。

俊南主动跟张桓交往数月，彼此的关系在浪漫时光中快速深化。当获知她感冒发烧独自去看病，他及时充当护花使者。这种关怀与呵护犹如春天的甘露，滋润着她孤寂无助的心灵。为了向他传送自己爱的呼唤，她特意在约会中为他献唱那首由香港知名歌星林忆莲原唱的国语流行歌《至少还有你》——

我怕来不及，我要抱着你。直到感觉你的皱纹有了岁月的痕迹，直到肯定你是真的，直到失去力气。为了你，我愿意。动也不能动，也要看着你。直到感觉你的发线有了白雪的痕迹，直到视线变得模糊，直到不能呼吸。让我们形影不离。如果全世界我也可以放弃，至少还有你值得我去珍惜，而你在这里就是生命的奇迹。也许全世界我也可以忘记，就是不愿意失去你的消息。你掌心的痣我总记得在哪里。

我怕来不及，我要抱着你。直到感觉你的发线有了白雪的痕迹，直到视线变得模糊，直到不能呼吸。让我们形影不离。如果全世界我也可以放弃，至少还有你值得我去珍惜，而你在这里就是生命的奇迹。也许全世界我也可以忘记，就是不愿意失去你的消息。你掌心的痣我总记得在哪里。

我们好不容易，我们身不由己。我怕时间太快，不够将你看仔细。我怕时间太慢，日夜担心失去你。恨不得一夜之间白头，永不分离。如果全世界我也可以放弃，至少还有你值得我去珍惜，而你在这里就是生命的奇迹。也许全世界我也可以忘记，就是不愿意失去你的消息。你掌心的痣我总记得在哪里，在哪里。……

后来，张桓甚至主动投怀送抱，岂料俊南竟淡然处之。在他的反常行为背后，是巨大的社会差距就像难以逾越的鸿沟，横在他与张桓之间。

在俊南的反常行为背后，巨大的社会差距就像难以逾越的鸿沟，横在他与张桓之间。

张桓比俊南小八岁，不仅拥有一流的相貌，还拥有优美的歌喉。而他的那

个"老巢"令人望而却步,根本无法与她这只"金丝雀"相衬。他刚出来工作不久,承担着白手兴家的重任。如果过早谈情说爱甚至成家立室,势必过多耗损他的"谷种",甚至会导致他的出头天遥遥无期。在他看来,这一矛盾无法缓解。

当时俊南的工作条件十分优越,每年创收超过十万元,而且每年上一个新台阶。而张桓的发展前景却不可跟他相提并论。她家境贫寒,没等高中毕业就辍学从中原南下,在龙湾歌舞厅推销啤酒营生。这与他心仪知性美女的择偶愿望相去甚远。更令他难以接受的是,身处社会底层的她不得不遭受外面的欺负与调戏,久而久之也让她养成急躁的脾气。

对于俊南来说,张桓虽然具有强烈的性吸引,但给他带来更大的精神压力。他不堪折腾,不时失魂落魄,甚至多次险些酿成车祸。

几乎让俊南丧命的那宗车祸就发生在张桓跟他闹情绪之后。那天,她邀来自己的闺密陪他在龙湾城区大排档吃晚饭。她的闺密并不靓丽且风尘味浓,令他感觉不爽。当他想到"物以类聚、人以群分"时,她在他心目中的淑女形象即刻打折。

俊南跟张桓二人共进晚餐后,还要深入龙湾乡村采访篮球赛。张桓希望他多花时间陪伴她,便要求陪同他去采访。但他因心情差而婉拒她,竟惹她生气。既定的出发时间一到,他顾不上安抚她,独自骑上自己的男装摩托车消失于她的视线中。

俊南的摩托车以40多公里的时速,在龙湾大道的慢车道行进着。他的脑海里浮现出她生气的样子,他的眼前渐变模糊,犹如一只失魂落魄的鱼游走在夜幕下。他的头盔上的透明塑胶处有一些划痕,而且龙湾大道沿途路灯昏黄,导致他的视距大大缩短。

突然,堆在前方的、大约一立方米的堆积物惊现在俊南的视野里,离他仅仅20多米远。他猛然回过神来,当即掌控车头驶向快车道,想避过这堆东西。然而,这堆东西就如拦路虎,瞬间挡住了他。原来,这是运输车洒落的陶瓷生产用泥。他的摩托车躲避不及,前轮碾过陶瓷泥堆,以三七开的形式将其劈开。这堆陶瓷泥黏性十足,将他的车底盘牢牢粘住,导致整辆摩托车横着向前移动。他遭受惯性作用,被腾空抛离摩托车。

就在这一刹那,俊南下意识要落地打滚。他全身蹦直,刻意转体。他的头盔后部在着地一刻传来"磕"一声,幸好头盔内有海绵裹头,使他的头部免遭致命伤害。他的身体一着地便不断地在地上打滚卸力,滚动几米远后便慢慢停止。他感觉全身没有痛楚，便迅速爬起身，防止路上有来车导致二次车祸。

此时此刻，龙湾大道上没有来车。俊南站直检查自己全身，发现只有右脚踝有点不舒服，便屈膝跷起脚跟轻轻绕圈扭动右脚踝。他的右脚踝并无大碍。他合掌置于胸前，弓腰向那堆陶瓷泥拜三拜，口中念叨"祖先保佑大步跨过"。

俊南的摩托车横躺于慢车道上，底盘粘着一大块陶瓷泥。摩托车的左后视镜在与地面强烈碰撞中已遭受严重损坏，而其他部件仍然完好。他扶起自己的摩托车，收拾残局，继而驱车慢驶前去目的地采访。

大难不死，当然让俊南无比庆幸。"生死考验与浪漫爱情并存，如何抉择呢？"他难以下定决心割舍自己对张桓的爱，唯有将决定权交给神汉。

在祖母潘琼的带领下，俊南首次到金滩镇地堂村那个神汉的家中"问神"。"童子，如果你同你所讲的那位女童子结婚，最终你们就会离婚。"那个神汉在所谓的"鬼魂附体"后所给的指引，成为俊南寻求感情解脱的灵丹妙药。俊南开始耐心等候自己跟张桓断交的时机。

断交的时机源于张桓的小脾气。她及其舍友都在上夜班，她的宠物狗无人照料。她打电话叫俊南去她的宿舍，帮忙照料她的宠物狗。俊南十分厌恶服侍狗只，便谎称自己加班很忙。她一时心急乱发脾气，竟挂断他的电话。他心安理得，趁机抛弃她。

过了半个月，张桓方发觉情况不妙，频频拨打俊南的手机。不过，每次他都狠心挂断她的电话，避免自己心太软导致前功尽弃。

张桓使用的手机通讯网络运营商跟俊南使用的并非同一家。当时这两种通讯网络尚未能互通手机短信。这种通讯局限性无情剥夺她发短信纠缠他的权利。

俊南不再受到张桓的滋扰，继续寻梦。而她为情所伤，自暴自弃。

俊南从自己与张桓的悲情回忆中回过神来，随即投身到自己跟晓雨的悲情现实中。前后两出情感悲剧中，他的角色恰好调转，促使他怒向苍天呐喊"造孽啊"。

晓雨的闺房忽然变得黑灯瞎火。俊南还以为她会下楼来搭理他，紧盯住她家所在的大院门口。其实，她平躺于床褥上等待入眠，懒得搭理他。

等啊等，等啊等，俊南所渴望的奇迹并没有出现。他又致电颖仪寻求安慰。"唉，表妹啊！"他哀伤的语气让她感觉不妥，立刻问他到底在搞什么鬼。

"正在犯傻！"

"啊!你跟那个女仔到底发展成怎样?"

"乱七八糟!"

"哦。"

"她拒绝接听我的电话也不回复我的短信。我正在她的屋企楼下等她,不过她无搭理我。"

"你几时会下定决心?"

"今晚会下定决心。这件事你一定要替我保密啊!"

"这件事我无泄露半点风声。不过,你唔能够一脚踏两船!"

"我的为人你通过这件事应该清楚啦!"

"知道啦。"颖仪碰到过类似的感情困局,心有余悸地跟俊南说"Byebye"。

突然,天降雨丝,越发悲凉。俊南远望晓雨漆黑的房间,情不自禁,吟唱起香港知名歌星谭咏麟原唱的粤语流行歌《雨丝情愁》——

滂沱大雨中像千针穿我心,何妨人尽湿,盼冲洗去烙印。前行夜更深,任街灯作状地怜悯。多少抑郁就像这天色昏暗欲沉。看四周都漆黑如死寂,窗中透光。一丝奢望,但愿你开窗发现时能明了我心。我却妄想风声能转达,敲敲你窗,可惜声浪被大雨遮掩你未闻。朦胧望见她在窗中的背影,如何能获得再一睹你默允?余情未放低在心中作祟自难禁,今天所失就是我毕生所要觅寻。我已经将欢欣和希望交给你心。灯光熄灭,就没法修补这裂痕,如长堤已崩。我这刻的空虚和孤寂只许强忍,不堪追问,为着你想得太入神。……

情歌煽情,令俊南的心情自然变得更悲伤。等到22时许,他连续拨打晓雨的手机,照样是电话没人接听。面对如此的胡搅蛮缠,她终于不胜其烦,干脆把自己的手机关掉。

天雨越下越大,俊南撑着雨伞,继续傻等。一刻钟过去,心理煎熬将他折腾得胸部隐隐作痛。他并不甘心,再次拨打晓雨的手机,而传来的声音却变成"您拨打的用户已关机"。

"晓雨在你的情路上只是昙花一现。""你一生情路崎岖异常痛苦,沿途桃花无数但却难结正果,何苦太过执着呢?"俊南不时梦见的那个百岁老翁跟他说过的话语又萦绕于他的脑际。

"我梦中的那个百岁老翁简直太神奇啦!他为何知道我这么多未来事呢?"俊南终于鼓起勇气,做出一个异常艰难的决定——选择放弃。

"万万没想到你会如此狠心、绝情、残酷地摧残我对你的一片真情！我的真心得不到你丝毫的珍惜，我唯有无奈地将我们相处时的快乐日子化为永久的思忆片段。祝你幸福！"俊南怀着悲恨交织的心情，编发这则短信给晓雨，毅然离开这片伤心地。

俊南的摩托车向城市深处飞奔而去。"隆——隆——隆——"晓雨听闻窗外传来的摩托车发动机响声，知道他终于要走，起床到窗边目送他的远去。她的手机重新启动，她快速扫视他发来的短信，十分不屑地讥讽俊南是"天真的傻瓜"。

强烈的愤怒情绪被压抑于俊南的体内，随时会转化为惊人的破坏力。他的手脚就快要失控，迫使他决意践踏自己的道德底线。后来，俊南驱车来到红灯发廊临时约会美女发型师"白玫瑰"，寻求身心抚慰。

"白玫瑰"应邀走出发廊坐上俊南的摩托车，指引他前往她在不远处的居所。穿过数条街巷，一栋8层高的单体楼矗立于他的眼前。目的地一到达，她就领着他爬上7楼，走进两厅三房的民宅。

面对这个酷似张桓的美女，俊南忍不住打开心窗，透露自己跟张桓及晓雨之间的苦恋情节。

"我的情感遭遇好惨啊！"俊南情不自禁地张开手臂，紧紧拥抱"白玫瑰"，"我喜欢人家，人家却不喜欢我。人家喜欢我，我却不喜欢人家。我觉得自己真的好烦！"

"来到这里还烦啥？""白玫瑰"走去打开CD（激光唱片）播放机。播放机传出的歌声俊南很熟悉，正是张桓擅长模仿的香港知名歌星林忆莲演绎的国语流行歌《至少还有你》——"我怕来不及，我要抱着你。直到感觉你的皱纹有了岁月的痕迹，直到肯定你是真的，直到失去力气。为了你，我愿意。……"

乐韵悠扬，灯光柔和，饿狼扑羊，翻龙倒凤。经过良久"切磋"，俊南心中的愤怒、压抑一点一点消解。他仔细打量"白玫瑰"，笑问："你化妆了吗？""是呀！"她紧搂他的身体，脸泛红晕。

"你真美！看起来一点瑕疵都没有。其实，以前我跟一个女孩谈过恋爱。她也很美，长得跟你有点像。"

"她是干啥的？"

"在歌舞厅推销啤酒。"

"为啥你不要她呀？"

"我和她之间的差距太大了。"

"是你跟她的差距，还是她跟你的差距？"

"是她跟我的差距。"

"白玫瑰"的心中萌发多个问号。"那个女孩也很美？长得跟我有点像？在歌舞厅推销啤酒？"她渐渐联想到自己的孪生妹妹，"难道他所说的那个女孩就是我妹？不要胡思乱想！天底下哪有这么巧的事呢？"

其实，"白玫瑰"的真实姓名是张华，跟俊南的昔日女友张桓是同卵双胞的孪生姐妹。这对姐妹花命运相似，皆为情所伤。张桓连做梦都不会想到的是，她的姐姐正在跟她的昔日男友零距离接触。

"刚才听你说，你叫李俊南，是不是？""白玫瑰"渐渐萌生将这位怨男占为己有的念头，不禁把俊南搂得更紧。他发现刚才自己说漏嘴，心里急骂自己是笨蛋，连忙对她的疑问予以否认。她对他纠缠不放，央求他不要否认，甚至故意提到"你叫李俊南或李南俊"来试探他。他努力解围，笑着叫她不要再试探他的姓名。

"我做你的女友好吗？"

"你看我多坏呀！"

"如果成为你的女友，我每天都跟你做我们爱做的事，不就管住你了吗？"

"我不想被管住！"

"来，答应我吧！"

"我很穷的！"

"我不在乎！"

"不行！不行！"

面对俊南的拒绝态度如此坚决，"白玫瑰"只好打消自己的意欲，转移话题并询问他在旅行期间有没有向那个女孩动手。他摇摇头，稍稍松一口气。

"为啥？"

"她不同意两人住一间房。"

"就算两人各住一间房，你可以到她的房间去陪她聊天看电视，看着看着就可以动手啦！"

"可是我怕拒绝。"

"你不试一试怎么知道她同不同意呢？如果她拒绝，就算罢！"

……

俊南离开这个温柔乡之时已是凌晨时分，天空依然飘洒着无情雨。他如卸重负，感到从未有过的洒脱，不过新的感情考验离他越来越近。

第七乐章 古稀老太穿越救夫

"铃铃铃……"颖仪一大早打来的电话成为俊南的morning call（早晨叫醒电话）。昨夜今晨的"激战"，损耗他大量的精力，他不得不睡懒觉恢复精气神。

"表哥，我系颖仪啊！你在睡觉吗？"颖仪的语速依然很快，她的嗓音还是那么高，令俊南感觉十分刺耳。

"系啊。"俊南睡眼蒙眬，声音低沉。

"你今晚到我的屋企做客吗？"

"到时见。"

"昨晚已经做好决定啦？"

"下定决心啦！"

"什么决心？"

"放弃纠缠市区那个女仔！"

"你选择阿澜吗？"

"哦——"俊南变得十分谨慎，采取拖延策略，"今晚见面再聊吧。"

"哦。"颖仪心中不悦，鉴于俊南的态度模糊，不得不取消邀请淑澜的计划。

通话结束后，俊南长吁一口气。"表妹啊，你就算逼我吊颈，亦要让我歇口气啊！"他如此自言自语，却打心里感激颖仪关心他的人生大事。

直到日落时分，俊南一家四口前往颖仪家做客。王梅芳乘坐俊南的女装摩托车，而李英洪、俊杰则乘坐王敬松的男装摩托车。半小时过后，俊南一行来到陶都镇紫罗村的颖仪家门口。

颖仪一家六口的住房是一栋三层高的楼房，经过十多年的风吹雨打，已显得有点陈旧。颖仪的母亲王梅兰在自家门口冲洗生菜，俊南的现身立刻吸引王梅兰的眼球。她马上朝屋里喊："颖仪，你的俊南表哥来啦。"

"好啊！"未见其人先闻其声，只见突然从屋里蹦出一个大姑娘，她就是

颖仪。在她的身上,该大的地方大,该小的地方小。一头浓黑短发、一张靓丽笑脸、一身白色工服令她显得十分可爱。

"俊南表哥,您来啦!"颖仪一见到俊南,满脸悦色。他一边停车一边答道"系啊",还从自己的车尾箱里拿出礼物送给她。

"有礼物收喔!"颖仪变得乐颠颠,一接过俊南送的礼物便拆开包装纸,急着看看这是什么礼物。原来,这是个电子台历,集温度计、收音机等功能于一体。

"当场拆礼物,无礼貌!"面对王梅兰的责备,颖仪微笑地反驳说自己跟俊南表哥这么熟,俊南表哥是不会介意的。他马上附和她谎称无所谓,露出满脸微笑,被她拉进屋里。

颖仪家里的装修和家具都显得陈旧,这跟俊南原有的好印象相差甚远。多年来,她的穷爸爸跟她的富爷爷、两个叔叔分家后,在她的富爷爷所开的木厂打工维持生计。而她母亲则在家编织竹器帮补家计。她读完中专,不得不到附近的陶瓷厂当文员,月挣1000多元减轻家庭负担。如今她的大妹子颖琳在华中读大专,她的小妹子颖春在陶都高中读高三,还有她的小弟弟颖聪在上初中。

颖仪家的厅堂占地面积不到30平方米,摆设着两桌宴席,显得有点挤。王梅芳的哥哥和嫂子、王敬松的妻子和两个女儿、王敬松的妹妹一家三口已提前围坐在靠外的一席。而靠内一席的大部分座位还空着,专门为俊南一家而设。

俊南向各位长辈逐一点头打招呼,然后在主位右侧的空位坐下。俊南的姨丈已提前在主位左侧落座。李英洪一屁股坐到主位上,其他人随意落座。

桌上的菜肴并不丰富,档次也不高。更甚的是,待客之饭竟掺杂着中午剩饭,不易下咽。这跟俊南心目中的请客宴席相差甚远。他胃口不好,只吃下几片青菜叶子,象征性地吃过晚饭。而其他人却有滋有味地吃呀喝呀。俊南的表妹、表弟好像刚从牢房放出来,表现出狼吞虎咽的食相。

颖仪并不在宴席中,而是躲在二楼的闺房玩弄那部电子台历,还试用其收音功能。"颖仪,在楼上搞什么鬼?!"王梅兰大声喊颖仪下楼吃饭,颖仪蹦跳下楼,朝俊南诉说他送的电子台历收音功能有点失灵。

"它主要用来显示日历,附带收音功能。"俊南略感心虚,不得不自圆其说,感叹如今的电子产品功能越多品质越差。颖仪无奈地耸耸肩,做出鬼脸,入席开始大吃大喝。

大家渐渐吃饱喝足，纷纷放下各自手中的碗筷，围坐在一起拉家常。王梅兰露出狡黠的笑容，开门见山地询问俊南的人生大事搞成如何。"这个——免谈！"他意识到其姨妈言下之意是指他跟淑澜的关系，立刻打住他的姨妈，免得自己当众露馅。屋内忽然为一片尴尬气氛所笼罩，俊南特意挤出笑脸，看过他的母亲王梅芳一眼。他的眼神暗示求助之意。而王梅芳也下意识地看看他，却沉默无语，一时对王梅兰的突袭束手无策。

　　然而，王梅兰的鲁莽行为竟引来她的女儿们声讨。"妈，你为何这么八卦！俊南表哥的隐私怎么能够当众谈论呢？"颖仪责备自己的母亲王梅兰，及时帮俊南解围。王梅兰也素有"大喇叭"之称，理直气壮地跟自家"二喇叭"颖仪唱起对台戏。在王梅兰看来，男大当婚，她们作为长辈好应该关心关心晚辈。这吸引颖仪的两个妹妹颖春、颖琳也加入这场舌辩，唧唧喳喳。

　　"妈，人家的隐私你就少理啦！"

　　"妈，你问得这样直接，让人家好尴尬嘎！"

　　……

　　"唉，大家睇睇，我的三个女尚未嫁人就已经这么向外！"王梅兰只好开个玩笑，为自己下台找个好台阶。屋里其他人听到她及其三个女儿之间的舌辩，不约而同地笑起来，为屋里增添几许快乐气氛。

　　颖春想采取迂回战术来摸俊南的底，便询问他想找什么样的女友。他不知如何回答是好，唯有回答"随缘喽"敷衍过去。颖琳接上颖春的话茬，表示找感情对象要讲缘分，有时自己未必能够做主。而颖春却认为恋爱要讲感觉。"从根本上讲，恋爱中的感觉跟现实密切相关。"他的话外音引起颖琳、颖春的默然体会。

　　颖春姐妹仨人的父亲叶黎明突然插话，声称"俊南输唔起"。"确实输唔起。否则，我何以过上今天的日子呢？"俊南望着自己的姨丈，充满傲气。

　　"俊南表哥的等级观念、攀比心理好强！"颖春无心说出的带刺话，使俊南万般无奈地点头承认，还解释这是因为他要适应周围的工作生活环境。

　　等到大家不再纠缠俊南，颖仪邀请他登上自家三楼的阳台，跟他单独谈心。他说起自己跟晓雨相处的尴尬情形，懊恼地自问："难道我真系这么差吗？"颖仪为安慰他，特意声称晓雨不识宝真走宝，甚至美言几句抬举他。"如果你唔系我的表哥，我可能会主动追求你呢！你讲你好唔好？"她趁他听得满心欢喜，就

探问他到底想如何对待阿澜。

俊南望着远方夜景，长叹一声。"先让我安静安静吧。我跟阿澜交往尚浅，对她了解甚少，贸然选择她就等于我对自己不负责任！"他由衷的心里话令颖仪点头声称有道理。

俊南又转换话题，问起颖仪的恋爱情况。其实，近半年来她也经受着一场苦恋。她喜欢的男子便是她所在企业的一名管理人员梁根生。而他却跟另一位女子藕断丝连，不敢轻易接受她的爱，让她陷入痛苦的三角恋中。

说着说着，颖仪已经泪流满脸，她平时天真活泼的样子荡然无存。"放心吧，好快就会有'白马王子'来迎娶你！"俊南极少遇到女子在他面前洒泪的状况，慌忙安慰颖仪，使她逐渐停止抽泣。

颖仪家的宾客开始陆续回家。王梅芳的喊叫声从颖仪家的楼下传入俊南的耳朵，促使他下楼启程返家。颖仪怕众人发现她的哭脸，并没有跟着俊南下楼，而是站在自家阳台向他挥手送别。

时近午夜，俊南与俊杰均无睡意，坐在自家厅堂谈论俊南跟晓雨的感情问题。"她躲避我，并无正面拒绝我，我唯有放弃！"俊南眉头深锁地宣告自己跟晓雨的悲情结局。俊杰哀叹一声，力劝他不要轻言放弃，而要竭力感动晓雨。

王梅芳洗完澡走进厅堂，恰好听到俊南兄弟俩的对话，突然插话发表高见。"那个女仔跟你讲她的爸爸到粤州接她，而且陪她去旅游，好可能又欺骗你喽！灶君上天——有果句讲果句（粤语歇后语，寓意有哪句说哪句）。你讲话太直接，肯定要吃亏！"她犀利的批评使俊南觉得自己受骗的可能性很大，点头揉眼诉说自己的心里整天好难受。她坚称晓雨并不值得他这样做，劝他不要太执着。

在俊南看来，晓雨既不搭理他又不直接拒绝他，好可能在另谋后路。王梅芳竟高调表态说"就算以后她回心转意，你都要坚决放弃她"，还建议他不妨去见见岭南时报社老总想介绍给他的那位女子。他质疑这样做是否妥当，担心如果那个女子并不好，自己就会落入好尴尬的境地。

"牛皮灯笼——点极唔明（粤语歇后语，寓意愚蠢迟钝，怎么指点也不明白）。你一直作践自己，何苦呢？你未跟那个女仔见面，如何了解她呢？先去见一见她再讲吧。"王梅芳的建议令俊南萌发出跃跃欲试的念头。然而，远水难救近火，空虚、孤寂的心理煎熬迫使他亟须临时的情感寄托。

俊南不时梦见那个百岁老翁又出现在他的梦境中，给予他新的指引。"胡总介绍给你的那个女仔你会去约见交往，不仅可以为你带来一时的情感寄托，更能够助推你获取阶段性的人生进步。"那个百岁老翁渐渐成为他的梦中常客，每次"神交"都会为他透露他的未来人生信息。

旭日东升之时，淑澜如愿收到俊南的约会邀请。不过，夕阳西斜之际，她的老板临时要求她晚上加班，令此次约会临时泡汤。他感到非常失望，旋即联系好友杨小虎小聚解闷。

杨小虎刚在中海体育学校踢足球，当晚并无娱乐安排，俊南的电话骚扰正合他意。双方约好共进晚餐，就马上驱动各自的摩托车前去老地方——愉心园餐馆会合。愉心园西北角比较安静，他们俩在这里的大树底下一张小桌旁坐下品茗谈心。情感话题无疑是他们俩的首选话题。

杨小虎最近失恋，便趁机请俊南为他介绍对象。"我交友面好窄，你又不是不知道。"俊南挤着一脸无奈的微笑，苦笑泥菩萨过海（粤语歇后语，寓意自身难保）。他还提及自己在中秋夜值班，刚好望见俊南开车带着晓雨从报社门前经过。俊南即刻回忆起中秋夜的情景，询问他如何评价晓雨的相貌。

"可以。"杨小虎的表情变得严肃起来，"我觉得老婆的长相过得去就行，无须长得太美！"

"哈哈哈……看来，你的择偶要求有所降低喔。"俊南被杨小虎的幽默逗得抱腹大笑，"美女择偶要求好高，我们高攀不起啊！"

"如今的女人只看重男人的钱财而不是男人的人品，只要谁有钱有车有楼就跟谁！"杨小虎的这句大白话让俊南感觉自己遇上知音，竖起大拇指称赞他敢讲真话。俊南还解释说那些跟他们层次相当的女子通常是眼睛向上望的，使得他们好难找到跟他们层次相当的恋爱对象。

"有些女孩轻视我出身于穷乡僻壤。不过，我毕竟是从重点高校毕业的，英雄不问出处嘛！愿意跟我的就来吧，不愿意跟我的就马上滚开！"杨小虎显得愤愤不平，"富二代"以及"官二代"成为美女们择偶的标准，更令他咬牙切齿。

"年轻的'富二代''官二代'会好有米，不过他们这些特殊群体在老百姓当中的占比毕竟好小。"俊南在现实社会面前已是压根没有一点脾气，只想"睇餸食饭（看菜吃饭）"，踏踏实实地改善自家生活。

俊南俩所要的菜肴陆续被呈上桌面。杨小虎饥肠辘辘，赶快胡吃海喝。而俊南心事重重，进食欲望很低，艰难动筷。

"说实话，我觉得我们的同事荔婷真不错啊！"杨小虎咀嚼饭菜，搁置筷子，拿起茶杯饮茶，"她生肖属羊，年纪不小啦，为什么还没有男友呢？"

"她属羊吗？！我一直以为她属猴呢！"俊南怒气攻心，心里话破口而出，"从表面看，这个女的尚且可以，其实心理好变态！"

"不能这样说吧？"杨小虎颇感意外，看着俊南激动的样子，故意试探虚实，"可能你不适合她呢？"

"我最好保持沉默，免得越说越错。"俊南紧握茶杯反复饮茶，极力压制自己的情绪，避免自己露馅。不过，杨小虎已料想到俊南与荔婷之间存在情感瓜葛。

俊南不停夹菜扒饭，深陷自责思绪中。"荔婷，你狠心害我啊！俊南啊俊南，天底下最大的傻瓜！你有资格责怪荔婷吗？"他一直搞错荔婷的生肖属相，甚至遭受鬼使神差，竟写出那封内容荒诞的情书给她，"难怪她收看那封情书之后，将我当作外星人看待啦！全因我遭受那些神棍的迷惑，导致自己在情感路上一错再错！"

"俊南，俊南！"杨小虎的呼唤促使俊南回过神来，询问他到底想说什么。他咳嗽一声，向俊南掏心窝，道出那个藏在自己心底良久的想法。"我——我感觉到你过往的言行不对劲，就被迷信的东西控制着。迷信害你非浅！"他的这番话强烈刺激俊南的脑神经，诱导俊南突然感到豁然开朗，思绪如泉涌。

"你是旁观者清，我是当局者迷啊！"他兴奋得两手不受自控，在各种手势的辅助下发表自己的高论——阴阳八卦、手相面相甚至拜神问鬼等诸多形式，成为很多人想预知命运与未来的手段。其中，有的手段历经数千年流传至今，并没有销声匿迹。在这些社会现象的背后，是不同时空的人们对自然界、人类社会发展规律的不懈探究。包括《周易》及其传承、衍生文化在内的众多探究成果，都属于人类社会文明范畴。当中既有精华又有糟粕，既有科学合理成分又有封建迷信成分。

"我们要本着批判与继承的态度，弃其糟粕取其精华，科学合理地利用那些传统文明成果。"这句插话并非出自杨小虎之口，而是从一位老太太的口中传来，令俊南俩感到十分意外。

俊南俩不约而同地循声望去，发现那位老太太就坐在离他们俩两三米的圆桌旁。她的头发花白，皱纹浅显，皮肤白皙。令人眼前一亮的是，她以华丽的广绣连衣裙、高档的白皮鞋装扮，知性丽人风韵犹存。俊南感觉自己跟她似曾相识，却一时认不出她到底是谁，于是以亲切地点头微笑回应她。她显得气定神闲，露出满脸笑容，向他竖起大拇指。

俊南受到他人的认可，变得非常自信，继续陈述自己的观点。"在众多探究成果中，无论精华还是糟粕，都可能会启发我们指引我们。一旦我们接受那些精华或糟粕，我们的抉择就会受到不同的影响。"他还发现要是一个抉择所产生的结果符合指引者所预料的情形，受指引者就会认为这种预料很准，进而强化对指引者的信任。反之，受指引者往往对指引者所预料的情形与实际结果之间的偏差轻描淡写，甚至忽略不理。

那位老太太一直认真聆听着俊南抒发的人生体会，他的手舞足蹈、侃侃而谈还引起周边更多食客的注意。"还有最糟的情况就是人们为指引者所控，主动或被动调整自己的抉择，那么实际结果十有八九是符合指引者所预料的情形。"杨小虎觉得他的这些论断言之有理，不禁频频点头。

而俊南的遭遇就是他所提到的那种最糟情况。"如果我继续被神汉的指引操纵，我的婚恋人生就会像计算机完成程序演绎结果那样，按照神汉所设定的模式发展下去。"俊南觉得，要活得自在活得精彩，就要发挥主观能动性积极探索未知世界。当中的关键便是通过可行的路径和科学的方式，去了解去遵循人类社会和自然界的发展规律，尽量摆脱迷信的束缚。否则，人生是可悲的，并无重要意义可言。

俊南拿起茶杯饮水解渴，正想继续高谈阔论，岂料那位老太太又主动插话。在她看来，他长期饱受神汉指引的干扰，想摆脱那些束缚并非易事。因此，他需要自身的省悟甚至外在的帮助。

"对啊！外在帮助包括掌握科学理论知识促使自身固有认知的改变，自身省悟可通过特别的经历、具体的人事来实现。"俊南突然停止说话，思索片刻，向杨小虎郑重表达自己彻底改造思想的决心。

俊南打算要通过多种方式彻底改造自己的思想体系，摆脱固有的落后的认知及理念，用科学的理论武装自己的思想体系。他更希望发挥主观能动性，塑造全新的人生。

"哈哈哈……"杨小虎忘情鼓掌，引起周边食客的关注，"说得好说得好！千万不要光说不练，要说得到做得到喔！"

俊南还向杨小虎描绘自己频频遇见的神奇梦境。"我多次梦见的那个百岁老翁每次都向我透露我未来情路的信息，指引我应该如何如何做为好。"他还依稀记得那个百岁老翁自称是70多年之后的李俊南，甚至透露李俊南未来会成为享誉世界的大文豪，拥有一个当选过香江小姐选美冠军的妻子。

"太神奇啦，简直让人难以置信！你是不是脑子进水，吹水不抹嘴（吹牛不用打草稿）啊？"杨小虎对俊南所说的神奇梦境半信半疑。正当他欲辩驳回应杨小虎之时，那位老太太径直走到他们俩的餐桌旁，盯着俊南询问他是不是李俊南。

面对如此突兀的提问，俊南心中立刻疑虑这位老太太为何关心他的身份。她甚至准确说出他的父母、弟弟姓名，渴望得到他的肯定答案。他感到异常惊讶，连忙发问她为何知道他一家四口的姓名。"老公！我终于揾到你啦！"她改说地道的粤语，喜出望外，满怀激动。

俊南、杨小虎当即目瞪口呆，均以为自己遇到一位疯婆娘。"婆婆，你的精神无问题吧？"俊南看着这位老太太，紧皱眉头，"我未到30岁，尚未结婚。而你起码有六七十岁，可以做我妈了。我怎么会成为你老公呢？"

"老公，我真系你的老婆张桂秀啊！"张老太甚至往俊南的身边落座，表现得十分亲热，让俊南与杨小虎显得异常尴尬。

习惯于以礼待人的俊南，并不想以恶言对待张老太的异常举动，而是耐心静观她下一步的言行。"老公啊！我系你未来的老婆，我来自未来世界，千真万确！请相信我吧！"她将说话的声音压到最低，生怕周围的食客听到她的话。然而，俊南却被她诡秘的话语吓得瞠目结舌，不知所措。紧接着，她就向他详细交代事情的来龙去脉。

原来，张桂秀老太年逾古稀，曾是香江小姐选美冠军。中年时的李俊南作为全球知名的大文豪、香江文学产业发展集团董事长，以其才华与财势深深打动年轻的张桂秀。她甘愿委身嫁给比自己年长30岁的李俊南，成为他的再婚妻子。

李俊南老翁虽非"富二代"，却成"富二代的爹"。他和张桂秀老太的亲生女已到中年，他们还有20岁的外孙。而李俊南老翁还与他的前妻生有一子，这个儿子李重文年过花甲，已有儿孙。他们一大家子同处香江，过着四代同堂的幸福生活。

在李俊南年满百岁之时，他一家四代从香江返乡，在中海大酒店举行家族聚会。他们还走进中海祖庙灵应祠，参加三月三北帝诞庙会。

当时，灵应祠上空黑云压顶，祠内渐变昏暗。李俊南老翁面对北帝大铜像，站在拜石旁。而他的老妻、儿孙们就陪伴在他的左右，准备相继参拜北帝坐宫许愿祈福。祠内变得更加昏暗，几乎伸手不见五指。他合上双掌放到胸前，双膝跪向拜石，却不幸被游客碰撞而倒地昏迷。

李俊南老翁的儿孙们立刻将他送往最近的医院救治。但他的头部撞到拜石，遭受重创，导致他深度昏迷。一周后，他被护送到香江，接受更优质的医治服务。张桂秀老太每天都守在他的病床旁，哼唱他喜欢的情歌，复述他的生活往事。他的子孙们也轮流守护他，等待他的苏醒。

李俊南老翁的脑电波异常活跃，可是他的苏醒遥遥无期。就连神州大地的知名脑科学专家都束手无策，建议张桂秀老太另请高明。听说美丽国哥伦比亚脑科学研究所有位世界顶尖的脑科学研究专家，她救夫心切，决定亲自飞赴美丽国向那位高人求助。

在李重文陪同下，张桂秀老太马上从香江启程飞赴美丽国首都。她连做梦都不会想到的是，她所乘坐的那架大飞机竟遭遇劫持。这些人间孽障甚至驾驶这架大飞机撞向美丽国首都的地标帝国大厦。

就在飞机与帝国大厦相撞之际，坐在机舱中部的张桂秀老太被抛出机舱。万幸的是，她在高空恰遇"时空虫洞"（即是宇宙中可能存在的连接两个不同时空的狭窄隧道。时空虫洞的概念最早于1916年由奥地利物理学家路德维希·弗莱姆提出，并于20世纪30年代由犹太裔物理学家阿尔伯特·爱因斯坦及以色列裔物理学家纳森·罗森加以完善），瞬间回到中海祖庙灵应祠内的北帝坐宫右侧。这个时空虫洞让她穿越到自己出生前的公元2004年。

一个月以来，张桂秀老太在一个完全陌生的时空里游荡，还鬼使神差般地来到中海祖庙附近的愉心园消解郁闷。年轻俊南的一举一动令她感到特别亲切，而且他所描述的神奇梦境更让她确信李俊南老翁的灵魂已穿越时空，并以年轻俊南为寄主。

说着说着，张桂秀老太感慨万分，还吟诵起宋代文学家陆游送给前妻唐婉的那首爱情词作《钗头凤·红酥手》："红酥手，黄藤酒，满城春色宫墙柳。东风恶，欢情薄。一怀愁绪，几年离索。错、错、错。春如旧，人空瘦，泪痕红浥鲛绡透。桃花落，闲池阁。山盟虽在，锦书难托。莫、莫、莫！""世情薄，人情

恶，雨送黄昏花易落。晓风干，泪痕残，欲笺心事，独语斜阑。难，难，难！人成各，今非昨，病魂常似秋千索。角声寒，夜阑珊，怕人寻问，咽泪装欢。瞒，瞒，瞒！"随后，张桂秀老太又吟诵起唐婉的和词《钗头凤·世情薄》，借用陆游与唐婉的千古绝唱来表达她对李俊南老翁的眷恋和思念之情。

听着张桂秀老太讲述的荒诞离奇经历和看法，令俊南不禁冷笑一声。在他的判断中，她肯定看科幻电影看得太入迷，她编述的故事简直可以用来拍戏。

"老公啊，求你相信我！"张桂秀老太用力抓住俊南的小臂，急得酷似热锅上的蚂蚁。

"荒唐至极，难以置信！老板，埋单！"俊南紧张得连忙甩开张桂秀老太的手。杨小虎也摇摇头，向他表示自己也不信张桂秀老太所说的话。

张老太急得声泪俱下，在俊南眼里，她很可能是精神病发作。他害怕惹事，起身准备离开。"老公，唔好离开我啊！你醒醒啦！跟我一齐重返未来吧！"她用力拉住他的胳膊乞求他。

"婆婆，你的神智有问题吗？！"俊南开始有点不耐烦，从张桂秀老太的纠缠中用力挣脱出来。

"我的神智有问题！我好正常！你一定要相信我！"张桂秀老太斩钉截铁地辩解，让俊南一脸愕然。

"婆婆，我有事在身，赶着要走！"俊南无计可施，就从自己的钱包掏出100元钱塞往张桂秀老太的手里。

"哼！你以为我贪图你的钱？"张桂秀老太甩开俊南的钱，显得异常生气，"我来救你嘎！"

"好啦好啦！你慢慢救你自己吧！"俊南终于按捺不住，将纸币扔在张桂秀老太面前的桌上，转身快步离开愉心园。她呆望俊南的背影，哭成泪人，茫然无措。

杨小虎跟俊南一起走出愉心园，被问及如何看待刚才发生的事情。"你想跟她一起回精神病院吗？"杨小虎看见俊南连连摇头，不怀好意地说道："我还以为你会跟她回去过老妻少夫般的生活呢？"

"哈哈，你小子真会开玩笑！"俊南也认同杨小虎的判断，并没有将此事放在心上，而是沿着自己人生轨道继续开创新生活。

俊南终于从迷信中开始省悟，他的省悟固然来之不易，他省悟后的思想改造更为不易。在未来思想改造之路上，他将面临什么样的艰难困苦、什么样的情感煎熬呢？他并不想预知未来，而是想好好体验未知生活。

跟俊南一样，杨小虎也感到未来生活充满未知数。此时此刻，除了俊南这位好友外，中海这座城市已没有什么人什么物值得他留恋。因为跟他交往半年的女友嫌弃他身高上的"三级残废"，跟他一拍两散。祸不单行的是，他身为记者违反岭南时报社规定，染指企业广告业务赚取高额提成。此事最近败露，他被岭南时报社公开批评处分。他主动跟俊南谈及自己近来遭受连番打击，心底压抑，感触颇深。"哎——报社对我的公开批评处分是对的，促使我近期自我反省。我一时难敌金钱诱惑，自毁美好前程！"他去意已决，打算辞职到粤州另谋出路。

俊南十分不舍地为杨小虎送行后，一回到自己所住的单身宿舍楼，就径直去找夏雨商量自己的人生大事。夏雨已把自己的爱妻送上那列开往他老家的火车，刚从粤州火车站回到宿舍。他的爱妻临走前再三叮嘱他筹备买房，尽早接她去中海生活。

夏雨目前所住的宿舍房间只有十几平方米。这里的布置十分简洁，除木架床、书桌、布造衣柜、行李箱外，别无什么贵重东西。俊南走进他的房间，坐在小凳子上，向坐在床沿的他倾诉自己的心思。

王梅芳对俊南恋爱问题的猜测和建议经过他的转述，也获得夏雨的赞同。"用什么借口跟胡总重提相亲一事呢？"俊南紧皱眉头，期待夏雨指点迷津。

"嗯……"夏雨迟疑片刻，灵机一动，"你就说因为双方性格不合，女方提出分手了。"

淑澜并不知晓俊南的打算，而是为推掉那个难得的约会而忧心忡忡。直到次日俊南的短信到来，她的心头大石才掉下来。他提及自己到颖仪家做客，送给她一份礼物，让她开心得不得了。"当然啦！你一次满足她这么多的愿望，她一定会乐开怀！"淑澜面对如此轻松的话题，乐得像个笑口枣。

"她冇冇叫你送份礼物给她？"

"她冇叫我送礼物给她喔。我成日为她开通心声热线，她应该送礼物给我。"

"哇！什么心声热线啊？具体谈论什么内容？"

"女仔长大后就肯定会讲男仔，讲感情啦！"

"哈哈哈！你这条心声热线能否也向我开通啊？"

"非常乐意！"

"几时系热线开通时间?"

"全天候服务,节假日不休息。"

"哇,服务周到!难怪热线这么热。"

这次交谈实际上是俊南一脚踏两船的前戏。这边厢,他再次邀约淑澜见面,令她满心欢喜。那边厢,他跟胡总重提相亲一事,期盼有所斩获。

正午的岭南时报社食堂如常嘈杂,胡总正在饮和食德。俊南吃完午饭,走到他的身旁轻声询问他在饭后得不得闲,还说自己想跟他聊几句。他愣一愣,才表示自己得闲。俊南便欣然跟他约定自己先到总编辑办公室外面等候他。

一刻钟后,胡总的身影又进入俊南的视野,他马上从黑皮沙发上起身笑迎胡总。胡总一边打开总编辑办公室的房门,一边笑问:"俊南哥有何高见啊?"他担心隔墙有耳,没有立即回答胡总的问题。等到双方都进入总编辑办公室,他随手关门,还询问胡总为何这么迟才吃午饭来跟胡总套近乎。"一时忘记食饭时间喽。"胡总坐到自己的办公椅上,并伸手请他落座。

"上次您想为我介绍恋爱对象,如今重提这件事好吗?"俊南将目光落在办公桌上,特意放慢语速,"跟我交往的那位朋友觉得我跟她性格不合,提出分手。"

"由你提出,抑或由她提出?!"胡总对俊南的表述产生歧义,就在马上发问核实情况。

"她主动提出。"俊南竭力装出非常自然的表情,"无论在事业上还是在感情上,我都十分专一,并无朝三暮四。胡总,现在介绍那个女仔给我认识方便吗?"

"好的。不过,事隔两个月,我要先问问对方。"胡总笑一笑,还承诺两日内会给俊南一个答复。

"多谢胡总帮助!"俊南走出总编辑办公室,步履轻快,如卸重负。

当俊南回到办公室午睡,胡总打来电话询问他今年几岁。"刚过28岁。"他的话音刚落,胡总二话没说,便挂掉这边的电话继而回复那边的电话。

令俊南欣喜的是,他开辟的两条战线同时推进,初见成效。

红日西沉,俊南前往龙湾镇与淑澜约会。他们俩在老地方——登山大道牌坊处会合后,结伴来到龙湾河畔的花雨西餐厅门外。在停放摩托车的期间,她听到他问候她的伤口康复得如何,就趁机撒娇说:"仍然有点痛啊。"

"你有冇用双氧水为伤口消毒？"俊南发现淑澜一脸憔悴，却不敢正视她的双眸。

"冇啊！"淑澜情不自禁，往俊南靠近一小步。

"先消毒再用药，伤口容易痊愈。"俊南动身步入西餐厅，淑澜紧随其后，答应在当晚睡觉前为自己的伤口消一消毒。

"无须包住伤口。否则，细菌容易滋生，令伤口发脓。"俊南放慢脚步，特意提醒淑澜。她点点头，心花暗放，默然赞叹他真细心。

西餐厅里灯光昏黄，人客稀少。这是谈情说爱的好地方，令俊南、淑澜很快融入浪漫氛围中。他不想跟她发展得过快，一直逃避她含情脉脉的目光。进餐期间，他们俩以颖仪及其心上人梁根生的恋情为话题闲聊开来。

根生跟俊南年龄相仿，同样是龙湾人。若论相貌、身高与学历，根生比俊南略为逊色。然而，就家世而言，根生比俊南好很多。根生一家住在龙湾镇城区的城中村，所在村庄的大部分土地已被征用。他家每年都从农村集体经济股份合作社获得分红，人均近万元。他的父母还经营杂货店，创收颇丰。

根生大专毕业后，进入颖仪所在的陶瓷厂从事展厅营销管理，月入数千元。他的大学女友跟他藕断丝连，他不敢轻易接受颖仪的爱，让彼此陷入三角恋中。

在俊南跟淑澜约会的同时，根生驾驶自家的"马自达"汽车，带颖仪来到中海市区享受美味西餐。其实，颖仪跟根生的恋情能迎来突破，只因他经受不住她的处心积虑与软磨硬泡。当颖仪俩的恋情成为淑澜跟俊南的饭后谈资，淑澜跟俊南之间的苦恋恰成为颖仪俩的约会话题，令根生的心情变得十分沉重。

等淑澜聊完颖仪的恋情话题，俊南主动提议带她上龙湾山欣赏夜景。在她的理解中，他的话外之音就表明她的苦恋快到尽头。她身穿白色短袖上衣、蓝色长裤，穿着这套单薄工服骑摩托车上山容易着凉。因而他便提议她将她的摩托车停放在山下，改坐他的摩托车上山，让他为她挡风。面对他的体贴，她恨不得马上投怀送抱。

俊南一行沿着双向两车道的山路驱车上山，不久就来到半山腰的一个非正式观景台。这里位于上山公路拐弯处，路边建有几个用来导向、防护的半米高水泥墩。坐在水泥墩上，可不受树木遮挡，将山下夜景尽收眼底。两对情侣早已坐在水泥墩上俯瞰美丽夜景，甚至旁若无人地搂搂抱抱，卿卿我我。与此形成强烈反差的是，俊南与淑澜坐在不同的水泥墩上，各自远眺观景。

迷城恋歌

　　清凉山风拂面，花草气息扑鼻，熠熠星光夺目。龙湾山下，万家灯火高低错落，彰示着多少人生的跌宕起伏；灯光大道纵横交错，变成一条条亮丽彩带，在夜幕里编织着无数的梦想。这真是一幅多么迷人的盛世宏图！它一直延伸至远方，与繁星流动的夜空合而为一。

　　面前有美景做伴，身旁有美女相随，试问谁能不为所动呢？俊南心事重重，无心体会这种浪漫，毫不兴奋。而淑澜却期盼自己跟他的关系会出现突破性进展，更渴望他能主动搂她吻她。不过，他一心只想敷衍她，重复着那些连他都觉得老掉牙的话题。不仅她讲话的土音，还有她的举止仪态，都向他传递着浓重的乡土气息。他不喜欢这种气息离自己太近，感到很不舒服。

　　淑澜假装醉心于夜色中，实际上也是心事重重。她跟俊南之间的微妙关系她恨不得当场挑明，可是她羞于启齿，多次欲言又止。他不愿意自己跟她的关系发展得太快，设法主导话题设置，一直跟她保持着让他觉得足够安全的距离。这种不冷不热的表现，让她渐渐感悟到不对劲。

　　本来浪漫醉人却演变成现实弄人的山上赏景时光一点一点流逝。一个小时终于过去，俊南实在硬撑不下去，不得不主动提出下山归家。淑澜心里有点不愿意，但看到他站起来准备动身的架势，只好起身跟随他下山。山风变得更加冰凉，令人感觉高处不胜寒。他从车尾箱里拿出运动服，适时为她添衣，使她倍感温暖。

　　在淑澜俩各自归家之时，颖仪洋溢着幸福神情，跟根生有说有笑地走出大商场。她的手中提着一袋新衣服，这是他刚买来送给她的礼物。他开动汽车送她回家，车内谈笑风生，异常浪漫。

　　颖仪回到自家门口后，目送根生的汽车离开，还立马致电向淑澜报喜。而淑澜却只能向她报忧，跟她聊完还把自己的手机搁在闺房大床上，进入澡房宽衣洗澡。

　　俊南回到自己的单身宿舍，赶快打电话问候淑澜是否平安到家，但她的手机没人接听。他感到有点意外，却马上恢复原有的平静心态。她洗过澡返回闺房，发现俊南刚才的来电，立刻回复电话向他报平安。那种既爱又恨的复杂心情再度折磨她。她用双氧水为自己的皮外伤口消毒护理，同时满脑子都是俊南的影子，不知如何为自己的情伤对症下药。

　　俊南洗完澡，身穿裤衩背心，来到唐仁的房间闲聚。他仅穿裤衩，躺在床上

218

看书打发时间。俊南想起两天前自己跟珍妮说过的酒后真言,便探问他跟珍妮是否已经分手。"分手了。"他显得异常平静,让自己的目光依然停留在书上。

"什么原因?"

"彼此之间出现一些无法解决的矛盾,彼此的沟通出现问题。我已经对她没有感觉,喜欢上别人喽。"

"这让我好害怕哟!"

"有什么好害怕?"

"市区那个女孩最近总是躲避我,就让我好害怕!"

"这主要是因为她对你没感觉。她很狡猾,你玩不过她!爱了就爱了,不要计算代价。做了就做了,不要考虑后悔。你还是答应陶都那个女孩好啦!"

"人家说过'跟你爱的人恋爱,跟爱你的人结婚'。不过,人跟动物相处的时间长了也会产生感情,更何况人跟人相处呢?"

"这种感情不是爱情,可理解为恩情、友情之类!"唐仁自信满满地陈述自己的看法,岂料遭受珍妮的来电干扰。

珍妮一时之气渐消。她发现唐仁毫无动静,只好主动打电话找他,希望跟他言归于好。然而,他对电话铃声充耳不闻,拒绝接听她的电话。因为他已下定决心跟她分手,开始为乔巧的南下积极张罗。

唐仁的三角恋俊南无权干涉,也无心深究。俊南一心只想如何执行好双线并进的阶段性策略,对淑澜那边暂时稳住,而在胡总这边也迎来新进展。

第二天下午,俊南在办公室坐班,如愿接到胡总打来的电话。原来,中海市城乡统筹发展局的林局长过一阵子要到胡总的办公室,其实是想见一见俊南真人。为避免尴尬,胡总提前叮嘱俊南再接到他的电话,就到他的办公室假装去拿东西。

俊南遵照胡总的指示,前往胡总的办公室接受"检阅"。胡总的办公室大门敞开着,俊南敲门主动向他问好。他一看见俊南进来,就立刻从自己的办公椅起身。与他相对而坐的是一位男士。他伸张右手指向这位男士,一脸和蔼地向俊南介绍说:"这位系林局长。"

林局长转过脸来看俊南,俊南微躬上身跟林局长握手,还向林局长问好。林局长站直身子,正面打量他。他身穿白色短袖衬衣、深蓝色西裤,脚踏亮锃锃的黑皮鞋。这让林局长觉得这位年轻人长得很帅,穿着稳妥,精气神颇足。他也扫

视官相十足的林局长,只见林局长心宽体胖五官端正,印堂有肉带光泽。

"俊南,你有什么事?"胡总如此一问,让俊南愣一愣,脑海突然一片空白。他慌忙找说辞,急中生智谎称"有事汇报"。

"我可能妨碍你们喽。"林局长站起来,假装要坐到一边去。胡总看到林局长的即场表现,连忙向俊南声称自己有事要跟林局长谈,建议俊南过一阵子再来汇报。

俊南会意地离开胡总办公室,鉴于林局长的长相尚且不错,估计林小姐会长得比较上镜。

20分钟过后,俊南又接到胡总的电话回复。原来,林局长对俊南比较满意,不过还要让他的妻女也来看看俊南。胡总已跟林局长初步约好明天18时在中海大酒店见面。俊南心中窃喜,连声称好,还急着向胡总了解有多少人赴约。"林局长一家、我和我的太太。到时我会提早去。"胡总还简要回答俊南关于林小姐身高、年龄、学历的问题。俊南做到心中有数,爽快回答:"我准时到。"

电话挂掉不久,胡总因接到公务而不能赴约,便致电跟林局长另定时间。他们商定在周日8时30分到中海大酒店食街会面。胡总又致电将最新安排告知俊南,指示他就算有事也要推掉,还要注意打扮得体。

俊南随即思考如何包装自我,就在当天傍晚花血本采购了两袋新衣物。"你在干什么?"淑澜似乎有不祥的预感,刚洗完餐具尚未脱下围裙,就急着发短信给他。他刚回到单身宿舍,先放好那些新衣服,再以"刚买运动鞋休闲裤"回复她。

淑澜心不在焉地复习业余进修课程,毅然将书本搁在一边,拿起手机发短信向俊南袒露心声。"其实,那晚和你一起吃饭,我想跟你谈好多事情,譬如一些比较感性的话题。但是,我们共处的时间太少,聊天的地点也是一般合适。而且你的主导能力太强,令我没机会插入话题。"她所说的这种结果本来就是他渴望促成的,让他由此确定自己的目的已经达成。他坐在床沿偷着乐。

"我不中意拖泥带水,从发出第一则信息给你那时开始,就想做你的女友。这样讲好不矜持,但这是我的真心话。我必须向你讲清楚的一点就是,我并非白璧无瑕的少女,你明白吗?如果你真的能接受这一点,我们再发展下去吧!这一点不管你能否接受,请你不要向别人透露。我并非一个随便的女人,如果你跟我发展下去,你会发现我的好。"淑澜犹犹豫豫地发出这则短信,开始等候俊南的回复,如坐针毡。

俊南粗略看过这则短信的内容,恰逢夏雨敲门来访。"哎,她在逼我啊!"他向夏雨诉苦求援,夏雨急忙接过他的手机翻阅短信,开动脑筋思索法子。

俊南思虑良久,与夏雨一起字斟句酌地回复淑澜的短信。"阿澜,我很欣赏你的坦诚。每个人都有自己的过去,我不想过问你的过去,只看你的现在和未来。我们如果有缘分的话,就让时间去考验吧。能与你相识交往我十分快乐,就让这种快乐延续下去!往事已如烟云消散,不要想得太多。"俊南还建议她早点睡做个好梦,以更好的心情迎接明日的曙光。

尽管如此,但俊南不禁质问夏雨到底淑澜凭什么值得他去爱。"我和她相识不久,她不应这么猴急地表态。等彼此培养出一定的感情基础,她才透底会比较好。"说着说着,他变得十分气愤,提高嗓门连续追问夏雨,"为什么我喜欢的女孩懒得理我,我拼命追也追不到?为什么我不喜欢的女孩主动找我,我拼命躲也躲不开?我心理不平衡、好迷茫啊!"

"是的。俊南你比较冷静,千万不要破罐子破摔!"夏雨见俊南真的动气,连忙安慰他,"今后几天,陶都那个女的肯定不会跟你联系。"

"求之不得!我即将跟林局长的闺女见面,如果贸然跟陶都那个女人确立关系,麻烦就是大大的喽。胡总会认为我的人格有问题!"俊南显出张牙舞爪的样子,他的心情异常激动,"如果这几天她跟别人确定关系,我就可以断定她并非真心想跟我的,只是想抓住一根救命稻草而已!"

夏雨像是"及时雨",帮俊南解决燃眉之急。他满怀感激地送走夏雨,跟淑澜一样又迎来难眠之夜。

出乎意料的是,淑澜的骚扰并不像夏雨预料的那样消停数天。她一天接一天发来的短信就像苍蝇似的缠扰俊南,使他静候相亲的好心情荡然无存。

整天忙于工作,让淑澜疲惫不堪。她回到家中,百无聊赖,又发短信询问俊南在忙吗。他只想敷衍她,不想跟她深谈,便谎称刚忙过。"你怕寂寞吗?寂寞的时候你怎样度过?你跟以前的女友是为了什么分手的?"她躺在床上,毫无心思去看书复习,只想通过这些问题更深入了解他的情史。

"我怕寂寞,并一直忍受寂寞而生活下去。我不知道没有确定关系之前的交往算不算是拍拖?"俊南躺在床上,回想自己既往的生活,唏嘘不已。

"你有过几次拍拖经历?""什么叫未确定关系?""也就是男女双方没有

讲中意对方吗？"淑澜又连续追问，但俊南一直不清楚"拍拖"该如何定性，脑子里乱糟糟的，不知如何回答她的追问。

淑澜还向俊南透露自己怕寂寞，希望自己中意的人能够时常在自己的身边，关心她疼爱她。可惜他对她的热情退避三舍，不敢再回应她的问题。

在俊南迷茫的时刻，夏雨恰好来借用他的澡房洗热水澡，只因夏雨的澡房热水器罢工。等夏雨洗完澡，他趁机邀夏雨讨论"拍拖"该如何定性，求夏雨帮忙想想办法。

"我如果是你的话，就马上跑到陶都去见她。看来，即使上床她也愿意。你应该即刻发短信给她，不要让她在心里提防你。"夏雨离谱的馊主意激发俊南气愤得连屁眼都快要冒烟，过激的话语冲口而出。

"你这么说，难道不是要把我往火坑里推吗？没脑子！我现在要竭力拖延！"俊南意识到自己这么说欠妥，解释自己因心情很糟而出言冒犯夏雨，当即向夏雨道歉求原谅。

"不要介意，我理解你，你这样直接才正常。"夏雨尽管心中不悦，却努力显出非常大度的姿态，为俊南提供新指引后借故离去。

俊南根据夏雨的指引向淑澜透露自己单思过几个女孩，反问她这样算不算是拍拖，随后还前去隔壁房向唐仁请教如何界定"拍拖"。"两人拍拖至少是接过吻才算，你以为牵牵手，搂两下就算是拍拖吗？严格来说，你还没有拍过拖。"唐仁如此趾高气扬的贬损，让俊南真的难以忍受。

"你认为接过吻才算拍拖，不过其他人认为至少上过床才算拍拖。你不要把自己的观点强加给我！"俊南高调反驳唐仁的观点，在彼此争辩得脸红耳赤之际，珍妮悄然发来短信。但是，收信人并非唐仁，而是俊南。

"我们以后可能好少机会见面，毕竟是一场朋友，得闲登录QQ聊天吧。"俊南翻阅珍妮的短信内容，马上把手机塞进自己的裤袋，避免唐仁发现这一隐情。当俊南尚在掂量珍妮的真实意图，淑澜的短信又来烦扰他。

"你真的尚未谈过恋爱？为何你不向你中意的女仔表白？"淑澜的一再追问，令俊南觉得自己好像是在接受审讯，想躲避她却不得不应付她。

俊南从唐仁的房间返回自己的小天地，呆坐在床沿，苦苦思索"外交辞令"。"你的话题令我一时不知如何回答是好。我一直疑惑，为何她们都不愿跟我厮守终生，有的只将我当作备胎？我真的好想向她们询问真实的原因。直到现在，我仍在寻找答案。"他原本想把以上内容发送给淑澜，但又删掉"直到现在，我仍在寻找答案"等字句以避免她的误会。

淑澜被俊南的疑问折腾得彻夜双眼骨碌碌，直到夜幕即将消失，才想好如何安慰他。"她们没有跟你终老的福分，不过她们的离去亦可以促使你认识到自己的不足。"她一针见血的说法刺痛他的心灵，助推他深陷痛苦的反思中。

雄鸡啼鸣，旭日东升。眼圈微红的淑澜艰难爬起床赶去陶都高中，参加业余进修的哲学课程考试。当她的骚扰刚消停，俊南尚未入睡，岂料又迎来王梅芳的电话打扰。原来当天是安贤大喜日子，她在李氏祠堂摆喜宴，王梅芳想了解俊南几时归家赴宴。

俊南解释自己不能出席安贤的喜宴，因为明天上午他要跟胡总去会见林小姐，今天要好好准备一下。"你争取到相亲机会有赖我及时提醒你。你遇事往往瞒着我，母子商量肯定会更稳妥。"王梅芳听闻俊南的喜讯，心中窃喜，又苦口婆心地教导他一番。他欲谨慎行事，再三叮嘱她一定要为他保守秘密。

安贤将于明天午饭之后正式出嫁过门，俊南打算在明天中午之前赶回到老家，希望王梅芳巧妙地替他向安贤解释他晚归的缘由。母子俩交谈过后，他继续卧床补睡，而王梅芳走去安贤家观看"过大礼"。

"过大礼"是定亲最隆重之仪式，男家择定良辰吉日，携带礼金和多种礼品送到女家。新郎官何英勇与其父亲驾驶货车，来到新娘子李安贤的娘家过大礼。他们送给安贤家的聘礼还真不少。中海市这边的风俗是要送生鸡（寓意生机勃勃）、椰子（寓意有爷有子）、大福饼（寓意天伦之福）以及礼金（寓意新郎有钱让新娘享福）。收到这些充满美好寓意的礼品后，女家才会放心把女儿嫁过去男家。而在回礼的物品中，最惹人注意的是"槟榔"，用于表达女家接受新郎之意。

"过大礼"完毕，紧接着就是"搬嫁妆"。联姻的两家人把新郎新娘提前购置的新家具、新家电等随嫁生活物品，特别是一个红皮箱——搬上货车。这个红皮箱里装着针、线等女家为新娘安贤准备好的众多嫁妆。货车被装得满满的，把这些统称为"嫁妆"的东西拉回男家去。

当嫁妆一一搬进新郎家，英勇叫来他的好友为他"阵（安装）大床"。这名好友必须是尚未结婚、父母健在、家庭幸福的。"阵大床"也是很重要的一环，也很讲究。在英勇和安贤的新床上，放着寓意早生贵子的物品。其中包括谷子、

花生、红枣与核桃等物品。

　　这些婚礼习俗让人不禁想起传统男耕女织的一组组画面。祖先留下的传统婚嫁礼俗，不仅仅是一种婚嫁礼仪，还是古代文化浓缩后的精髓。

　　在龙湾一带，每逢嫁娶之事，村民都要在村中祠堂摆喜宴。娶媳妇的村中男子要设宴两天，款待男家的亲朋好友。第一天叫"聚口"，这天的宴席用来款待男方的同村同姓之家。而出嫁的村中女子则在新郎结婚的"聚口"日设宴。其中，午宴用来款待女方的同村同姓之家，晚宴则邀请女方的远房亲戚及好友出席。而安贤的娘家就在李氏宗祠里设下数十席晚宴，款待自家的亲朋好友。

　　李氏宗祠是上百户李姓村民共同筹资上百万元，以建设文化楼为名向村委会、镇政府申请建设的。祠堂仿古建筑风格设计，装修豪华程度远近闻名。

　　祠堂坐北向南，长约50米，宽约20米。正门顶部安着一块写有"李氏宗祠"等金色漆字的红木牌匾。门口两边还悬挂两块红木牌匾，匾上写着对联"神州宗风　名门望族"。

　　祠堂顶部由两个屋檐构成。这两个屋檐均由三面墙支撑着，还各有两根可让成人双手环抱的圆柱支撑着。这四根圆柱之间是个长方形天井。祠堂内还有两个侧门，东面通往村中主巷道和灯光篮球场，而西面通往祠堂厨房。

　　祠堂里能摆设数十桌宴席，还铺设不少煤气管道，以便宾客在聚餐期间使用煤气炉具煮食。几堵墙壁上间隔安装着几台大风扇，供宾客在天热聚餐时乘凉。

　　安贤设宴当天，祠堂内外好不热闹。她聘请的烹饪专业队员进进出出，有条不紊地忙于承办宴席。她的叔伯们协助筹备宴席，迎接招待宾客。她的姊嫂们四处烧香烧纸，拜神祈福。还有，她的亲朋好友纷纷应邀前来道贺，出席喜宴。

　　缺席安贤婚宴的俊南却饱受孤寂的煎熬，一时憧憬来日的相亲情景，一时又反思淑澜的话语。连日来他不置可否的回应，让她觉得"尚有希望"。她暂停复习语文课程，又主动骚扰他，询问他正在做什么。

　　俊南不想理会淑澜的短信，而她迫不及待地发短信交代这两天的考试情况。"过几天我爸生日，我刚买回一条皮带送给他。本来我想送他一件冷背心（羊毛背心），但现在还没有冷背心卖。"她特意暗示他抓住机会，期盼他会爱屋及乌。

　　然而，俊南的心思早已转移到相亲大事上，淑澜的暗示无法改变他的初衷。为确保次日的相亲十拿九稳，他专门到发廊修理自己的发型，还致电向王梅芳请教在相亲期间要注意什么。

"如果对人家有意思的话，你就对人家热情一点喽。"王梅芳刚从祠堂回到家里，恰好接到俊南的电话。他还特意叮嘱她在次日七时拨打他的手机，将他叫醒，以防万一。她尚要返回祠堂帮忙搞清洁，便满口答应他的要求，匆匆结束此次通话。

俊南想起自己尚未回复淑澜，便以自己刚踢完足球赛回来为借口应付她，还不忘鼓励她努力增值并预祝她的父亲生日快乐。"为何这么迟才回复我？你做什么正经事啊？"她开始对他的异常反应产生疑虑。而他不得不编出一个善意谎言，假称刚跟家人商量建房事宜，倍加小心地应付她。

"你有冇其他话想跟我讲？"淑澜受不住俊南的冷淡，好想大哭一场。他甚至以"好好休息，好好考试吧"尽快打发她，以免节外生枝。

俊南相亲之日终于来到，王梅芳准时打电话将他叫醒。而他赖床几分钟，才起床洗刷装扮，洋溢着青春活力的形象。离约定时间还有一小时，他觉得为时尚早，就待在房里歇息幻想。

"假如林小姐长得丑的话，怎么办？"随着相亲的时间越来越近，俊南连日来的担忧也越发强烈，"食得咸鱼抵得渴（敢做敢当）。鬼叫你主动请求胡总介绍恋爱对象呢？就算林小姐长得好似猪扒（长得丑），我都要啃掉（接受）她。"

出发时间一到，俊南就骑着摩托车直奔中海大酒店相亲。淑澜也骑车赶往陶都高中参加考试，心里惦记他，总是忐忑不安。

突然，俊南的手机响起来。他隐约听到手机铃声，随即靠路边停车，掏出手机接听电话。原来是胡总的电话，胡总询问他此时在哪里。他抬头看着南国红豆酒家的招牌，便如实报告说自己正在南国红豆酒家外面。胡总稍显焦急，向他强调说大家约定在中海大酒店。"我开摩托车刚经过南国红豆酒家，好快就来到！"他慌忙掉转车头，向附近的中海大酒店奔去。

原来，俊南一直把南国红豆酒家地址误以为是中海大酒店所在地，导致自己在关键时刻走错路。因此，他延误数分钟才到达中海大酒店。

俊南匆忙驱车进入中海大酒店停车场，恰逢一位身穿白色长袖衬衣、深蓝色牛仔裤的高挑女子也在停放摩托车。她的身旁还有一位老妇人站着等她。

在俊南的感觉中，长时间正视陌生少女会显得很无礼。行色匆匆的他唯有

粗略打量这位高挑女子。有点近视的他无法看清她的长相,无法判断她是否是美女。不过,她高挑的身段留给他非常深刻的印象,使他不禁盼望如果林小姐也有如此的素质就好。

俊南的遐想被胡总的电话打断。胡总催问他为何迟迟未到。他一边报告称自己正在停车场马上就到,一边匆忙走出停车场。他刚才遇见的那位高挑女子扶着那位老妇人的右臂,在他的前方缓缓走着。"难道她就系我今天要见的林小姐?"他忍不住胡乱猜想,还挺直腰杆大踏步超过她们。

胡总早已在中海大酒店大堂出口处守候俊南,俊南见到他马上向他问好。"林局长已经在上面等候多时,好重视啊!"他趋前迎接俊南,只顾说话,差一点走到下行的手扶电梯上。

令胡总始料不及的是,他的手上只有岭南时报社旧的内部通讯录,他拨打俊南原来的手机号码却发现俊南竟已关机。"我纳闷大家提前约好,你不至于会忘记这件事吧?"他向俊南反映自己刚才的疑虑。俊南生怕他会生气,便连忙解释说新通讯录上才有自己的新号码,自己的旧号码已停用好长时间。

"后来,我拨打报社值班室的电话,让保安员找到了你的新号码。"胡总领着俊南走进中海大酒店二楼的食街,不忘叮嘱他到时要主动结账。他解释说自己懂得这些礼仪,下意识地摸一摸自己裤袋里的钱包,心里感觉十分踏实。

食街好热闹,趁休息日来饮早茶的茶客爆棚,不少茶客排队等空位。胡总一行走到食街的尽头,发现林局长已开好茶位坐等大家。俊南待自己离林局长尚有数米远,就主动向他问好,而他微笑点头回应俊南。胡总的太太也提前落座,一认出俊南便起身迎接并招呼俊南落座。

俊南所坐的这张茶桌靠着一堵"7"字形墙壁,胡总、林局长分别坐在"7"字形墙角两侧。按逆时针方向排座依次是林局长、胡总、胡太太还有俊南。"快为林局长斟茶啊!"胡太太等俊南刚落座,低声提醒他。他即刻起身为林局长、胡总与胡太太倒茶,并向林局长递上自己的名片请林局长多多指教。

当林局长仔细察看俊南的名片,胡总明知故问俊南是否在采编中心工作。他以较快的语速应答胡总的问话,介绍说自己原来在采编中心,上个月被借调到发行中心帮忙四个月。

"做记者要经常加班吗?"林局长突然的提问让俊南一时难辨话外之音。俊南不得不婉转应答,声称当记者上手以后工作效率会提高,工作好快就能搞定。

"记者要算任务吗？"林局长的再次提问很明显是要趁机摸底。俊南从容接招，采取反话正说的方式应答岭南时报社以按质按量、多劳多得的标准来考核记者业绩。

胡总密切留意俊南的即场表现，还及时插话协助俊南，询问林局长是不是一大早就来食街找空置茶桌。"系啊。这里无茶桌预订服务。当我来到这里，空置茶桌已经所剩无几。"林局长还主动转换话题，问及胡总如何前来中海大酒店。

"从住处走路过来，我将这次走路当作晨运。"胡总对林局长的话中话心领神会，报以微笑灵活应对，"我一得闲就早晚外出散步，到值夜班那天就取消散步。"

"这个习惯好，可以减肥。"林局长满脸笑容，声称自己也要学胡总，减掉自己肚腩的肥肉。

林局长及胡总均为大腹便便之人，皆属同化型体质，正如俗话所说的那样"光饮水都会肥"。而俊南则属异化型体质，体内脂肪合成得慢却分解得快，就算用油浸泡都难肥。"肥亦好，瘦亦好，只要健康就得啦。我亦注重养生，一般早上饮酸奶，晚上饮甜牛奶。"俊南趁机插话，主动粉饰自己的缺点。而胡太太附和他说饮酸奶好，令他感到十分高兴。

俊南正欲借题发挥，却不得不停下来，因为林局长的妻女已到达现场。她们正是俊南刚才在停车场看到的那两位妇女。他扫视林小姐的样子，感觉她有点面善，但一时想不起自己在何时何地见过她。林家母女靠着林局长，按顺时针方向依次落座。林太太边落座边道歉，声称她们因家里有事而晚到，让大家久等。

"无关系，我们刚坐落一阵。"胡总露出和蔼的笑容，做出礼节性回话。与此同时，胡太太凑近俊南低声说："要主动为她们斟茶。"当他匆忙起身，她又及时提醒说："先等她们坐好。"

俊南点点头，密切留意林家母女的一举一动。等到她们俩坐好，他才利索地起身，提起茶壶为她们俩倒茶。当她们俩的道谢声刚落，大家就陷入短暂的沉默中。俊南为打破这种局面，对着林局长明知故问中海市城乡统筹发展局是在什么时候开设。

"前几年，正处级行政单位！"林局长回答完俊南的问题，又转过脸去，向胡总间接探问俊南的收入底细，"你们单位系正处级事业单位，待遇好吧？月收入有冇一万元？"

胡总愣一愣，并没有直接应答林局长，而是转过脸来询问："俊南月收入有冇五六千元？"当俊南利索地回答"有"，胡总显出和颜悦色，又询问他的收入排在他所在部门的哪个位置。他自豪地以"前列"一词应答胡总，让林局长面露喜色。"胡总，你的月收入就应该有一万元啦？"林局长如此的追问换来胡总的默然一笑。

"林局长一直在中海居住吗？"俊南又主动向林局长发问，反过来摸一摸林小姐的底细。他转过脸来看俊南一眼，回答说他家从祖辈以来一直住在中海市区。当俊南主动透露自己是龙湾人，他就趁机反问俊南家靠不靠近龙湾镇城区。

"靠近啊。如今龙湾镇城区快速向外扩张，通过路桥跟陶都镇连成一片。"俊南想到自家的寒舍不禁心虚，拿起茶杯饮茶稳定心情，还近距离扫视林小姐的正面模样。

林小姐的面部白皙，脸蛋饱满，五官端正。异常惹人注目的是她的柳眉秀目，双眸一眨一眨，睫毛一动一动。她还留着一头乌黑短发，戴着一副无框眼镜，神采飞扬的形象令人过目难忘，是名副其实的都市丽人。

俊南不禁心波荡漾，觉得林小姐之美胜过晓雨。当晓雨的靓丽面容在他的脑海中闪过，他突然回想起坐在他右侧的林小姐真的跟他有过一面之缘。

实际上，俊南与晓雨在红茶馆首次约会那天，林小姐自摆乌龙误认为李俊南就是她所约见的那位李先生。想起那一幕，令俊南微翘嘴角，暗自感叹。"老天爷啊！您真会跟我开玩笑。这种情缘好似拍戏那样，竟然让我碰上喽！"他渴望获知林小姐的芳名，却又感觉自己直接问她会显得不太礼貌。

当林局长跟胡总谈完一个话题，俊南才敢插话，向林局长发问："您的千金怎样称呼？"林小姐听到俊南问起自己的名字，不禁快速瞄瞄他，目光随即落到桌面上。在她的眼里，他的相貌和身高还算好，而美中不足的则是他的形体偏瘦。从打扮和谈吐看，他还算是稳重型男子。

跟俊南一样，林小姐也回想起自己跟他早就见过一面。"那次误会害得我好似海底石斑——奀瘀（鱼）（粤语歇后语，寓意非常丢脸）啊！这位靓仔竟然跟那个家伙一样姓李，实在太巧合！"想到这些，她的面颊渐渐泛红。

林局长看着自己的"掌上明珠"，微笑回答"叫佳丽"。俊南一时搞不清，便问林小姐的名字具体是哪些字。"佳人的'佳'，美丽的'丽'！"林局长显出满脸自豪的神色。

俊南觉得这个名字起得好，随即拿出他的名片双手递给佳丽，同时盯着她的俏脸。她双手接过他的名片，忍不住抬头看他，岂料双方的眼神瞬间相交。

就在这一浪漫时刻，偌大的食街里乐韵悠扬，恰好传来香港歌手林志美演唱的粤语流行歌《你的眼神》——

淡淡然掠过，神秘又美丽，他仿似骤来的雨。我也难自禁抬头看你，你偏将心事瞒住。淡淡然掠过，神秘又美丽，他仿似骤来的雨。我也难自禁抬头看你，你偏将心事瞒住。就算默然不语，我都深深记住。因你的眼神，使我心里着迷，啊……已将我心轻轻地留住。……

眼观美人耳听靓歌，即时让俊南进入"触电"状态。"你还要给林太太一张名片啊！"经过胡太太的及时提点，他马上醒悟过来，又掏出一张名片递给林太太。

"退休之后，我不再派个人名片喽。"林太太拿着俊南的名片扫视一下，她的脸上挤着微笑。从长相来看，她跟自己的闺女很像，在年轻时同样是美丽如花。只不过岁月不饶人，她的脸上已刻着岁月的痕迹。然而，那一身深红色刺绣唐装，使得她显得比自己的闺女更有风韵。

俊南获知林太太已退休，还趁机对林局长进行摸底，询问林局长今年贵庚。"快退休喽，现在离岗退养，原来的待遇照样享受。"林局长随即转向胡总，询问胡总今年几岁。

"57（岁）。过几年退休之后，（我）会被返聘一两年。到那时（我）原来的职位不保留，不过原来的待遇（我）照样享受。"胡总露出自豪的神色，他的风头盖过林局长。俊南发现讨好胡总的时机已经出现，随即附和胡总说他们报社发展快，需要很多好像胡总那样的人才。

俊南终于意识到此时这刻应该是他跟佳丽聊上几句的时候，便装得十分从容地问佳丽是不是在电信部门工作。佳丽面带微笑，首次发声说"系啊"，她的声线显得十分柔和。

"听讲在电信部门工作亦要加班喔？"胡太太这样插话发问摸底，令佳丽开始心虚，佳丽胆怯地应答一声"系啊"。胡太太一再追问："平时辛苦吗？"这令她突然语塞。

闺女有难，当父亲的肯定要出马解围。"如果辛苦的话，她就会来揾我帮忙。事实上，她从未为这种事揾我帮忙，这就讲明并不辛苦啦！"林局长面绽笑

容，驾轻就熟地接招拆招，让他一席陷入沉默，各自喝茶。

胡总见势不妙，临时提起有关俊南的话题。"俊南，我记得在你参加报社面试那时，你讲过自己选择到外省读大学是为学好普通话。"他的用意俊南心领神会。俊南感叹"难得胡总仍然记住这一点"，立刻接上他的话茬，开始侃侃而谈。原来俊南生于中海长于中海，用普通话跟别人沟通虽然不至于鸡跟鸭讲，但讲得结结巴巴。直到考上环市高中，他才意识到这一缺点会制约自己以后的发展，就毅然报考外省高校以便学好普通话。考上西北地区的金城大学后，他开始学讲普通话，那时一度成为众多同学的笑柄。不过，他的普通话日讲夜讲，讲得多自然就讲得流利。

"学讲普通话要有语言环境配合。"胡太太也来附和胡总的话题，还特意为俊南戴高帽，"环市高中？名牌学校喔！"

胡总受其太太的启发，专挑好的说，向俊南询问金城大学在全国排名第几。"排在前列，在北方影响较大。"在俊南一脸平静的背后，就是他充足的底气。

面对胡总与俊南一唱一和，林局长不再沉默，问俊南难道金城大学比岭南大学更厉害吗。俊南点头回应林局长的质疑，紧接着解释个中原因。因为以前知识青年支援边疆为金城大学留下好多人才，这对它的发展影响好大。"金城大学新闻系几时成立嘎？"胡总继续引导俊南展示自己的"威水史（辉煌历史）"，俊南便顺水推舟，爽快应答上世纪80年代初。

胡总当众开出一张"空头支票"，特意在林局长一家面前提高俊南的身价。最近成立的中海传媒集团要开展资源整合与管理创新。胡总主管的集团主报《岭南时报》为支持子报发展，将部分首席记者调到《中海都市报》，自身则要增加首席记者。胡总打算跟其他老总商量把俊南也定为首席记者。胡总的当众表态让俊南受宠若惊，当即"吐饭应（连饭都吐掉，赶快答应）"。他满心欢喜，甚至立马起身，提壶为大家倒茶。

林局长对胡总的表态也甚感满意，主动跟胡总商量挑选早点，又喊服务员来落单（下单）。他们挑选的早点并不合佳丽的口味。她便要求自己的父亲到十米外的早餐集中陈列处，陪她挑选一些她爱吃的早点。

趁着林局长父女暂时离席，林太太与胡总夫妇闲聊之际，俊南环视食街察看周围环境。让他直冒冷汗的是，晓雨竟然也在食街里喝早茶，她的座位就在早餐集中陈列处的旁边。跟她同桌饮茶的是一个男人，他背对着俊南。俊南看不到他的样子。

晓雨正跟她的男友伟锋在一起叹（享受）茶，并没有发现俊南就在附近，却不经意地听到林局长父女之间的对话。

"这个后生仔几好啊，你觉得如何？"林局长试探佳丽对俊南的感觉，她却淡然回应说："他尚算可以吧，只不过偏瘦。"林局长强调说评价一个人的好坏关键要看人品，甚至引用胡总对俊南人品的积极评价，一再为俊南美言。她不想明逆其父的心意，只能婉转回应说俊南的人品好抑或坏，要等她跟他相处过方能定论。林局长满意点头，笑称虎父无犬女，带着自己的乖女返回原位。

晓雨听完这对陌生父女的对话，萌生好奇之心，朝着他们回座的方向望去。一个熟悉的身影突然映入晓雨的眼帘。此人不是别人，正是俊南，让她异常惊讶。"火烧猪头——熟口熟面（粤语歇后语，寓意相熟）！"更令她脸红心跳的是，彼此的视线恰好相互交集。

这一刻，整个世界好像突然凝固。"中海真小，连你相亲亦让我撞见，祝你抱得美人归！"俊南从晓雨稍带不屑的眼神中，仿佛读懂了她的心里话。而他的双眼透露出怨恨的眼神，警告她别再猫哭老鼠假慈悲。此次短暂的目光交流让他们俩不欢而散，他们俩均转头重返各自的小天地。

在俊南走神期间，林太太向在座各位谈及自己曾在工贸单位工作，退休后还在经营家政机构。等林局长父女重新落座，林太太欲摸查俊南的家底，便主动提出新话题。

"在我退休之前，龙湾一些老板为了搞关系，请我们到他们的屋企做客。我认识的几个老板都建有五层洋房，好有米哟！"林太太的话外之音俊南完全听得懂，他的脑海快速浮现他老家那间破屋、改建房。他暗地叮嘱自己不能如实交代，就站稳立场放大炮（自圆其说），谎称自家的那座房屋高三层还附带花园。

林局长为自己的妻子接力，向俊南发起最深层的摸查，询问他的父亲从事哪一行。他心里更虚，不得不透露自己的父亲是农民，说话的声音明显低下来。"龙湾农民有米啊！改革开放让他们富起来啦！"林局长两眼放光，期待自己的观点得到他的认同。

"系啊。"俊南很不自在，稍低下头，不得不自圆其说。在他的忆述中，由于上世纪90年代初赚钱容易，很多人认为读书没用。他的父亲尽管是农民，但很重视读书。周围的人都说他的父母鼓励他兄弟俩努力读书实在没必要。然而，现

实证明他的父母做得很对。如今，不仅他本科毕业拥有一份好工作，他的弟弟也大专毕业。

"你爸爸好有眼光喔！"林局长的赞语引来在座各位的静默点头。他还透露自己的儿女都是先工作再读大学，不忘以此为自家撑门面。岂料胡太太抓住他的话柄，插话询问他的儿子从事哪一行，摆出一副打烂砂锅问到底的架势。

"儿子当警察，佳丽嘛，正在读电大。"林局长脸不红心不跳地跟胡太太过招。她始终表现得温婉儒雅，而她的话语却是绵里藏针。她先笑声称年轻人必须不断增值，随即追问做警察辛不辛苦。林局长则强调说自己的儿子做公务员那种工作，他的回答滴水不漏，让自家不失体面。胡太太还想向林局长发问了解佳丽读电大的情况，却受到服务员干扰而不得不停止发问。

服务员将肠粉、虾饺与鲫鱼粥等十多种餐品呈上桌面，还主动为大家分粥。佳丽不喜欢吃鱼，要求服务员别分鲫鱼粥给她，完全没有顾忌这些鲫鱼粥是胡总点来的。林太太生怕胡总会误会佳丽不给面子，连忙替佳丽解释说她从小喜欢食鱼，长大之后反而害怕食鱼。"被鱼骨卡过喉咙吗？"胡太太故意向佳丽设问，想缓解当前的尴尬。在众目睽睽之下，佳丽被迫点头默认。

林局长咽下一口粥，连忙帮自己的妻女应对胡太太。"朋友讲我的本事并非做局长，而是娶到个好老婆。我太太经常叮嘱我食东西要慢慢来。"他及时主导话题，成功地为自己的妻女解围，接着进食美味的早点。

当大家慢条斯理地吃早餐，林局长突然提出要先行回家。林太太拿起早点登记卡，摆出一副要埋单的姿态。胡太太赶快用手轻碰俊南的胳膊。他立即起身抓住早点登记卡另一端，郑重其事地说自己作为晚辈，应该埋单。

经过短暂的相持，林太太终于松手，俊南抢到早点登记卡喊服务员来埋单。未等他埋单完毕，林局长一家就提前告辞离开食街。而胡总夫妇则等到埋单手续结束，才跟他道别。面对他微躬道谢，胡总露出一脸和蔼微笑，就携眷离开食街。

相亲之事暂过一段落。俊南不禁往早点集中陈列处的方向望去，发现晓雨已消失得无影无踪，她坐过的座位已是空空如也。

俊南刚才根本无暇留意到晓雨重施故伎的一幕。实际上，她提前跟她的表弟密谋这次特殊的面试。她的表弟假装路过食街恰好遇见她，趁机近距离察看伟锋，要帮她的母亲钓获金龟婿把一把关。

然而，晓雨刚干过什么好事俊南已没心思去理会，他在乎的只是此次相亲所释放的正能量。他的心情犹如中海大酒店外的万里晴空，他乐悠悠地驱车返家参加安贤的婚礼。

这天是英勇与安贤结婚的"正日"。一大早，英勇就带接亲的弟兄们到龙湾大酒店饮茶，随后又驱车带安贤前往龙湾完美新娘婚纱店化妆。接亲的弟兄们则前往花店领取接亲花车，组织好接亲车队。

安贤的娘家前一天所设的喜宴剩余众多菜肴。她的叔伯、婶嫂等近亲不仅瓜分其中一部分，还将集体在祠堂再吃一顿午餐。

日近中天，王梅芳从祠堂返回自家厨房，手中提着几个装满菜肴的塑料袋。俊南驱车穿街过巷，跟在她的身后。摩托车在家门口停好后，他就径直走进自家厨房，找她汇报自己当天的相亲情形。

"妈，那个女仔长得好靓好高！"俊南对佳丽的形象描述，令王梅芳非常关心相亲的结果，急着追问："能成吗？"

"就我们家这种境况，我能挑三拣四吗？现在要等对方的选择了！"俊南的语气夹杂着怒怨、无奈的气息。

王梅芳不敢作声，只好继续忙自己手上的活。俊南特意将林太太探问他家底的那句话讲给王梅芳听。王梅芳露出着急的神色，即刻停下手中的活，又追问他是如何应答林太太的。"我讲我老家的那座房屋高三层，附带花园。在那种情况下，我唔能够如实交代，只能靠死人灯笼——报大数（粤语歇后语，寓意好大作假），蒙混过关！"获知他这一出色表现，王梅芳绽露灿烂的笑容，竖起大拇指表扬他好醒目。

俊南还向王梅芳透露晓雨也在中海大酒店食街饮早茶，甚至目睹他相亲的情形。"哦？这么巧啊！你远离这种衰女人！"王梅芳急忙辱骂晓雨，竭力将他对晓雨的留恋和幻想统统打消掉。

俊南跟随王梅芳到祠堂吃过午餐，随后带上自己的数码相机，前去欢送新娘安贤出嫁。

按照龙湾传统婚嫁习俗，新娘安贤在接亲队伍到来之前，还要进行"上头"仪式。"上头"象征一对新人正式步入成人阶段，要组织新家庭，肩负起开枝散叶的使命。以前要求新娘请一个有福气的长辈来为自己梳头，不过现在要求已变，只要家庭幸福的亲朋就可以为新娘梳头。因此，安贤的"上头"仪式就由她

的伴娘主持进行。

正午时分，安贤正在自家小屋进行"上头"仪式。这间农家小屋也被装扮一新，那些新购置的低档家具摆满小客厅，旧墙残壁被提前用石灰水粉刷过。此屋跟俊南家差不多大，挤满前来送嫁的亲朋，空前热闹。

俊南及俊杰走进屋里，立即引起安贤的近亲、远亲与送嫁姊妹的注目。"大家好！"俊南径直走到一身粉红色婚纱装扮的安贤身旁，故意提高嗓音赞叹，"哇——新娘好靓啊。"

安贤发现俊南终于到来，马上微笑道谢。他趁机为自己的晚到道歉，还搬出自己提前想好的善意谎言，谎称自己昨日好忙难以抽身归来。"今日能够来送嫁就得啦！"她看着他手中的相机，叮嘱他记得为她多拍几张靓相。

"睇，相机早就准备好喽！"俊南将自己的相机向众人炫耀一下，令安贤笑得更加灿烂。

"大佬，快来为我和姊妹们拍一张大合照吧！"安贤的声音刚落，俊南就拿起相机准备拍照，引得众姊妹争先恐后地挤在安贤周围。喀嚓一声过后，他还让大家当场欣赏这张大合照，众姊妹又争相围着他看靓相。

跟俊南从容大方的表现截然相反，俊杰在众姊妹面前表现得十分拘谨，不敢主动跟异性闲聊。就算有的姊妹主动逗他，他也不苟言笑，甚至脸红心跳。在俊南兄弟俩同时在场的公众场合，俊杰往往成为大家冷落的角色，而俊南常常成为众人瞩目的人物。在安贤"上头"仪式上，俊南同样成为全场焦点。

俊南发现安贤全家都在现场，便建议她趁大喜日子拍摄"全家福"。她积极响应他的建议，马上组织家人照相。"着得这么老土，照什么相呢？好失礼嘎！"她的父亲李英德竟摆摆手，大唱反调。

"你马上打扮一下就得啦！动作快一点啦，大男人搞得扭扭捏捏！"俊南的反驳引起众人一阵欢笑，迫使李英德乖乖去更衣打扮。

俊南对比屋里屋外的光线，发现屋外拍照效果更好，又建议安贤全家到屋外照相。她身后长长的婚纱裙拖着地面，众姊妹为她挽起婚纱裙，方便她走出屋。她引导其母亲、弟弟跟俊南来到正门外。稍等片刻，一身新衣打扮的李英德也到位。安贤居中，父居其左，母、弟居其右。"全家福"完美拍成。

俊南找俊杰帮忙为自己与安贤拍一张合影。众姊妹争相欣赏这张合影，甚至由衷感叹"俊南哥比新郎官更靓仔呢"。"哈哈，开玩笑！"俊南感到非常无

234

奈，心想自己长到这个岁数早该结婚生子，而情路坎坷却令自己"哑巴食黄连（粤语歇后语，寓意有苦说不出）"。

俊南主导的照相小插曲结束，大伙纷纷进屋见证新娘敬茶仪式。依照当地旧式俗例，新娘未到男家拜见家翁家婆之前，不可跪拜。因而新娘安贤应站着奉茶给自己的祖母、父母。不过现时已没有这么讲究，她想跪便去跪，以示心意。

李英德扶着潘琼走进屋里，让老人家接受安贤的敬茶。潘琼的肺病暂时稳定下来。为了参加孙女的婚礼，她主动要求出院，回到自己的老窝养病。在敬茶仪式现场，她气色欠佳手脚乏力，还不时咳嗽几声。

俊南、俊杰也主动走去搀扶潘琼。"阿嬷，慢慢来。"她听到俊南亲切的声音，抬头看他，面露喜色，"俊南，你返来啦！"在众人的搀扶下，她缓缓走到神坛前。这里摆着两张低档木椅，她往其中一张椅子坐下，背靠椅子借力。

敬茶仪式开始，安贤跪在潘琼的面前，向老人家敬茶说："请阿嬷饮茶。"老人家挤出笑容，喝过新娘茶。"你过门以后要跟老公相亲相爱，早生贵子啊！"老人家祝福安贤，还为安贤送上象征大吉大利的利是（红包）。

安贤站起来，众人又联手将潘琼扶到其他座位上，让她暂时歇息。随即，李英德跟其妻子一起接受新娘敬茶。但潘琼接连不断的咳嗽声刺激众人的耳膜，严重冲淡现场的喜庆气氛。俊南连忙停止拍照，建议李英礼、李英洪搀扶潘琼回床休息。潘琼离开后，新娘敬茶仪式继续进行。

敬茶仪式刚完毕，王梅芳小跑进屋通风报信。"新郎官……新郎官的接亲车队……已经来到李家牌坊啦！"等她上气不接下气地说完，安贤一声令下，要求姊妹们快去准备。随即，有的姊妹为她提起婚纱裙，方便她走进闺房。有的关上小院子的两扇铁门，提前做好设防措施。有的连忙拿着一瓶瓶丝带喷雾，准备与新郎英勇的接亲弟兄们展开"攻防战"。

英勇及其接亲车队浩浩荡荡，来到崇中村李家牌坊前，旋即又"杀"到安贤的娘家小院铁门外。英勇的头发打上定型发胶，额头光光，五官端正。他身穿崭新笔挺的西服，左胸前系着"新郎官"胸花，手上捧着一大束鲜红玫瑰。他脚上的皮鞋锃锃亮，就连蚂蚁爬上去也会滑下来。

根据当地传统习俗，新郎不能靠近新娘的娘家。英勇及其接亲弟兄们只能"隔江望海"地呼唤新娘的名字"李安贤"。

安贤的姊妹们迎上去，隔着铁门跟这些"狂妄"的男人对峙。"想接老婆？

可以，先念一份'保证书'！"有位姊妹故意向英勇出难题。由此，众姊妹和众兄弟之间的"拉锯战"开始，充满无尽的欢声笑语。众姊妹要求众兄弟除了要念"保证书"，还要做俯卧撑，更要献歌。

"妹妹大胆往外走！妹妹你快开门啊！"当一位接亲弟兄大声高歌，有位姊妹透过门缝回话说："开门？可以，不过先给'开门利是'。"

"要几大的'开门利是'？"英勇拿出一大叠利是，特意在众姐妹的面前晃来晃去，引来众姊妹异口同声地回应说："九百九十九元九角九分。"

"哇——你们的胃口好大喔！"众弟兄异口同声的责怪使得众姊妹故作生气状。

"既然你们这么无风度，胆敢嫌我们胃口大，我们就让你们食闭门羹吧！"带头的那位姊妹对众弟兄予以温柔的反击。

当"口水战"进行至此，众弟兄纷纷拿出一瓶瓶丝带喷雾，透过门缝喷射。众姊妹不甘示弱，也拿出同类"武器"还击。"攻防战"进行数分钟后，跟新郎随行的大襟姐不得不调停，大声喊道："吉时快到啦。"众弟兄、众姊妹纷纷停止"武斗"，又展开文斗式讨价还价。

英勇终于心软，答应众姊妹所开出的条件，将一封厚厚的大利是通过门缝塞给众姊妹。铁门大开，接亲队伍鱼贯而入。有的弟兄不够尽兴，喷射丝带喷雾偷袭众姊妹。

英勇哪里顾得上什么传统习俗，急步直奔到安贤的闺房内，一把牵住她的手。"Kiss（吻）！Kiss！Kiss！"面对众弟兄、众姊妹的煽情起哄，英勇双手搂着安贤的腰间，轻吻她的红唇。她变得羞答答的，脸蛋泛起红晕。众弟兄、众姊妹则欢喜雀跃。

英勇、安贤手牵手，动身出门。大襟姐、俊杰分别为这对新人撑红伞、撒米。英勇的接亲弟兄们忙着烧鞭炮。俊南沿途抓拍送嫁、接亲情景。

在众弟兄和众姊妹的簇拥下，英勇携安贤穿过数条小巷来到李家牌坊处，进入那辆租来的豪华"奔驰"花车。伴随着接连不断的鞭炮声，由十来辆小汽车组成的接亲车队缓缓移动。送嫁的亲友们、姊妹们在牌坊处驻足，目送接亲车队的远去。

经过半小时的车程，安贤被接到英勇的小别墅家中，跟英勇拜堂成亲。英勇携安贤一拜天地，二拜高堂，夫妻交拜。随即，安贤被送入洞房。

"过门"礼仪完毕之后,安贤换上传统龙凤裙,将英勇家所给的金饰一一戴上。她的两个耳垂戴着金耳环。金项链套挂的凤形金饰悬于她的胸前。她的两只小臂各戴着数只金镯子,每根手指均戴着金戒指。一转眼的工夫,她就从不起眼的灰姑娘华丽转身为金光闪烁的贵妇人。

璀璨夺目的安贤跟英勇一道,拜见她的家翁家婆及英勇家的其他长辈。"饮杯新抱(儿媳妇)茶,富贵又荣华!"大襟姐引导英勇与安贤跪下,先后向英勇的父母、叔婶和哥嫂等亲戚敬茶。安贤在英勇的带领下,还逐家逐户拜见他的同房叔伯兄弟,并到每家的神台前上香跪拜。

日落西山,英勇家的亲朋好友纷纷应邀出席设在何氏宗祠的婚宴。上百席婚宴摆满祠堂的里里外外,英勇在众弟兄的簇拥下向每位来宾敬酒。安贤也在大襟姐、伴娘及贴心姊妹的陪同下,四处走动向来宾敬茶。每当新娘敬茶,大襟姐总会献上那句招牌辞令:"饮杯新抱茶,富贵又荣华。"

当婚宴进入尾声,多串礼炮齐鸣贺喜,英勇及其弟兄们在祠堂外夹道送客。宴罢客散,英勇和安贤匆匆吃过晚饭,稍作休息又迎来"闹洞房"环节。

英勇的弟兄们闹过洞房后,还聚在客厅见证"新娘开全盒"仪式。放在桌面的全盒里装有喜糖、糖莲子、花生等众多寓意美好的东西。在大襟姐的指引下,安贤围绕一张圆桌转圈开全盒。她拿起一只红筷子往全盒边沿敲一下,就开始围绕圆桌转圈。第一圈转完后,她便用筷子从全盒里夹出一样东西放到另一个盒子里,同时念道"一心一意"。先后念过"甜甜蜜蜜""连生贵子""白头偕老"……直到第十圈,她拿起一只红筷子往全盒边沿连续敲十下,又围绕圆桌转圈。当第十圈转完,她就用筷子从全盒里夹出一样东西放到另一个盒子里,同时念道"十全十美"。

结婚第三天上午,安贤向她的家翁家婆敬茶后,便带她的丈夫英勇及家翁家婆一起前往自己的娘家。这叫"三朝回门",是安贤的娘家人宴请英勇的礼俗。回娘家时所带的礼物也很讲究,安贤提着烧猪与肉鸡等许多礼品,高高兴兴地携她的夫婿回到她的娘家。

在安贤的娘家,亲朋聚集等候多时。英勇和她作为新婚夫妇,还按风俗跪拜她的娘家甚至是叔伯亲人的每一个门。整个婚礼下来,小两口跪拜了很多次,包括祭拜祖先时的跪拜及其他一些礼节性跪拜,小两口的膝盖都已变紫。

安贤终于如愿嫁人。作为她的堂哥,俊南莫名其妙地生出若有所失的伤感。

迷城恋歌

其实，这是他长期缺乏异性体贴、关爱的心理折射。他渴望佳丽成为他的女友，但她会否答应跟他交往尚属未知数。而淑澜主动追求他却遭受他的拒绝，害得双方备受情感煎熬。

淑澜及其父亲、妹妹、弟弟围坐在桌子旁。桌上放着1磅重的生日蛋糕，蛋糕上插着5根蜡烛。淑澜点燃这些蜡烛，她的妹妹关掉灯光，让点点烛光为整个农家营造温馨的氛围。她与妹妹、弟弟齐唱生日歌，为她们的父亲庆祝生日。

"恭祝您福寿与天齐，庆贺您生辰快乐。年年都有今日，岁岁都有今朝。恭喜您恭喜您！"祝寿歌声刚落，淑澜的父亲闭目许愿，一口气吹熄全部蜡烛。他刀刻似的皱纹都舒展开来。屋里灯光重新亮着，他拿起刀为大家切分蛋糕。

淑澜一家人刚吃过晚饭，肚子尚饱，只能吃下少许蛋糕应景。她的弟弟吃着蛋糕，不经意地说出"阿妈在生就更好喽"，让一家人一下子陷入伤感中。

淑澜的父亲停止吃蛋糕，环视小屋，一一扫视各种低档家具。"我跟你们老母起早贪黑养家糊口，冇想到她会患上癌症。唉——"伴随着他的哀叹，他的两个女儿脸上已是热泪两行。

淑澜家的不幸遭遇是俊南难以接受她的原因之一。他何尝不渴望攀上高枝呢？淑澜的穷苦家境肯定无法符合他的择偶要求，而佳丽的富贵家境无疑是他的理想选择。抱得佳丽归可以说十画未有一撇，但他依然坚信这样的人生信条——"宁欺白头翁，莫欺少年穷，终须有日'龙穿凤'（穿龙袍着凤衣），唔信一世'裤穿窿'（穿烂裤）"。

不久后，俊南的感情闷局终于迎来破局的曙光。

当俊南在办公室坐等部门开会，胡总专门打来电话探问："你见过那个女仔，你的意思如何？""我这边无问题，愿意进一步发展关系，就睇她的意思喽。"他快步走离办公室，尽量压低自己的声音，生怕其他同事获知此事。

胡总爽快答应帮俊南问一问佳丽那边的心意，他还趁机拜托胡总打听佳丽的实岁。胡总马上联系林局长了解佳丽的情况，从林局长的口中了解到佳丽肖猴，愿意跟俊南交往。

这一好消息让俊南喜不自禁。胡总还把佳丽的手机号码转告他，催他想办法尽快联系她。他连声向胡总道谢，感觉重任在肩既有压力更有动力。

喜从天降之后，俊南不仅整天神采飞扬，就连睡着都面带笑容。而令他乐极生悲的是，不仅那位不时出现在他梦中的百岁老翁李俊南，还有他在愉心园偶遇

238

的那位张桂秀老太竟然都闯进他的梦乡。

在年轻俊南的朦胧梦境中，李俊南老翁躺睡在高级病房的病床上。坐在床边的张桂秀老太愁眉难舒，紧紧抓住李俊南老翁的手。在病床周围不仅放置着众多先进医疗设备，还站着张桂秀老太的十来个至亲。当中有男有女，有老有少，大家不离不弃地守望李俊南老翁。

为唤醒昏迷多时的李俊南老翁，张桂秀老太声情并茂地哼唱台湾知名歌星邓丽君原唱的国语流行歌《我只在乎你》——

如果没有遇见你，我将会是在哪里？日子过得怎么样？人生是否要珍惜？也许认识某一人，过着平凡的日子，不知道会不会也有爱情甜如蜜。任时光匆匆流去，我只在乎你，心甘情愿感染你的气息。人生几何能够得到知己？失去生命的力量也不可惜，所以我求求你别让我离开你，除了你我不能感到一丝丝情意。如果有那么一天你说即将要离去，我会迷失我自己，走入无边人海里。不要什么诺言，只要天天在一起，我不能只依靠片片回忆活下去。……

此歌唱罢，张桂秀老太开始放声痛哭，浊泪纵横。以年轻俊南为寄主的李俊南老翁灵魂对此产生微弱的感应，欲触摸抚慰她，但根本无法控制自己的肉体。而她的子孙后代纷纷靠近她，安慰她。等她的情绪渐渐平复，她开始向着李俊南老翁的肉身忆述自己的神奇境遇。

当张桂秀老太通过时空虫洞穿越到李俊南老翁灵魂所在的公元2004年时空，跟李俊南老翁灵魂的寄主年轻俊南相逢，年轻俊南却以为她是精神病患者毅然离她而去。她无计可施，只能重返中海祖庙灵应祠，到北帝坐宫周围寻找时空虫洞。原来的时空虫洞竟已消失，不过在北帝坐宫左侧突然呈现新的时空虫洞。她进入时空虫洞，瞬间穿越到公元2076年时空里，李俊南老翁肉身所处的病房中。

张桂秀老太的女儿李红梅正在病房中照料李俊南老翁的肉身，发现自己的生母突然现身，以为自己在大白天见鬼。只因在前几天发生的那次恐怖袭击事件中，张桂秀老太及其继子李重文所乘坐的大飞机被那些人间孽障劫持撞击美丽国帝国大厦，在空中解体爆炸。飞机上的近300名乘客及机组人员全部罹难。不过，事故处理人员没有找到张桂秀、李重文两位老人的遗体，就断定这两位老人在飞机爆炸期间已被炸得粉身碎骨。

红梅飞赴美丽国首都处理完其生母、长兄的后事，旋即飞回香江看望自己的生父，岂料自己的生母竟活生生地出现在自己的面前。张桂秀老太穿越时空的神

奇经历令红梅一时难以置信。红梅用力揪自己的脸蛋感觉一阵痛楚，又触摸张桂秀老太实实在在的脸蛋，才敢确认面前的张桂秀老太并非鬼魂而是活人。母女俩兴奋得紧抱对泣，久久未能平复。红梅还致电通知其他家属火速前来其生父生母所在的病房，一起见证这一奇迹，分享这种恍如隔世再会的喜悦。

忆述完这段不可思议的神奇境遇，张桂秀老太更渴望李俊南老翁的灵魂穿越回到现代。"老公啊！你的灵魂穿越到你28岁那年的时空，其实你正在把你年轻时的肉身作为寄主啊！快醒醒啦！"她紧握李俊南老翁温暖的手，不时拭泪。李俊南老翁的灵魂很想跟她对话，以进一步求证自己所处的真实状态，但依然无能为力。

年轻的俊南忽然从怪梦中惊醒过来，眼前的情景并非他刚才所见的高级病房，而是他所居住的寒酸宿舍。张桂秀老太的动情哭诉、李俊南老翁灵魂的微弱感应，到底是梦幻还是真实？俊南一时难以分辨清楚。刚才的那一幕如幻似真，那么神奇，使他将信将疑。

第八乐章　寻寻觅觅一生最爱

迷城恋歌

张桂秀老太的容貌不时萦绕在俊南的脑海中，令他陡增亲切感。然而，他觉得她对李俊南老翁的呼唤毕竟是无法触摸的梦，自己还是继续追寻现实中的真爱为好。"胡总讲得对，追女仔一定要趁热打铁！"他在大家乐快餐店边吃晚餐边回忆胡总的嘱咐，心中嘀咕着。

"家丽，你好！我是记者李俊南，你正在做什么啊？"俊南尝试向佳丽发送第一则手机短信，她正在家中陪她的父母一起吃饭，放下手中的碗筷翻阅这则短信。

"这个家伙竟然将我的名字搞错喽！不过，他刚认识我难免如此，我姑且原谅他啦！"佳丽先在心中权衡一番，随即回复短信向俊南问好，还提醒他说："其实我叫佳丽啊。"

面对自己所犯的低级错误，俊南自责"粗心大意的笨蛋"，匆忙思索借口回复短信补镬。"佳丽，对唔住！近音字容易混淆，导致我写错你的名字。我这个以卖字为生的记者真该打，你舍得打我吗？"他还向佳丽透露自己刚吃过饭，并顺水推舟地问她当晚有什么节目，期望会有意外收获。

在佳丽的心里，俊南并非她的如意郎君类型。面对他初次发起的追求行动，她的下意识就是要敬而远之。"你系记者，真可惜我无什么东西可以让你采访。现在我跟朋友去饮果汁。"她向他发出这则短信，便坐上她的初中女同学所骑的摩托车，前往她家附近的"迷你果汁"店。

佳丽的短信所透露的冷淡，让俊南倒吸一口冷气。"胡总所讲的情况那么好，为何佳丽会如此对待我呢？难道她故意要考验我？我一定要努力追求她！"他嘀嘀咕咕地回到办公室，边浏览互联网边思索法子，硬着头皮回复佳丽的短信。

"唔一定喔，我可能从你身上挖掘出一些吸引人的东西呢。我亦好喜欢饮果汁，你到哪里饮果汁啊？"俊南不禁想起以前自己跟晓雨去过的那家"迷你果汁"店。

然而，佳丽不想透露自己所处的方位，没有回复俊南。他感到莫名其妙，只好又提出新话题，询问她的办公地具体在哪里。"我的办公地好偏僻嘎。你真想访问我啊？我觉得唔好意思喔。"她开始转变自己对他的冷淡态度。

俊南发现柳暗花明，便以"不知你几时得闲出来一齐聊聊天"来试探佳丽的反应。"好啊，我好多时候都得闲。"她不想违抗父命，尝试跟他交往，摸清他的底细再作打算。

"平凡的人不平凡的事，讲些故事给我听听，唔使（不用）怕羞喔！"俊南经一事长一智，已从感情挫折中变得聪明起来，懂得以调侃语气逗女子开心，"哈哈，不如约定本周四晚上在环市广场shopping mall（购物中心）共进晚餐，顺便深入'采访'吧！不知靓女你能否抽空赴约呢？"

佳丽爽快答应俊南的邀约，还提醒他到时不要认错人。他趁机给她戴高帽，声称如此高挑俊俏的靓女他岂能认错啊。

初约佳丽告捷，令俊南如沐春风。然而，时至周四正午，突然就变卦。

"记者俊南同志，你好，我系佳丽啊。今日之约改期好吗？因为我单位今晚宴请员工。"佳丽在电信业务前台一下班就赶快向俊南发送短信。初次约她就遭爽约，让他难免失望，心中猜疑"她会唔会向我耍心计呢"。不过，他沉住气，回复"改到本周五晚上好吗"，试探她的真实想法。她爽快同意他的建议，让他松一口气。

在俊南看来，"记者俊南同志"的叫法显得佳丽距离他很远很远。他希望拉近这一距离，便建议她直接叫他"俊南"为好，还委婉解释称她将他叫成这样他有点不习惯。实际上她只是感觉那样叫法挺有趣，一心想跟他开玩笑，没想到他会如此介意。而他觉得"俊南"是本地习惯叫法，无论叫还是听都显得好有亲切感。对此，她亦有同感，还故意说她妒忌"俊南"两字好听。他就借机讨好她，盛赞"佳丽"两字极易引发美丽的遐想。

跟俊南一样，唐仁在情感上也取得新突破。唐仁的手机不离手，他忙于跟乔巧互发短信。原来，她已辞去工作，开始准备行装南下。

"你介不介意你的老婆不是处女？"俊南在唐仁的房里看电视，想起淑澜所透露的隐私，便试探唐仁的真实想法。

"不介意，都什么年代啦？！肉体上的处女能跟精神上的处女比吗？"唐仁露出满脸不屑的神情，提高嗓音回应俊南。

"哈哈哈，新观点新观点！"俊南向唐仁竖起大拇指，但自己心中对淑澜的芥蒂无法消除。

几天来俊南音信全无，令淑澜心里更虚。她致电向颖仪求援，但颖仪亦爱莫能助，唯有建议她主动联系俊南。

"我好想知道你怎样看待我？你希望我们的关系是普通朋友、好朋友，还是我所希望的情人？我本人好蠢，猜不到你的心思，我希望你可以直接将你的想法告诉我。"淑澜编发此则短信跟俊南沟通，而他正在中海体育馆打乒乓球，直到歇息期间才发现她的短信。如果要即时婉转回绝她，确实会考倒他的情商、智商。

一小时过去，俊南走出乒乓球馆，他用来应付淑澜的腹稿已成。"两个人的感情需要一点一滴地逐渐形成，我们俩交往尚浅，了解实在未够深入。你突然提出情侣关系未免有点为时尚早，我一时尚未能接受，你能否多给一些时间让大家有更深的了解？俗话讲水到渠成！"面对他所回复的短信内容，淑澜连续跺脚，不禁骂道："衰人明摆着敷衍我。"

淑澜所在的陶瓷展厅里老鼠为患，天天在她的抽屉里大小便，举办嘉年华。抽屉一拉开，一只妙龄小鼠当即跃入她的视野。只见它在亲吻她的印章，并对她猛抛媚眼，发送爱的电波。她激动得大叫一声，整个人弹跳起来。

在遭受鼠患滋扰之余，淑澜收到其好朋友即将结婚的消息，感叹连连。她想跟俊南闲聊，却又感到无话可谈，只好以自己刚遭受鼠患滋扰一事作为话题。可惜他无心跟她深谈，应付她了事。

俊南接到母亲王梅芳专门打来的电话，她的第一句话就是问及他最新的感情进展。直到获知他跟佳丽的交往开局总体顺利，她才轻舒一口气。

俊南万万没想到的是，王梅芳的电话刚刚挂掉，淑澜赤裸裸的内心告白旋即"杀到"。她透露自己的好朋友终于找到"依靠"，计划于下个月举行婚礼。这一消息令她感到好高兴但也有好多感触。在她的自我感觉里，她尚算是一名靓女。多年以来，她身边出现过各式各样的男人，不过她至今还找不到"一个可以靠岸的港湾"。"难道我好差吗？可能我真的好差，不过我真不知道自己差在哪里。你不要误会，我讲这些话只是想发泄一下内心的忧郁，并无其他意思。"她的这些怨言让他不敢去触"雷"，自认为避之则吉。

跟佳丽约会的这一天俊南终于盼到，然而他临时被部门领导安排去凤城区搞发行工作。等大伙开完发行会，他又跟随大伙去参观具有400多年历史的碧江金楼古建筑群。金箔镶贴精美绝伦，雕饰工艺惟妙惟肖，众多游客为之陶醉。

而俊南却心不在焉，忙于权衡孰轻孰重。"立即请假赶去赴约呢，抑或临时爽约继而出席工作晚宴？"他当然选择前者，坐上公交车赶往环市广场shopping mall。离约定时间还有5分钟，他已站在环市广场shopping mall正门，望穿秋水地等候佳丽的现身。

佳丽请假提前半小时下班，匆忙骑摩托车赶回家换掉工服，随即又赶往环市广场shopping mall。到来环市广场shopping mall附近的停车场，她先把摩托车停放好，才徐徐走向环市广场shopping mall正门。

俊南逆向霞光，翘首眺望，在繁忙的车流人流里捕捉佳丽的倩影。原定的约会时间已过两三分钟，他拿出手机看时间，心里开始焦虑难道她家距离这里好远。

就在此刻，佳丽已悄然走到俊南的面前，一脸矜持。她穿着一件浅灰色短袖背心、一条有点褪色的牛仔裤、一双旧布鞋。在他的眼里，这样的扮相显得有点老态。"这么迟嘎？"他绽露笑容，却口不择言。她的脸色晴转多云，她并没作声，心想他讲话竟这么冒失。他想改口，但一时不知如何补镬，只好说："我们先订票再吃饭吧。"

到环市电影城售票处订好票之后，俊南又领着佳丽来到热闹的美食广场，好不容易才找到一张空桌子。服务员马上过来为俊南俩斟茶，派发点菜单。俊南拿着点菜单，领着佳丽巡视各个档口。每逢点菜下单，他都事先征求她的意见，而她只是说"随便"。不同菜系的菜肴这里应有尽有，他点下几个清淡的小菜。至于主食，她只要一碗面食，而他则要一碗米饭。

颇有心计的佳丽特意悄悄跟俊南量比身高，发现彼此的身高的确好相衬，只不过彼此的身型欠协调。他们俩回到自己的桌子旁，相对而坐。服务员将他们所点的菜肴、主食一一呈上，他们俩一边进食一边闲聊。

俊南在心中叮嘱自己要吸取以往的教训，尽量聊聊一些令人轻松的话题。而他刚才在佳丽面前的失言仍让他耿耿于怀，他就鼓起勇气要当面消除误会。"刚才我们见面那时，我讲错话喽。我本来想表达的意思系你来晚一两分钟，岂料自己慌不择言。"俊南拿起茶壶，往佳丽的茶杯里斟茶。她将其右手的食指、中指并拢，在桌面轻叩三下行扣指礼以表谢意（叩指礼是从古时中国的叩首礼演化而

来的，叩指代表叩头）。

"冇关系，唔好将这件小事放在心里啦！"佳丽以满脸的微笑缓解眼前的尴尬场面。这句话让俊南放下心头大石，变得轻松起来。他还趁机询问她家住哪里，希望解开自己心中的疑团。原来她家在澜湾区中海影剧院附近，离环市广场shopping mall有点远，开摩托车一路上要经过十几个红绿灯路口。他便建议下一次约会不要挑这么远的地方，改在澜湾区那边。

紧接着，俊南又问及佳丽的上班地点具体在哪里。但她不想过早透露自己的具体情况，只是模糊交代"离中海大桥好近"。他当即联想到那里是澜湾区与环市区的交界处，地处城乡接合部。

谈着谈着，俊南与佳丽之间的尴尬渐渐消除。他们俩的晚饭吃完，但离电影开场还有半小时。为打发时间，他们俩逛逛商场，欣赏婚纱照现场展示。他甚至浑身解数，展现自己幽默的一面，把她逗得乐呵呵。

电影快上映，俊南、佳丽从商场进入电影城大厅。如今物是人非，令他回想到以前自己跟晓雨交往时的种种笨拙。"交过那么多学费，理应有所长进！"他意识到这一点，立刻主动为佳丽买饮料等各种零食。令他倍感欣慰的是，佳丽并不像晓雨那样提出诸多要求来"刁难"他，而是欣然接受他为她选购的零食。俊南的出色表现让她感到满意，她对俊南的印象分提升不少，她觉得这位书生值得深交。

俊南俩所看的电影放映近两小时方告结束，他们俩随着人流慢慢步出环市电影城。他突然想起胡总说过佳丽的生日是在10月底，便趁临别前的时机询问她的生日在10月几号。她看看他，答道："30号。""后日喔！"他心中暗喜。

佳丽点头回应俊南，用眼睛的余光瞄着他。他想做到有备无患，赶快试探她最希望收到什么礼物。"一些意想不到的礼物！"她正视他一眼，透出一口强调的语气。他意识到自己好好表现的机会即将到来，爽快应答她的要求。

俊南、佳丽分别骑着自己的摩托车，一起返回澜湾区。直到把她送回到她家楼下，他才安心跟她道别。她叮嘱他开车小心一点，令他乐滋滋地应答一声"哦"，调转车头驱车离去。

"从佳丽最后的回应来分析，这次约会真系有惊无险！"俊南穿行于城市夜幕下，心里满怀庆幸，不禁长呼一口气。

当俊南拖着疲惫之躯上床休息之际，满脸忧伤的颖仪仍在淑澜家的二楼天台，跟淑澜并肩坐着聊天。这是因为当天根生通过手机短信告诉颖仪，他的心依然未能摆脱前女友的影响，希望颖仪能多给他一些时间。原以为终于雨过天晴，没想到只是乍晴还雨，使颖仪又陷入失落的情绪中。淑澜充当她的忠实听众，还劝她继续放长线钓大鱼。

在星空下，这两位大姑娘谈论的焦点渐渐从根生转到俊南。她们谈及俊南的经历、爱情观、择偶要求等等。这些都曾是淑澜好想知道但俊南答得好含糊的问题。直到凌晨一点多，她们的闺蜜私语方告结束。她们同床共眠，同病相怜。

淑澜好想在周六晚间约见俊南促膝谈心。不过，她的父亲因要事晚回家，她需要在家做饭，不能外出约会。"我依然想跟你聊聊，今晚你可不可以抽一点时间跟我煲一下'电话粥'呢？"她发来的短信并未获得俊南的及时理会。

淑澜守候半小时，显得不耐烦，又发短信追问俊南。"嘿，靓仔，你收不到我的信息吗？拒回信息是好无礼的行为，好与不好都应该给我一个答案嘛。"她的一再纠缠将他逼得无路可退。他不得不回复短信谎称自己刚才正忙，还解释说自己因当晚有公务，等到得闲时才可以打电话给她。

"对唔住啊！我以为你故意不回复我呢，有冇妨碍你的工作啊？肯定会啦，你得闲再给我打电话啦，我会好有耐性等你嘎。"淑澜的回话进一步刺激俊南，使他开始酝酿如何婉拒她的法子。

星夜降临，淑澜心不在焉地留在自家中，守候俊南的来电。因实在等得不耐烦，她甚至请求颖仪打电话给他，帮忙打探情报。他正在公众场合忙于应酬，不便聊私事，只好承诺等有空再打电话给颖仪。

午夜将至，俊南才忙完回到办公室。办公室没有其他人，他便拨打固定电话，安心地跟颖仪聊天。其实，在刚才回来的路上，他已想好应付她的借口。

"表哥，阿澜并不介意你的家境，她睇好你的将来。"颖仪开门见山地逼问俊南如何打算。他的短处被她不经意地点明，令他有点反感。但他始终保持平和语气地向颖仪声称晓雨对他的心伤害得太深，他的心情尚未恢复过来，他暂时未能接受淑澜。

"既然这样，你们的事我亦爱莫能助。"颖仪连一点脾气都没有，眼圈开始泛红，"表哥，你好自为之吧。"

"哦。我等一阵打电话回复阿澜，将话讲清楚！"俊南结束自己跟颖仪的通话，背靠办公椅闭目养神并理清自己的思路，准备回拒淑澜。眼看壁钟显示

"23:30",他趁热打铁,鼓起勇气拨打固定电话联系她。

淑澜的手机无法接通。她早已躺在床上休息,面对俊南姗姗来迟的电话,满腹怨气难消。他非常敏感,想到她可能在生气,继而用自己的手机再次拨打她的电话。这次她选择接听他的电话。

"我系李俊南。"俊南努力保持平和的语气,"你睡着未啊?"

"刚睡着。"淑澜的声音十分低沉。

"我想向你坦白自己的心里话……"俊南心里发虚,连拿着手机的右手都在微抖,"其实,我遭受过感情的伤害,而且伤得好深。现在我的心尚未痊愈,暂时无心开始新的感情,希望你可以谅解。"

"……既然如此,我亦唔想勉强你。"淑澜感到好无奈,好想哭,"不过,我提醒你一句。城市女仔在拍拖的时候好狡猾,你如果以为我乱讲,迟早会后悔!"

"多谢你提醒!"俊南保持高度警惕,防止自己心软误事。

此次摊牌式通话持续到凌晨零点之后。一挂断电话,淑澜就把房门紧闭,躲进被窝痛哭流泪。她甚至用力咬着被子不放,尽情抒发自己对俊南的怨恨。

刚才那番婉拒淑澜的话语说得有理有节有度,使俊南的心里变得轻松许多。"我唔想伤害人啊!我跟阿澜尚未正式开始恋爱,长痛不如短痛,这样了断最好不过。"他一边返回单身宿舍,一边自言自语。

当俊南回到自己的宿舍,俊杰已上床睡觉。早在前一天下午,俊杰就从其老家来到市区一家小型私营企业面试,还到俊南的宿舍借宿。他一开门就把俊杰吵醒,还向俊杰诉说刚才发生在他身上的情事。俊杰不敢贸然发表任何看法,不禁有点寒心。他没有得到俊杰的附和,便躺在床上闭目沉思,他跟淑澜的交往情景一幕幕地浮现于他的眼前。

淑澜在痛哭之余首先想到的人就是颖仪。她拨打颖仪的手机,想找颖仪安慰自己,一起商量对策。早知道结果的颖仪通过电话听到她的抽泣声,尚未等她说话,便受其悲伤感染也哭起来。

"颖仪,他……他拒绝我了!"淑澜不停地抽泣着,茫然不知所措,"怎么办?"

"阿澜,算罢啦,强扭的瓜不甜!我表哥无眼光,走宝了!"颖仪停止哭泣,以正常的语气努力劝慰淑澜。

"我的心里好难受啊！连跳楼自杀的想法都有！"淑澜的胸口在隐隐作痛，她徐徐走向自家的阳台边缘，午夜阴风肆意侵袭她的性感躯体。

"唔好做傻事啊！如果你要跳楼，我就即刻过来陪你一齐跳，你要等等我！"颖仪从床上跳起来穿好衣服，悄悄走出自家门。周遭寂静无人，她急步穿过几条街灯明亮的街巷，火速赶到淑澜的家门外。

呆立于阳台边缘的淑澜听到颖仪的电话铃声，忽然回过神来，接听颖仪的电话。颖仪要求她马上下楼，打开门让颖仪进屋。面对这位知己的真挚关怀，她的心瞬间软下来。她立刻往阳台中部后退两步，转身走下楼为颖仪开门，心有余悸。

淑澜与颖仪在阳台上相互依偎，互诉各自在情路上的喜怒哀乐，还一起哼唱香港知名歌星邝美云原唱的粤语流行歌《未曾深爱已无情》——

共你无缘怎相逢，情心怎料未浓转冻？乱我心柔情，痴心被轻碰，怎知转眼便遭冰封？被你甜言的嘴唇，撩起心内蜜桃偷偷种。乱我心柔情，甘心被操纵，痴心因你难自控。无声叶絮飘送漆黑晚风里，陪我扮作洒脱暗盖唏嘘。能否自你转身去后长黑暗，而不想你望太真，像个泪人？啊——现我如同空心人，无心的身无言地抖震。是我不留神，痴心被牵引，偷偷想你呆在凳。……

漫漫长夜里，淑澜俩眼前一片黑暗，迷茫不知黎明的曙光何时出现。而在俊南的感觉中，佳丽的出现让他在黑暗中望到一缕曙光。

佳丽的生日终于到来。俊南一大早就醒来，却卧床不起，拿着手机给佳丽发短信。"在这个特别的日子里，我向你送上真挚的祝福：生日快乐！"他还特意询问了解她今天要不要值班。她也躺在床上，回复他说自己今天休息在家，还猜想他会采取什么实际行动。

俊南连日来只顾及自己那些烦心的情事，根本无心思关注俊杰找工一事。当俊杰醒来，他询问俊杰昨日的面试如何。"……感觉尚算可以吧。"俊杰迟疑地回答，显得不太自信。

"什么企业？"俊南起床穿衣服。

"中介公司。"俊杰也跟着起床穿衣服。

"具体搞什么业务？"俊南皱皱眉头望着俊杰。俊杰透露一些中小企业向银行抵押贷款扩大生产之后，银行就请俊杰应聘的那家中介公司派人监督这些企业的生产经营。这家中介公司的员工要住在贷款企业的工厂里，每天清点厂里库存

情况,防止企业主骗贷。

"这份工月薪几多?"俊南正想走去刷牙洗脸,突然又停下脚步。

"800元。"俊杰坐在床沿,不经意地垂下头来。

"太少!阎罗王招工——揾鬼嚟做(粤语歇后语,寓意没人会做)。"俊南联想着自己所拿的高薪,他的心底话脱口而出,不过他即时意识到不能打击俊杰的自尊心自信心,"如果这家中介公司聘用你的话,你就暂时做着这份工吧,骑牛揾马嘛。这样可以减轻我的负担。"

"哦。"俊杰勉强从喉咙里挤出这个字。

"一直以来我负担太重!"俊南双眉深锁,满脸愁云,"这个家好似大秤砣拖累我,我连追女仔都冇自信。"

"市区那个女仔躲避你,而你拒绝陶都那个女仔。"俊杰的瘦脸拉得更长,"你跟老总介绍的那个女仔发展得如何?"

"今日她过生日,我打算好好表现一下。"俊南的脸上多云转晴,"等一阵,你陪我去拣生日礼物,订购鲜花和生日蛋糕吧。"

"哦,你要好好策划一下喽。"俊杰的话音刚落,俊南兄弟俩立刻动身梳洗,准备外出筹备为佳丽庆生。

俊南想事先试探佳丽的心思,于是在出门前发短信说自己有一份她意想不到的礼物送给她,还询问当天在何时何地将它送给她最方便。"真嘎?几时都可以喔。"她一边回复他的问题,一边跟自己的家人商量在哪一间大酒店预订她的庆生晚餐。他顺水推舟,希望她当晚外出跟他相聚,接收那份富有珍藏价值的礼物。这一建议自然得到她的积极应和。

俊南兄弟俩一起去逛流行时尚坊的多间精品店。经过精挑细选,俊南选定一件透明水晶工艺品,这是一双情侣天鹅。他又来到情侣花店,订购一束鲜花。它由11支粉红玫瑰和1支黄百合组成,寓意一心一意、百年好合。然而,他一时忘记为佳丽订做一个生日蛋糕,幸好得到俊杰的及时提醒,随即到附近的西饼屋订做一个牛肖蛋糕。

直到正午时分,筹备工作基本完成,俊南才安心去吃午餐。佳丽受好奇心驱使,发短信询问他到底要送什么礼物给她。他连忙回复"天上有地下无",让她猜谜。她懒得去猜想,径直回复"太抽象",然后欣赏其父亲所送的白金项链。

俊南还不忘询问佳丽大概在几时吃完晚饭,当收到她的回复"7点半左右"，就建议20时在中海公园正门见面。其实，他打算在中海公园为她举办特别的庆生会。而她的家人早已在中海大酒店订好房间，也准备为她庆生。

日傍西山，林局长一家四口从公家车里出来，进入中海大酒店包厢为佳丽庆生。她穿着一件浅粉红色的棉质背心及与之相衬的休闲裤、一双黑色皮鞋，肩挂一个黑色小皮包。她向俊南发送短信，要求他于19时45分到中海大酒店接她。

睡够歇足的俊南收到佳丽的新指示，马上起床进入庆生状态。而在他的宿舍里，唐仁早已不见影踪，原来他提前赶赴粤州火车站等候迎接乔巧。

乔巧从东北老家辗转来到粤州火车站。她的身上穿着碎花连衣裙，肩上挂着白色小提包，手上提着行李箱。她走出出站口，四处张望，找寻唐仁的身影。

"乔巧，我在这儿！"守候多时的唐仁一望见乔巧，就高举右手挥动着，朝她的方向呼喊。她望见一身运动装打扮的唐仁，即刻露出满脸的笑容，慢慢地朝他那里走去。他趋前几步，右手接过她的行李箱，左手牵着她的玉手。

"等我很久啦！"乔巧含情脉脉地看唐仁一眼。

"简直是望眼欲穿啊！"唐仁笑得双眼眯成一线，春风得意。

一小时后，唐仁领着乔巧，乘坐当日刚开通的粤中地铁返回中海。按他们俩事先商量好的计划，她入住岭南时报社员工宿舍区附近一家高档旅店。等她安顿好，他们俩又坐出租汽车到岭南美食城品尝美味佳肴。

一身休闲服打扮的俊南提早到岭南美食城吃过晚饭，旋即赶到情侣花店取花，并将那束鲜花安放在摩托车脚踏板上。"骑摩托车又拿着蛋糕，不仅好危险，更易搞坏蛋糕！"他意识到这一风险，便打算先接上佳丽，再一起去提取蛋糕。

佳丽与她的家人一起吃过晚饭，提前辞别自己的家人，独自在中海大酒店门前等候俊南。约定的时间已逼近，他骑车径直来到她的面前。她看到他的到来，下意识抬起手臂看表，恰好是"19：45"。他连忙拿起那束鲜花，双手递给她。她接过鲜花，报以甜蜜的微笑，她的一声"多谢"令他乐滋滋。

在前往中海公园的路上，佳丽坐在俊南的摩托车上，一手提蛋糕一手捧鲜花。她的感觉是甜蜜蜜的，她不禁猜想他在中海公园还有什么特别安排。

在俊南的带领下，佳丽来到中海公园内的大草坪。在这片草坪与园中小径之间有一条长约十米、宽约十米、高约半米的绿化带。在距离绿化带约20米的草坪中，矗立着数棵大树。中海大道上灯光璀璨，为这里营造出斑驳、浪漫的氛围。

在他看来,在这里举行庆生会比较安静,外界干扰较少。

在靠近绿化带的草坪上,俊南动作利索地铺上几张报纸,生日蛋糕等被放置其上。他邀佳丽一并坐到报纸上,她拿起那束鲜花,让鼻子凑近玫瑰享受花香。面对她含情脉脉的秋波,他不敢正视她,含羞答答地将生日礼物送给她。

"什么礼物?"佳丽把那束鲜花放到报纸上,双手接过这份礼物。

"你打开包装纸就知道啦!"俊南笑眯眯,心跳加速。

佳丽小心翼翼地将包装纸拆开,发现里面装着一双水晶造的情侣天鹅。水晶天鹅折射灯光,显得格外晶莹剔透。"果然是天上有地下无喔。"面对她的笑语,俊南当场试探她的心思,询问这份精挑细选的礼物算不算意想不到呢。

在佳丽看来,这双水晶天鹅与白金项链相比显得逊色很多。但她考虑到自己跟俊南的交往尚浅,笑说:"勉强算吧。"这让他的心头大石安放下来。

"哥哥,买一枝花送给你的女友吧。"一位说普通话的小男童走过来打扰俊南,引起俊南对他的上下打量。看样子,他的年纪不到十岁。他抱着一大束玫瑰兜售,不过它们略显残旧。"不用啦。瞧,我们已经有一大束花了。"俊南只好控制住自己的脾气,笑嘻嘻地应对他的骚扰。

然而,小男童不善甘罢休,再次恳求俊南买一枝花。俊南有点不耐烦,便询问他的花一枝卖多少钱。但他开出"五块钱"这个离谱价,彻底打消俊南再买一枝花的想法。"你的花这么残旧,不值这个价。"俊南再也按捺不住自己,满脸严肃的神情,"我们不需要,你找别人买吧!"

小男童识趣地离开,到公园黑暗处找自己的主子求援。在俊南看来,这种年纪的小朋友应该在校读书,到这里卖花好可能被拐骗。"少惹他们,周围可能有人控制他们。"佳丽的双眼瞄着周围黑暗处,心里发虚。

"哦。我们为蛋糕插蜡烛吧。"俊南小心翼翼地把蛋糕从包装盒里取出。蛋糕表面以一只趣致的猴子玩具来装饰,还写有"佳丽生日快乐"等字样。

"这只猴子跟你相似吗?"俊南随意说出的这句玩笑话,诱使佳丽笑说:"这只瘦猴似你。"这却激起他的自卑感。他唯有哈哈大笑以掩饰心里的不自在。

俊南与佳丽一起将多根蜡烛插在蛋糕上并逐一点燃。"Happy birthday to you(祝你生日快乐)!Happy birthday to you!……"他一边低声哼唱英语歌,一边轻轻鼓掌,低着头不敢看她。而她乐不可支,情深款款地凝望他。

就在这一刹那,俊南忽然萌发那种自己成为真正都市人的感觉。然而,在他的老家，潘琼的并发症正急剧恶化。她躺在床上，身体强烈颤动，异常响亮的咳嗽声从小屋外传出去。

"快来人啊！快来人啊！"当值照顾潘琼的大女儿李惠茵急忙跑到门外大喊求援，潘琼的两女三儿及其家属陆续赶到潘琼的床前。

"老母，感觉如何啊？！"李英礼半跪着，热泪盈眶。

"咳咳……睇来，我命数将尽啦。"潘琼对围住自己的后代一一扫视，发现俊南、俊杰不在，"咳咳……阿洪，为何俊南、俊杰未来啊？我想见他们。"

"他们在市区，我马上打电话叫他们赶返来看望你！"李英洪眼泪打滚，转身跑回家中，急忙打电话给俊南。

"……Happy birthday to 佳丽！祝你生日快乐！"俊南唱到生日歌最后一句，突然感到自己裤袋里的手机振动起来。这个电话来得不是时候，他没有管它，装得若无其事。

生日歌一唱完，俊南就邀佳丽许愿。她把自己的双掌合起，贴着她的胸前，闭目许愿。直到此刻，他才敢正视她。她圆圆的脸蛋被烛光映照得红通通，显得异常可爱。许愿完毕，她一口气吹灭所有蜡烛。"来，我们切蛋糕食。"他动手切蛋糕，心里忧虑："究竟谁打电话给我呢？阿澜抑或俊杰……"

突然，刚才的那个小男童又悄悄在俊南旁边现身，令俊南、佳丽倍感意外。这一次，他不是单独行动，而是领来两个小帮手。她们都是捧着残花兜售的女童，看样子明显比他小几岁。三个小家伙开始合力"围攻"俊南。

"哥哥，你们在干什么？"小男童采取迂回战术，装得十分好奇。

"过生日。"俊南挤出一脸微笑，"你有没有这样过生日呀？"

"没有。"小男童低着头。

"你的老家在哪里呀？"俊南故意逗着小男童。

"华东。"小男童进一步靠近俊南，装得异常友好。

"为什么不在老家读书，反而来到这里卖花呀？"俊南如此摸底让小男童当即变得异常机警，一声不吭。在他的身边，那个年纪较小的小女童十分醒目，马上帮腔说："哥哥买枝花吧。"

俊南用纸碟子装上一块蛋糕递给佳丽。"花我就不买了，蛋糕我可以请你们吃。"俊南如此出言拒绝，令两个小女童摇摇头。小男童却说："不吃。我们想你买花。"

面对那三个小家伙的不依不饶,俊南有点不耐烦,于是装得十分严肃来吓唬他们。"老实告诉你们,我是警察!你们不要缠着我们啦,否则我把你们都抓回公安局!"俊南这么一说吓得那三个小家伙一时不敢吭声。当中那个年纪较大的小女童竟严词反驳说:"我不怕,警察对我们也无可奈何。"

俊南压住怒火,发出一声"呵呵"的冷笑。"试试看,你们再不走,我可就打电话叫我的弟兄们来这儿啦!"他临时编造的谎话竟然将那3个小家伙击退,迫使小家伙们重返公园的黑暗角落。

在俊南应对卖花童的期间,佳丽的神色由晴朗转多云。在她看来,他没必要为这件小事太过计较,好易惹来祸端。

俊南俩尚有饱腹感,只是象征性地吃下一小块蛋糕。他也担忧久留此地会惹事,便提议收拾东西尽快离开。当俊南俩刚踏出中海公园正门,那些卖花童的主子找来帮手,正追寻俊南俩算账。幸好俊南俩手脚麻利,先走一步,才逃过此劫。

安全远离这片是非之地,使俊南、佳丽的心情慢慢放松下来。他驾驶他的摩托车前往佳丽家楼下,心中怨恨那些卖花童干扰他的好事真可恶。而她坐在车上,联想过往自己庆生的情景。

"我以往过生日,要么在屋企里,要么在包厢里。"佳丽觉得俊南选择在公园里为她庆生出乎她的意料,要是他爽快地以五元钱打发卖花童,此次约会就会显得更加温馨浪漫。不过,他应付卖花童的表现却产生歪打正着的效果,让佳丽意外地玩上这次难得的心跳。

到达佳丽家楼下后,俊南叮嘱她让她的父母也来尝尝他买的蛋糕。她的左手提着那盒蛋糕,右手捧着那束鲜花,还拿着那份水晶礼物。她点头应承他,还满怀温情地看他一眼,转身上楼去。接收到这个眼波,让他感觉瞬间触电似的。他呆立片刻,对自己跟她的感情发展前景充满憧憬。

当俊南的摩托车刚开动,他才想起刚才的那个未接电话,丁是停车掏手机查看来电号码。这个来电并非淑澜的,亦非俊杰的,而是俊南家里的。他的心中立刻忧虑:"家中有何事呢?"

就在俊南想给自家回拨电话之际,俊杰通过自己的手机联系他,异常紧张地喊道:"阿嬷就快归西啦!""啊?谁讲嘎?"他一时不敢相信自己所听到的一切,这个噩耗让他非常揪心。

"老豆讲嘎！他刚才打过电话给你，不过你冇接电话。他就打电话给我，叫我们马上赶返去！我知道你正在办正经事，岂敢打搅你呢？所以等到现在联系你……"俊杰心急如焚，双手微颤，要求俊南快赶回宿舍接他。

废话少说，俊南驾车飞奔回宿舍接俊杰，紧接着又驱车狂奔回他们的老家。以最高70公里、平均50公里左右的时速行进，他们兄弟俩在半小时内便赶到了崇中村。

离潘琼所住的平房越来越近，俊南兄弟俩隐约听到从屋里传出的哭泣声，顿时觉得鼻子很酸。潘琼的床前早已围满她的儿女、儿媳妇、女婿和孙辈。"阿嬷！"俊南兄弟俩冲进屋里，挤进人丛，靠到潘琼的床沿。躺在床上的她双目闭上，一脸安详，对俊南兄弟俩的呼喊已无反应。

"你们来迟一步啦！你们阿嬷刚刚上路……呜呜呜！"李惠茵跪在潘琼的床前，已哭成泪人。

"我们兄弟俩已经用最快速度赶返来……"俊南拭着泪水，望着潘琼的遗容，"阿嬷，我们来见您最后一面啦！"

"阿嬷，我们为您送终啦！"俊杰在潘琼的床前跪下，扯一扯俊南的衣服暗示他也跪下，一起向潘琼的遗体进行三叩首。屋里的其他人也不约而同地跪下，纷纷向潘琼的遗体叩首。

潘琼的遗体被李英礼找来的那张白布全盖住。双眼红肿的李英礼履行作为长子的责任，将这个家族的男丁召集在一起，讨论潘琼的殡葬问题。

这间小屋里只有一盏电灯，昏黄的灯光营造出一种让人感到恐怖的氛围。屋里地方小且凳子少，作为父辈的坐着，作为子辈的只能站着。李英礼首先发话充当指挥，指派李英洪马上去联系一班南无佬（即中式丧葬礼仪中为先人超度或其他穿着道袍主持民间拜神活动的民间道士，"南无"是粤语对梵语"Namo"的音译），请他们当晚来为潘琼做超度法事。

"哦，我马上去办！"面容憔悴的李英洪随即起身，疾步离开小屋去办事。俊南经过长途奔波，感到异常劳累，一屁股坐到李英洪坐过的凳子上。

"今晚大家轮流守灵！"李英礼继续向李英德发号施令，"阿德，明日一大早到村边坟地揾个风水位，准备土葬老母！"

众人皆无异议，唯独俊南觉得此话不妥，马上介绍大形势提醒大家。原来政府近年大搞殡葬改革，规定尸体要火化，骨灰或存在陵园或葬在陵园。

"无保留全尸土葬,何来吉利?!"李英礼的脖子上青筋毕现。

"况且火化尸体要使用更多钱!"李英德手舞足蹈,口水四溅,"将老母的骨灰放进陵园,一直要交管理费,就等于生人养死人!"

"难道你们想今后阿嬷的尸身被人家重新挖出来火化吗?!"俊南提高嗓音,试图压过他的叔伯二人。果然,他的质问令李英礼兄弟俩一时哑口无言,变得南无佬跌落屎坑——无晒符(粤语歇后语,寓意毫无法子)。

"大佬,怎样做好呢?"俊杰的这一问话令俊南觉得自己的观点得到旁人的附和,促使他说话变得和声细语。

"火化必须搞。"俊南透露说,不过他了解到殡葬改革并非一步到位,目前政府提倡树葬。

"树葬?"面对李英礼等人不约而同的询问,俊南解释说树葬就是把骨灰用来种树,然后在树上做个纪念标志。

李英礼即刻想到一个变通的好点子。他们不要把潘琼的骨灰撒掉,而是把潘琼的骨灰用小缸装好密封好,再把这个骨灰缸藏在树头下面。"好啊好啊,大佬真醒目!"李英德在他的面前竖起大拇指。

"这样……你们随便吧。"俊南主动为李英礼的建议让步,免得再度引起争吵,"只要无立坟头就得啦。否则,坟头今后会被人家铲平!"

"就这么定吧!"李英礼见好就收,赶快拍板,定好如何为潘琼善后。

在潘琼去世的次日,她的后人一吃过午饭,就为她举办简约的出殡仪式。纸寿衣、纸元宝与香烛等等,逐渐烧成灰烬。她的遗体安放在棺材里,随即被运往附近的殡仪馆进行火化。她的子女披麻戴孝,随车前往殡仪馆。她的其他后人和部分亲朋好友也来送她上路。

潘琼的去世,对于俊南来说,意味着永远失去一位亲人。他当然以泪洗面,心痛不已。然而,在伤心之余,他莫名其妙地产生一种如释重负的感觉。那就是在他的家族里,落后愚昧的封建神鬼迷信者代表潘琼已经去世。而潘琼的追随者、传承者所形成的顽固势力将加速弱化。

"逐渐摆脱封建神鬼迷信泥沼之后,我要树立现代化、科学合理的人生信仰。儒释道三教是中华传统文化的三大支柱,到底信仰其中哪一种宗教思想才是现代化、科学合理的呢?"这个新课题悄然摆到俊南的面前,促使他在随后的人生道路中上下求索。

潘琼的出殡车渐渐消失在人们的视野里，俊南脱下身上的米白麻布上衣，解掉头上的白布条。身心疲惫的他并没直接回家休息，而是急步前去察看自家的新房建设进度。

俊南家的新房建设工程已基本完成。站在村口，就可望见他家新建的楼房矗立于村中。村中的普通居民楼通常建成火柴盒式或鸽子笼式，而他家的楼房却有点与众不同。按照他的设计理念，这栋建筑物的结构和功能布局更侧重视觉空间，而非地理空间。随着他对新房进行里外察看，他的自信感越发强烈。然而，一考虑到新房装修所需的大钱，他就感到头痛不已。

此际，旺材来电告诉俊南一则特大喜讯，这就是他定于下月底结婚。"这样并非你的个性喔，'风流'人物亦会转性？怪事！"俊南以为他在开玩笑，还以调侃的语气取笑他。

原来，旺材考虑到其父所患的鼻咽癌已到晚期，遂想在其父有生之年尽快"拉埋天窗"。这样可以了却其父饮"新抱茶"的最后心愿。于是，他在自己的交际圈里物色合适人选，自然想到自己苦追一年的那位女子。

两个月前，旺材拿着鲜花、钻戒向那位女子求婚。而她竟冷漠地跟他说她不喜欢他。这样害得他在那条十公里长的归家路上，一边开车一边痛哭。然而，直到昨日，她突然主动打电话邀约他外出叙旧。他连做梦都不敢想象的是，她竟告诉他其实她好中意他，甚至主动提出结婚要求。他兴奋得脑海一片空白，对她的要求满口答应。

"恭喜恭喜！"俊南从旺材的口中套问出这则隐藏已久的八卦新闻，又八卦地询问未来嫂子姓甚名谁。旺材得意洋洋地念道"吴——淑——澜"。俊南不敢相信其耳朵所听到的这一姓名，反应过来后不禁大惊失色，连忙保持平和语气追问旺材所说的"吴淑澜"到底是哪里人。

"陶都镇紫罗村。"旺材感到俊南的反应不正常，"你为何做出这么大的反应？难道你认识她？"

"No！"俊南矢口否认，竭力控制住自己的情绪。旺材邀请他当自己的伴郎，但他以自己刚痛失祖母为由，婉拒旺材的好意。

当旺材问及俊南跟晓雨的感情发展情况，俊南的脸上显得十分沮丧。晓雨一直逃避他，不接他的电话，也不回复他的短信。直到现在，这段感情的"死亡"原因他依然不知。他就趁机向旺材借脑，询问如果有女孩这样对待旺材，旺材会

如何应对她。"直接去揾她,可能会咸鱼返生呢。"旺材又想起两个月之前自己苦追淑澜的那一幕。

"唉!"俊南失落到极点,口无遮拦地透露详情,"我估计她好可能'一脚踏两船',并非一心向我。她跟我一齐去旅游之后,好可能又跟另外一个男的去旅游。"

"竟然有这样的事?"旺材对有关俊南的八卦新闻颇感兴趣,"我觉得你应该直接去揾她。这件事闹得再尴尬,就只有你和她知道,最多还有她的父母知道。"

"就算追到她,我以后亦会成为受气筒。为何搞得自己如此下贱呢?!"俊南联想到自己最后一次在晓雨家的楼下苦等她的那一幕。

"哈哈。"旺材好了伤疤忘了痛,"跟一个并不中意你的女人结婚,会好痛苦嘎。"

"我拒绝玩这套!"俊南在发泄气愤之余,心中燃起新的希望,"过去一个月里,我的情事已经发生好大变化,我已经物色到另一个女仔喽。"

当旺材问及佳丽跟晓雨相比谁的条件好一点,俊南觉得佳丽总体上要强一点。不过,他暂时还是喜欢晓雨多一点,打算跟佳丽慢慢培养感情。

这次聊天把俊南趋向平静的心灵搅得一塌糊涂。他怨恨旺材这根"搅屎棍"让他知晓有关淑澜的真相,他宁愿一直自我麻醉,自我欺骗。

黄昏渐至,淑澜坐上旺材的小汽车一起到市区看电影,还主动要求看恐怖片。她的心情不好,她想获取恐怖感玩心跳,舒畅其抑郁心情。俊南依然使她恋恋不舍,她忍不住偷偷发短信,向他推荐这部恐怖片。

俊南本来不想搭理淑澜,以免跟她再发生什么瓜葛。不过,她的心情很糟让他感同身受。他于心不忍,便勉强应付她,谎称自己怕看恐怖片。她终于找到自己的人生归宿,大大减轻他心中的内疚。

跟俊南的三角恋一样,唐仁的三角恋也翻开新的一页。

唐仁与珍妮的情变已闹到无法挽救的地步。他的父母瞎着急,多次致电联系珍妮劝她再作努力,但她不愿意。他的二老责骂他视感情为儿戏,责令他尽快修复他与珍妮的感情,不要胡闹玩火。然而,他当父母的话为耳边风,沉醉于自己跟乔巧的热恋中。

时近午夜,唐仁甚至把乔巧从旅店带回自己的宿舍过夜。当她踏进宿舍门口，俊南全身只穿着裤衩，正在自己的房里跟住在隔壁的同事聊天。乔巧跟唐仁的对话声传入俊南的耳朵，俊南急忙起身闭门，透过门缝瞧瞧房外的动静。不过，乔巧已走进唐仁的房里，唐仁的房门随即紧闭，让俊南啥都没看到。

　　早上起床后，俊南到公共走廊收衣服，却发现自己的休闲服不翼而飞。这套休闲服在他看来具有特别的意义，把它穿在身上会令他感觉晓雨就在自己的身旁。他非常着急，里里外外地找衣服，都不见其踪影。只有唐仁的房间他没有查看过，他好想敲开唐仁的房门过问唐仁。但唐仁的房里有女的，不便打扰。他只好暂时作罢，赶快动身去上班。

　　秋日西斜，俊南又赶往自己的老家，要参加潘琼的骨灰树葬仪式。"假如乌龟和兔子多次赛跑，猪是裁判，你觉得乌龟赢得多还是兔子赢得多？"面对佳丽发来的微信，他毫无心思跟她闲聊，停车回复："正在回老家有空回复你。"

　　连日来，俊南的叔伯找来风水先生帮忙，在崇中村边墓地挑选"风水位"准备安葬潘琼的骨灰。在这片墓地上，原来密密麻麻的坟头已被夷为平地，新种的小树长得欣欣向荣。

　　日落西山彩霞满天，潘琼的后人都披麻戴孝头系白布条，在李英礼的率领下来到这片墓地。等李英洪挥铲挖好小土坑，李英礼把潘琼的骨灰缸安放于土坑中，栽下寓意安息的桉树苗。李英德还在桉树苗上悬挂小木牌，其上面刻着"潘琼之墓"等字样。

　　潘琼的后人们在桉树苗旁插上一些点燃的香烛，还为潘琼焚烧一些纸制的冥币、衣服与房车。在他们看来，这些东西可保证一生饱受困苦的潘琼能在阴间过上好日子。"老母生前偏爱食烟，落到地府亦要继续食烟啊！"李英礼特意点着一根香烟放在树旁，喃喃自语。

　　"阿嬷本来可以更长命，岂料食烟惹祸！"俊南低声嘀咕，大家听到这番话，都不敢作声。随着大家纷纷向桉树苗进行三鞠躬，这个树葬仪式宣告结束。

　　连日来，家中变故让俊南不经意地冷落佳丽，她已数次婉拒其原男友李宏的约会请求。然而，李宏不依不饶地纠缠她。她终于答应跟他见一面，打算当面向他摊牌。

　　李宏出身环市区的城镇居民家庭，长得好结实也好帅气。当年7月从粤州大学本科毕业后，他就来到中海市城乡统筹发展局工作，至今仍未能顺利转正。当他上班没多久，佳丽帮离岗退养的父亲回局里办事，由此跟他结识。后来，他对

她展开追求攻势,她也有点喜欢他。但她的父亲私下摸清李宏的底细,对李宏并不看好,继续为她物色如意郎君。

夜幕降临华灯初上,佳丽跟李宏相约来到蒸菜馆共进晚餐。彼此相对无言的时间变长,欢声笑语明显减少。她临时改变主意,没有直接向他摊牌,以免太伤他的心。在她的如意算盘中,她要慢慢冷落他,也想为自己留一条后路。而他还是跟过去一样爱说笑话,哄她开心,不过她的冷冰态度向他泼下一头冷水。

令佳丽颇感意外的是,李宏特意为她带来一份迟来的生日贺礼。这是一块"Swatch(斯沃琪)"时尚腕表,令她爱不释手,心花暗放。他幻想着她的玉手戴上这块腕表,令她显得更加高贵典雅。

尚有半小时就到子夜,俊南赶回到自己的单身宿舍,没等屁股坐暖就给佳丽回复短信说:"乌龟会赢得多。"

俊南详细解释说,兔子跑得飞快远远抛离乌龟,就睡大觉等乌龟。而乌龟一直不停向前爬,在兔子醒来前先到达终点。再次赛跑时,兔子吸取教训不敢睡觉,却反方向地跑得飞快。当兔子发现跑错方向再折返回来时,乌龟又先到达终点。第三次赛跑时,兔子认准方向,跑得飞快。岂料乌龟临时搭上"顺风车",超过兔子先到达终点。第四次赛跑时,兔子要求改平地跑为山地跑,便从山顶飞快跑向山下终点。岂料乌龟将四脚缩进龟壳,从山顶翻滚下山,比兔子先到达终点。第五次赛跑前,兔子跟乌龟约定明天在森林里赛跑,乌龟故意向森林里其他动物放风说比赛改期。兔子对这些动物之间的谣传信以为真,没有如期参加比赛,猪裁判兔子弃权乌龟胜出。

"如此分析有道理吗?"俊南回复的这些短信内容让佳丽躺在床上抱腹大笑,还自言自语地说"笨蛋"。他彻夜守候她的回复,但她并不想回复他,担心他的自尊心会被伤害。

漆黑夜里,俊南静候佳音,思如泉涌。在他的思绪中,佳丽就如明灯为他照亮前程,辅助他迈上城市化之路。而淑澜的疏远、潘琼的去世不仅使他改造自我思想的外在阻力减少,还助力他摈弃农村残留封建神鬼迷信的影响。

等到旭日东升,俊南致电向佳丽询问那道龟兔赛跑考题的答案。她只顾着哈哈大笑,让他感到莫名其妙,一再求解。"你好笨哟!这道题提到'猪是裁判',如果做出判断,我就成猪喽!"她的答复让他恍然大悟,不禁苦笑说:"我真笨啊。"

俊南歪打正着，让佳丽满怀愉悦地走上营业厅前台岗位，岂料她不久便成为别人的出气包。当她处理电信付费业务时，一位长得五大三粗的男客户将一张百元纸钞递给她。她熟练地摸一摸，再仔细地看一看，当场声明"这张系假币"。

　　"明明系真钱，难道你两眼发鸡盲（没长眼睛）吗？！"这位男客户坚信这是真币，却蛮不讲理，甚至用那些非常难听的脏话辱骂佳丽。

　　"先生，请你尊重我！"佳丽自觉委屈，被激得好想哭，不得不提高嗓音回应这位男客户。

　　"你什么服务态度啊？！"这位男客户高声质问佳丽，岂料她竟胆敢严词反驳说"恶人先告状"。

　　这一冲突场面引来营业厅保安介入调解。这位肇事男客户自知理亏，只好更换另一张真纸币交给佳丽，办完业务仍骂骂咧咧地走出营业厅。

　　傍晚下班后，佳丽发短信向俊南诉说自己的不幸遭遇，急求安慰。他正在餐馆吃过桥米线，连忙想法子安慰她。在他看来，她的做法是合情合理的，她应该理直气壮。他甚至建议她即刻大骂"衰人衰人衰人"，这样会使她的感觉好一点。

　　"你讲得对！我现在向我妈反映那个粗人的恶行，感觉好舒服！"佳丽接连发送短信，向俊南透露更多情况。原来她所在的电信营业厅会不时出现一两个那种粗人，她一定要保持好心态，不然好容易患忧郁症。

　　"对人宽容一点，自己就会开心一些！"当俊南发出最后一则安慰佳丽的短信，他已置身于自己的宿舍，而唐仁早已回房休息。唐仁的房里没有女的。俊南忽然回想起自己的休闲服不见踪影，便走进唐仁的房里声称要找休闲服。

　　"我没有动过你的什么休闲服呀！"唐仁并没有动过俊南的衣服，不胜其烦地应付俊南。

　　"你为我找一下吧！这件衣服对我来说好重要！"俊南本来对唐仁近期的所作所为心存不满，此时跟他对话的语气有些重。

　　唐仁好不情愿地打开自己的衣柜翻看，竟然找到了俊南的休闲服。"哈哈，我想起来啦，可能是我的新女友把衣服收错喽。"唐仁感到尴尬，忙着自圆其说。

　　"我就疑虑不会连衣服都有人偷吧。"俊南回应唐仁的话语显得很不客气，"就算偷也不会光偷这一件啊！"

迷城恋歌

唐仁明知自己理亏，并没有跟俊南硬碰硬。随着各自的房门一关，两人就各安其所。

唐仁、俊南另结新欢的消息不胫而走，成为岭南时报社内津津乐道的谈资。俊南的同事梁建业趁下乡搞发行之机，一边驾驶公务汽车一边套问同行的俊南今晚有没有约会他的女友，令他有点心虚地答"有"。

"一到周末就要主动邀约。否则，她会认为你未够重视她。"

"有什么节目呢？"

"睇电影比较悭钱，唱卡拉OK就贵好多，逛商场买件衣服要几多钱啊？"

"唉，约她睇电影吧。"

"尽快约她！如果你拖拖拉拉，她就会被其他人约走啦！"

俊南得到高人指点，马上拿出手机给佳丽发短信，问她今晚有没有空陪他一起看电影。她正准备下班，收到他的约会要求，便想回复信息答应他。

突然，佳丽的手机屏幕上显现李宏的手机号码。原来，他也邀约她去看电影。她想到俊南有约在先，便以家里有事为由婉拒李宏，着手回复短信答应俊南。

俊南守候五分钟终于盼到佳丽的回复。这则喜讯令他喜形于色，引得梁建业边开车边伸颈偷看。他不想让梁建业看到短信内容，就让他的手机屏幕背向梁建业，然后回复佳丽确定到中海影剧院看电影。

梁建业见俊南心满意足地将手机塞进裤袋，便知他的邀约已经成事。"明天要踢球，今晚我只能留在家中。早就有好多节目等着我，做宅男有什么好呢？"梁建业如此一说令他皱皱眉头，反过来向梁建业套问："你的老婆系你的最爱吗？"

"这个问题你问得好幼稚！"年届不惑的梁建业变得一脸严肃。

"为何？"俊南满脸疑惑，心中不爽。

在梁建业的解释中，"最爱"是相对于特定时间而言的，具有绝对性。未到自己一生完结时，都不能下定论说老婆是自己的最爱。有可能老婆是自己一生中最爱，也有可能自己在结婚后遇到一个比老婆更好、自己更爱的女人。讲到此，梁建业还适时打开车载播放机，播放香港知名歌星谭咏麟演绎的粤语流行歌《一生中最爱》——

如果痴痴地等某日终于可等到一生中最爱。谁介意你我这段情每每碰上了意外不清楚未来？何曾愿意我心中所爱每天要孤单看海？宁愿一生都不说话都不想讲假说话欺骗你，留意到你我这段情，你会发觉间隔着一点点距离。无言地爱，我偏不敢说，说一句想跟你一起。如真，如假，如可分身饰演自己，会将心中的温柔献出给你，唯有的知己。如痴，如醉，还盼你懂珍惜自己。有天即使分离我都想你，我真的想你。……如果痴痴地等某日终于可等到一生中最爱。

梁建业所开的公务车已驶入市中心，沿途车流越来越密，车速越来越慢。因为交警们开始在岭南文化天地景区周边设置水马，准备封路配合中海举办秋色巡游活动。在等候红灯转绿灯期间，梁建业打开自己的话匣子，继续向俊南发表自己的高论。

"爱情可以不受外在条件限制，而婚姻就会受到诸多外在条件限制。受交际圈等因素影响，你往往只能在十几个人之中拣择配偶。既符合你的择偶要求又跟你情投意合的配偶通街打锣都难揾。其实，婚姻的促成原因有好多种。"梁建业认为有的因为生计，也有的因为工作，还有的因为奉"子"成婚。

"讲得有道理。"俊南向梁建业竖起大拇指，思辨自己有生以来的最爱。

俊南呆立于华灯璀璨的中海影剧院门口，手握电影票望穿秋水，自问佳丽有无可能成为自己一生中最爱。他与她要看的电影是最新出炉的外国影片《加勒比海盗》，将在一刻钟之后放映。放映时间越发逼近，他的心理越发焦虑。

直到最后时刻，佳丽才飘进俊南的视野。他松下一口气，挤出满脸笑容，主动迎上去。她一脸倦容带着微笑，跟他并肩走进影剧院观影。

两小时后，俊南俩随着人流慢慢走出影剧院门口。他担心自己跟佳丽走散，伸出自己的右手绕过她的后背，悄然护着她的右肩膀。她默然前行，看在眼里乐在心里，暗自感叹他真细心。

随着周围的人流渐变疏落，俊南缩回自己的右手，还提议一起去愉心园餐馆吃夜宵。不过，佳丽声称时间太晚且她没有吃夜宵的习惯，委婉拒绝了他。而他就以"那里播放好多靓歌，气氛非常好"来打动她的心扉。她想去见识一下他最爱的消遣地，便点头应允。他脸露喜色，赶快开车带她前往愉心园。

在园林式愉心园内，昏黄的灯光穿透树叶，营造出斑驳的氛围。这里呈现一片热闹景象，前来吃夜宵、喝酒消遣的市民众多。

当俊南领着佳丽走进这里，香港知名歌星周慧敏演绎的粤语流行歌《最爱》正在开播——

迷城戀歌

天空一片蔚蓝，清风添上了浪漫，心里那份柔情蜜意似海无限。在那遥远有意无意遇上，共你初次邂逅，谁没有遐想？诗一般的落霞，酒一般的夕阳，似是月老给你我留印象。斜阳离去朗月已换上，没法掩盖这份情欲盖弥彰。这一刹情一缕，影一对人一双，哪怕热炽爱一场？潮汐退和涨，月冷风和霜。夜雨的狂想、野花的微香伴我星夜里幻想，方知不用太紧张。没法隐藏这份爱，是我深情深似海。一生一世难分开，难改变也难再让你的爱满心内。……让我的爱全给你，全给我最爱，地老天荒仍未改。……

在妙韵悠扬的愉心园里，俊南、佳丽好不容易才找到一个差强人意的桌位。当他们落座后不久，周围悦耳的歌乐声突然消失，嘈杂声充耳。他渐渐烦躁起来，而她也露出不爽的脸色。

当女服务员为俊南俩呈上咸凤爪，俊南从她的口中了解到刚才有些顾客反映播放流行歌太吵，迫使服务人员停播流行歌。萝卜青菜各有所爱，令俊南面向佳丽耸耸肩，无奈感叹。

"我从小就喜欢"香港'四大天王（张学友、刘德华、黎明、郭富城）'"演唱的歌，尤其喜欢那些旋律好、歌词亦写得好的情歌。"俊南一边品尝美味的咸鸡爪，一边跟佳丽谈论有关流行歌的话题，"你呢？你喜欢哪位歌手演唱的歌？"

"我喜欢的歌手好杂嘎，凡是好听的歌我都喜欢。"佳丽莞尔一笑，对流行歌话题颇感兴趣，使俊南放心地深谈流行歌与文学的关系。他认为有些流行情歌的歌词创作得特别好，这些歌词今后会成为一种文学。

佳丽觉得这个观点很新颖，急问："为何？"在俊南看来，譬如宋词在宋朝有曲子来配，是可以唱的。那些歌词通过文字形式较容易地被保存下来，而那些曲子受到当时科技水平、物质条件的限制难以保存下来。"宋词及其曲子当时流行于民间，并未受到官方重视，难登大雅之堂。那种状况跟当今流行歌的状况差不多。"

"哦，无想到你对这方面颇有研究心得！"佳丽露出自己的招牌式微笑，望着洋洋得意的俊南。

俊南、佳丽品尝过美味的咸凤爪及咸猪骨粥，均赞不绝口。他将吃剩的那几只咸凤爪打包，甚至建议她将这种美食带回家让她的父母共享。风吹皇帝裤浪——孤鸠寒（粤语歇后语，寓意吝啬）！她打心里鄙视他的抠门做法，但最终还是曲意迎合他，免得当场落掉他的面子。

俊南回到宿舍之时已近子时，他发现唐仁及其新女友乔巧仍坐在床沿看电视，有说有笑。当他一现身，唐仁俩就邀他去聊天。只因乔巧当天携行李正式进驻唐仁的房间，唐仁特意大开房门守候俊南，要将他们俩同居的消息通知俊南。

俊南坐到唐仁的身旁，悄然打量北方美女乔巧。她的个子跟佳丽差不多，而三围方面明显比佳丽优越。她身穿一套白色短袖连衣裙，脖子上戴着闪亮的带吊坠白金项链，留着一头没肩的乌黑长发。她的五官俊俏，脸蛋化过淡妆，耳朵上戴着一副珍珠耳环。

俊南面对陌生的乔巧，一时不知说什么为好，第一句话就是"很郁闷啊"。唐仁接上他的话茬，笑问："工作上又有什么郁闷呀。""不是工作上的，而是感情上的。"当他不经意地透露自己的心声，唐仁便立刻抓住他的漏子，顺藤摸瓜。"你现在的感情怎么啦？还有没有算命啊？"唐仁充满自信地调侃，傲气溢于言表。

"没有算命。算命会在我的脑袋里形成一个框框，让我老是受影响被约束。"俊南突然变得无所顾忌，侃侃而谈，"我对正在交往的这个妹妹暂未有感觉，尚未能完全摆脱以前那个妹妹的影响。"

"你正在交往的这个妹妹长得怎么样？"唐仁伺机对俊南的女友进行摸底。俊南尽量低调回应说"一般，可以打70分"，故意对佳丽的美貌轻描淡写。唐仁以"他喜欢漂亮妹妹"为乔巧解读俊南的话中话。乔巧操着一口北方口音，笑嘻嘻地向俊南询问她的样子长得怎么样。

"以前的样子可以打80分。"俊南联想着三年前乔巧寄给唐仁的那张个人照，"现在的样子只可以打75分。"

"啊？！"乔巧心中不爽，脸色立刻沉下来，"这么低！"

"还低吗？他以前给样子一般的妹妹甚至打过50分呢。"唐仁急忙插话圆场，惹得众人哈哈大笑，还顺势询问俊南以前的那个妹妹可以打多少分。

"总体上跟乔巧差不多，"俊南想着晓雨的靓丽模样，"也可以打75分吧。"

"她是咋样的人？"乔巧皱一皱眉头。

"她是本地人，中海大学大专毕业，干会计之类的工作。"俊南的情绪渐变低落，"哎，她的父母离婚了。"

"你的择偶要求不高呀？！"唐仁也皱着眉头。

俊南承认这种择偶要求跟他以前的差得远，显出一脸无奈之情。当乔巧说"你的要求一降再降"，他就想为自己挽回一点面子。"有妹妹追求我呀，我就是不答应。"他辩称将要求降得太低会让自己难以接受。

"为什么你不再努力一下，追求以前的那个妹妹呢？"乔巧这一质疑让俊南回想着那一幕令自己悲伤不已的情景，有气无力地说："旅游回来后，她一直逃避我。"

"这样逃避就等于说分手啦！"唐仁终于按捺不住，他的高调宣判像一把利刃直插俊南的心脏最痛处，迫使俊南露出似怒非怒的难看脸色。乔巧急忙为俊南献上"追求妹妹要死缠烂打，说不定她接受这套呢"这一建议，以缓解眼前的紧张场面。

"我已经尽了最大的努力，还是搞不成事。"俊南心中的怒气像高压锅内的水蒸气那样喷泻出来，"我不能搞得自己这么下贱！就算将她追到手，会有什么好处呢？！"

听着俊南唠唠叨叨的忆述，乔巧很快就理清本质层面上的缘由。在乔巧看来，晓雨并非想欺骗俊南的钱财，而是将俊南跟另一个男的比较择优录取。乔巧觉得俊南经验不足，操之过急，建议他多看一些关于女性的书籍。

乔巧一言惊醒局中人。俊南意识到自己跟女性朋友的交往经历太少，对女性了解不多，一旦谈恋爱就变得焦急。屡战屡败，屡败屡战。"以前的那个妹妹一直逃避我，也不明说分手，是不是想为她自己留条后路呢？"他期望唐仁、乔巧能为他指点迷津。

"有必要明说吗？！"乔巧毫不客气地质问俊南，"况且你们俩没有确立关系，你又不是她的什么人，她没必要跟你说白。就算以后她受到伤害再找你，你千万不要染她！"

"受到伤害才想到你，这样的人白贴也不要！"唐仁如此宣示自己的恋爱原则，令俊南点点头，若有所悟地说："我不当后备。"

这次聊天更加深了晓雨在俊南脑海里的记忆。他的伤口好像被撒下一把盐，悲伤的思绪笼罩他。

当俊南被折腾得辗转反侧，肌肉男唐仁轻搂人高马大的乔巧坠入云雨时刻。这对小情侣衣带渐宽继而一丝不挂，犹如干柴烈火一点就着，激情拥吻翻滚于床褥之上……

俊南被来自唐仁房间的拍打声、呻吟声、喘气声折磨近半小时。"他妈的，三更半夜弄得地动山摇，唐仁还让不让我活呀？！"俊南骂骂咧咧，悄然离开宿舍，外出兜风散心。夜幕下，他所骑的摩托车驰骋在车流稀少的大马路上，悲酸的往事一幕接一幕地浮现于他的脑海。

"谁在乎我的心里有多苦？谁在意我的明天去何处？这条路究竟多少崎岖多少坎坷途？我和你早已没有回头路。我的爱藏不住，任凭世间无情的摆布。我不怕痛不怕输，只怕是再多努力也无助。"俊南伤感地哼唱着香港知名歌星刘德华原唱的国语流行歌《天意》，随着泪水涌出他的眼眶，他的哼歌变成嚎叫，"如果说一切都是天意，一切都是命运，终究已注定。是否能再多爱一天，能再多看一眼，伤会少一点？如果说一切都是天意，一切都是命运，谁也逃不离？无情无爱此生又何必？无情无爱此生我认命……"

悲情痛心，催促俊南将摩托车开到红灯发廊美女发型师"白玫瑰"所在的居民楼。他仍幻想着正在跟自己幽会的是昔日女友张桓，体味着以往错失的情感温存。"白玫瑰"与张桓的孪生姐妹关系依然不为俊南所知，而他与张桓的短暂情侣关系也未被"白玫瑰"获知。

告别这个温柔乡后，俊南冷静思考如何跟佳丽慢慢培养好好经营感情，更希冀她会成为他的一生中最爱。然而，外国电影《加勒比海盗》中的恐怖情节强烈刺激他，令他突发噩梦。佳丽也入梦来，她的样子变得非常狰狞，让他频频颤抖甚至惊醒。

俊南受噩梦影响，产生心里阴影，周末期间没有主动联系佳丽。这个周末她的业余生活非常充实。她所在的单位不仅组织员工到龙湾山游玩一天，还举行一天的内部运动会。她参加4×100米接力跑比赛，只得第4名。而俊南所在的单位也举行内部足球赛，由他司职前锋的发行中心队以1比3不敌广告中心队，屈居亚军。

直至午夜，身心疲惫的俊南才记得发短信给佳丽，想了解她在运动会上的表现。在比赛期间，她不小心受凉犯头痛，没吃晚饭就卧床休息。漫漫长夜里，他睡得并不踏实，一直守候她的回应。

日出东方光芒万丈，佳丽被手机闹铃声吵醒，在睡眼蒙眬中发现俊南的短信问候。"一天，当我把神灯擦3下后，神灯就问我想许什么愿望。我便说：我想

你照顾一个正在看这则短信的人，愿他永远幸福快乐，并在他失意和不顺心时庇佑他。"她用心编发的这则短信非常温暖俊南的心窝。

"寻寻觅觅，只为觅到一生中最爱；日盼夜盼，只盼望一个正在看这则短信的人就是一生中最爱。"俊南喜上眉梢，通过短信向佳丽传递自己的心底话。这促成他们俩的又一次约会。

俊南、佳丽相约到餐馆品尝过桥米线。美食美色当前，温情绵绵，而他却在这种浪漫时刻再度发昏。唐仁的感情问题竟然被他和盘托出，他甚至批评乔巧太活泼太随性。佳丽并不作声回应，而是继续听他的高谈阔论。

在俊南看来，唐仁前一段感情破裂的根本原因是双方的价值观无法再趋同。这一观点立刻遭到佳丽质疑："感情与价值观有关系吗？""外界的变化会改变人的思想观念、价值取向。如果两个人的价值观共性越来越小，他们就会遭遇志不同道不合的尴尬。"俊南侃侃而谈，向她论述价值观与感情之间的关系。

"正如北方人所讲的'不是一类人，不进一家门'。"佳丽皱着眉头，若有所思。俊南意识到自己的幽默贫乏症又在作怪，急忙转聊一些轻松话题，引导她远离缄默。

花前月下，俊南俩踏着公园石径散步休闲，约会氛围有待活跃。"一只三斤重的红蟹和一只一斤重的黑蟹赛跑，请问谁会赢？为何？"佳丽一皱眉头就向俊南提出这道IQ题。

"哈哈，难道需要脑筋急转弯？"俊南皱眉思考，挤出满脸笑容，"我觉得无法分出胜负，因为两只蟹都不能向前跑，只能横向爬。"

"错啦！"佳丽显得得意洋洋，"黑蟹赢，因为被煮熟的蟹方为红蟹。"

"原来如此，你打算如何惩罚我啊？"俊南特意说反话逗佳丽开心。让她感到意外的是，人人都喜欢讨赏，他居然喜欢讨罚。她做一个鬼脸，思考如何罚他。

"讨赏我亦喜欢。至于如何罚，你想好再告诉我喽。"俊南所要的小心计将佳丽逗得乐颠颠的，然而这只是她在逢场作戏而已。她还说要保留此项权利，并提醒他记住欠她一个惩罚。

走出公园后，俊南一时想不到什么更好的娱乐节目，而佳丽又适时提出返家休息的要求。他只好答应她，开摩托车送她返家。

在俊南行车走神的片刻，一辆摩托车迎面而来，甚至突然违章跨越双实线左转拐向小巷。眼见两车即将相撞,他下意识把稳车头急刹制停,最终幸免于难。那个违章行车的男人自知理亏,一声不吭,立刻开车溜掉。俊南定过神来,转过头看佳丽有没有出事,还紧张地询问她是否安然无恙。

"无!"佳丽惊魂未定。

"这匹'撞死马'!点灯入厕所——找屎!(粤语歇后语,寓意找死)!俊南故作生气状,忙于为自己辩解,"如今有些人开车简直乱来!"

"系啊,小心一点!"佳丽长舒一口气。

"真幸运啊!否则,后果不堪设想!"俊南一边开车一边暗自庆幸,还担心佳丽会责怪他。

佳丽也心有余悸,考虑到既然别人肇事,就没有责怪俊南。"我们每天早晨醒来第一件事做什么?"她特意发短信安抚他,让悬在他心中的大石放下来。他马上回复"睁开双眼",及时回应她的心意。

一周邀约佳丽见一次面,不经意地成为俊南的生活习惯。尝美食、看电影、逛商场……随着约会次数的增多,约会形式一再重复,让俊南渐觉黔驴技穷。

当俊南如沐春风地走进自己的宿舍,唐仁独自待在房里看电视,乔巧外出未归。俊南一时得意忘形,竟将佳丽发给他的短信念给唐仁听。唐仁晓得他有意炫耀,竟毫不客气地回敬说:"老是听你说这个女的那个女的,就是不见你成功。"

"我喜欢别人,而别人却不喜欢我。别人喜欢我,而我却不喜欢别人。还有的是,彼此喜欢对方,不过莫名其妙地告吹。"俊南万般无奈地进行辩驳,显得非常乏力,"对于情事,真的要相信缘分。既然缘分作弄,又何必强求呢?保持平和心态顺其自然好啦!"

"张开你的手掌来看看。"唐仁抓着俊南的左手掌一看,"唉,真的好糟!"

"你也张开手掌让我看看,你的感情线也不好!"俊南仔细看过唐仁的左手掌,"老天爷是好公平的,他给你很多好东西,就不会全把好东西给你。否则,世界上会有很多人要自杀喽!"

淑澜跟旺材为诸多婚庆事务忙得不亦乐乎。办理登记手续、拍摄婚纱照、选购金饰钻戒……一系列婚庆事务日渐抚平她心中的创伤。

至于伴郎人选,旺材向淑澜提议俊南。她一听到"俊南"两字就大为诧异,

始知原来俊南是旺材的好友，而她与俊南之间的感情瓜葛旺材尚不知情。旺材看到她的异常反应，十分好奇，即问她是否认识俊南此人。而她却矢口否认，更极力建议旺材让他的堂弟当伴郎。

淑澜特地向颖仪交代此事，叮嘱颖仪帮她严守秘密，还邀请颖仪当她的伴娘。颖仪十分乐意应邀担当重任，特别落力地协助她在短期内筹办好出嫁大事。

出嫁仪式举行前，颖仪在淑澜的闺房里辅助淑澜梳妆打扮。一旦想到俊南，淑澜就忍不住眼泪翻滚，痛哭失声。两行热泪是她借以表达自己对俊南无情的怨恨、对俊南的最后留恋。颖仪的及时劝慰，令她的情绪渐渐平复。泪水毁坏她脸上的粉妆，颖仪不得不帮她重新补妆，让她靓丽待嫁。

新郎旺材率领的迎亲车队浩浩荡荡，开进紫罗村迎娶新娘淑澜，并把她接回他的乡村小别墅。他还在村中旧祠堂设下过百席晚宴款待他家的亲友，婚宴现场人声鼎沸，爆竹鸣响。

俊南也在旺材的宾客邀请名单中，但旺材从始至终没有见到俊南露面。俊南封好200元红包贺礼委托自己的朋友转交给旺材，并专门致电向旺材声称自己正在外省出差，不能出席旺材的喜宴。旺材忙得不亦乐乎，根本无暇深思俊南的借口。

其实，俊南并非在外省出差而是"猫"在自己的宿舍里，利用手提电脑完成抒写自己的情感回忆录。他的心情异常乱，满腹积怨经久不散，他通过电子邮件将有关他与晓雨的情感回忆录发送给晓雨。在他看来，这样象征着他和晓雨的那段情感已成追忆。

只可惜晓雨对此无动于衷，而是沉浸于她与黄伟锋的爱情甜蜜中。伟锋一掷百万在环市区灯火湖畔购置一套带装修的豪宅，特意将她的姓名跟自己的姓名一并填进购房合同的"买受人"栏目。此举终于博取她的芳心，让他好不容易才抱得美人归。

当俊南躺在床上利用手机登录QQ时，晓雨已经上线，正在跟她的未婚夫伟锋商量购买订婚钻戒一事。俊南对晓雨的"露面"深感意外，马上发个笑脸符号过去，想跟她套近乎——

俊南："近来忙些什么啊？"

晓雨："没有什么忙。"

俊南："如风贷款买下一辆私家汽车喔。"

与此同时，刚值完夜班的如风正驾驶国产"三菱"汽车奔赴粤州，要跟他的未婚妻蔡云约会共享鱼水之欢。想到如风，晓雨依然感到爱恨交缠，欲罢不能。而面对俊南一再纠缠，她只能冷淡处理——

晓雨："哦。"

俊南："你几时方便将那些出游照片给我睇睇？"

晓雨："哦，有空再给你睇。"

俊南："好啊。"

时隔好几分钟，俊南发现晓雨再无回应，遂感自讨没趣。不过，他的心情异常平静。在他的眼里，那份情感回忆录犹如最后一根救命稻草，终究无法挽救他与晓雨之间奄奄一息的情感关系。这一悲惨的结局充分印证他对晓雨的所有投入都是徒劳的。他平心静气地接受这次彻底的失败，并准备迎接新的希望。

就在这个关键节点上，俊南再次梦见那位百岁老翁李俊南躺在高级病房的床上，张桂秀老太依然守护在床边。

在张桂秀老太的诉说中，近期她跟自己的百岁老公李俊南从香江返乡，参加中海祖庙的三月三北帝诞庙会。当她一家老少步向中海祖庙，她与李俊南老翁相互扶持，慢步穿越祖庙外围如鲫的人流。在祖庙正门广场，两对以祖庙牌坊为背景拍摄结婚照的新婚夫妇，特别引起张桂秀老太与李俊南老翁的注目。其中的一对身穿中式结婚礼服，另一对以西式结婚礼服装扮，形成中西文化的鲜明对比。

"纵观我的百年情路，寻寻觅觅一生中最爱，最终发现你系我的最爱！"李俊南老翁触景生情，情深款款地向张桂秀老太透露自己的心声。

"Darling（亲爱的），你系我的最爱直到海枯石烂！"张桂秀老太回想着几十年前自己跟李俊南在祖庙正门广场拍摄结婚照的那一幕。

忆述到此，张桂秀老太老泪纵横。"Darling，我一定要救醒你嘎！"她紧握着李俊南老翁的手，趴在床沿继续抽泣。

"妈咪、妈咪，我终于联系上那位世界顶尖的脑科学研究专家啦！"张桂秀老太的女儿李红梅突然小跑进入李俊南老翁的病房，向张桂秀老太报告喜讯。

"好叻（好厉害）女啊！"张桂秀老太停止抽泣，忙用手绢擦干泪水，脸上绽放笑容。

约翰逊博士是美丽国哥伦比亚脑科学研究所那位世界顶尖的脑科学研究专家。红梅几经周折才获得约翰逊博士的联系方式。他接到红梅的国际长途电话，

迷城恋歌

了解到李俊南老翁的遭遇，起初不愿接手处理这一病例。但是，当红梅适时强调自己的父亲李俊南正是香江文学产业发展集团董事长时，这引起约翰逊博士的重视。他迟疑片刻，最终答应择日飞赴香江来拯救李俊南老翁。

听罢，张桂秀老太异常激动，紧执李俊南老翁之手。"Darling，你有得救啦！你有得救啦！"张桂秀老太对李俊南老翁的生命呼唤，竟引起李俊南老翁的灵魂感应。

李俊南老翁的灵魂因缺乏足够的能量而无法穿越回到自己的肉身所在的时空，自然无法跟张桂秀老太发生联系，只能以年轻俊南的肉身为寄主。当年轻俊南处于清醒状态，李俊南老翁衰弱的灵魂受到年轻俊南的强大意识制约，根本无法显现。只有等到年轻俊南处于沉睡状态，李俊南老翁的灵魂才能在年轻俊南的梦境呈现，通过神交向年轻俊南透露李俊南未来的人生信息。

如果说李俊南老翁的灵魂是拥有李俊南100%人生信息的信息集合体，那么年轻俊南的认知则是只拥有李俊南不到30%人生信息的信息集合体，这两个信息集合体具有不到30%的相同部分。由于李俊南老翁的灵魂向年轻俊南透露年轻俊南未来的人生信息，年轻俊南就具备通过梦境预知自己未来人生际遇的特异功能。

"俊南，你系而立之年那时的我啊！其实，你现在是情陷迷城啊！晓雨、淑澜、佳丽那些女仔都会统统成为你的过眼云烟。无论你如何寻寻觅觅，都是徒劳。桂秀自然在你未来的情路上出现，她才会陪伴你终老，才是你一生中的最爱！"李俊南老翁再次通过梦境向年轻俊南透露年轻俊南未来的情路信息，使年轻俊南从睡梦中惊醒过来。

俊南发现刚才自己又在发怪梦。不过，随着有关李俊南老翁、张桂秀老太的梦境频繁出现，俊南越发感应到梦境中那一切离自己并非遥不可及。

第九乐章 三角恋剪不断理还乱

迷城恋歌

  怪梦频发导致俊南的思绪日夜难安。让他异常纠结的是，万一那些梦境是真的，佳丽就只是他一生情路上的匆匆过客。他刚开始跟她发展情感，却预知自己将会在不知多远的未来失去她，这又是一份令人感到多么悲催的恋情。"不在乎天长地久，只在乎曾经拥有。"他以此自我安慰，只能活在当下继续跟她共沐爱河。

  圣诞节将至，俊南为佳丽准备好一份圣诞礼物。她接到他的邀约，还急着想知道那是什么礼物。"跟冬天有关，睡觉时用得着。"他特意向她卖个关子，她猜那是暖水袋。他并没有直接透露谜底，而是要她等到约会，再将谜底揭晓。

  在佳丽家的楼下，俊南从自己的摩托车尾箱拿出那份圣诞礼物，双手递给佳丽。她接过这份包装精美的礼物，笑嘻嘻地询问这是什么礼物。"一套冬天用的名牌睡衣，你中意吗？"当他揭晓谜底，她点头说"中意"，心里乐滋滋。

  送出名牌睡衣成功取悦佳丽，令俊南如沐春风。而他老家的新房已成型，也令他的自信心渐变充足。他致电到粤州，跟自己的感情顾问David聊及自己最近的感情进展，又将话题转换到新房装修上。"老豆跟我讲，就算借钱亦要对新房进行内外装修。"他愁眉难舒，模仿其父李英洪的语气，"如果只搞内部装修，就好似大只佬无着衫（大块头没穿衣服）！"

  "装修费用可多可少。"David环视自家别墅内部的豪华装修。

  "这座新房基本建好，我的第一桶金已经所剩不多喽。"俊南说着说着，心里直发虚，"如果搞内外装修的话，肯定会将我的'荷包'掏得一干二净。这样会将我害到连请女友食饭都无钱的地步！"

  "系啊，你要好好权衡一下。"David提防俊南向自己借钱，主动试探俊南的打算。

  "嗯……"俊南颇感矛盾，难以启齿说出'借钱'两字，"唯今之计，内部搞简单装修，外部保留清水墙。"

  "这样做就对啦！"David终于安下心来，"其实你无必要在农村投资那么多，以后你肯定会在城市发展，应该多留一些money（钱）买楼。"

"言之有理！"俊南得到David的指点，更坚定了自己的立场。

David与婧婧的恋情也开花结果，这得益于近来他暗施"播种"之计，收效甚好。因为他特意自驾车把她带到海边度假，入住五星级酒店，令她一度放松警惕。蓝天碧海黄沙、轻风白浪石崖、浮云椰树娇娃……面对此等美景，David与婧婧性趣勃发云雨数日，逍遥忘忧。后来，她才发现自身已经怀孕，让他心中窃喜。

实际上，当俊南致电给David之时，David与婧婧正在粤州市中心的爱巢里商量是奉"子"成婚还是打掉胎儿。面对俊南突然的电话造访，David暂停劝说婧婧，淡定地跟他闲聊几句。电话挂掉后，David又归于沉默。

"现时我太年轻，未想结婚！"婧婧满脸愁云，"我要先打下事业基础！"

"你想怎样做？"David显出垂头丧气的样子。

"人工流产！"婧婧一口斩钉截铁的语气。

"啊？！"David陷入沉思，忙于想法子。

当David和婧婧像完成任务似的吃过外卖快餐后，他声称临时有急事要回公司一趟，让她留在爱巢里休息。其实，他外出打电话，紧急地跟他的母亲商量对策。他的母亲渴望抱孙已久，催促他立即致电向婧婧的母亲表明戴家对胎儿的珍视。

紧接着，David又联系上婧婧的母亲，按其生母的指引劝说婧婧的母亲。婧婧的母亲了解到事情的缘由，也支持他与婧婧奉"子"成婚，并马上找到自己的丈夫商量此事。婧婧的父母权衡利弊达成共识，马上打通婧婧的电话，称家中有急事要求她尽快回家。

婧婧来不及细想实情，就要求David立刻驾驶私家"宝马"高级轿车护送她赶回花城区。当前事态沿着David及其母亲所希望的方向发展。在赶回爱巢的途中，他还不忘打电话跟他的母亲商量最新对策。

当David跟随婧婧迈进她家的别墅，她的父母已等候良久，一见到David就露出满脸微笑。对于她的父母来说，David特别符合他们的眼缘。尽管David的学历低一点，但David长得敦厚老实，颇具精明的生意头脑。更关键的是David的家世好，跟她家十分匹配。在她的父母看来，David不愧是他们称心如意的女婿人选。

婧婧、David先后在大厅的高档真皮沙发上落座。她的父母互相配合，开始

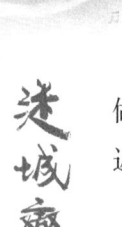

做闺女的思想工作。"婧婧啊,"她的父亲品过上等功夫茶,"我们这么急叫你返来,其实屋企并无急事。"

婧婧感到莫名其妙,立刻质问她的父母为何这么急叫她回家。"你跟David交往过好长一段时间喽。"她的母亲保持和蔼的微笑,"你们有冇想过几时结婚啊?"

听到这里,婧婧悟到这是David从中捣的鬼,便转过头来恶狠狠地盯着他。然而,他若无其事地坐着,镇静地拿着紫砂壶为她的父亲沏功夫茶。

"妈,我从未想过这么早结婚!"婧婧竭力压住自己的脾气,"我想先打下自己的事业基础!"

"俗话讲男大当婚,女大当嫁嘛。况且你们两个可以先成家后立业,优势互补联手创业就更好喽!"婧婧的父亲向她的母亲使出一个眼色,她的母亲心领神会。

"乖女啊!"婧婧的母亲故意拨开婧婧额前的头发,"你的脸色有点异常喔,难道……"

婧婧晓得其母亲的意思,并不吭声,而是点头默认。她的母亲扫视她和David,连忙问他们有何打算。"我……我想人工流产。"她低着头,不敢看她的父母。

"唔好啊!"婧婧的父亲终于急起来,"保住这条小生命为好,爸妈都等着抱孙!"

"系啊!"婧婧的母亲抚摸着婧婧的手,婧婧看见自己的父亲连连点头,就无奈地表示再认真考虑一下。

当David走出婧婧的家门,她就马上黑着脸骂他是番鬼婆大肚——心怀鬼胎(粤语歇后语,比喻藏着不可告人的心事)。而他却声称自己是白菜煮豆腐——一清二白(粤语歇后语,意即十分清白)。"鸡食放光虫——心知肚明(粤语歇后语,意即心里明白清楚),你这个衰人!"她还骂他快滚蛋,宣称双方进入冷战状态。

"妈,今次卖鱼佬——有声(腥)气(粤语歇后语,泛指有希望)!"David独自返回粤州市中心,一边开车一边向他的母亲报喜。初战告捷,他的父母又着手实施连环计。

等到周末,婧婧的父母就带着婧婧坐上自家的"凌志"高级轿车,应David

的父亲邀约到David家做客。David家近年来成为暴发户，在粤州市区添置多处房产，还在城乡接合部斥资数百万元购地建起西式豪华别墅。参观这座高5层、占地数百平方米的别墅，令婧婧的父母频频点头微笑。两家人又回到金碧辉煌的客厅，坐在高档酸枝座椅上热情交谈置业经。两家人还到附近的高级酒店聚餐，深化两家之间的感情，更关键的是洽谈核心话题。

婧婧终于点头答应奉"子"成婚，令两个未来亲家皆大欢喜。此次家庭聚会的真正目的是两个未来亲家正式敲定David与婧婧完婚大事。这两个未来亲家是现代版的门当户对，大家围坐在一起，万事好商量。David家爽快答应付给婧婧家十万八千元礼金，这个数字的粤语谐音为"实发"，寓意"一定发财"。婚事筹备随即启动，David的母亲准备找相士帮忙，根据David与婧婧的生辰八字推算完婚佳期。

俊南不能成功地从David家借到钱，彻底打消他家全面装修新房的念头。他家只能量力而行，对新房内部实行简单装修。

俗话说冬至大过年，俊南不顾工作劳累，赶回自己的老家跟家人团聚。李英洪夫妇忙于监督新房内部装修工程。整项房屋改建工程在俊南的精打细算下，有条不紊地推进，眼看就要大功告成。经过俊南的苦心经营，这个曾处于风雨飘摇中的贫苦家庭，已渐渐进入良性循环的发展轨道上。

这些改变令俊南感到非常得意，趁势向佳丽送上短信问候。"神说'幸福是有一颗感恩的心、一个健康的身体、一份称心的工作、一个深爱你的人、一帮信赖的朋友'。当你收到此信息，一切随之拥有！"他还不忘祝愿她阖家团圆，冬至快乐。

"心愿是风，快乐是帆，祝福是船。心愿的风吹着快乐的帆乘着祝福的船，飘向永远幸福的你。我轻轻地问候一声，愿你快乐每一天！冬至快乐！圣诞快乐！"佳丽以最快的速度回复俊南，这则短信因蛮有诗情画意而获得他的点赞。

俊南还趁机向佳丽询问了解在平安夜中海市区有哪些好去处。她说圣诞节是各大商家骗钱的大日子，她也不知到时有哪些好去处。他答应她提前留意行情，为平安夜约会做好铺垫，他的潜意识就是先下手为强。

每天浏览报纸让俊南了解到两个称心如意的平安夜节目，一个是中海影剧院的婚纱新娘表演，另一个是澜湾商业广场的浪漫飘雪表演。面对他所提出的"二选一"选择题，佳丽没有做出选择，反过来询问他觉得哪个好。在他的推荐下，

她最终同意去观看婚纱新娘表演。

　　李宏也主动向佳丽提出平安夜约会的要求。但俊南有约在先,她只好以加班为由婉拒李宏。

　　平安夜降临,俊南与佳丽都提前完成各自手上的工作,如期赴约。她发现他平常习惯穿西服,穿着单调,便专门选购一件棉外套送给他。平生首次收到女子送的"温暖牌"圣诞礼物,令他难抑心中喜悦,感叹"佳丽真体贴"。

　　俊南领着佳丽缓缓走进中海影剧院演播大厅,在中排的座位坐下,静心等待婚纱新娘表演的开始。不少在座的女子都手捧一束鲜花,有的是捧着鲜花进来的,有的是收到男友临时订送的鲜花。目睹这些情景让俊南坐立不安。"现在可以打电话叫花店送花来这里喔?"他心中算计若在平安夜完成所有"动作",就会让这个圣诞节过得平淡无奇,觉得还是留有一手比较好。

　　婚纱新娘表演终于拉开帷幕。轻度近视的俊南离舞台稍远,对上台表演的婚纱新娘看得模模糊糊。不过,每位婚纱新娘玲珑浮凸的身材渐渐撩起他的欲火。令他有点失望的是,佳丽跟这些精心装扮过的婚纱新娘相比实在逊色。

　　表演结束后,俊南俩随着人流走出演播大厅,来到影剧院大堂。精明商家在此摆设摊档,展示一些精美的婚纱相册。俊南好奇地拿起一本婚纱相册翻看。"咦,这位女模特刚刚窜场表演过!"他两眼紧盯着这位女模特的性感部位,久久没有移开视线,"她真的好上镜!"

　　"先生,你们几时结婚啊?到时可以选择我们店帮你们拍婚纱照呢,我们店的服务平靓正(便宜、美好、正点)!"面对婚纱影楼业务员的口头推销,俊南好奇地抬头看清这位女业务员的面容,笑说:"没这么快呢。"

　　佳丽听到这些对话,感觉不舒服,故意催促俊南离去。他只能顺从她的意愿,把她送回她家的楼下。两人平静地辞别,只有笑脸,没有别的举动。他忐忑不安,感觉平安夜里没送花给她有点不妥,总担心自己被别人抢先一步。

　　李宏彻夜失眠,在圣诞节一大早就编发短信,再次向佳丽提出约会要求。她犹豫良久,勉强答应跟他一起吃晚餐。他满怀兴奋的心情,着手为她准备圣诞礼物。

　　俊南并不知道自己已被李宏抢先一步,也急着通过短信询问佳丽今晚在不在家。她谎称跟同事约好去同事家吃火锅,大概要到晚上21时许才回到家。尽管如此,但俊南坚持要在今晚送圣诞礼物给她。

夜幕降临前，李宏带上一束11枝粉红玫瑰与一盒进口巧克力，按佳丽的要求来到指定的西餐厅。她独自骑女装摩托车来到约会地点，身上仍穿着工服。收到他的圣诞礼物令她感觉自己好像尝过蜜糖似的。

吃过圣诞大餐后，李宏依然谈笑风生，佳丽却频频关注自己手上的Swatch手表。时至20时30分，她谎称家中有事，跟他告辞赶回家中。她的身影渐渐消失于夜色中，他疑虑重重却无计可施。

约定时间已到，俊南驱车来到佳丽家的楼下，赶快拨打她的手机。当手机响过两声，他将电话挂断，等她下楼来。她故意没有换掉一身工服，就下楼会见他。

在佳丽打开铁门徐徐走出楼道之际，俊南急忙迎上前去，把那束三朵粉红玫瑰双手送给她。"圣诞快乐！"伴随这句柔声细语，他红着脸，不敢双眼直看她。当她略显害羞地道谢，他还指着那束鲜花的包装纸，特意提醒她回家再看那张藏在包装纸里的小贺卡。她发出"哦"的一声，呆立于原地不动，等待他进一步的表示。就在这一浪漫时刻，他其实非常渴望抱她吻她。可惜他没有这样的胆量，害怕自己遭到拒绝。

关键时刻已过，俊南、佳丽还是按老套路平静辞别。他依依不舍地离开，心中搞不懂缘何自己老是在关键时候"阳痿"。他的异常表现也令她感到莫名其妙。她一进家门就躲进闺房，看看他的贺卡上到底写着什么话语。

"佳丽，我们相识相知真是缘分使然，但愿这种缘分保持永久，更希望我们相爱到永久！俊南。"读过这段火辣辣的感言，佳丽并没有喜悦的表情，而是热泪盈眶。在她的面颊上逐渐流下两行热泪，泪水将贺卡打湿。

"俊南跟李宏相比，我更中意李宏一点。"佳丽躺在床上冥思，"不过，我爸素来干涉我的人生大事，而且戴有色眼镜睇人。我如何应对好呢？"

天气越来越冷，佳丽送给俊南的那件厚外套终于可以派上用场。外套穿在身上让他感到一种从未有过的温暖，这就像他被佳丽抱住的感觉。这件外套是第一次有女子对他那么好的见证，他穿上它就舍不得脱下，平时还用心呵护它。他好想让她分享这种美妙感觉，便发短信告诉她这件温暖牌外套非常暖和。

等到新年元旦后首个工作日，俊南忙着将自己的电脑等办公用品从发行中心搬回采编中心。为期四个月的借调锻炼，助推俊南从名记者迈向复合型传媒人才。

迷城恋歌

采编中心办公室里,一位面孔陌生的年轻女记者引起俊南的注目。她的座位就在他的座位斜对面。她身材中等,长发没肩,五官姣好……在他扫视这位美女之际,他的部门主任就把他召到主任办公室,为他安排新工作。今后他负责采写澜湾区的时政新闻,并带领一个徒弟——一个刚从凤城记者站调回总部的新人。这个新人就是那位刚才引起他关注的姑娘。她叫萧惠,老家在华中,去年7月大学毕业后来到岭南时报社工作。

经过部门主任的引荐,俊南与萧惠正式相识。他还靠着她的办公桌挡板,主动跟她聊天。"我们以后要并肩作战,男女搭配,干活不累!"他难以掩饰内心的兴奋,喜上眉梢。

萧惠报以微笑说:"李老师要多多关照。"实际上,她对俊南的"威水史"略有所闻,能与帅哥型业务能手共事让她不禁窃喜。

与此同时,佳丽的父亲在他退休后亲手组建的公司里忙过一阵子,突发中风瘫倒在地。他的合作伙伴马上将他送进医院抢救。噩耗传到家中,让佳丽的母亲当即昏厥片刻。她重新醒过来后,慌乱地打电话通知她的儿女俩。

佳丽兄妹俩急忙从各自的单位赶到医院门口,搀扶自己的老母亲来到抢救手术室门外,焦急地守候着。过了良久,抢救手术室门口的灯熄灭,手术医生走出来。佳丽一家三口马上围上去,七嘴八舌地追问这位医生。"我老公情况如何?""我爸状况严重吗?"……医生的答复是这位中风病人已被成功抢救,不过需要留院接受进一步医治。

"爸,你要尽快康复啊!"佳丽及其母亲、哥哥围在其父的病床旁边,都哭成泪人。在这些人的心中,这位历来强大的男人竟然倒下,就如佳丽家中的顶梁柱倒塌似的。

连日来,中海市城乡统筹发展局上上下下陆续到医院探望佳丽的父亲。李宏也前往医院探望老领导,趁机跟佳丽拉近关系,陪伴她安慰她。局里新领导班子考虑到在市区大医院留医的大人物众多,佳丽的父亲在此难以得到很好的治疗服务,便建议她的父亲转到龙湾山下的中海老干部疗养院。

佳丽家将她的父亲转到中海老干部疗养院继续接受治疗,她的母亲一直守护她的父亲。傍晚一下班,她就骑摩托车奔赴龙湾镇探病,协助母亲照料父亲。家中突发如此大变故,使得她根本无心跟俊南谈情说爱,甚至冷处理他发来的短信。临近子夜时分,她从龙湾镇赶回她的家中,才抽空编发短信回复俊南。她用来应对他的借口竟是她将自己的手机借给她的女同事，等到她的女同事从粤州回来中海，她的手机才物归原主。她还故意向他询问她的女同事对他说过什么。

"难怪整晚没收到你的短信，她没对我讲任何话。"俊南疑窦顿生，好想知道佳丽到底发生什么事。然而，她还谎称连续几晚都参加饭局忙于应酬，当晚饮下几杯红酒有点头昏。

在俊南被佳丽冷落的一个月里，他经常骑摩托车带着萧惠，穿梭于大街小巷乃至田野村庄。他们俩风里来雨里去，四处采访。他乐于助人敢于担当，令萧惠甚为感动。

离春节不远，岭南时报社的一个业务关系友好单位宴请俊南师徒俩，还用专车送俊南俩返回岭南时报社。途中，俊南、萧惠在面包车里并排坐着闲聊。"俊南哥，你有没有女朋友呀？"面对她的突然发问，他立刻意识到话中有话，没有直接回答她的问题。

"为什么你突然问起这个问题呢？"俊南笑一笑，反问这一句。

"人家只是关心你一下。"萧惠双手抓住俊南左胳膊的衣袖，摇晃他的身体追问他，"你还没有答我，到底有没有啊？"

"呵呵呵……"俊南笑个不停，拖延良久方说"有"。

"骗人！"萧惠不愿相信俊南的话。

"我没骗你。"俊南不敢看萧惠一眼，脸上的笑容瞬间消失。

"她长得怎样？"萧惠观察俊南的表情变化，判断他到底有没有撒谎。

"嗯——"俊南不想伤害萧惠，却被逼得毫无办法，"她的样子还好，个子一米六八。"

"她在哪里工作？"萧惠不依不饶。

"在电信局。"俊南后悔自己透露这些信息，害怕萧惠会搅局。

萧惠不再追问，变得十分失望。俊南体会到她的难受，心里感叹。"又一次阴差阳错！可惜胡总早已介绍佳丽给我，如今我已经被套牢。"他还假设如果自己主动抛弃佳丽，自己的感情、职业都会发生大震动。

就在此时，佳丽通过短信向俊南发来一则谜语，要考考他的智慧。"何车无轮？何猪无嘴？何驴无毛？何屋无门？何书无字？何花无叶？按序每句打一字，六字能连成一句什么话？"俊南一边细看谜语，一边猜想"难道佳丽产生心灵感应"，还通过手机上网搜索到谜语答案。

迷城恋歌

　　"风车无轮,雨(珠)猪无嘴,秃(途)驴无毛,中屋无门,童(同)书无字,心花无叶。各打一字连成一句话就是'风雨途中同心'。"俊南希望萧惠死心,故意当着她的面给佳丽回复短信。萧惠悄然瞄到收信人名"林佳丽",心里很不好受。

　　春节假期将至,俊南照常上班,而李英洪夫妇就在家中举行简单的新居入伙仪式。李英洪家的新房装修刚完成,涂料的气味尚未散去,俊南想立即搬进新房住的愿望未能实现。等到节后,他家视乎自家的腰包情况,再打算添置家具和摆设入伙酒。

　　俊南打算邀约佳丽在农历年二十九晚上一起外出逛花街,一吃过晚饭就打电话给佳丽。但电话没人接,他又开始胡思乱想。半小时后,她主动打电话解释说自己刚才跟同事一起唱歌打麻将。至于俊南的约会计划,她以当日是她的父亲生日为由婉拒,让俊南十分失望。"帮我转告你爸,我祝愿他福如东海,寿比南山,新年快乐!"她爽快答应帮他转告这一祝福,但他不禁疑虑为何她不邀请他一起为她的父亲庆生。

　　农历年二十九晚,俊南无所事事就打电话给佳丽,但无人接电话。只因佳丽及其母亲、哥哥正围在其父亲的病床前,为其父亲庆祝60岁生日。她的哥哥双手捧着一块蛋糕,跟她一起合唱生日歌。他们的父亲背靠床架,吃力地吹出微弱的气,艰难地将六根蜡烛逐一吹灭。他们的母亲竭力忍住眼泪,强颜欢笑,以免破坏这种温馨气氛。

　　庆生会结束后,佳丽的母亲留守病房照顾佳丽的父亲,而佳丽的哥哥开小汽车带她回家。她从自己的手提包里拿出手机,看有没有人找她。手机屏幕显示只有一个俊南所打的未接来电,她编好谎言,回复俊南说她正在陪母亲逛商店。

　　俊南竭力佯装出一副从容姿态,再次邀约佳丽在除夕夜外出陪他玩。她却声称自己在除夕夜要陪爸妈逛花街,等逛完花街,她再打电话给他。

　　数次邀约均告失败,让俊南被挫败感笼罩。他呆坐良久无奈至极,毅然去找红灯发廊的"白玫瑰"宣泄私欲。然而,刚踏进"白玫瑰"的宿舍就收到佳丽的电话,迫使他顿感惊心动魄。他只好伸出自己的食指放在自己的嘴边,示意"白玫瑰"不要出声,才敢接通佳丽的电话。

　　"我爸打算到除夕夜约朋友去唱歌,他要我陪他去,我无法推脱喔。"佳丽再一次对俊南撒谎,她握住电话的手微微颤抖,她的心里感到过意不去,"我们到大年初四再见面好吗？"

"好吧。"俊南对佳丽非常失望，不想再猜疑什么，一心只想马上宣泄自己心中的郁闷。

俊南一头埋进"白玫瑰"的乳沟狂吻，不停喘息，全身发烫。她骤然感觉自身像桃花一样含苞尽裂深锁重开。一朵又一朵，一次又一次，激情的花儿开得哗啵作响。她呻吟着，引领着他走向桃花深处。一场云雨随即弥散开来，先是徐徐而下，继而喧嚣大作。在软酥津滑中，他的挫败、猜疑等念头都灰飞烟灭。

突然，"嘟嘟"一个声响传入俊南与"白玫瑰"的耳朵，令两人的高潮当即戛然而止。两人均以为屋外有人敲门，害怕警察来抓人。屋内寂静无声，两人屏住呼吸，心都快吊到嗓子眼上。时隔一分钟，"嘟嘟"一个声响又传入两人的耳朵，她首先发现这一声响只是从他的手机发出的信息提示声。"一场乌龙！"两人如释重负，对视而笑。

云散雨退，俊南瘫躺在软软的床褥上冥想。"撑饱一餐却要饿上好多餐，这样既冒险又伤身，如果尽快将佳丽'搞定'就好了。"他的美好心愿随着他家生活环境的改善变得越发强烈。

除夕夜里，俊南阖家团圆，共进晚餐乐也融融。尽管他们仍处于旧屋，但每位家庭成员都流露出喜悦的神色。他们离新生活越来越近，一过完春节就可以搬进新居，从而吐气扬眉。俊南吃过团年饭，又不得不驱车返回市区，独守空房迎接大年初一值班日。

离农历新年的到来还有一小时，佳丽留在家里与其母亲一起忙着筹备过年，她的哥哥正在值班。她家早已找好护工照顾她的父亲，让他在病房里安度新年。

佳丽忙中偷闲，为李宏提前发送新年祝福短信，借机安慰他一下。他最近邀约她也是屡遭失败，不得不化情感上的悲愤为学习上的动力，用心复习迎接今年上半年即将举行的公务员资格考试。让他动力倍增的重大利好是，中海市城乡统筹发展局今年有一个转正名额，局领导承诺他只要通过公务员资格考试就能转正。这激励着他以挑灯夜读的形式迎接新岁。他收到佳丽的新年祝福，喜出望外，连忙转发一则贺年短信给她。

俊南也收到佳丽提前发送的新年祝福短信，马上回复短信为她送上新年祝福。等到新岁钟声敲响，他还直接打电话向佳丽拜年，甚至建议在大年初四到她家拜年。然而，她未置可否，竭力敷衍了事。

大年初一下午，俊南完成采写任务后闲得无聊，便发短信询问佳丽准备到哪里拜年。她正在她的姑婆家里，代表她的父母向她的姑婆拜年，随后通过短信故意跟俊南聊起拜年禁忌。那就是大年初三旧习称"赤口"，大家容易发生争执，不宜探访亲友。她万万没想到自己会遭遇打蛇随棍上（详称"木棍打蛇，蛇随棍上"，意指借助有利时机捞点好处，也指趁机会反击对手）的尴尬情形，只因他又提出在大年初二晚到她家拜年的要求。她不得不临时编出借口应付他，声称她的父母到时会去粤州并不在家。

俊南一再受挫实在难受，便询问她有没有空陪伴他。她依然维持既定的约会日期，还定好他前去接她的具体时间。他所打的如意算盘一再被她破坏，迫使他摇头叹气，心凉如水。

约会时间已到，俊南来到佳丽家的楼下，还提着一大袋准备多时的拜年大礼。这些礼物都是一些适合老人进补的生态食材，让他耗费近千元的血本。她下楼见到他，显得异常平和，甚至收到这份大礼也没有明显的喜悦表情。他等她把这份礼物提回家里放好，就领她前往岭南美食城吃火锅。

这顿晚餐俊南俩吃得像是在完成任务似的，觉得索然无味，因为彼此心存芥蒂。终于熬到埋单环节，他习惯性地掏钱包，而她却主动接过服务员手中的账单。"你送给我一家那样的厚礼，我好应该请客！"她少有地主动提出埋单要求，让他不禁发出"呵呵"两声，露出笑脸。

佳丽的母亲回到家里，发现厅中摆放着一大袋年货，便打电话问佳丽这是谁送来的。佳丽当着俊南的面接听电话，并没有跟她的母亲说具体的话，而是一直听她母亲说话。她的母亲想起她在跟俊南约会，便猜到那袋年货极有可能是俊南送的。她仅仅发出"嗯""哦"来认同其母亲的判断。俊南猜到她在跟她的家人通话，虽不能听到对话内容，却能猜到她们在谈论他送礼一事。

过年期间，李宏也数次向佳丽提出约会的要求，而她一直声称自己很忙。等到西方情人节前夕，他又硬着头皮邀约她，她暂且接受他的要求。俊南紧随其后，同样要求跟她约会，她只好错开时间进行两次约会。

西方情人节上午，俊南与李宏同样坠入爱河，忙于准备送给心上人的礼物。一束11朵鲜艳的大红玫瑰、一盒价值数百元的进口巧克力、一顿浪漫丰盛的西餐……这些是俊南讨好佳丽的拿手好戏。他又一次硬着头皮耗费一些血本，欲换来她的好感和他的些许安心。

俊南遵照佳丽的要求，跟她相约到她家附近的莱茵河西餐厅吃午餐。她捧着那束鲜花拿着那盒巧克力，跟着他走进餐厅，满脸是甜蜜蜜的表情。餐厅里乐韵悠扬，浪漫醉人。然而，他总觉得她的要求有点异常，他心里的疑云难以消散。"一般情况下，情人节约会选在晚上更好，为何她偏要选在中午呢？难道……"他不敢再往下想，更不敢向她问个究竟。

星夜降临，佳丽又坐上李宏的摩托车前往环市区，走进杯子红西餐厅约会。这里的情侣卡座爆满，李宏、佳丽坐在情侣卡座里低声私语。他送给她的那束粉红玫瑰，尤其是那个考拉熊毛绒玩具放在桌面，不时牵引着她的视线。可是，他不仅主动向她打听其父亲的病情，还透露他要通过公务员资格考试才能转正的内情。这些话题导致约会的温馨骤失，令她倍感压抑。

约会过后，佳丽开始盘算如何从李宏、俊南中实行二选一。她的芳心渐渐偏向俊南那边。

西方情人节前脚刚走，中国情人节后脚就来。正月十五元宵节，圆月东升，普照有情人。俊南邀约佳丽前往中海与粤州交界处的珠江河畔，共赏烟花汇演欢度良宵，他们乘坐出租汽车直奔目的地。在参加烟花晚会之前，她以陪父亲过节为由婉拒李宏的邀约，还鼓励他静心备考争创佳绩。

火树银花合，星桥铁锁开，江景春色浓……变幻多彩的烟花将一河两岸的天空装点得分外缤纷，令现场观众目不暇接，哗然欢呼。烟花晚会散场，一河两岸变得更加喧嚣。俊南趁乱抓住佳丽的玉手，领她走出观赏台。首次牵手让他们俩的心怦怦怦地加速跳动。

正当俊南谋划如何从北岸返回南岸，现场直播烟花晚会的中海电视台记者们认得俊南，热情地跟这位中海名记打招呼。他们晓得俊南此时的难处，主动提出让俊南俩坐顺风车，这正中俊南的下怀。

"俊南哥，这位靓女系什么人啊？"车上有位电视台男记者打量着佳丽，好奇地询问俊南。俊南看一看佳丽，她也看一看他。他不太自信地回答："我的女朋友。"她并没有否认这种说法，使他的心情从紧张变成欣喜。

"贵姓啊？"面对电视台记者的追问，俊南因心情起伏而一时想不起佳丽的姓氏。"哦——"他通过回忆佳丽的父亲终于想起佳丽的姓氏，赶快加重语气说："姓林。"佳丽的紧张神情渐渐舒缓，心中质疑："你在搞什么鬼啊？"

在南岸下车后，俊南大胆地挽着佳丽的暖手，边走边找的士。"呵呵，我的

迷城恋歌

姓氏你竟然忘记喽！"她的故意责备令他笑说"冇啊"，心里发虚。

"敢讲冇，骗人！"佳丽不依不饶，迫使俊南以巧妙的辩解来软化她。他声称当他向别人介绍佳丽就是他的女友，他高兴得一时答不上话。

当俊南俩乘坐的士回到澜湾区通济桥附近，张灯结彩的通济桥再次成为幸福的渡口。数十万人举着风车提着生菜，陆陆续续行过32米长的通济桥，形成奔腾不息的如海人潮。短短的通济桥满载欢笑，满载爱善，满载祝福；短短的通济桥承继历史，连接现在，沟通未来；短短的通济桥让传统民间信仰、现代公益慈善理念、主流城市精神交相辉映。

通济桥，"桥以通济名，必通而后有济也"，"以正义通，以亨屯济"。民间俗语有话"行通济，冇闭翳（无烦恼）"。每年元宵和正月十六行过通济桥，举着风车预示顺风顺水，提着生菜寓意引财归家。这一传统民俗文化活动历经400年沧海桑田，现已成为中海传承传统文化的符号、凝结主流城市精神的纽带。

"行通济"活动穿透历史烟云流传至今，正是基于其强大的精神内核，基于其永恒不变的主题表达——慈善、包容、仁爱、通济、和谐。这些都是儒释道融合所蕴涵的核心理念，正是中海老百姓民间信仰的内核。"行通济"，向全世界充分展现出中海老百姓的信仰自信、文化自信。越来越多的粤中居民、外来务工人员、海内外游客也渐渐接受中海这种传统祈福民俗。

在通济桥两边的大街小巷，尽是摩肩接踵的人群，人声鼎沸。俊南用右手搂着佳丽的肩膀，随着人流的蠕动好不容易行过通济桥，还不忘向路边的捐款箱投下自己的爱心慈善款。"行通济"的密集人流渐渐远离，俊南依然搂着佳丽的肩膀，在大街上溜达。等到他的右手已疲累，他的左手立即补上，只因他很需要这种亲昵的感觉。她尽量将就他的亲热，让他获得空前的满足感。

不过，佳丽脚上的冻疮迫使她走得异常缓慢。她的脚不能适应天气频繁的变化，竟长起多个冻疮，有时痛得像被针扎那样。按医生的建议，她每晚用温水泡脚，让其脚板的疼痛有所缓解。但此次"行通济"之后，她的脚肿得像猪蹄一样，她怀疑这是扭伤关节所致。

初春的湿冷让佳丽感觉难受，她只能留在家中疗养脚病，无法与俊南进行周末约会。他回到自己的老家跟家人团聚，站在王梅芳一旁看她炒菜煮饭，还将佳丽的脚病情况一五一十地倾诉出来。

当王梅芳猜测说"可能生骨刺"，俊南急问："'骨刺'系什么？""寒气进入骨里面。"她忙着往神台上的香炉上香，他紧跟其后询问治病之道。

"这种病好难医治！"王梅芳转过身来，神色凝重地看着双眉深锁的俊南，"如果事情真系这样，这种女仔你放弃吧。娶个'药煲'返来，就好似苦瓜炒鸭——苦过弟弟（粤语歇后语，寓意非常痛苦）！"

"妈，你少来胡说八道！"俊南的怒火被点燃，"大难临头各自飞，行得通吗！？"

"如今社会就这么功利！"

"不过，我的为人并非如此！"

"俊南，你做这种傻事何苦呢？"

"佳丽是否生骨刺尚未有定论，你讲出这番废话既无建设性又好伤我心，我们应该多想想办法。"

"既然她的脚病连医生都无法医治，你可以问一问她，她的先人有什么问题尚未得到妥善解决。"

"你又扯到满天神佛鬼怪那一套去！"俊南抗拒王梅芳的说法，但她神气地质问他有什么好办法。他不得不低声说"暂时未有"，就像泄气的气球。

其实，俊南好不情愿使用王梅芳所提的方法，免得其思想改造的初步成果毁于一旦。然而，他的心里又变得蠢蠢欲动，希望佳丽早日摆脱脚疾的困扰。与此同时，他更希望佳丽会拒绝王梅芳的那一套封建神鬼迷信思想。在这种矛盾心理的煎熬下，他走到屋外，悄然跟佳丽通电话。

"我妈按照农村人迷信的那一套分析，认为你的脚病这么难治，可能因为你的先人有问题尚未得到妥善解决喔。"俊南踱来踱去，尽量压低自己跟佳丽说话的声音。她发觉通话内容有点敏感，便从自家的客厅艰难地走进自己的闺房，对王梅芳的判断表示半信半疑。

"讲实话，我难以完全相信农村人迷信的那一套。"俊南的心情异常矛盾，"不过，为尽快让你的脚病康复，你可以尝试向你的家人打听那方面的情况。"

佳丽把房门完全闭上，跟俊南低声说："他们都拒绝那一套。"他环视周围察看附近有没有其他人，并询问佳丽想怎么办。她轻轻地坐到床沿上，回应说现在她一点办法都没有。"我亦毫无办法。"他望着远方，眼前一片昏暗。

忽然，佳丽想到她的外婆跟她提起过，她的父母曾有一个婴儿胎死腹中。不

过,这件事她的父母不想让别人知道,也从未向她提起过。她一直不敢问她的父母。透露这一隐私让她变得紧张兮兮,要求俊南一定要帮她保密。

俊南通完电话,又走进屋里准备吃饭。王梅芳正在摆开饭局,他悄悄地把佳丽家的隐私转告王梅芳。她打算帮佳丽去问一下"师傅"。"随你便。"他一屁股坐到凳子上,无可奈何。

等王梅芳问过"师傅"后,俊南好不情愿地把她所转述的"师傅"指引记录下来。"是否将'师傅'鬼话告诉佳丽呢?"他犹豫良久,仍不知所措,唯有打电话询问佳丽的脚还痛不痛。她躺在床上用被子裹着双脚,说现在感觉好很多。他不禁皱起眉头,疑问为什么会这样。原来,她的外婆经常去上香拜神,答应帮她去拜祭一下。这令她感觉舒服好多。

"心理作用吧?"俊南渴望得到佳丽的肯定答案。而她爽快回答"Yes(是)",促使他毅然将"师傅"的鬼话扼杀掉。

佳丽的父亲住院疗养三个月,病情趋于稳定。他的主治医生认为他完全康复的可能性较小。根据主治医生的建议,他的家人将他接回家,让他在家继续疗养。在家中疗养的第二天清早,他醒来收听电台节目、阅读报纸。佳丽为他量血压,还拿出多个药瓶,为他配好当天要服用的药物。他每次要服下数十粒药丸,坐在轮椅上不能随意走动,只能在其妻子的帮助下艰难学走。

进入春暖花开的季节,俊南与佳丽相约到市郊踏青散心。他们乘坐出租汽车,来到离市区30公里远的环市区天仙湖度假区,手挽手前往天仙湖酒店叹早茶。

"你的脚有冇问题啊?"当俊南看到佳丽走路的样子轻松自然就好奇地发问,她语气平和地应答"全好喽"。"为何好得这么快?"他觉得她的脚疾康复得很快,眉头皱一皱。她转过脸看着他说"天气暖起来了",但这一答案并未能满足他的求解欲。"你的外婆拜神有用吗?"他挑明自己想破解的疑虑,而她说她的外婆近来生病不能去拜神,瞬间令他释然。

俊南俩品过普洱茶,尝过粤式点心,又来到天仙湖酒店外的湖畔散步。他们俩的周围尽是林绿水秀的景色,人在景中,景随人转。他兴致勃勃地拿出随身携带的数码相机,向佳丽提议合影。她连忙摆手说她不想拍照,觉得彼此的感情尚未发展到这一步,避免留下什么"证据"。

"为什么？！"俊南大感不解，脸色明显沉下来。聪慧的佳丽马上找来借口，声称她的样子好难看，以应付眼下的尴尬场面。他一心想跟她合影留念，借以加深彼此的关系，就盛赞她的样子好看。她只想找个台阶让彼此都好下台，提议帮他拍一张个人照。他勉强答应她，把相机递给她，走远几步摆好姿势。

"喀嚓"一声过后，一张以酒店和天仙湖为背景的俊南个人照定格。然而，他感到很无趣，多疑地看一看佳丽。"难道元宵夜的表态只是我一厢情愿？"他没有勇气往下想，领着她沿天仙湖边散步，彼此保持20厘米左右的横向距离。他们俩走得有点疲倦，还租用一辆两人同骑的自行车，骑车浏览天仙湖绮丽风光。

正午时分刚过，俊南俩在天仙湖畔品尝农家乐美食，尤其是这里出品的天仙湖走地鸡让他们俩食过返寻味（吃过美味菜肴后经常牵挂想再次品尝）。

对于俊南俩来说，返程是个大难题，只因这里很难电召的士。俊南领着佳丽步行到景区正门旁的小凉亭，并肩而坐，一时沉默无语。"好机会！"他产生一种吻她的冲动，不过一想到合影被拒一事，就立刻扼杀这一念头。实际上，她为控制好三角恋的火候，早就打好"预防针"，时刻准备拒绝他的越轨行为。

电召的士无望，俊南俩只好走到附近的公共汽车临时上落站候车。佳丽默不作声，心想能自驾游该多好。与此同时，他从心里暗骂自己。"穷书生！真豆泥（粤语俚语，意指情况堪虞，出处为豆与泥同样微小，平凡到无人会注意，两字并用更强调糟糕不堪）！如果有私家汽车，这次拍拖就不致于寒酸成这样！"他还想起她曾询问他考得汽车驾驶证没有，他的答案让她大失所望。

俊南俩苦等半小时，才登上返回市区的公交车。没有睡午觉且经受心理折腾，使他上车落座不久就在颠簸中入睡。佳丽被冷落，心情更加不爽，只想赶快回家照顾她的父亲。

经过半小时的车程，俊南俩来到中海大桥附近，只能换乘的士返回佳丽家。然而，这里打的很难，让他不禁暗自感叹"屋漏偏逢连夜雨"。他们俩不得不步行两三百米到中海火车站站前广场打的。她被他搂着走，感到越发难受，毫不客气地要求他不要搂着她的胳膊。他缩回自己的手，感到莫名其妙，连忙询问为什么。她便伸出自己的右胳膊，满脸尽是委屈之情，说到他把她的胳膊抓得红一块紫一块。他伸头一看发现真是如此，赶快向她道歉。

俊南原以为自己与佳丽的感情可趁郊游之机顺利升温，岂料彼此闹得尴尬收场。这次严重受挫让他整天耿耿于怀，他揣测她用情不专。"在这场恋爱游戏

中，我明显处于弱势，鬼叫你食得这条咸鱼啊？俗话讲'食得咸鱼抵得渴'。命苦岂能怪政府呢？"他盯着其手掌的"感情线"，摇头叹气。

在感情受挫的同时，俊南经常返回自己的老家，兼顾他家新房竣工后的众多事情。他家忙过大半年，终于实现旧房改建工程全面竣工。李英洪一家四口围坐着进行埋单，发现这项工程耗资十几万元，而俊南的出资额占其中的大头。他的荷包里仅剩下可怜的三四万元发展资金，而李英洪夫妻的荷包里仅剩下更可怜的一万元活命钱。这两个荷包既相对独立又紧密联系，如今留存的小钱就是俊南为他家精心设定的理财底线，处理好他家今后的生存发展问题就要指望它。

俊南摸着自己寒酸的荷包，对婚恋的信心快要降到冰点，而矗立于眼前的新房则让他又燃起一丝希望。他非常渴望尽快搬进新房居住，让他的"老巢"能以全新形象示众，便于他谋划新的生活。可是新房刚简单装修好，胶水气味尚未散去，使得他家不能马上迁居。他不得不按捺住自己的急性子，唯一可动手的就是提前谋划添置哪些家具、家电。

在俊南的老家迁居升级前，他在城里的单身宿舍被迫搬迁升级。由于进入岭南时报社工作的单身青年越来越多，报社单身宿舍渐渐满员。报社要求俊南等多位单身青年自行解决居住问题，腾出位置让给新毕业生。

搬家公司将俊南及其同事刘辉明的所有家当搬离报社单身宿舍，继而搬进他们预先物色好的出租套房。这间两房两厅的房改房（已购公房、享受国家住房改革优惠政策的住宅）属于岭南时报社一位老编辑的私人物业，俊南跟辉明各住其中一个房间。辉明从去年7月大学毕业后到岭南时报社工作，一直与夏雨在报社单身宿舍同居。在俊南、辉明迁居之后，夏雨、唐仁也筹备迁出报社单身宿舍。

俊南手头拮据，却咬咬牙关买来一些新家具新家电，对自己的新居进行升级。他想逐步改变其住处的寒酸形象，要为以后谈恋爱营造过得去的居住空间。

利用业余时间阅读哲学书籍，为俊南带来世界观、人生观、价值观的改造，却不能直接治愈他的感情创伤。他只能寄情于歌，借歌抒情，驱散他心中的郁闷与无奈。当他的新舍友辉明闻歌而至，他热情邀请辉明一起放歌轻松一下。

俊南新买的VCD（影像压缩碟片）播放机播放着香港知名歌星刘德华演绎的国语流行歌《天意》。"谁在乎我的心里有多苦？谁在意我的明天去何处？……"俊南拿着麦克风，闻乐歌唱，声情并茂。而辉明唱功不行，起初不敢献丑。在他的一再要求下，辉明点唱那首自己勉强会唱的流行歌，那是香港知名歌星张学友演绎的国语流行歌《一千个伤心的理由》——

爱过的人我已不再拥有,许多故事有伤心的理由。这一次我的爱情等不到天长地久,错过的人是否可以回首?爱过的心没有任何请求,许多故事有伤心的理由。这一次我的爱情等不到天长地久,走过的路再也不能停留。一千个伤心的理由,一千个伤心的理由,最后我的爱情在故事里慢慢陈旧。一千个伤心的理由,一千个伤心的理由,最后在别人的故事里我被遗忘。……

当唱到高音处,辉明还是败下阵来,俊南立刻接力高唱。辉明对这首歌颇感兴趣,要求俊南重复播放这首歌,一句接一句地教他唱。

"嘀——"辉明的手机收到一则新短信,他看过这则短信后十分生气。"那个张桂秀真烦人!"当他的话音刚落,"张桂秀"三个字强烈地刺激俊南的耳膜,俊南立刻追问他所提及的那个人姓甚名谁。

"张——桂——秀。"辉明每念出一个字,俊南的身体就微微颤动一下。他回想起张桂秀老太及与其相关的梦境,连忙向辉明发问:"她是老太太吗?"

"怎么可能是老太太呢?她可是刚进报社工作没几天的大美女啊!"辉明觉得俊南的问题太离谱,难以理解他的异常反应。俊南自言自语"居然同名同姓",还向辉明询问这个张桂秀美女住在哪里。

"她就住在我们楼下。"辉明忽然诡秘一笑,"我跟她不是很熟,她老是发短信来问这问那的,甚至还问我你有没有女朋友呢。"

"那你怎样回答她!?"俊南变得紧张起来。

"我对她说,听你说过你有女朋友。"辉明还打开他与张桂秀的通话记录给俊南看。

"回答得好!"俊南在辉明的面前竖起自己的大拇指。

"不过,她就是不相信,这才烦人!"辉明装出十分生气的样子。

"啊?"俊南显得更加紧张。

"看来,她喜欢你呢。"辉明笑眯眯。

"不对!"俊南连连摆手,"她喜欢的是你才对。不然,她为什么只发短信给你而不发短信给我呢?"

"老同志,这你还不懂呀!?"辉明拍一拍俊南的肩膀,"这是在动手前先从外围打探目标的底细。"

"呵呵。"俊南笑得很无奈,"年轻同志还真有一套。"

"嘀——"辉明的手机又收到新短信，令俊南闻声发笑说："又来喽，你真忙啊。""烦死人了！"辉明边埋怨边翻阅短信，突然满脸绽露喜色。他的态度180度大转变，使俊南皱着眉头，大惑不解。辉明笑着透露此人不是张桂秀，这样令俊南更加好奇，即刻追问此人是谁。

"是……是……萧惠。"辉明突然表现得吞吞吐吐，让俊南觉得当中有古怪，立刻追问他们为何如此紧密联系。

"我跟她是老乡来着，老乡之间联系好正常。"辉明知道萧惠是俊南的徒弟，赶紧为他释疑解惑，生怕他产生误会。他连连点头，露出诡秘的笑容，猜想两个张桂秀到底有何异同。他的心里希望尽快见到辉明所说的张桂秀大美女。

当俊南在市区的租用住房安顿好，他老家的新居正式入伙。新居里外张灯结彩，人来人往，喜气洋洋。他家勒紧裤腰带也要在新居设下十桌宴席，邀请李英洪、王梅芳夫妻俩的主要亲戚前来同庆。他家迁居前的老邻居苏婆婆属于特邀嘉宾。八十出头的苏婆婆特意穿上黑色刺绣唐装出席此次活动，把他家的喜事当成自家的喜事。

俊南家的新居落成入伙一事很快在村中传开，不少村民纷纷来到新居外围参观，点头赞许。只见这座楼房南面、西面均被庭院环绕，总占地面积200平方米。楼高三层，二、三楼都设有宽阔的大阳台，阳台上设置螺旋梯连接二、三楼。这种中西结合、别具一格的建设风格完全不同于传统农民房的建设风格。

"你的新居建得好靓！听讲你的儿子系设计师。"年逾古稀的梁婆婆从大老远赶来参观俊南家的新居，还特意向王梅芳大放赞词。王梅芳笑得合不拢嘴，应答说她的大儿子负责设计。梁婆婆在她的面前竖起大拇指，盛赞她的大儿子真有出息。

苏婆婆也不甘寂寞，从椅子上站起来搭话。"坑渠亦会起浪，连发梦都无想到！"苏婆婆的话惹得众位客人乐呵呵，纷纷点头称是。

在这个喜庆时刻，主人家光有李英洪、王梅芳、俊杰忙里忙外。而重要人物俊南却不能留在家中主持大局，只能通过电话遥控，让俊杰协助李英洪主持大局。因为俊南正忙于牵头组织大型采访报道，无法抽身参加自家的新居入伙。

佳丽冷落俊南，却应邀跟李宏约会。李宏刚参加完中海市2005年上半年公务员招考笔试，过关斩将胜券在握。她坐上他的摩托车，来到灯火湖划船，夜色迷人。船到湖心，他停止划船，跟她一起默然体会此刻的浪漫。

在李宏跟佳丽聊及公务员招考之际，她忽然把目光从周围的夜景中快速移到他的脸上，询问他考得怎样。他划动双桨激起层层波浪，声称自我感觉考得不错，好快就可以从网上查成绩。"好，继续努力！"她伸手搅动平静的湖水，感觉一阵凉意。

李宏果然以笔试成绩第一的优势参加公务员招考面试。中海市人事管理部门抽选特邀多名考生家长、人大代表与政协委员进入现场参与旁听，监督面试全过程。在佳丽的事前鼓励下，李宏如虎添翼，最终夺得笔试与面试总成绩第一的佳绩。而紧跟其后的则是中海市城乡统筹发展局副局长的亲戚。李宏虽然在考试环节胜出，但还要接受体检和政治考核，合格者才会被择优录用为公务员。

跟李宏一样，佳丽也觉得胜券在握，却遭到她的父亲泼冷水。"你高……高兴得太……太早啦！局里的那个小李转……转正一事好难……难讲嘎。"她的父亲受脑中风影响，说起话来结结巴巴，显得十分吃力，"你继续跟……跟那个记者拍……拍拖吧。他有……有'三本'，就系本心、本事、本钱！"

俊南为深化其与佳丽的关系，决定冒一次险，邀请佳丽参观他老家的新居。她欣然答应他，想借机摸清他家的老底。他提前嘱咐自己的父母认真做好准备，特别告诫二老到时不要乱说话。

周日早上，天色阴沉，佳丽在自家等俊南来接她。俊南准时骑摩托车来到她家楼下，她让母亲接手照顾父亲，跟俊南前往他的老家做客。在他的精打细算中，如果他们俩骑摩托车去他的老家，她会受不住长时间的风吹尘染甚至雨打。如果他们俩打的去他的老家，成本又太贵，他只好选择坐公交车。

俊南、佳丽并肩走向她家附近的公交车上落站。她上身内穿白色长袖衬衣外穿黑色背心毛衣，下身穿着有点褪色的蓝色牛仔裤，脚踏平底白布鞋。她的肩上挂着一个扁平的挂包，两手空空。她故意以这种平常打扮前往他的老家做客，这是因为在没有摸清他的老底前，她不想对他的家人表现得太过热情。而他不敢搂着她的肩或拖着她的手，他的心里有点自卑感作怪，他不知她看过他家之后会以什么态度对待他。

不用一个小时，俊南俩就来到龙湾汽车站。一下公交车，他就往自家打电话通风报信，叫他的父母各就各位。距离他的老家越来越近，他的心情也越来越不安，跟赴考的心情一样。他临时租用一辆私营小汽车，直接带佳丽坐车回家，却忘记帮她买一些探访礼物。

　　仅过十分钟，俊南俩所坐的出租小汽车驶入绿树夹道的环村水泥路，把他们俩送到崇中村村口。弯河涌、小荷塘、老榕树……相继进入佳丽的视野。她扫视高低错落的洋房、旧屋，急着寻找俊南的家。当他们俩经过李氏宗祠正门广场，一栋设计别具一格、部分外墙装修过的三层新房突然映入她的眼帘。他指着这座楼房，轻声说这是他的家。她边走边望，点点头，心里稍微安落。

　　"妈，我返来啦！"俊南打开自家庭院铁门立刻扫视一番，发现庭院里的整洁情况差强人意。一身朴素衣服的王梅芳闻声走出厨房，笑迎他与佳丽进屋，还回应说："返来啦。"

　　当俊南介绍佳丽之时，王梅芳笑对佳丽，主动向佳丽问好。"伯母，您好！"佳丽也向王梅芳问好，显出一副矜持的模样。

　　"返来啦！"李英洪从神后房出来，穿着一套像样的衣服，睡眼蒙眬一脸微笑。俊南又向李英洪介绍佳丽。"阿叔，您好！"她向李英洪问好，还扫视他，觉得差强人意。

　　"你好！坐吧。"李英洪显得有点拘束，伸手示座的动作略显生硬。俊南领佳丽来到客厅中央，在两米长的红木长椅上落座，两人并肩坐着。而李英洪却走出家门，按夫妻俩的计划外出办事。

　　王梅芳忙着为佳丽倒茶，所用的茶杯是俊南拿回来的高档进口玻璃杯。他家素来没有饮茶习惯，王梅芳双手将装满白开水的玻璃杯递给佳丽，还客气地说："请饮茶吧。"佳丽一边道谢，一边双手接过玻璃杯，饮下一口白开水。

　　俊南叫王梅芳去忙做饭，然后带佳丽参观他家的新居，还滔滔不绝地介绍新居情况。这座楼房的设计建筑注重视觉空间，而非地理空间。楼房内部只是简单装修，经过抛光地板瓷砖折射的室外光线把屋内照得通亮。屋内的排气扇、窗帘等个别部位尚未完善。一楼客厅里的家具家电都是不新不旧的。神后房是李英洪夫妻的起居房，偏房放着好多杂物，都是游客止步的区域。通过室内楼梯上二楼，穿过圆拱门，就来到空荡的小客厅。俊南所住的正房与俊杰所住的偏房都陈列着几件必要的起居用品，偏房里还摆放着一台旧电脑。

　　佳丽跟随俊南，通过室外螺旋梯从二楼大阳台上到三楼大阳台，边走边看不作声。"平时站在这里可以眺望龙湾山，今日天色阴雾气大，睇唔到龙湾山。"他指着龙湾山方向介绍这座楼房的最大亮点，她顺着他的指向望一望，点点头。

　　"这座楼房是中西结合，抛弃了传统农民房的建设风格。"俊南带佳丽回到二楼大阳台，继续有所保留地介绍这座楼房的设计理念与建筑风格。但她看到外墙大部分没贴瓷砖，再细看阳台护栏上所贴的瓷砖，不禁皱皱眉头。"睇来，做工比较粗糙。"她这么一说促使俊南的心里发虚，他马上解释说那班施工队做工不行。

俊南依着齐腰高的阳台护栏，指向自家庭院，赶快转移佳丽的视线。这个庭院占地面积近百平方米，作为这座楼房的配套工程。整座楼房工程按总体规划、分步实施的理念建设，已完成第一步的建设。他自圆其说，声称这是因为他想多留一些钱在城里买房，不想在这里花费太多钱。"几年后等我的屋企有条件喽，再重新装修这座楼房，到时旧屋又会变成新屋。"

"系啊。"佳丽俯看到花圃里没种多少花草，马上质疑为何花圃里没什么花草以及这座楼房建成多久。这两大疑问令俊南更加心虚。不过，他装得若无其事，继续自圆其说。"哦——我妈准备在花圃里新种一些青菜。这座楼房建成几年喽。"他睁着眼说谎话，竟脸不红心不跳。但她将信将疑，觉得这座楼房建成不久。

俊南俩结束参观，又回到原处落座。他刚才口若悬河地说话，口渴不已，连饮数杯白开水。此时，李英洪回到屋里来，竟有位老婆婆尾随他而来。她就是他家的老邻居苏婆婆，仍穿着那件有点残旧的黑色刺绣唐装。

"俊南，苏婆婆听讲你返来喽，就来跟你闲聊。"李英洪一进门就提醒俊南，还邀苏婆婆在上宾座落座说媒。"您的脚步为何来得这么巧啊？"王梅芳闻声走出厨房，也笑迎苏婆婆。

苏婆婆早年丧夫，膝下儿孙满堂。经历丰富并能说会道，使她经常获邀替人说媒。李英洪夫妻不善言辞却想帮儿子一把，就提前跟苏婆婆说好，请她来帮腔说好话。

"她人称苏婆婆，我们的老邻居，为人非常好。"俊南在第一时间向佳丽介绍苏婆婆，又主动为苏婆婆斟倒一杯白开水，还推介佳丽说："我的女朋友叫林佳丽。""哦，你系城里人吗？"苏婆婆打量佳丽，对佳丽待人处事之道不太满意。

"系啊。"佳丽的右手叠左手放在膝盖上，显得有点矜持。俊南密切留意她的表情变化，介绍说她家距离岭南时报社并不远。苏婆婆露出一脸和蔼的表情，询问她做什么工作。她满脸笑容，应答说在电信部门工作。

苏婆婆摸到佳丽的基本情况,就开始结合自己的经历与心得,有的放矢地展现自己的说媒功力。"女仔当然会一失足成千古恨,男仔亦会如此""男女都要自食其力"……苏婆婆侃侃而谈,在大家不经意之间顺水推舟,称赞俊南为人正派自强不息。她幽默的演说风格不时逗得在场的人呵呵大笑。等说媒任务完成,她声称要回家吃午饭。俊南家一再邀请她留下饮汤食饭,但她还是坚持要回家。实际上,她并不看好俊南与佳丽的将来。

俊南一家三口与佳丽围绕着一楼饭厅的云石圆桌落座吃饭,俊杰周末也要上班,不能回家出席此次饭局。灵芝煲鸡汤、冬菇煮鸡块……俊南家款待佳丽的菜肴异常丰富,王梅芳煲汤做菜的手艺让佳丽连声称赞。俊南脸露微笑,主动为佳丽打饭和夹菜。他的父母不敢随便说话,只能不时叫佳丽多吃菜。

等众人吃饱喝足,俊南领佳丽来到自己的房间,让她在此午休。而他不敢越雷池半步,去到俊杰的房间午休。午休结束后,俊南电召的私营小汽车来到崇中村村口,他带佳丽乘车到龙湾汽车站换乘公交车返回澜湾区。

俊南俩所乘坐的公交车在陶都大道上疾驰,佳丽接到她家打来的电话,她的父亲询问她几时回家。她用眼睛的余光留意俊南的动静,回答说自己正在坐车回家。她的父亲急着想知道她这次出行考察了解到的情况,又询问她还要多长时间回到家。她迟疑片刻,才说还要大概半小时。她的父亲说等她回家再说,随即挂掉电话。这让她忐忑不安,脸色略显严肃。

"哪一位啊?"俊南望着佳丽,留意到她的神情异常。她说"我爸",勉强挤出一丝微笑。他皱着眉头,询问她家有什么事。她临时编织美丽的谎言,声称她的父亲问她是否需要家里做她的那份晚饭。俊南信以为真,报以灿烂的笑容。

佳丽也笑一笑,跟俊南说原来他家并不偏远。他加重说话的语气,特意强调他家离她家才不过20公里。她看着又黑又瘦的他,询问为何他的父母长得又黑又瘦。"你睇,我又黑又瘦,皆因遗传嘛。"他被迫自圆其说,挤出一脸傻笑。她好想知道他的父母是否不喜欢她,便询问他的父母为何说话那么少。他心虚地回答说他的父母很好客,只是不善于交际就少说话。她点点头,将信将疑,若有所思。

在佳丽家附近的公交车站,俊南跟她平静分别,仍不敢确定自己是否通过这次大考。

佳丽一走进自家门就遭受她的父母盘问,只好将此行的所见所闻如实交代。

她的母亲首先"发炮",认为俊南的家境很一般,对她们家的帮助不会很大。"妇……妇人之见!"她的父亲着急起来,结结巴巴地责骂她的母亲。

"我觉得阿妈的看法十分正确!"佳丽看到她的父亲虽半身不遂却极力争辩,竟不理三七二十一,大胆表达她的诉求,"局里的李宏参加公务员招考考得第一名,被录取为公务员已经八九不离十。讲句心里话,我更中意李宏!"

"妇……妇人之见!就算小李被录取为公务员又……又怎么样?"佳丽的父亲直喘粗气,艰难地用力拍桌子,"我坚信那位记者具……具有'三本'!"

佳丽及其母亲担心她的父亲激动得病情加重,都不再吭声,让他的怒气逐渐消停。他私下打电话,向那位经他一手提拔的接班局长打听内情。原来李宏因患有乙肝导致体检不过关,中海市城乡统筹发展局领导班子决定依照程序规定,把局里唯一的转正名额给予那个获得考试总分第二名的考生。佳丽从其父亲的口中获悉这一不幸消息,伤心得落下两行热泪。

在佳丽考察俊南的老家后,俊南一直静观她对待他的态度有何变化,但她的态度依然是不温不火。端午节恰好是星期六,他打算留在市区过节,一大早就跟她约好一起看夜场电影。然而,她家祸不单行,为此次约会带来变数。

佳丽的父亲治病花费不少,她家的每位家庭成员都开始节衣缩食。她当狱警的哥哥佳景吃过午饭去上班,一心想节省汽油费,并没有驾驶私家汽车而是骑摩托车代步。途中,他骑的摩托车不小心撞上一辆小汽车,使他弄伤盘骨被送到医院救治。

又一个噩耗传到佳丽的家中,她马上赶去医院处理佳景的住院事宜。"俊南,我哥发生车祸!"她致电给俊南,上气不接下气地说不知能否跟他看夜场电影,要等到傍晚才能答复他。

"知道,要我帮忙吗?"俊南及时给予必要的关心,而她却说不用,便挂断电话,继续赶赴医院。

俊南守候整个下午只为佳丽的答复。她的答复姗姗来迟,他们俩终于入夜前约定在中海影剧院门口见面。约定的时刻将近,她如期出现于中海影剧院门口。他发现她一脸疲态且说话带有口气,心知这明显是劳累所致。电影院散场后,他如常送她回家,还趁机了解佳景的情况。佳景得到及时医治,但需要住院半个月。

"从这件事来睇,一周前的'考试'我应该勉强通过喽。"俊南边琢磨边

迷城恋歌

推开其住所铁门,一开门听到阵阵歌声。歌声是从辉明房里传出的。"哇,想当歌星呀!"俊南来到他的房门口,故意调侃他。他兴奋地介绍他刚买来一台VCD播放机,急不可待地试一试"处女唱"的感觉,还力邀俊南也来体验一下那种感觉。

"你饮过'头啖汤',我再唱就不是处——女——唱啦!哈哈。"俊南跟辉明一样都擅长开玩笑,辉明笑说:"有的'二手货'也不错。"

俊南先来一次个唱,又跟辉明来一次合唱。"嘀——"辉明的手机突然收到新短信,吸引辉明马上翻看短信。这充分激发俊南的好奇心,他笑问"是张桂秀还是萧惠"。辉明说"是萧惠",急忙向萧惠回复短信。

在俊南看来,既然自己跟佳丽的关系已趋向明朗稳定,鼓励辉明追求萧惠以防她以后破坏自己的大事实属上策。等辉明将短信发送出去,他就鼓动辉明追求萧惠。他给出的理由就是萧惠这个女子不错,又是辉明的老乡,彼此的共同话题肯定多。

"这个……"辉明心有顾忌,迟疑片刻,"她比我大一点呢。"

"现在是什么年代啦?年龄不是问题。"俊南进一步煽风点火,"你快点动手,我支持你!"

辉明还是犹豫不决,说不知萧惠会怎样想。俊南承诺要利用自己与她的师徒关系,平时在她的面前为辉明美言几句,帮辉明探探她的口风。"有我帮你,肯定成!"俊南的话正中辉明的下怀。

"真是知己!"辉明脸露喜色,拍着俊南的肩膀,"来,唱歌!"

一曲唱罢,俊南突然接到David从粤州打来的电话。原来,再过一周,David就要正式举行婚礼。他装得十分兴奋地道贺,其实心里非常难受。只因比他小两岁的David已修成正果,而他却尚未有着落。

David计划组建一支接亲车队,已物色到近十辆小汽车,还希望俊南帮他借用岭南时报社的公车。这让俊南显出一脸窘态,他如实交代岭南时报社已实行公车改革,规定所有公车不能外借。David只好另想办法,要多找几辆车让车队排场更壮观。俊南被自卑心理支配着,为挣回一点点面子,就承诺再想想办法帮David的忙。

David谈完自己的正事,还不忘八卦一下,询问俊南是否还在跟报社老总介绍的那个女子交往。重拾情感自信的俊南立刻回应"系啊"。然而,David要打烂砂锅问到底，追问他跟佳丽交往得如何。"尚算可以吧。"他将半年来自己跟佳丽的交往情况，特别是最近的感情进展情况粗略告诉David。

"嗯——"David觉得此事有蹊跷，"你的住处离她的屋企远吗？"

"一公里左右。"俊南开始焦虑不安，"为何你问到这一点？"

"你住得跟她这么近，一个星期见一次面，这样好不正常！"David认为如果正常的话，俊南与佳丽应该经常见面，而且她会经常叫他到她家饮汤食饭。

"我跟她平时都好忙。"俊南不愿接受David的说法，下意识要辩驳David。

"难道我和我的未婚妻平时都好得闲吗？我就经常等她放学接她去玩！"David针锋相对，希望一言唤醒梦中人。

"我并无'四轮'驱动，只有'双轮'驱动。"俊南开始感到自己理屈词穷。而David却穷追猛打，声称"'双轮'足矣"，还建议他等佳丽下班接她去食饭。他透露今年上半年她经常要上夜班，他曾提出过这个要求，但遭到她的拒绝。

"这个——可能她并不想让你进入她的社交圈子！"David又向俊南发起一个冲击波，"你认识她的朋友或者同事吗？"

"一个都未认识。"俊南感觉自己明显败下阵来，双手在不断颤抖。

"你小心被欺骗！"David的声音明显提高几个八度。

"啊，有可能吗？"俊南的心跳越发激烈，"她系我们报社老总介绍给我认识嘎，连她的父母都跟我见过面。这样的交往岂能有假呢？"

"你太过天真啦！她主动，你被动！"David一言惊醒梦中人，令俊南感觉自己掉魂似的，急着向David请教应对方法。David建议他尽快将佳丽的底细摸清摸楚。

俊南每天忙于工作，他与佳丽之间的关系静如湖水，让他一筹莫展。她每天不仅忙于工作，还要和她的母亲分工合作，轮流照顾自家的病号伤号。

李宏自信满满，向佳丽发出电话邀约。但她沉默片刻，鼓足勇气叫他以后不要再找她。"为何？"他感觉自己被五雷轰顶。

"其实……"佳丽握紧拳头，"我已经有男友，他系我爸介绍给我嘎！"

"你欺骗我！"李宏听着"嘟嘟嘟"的电话忙音，站着发愣，茫然无措。

佳丽迅速挂掉电话，躲进被窝号啕大哭。在她的考量中，她选在李宏名落孙山的消息公布前跟他摊牌，这样操作至少不会让别人说她是势利小人。

迷城恋歌

　　李宏终于收到自己名落孙山的"噩耗",爱情、工作上的双重打击让他的精神萎靡不振。他感到痛苦与无助,频频打电话发短信给佳丽,期盼寻求慰藉。但她置之不理,极力回避他,使他唯有借酒消愁麻醉自我。

　　当俊南收拾东西准备下班,开始自己的周末生活时,佳丽转发互联网上一则短信给他。"我跟我妈说了,我喜欢你。我要让你去我家,日日夜夜陪伴我,知道吗?通过这些日子的交往,我发现我已经不能没有你。可我妈不肯,她说'家里不准养狗狗'。"阅读这些短信内容让俊南的心情从激动转成失落,又转为莫名其妙。

　　"竟然对我讲'我喜欢你'?'我要让你去我家,日日夜夜陪伴我……我发现我已经不能没有你',难道佳丽想向我表明要我寄人篱下?'家里不准养狗狗',难道她妈将寄人篱下比喻为'养狗狗'?"俊南不敢确定佳丽的真正用意,只好回复短信询问"家里不准养狗狗"是什么意思。

　　其实,佳丽的短信一语双关。然而,俊南未能巧妙回应她的心意。她觉得他笨头笨脑,没法跟李宏的精明相比,决定再冷落他。几天来的冷战让他的心里渐渐发虚。他尝试拨打她的电话,而她却置之不理。在这场冷战中,他备受煎熬,忍不住通过短信向她袒露爱的心声。

　　"你曾对我讲'我喜欢你,希望你能日日夜夜陪伴我,通过这些日子的交往,我发现我已经不能没有你'。我同样发现你已成为我生活乐章中最美妙的音符。其实,在我的心底一直珍藏着一个愿望:每天晨曦为你送上一个热吻,让你更好地迎接新的一天。每天夜里为你柔情爱抚,让你告别一天的劳累,表达'每天爱你多一些'的心情。我俩的爱情就如一朵羞答答的玫瑰一直静悄悄地开,希望今后会热烈绽放,成为我俩幸福生活的见证!我此时此刻对你的爱你feel(感受)到吗?"

　　这一段火辣辣的爱情告白果然奏效,将这场冷战的坚冰一一融化,使俊南与佳丽的关系更进一步。

　　周日下着阵雨,俊南带佳丽到岭南美食城尝过中海名菜"柱侯鸡"后,各自打伞散步到附近的中海影剧院。直到他们进入情侣包厢看电影,他那些令她心情沉重的话题方告一段落。原来,他喋喋不休地向她介绍他如何构建自家的社会保障体系,甚至炫耀他家在村里享有集体经济收益分红与医疗保险等待遇。

　　包厢里只有电影屏幕泛着亮光,周围尽是昏暗。坐在俊南俩后面的那对情侣亲密地搂在一起，甚至肆无忌惮地热吻起来。而俊南却未敢逾越雷池半步，乖乖地与佳丽坐在一起，彼此保持着那点让他觉得可恨的距离。不过，来自周边的强烈刺激诱使俊南的心里变得痒痒的，他的手脚也开始不受自控。

俊南欲先试探佳丽的反应，把自己的身体挪动一点点位置，使自己的左肩膀贴近佳丽的右肩膀。岂料她做出令他感到意外的反应，竟立刻挪动自己的身体，逃避他的侵犯。"你害羞吗？"他把自己的嘴巴凑近她的耳朵，窃窃私语。她没有作声，依然盯着电影屏幕，设法跟他保持距离。不过，沙发椅左边已没有空间供她挪动其身体。他倍感无趣，不想勉强地碰她。

电影终于放完，佳丽急着回家，俊南照常护送她。一路上，彼此之间的陌生感陡增。她加快脚步，恨不得即刻回到家中。而他望着街上的夜景，一脸茫然，不得不跟她平静地离别。

当俊南的脚步刚踏进他的住处，佳丽恰好给他发来短信告白。"俊南，其实你喜欢我什么？我们认识差不多一年，我亦想投入心思喜欢你，因为你是我爸介绍给我的。不过，我好似尚欠那么一点感觉。我们慢慢培养感情好吗？"她的突然袭击让他根本不敢相信这一切是真的，倒在床上闭目沉思。

其实，俊南的心里此刻有点生气。他好想径直对佳丽说"其实我不太喜欢你"，以打消她的傲气。但是，他权衡过孰轻孰重，还是被迫屈服。"我喜欢你的禀性和气质，以及你的好多优点。十分庆幸你这么及时向我透露你真实的心迹，让我能够准确把握你我之间的关系。今后，我们就好好培养感情吧。"这样回复她并非他的真实心声，让他欲哭无泪。

令俊南哭笑不得的是，佳丽甚至为遇到这么善解人意的他感到自己好幸运。她放下心头大石，还祝他睡个好觉。然而，他的自尊心已受到严重的伤害。尤其是她所说的"我好似尚欠那么一点感觉"，促使自卑感涌上他的心头。他不时唉声叹气，就如泄气的气球，只因他的一番努力被宣判是徒劳的。"我好不容易摆脱掉晓雨的阴影，调整好自己的心态来接受另一个女仔，岂料……"在他的精神世界里，原本泛起一丁点生气的生活如今又静静似是湖水。

由此，香港知名歌星陈百强原唱的粤语流行歌《涟漪》不时从俊南的口中自然流露出来——

生活静静似是湖水，全为你泛起生气，全为你泛起了涟漪，欢笑全为你起。生活淡淡似是流水，全因为你变出千般美，全因为你变出百样喜，留下欢欣的印

记。静默亦似歌,那感觉像诗,甜蜜是眼中的痴痴意。做梦也记起这一串日子,幻想得到的优美。……

连日来,俊南被沮丧的心情折磨着,佳丽却一反常态地主动邀约他去吃西餐。经过一番折腾,彼此的情感此前几乎降到冰点,现在又重新加热。他觉得她就像自己刚认识的陌生女子,似乎离自己很近,但实际上与自己相隔甚远。

这一顿西餐让俊南俩感觉并不美味。期间,彼此的欢声笑语几乎没有,彼此的缄默不时出现。这一顿饭由佳丽主动埋单,她借此恢复他对她的信心。经过一番预热,彼此的情感渐渐解冻。他们俩绕着她家所在的社区外围散步聊天,还并肩坐在社区公园的石板凳上深入交谈。

佳丽首次向俊南详尽透露她家的真实状况。她的哥哥佳景平时结交一帮猪朋狗友,读完中专就出来工作,难以很好地继承家族的衣钵。这令她的父亲十分无奈,只好把希望寄托在她的身上。无论是她的学业还是她的就业,都不由她自己选择,一直被掌控在其父亲的个人意志之下。经过他的一手操控,她在粤州一念完中专,就被安排到电信部门当前台收银员。他认为她念完大专之时就是他将近退休的年头,如果等到那时才为她安排一份好工作,可能会力不从心。因此,在他尚掌实权之时,让她边工作边进修。如今,她的大专课程已修读完毕,她继续通过互联网远程修读外省高等院校的财会本科课程。

佳丽的诉说为俊南一点一点地消除以往的众多疑团。他对她的感觉增添几分怜悯之情,暗自感叹自己又遇到一个不幸之人。他的心中不禁质疑既然她的学业就业被严密操控,她的婚恋会不会也被操控。他好想当场得到她的亲口释疑,不过他想说的话一提到喉咙处就被压下去了。

出乎俊南意料的是,他的心声竟得到佳丽的回应。她甚至主动透露在认识他之前,她已经跟另一个男子交往着。这一说法终于消除他心中最大的疑团。"我爸介绍你给我认识之后,我被迫跟以前的男友分手。我告诉他,我已经有新的男友,而且这位男友是我爸介绍的。"她还声称她以前的男友就是不相信她的这种说法,甚至一直纠缠不放,幸亏俊南给予她足够多的周旋空间。

"哦——"俊南恍然大悟,暗自庆幸。

"我爸坚称你有'三本'!"佳丽加重说话的语气,显出十足的傲气,"否则,我早就唔想理睬你!"

"'三本'指什么?"

"本心、本事、本钱！"

"哦——"俊南终于完全搞清楚整件事情的始末，并重新树立起信心，因为他已是三角恋中首次交锋的胜利者。

虽然首战告捷，但婚恋尚未成功，俊南开始思索战术调整的问题。每晚跟佳丽通电话聊天，是他想到的一种见效快的实用战术，让彼此的情感迅速升温。然而，这种甜蜜日子仅仅维持一个月，就发生了变故。

周末晚上，俊南有约会。但他的约会对象并非佳丽，而是他在当天采访中新认识的一位记者朋友李宏。李宏从挫败的悲情中爬起来，到粤州日报社应聘并成功获聘，还提前一个月向中海市城乡统筹发展局提出辞职。他的新岗位就是粤州日报社中海记者站驻站记者，他到新岗位上班没几天就跟俊南结识。他们所关注跟进的领域竟有众多交集，有较多的业务往来。李宏就趁热打铁提出请客，跟俊南搞好关系，欲利用俊南这位"中海名记"的丰富资源打开自己的工作局面。

李宏邀约俊南到岭南文化天地景区美食商业街聚首，还叫上他的一个男伙伴作陪。他们三人依照彼此的熟悉程度相应入座，俊南坐上座，依次是李宏及其伙伴。李宏及其伙伴在身高上与俊南差不多，李宏长得好结实也好帅气，而他的伙伴则更胜一筹。他及其伙伴的老家都是同一城镇，他的伙伴刚从体校毕业，到中海高中当体育老师。

李宏主动点菜，选定几个中海名菜。中海扎猪蹄、中海鱼腐炒菜心与中海蒸猪烧猪拼盘等名菜一一呈上饭桌，他们仨人边吃边聊。李宏与俊南是李氏宗亲，比俊南小四岁，两人的生日竟是同一天。这点特殊性促使他们俩的关系进一步拉进。李宏觉得自己跟俊南是同一辈的弟兄，便关心俊南哥有没有女友。俊南爽快应答"有啊"，脑海浮现着佳丽的样子。李宏的伙伴插话，询问俊南打算几时结婚。

"嗯，暂未打算。"俊南心里有点虚，立即转换话题，询问李宏当记者之前在哪里工作。李宏回答说"政府部门"，显出失落的表情。他感到十分疑惑，追问李宏为何不留在政府部门，到底当记者有什么好。

"你以为我想这样吗？！"李宏的呼吸顷刻加速，他变得愤愤不平，将他在中海市城乡统筹发展局的遭遇向俊南倾诉。"我原以为胜券在握，岂料最后我落选，而副局长的亲戚却成功转正。"他感觉这涉嫌黑箱操作，却又无可奈何，只好主动辞职。

迷城恋歌

"你所在的那个局正局长姓林吗？"俊南想趁机了解更多有关佳丽的情况。

"系啊。不过，林局长前两年开始内退。"李宏心生好奇，连忙追问俊南是不是采访过林局长。

"我从未采访过他，不过他系我女友的爸爸！"俊南的言语间充满自豪感，使得李宏的伙伴插话热捧俊南真厉害。但李宏发现情敌远在天边近在眼前，突然红着脸，大口大口地喝茶。"今年初林局长突然患上脑中风，有可能半身不遂，现在他的情况如何？"李宏竭力保持镇静，想试探俊南与佳丽之间的关系究竟发展到何种地步。

"哦？！"俊南非常惊讶，方知自己一直被蒙在鼓里。

"啊——"李宏也十分惊讶，"原来你并不知情啊！"

"我的女友尚未将这件事告诉我。"俊南一脸茫然，心里难受至极。

"当时林局长发病入院，局里的人都知道，不少人去探望他。"李宏发现佳丽跟俊南的关系尚处于初级阶段，心里窃喜。

对俊南来说，这些信息简直是如珠如宝。"等到明晚约会，我要询问她。"他心神恍惚地跟李宏及其伙伴说话，所有关于佳丽对他不好的记忆，在他的脑海里顷刻烟消云散。对于她的所作所为，他增添几分谅解、几分怜悯。与此同时，李宏却在思索如何才能让她回心转意。

俊南跟李宏及其伙伴分别后，如常打电话跟佳丽聊天，装得若无其事。才聊过一会儿，彼此的口中都几乎没词。就在这时，他主动跟她商定好次日的约会。

俊南与佳丽的约会地点定在莱茵河西餐厅，驻店歌手在顾客就餐时弹奏演唱助兴。俊南根本无心欣赏这些刺激耳膜的旋律与歌声，只想见机行事了解真相，等到晚餐结束之时就把她引到附近的长虹公园散步。

长虹公园里树木繁茂，灯光斑驳，聚集不少来散步或健身的市民。俊南带领佳丽走在黑乎乎的林荫小道上，故意将话题引向她的父亲。"昨晚有个刚刚当记者的朋友宴请我，他以前就在你爸的单位工作过。"他十分淡定地逐步套问她的秘密，还伸手示意一起坐到石板凳上歇息。她吭出"哦"的一声，马上猜到他所说的那个记者朋友就是李宏。

"他告诉我，你……你爸今年初突然患得中风，他老人家现在的情况如何？"俊南好在乎佳丽此刻的感受，害怕她会生气或伤感。不过她表现得非常冷静，低声说她的父亲正在家中疗养，甚至询问俊南为何不问她一直隐瞒他的原因。他回应说自己理解她的苦衷和心境。

事到如今,佳丽不得不将整件事和盘托出。"我妈真系一位好妻子!在我爸病倒之后,她几乎寸步不离我爸。这正如我爸经常讲的那句话——'我并无什么大本事,最大的本事就系娶到一个好老婆'。"她热泪盈眶,接过俊南及时递上的纸巾拭泪。

俊南赞叹佳丽的父亲不仅娶到一位好妻子,更拥有佳丽这位好女儿。"嗯!"佳丽郑重点头,继续诉说自己的家事。原来,她的父亲在家疗养期间,每天一大早就醒来听广播看报纸。上午上班前,她都要为他量血压,拿出多个药瓶为他配好药物。他每次要服下数十粒药丸,她见到这种情景难禁心酸。白天里,他坐在轮椅上不能随意走动,只能在她的母亲帮助下艰难学步。中午下班和下午下班后,她经常骑摩托车赶回家,为他量血压和配药物。等到晚上他上床睡觉前,她要为他再量一次血压。因此,她跟俊南的晚上约会通常在22时30分左右就要结束。

"难怪……"俊南皱一皱眉头,恍然大悟,以往他对佳丽的误会一一消除。此刻他的心里没有埋怨只有欣赏,甚至产生"佳丽做我的老婆多好啊"的念头。他还想到她的哥哥佳景,便向她询问佳景遭遇车祸她家怎样应对。

"祸不单行,当时的情况更加糟糕!"佳丽说起自家中最糟糕的那一幕,仍心有余悸,"我跟我妈分工合作,轮流照顾他们。"

俊南想探听更多有关佳景的情况,便趁机向佳丽询问佳景现在情况如何。她深呼一口气,透露佳景当时伤得最重的是屁股,好在住院半个月就恢复了健康。

俊南起身继续散步,佳丽紧跟其后,彼此之间的距离还是老样子。他继续追问她家的两个病人耗费多少钱。"将近十万元!"她所说的这个数目令他听后咋舌不已。让她感到庆幸的是,其父亲、哥哥的住院费用都能报销。她的父亲在退休单位报销9成的医疗费,还享受商业保险的保障,这样已减轻她家好大的负担。

佳丽该回家照顾其父亲的时刻快到,俊南俩的脚步默契地朝她家迈进。在俊南看来,随着她的父亲病重,她家的家势在走下坡路。而随着俊南的奋起,他家的家势正稳步爬升。"如果两家结合,我自信能够接过她爸的接力棒,带领两个家庭提升……"

佳丽打断俊南的思路,询问他为何不说话,正在想什么事情。他表现出如常的自信神情,透露他打算等升职后帮她调回澜湾区工作。"你要更加努力啦!"

305

她不但没有挫伤他的锐气,反而给他更大的鼓励。

等俊南走远,佳丽拿出手机致电给李宏。她的来电让他心中激动不已,以为她要跟他重新和好。他连忙接通她的电话,没想到竟迎来她的臭骂。"李宏,你真系人头猪脑!你好无耻!"她一边缓慢上楼回家一边低声开骂。

"怎么回事啊?"李宏感到一头雾水,"我系半夜食黄瓜——唔知头唔知尾(粤语歇后语,意指不知事情的头尾)喔。"

"你保持沉默,无人会讲你系哑巴!"佳丽生气到极点,"你为何将我爸的隐私告诉俊南?你有何居心?!"

"我……我……"李宏明知理亏,一时不知如何为自己辩解。

"我们之间的关系彻底玩完!"佳丽没等李宏反应过来,就毅然把电话挂断。原本她对他尚有一点依恋,为自己的所作所为感到愧疚。然而,他向自己的情敌俊南泄密让她感觉非常丢人。她对他完全死心,一概不理他的电话与短信,一心想跟俊南发展感情。

第十乐章　攀上高枝不胜寒

迷城恋歌

　　李宏万万没想到的是，他竟酿成"赔了夫人又折兵"的悲剧，倒帮了俊南一把。周日上午，佳丽应邀跟俊南前往VCD出租店，打算租借VCD到他的住处共赏影片。

　　在俊南的带领下，佳丽进入一栋高八层的楼宇，登上五楼，首次来到他的住处。他们俩直接穿过厅堂，走进他所住的房间，同时她的目光到处扫视。他的房间只有20平方米，早已经过他的认真整理，摆设简朴却井井有条。房里光线很暗，他把临街窗户的帘子往两边拉开。外面的光线射进来，令房里瞬间光亮起来。他自认为这样能消除她对他的戒心。

　　佳丽仔细察看俊南的房间布局，特别留意墙壁上的字画和他的藏书。他的书架和书桌连在一起，靠着西面墙和北面临街窗户。书桌上摆设着一个玻璃相框，相框里珍藏着一张他上大学时的个人照，牵引着她的眼球。

　　"几年来你的模样几乎无变，依然那么优秀（'秀'的粤语发音同'瘦'）！"佳丽弓腰细看这张照片，皱着眉头。俊南连忙为自己的缺点辩解说"皆因遗传"，还把倒满白开水的纸制水杯递给她。

　　佳丽接过水杯，将目光转移到俊南的弹簧床上。床宽1.5米，按东西向横放于房间中部，床头架靠着东面墙。床上铺着一张花色空调被，还放着两个软枕头。她的目光就在这两个枕头上停留片刻，心中顿时质疑难道平时有其他女子来过这里。

　　俊南伸手示意请佳丽坐到床沿上，还用枕头为她垫背，让她挨在床头架上。在床的北面有一张组合式梳妆台靠着东面墙，她拿着水杯饮下一口白开水，便把水杯搁放在梳妆台上。

　　而在床的南面有一个大衣柜靠着东面墙，床边还摆着一张木架玻璃面小茶几。茶几上放置着几本俊南经常研读的哲学、文学书籍、装有几个雪梨的果篮、一卷卫生纸。他把自用的瓷制水杯放回到茶几上，移步去打开电视机、VCD播放机。摆放电视机、VCD播放机的组合桌靠着西面墙，与床尾相隔不到一米。

共赏影片的所有准备功夫完成后，俊南与佳丽并肩而坐，俊南也用枕头垫背挨在床头架上。他的双鞋脱掉，双脚放到床上，他竭力装出从容的模样。而她的双鞋并没有脱掉，双脚自然不能放到床上，迫使她斜身而坐显得有点别扭。

俊南、佳丽首先欣赏的那部影片就是《野蛮女友》。影片播放不久，他盘着双腿直起腰杆，边观影边饮水。而她一直保持原来的坐姿，将双手放在自己的大腿上。这部影片中的爱情情节十分感人，插曲旋律凄美悦耳，令他们俩大为感动。这部影片播放完毕之时已近中午时分，他就带她到附近的拉面馆吃午餐。

当俊南俩重返他的住处推开其住处的正门时，从辉明的房里传来男女交谈的声音。原来，萧惠应辉明的盛情邀请，来到他的住处做客闲聊共赏影片。

俊南听到一把熟悉的女声，往辉明的房间探头一看，发现此女正是萧惠。她身穿黑色连衣裙，脚踏黑色漆皮高跟凉鞋，留着一头飘逸黑发。这与她的白皙皮肤形成鲜明的对比，让她显得异常性感、迷人。而辉明身穿竖条形短袖白衬衫与黑色长裤，脚踏锃亮的黑皮鞋，显得高大帅气。萧惠跟辉明各坐各的小板凳，看上去并非亲密无间。

"稀客来啦？蓬荜生辉啊！"俊南故意夸大其词，引起辉明俩的注意。萧惠立刻将其目光从电视屏幕上转移到俊南的脸上，还报以纯美的微笑，她的脸上露出两个可爱的酒窝。而辉明及时回应，邀请俊南一起来观影。

俊南觉得机会来啦，便低声喊辉明走出房间。"有啥事？"辉明一走出房门口，就瞄到一位站在俊南身后的陌生女子，当即眼前一亮满脸微笑。

"这是我的同事刘辉明。"俊南转过半身，郑重地向佳丽介绍辉明。

"你好。"佳丽淡然一笑。

"这是我的女朋友林佳丽。"俊南又转过半身，向辉明介绍佳丽。

"久闻大名，真是百闻不如一见！"辉明颇具幽默感，把佳丽逗得乐呵呵。

"吹吹水——唔抹嘴（粤语歇后语，吹牛不打草稿)！"俊南故意取笑辉明一下，笑得合不拢嘴。

萧惠听闻俊南的女友来到，立刻走出辉明的房间。当身穿粉红色条纹套衫和蓝色牛仔裤、脚踏平跟白皮鞋的佳丽进入萧惠的视野，萧惠挤不出半点笑容来。

"萧惠，让我来介绍吧，这是我的女友林佳丽！"俊南转过半身，故意提高嗓音介绍佳丽给萧惠认识。

情敌当前，萧惠心里异常难受，她的表情也变得尴尬。她对面前的高个子女

子佳丽点点头，让自己的嘴角咧开一下，竭力挤出一丝笑容。而佳丽眼前一亮，对大美女萧惠报以友好的笑容。

"这是我的同事萧惠，是位大才女。"俊南又转过半身，用平常语气为佳丽介绍认识萧惠。

佳丽本来想向萧惠问好，但萧惠抢在她的前面发话。"如果说我是大才女，那你不就是大才子啦？"萧惠的话中有话，让俊南感到十分被动。"哇，原来你对我的评价这么高呀！"他不得不夸大其词，急于为自己解围，却让萧惠气得说不出话来。

两男两女突然陷入沉默，俊南趁机脱身，声称不再耽误辉明俩观影。"好的，各自精彩吧。"辉明笑嘻嘻，领萧惠回到他的房里去。俊南也领佳丽进房，把房门一关，继续共赏第二部影片《警匪故事》。

但俊南习惯睡午觉，观影不到半小时就开始犯困，靠着床头架打瞌睡。佳丽独自观影，还回想起刚才萧惠的异常反应。女人的直觉让佳丽敏锐地意识到萧惠就是自己的情敌，佳丽的心里开始有点在乎俊南，悄然感叹"瘦田无人耕，耕开有人争（贫瘠的土地没有人去耕种，等你把它开垦成肥沃的土地，所有人都去争那块土地）"。

十来分钟后，俊南醒过来，连忙看一看佳丽。她故意装出生气的样子，声称如果他不想观影，她就回家去。"睇睇睇，我想睇！"俊南知道她在生气，显得好紧张。他的良好表现令她的心软下来，她只好继续陪他观影。

在辉明的房里，萧惠坚持让房门一直敞开，便于她了解俊南房里的动静。中午吃过洋葱炒羊肉，而且刚打过瞌睡，让俊南感到自己的口气好重。他遂起身开门，到洗手间刷牙洗脸。"吱呀"的开门声引起萧惠的格外关注，俊南在房间和洗手间之间的来回走动，牵动着她的神经。

俊南返回原位，继续跟佳丽并肩坐在一起。但两人依旧不够亲密，他想伺机越雷池半步，便去试探她的反应。他的身子挪动一下，往她的身子靠近一些。紧挨着，他的头靠在她的左肩膀上。

就在这个敏感时刻，俊南、佳丽的心思都不在观影上。"顺从他的心意，将自己的第一次献给他！妥唔妥当呢？！"她的外表很平静，而心里却掀起轩然大波。既然事到如此，她只能淡定应对眼前人，对他的进犯毫无抗拒。

见到时机大好，俊南大胆地进一步"进犯"佳丽。他的身子轻轻转过来，双膝跪床双手撑床弓着腰,慢慢地把自己的双唇凑近她的双唇。她依然毫无抗拒之意。俊南更加放开胆量,以自己的双唇深深吻着她的上嘴唇。她并无动弹,只是近距离盯着他的脸部,静候他的发挥。渐渐地,花瓣湿润起来……

俊南察看佳丽的反应,但令他失望的是,佳丽没有做出那样高匹配度的回应。"见好就收吧,来日方长嘛,何必急于一时呢?"他的心理马上产生微妙变化。

突然,俊南停止吻佳丽,转过身去返回原位。俊南的右手搂住她的肩膀,显出彼此的亲昵感。她既失望又庆幸,心中感叹幸好这个家伙有点笨。"我要到洗手间。"他缩回自己的胳膊,觉得自己有点像懦夫。

佳丽打开俊南的房门,走出房间前往洗手间。"吱呀"的开门声又引起萧惠的高度关注,佳丽的一举一动都撩动萧惠敏感的神经。

影片播放完毕,佳丽要求俊南送她回家休息。在出门之前,他还专门向辉明俩作友好道别,其实就是想了解辉明俩的动静。

让辉明感到莫名其妙的是,当俊南俩出门不久,萧惠的脸色黑过包公。她借故大发脾气,径直冲出辉明的住处,走到大街上。她的异常举动让辉明真是丈二和尚摸不着头脑,他紧跟其后,任由她胡闹。

"滚!我不想见到你,只想一个人静静!"萧惠在大街上漫无目的地快步走着。而辉明紧追不舍,不敢吭声。

将近午夜,萧惠发飙一事经由辉明的嘴巴,传入俊南的耳朵。俊南就是"鸡食放光虫——心知肚明(粤语歇后语,知道情况明白缘由)",只能淡然处之,以免被辉明套问到实情。

忽然,"嘀"的一声打断俊南与辉明之间的对话。辉明以为自己收到萧惠发来的手机短信,岂料是张桂秀发来的。桂秀透露明天开始她从广告中心调入采编中心时政新闻部,便提前向辉明打听俊南平时有没有带徒弟。辉明将这一情况转告俊南,引起俊南浓厚的兴趣。

"哦?我平时跟这个张桂秀没有任何业务往来,尚未有机会跟她见上一面呢。"俊南真想看一看这个张桂秀长成什么样,到底像不像那个张桂秀老太,"难道她想当我的徒弟?"

"俊南哥,社花主动投怀送抱啦!你真是艳福不浅啊!"辉明露出调侃的笑容,还向俊南询问他该如何回复桂秀为好。俊南说"你回复'尚未有'吧",还

拍拍辉明的肩膀,又感叹"可惜我名草有主喽"。辉明一边回复桂秀,一边调侃说"老同志真老套,当今流行骑牛找马嘛"。"年轻人想得太简单,这水深得很啊!"俊南欲言又止,微笑着拍拍辉明的肩膀,转身回房睡觉。

周一上午,俊南返回采编中心上班,调岗到任不久的采编中心副主任如风将其请去主任办公室饮茶。当俊南迈进主任办公室,与如风一起围坐在茶几旁的那位陌生女子当即让俊南眼前一亮。她的两弯柳叶眉如烟似花,一点朱唇如樱桃般甜美,瀑布般的黑发衬着标准的鹅蛋脸。她光滑白皙的肌肤吹弹即破,美得足以让百花失色。俊南的现身立刻引起她的注目,彼此的眼波交集于一起。

等俊南刚落座,如风和声细语地介绍这位大美女给俊南认识。当"张桂秀"三个字传入俊南的耳朵,他马上睁大双眼,上下扫视这位绝色大美女。桂秀以华丽的广绣连衣裙、高档的白皮鞋装扮,显出一派知性丽人的气质。这一情景即刻让他联想到自己认识的张桂秀老太,内心惊叹:"两者在装扮和气质上好相似啊!"

"俊南……俊南!"如风分别为俊南、桂秀倒上一杯铁观音茶,还连续呼叫突然走神的俊南。俊南回过神来,连忙回应如风说"啊"。"你突然走神,难道被桂秀的美丽迷住啦?"如风发现俊南的异常反应,故意试探俊南的心思。

"桂秀跟我认识的一位老太太好相似,让我感到不可思议!"俊南的话引起如风的浓厚兴趣,当如风疑问世界上竟有这神奇之事,桂秀竟故意向俊南质问"你嫌我老吗?"

"唔系唔系啊!"俊南担心自己刚才的言行会得罪桂秀,急于消除她的误会。

"俊南哥,我开玩笑而已,不必当真喔。"桂秀满脸笑容,拿起茶杯向俊南敬茶。

等大家都品过上等的铁观音茶,如风就为俊南安排一项新任务。原来,桂秀从广告中心调岗到采编中心时政新闻部当记者,还向如风主动申请当俊南的徒弟。如风建议俊南当桂秀的师傅,负责辅导她尽快熟悉新闻采写工作。

"嗯。"俊南想起昨夜桂秀向辉明打听俊南平时有没有带徒弟一事。

"俊南,你愿意吗?"如风发现俊南显得有点迟疑,当即追问核实俊南的真实意愿。

"愿意愿意!"俊南连连点头,心想今后可借助师徒关系了解张桂秀少女跟张桂秀老太到底有没有关联。

"俊南哥，多多指教！"桂秀主动伸出自己的玉手，跟俊南握手示好，甚至深情地望着他。他握着她温暖而柔滑的玉手，腼腆地跟她对视一眼，就像瞬间触电一样。

桂秀的办公座位跟俊南的办公座位紧靠在一起，一前一后，便于师徒之间的办公交流。俊南主动邀桂秀一起前往岭南时报社食堂吃午饭，还一边进食一边跟她闲聊，趁机了解她的来历。

桂秀声称自己是香江靓女，从岭南大学本科毕业来到岭南时报社工作。俊南对她为何不回到国际大都会香江发展这一点十分好奇。而她露出诡秘的笑容，并不直接作答，而是盛赞自己找到李俊南这位"中海名记"当师傅很好。"名——记（粤语发音同'妓'）——吗？有歧义喔，哈哈。"他故意跟她开个玩笑，逗得她乐呵呵。

采编中心时政新闻部一派热闹氛围，俊南的同事们吃过午饭都没有去午睡，聚在一起闲聊唱歌作乐一事。俊南自称会唱中国戏剧梅花奖得主李淑勤原唱的粤曲《佛山颂》，引起大家的好奇心。"俊南哥，来一曲""俊南哥，来一曲"……面对桂秀、萧惠等多位年轻女记者异口同声的邀请，俊南当仁不让。

"人人心欢笑妙韵声声颂华年，眺望花灯溯从前，历遍浮世忆佛山，沧桑数百年，世代虔诚奉献，奋力全城共勉，每天唱颂传粤韵歌声响不断。风吹古灶熊熊烈焰，清晖幽雅，红荷艳，樵山飞翠，皂幕绵。灿烂前程人人乐见，改革开放，笑傲明天新挑战！东风轻吹新景再添新信念，同建佛山心不变！呈英姿鼓朝气迈向新纪元。名城花开遍，共创小康美丽宏图谱新篇。同心同德同建！今天阔步快马加鞭同步去，普天欢庆快乐年。……"俊南的优美歌声沁入年轻女记者们的心扉，将大伙的歌唱激情瞬间引爆。一到下午下班时分，大伙就跟随俊南到岭南时报社附近的卡拉OK包厢一展歌喉。

俊南的一曲刚罢，桂秀的一曲就登场。俊南、桂秀都擅长唱歌，主动献唱打头阵。萧惠等三位年轻女同事还有辉明纷纷点唱流行歌，不亦乐乎。桂秀甚至鼓动俊南邀请他的女友佳丽来参加这次狂欢，趁机摸一摸佳丽的底细。

佳丽应俊南之邀，来到他所在的卡拉OK包厢楼下。他一收到她的短信提示，马上走出包厢去迎接她。除了萧惠之外，桂秀等三位女记者都好想看一看俊南的女友到底长成啥样。

迷城悲歌

当俊南再次走进包厢，一位身材高大的女子跟随着他，也进入大家的眼帘。她留着一头披肩的秀发，以一副无框近视眼镜衬着圆脸蛋。一条以玉珠为链缀的白金项链挂在她白嫩的脖子上。她的上身穿一件白色、棕色与粉红色相间的宽条带T恤衫，下身穿一条浅蓝色牛仔裤。她手挽一个黑色手提包，脚穿一双浅灰色的布鞋……

"这位系我的女友林佳丽！"俊南自豪的话音刚落，佳丽有礼貌地向包厢里的男女记者们点头打招呼。女记者们的锐利目光均集中在佳丽的身上，上下扫描。大伙又扫视俊南，对这对情侣进行仔细的比较。

与佳丽相比，俊南显得大为逊色。他一头头发三七分界，左边的略为隆起，脸庞消瘦黝黑。他身上的浅蓝色衬衫和深黑色西裤开始变旧，脚上穿着一双染上些许灰尘的皮鞋，从上到下看不到任何饰物的踪影。

俊南为佳丽逐一介绍他的男女同事，随即与佳丽并肩坐在沙发上。彼此的样子显得拘束，没有表现出普通情侣之间的亲密。桂秀心生一计，立即拿出手机，声称要为俊南与佳丽合影。果然，佳丽在第一时间提出反对意见，却耐不住七嘴八舌的围攻。俊南趁机伸出右手，搂住佳丽的肩膀，配合桂秀的抓拍。

让俊南窃喜的是，他跟佳丽的合影竟在这种场合里完成。这极大地调动起他的表现欲。他发挥自己的特长，特意为佳丽献歌数首，以增强她对他的好感。尽管大伙一再邀请佳丽唱歌，但她声称自己喉咙痛不能唱歌，甚至跟俊南说她要回家休息。

这种场面非常扫兴，俊南感到无可奈何，只好亲自送佳丽下楼。她的脸蛋涨红，让他十分好奇。佳丽显得不好意思，低声解释说她的例假快来，还要去买药医治自己的感冒。他带她到附近的药店，主动掏钱为她买药，又目送她骑摩托车远去直至她消失于夜色中。

当俊南返回包厢时，辉明跟萧惠坐到一个角落里，拿着遥控器忙于点歌。辉明所点的歌曲是华语流行歌手王力宏原唱的国语流行歌《爱的就是你》——

失去才会懂得珍惜，但我珍惜你。伤越痛就是爱越深，我不相信，你和我同时停止呼吸。每一次我们靠近，你让我忘了困惑，忘了所有烦心。我把你紧紧拥入怀里，捧你在我手心，谁叫我真的爱的就是你？在爱的纯净世界，你就是我唯一，永远永远不要怀疑！我把你当作我的空气，如此形影不离，我大声说我爱的就是你。在爱的幸福国度，你就是我唯一，我唯一爱的就是你，我真的爱的就是你……"

这首歌曲的名字一出现在屏幕上,当即引起包厢内一片哗然。更加令大伙惊讶的是,平时闷骚的辉明竟然变得勇敢无比。他提高嗓音,对着萧惠歌唱"爱的就是你"。萧惠的脸蛋当即涨红,而其他同事则大声喝彩,桂秀甚至大声询问辉明:"你爱的是谁?""我爱的就是萧惠!"辉明抓住机会公然表露自己的心迹。

萧惠面对辉明的突袭感到非常意外,急忙以眼睛的余光扫视俊南,期望他能及时表态制止辉明的行为。可是,俊南竟露出一脸傻笑。她随即想到佳丽,又恨又气,最后羞答答地默许辉明的大胆举动。

没过两天,辉明公然示爱一事在岭南时报社内部传开,也传入如风的耳朵。在前去签订购房合同的路上,他一边开车一边向他的女友蔡云转述这个爱情故事,让车厢内充满欢声笑语。来到粤州市河南区的地铁站附近,他们俩携手走进一个大型楼盘的售楼中心。

如风俩跟售楼小姐签订购房合同,随即又跟银行业务员签订按揭贷款合同。他们俩的"爱巢"建筑面积90平方米,总价70多万元。在首付的30%购房款中,如风只能负担40%,蔡云家答应支付60%。日后的月供款则由如风与蔡云共同分担。

想到往后要供车供楼为银行打工,如风瞬间觉得自己已开启车奴房奴的生活。更令他心虚的是,首付购房款交后,他的银行存款所剩无几。当他与蔡云携手走出售楼中心,她竟跟他说要把"爱巢"装修得高档时尚。"好……好啊。"他的右手伸进公文包,要掏出钥匙开车,却碰到扁平的钱包。

"装修费用全归你出喔。"蔡云谋划着利用自己的私房钱在职进修国际贸易专业硕士研究生课程。

"这个……这个由我出咯。"如风的脸色异常沉重,平时的意气风发一去难返。他立即想到求援,首先瞄向远在老家的父母。他年迈的父亲只是一名即将退休的老教师,而他的母亲则以务农为生,二老的收入都不高。他不仅不能指望他的父母,也无法指望他的哥哥、妹妹。他的哥哥已成家,平时靠做小生意维持生计,难以助他一臂之力。而他的妹妹尚在读大专,需要他的资助。

既然向自家求援无望,如风只能靠自己。"鬼叫你穷啊,顶硬上(粤语口头禅,意指就算穷也要竭力迎难而上)!"他经常以此来勉励自己竭力迎难而上,

最终抱得美人归。

连日来,萧惠跟辉明筹备一起休年假回老家,她的休假申请得到如风的签字同意。她的老家与辉明的老家同在一个地级市,相隔20多公里。辉明家是农村家庭,他的父母以小货车运输为生,他的妹妹尚在读大学。而萧惠家则是城镇家庭,她的父母都是国有企业普通职工,她的姐姐在大专毕业后就进入银行工作。

就在俊南庆生当天,辉明和萧惠开始休假,乘坐高铁列车结伴返回华中地区。俊南并没有将自己生日一事告诉其他同事,打算趁辉明回老家之机,在自己的住处与佳丽共度二人世界。

佳丽买来一个背提两用的新公文包,以此作为生日礼物送给俊南。其实,他并不太喜欢这个公文包。因为它显得有点大,放不进他的摩托车尾箱。他想到今后自己若背着这个公文包开摩托车,就容易诱发歹徒飞车抢夺公文包的安全隐患。不过,他还是当场向她表达谢意,甚至喜逐颜开地说这份礼物好称心。

当庆生晚餐的最关键环节——吃长寿面刚结束,俊南忽然觉得孤男寡女共处一室庆生不是太好,竟向佳丽提议邀请他的几个同事到他的住处一起为他庆生。她欣然点头答应这一建议。他随即逐一打电话给桂秀等三位女同事,临时邀请她们参加他的生日party(聚会),均得到她们的爽快答应。

生日蛋糕是佳丽为俊南订做的。她带领他前去面包店提取那个一磅大的蛋糕,再到水果店选购几种女子爱吃的水果,随后来到他的住处准备搞生日party。

半小时过去,桂秀等三位女同事仍不见踪影,俊南就打电话催促她们。又过一刻钟,她们终于来到他的住处,竟带给他一个小惊喜。原来,她们姗姗来迟的原因就是要为他精心选购一份精致的礼物,那就是芦荟盆栽。

俊南的生日party并非在客厅而是在他的房间举行,只因他和辉明平时没有使用客厅的习惯,导致客厅因缺少清洁而布满灰尘。一下子邀来四个女子为他庆生,让他的房间显得有点狭小。他和佳丽坐在床沿上,其他三位女同事坐在木凳上。大家一起围着他的小茶几落座,还利用电视机、VCD播放机及麦克风唱歌。

桂秀身穿白底红字的"love"字母T恤衫,最贴近佳丽,还跟佳丽闲聊起来。等佳丽的个人底细被大家基本摸清,桂秀倚仗自己从全国重点大学本科毕业的优势,带着高傲的语气贬损佳丽在业余进修本科课程好辛苦。

佳丽的心里不是滋味,她无奈地辩称没办法,还解释说电信部门对员工的要求越来越高。"你的年纪比我们大吗?"桂秀一心要跟这位情敌较量,逼迫佳丽紧张地回应说自己比桂秀等仨人都大。

"俊南哥好有才华，属于我们报社的骨干记者，理应被委以重任。"桂秀故意向佳丽透露报社内幕，一心想打消佳丽对俊南的信心。原来，在两个月前的岭南时报社部门设置改革中，采编中心细分为时政新闻部等几大块。这是俊南寻求提拔的一个好机会。不过，岭南时报社只提拔一些老记者老编辑，俊南不得不等待下一次机会。桂秀的这些话语俊南非常忌讳，但他又不好当场打断她的话，只能听在耳里急在心里。

桂秀的两名女同事看见俊南的窘态，及时替他辩解说他还年轻尚有很多机会。"是啊是啊。"佳丽操着不太标准的普通话，看憨厚的俊南一眼，心中不悦却强颜欢笑。他只能催促大家进行必要的庆生程序——唱生日歌。歌声响起，他立刻许愿吹烛切糕。大家意领神会，一吃过蛋糕，便默契地散伙了事。

等桂秀三人离开一会儿后，俊南才动身下楼骑摩托车送佳丽回家。一路上，她沉默不语一脸木讷，而他却无计可施心中慌乱。

当佳丽踏进自家门之时，她的父母正在大厅看电视。她放下小提包，为他的父亲量血压，还将俊南尚未得到提拔重用一事告诉她的父母。她的母亲趁机兴风作浪，劝说她对拍拖不要操之过急，慎重地跟俊南发展感情关系。在她的母亲看来，她以后可能找到一个比俊南更好的对象。"妇人……人之见！……"她的父亲十分吃力地嘀嘀咕咕，显得异常无奈。

佳丽躺在床上，眼光光等天光（睡不着）。"俊南跟李宏一样都系普通记者而已，而俊南又缺乏李宏那样的精明。我爸为何那么睇重俊南呢？难道我爸老糊涂啦？"她翻阅李宏最近发过来的手机短信，体味他的忧伤，渐渐热泪盈眶。

跟佳丽一样，俊南也是愁绪万千。职场失意但情场得意，使他一度失落的心灵得到抚慰。可是，桂秀当众透露报社内幕，导致佳丽对他的态度失常。他真后悔当初自己思虑不周，竟提出搞生日party这个馊主意，结果自讨苦吃。"辛辛苦苦打拼数年，至今仍未得到报社的提拔重用，真失败！"他失落到极点，有一种攀上高枝不胜寒的感觉，"我的经济收入和社会地位均未提升到社会上流水平，就难以让别人睇得起，更难以满足佳丽家的利益诉求。"

就在俊南茫然无措之际，胡总致电叫俊南到总编辑办公室。这次去拜见岭南时报社最高领导俊南不知是福还是祸。其实，胡总只是想通过谈心稳住他，以继续栽培好这棵好苗子。

迷城恋歌

粤中青少年英语口语大赛开幕式酒会在环市区紫金城茶市刚刚结束，西装革履的胡总就匆匆离开活动现场，乘坐岭南时报社公务车返回报社。俊南提前一步来到胡总的办公室外面，一看见胡总带回一盒顶级龙井茶叶走出电梯，就即刻挤出笑脸向胡总问好。"俊南，你的气色几好喔。"胡总明明看到俊南面容憔悴，却故意睁着眼说瞎话。

俊南尾随胡总走进总编辑办公室，他示意俊南跟他隔着茶几落座，还主动为俊南泡茶斟茶。他的和蔼态度令俊南心中的焦虑大大缓解。"俊南，听讲你唱歌好好听啊！"他特意以唱歌这种轻松话题展开自己与俊南的谈心。

"过得去吧。"俊南拿起小茶杯，饮下一口顶级龙井茶水，"我和几个爱唱歌的同事偶尔去卡拉OK包厢唱歌娱乐。"

"跟其他同事的关系融洽好啊！"胡总品着茶水，想着如何引入正题。当俊南点头吭出"嗯"的一声，他询问近来俊南工作顺不顺利，同时密切关注俊南的反应。

"哦……"俊南竭力掩盖住自己的失落感，"尚算好吧。"

"俊南啊！"胡总历来阅人无数，早就看透俊南的心思，"你系一棵好苗子，报社领导层好关注你的表现。"

俊南说"我会更加努力嘎"，脸上露出悦色。胡总又提杯品过茶水，语气平和地称赞俊南的业务能力算是不错，更建议俊南在面对一些得与失之时要学会大气一点。俊南皱皱眉头，向他请教怎样做才算大气。

"具体问题具体分析嘛。建议你多阅读《论语》等国学经典著作。"胡总起身从书柜中拿出一本《论语》送给俊南。他双手接过这本书，连忙向胡总微躬道谢。

不经不觉半小时很快过去，胡总前去参加编前会的时间即将到来。在送走俊南之前，他不忘友好地轻拍俊南的肩膀，鼓励俊南继续努力。

俊南一回到自己的住处，就通过电话把胡总跟他谈话的内容告诉佳丽。她并无任何评价，只是敷衍了事。然而，她把这些情况随即传给了她的父母。她的父亲背靠轮椅，思考片刻：："这个后生仔好有前途嘛。""难讲，要睇他的造化喽。"她的母亲摇头说话，与她父亲的看法不一致，使她对俊南的态度摇摆不定。

中秋佳节本应阖家团圆，而俊南却将自己的主要心思放在他跟佳丽的中秋约会上。原本他的如意算盘是待在其住处养精蓄锐，等到入夜就跟佳丽到澜湾公园赏花灯。然而，李英洪竟不顾其妻子王梅芳的劝阻，硬是坐公交车"杀"进城里找俊南帮忙。俊南不得不骑摩托车带他去城北批发市场购买铁线，只因他急于为其用来捕鱼的网箱更换铁线。

李英洪的上身内穿一件有几个小洞的白色短袖T恤衫，外穿一件带有污渍的白色长袖衬衫。他的下身穿着一条褪色的浅灰色长裤，脚踏一双粘有灰尘的破旧皮鞋。他把衬衫的两只袖子卷至肘关节处，衬衫上的数粒纽扣只扣上中间两粒，右腿的长裤被卷至接近膝盖处。俊南见到其父亲这副风风火火的打扮，异常无奈地满足其父亲的诉求。在俊南看来，这就算作他所行的一点孝道。

李英洪父子俩先下馆子吃过午饭，接着同骑俊南的女装摩托车，一起来到城北批发市场购买铁线。李英洪买的那捆铁线圈重近百斤，就放在俊南的摩托车底板上，把这辆摩托车的轮胎压得扁扁的。这辆摩托车艰难行驶着就像人快喘不过气那样。俊南忍受瞌睡、酷热的煎熬，艰难地把着摩托车车头，将李英洪及其铁线圈一并拉回老家。

俊南帮忙卸货后在家稍息一会儿，时间已推移到傍晚时分。他看上去有点灰头土脸，经过简单的梳洗，又要启程赶回市区。尽管他的父母一再挽留，但他已无心停留，一再对着李英洪苦笑。"这次帮手就算作我为老豆你打工吧，我今晚要跟佳丽约会，你将我的时间安排打乱啦！"他竭力压抑自己的怒火，只想尽快进入约会时刻。

李英洪不敢言语，免得激怒自己的儿子。而王梅芳却煽风点火，还向俊南透露她早就叫李英洪不要到城里去，但他就是不听她的话甚至一大早就开始骂人。俊南强忍住自己的脾气，匆匆驱车离家，赶去跟佳丽约会。

夜幕降临，佳丽家吃团圆饭。俊南径直来到她家楼下等她。她吃过晚饭，休整片刻才下楼跟他会面。他想跟她共进晚餐，岂料她早已吃过晚饭。她只好陪他来到澜湾公园附近一家小食店，看着他吃晚饭。他经过长途奔波，浑身疲惫毫无胃口，只喝下一碗稀粥。

当俊南俩来到澜湾公园正门，这里已是一派车水马龙的热闹景象。公园正门售票处宣告：出示记者证可免费进园。俊南排队买到一张门票，让佳丽持票进园，而自己则出示记者证免费进园。

置身于灯如海人如潮的澜湾公园，让俊南一心以为二人世界好浪漫。他边

散步边伸出右手，悄悄搂住佳丽的肩膀。但她受其父母意见相左的影响，担心她跟俊南的亲热状会让她的熟人看见，马上借故拒绝俊南。"天气好热，这样让我有点难受！"她的借口果然奏效，迫使他立马松开手。他一脸无奈，艰难地沉住气，继续与她并肩走着。

在俊南看来，这样拍拖法显得他们俩的关系非常一般化，这是他不愿接受的。几分钟过后，他战战兢兢，又尝试去牵住佳丽的右手。岂料她加重语气说她的手掌好多汗，又借故拒绝他。他终于按捺不住，生气地质问她为何这么多小毛病。她发现他一改那种对她千依百顺的态度，感到十分意外。"咸蛋滚汤——心都实晒"（粤语歇后语，形容一种很失望、很伤心、很难过的心情）！他心里难受，不愿再走下去。

俊南拖着疲惫不堪的躯体来到湖边，一屁股坐到桥墩上，歇着不愿动。佳丽也跟着坐下来，却坐在另一个桥墩上。在他们俩身旁经过的一双双情侣要么搭肩，要么拖手，要么搂腰。这让俊南越看越心酸，变得沉默寡言。佳丽意识到自己跟他的关系步近危险边缘，也无心欣赏眼前一切风景。

冷战开始一会儿后，俊南起身继续走，只想尽快绕公园走完一圈了事。以往他跟佳丽拍拖的尴尬情形重新浮现于他的脑海里，令他越来越生气。"放弃吧，自己如此纠缠又有何用呢？"他想到这儿，明显加快脚步，不再搭理她。

佳丽跟在俊南的身后，感到十分吃力。直到这个敏感时刻，她打算主动示好，挽留他的心。"慢慢走啦，等一等我嘛！你发嬲吗？"她快步跟上他，伸出右手挽住他的左臂弯，轻轻扯一扯他。

"冇啊。"俊南马上心软并放慢自己的脚步，想到自己若主动跟佳丽彻底闹僵，就难以向胡总交差。一想到这个份上，他便顺从她的意愿，尽快跟她重新和好。

短暂的冷战把俊南俩耗得好累好累。俊南俩就坐在花基上歇着，聊着一些老话题。等彼此之间的紧张气氛渐渐消除，他才启程送佳丽归家。

俊南的爱情仍徘徊于低层次发展阶段，而如风的爱情却跃升至高层次发展阶段。他手提两盒月饼、一个水果篮，应邀前往蔡云家做客，与她一家三口共度中秋佳节。

如风跟蔡云一家人一起吃过中秋晚餐，又围坐在观景阳台的玻璃茶几旁，品茶闲聊赏月。银白色的月光洒进阳台，微风轻拂大厅与阳台之间的落地窗纱，让人觉得非常惬意。

蔡云的父亲一脸慈祥却不失威严，询问如风俩的新房装修一事。蔡云抢先说："如风答应包揽装修费用。"她的话音刚落，她一家三口的目光都聚焦到如风那里。如风点头承认，并没说话。

"打算几时搞装修啊？"蔡云的父亲趁品茶之机扫视如风，慢条斯理地询问如风。她又抢先回答"越快越好"。"哦……我开始物色装修公司。"如风谨慎答话，想为自己留有周旋的余地。其实，他的如意算盘是拖延到来年再搞装修。因为等到明年初岭南时报社把今年的年终奖发下来，他的经济压力或许能减轻不少。

如风的表态令蔡云一家三口都十分满意，她的父母点头微笑，彼此的目光互相交汇。她的母亲忙着为大家斟茶，特意为如风的茶杯斟满茶水，温馨提醒他时候不早。他对此心领神会，饮下一口茶水便向她一家辞行。她把他送到楼下的停车场，温情脉脉地拥抱吻别。

这种甜蜜蜜的爱情状态反而让如风感到"压力山大"，跟俊南一样攀上高枝不胜寒。

俊南辞别佳丽刚回到自己的住处，正欲躺到床上歇息，让自己冷静冷静。就在此时，David的电话打来。他首先祝福俊南中秋节快乐，不过俊南根本快乐不起来。尽管如此，但俊南还是有礼有节地祝他中秋节快乐。

忽然，David变得异常兴奋，将其刚得贵子的喜讯告诉俊南。"恭喜恭喜！你的儿子几时生下来嘎？"俊南深感意外，马上联想到David是"奉子成婚"的。

原来，在中秋节前夕，婧婧的胎儿突然作动。David大为紧张，立即替其妻子收拾好行装，连夜将她送入医院待产。她的公公、婆婆也随即赶到医院，全家总动员为她生小孩鼓劲。

中秋节清晨，婧婧终于诞下一名男婴。David抱着这个小家伙如获至宝，凑近半躺于床上的婧婧，一起欣赏他们俩的爱情结晶。婧婧的公婆争相抱自己的男孙，笑得合不拢嘴。婧婧的亲生父母收到喜讯，第一时间赶来看望其女儿、外孙。偌大的产房里，乐也融融。

David长呼一口气，跟俊南说陪老婆分娩累得够苦。"值得啊！"俊南既羡慕又嫉妒，更令他难受的是David竟询问他的感情进展如何，今晚他有没有跟女友约会。

"嗯……"俊南不想扫兴,只能婉拒David,"尚好,详情我以后告诉你。"

"好的。"David理解俊南的用意,没有勉强他透露详情。等到David的电话挂掉后,他眉头深锁瘫卧在床,心酸的感觉袭向他的心头。

突然,俊南放在小茶几上的手机又响起来,让他异常烦躁地骂道"烦死人啦"。他翻过身来拿手机,看看究竟是谁打扰他,原来这是桂秀打来的电话。她邀约他到其所住的大楼天台陪她赏月。他疑虑孤男寡女花前月下是否妥当,却又想跟这位绝色美女闲聊散心,最终还是接受她的邀请。

"噔噔噔……"桂秀从一楼快速登上五楼,与俊南一起登上八楼来到偌大的天台。圆月当空,光彩照人,浪漫醉人。俊南俩倚栏仰望,欣赏月色,彼此相距一米远。

"哇,好靓啊!"桂秀沐浴于月光下,迎接微风的吹拂,散发出一股淡淡的体香。处于下风位的俊南闻到这股醉人的体香,渐渐春心荡漾,却又竭力地压抑住自己的春心。

"桂秀啊,今晚冇人陪你去赏月吗?"俊南一边试探桂秀约会他的真实动机,一边拨弄着天台上的花草。"难道你唔系人吗?"她机智地反问他,还笑呵呵地缓解现场尴尬气氛,心中感叹"终于人月两团圆喽"。

现场沉默片刻,俊南邀桂秀移步到天台中央的藤椅落座,围着藤茶几促膝长谈。"俊南哥,今晚有冇跟你的女友约会赏月啊?"她察觉他满脸憔悴,无精打采,故意探问他跟其女友的感情进展。

"唉——"俊南忍不住长叹一声,欲言又止。但花前月下美女相伴,令他情难自禁,还是打开自己的话匣子。他将当晚自己跟佳丽约会的尴尬情形一五一十地告诉桂秀,使他心中的郁闷渐渐缓解。她心中偷着乐,脸上却装得若无其事,甚至跟他说:"她对你并非一心一意。""我亦有这样的疑虑,不过未能确定。"他仰望苍穹,陷入沉思之中。

月挂中空,秋凉如水,夜阑人静。俊南与桂秀的首次幽会就在彼此的不经意中开始,彼此之间渐渐产生情愫,但一切尽在不言中。她还利用智能手机上网,现场播放香港知名歌星李克勤演唱的粤语流行歌《蓝月亮》——

明月夜,如醉了,夜空添一分凄迷。明月下,怀抱你,是依依不舍的美丽。骤眼的心慌意乱令我着迷,愿温馨一生一世。由黑暗走进清凉凌晨,于街角拥吻深情情人。空虚与心碎飘如浮云,掩盖了街灯。微风正飘过轻摇长裙,光阴带走了痴迷时辰。双双抱紧,完全地接近。明月下,人醉了,全不知光阴消逝。蓝月亮,离去了,仍依恋今晚的约誓。愿往昔伤心片段莫再提,让这一生更美丽。……

在桂秀为俊南带来美妙春韵春梦之际,佳丽仍为俊南首次主动发起冷战而耿耿于怀,甚至苦恼一整天。

佳丽在家里吃过晚饭,就主动邀约几个女朋友一起逛街散心。俊南例行打电话,想跟她聊聊天。但她的手机放在手提包里,而且大街上很吵,导致她没听到手机的来电铃声。他的心脏马上扑通扑通地跳动,中秋夜里的冷战情景又在他的脑海浮现,使得他越联想越忧虑。

"可能佳丽有随身携带手机,亦可能室外太吵导致她未听到电话响……"俊南躺在床上忙着自我安慰,又决定拨打佳丽家的固定电话,来一次"突袭"。电话打通后,接听电话的是佳丽的母亲。"您好!哪一位啊?"她说话的声音好柔,让人听起来感觉很好。

"阿姨,您好!我系报社的李俊南。"俊南记得这是自己第二次跟佳丽的母亲直接对话,"佳丽在吗?"

"一食过晚饭,她就跟几个妹仔出去,至今尚未返来。"佳丽的母亲想摸清俊南的来意,便询问他找佳丽有什么事。他回答说想找佳丽聊聊天,却感到她的母亲十分陌生。

"哦。"佳丽的母亲只想把俊南尽快打发掉,就承诺自己会转告佳丽他打电话找过她。他尽量显出自己的彬彬有礼,回应说"麻烦您啦"。

当佳丽的母亲挂掉电话,佳丽的父亲便询问是谁找佳丽。"那个记者小李。"她显出一脸不耐烦的神情,继续穿着红色围裙打扫大厅的地板。他在轮椅上艰难地转换坐姿,又疑问为何俊南竟把电话打到他们家里来。佳丽的母亲暂停打扫地板,回答说可能是佳丽没接听俊南的电话。

"嗯?"佳丽的父亲皱皱眉头,若有所思,"难道他们两个吵架啦?"

"好有可能。"佳丽的母亲点一点头,"昨晚佳丽跟小李约会返来之后,摆出一副好似整村人得罪她的模样。"

佳丽回到家里,从其母亲的口中得知俊南打电话找过她。"那个记者小李为何将电话打到我们屋企来啦?"她的母亲还质疑难道俊南没有打过她的手机。

"我睇睇。"佳丽翻阅其手机的来电显示,"打过,不过外面太吵,我无听

到手机响铃声。"

　　佳丽的父亲想试探她是否跟俊南吵架,便说俊南等她等过好久,还催她尽快回复俊南的电话。"现在就回复。"她不是用家里固定电话,而是用自己的手机拨打俊南的手机。

　　俊南发现是佳丽的来电,立即接通电话。她柔声细语地说刚回到家,还问他有什么事找她。紧接着,他便将David刚得贵子的喜讯告诉她,还就送什么礼物给David的儿子请她帮忙出点子。她联想到那只藏在其闺房的金公鸡,说David的儿子属鸡,建议俊南送一只金公鸡。

　　当俊南赞过这个主意真不错之后,佳丽就透露她家有亲戚以前送过一只金公鸡给她,还询问俊南想不想要这只金公鸡。他立刻回应说他要向她买下这只金公鸡。但她犹豫片刻,考虑到底该不该收他的钱。"嗯,免费给他吧,合乎人情。收钱卖给他吧,亦有道理。"她想到这里就答应把这只金公鸡卖给他,觉得反正他肯定要花钱买礼物,她正好通过这次买卖为他提供便利。

　　俊南很快来到佳丽家楼下,她走下楼来,把那只金公鸡交给他。它由一个呈四方体形状的透明塑料盒包装着,还附有一份价格单。他看一看价格单上的价钱"260元",爽快掏出300元递给她。

　　等佳丽将此事告诉她的父母,她的父亲摇头觉得这样做明显不妥,她不应该收俊南的钱。"我原以为这只金公鸡放在屋企无用,不如卖掉换钱,毕竟我们屋企平常开支好大嘛。"她忙着帮她的父亲量血压,而他显出一脸无奈的神情,感叹说他们家还没到揭不开锅的时候。

　　"那个小李尚未成为我们自己人。"佳丽的母亲振振有词,"佳丽这么做在情在理!"

　　"妇……妇人之见!"佳丽的父亲这句口头禅早就让其妻女听腻,甚至让她们颇为反感。

　　佳丽沉默一阵子,打电话将其父亲的意见转告俊南,还询问俊南是不是也觉得她做得不对。尽管他的口中说"无所谓啦",但他的心里一点也不好受,只因她的表现让他感到彼此的关系普通得不能再普通。

　　国庆黄金周之前几天,业务比平时更多,让俊南忙得快喘不过气来。不过,他还是花心思谋划与佳丽一起出游,企图借此深化彼此的感情。跟她结伴到远地出游数天,当然是他梦寐以求的长假生活。然而,她要参加长假值班,只能抽空到附近的景区旅游。他觉得岭南大湾区短线游是最好的，便建议到粤州夜间动物世界游玩，当天来回。但她犹豫不决，迟迟未作答复，让他快要绝望。

国庆节前一天，佳丽提前下班，到过旅行社了解国庆长假出游情况。她家附近一家旅行社有专线车前往粤州夜间动物世界，13时出发，22时开始返回中海。这一利好消息令俊南十分兴奋。但那家旅行社的国庆节出游名额已经满员，而国庆长假第二天尚有少数出游名额可供报名。因此，她就答应在那天与俊南一起出游粤州夜间动物世界。

俊南忙得团团转没空去订票，便询问佳丽明天要不要值班。等她不假思索地回答说不用，他才试探她能不能到那家旅行社订票，他的心已在怦怦跳。因为他当晚要去粤州送礼物给David的儿子，到第二天才能返回中海，担心拖延到那时会订不到票。听到这种解释，让她心中不爽，犹豫地发出"哦"的一声。

一下班，俊南就乘坐粤中地铁直奔David家的城郊别墅，受到David的父母礼待。彼此一阵寒暄过后，俊南便询问David的儿子在不在家。"嗯，David……David将他带到外面去喽。"David的母亲向自己的丈夫使眼色，她的丈夫马上附和说"是啊，是啊"。

这种状况让俊南意识到有点不对劲。不过，俊南还是拿出那份礼物，交给David的母亲。"这只金公鸡寓意金鸡报喜，送给你们的孙仔，祝他快长高长大！"俊南这句吉利的祝福，得到她的欢心致谢。她接过这份礼物，还承诺等她的孙子回来，她就将其转交给他。

"你作为David最要好的朋友，等他返来，肯定有好多心里话要跟他聊聊。"David的父亲笑容里带点忧伤。俊南意识到他的话中有话，笑说"是啊，是啊"。

David的父母炮制出一席美味菜肴款待俊南。他吃过晚餐，等待良久仍不见David的踪影，便打电话询问David几时回家。David却说他及其妻儿在外面有点事，要晚一点才能回家。

俊南只好待在客厅看电视，不由地想起佳丽，开始意识到自己不经大脑地叫她独自去订票的做事方式实在欠妥。"按常理来讲，这种事情应该由我亲自去操办。不过，我无必要一直都保持低姿态，她应该为我做一点点事吧。"他依然不放心，走到屋外打电话，欲再次向佳丽阐明自己的苦衷。

俊南的电话响过一声，旋即被佳丽接通。她以为他改变既定的主意，专门打

电话告诉她。然而,当他表示自己尚在粤州,她就有点失望。

"原本应该由我去订票,这几天我确实好忙。你去订票之后,我再将订票钱给你吧。"俊南心直口快地说出这句话,使佳丽有点生气,突然缄默。"哈哈,在我们之间,这个无所谓啦!"他连忙自圆其说,还强调说他们俩后天中午准时见面。

"哦……"佳丽的冷淡让俊南不寒而栗。他不得不转换话题,说他把那只金公鸡送给David的儿子,让David一家人都好高兴。她勉强附和他说这样就好,就结束此次通话。

俊南不但没有如愿地获得安心,反而被不安情绪纠缠,根本无法安眠。更令他感到难堪的是,David及其妻儿并没有回来跟他见面,David竟声称因事不能归家过夜。

实际上,David及其妻儿去到他在粤州市中心的那间"小窝"过夜。直到次日中午,他们仨人才坐私家豪车回到自家的别墅门前。不过,他并没有下车进入别墅,而是打电话叫俊南走出别墅。

俊南满腹疑团地来到别墅门口,David的母亲获悉David到家,也匆忙跟着走出来。David打开车门,从驾驶室出来跟俊南会面,脸上没有任何笑容。而婧婧抱着一个男婴,看见David的母亲也在场,不太情愿地打开车门从副驾驶室出来。只见婧婧身穿粉色格子针织上衣、黑色腰带与粉色A字裙,脚踏白色平跟皮鞋。

David跟俊南寒暄几句后,大家就上车前往附近的海鲜酒家吃午饭。David让俊南坐在副驾驶室,而让自己的妻儿坐到乘客室。他的母亲并没有乘坐他开的豪车,而是驾驶自家另一辆豪车赴宴。而她的丈夫正在自家的公司里忙得不可开交,不能出席这次款待俊南的午宴。

一路上,David跟俊南相谈甚欢,而婧婧却一声不吭。David家的两辆豪车缓缓驶入珠江边上一家海鲜酒家的停车场。俊南跟随David一家老少,走进这家海鲜酒家的宽敞包厢。等大家甫一落座,俊南就起身走近David的妻儿。

"小家伙,你好啊!"俊南笑眯眯,弓着腰,伸手轻碰婴儿滑溜溜的胖脸蛋。

"讲句'叔叔好'吧!"婧婧抱着婴儿,左右轻晃。这个小家伙眯着眼睛,紧盯着俊南,露出可爱的笑脸。

"哈哈，好可爱啊！"俊南开怀大笑，"David，你的儿子长得好似你！"

"你觉得他的哪个部位好似我？"David来到俊南的身旁，说话的语气显得有点冷。

"脸蛋，父子的长相就好似用同一个饼印印出来。"俊南伸直腰看着David，面对他的异常反应，心里产生更大的疑惑。他的母亲见他有点不对劲，及时插话说俊南给他的小宝贝送来一只金公鸡。然而，他面无笑容地说："这么破费啊。"俊南不得不解释说他的儿子生肖属鸡，这份礼物寓意"金鸡报喜"。他终于挤出一丝笑容向俊南道谢，但他的异常表现使得婧婧低着头不吭声，露出难堪的表情。

"你们两个快去点菜，边点菜边聊天吧！"David的母亲及时控制眼下的尴尬局面，俊南听从她的话，主动领David外出点菜。

在大型的菜式展示牌前，俊南询问David今天为何显得不高兴，是不是有什么心事。面对俊南的试探，他仍不愿透露真心话，反问难道他的样子就像有心事的那样吗？

"如果有心事，你就跟我讲一讲喽。"俊南仍不直接把话挑白，"睇一睇我能否帮你分忧。"

"哈哈……"David欲言又止，继而向服务员点下几个家常菜，便带俊南返回包厢。David的母亲说离上菜的时间还有一阵子，而且David跟俊南聊得那么投机，建议他们俩到外面再聊一阵子。

俊南晓得David的母亲希望他趁机劝导David，又主动拉David到包厢外的荷花池边聊天。David的话匣子终于打开。"哎——"他弓着腰，两肘撑着护栏，两手托腮。俊南侧依着护栏，斜对着他，询问他到底发生了什么事。他目视前方，愁眉苦脸，摇头感叹说"我的心好累。"俊南当即追问为什么。"结婚并非什么好事，我攀上高枝不胜寒啊！"他低头深呼吸后，竟发出这一声哀叹。

"婚姻好似围城，城外的人想进去，城里的人想出来。"俊南还结合英国作家理查德·道金斯之代表作《自私的基因》中的主要观点，为David深入剖析婚姻的本质。其实，婚姻的本质就是保护基因更有利地传承。婚姻是一份关于基因继承权的合同，最重要的目的并非保护爱情，而是保护亲子继承权。在俊南看来，只有真正明白婚姻的本质之后，也许才有勇气肩负起这份承诺和责任。

"我想离……离婚！"David的心态非常纠结。

"啊！你已经想清想楚吗？"俊南努力劝导David千万不要意气用事。

原来，David每天不上班就留在家里照顾他的妻儿，早起晚睡忙里忙外。以往根本不用他动手动脚去做的事情现在都要他去做，但他的丈母娘竟对他的表现不满意，甚至诸多挑剔。"岂有此理？！我系戴家大公子呢！"他越说越激动，满脸通红。

俊南也弓着腰，两肘撑在护栏上，询问他的岳母是否还住在他家。实际上，他的岳母前不久才返回自家，他及其妻儿随即搬到他家在市中心的旧房居住。他的话说到这里突然停住，有所保留。他的心中始终在权衡说话的分寸，不想让俊南知道他家太多的内情。

"你跟你的老婆正处于婚后磨合期，况且你的儿子又来得这么快，肯定会加剧这种摩擦啦！"俊南反过来充当David的婚姻生活顾问，积极开导他，"你的老婆亦好辛苦，你要多多谅解她。平时你们要多沟通多理解，这样磨合期就会好快过去。"

"希望这样吧。"David的心终于软下来。俊南轻拍他的肩膀，示意该到吃饭时间，一起返回包厢用餐。

David所点的那几个家常菜陆续摆上宴席，俊南跟David一家四口都落座用餐。David及其母亲假装若无其事，跟俊南侃侃而谈，而婧婧却一直保持沉默。

午餐结束后，David要带其妻儿返回那个60平方米的"小窝"，顺便把俊南送到附近的地铁站。俊南并没有返回自己的住处休息，而是径直来到他所在的部门办公室稍息，继而处理其前一天尚未完成的业务。

忽然，一个来自粤州的固定电话打进俊南的手机，打断了他的工作思路。"谁揾我呢？"他看着这个似熟非熟的电话号码，心中不禁纳闷，慢吞吞地接通电话。

"俊南，我系婧婧啊。"原来婧婧趁David外出散心之机，用家里的固定电话打通俊南的手机。

"哦，原来系你啊！"俊南感到惊讶，快步走出办公室，"David目前在哪里？"

"他刚刚跟我争吵过，出去散心了！"婧婧坐在电话桌旁，右手拿着电话，左手抱着刚入睡的婴儿。

"哦。"俊南来到楼梯间，发现四处没有其他人，才安心继续跟婧婧通话。

"在我跟他拍拖那时，他显得多么稳重、有风度。"婧婧的语气中透露出异常的伤感、失落，"冇想到在我跟他结婚之后，他变得脾气暴躁，毫无主见！"

"哦。"俊南在没有弄清婧婧来电的真正意图前，不敢贸然发表自己的意见。

跟宴会期间一声不吭的婧婧不同，此时的婧婧满口气话，期望找回那么一点自信。她声称自己到底还是个大学生，出去找份工作根本不成问题，用不着依靠David。想当年读大学的时候，她到校外做兼职，月薪就达上万元。

"哦。"俊南依然是一头雾水，耐心等待婧婧亮出她的底牌。

"你比较懂事理，我揾你希望你帮个忙。"婧婧不得不尽快道明她打电话给俊南的用意，只担心David会突然回来。

"你有什么事啊？"俊南立刻打醒十二分精神。

"有关我跟家婆之间的事，今日David有冇告诉你啊？"婧婧身在迷局中难以自拔，觉得俊南就是帮忙劝导自己的最佳人选。

"冇啊。"俊南怀疑婧婧是来打听情况的，害怕自己多说话会闹出是非来。

紧接着，婧婧就将自己跟David原生家庭相处的详情和盘托出——

自从婧婧嫁入戴家后，David的母亲就对她的言行作风、生活习惯等产生诸多微词。因为她思想观念前卫，嫁作他人妇后仍我行我素，让老人家看不惯。婆媳矛盾由此产生，使David左右为难。

婧婧怀胎十月好辛苦，要求David暂时放下家族企业的业务，留在家里照顾她。他的父亲不得不结束半退休状态，再次充当家族企业的顶梁柱，每天疲于奔命怨气颇大。

中秋节那天，婧婧顺利地诞下一个男婴，令一家人都好兴奋。David家雇请一个女保姆协助David照顾婧婧，婧婧的生母也来到David家帮忙照顾婧婧。可是David素来一派少爷仔作风，干事拖拉，往往不尽如人意。婧婧的生母经常指责他，让他颇为反感。

而David的母亲却十分在乎自己的儿子，对婧婧及其生母不满，竟私下跟那个保姆数落婧婧的不是之处。不过，那个保姆居然把那些话转述给婧婧听。婧婧觉得她家婆在外人面前诉说她的不是之处，根本没把她当自己人看待，因而婆媳俩彼此生恶。

为缓解这种紧张关系，婧婧坚决要搬离这栋别墅，David不得不迁就她。不

过，另立小家庭后，她和David之间的感情就大不如前。

在婧婧唠唠叨叨的同时，俊南逐渐整理好自己的思路，然后慢条斯理地为她分析事理。在俊南看来，David的原生家庭是近年来才暴发起来的，必然具有暴发户的心理和言行。而婧婧的娘家却是书香世家，她和David有着不同的背景，结婚之后必然要经历一段磨合期。这种磨合不仅仅在他们俩之间进行，也在他们俩的原生家庭之间进行。婧婧刚才所说的家庭是非就是这种本质的表现形式。

"系啊！分析得好有道理。"以往一幕幕生活场景在婧婧的脑海快速浮现。

"我从重点大学毕业，不过出身贫穷之家。而David连中专都无读完，却有老爸为他打下良好的事业基础。"俊南的顾忌心有所减弱，他的话匣子也完全打开，"在我跟David相处之时，我既有自豪的一面，又有自卑的一面。David亦会如此。"

婧婧连连称是，还透露David的隐私来印证俊南的观点。原来，当初她跟David商量伴郎人选的时候，她曾建议由俊南做David的伴郎。但David坚决不同意，最后选中他那个尚未成年的表弟。

"系啊！这就系一种佐证。"俊南的心里很不是滋味，"你们两个人的相处同样会出现这种情况。"

"怎么办？！"婧婧觉得俊南句句在理说到她的心坎上，此次找他帮忙真是找对人。

俊南想到"宁教人打仔，莫教人分妻"那句老话，努力调和婧婧与David之间的夫妻关系。"为何我跟David相处得那么好呢？就因为在他的面前，我尽量少提及自己的优点，多赞扬他的优点。"在俊南看来，婧婧要跟David和睦相处，就要多说其长处少揭其短处。对于David的短处，她应以鼓励的态度对待。

"连我这个从小就做家务事的人都未必能符合你的要求，更何况一直衣来伸手饭来张口的David呢？"俊南实话实说，建议婧婧对David做家务事不能要求太高。

"哦。"婧婧如梦初醒，抱紧其儿子，"我嫁入戴家之后一直事事小心，不过David的妈妈对我诸多微词，为何？"

俊南感到自己拿手机的右手有点累，便快速改用左手拿手机，继续为婧婧指点迷津。根据俊南的判断，之所以David的妈妈对婧婧诸多微词，是因为婆媳之间存在代沟问题以及家婆的嫉妒心理在作怪。婧婧是出类拔萃的少妇人，还占有另一个老妇人的儿子,这会让这个老妇人一时尚未完全适应过来。

"哦。"婧婧变得释然,随即萌发新疑问。让她尚未搞懂的是,在她和David的妈妈发生矛盾之时,他明知其老婆有理却不肯站在其老婆那边。

这个问题一下子难住俊南,他换位思考片刻才理清个中缘由。"David一直赖以自豪的是什么呢?"在俊南看来,是David的父母提供给David的物质生活和事业基础。但在经济上,David目前尚要依赖自己的父母,怎么可能有底气呢?他想接过其父亲的摊子,实现经济自立。婧婧却要他留在家里照顾她,让他无法实现这一想法。

婧婧听到俊南独到的分析,立即恳求他给出破解之道。他站到腿累腰酸,坐到办公室外的皮沙发上,继续侃侃而谈。在他的眼里,她所在大家庭的矛盾是由综合因素导致的,她必须抓住关键环节才能将这些矛盾逐一破解。她跟David搬出来住是正确的,但这只能暂时缓解婆媳之间的紧张关系。而根治之道则是她要顾全大局辛苦一点,让他回到家族企业中为事业奔忙。等他真正接管家族企业,实现经济自立,她刚才所提到的种种问题就会逐步得到解决。

"希望会这样。"婧婧感到眼前的迷雾被一一拨开,迎来希望的曙光。俊南嘱咐她不要胡思乱想,听从他的指引一步一步解决问题。她衷心向他道谢后,开始思考如何跟David修好。

等到婧婧的来电挂断,俊南深呼吸摇摇头,继而长叹气。在David的家庭问题上,他的确是旁观者清,而在自己的情感问题上却是当局者迷。

俊南编发短信给佳丽询问"订票了吗"。她的回复"订了",在他看来简短得有点离谱。他意识到情况不妙,故意试探她说明天中午12点半他到她家楼下接她。她的答复果然不出他所料,她说不用,还要他直接到那间旅行社等她。他要编借口逼她就范,便回复称他不知那间旅行社具体在哪里,还是跟她一起去为好。"哦。"她的冷淡通过电波让他产生心灵感应,令他为之心寒。

漆黑夜里,一种奇怪的梦境出现在俊南的梦乡里。佳丽就站在他面前,她的面容显得朦胧难辨。"你嫁给我吧!我需要你!"他向她发出爱的呼唤,但她没作声,甚至离他而去。他发现原来她被另一个男人拉走,就马上伸手欲抓住她,不过他的一切努力都是徒劳的。更糟的是,他连这个男人长成什么样都看不到。遭遇这一幕,让他猛然惊醒过来。他发现原来自己是在做梦,心有余悸,久久未能重新入眠。

结伴出游之日来临，俊南的报到短信如期而至，佳丽没有赶快下楼去见他。在她以斜条纹上衣、白色长裤与白色凉鞋装扮自己的同时，她的心里正在犹豫到底自己该以什么态度对待他。直到自己的心里做出决定，她才拿上白色小背包，缓缓动身下楼。

当面无表情的佳丽进入俊南的视野，他的笑脸瞬间消逝。他感受到她的异常，紧跟在她的左侧。而她故意加快自己的脚步，竭力跟他保持一定的距离。他以为她介意他要她掏钱订票，便伸手去掏钱包，同时跟她商量他想把订票钱给她。岂料她加重说话的语气，拒收他的钱。

俊南俩来到佳丽家附近的那间旅行社，登上旅游大巴出发前往目的地。两人并肩而坐，沉默寡言，形同陌路。

此次短线游的首站就是粤州墨宝苑，跟俊南、佳丽同车的游客纷纷下车进入墨宝苑游览。人有三急，俊南急匆匆地跑去厕所放下几两，而佳丽站在厕所外面等候他。当他轻松地走出来，她以异样的目光看着他，甚至诧异地数落他不仅有点驼背还有八字脚。"系吗？"他未能说出更多的语言为自己辩解。

俊南跟着佳丽游览，不时提出话茬。但她不太愿意搭理他，万不得已才勉强应付几句，令他感到索然无趣。参观过珍贵墨宝艺术品、瓷塑浮雕《清明上河图》、万紫千红玫瑰园……俊南俩提早一个小时来到墨宝苑正门，坐在花基上，静待集中时间的到来。

佳丽扫视俊南一身衬衫配搭西裤的朴素穿着，还盯着他那张多处长着粉刺的脸庞，厌恶感顿生。"为何你的脸上一直长粉刺，好难睇！"她这句带有讽刺性的话语破喉而出，让他倍感刺耳。他觉得她好幼稚，不想回应她，却又忍不住回敬她一句。"未婚男仔通常都会这样！"他这句话似乎有点效力，使她若有所思。

夜色渐浓，俊南俩吃过旅行团围餐，又随团前往粤州夜间动物世界。整个夜间动物世界的旅程分为乘车环球探险、步行猎奇、月亮演艺场等三个环节。在这些环节的游览过程中，佳丽的表现尚属正常，连俊南偶尔搂住她的肩膀她都没有异常反应。不过，当月亮演艺场的动物表演节目结束后，他所面临的状况就风云突变。在前往旅游巴士的路上，佳丽刻意跟他渐行渐远。她的表现越来越离谱，让他莫名其妙，心里闹着慌。

俊南俩所坐的旅游巴士取道粤州外环高速公路返回中海，还驶过David家的城郊别墅附近。"你睇，我亲戚的城郊别墅就在那里！"俊南特意向对他爱理不理的佳丽指明David家的方位，她顺着他的指向往窗外看一下，并没有说什么话。

面对佳丽的冷漠，俊南的心凉飕飕。他望着窗外的景物，不禁将其眼前的一幕跟前一年他与晓雨出游的情景对比，心里变得更加唏嘘。

与此同时，佳丽的母亲所说的那番话又在影响佳丽。原来在出游之前，她将俊南要她掏钱订票的事告诉她的母亲，而她的母亲却武断地说："这次小李算计你。""会吗？"面对她的将信将疑，她的母亲竟怂恿她设法验证俊南的葫芦里到底装着什么药。

佳丽回过神来，偷偷瞄俊南一眼，计从心生。当她所坐的旅游巴士徐徐停靠在她家附近的那间旅行社门口，她跟随俊南下车，突然加快脚步往自家的方向小跑而去。他马上意识到情况不妙，跨出几个大步追上去。"你为何走得这么快？好似有事瞒着我？"他拉住她的手臂，接连质问她，迫使她稍微放慢脚步。

"我的同学讲过这次你算计我！"佳丽黑着脸，异常生气地朝俊南吼叫。

"我冇啊！"俊南满脸委屈之情，慌忙解释，"你相信我吧，我的确冇啊！"

在昏暗寂静的大街上，俊南俩边疾走边纠缠，很快就来到佳丽家楼下。她打开铁门，催他尽快把摩托车推出楼道间。"佳丽，你要相信我啊！我的确冇算计你啊！"他在她大力关门之际，再次恳求她相信他。然而，她并没回应他，而是一个劲地走上楼返回家中。他犹如泄气的皮球，心里发虚却又想要有点底气，心神恍惚地骑车离开她家所在的住宅楼。

一回到家中，佳丽便立刻向其母亲汇报自己跟俊南出游的情形。她的母亲犹豫片刻，一时难辨他是否算计过自己的闺女，只好建议自己的闺女继续留意他的反应再作判断。

"我的同学讲过这次你算计我！"佳丽的恶语一次又一次在俊南的耳际回响，迫使他反复权衡彼此的对与错。

在俊南几乎感到绝望之际，David的电话通知却隐藏着一个利好因素。他要为其儿子摆设弥月宴席，邀请俊南届时携佳丽出席，还解释说婧婧希望见一见佳丽。

原来，俊南的指引起到立竿见影之效。她跟David之间的家庭矛盾渐趋缓和，夫妻俩平心静气地商量为其儿子摆设弥月宴席一事，还率先向俊南发出邀请。当

David透露俊南的悲情故事，她希望把佳丽请来饮喜酒，趁机帮俊南一把。

当David在电话中提及佳丽，俊南难以掩饰心中的伤感，这让David立即察觉到。在David一再追问下，他把佳丽跟他闹矛盾的前前后后向David毫无保留地倾吐。"既然这样，你就干脆跟她断绝联系，就此了断！何苦一再作践自己呢？！"David长叹一声，还叮嘱他再想清楚，自己看着办。

国庆黄金周留在城里，让俊南感到异常孤独无聊，他只好返回老家度假。长假期间的龙湾山游人如鲫。他单骑上山散心，心中郁闷一直消散不去，总是惦记着佳丽。David的那句狠话不时影响他，他想跟佳丽来个了断，却又缺乏了断的勇气。对于他来说，如果跟佳丽就此了断即是又一次前功尽弃。这种竹篮打水一场空的局面不仅会令他心有不甘，也会让他充满迷茫恐惧，更会害得他因此开罪胡总而自毁前程。

思前想后，俊南决定试探一下佳丽的反应。"我的粤州亲戚定于本月下旬为他的儿子摆弥月宴，邀请我们两个一齐出席。因为他的太太好希望认识你，她好中意那只金公鸡啊！"看过他发来的这则短信，她马上转告她的母亲，寻求对策。她的母亲觉得在订票一事上她们可能对他存在误会，还怂恿她趁机去摸摸他所谓的粤州亲戚老底。

佳丽犹豫半个小时，才回复俊南说那只金公鸡兆头好。通过这一反应，他知道自己跟她之间的感情关系还有戏，心中自然安乐些许。

国庆长假最后一天，佳丽不用值班在家休息，俊南便抓住机会邀约她一起去逛凉园散心。他们俩闹过别扭后再次见面，均显得有点不太自然。他跟她并肩而行，彼此缄默不语，他忙于思索如何打破这个闷局。

傍晚的凉园游客稀少，俊南俩来到凉亭坐下闲聊。他以问候佳丽的父亲作为切入口，询问她的父亲康复得如何。她露出忧伤的神情，应答说她的父亲还是老样子，最近经常发脾气。他对她的父亲既尊敬又怜悯，便说老人家心里不好受，还建议她多体谅老人家。她说是啊，双眼呆滞地望着前方。"多孝顺老人家，让他心情好一点喽。"他的叮嘱得到她的点头默认。

佳丽主动领俊南离开凉亭，往凉园深处走去。"我……我想问……"他眼望远方，不敢看着她，"你到底中意我什么？"

"这个……这个……"佳丽吞吞吐吐，急于措辞，"我中意你心底好，懂得体贴人家喽！"

"系啊。我会好好对待你的家人嘎,相信我吧!"俊南转过脸来看着佳丽,她吭出"哦"的一声,淡然地扫视他。他乘势而上奔向主题,询问她想几时结婚。

　　这个敏感的话题令佳丽措手不及。"嗯……"她故意拖延片刻,不得不袒露自己的心迹,"就算我现在答应嫁给你,我们亦好难过得幸福嘎!"

　　俊南沉默下来,琢磨佳丽这个答复的深层含义。走着走着,他们俩来到凉园最西端。周围难觅人影,眼前只有几只白天鹅。他靠近逗玩它们,它们不停摇晃身体走来走去,呱呱直叫。这一情景使她不禁想到"癞蛤蟆想食天鹅肉"。

　　等佳丽在一块大石头上坐下来,俊南延续刚才的话题,声称他们俩的年纪都已不小。"其实,我并不想嫁人!"她甚至向他进一步挑明要不是她的父亲硬要把他介绍给她,她就不打算拍拖。

　　佳丽的情绪变得异常激动,迫使俊南转换话题。"你……你怎样看待性啊?"他鼓足勇气艰难启齿,提及有关性的问题,导致她的脸蛋快速涨红。在她看来,包括俊南在内的男人们肯定都喜欢女人该大的身体部位大,该小的身体部位小。然而,她不喜欢自己的胸部太大,觉得现在这样即可。

　　俊南随即往佳丽的胸部瞄一眼。他不由自主地用右手搂着佳丽的肩膀,佳丽的身体微微颤抖,俊南顺势让佳丽靠在自己的肩膀上。而她不太情愿这样做,但看到四周没有其他人,就跟他做亲密状。他情不自禁,突然轻吻她的前额。这个吻令他感觉十分微妙。

　　"你真坏!"佳丽立即坐正斜看俊南,娇嗔他的过分行为,换来他的一脸傻笑。然而,这一吻果然奏效。两人之前的心理隔阂瞬间消失,就连他搂着她的腰间一起散步她也愿意接受。

　　斜阳挂天边,余晖洒凉园,红日映人面。俊南携佳丽走入凉园附近一家新派粤菜馆,共享美味佳肴,情意绵绵。他乘势而上,以送一箱进口水果给她家为由,成功吸引她前往他的住处去提取那箱进口水果。

　　俊南领佳丽走进自己的房间,先打开电视机让她看,再为她斟一杯温水。她坐在他的床沿上,缄默地看电视,而他没有脱鞋卧躺在床。在他的眼里,美人儿就近在咫尺,一切似乎水到渠成。他不想错过这个大好机会,却又不善于调情,感觉自己就像老鼠拉龟——无从落手。

　　时间一秒一秒地快速流逝,俊南的心扑通扑通地狂跳。他终于鼓足勇气,坐

起来用手力撑自己的身体，战战兢兢地将其嘴巴慢慢凑近佳丽的左面颊。可惜的是，他不敢直接吻她，仅仅用自己的鼻子嗅一嗅她的头发香味。

佳丽没有拒绝俊南的试探性举动，假装一直在看电视，实际上心中已掀起惊涛骇浪。"拍拖冇必要操之过急，跟那个记者发展关系要慎重，以后可能会揾到一个比他更好的对象呢！"她又想起其母亲的嘱咐，内心变得十分纠结，转眼间就被打下"预防针"。

与此同时，俊南的胆量却变得更大。他用右手搭在佳丽的肩上，尝试将她往后放倒在床上。岂料她的腰板保持僵直，她并不顺从。俊南又凑近她的耳朵，轻声说"我爱你"。"你以为用这句话就可以将我糊弄啦！"佳丽突发恶语，犹如一盆冷水突然往他头上泼淋，促使他瞬间恢复冷静。

俊南又一次遭受重创。经过这番折腾，他跟佳丽之间的感情关系又变得尴尬。他觉得无地自容，尽快提上那箱进口水果，领她出门送她归家。

一路上，佳丽坐在俊南所骑的摩托车上，竭力跟他保持距离。"眼前一切至少可以证明佳丽尚未接受我！"他看在眼里痛在心里，暗自慨叹自己本事不够魅力不足。

当俊南返回自己的住处，辉明正在自己的房里收拾东西。他十分好奇，询问辉明为何刚从老家回到中海就忙于收拾东西。辉明笑嘻嘻地透露自己准备搬家，好舍不得他。他搞不懂辉明在演哪一出戏，追问辉明为什么突然要搬家。

"我要跟萧惠同居！"辉明满脸尽是幸福表情，成竹在胸地将事情的来龙去脉向俊南交代出来——

原来，萧惠跟其老乡秋荷、芙蓉一起租房同居，就住在美媚住过的房间。每逢节假日，秋荷、芙蓉各自的男友都来到她们的宿舍短住。这两对情侣晚上的声响让萧惠的双耳不堪忍受。萧惠遂萌生迁居的念头，但受碍于一房一厅的房子难以寻租。

辉明从萧惠的口中了解到这一重要信息，一条妙计即时在他的心中暗生。他答应为她寻找理想居所，但找来找去就是找不到这样的房子，只找到一间两房两厅结构的房子。更绝的是，他经常在萧惠的房里待到好晚，故意妨碍秋荷与芙蓉更衣休息。此举旨在激发萧惠跟她们俩之间的矛盾，更强化萧惠尽快迁居的念头。

在不知不觉中，萧惠就陷入辉明所设的圈套中……

"这一招高，实在是高！"俊南听完辉明的忆述，不禁拍案叫绝。辉明兴奋得做出"V"形胜利手势，以表达自己心中的狂喜。而俊南黯然失色，心中的挫败感进一步强化，甚至还萌发懊悔感。

仅过两天，辉明就搬离他与俊南的合租房，急于跟萧惠同居。他雇用的搬家队把他的家当搬上车，又来到萧惠的住处搬家。他显得异常兴奋，十分卖力地协助搬家队，将她的家当尽快搬上车。直到这些家当被搬进他们俩的合租房，他才松下一口气，还为大功告成窃喜好一阵子。

辉明拍拍屁股走人，留下一个烂摊子给俊南。他不得不物色新的合租者，以分摊每月800元的房租。而买房也提上议事日程，他频频跟夏雨商量买新房的事情，密切留意粤中地铁中海市区段的楼盘楼价情况。

在David为其儿子摆弥月宴的当天下午，俊南携佳丽乘坐粤中地铁来到粤州中山路商业街逛街，打算逛到傍晚才前往丽湾湖酒家出席宴会。

佳丽身穿粉色竖条衬衫与蓝色微喇牛仔裤，脚踏粉色平跟凉鞋，肩挂白色小皮包。与她的精心装扮相比，俊南的装扮保持着朴素风格。他习惯以白衬衫、蓝西裤、黑皮鞋搭配装扮自己。在人海茫茫的粤州城陌生人社会中，俊南俩手挽手逛街，显得非常亲密。佳丽不用担心被中海街熟人和亲朋看见，放心地将就俊南的亲昵举动。而他尽量摆脱之前的心理阴影，尽情投入到此次拍拖中，把握机会深化彼此的关系。

俊南领佳丽走进一家西餐厅歇脚，还选购冰镇汽水和油炸薯条、油炸鸡翅边饮食边闲聊。突然，一个熟悉的面孔进入俊南的视野。原来，如风竟跟随蔡云步入这家西餐厅。

如沐春风的蔡云身穿蓝橙色短袖开襟衫、橙色百慕大短裤，脚踏缀钻平跟凉鞋。而作为其超级跟班的如风则身穿竖条形短袖衬衫、五分牛仔裤，脚踏黑皮凉鞋。在他的手里还提着一袋新衣服，它们是刚才他咬咬牙关透支其信用卡买给她的。自从充当车奴房奴开始，他寅吃卯粮，渐渐形成刷卡提前消费的习惯。

俊南一望见如风，就立刻转过脸望着窗外风景，避免让如风认出他来。刹那间，一股自卑感笼罩着他。"升职加薪，追到'白富美'，买车买房……如风这个家伙跟我在同一年进入报社工作，横睇竖睇都系'高富帅'的反面，不过一路走来多风光多潇洒啊！唉，跟他一比，我就落后好多喽，职场好失意而情场多波折！"俊南不禁反思自己到底存在什么毛病，竟与高端大气上档次的人生相距

十万八千里之遥。

如风无暇留意俊南的存在，只因低着头满脑子计算当月的开销。他跟着蔡云从离俊南、佳丽不远的过道经过，上到西餐厅二楼落座闲聊。蔡云向他坦露她想在职进修硕士研究生课程，但他不假思索地建议她暂缓进修，先把他们俩的"爱巢"装修好再说。她犹豫不决，没有当场回应他。

其实，如风的心中自然有自己的一本私账。"先将'爱巢'装修好，方谈得上登记结婚。只要我跟蔡云登记结婚，就算她在职进修，我亦无须太担心这只'凤凰'会飞走。"他开始算计如何一步一步诱导蔡云配合其"筑巢引凤"的计划行事，直到抱得美人归为止。

与如风大幅举债经营人生的发展模式不同，俊南却采取量入为出经营人生的发展模式。他们俩自然形成迥然不同的人生发展轨迹，这一点就充分体现在他们俩的衣食住行上。

俊南携佳丽从西餐厅出来，打算前往距离这家西餐厅两三公里的丽湾湖酒家，岂料附近好难打的。他们俩一边往前走一边招手打的，但始终打不到的士，走着走着不到半小时就到达了目的地。

俊南俩走进丽湾湖酒家，几经打听才来到David家设宴的厅房。David一家老少正赶来这里，不过路上塞车导致主人家尚未到位。David家的一些亲友提前到达宴席现场进行布置，俊南跟这些熟人一一打过招呼，又领佳丽来到靠窗的桌子旁落座饮茶聊天。他一时兴起手舞足蹈，他的右膝盖不经意地碰到她的大腿。然而，她当即躲避他的非礼举动，让他心中甚为不爽。

当David一家老少身穿唐装隆重登场，俊南主动领佳丽上前跟David一家道贺恭喜。David询问他如何前来丽湾湖酒家，还看看他身后的佳丽。他心直口快，竟透露自己是因打不到的士而从中山路步行前来的。尽管他把说话的声音压得好低，但他在公众场合表现出来的耿直让佳丽甚为不悦。她当即注视他，她的眼神让他意识到不妥。

David以爽朗的笑声来缓解这种尴尬局面。俊南连忙向众人介绍佳丽就是他的女友，她向众人矜持地点头微笑。David的父亲打量她，十分客气地欢迎她。David的母亲也打量她，满脸微笑地盛赞她长得好漂亮，还询问俊南几时"拉埋天窗"。俊南对此心中没底，勉强应答说争取早一点。而佳丽沉默不语，淡然处之。

David的妻子婧婧抱着自己的孩子，与她的娘家人一起率先在主人家席位坐下，悄然打量佳丽。俊南领佳丽去看望此次宴会的小主角。当俊南与婧婧的眼光交集片刻，他微笑着跟她打招呼，还轻抚其儿子的脸蛋说"笑一笑"。果然，这个小家伙露出满脸笑容。佳丽笑赞这个小家伙好可爱，引得婧婧抬头向她报以微笑。

　　宾客纷纷入席，俊南和佳丽被安排在厅房中部，与David家的亲戚围坐在同一席。这些亲戚纷纷向佳丽赞扬俊南的人品特好、进取心强。佳丽专心倾听这些评价，一直保持微笑，还跟俊南窃窃私语。"一睇过David一家人的长相与打扮，就知道他们系有米之人！"她所作的这一判断十分精确，令他点头认可。他随即联想到自家人的长相与打扮，强烈的自卑感涌上他的心头。

　　David来到俊南所在的宴席敬酒，接受俊南等亲友的祝贺。至此，David跟婧婧的婚姻生活渐入佳境，而俊南和佳丽的恋情却将迎接新考验。

　　夏雨急着要买房，打电话邀约俊南到禅北广场看楼盘。原来，夏雨的妻子已在华中老家生下一对孖仔（双胞胎儿子），夏雨要为其爱妻与孖仔来中海定居做好准备。

　　夏雨、俊南如期在禅北广场售楼大厅碰面，恰逢唐仁和乔巧携手前来看楼盘。唐仁、乔巧已搬离岭南时报社的单身宿舍。唐仁俩的新住处是地处澜湾大道南侧"城中村"的两房两厅出租屋，周围商贸繁荣，但治安环境复杂。

　　俊南俩跟唐仁俩寒暄数句后，围着楼盘模型看这望那，向售楼小姐问东问西打听楼市行情。粤州中海同城化的不断推进，为中海市房地产业的开发潮、抢购热推波助澜。中海市跟国内一线城市粤州市一衣带水，中海住房价格也不断攀升，日新月异。

　　唐仁早已做足功课，对大家最关心的贷款购房等情况了然于胸。"前几年的国内住房制度改革开启国有住房私有化进程，同时国内银行开展住房抵押贷款业务，住房公积金的设立也增加自购住房的消费者数目。"在唐仁看来，这一系列改革的成功直接带动国内房地产市场的快速发展，过去几年粤中房地产投资大幅上升。

　　"福利分房时代渐远，个人购房热浪逼人！"夏雨轻拍唐仁、俊南的肩膀，建议大家尽快跻身到购房大军当中。夏雨还认为结婚租房等待分房的婚爱生活模式已一去不复返，想结婚就要有车有楼，房地产业在本质上就是丈母娘导向型

经济。

夏雨对提前认购蠢蠢欲动,还动员俊南、唐仁一起动手。但俊南心存诸多顾虑,犹豫片刻,毅然拨通佳丽的手机。

正在上班的佳丽发现俊南的来电,就临时让同事顶班,离开岗位接听俊南的电话。他小心翼翼地询问此次通话是否妨碍她的工作,她低声说没关系,还询问他有什么急事。"我正在禅北广场睇楼,老友动员我一齐提前认购。我并不了解这些楼盘的性价比,所以专门问一问你的意见。"他想一箭双雕,把自己准备购房这一积极信息及时传达给她。她透露她的工作单位有一位清洁工阿姨也买下那里的楼房,这位阿姨反映那些楼房的开发商服务不怎么好,物业管理费也不低。

俊南一获取这些信息便打起退堂鼓,促使夏雨、唐仁不得不作罢。众人一起到附近的餐馆吃晚饭,畅谈粤中同城的楼市大势与各自的置业大计,均欲抢收21世纪第一个十年的经济转型红利。通过这次小聚,俊南还物色到夏雨作为他的合租者。

尽管萧惠跟辉明生活于同一屋檐下,但她十分注意跟他保持必要的距离,她的心里对俊南仍存有盼望。辉明跟她一起逛街,趁机搂她的肩膀,欲跟她亲热亲热。岂料她闹起别扭来,警告他不要轻举妄动。他们俩共进晚餐的计划被临时取消,她独自回到办公室上网解闷。

当俊南吃过晚饭回到办公室,萧惠正在上网浏览有关星座与运程的资料。他径直走到她的身旁,看看她在干什么。她见到他,立刻露出一脸微笑。他弓着腰,仔细一看便询问这些东西准吗。

"看这些东西,只是为了打发时间而已。"萧惠看俊南一眼,灵机一动,"俊南哥,看看你跟你的女友配不配。"

俊南产生好奇心,追问如何看。萧惠指着电脑屏幕上的对话框,要求他输入他与佳丽的出生日期。他觉得这样会透露隐私,连忙说不好。

"怕什么?来吧!"萧惠好想知道俊南与佳丽之间的后戏到底会如何发展。

"嗯。"俊南害怕自己受到那些带有迷信成分的文字材料影响。

"来吧!"萧惠故意摆出一副撒娇的模样,令俊南难过美人关。

"那好吧。"俊南将自己跟佳丽的出生年月日告诉萧惠,萧惠立刻将其输入电脑。转眼间,电脑屏幕上显示出一系列推理结论。让他印象最深的结论是,他跟佳丽是绝佳的一对,在公众场合配合默契容易投入角色。他要多领佳丽出席公众场合，这样可促进两人的感情深化。

看到这些结论令萧惠即刻显现出一张苦瓜脸，她对俊南的期盼几乎化作泡影，心里感觉酸溜溜的。这一尴尬情形使他不知所措，唯有灰溜溜地辞别她。

"老天呀！为什么对我这么残酷呀？！"萧惠走到大街上，独自溜达散心，脸上挂着两行热泪。夜色深深，她的情绪渐渐平复，她才返回其住处休息。

守候已久的辉明听到萧惠的开门声，立即小跑到正门迎接她，第一时间向她说句对不起。"今天我心情很糟，只想一个人静一静。"她走进自己的房间，随手关门。

辉明留意到萧惠的眼圈发红，以为自己的一时鲁莽害得她哭脸，心里异常难过彻夜辗转反侧。她也是难以入眠，反复思考自己跟辉明深化关系抑或坚持等候俊南。

俊南跟佳丽之间的感情平淡如水，俊南只能在无奈的煎熬中苦苦度日，无计可施。在佳丽的生日前夕，她邀约她的数名男女同事为她提前庆生，大伙一起到卡拉OK包厢又唱又饮。但俊南对此并不知情，邀请桂秀等几位男女同事一起下馆子开大食会。

酒足饭饱后，同事们纷纷散去，而俊南和桂秀却临时被部门领导如风召回岭南时报社加班修改稿件。一路上，俊南骑摩托车载着桂秀穿行于夜幕下。"俊南哥你刚才在大家面前讲我尚未有男友，令到我好似海底石斑——好瘀（鱼）啊！"她前倾靠近他，故意向他抛出这个话茬。

俊南十分意外地说不会吧，立即往后转过脸向桂秀道歉。"俊南哥，我……我做你的女友好吗？！"她放弃自己素有的矜持，鼓足勇气向他坦露心声。

"哦……"俊南想到佳丽及其父亲、胡总，随即面临强大的心理压力，"不过，我……我已经有女友喔。"

"你那个所谓的女友一直在欺骗你啊！"桂秀所发的狠话对俊南而言犹如当头棒喝，使得他心神恍惚地开车前行。她还特意用自己的智能手机应景地播放一首由香港知名歌手袁凤瑛演绎的粤语流行歌《天若有情》，进一步向他透露自己的心声——

原谅话也不讲半句，此刻生命在凝聚。过去你曾寻过某段失去了的声音。落日远去，人祈望留住青春的一刹。风雨思念，置身梦里，总会有唏嘘。若果他朝此生不可与你，哪管生命是无奈。过去也曾尽诉往日心里爱的声音，就像隔世人

迷城恋歌

期望重拾当天的一切,此世短暂转身步过萧杀了的空间。只求望一望,让爱火永远的高烧。青春请你归来,再伴我一会。……

俊南心不在焉地跟桂秀协同修改提交稿件后,一起离开办公室返回各自的住处。一路上,他们俩均缄默不语。

俊南躺到床上休息片刻。"你那个所谓的女友一直在欺骗你啊",桂秀的狠话依然在他的耳际回响。他拿出手机拨打佳丽的手机,但她没有及时接听他的电话。他十分忧心,叮嘱自己镇定再镇定。

半小时过去,佳丽匆匆把摩托车开进自家的车房,尽快掏出手机回复俊南的电话。他马上接听她的电话,听到她关闭住宅楼楼道铁门的声音,便询问她是否刚从外面回家。

佳丽稍稍喘过气来,应答俊南说是啊。他心中充满怀疑,追问她在外面逗留到这么晚到底有什么事。她透露她的同事今晚为她庆生。他以为她是在瞎编故事,质问她的生日不是明天吗?"系啊!他们提前为我庆生,大家一齐去食饭唱歌。"她显得余兴未了,声称明天他再为她庆生就行啦。

"哦。"俊南感到十分无趣,"生日蛋糕我已经为你订做好。"

"我们两个到明晚一齐庆生吧。"佳丽觉得自己的安排非常妥当,岂料俊南却以异常冷淡的语气答应她。在他看来,她的所作所为旨在不让他进入她的生活交际圈,对他留有一手。

俊南原本打算邀请一班要好的同事齐聚歌舞厅纵情歌舞,为佳丽庆祝生日。然而,她已跟她的同事玩过这种节目,迫使俊南不得不放弃原来的庆生计划。这一意外因素的干扰还有桂秀的主动求爱与当头棒喝,令他再无心思搞策划玩浪漫。因此,他仅以下馆子共进晚餐这种简单方式为她庆生,无疑让她大失所望。她觉得自己没有受到重视,甚至怀疑他是否真正喜欢自己。

这番互相猜疑的折腾,会不会像最后一根稻草压垮骆驼那样,摧毁俊南与佳丽之间脆弱的感情基础呢?

第十一乐章　一朝破茧重获新生

迷城恋歌

快到年底,当年的年休假俊南还没休,他便向岭南时报社申请休整数日。眼看休假时刻就要来临,但胡总临时派给他一个重大任务,迫使他尚未休假就不得不销假。他马上带领其徒弟桂秀前往中海市政府大院报到,准备参与全国"村官"典型的调查研究和宣传报道。

走进市政府偌大的会议室,那张椭圆型大桌子已有十来人围坐着,只有几个靠门口的座位空着。俊南、桂秀在门口报到处签下各自的姓名后,在最靠门口的空座位坐下。他们俩的座位尚未坐热,会议就正式开始。"今天请大家来这里,就是为了对我市一位全国'村官'典型开展调查研究和宣传报道。任务有点艰巨,希望大家做好心理准备。"衣冠楚楚、满脸威严的副市长郝先进率先发言,向与会者介绍此项任务的内容和要求。

原来,那位全国"村官"典型就是环市区岭南村村长霍家辉。国家新闻通讯社记者近期到岭南村走访调研,了解到霍家辉舍弃个人利益顾全大局的先进事迹,还写成内参呈给国家领导人。国家领导人作出批示将霍家辉作为新时期全国"村官"典型,要对他的优秀事迹加以宣传推广,并指示中海市政府尽快呈交他的事迹材料。

粤中外环高速公路的规划建设将征用岭南村八成的土地,使岭南村300多户人家面临搬迁,霍家辉的家也不例外。在岭南村搬迁中,霍家辉家失去的不光是一年八九万元的收入,他的"乌纱帽"也将随着推土机进村而消失。然而,当征地协议发下来后,担任村长两年的霍家辉还是毅然地在征地协议上签字。

霍家辉一家四口,他的大儿子刚出来工作,小儿子还在念高中。他家的主要经济来源就是家里的商铺和出租屋,租金收入大概有四五千元。但是,这次岭南村土地被征用范围就包括他的自家居所、出租屋和商铺在内。虽然征地有补偿款,但补偿款并不能补回被征用地及其物业原来的收入,这令他的妻子十分心痛。

"细仔(小儿子)尚在上学,我们都40多岁啦!以后细仔的学费、生活费从何而来呢？"霍家辉的妻子几天几夜没睡好，还在霍家辉的面前抹起眼泪。

"如果大家都拒绝搬迁，粤中外环高速公路怎样通过我们村呢？再讲，政府会补偿大家嘎！凡事都唔可以算计得那么清楚，个人总要为大局牺牲一点利益！"霍家辉几度劝解，使他的妻子最终服软，支持他的搬迁决定。

起初，有些村民也担心政府赔偿不够还不愿签字，霍家辉就苦口婆心地向大伙解释。"我们要相信政府。你如果唔相信政府，政府怎能相信你？大家如果都冇互信，怎能办成事呢？"他为实现村民们如期搬迁，还积极与上级部门联系，请镇里帮忙动员村民们搬迁。镇里承诺村民们在获得赔偿金的基础上，可自愿选择享受优惠价格住进安置小区，还可参加技能培训转移就业。村民们对此反应总体上比较平静。

尽管工作在做，但"村长"能当多少天已是屈指可数。霍家辉觉得当村长他就要带头，不当村长他也"无所谓"，个人总要为大局牺牲一点利益。

……

当俊南、桂秀等众多与会者都听得入迷之时，郝副市长询问大家对这位"村官"典型有什么看法。"这位'村官'典型的先进事迹材料来自国家级传媒机构的内参。"坐在郝副市长旁边的环市区组织部长龙卫东率先发言，建议大家除了要实地走访补充完善事迹材料，还要对"村官"典型霍家辉进行政治审查。

"这个建议好！"郝副市长微笑点头，还透露粤中外环高速公路建设工程的征地拆迁已引发一些上访事件，建议大家在做关于"村官"典型霍家辉的调查研究和宣传报道上要多加小心。

与会者纷纷点头称是，你一句我一句地积极建言献策。最后，郝副市长拍板成立统筹协调组、政治审查组、材料撰写组、宣传报道组。而俊南与桂秀被列入宣传报道组，跟随大队伍坐车前往岭南村，对"村官"典型霍家辉展开深入的调查采访。

俗话说"男女搭配，干活不累"。连日来，俊南与桂秀没日没夜地精心采写稿件，准备报道"村官"典型霍家辉的先进事迹。

俊南停下手中的业务，忙里偷闲地拨打佳丽的手机，但这个电话没人接听。只因她正骑着摩托车回家，她的手机放在手提包里，而手提包却放在车尾箱中。

突然，一个陌生电话打进俊南的手机。它并非佳丽打来的，而是从市政府打来的。郝副市长临时把俊南召到自己的办公室。

郝副市长的办公室显得比较宽阔、整洁。满脸倦容的郝副市长坐在黑色真皮办公椅上，隔着宽阔的办公桌，跟坐在对面黑色真皮沙发的俊南深入面谈。原来材料撰写组提交的那份"村官"典型先进事迹材料不合格，而且提交材料时间紧迫，使郝副市长把俊南当作"救命稻草"。

佳丽回到家里整理手提包，拿出手机一看才发现俊南的来电，便马上回复他的电话。但郝副市长的办公室通讯信号差，使俊南的手机暂时无法接通，秘书服务台发来一则短信通知他。短信提示音传入他的耳里，恰逢他正在倾听郝副市长的指示，不敢轻举妄动。

郝副市长还将之前省领导向他所作指示的电话录音播放给俊南听。"这份事迹材料不能写成官样文章，不仅要写得生动活泼还要写得有血有肉，可读性强。事迹材料要注重人物刻画，特别是要在各种矛盾冲突中展现'村官'典型霍家辉的思想、抉择与行动。事迹材料写到上万字也没问题，最迟要在后天中午之前交上来。大后天全国'村官'典型先进事迹宣讲会议就要召开，我们要在会议上派发这份材料。"俊南将省领导所作的这些指示速记在采访本上，以便自己有针对性地完成这项颇具挑战性的任务。

"撰写这份'村官'典型事迹材料任务重、时间紧、要求高！"郝副市长起身走到俊南跟前，非常煽情地鼓励他，"将这件事做成做好，你就会一举成名！你有没有信心？！"

"有！"俊南郑重点头向郝副市长立下军令状，心里庆幸自己早已把所有采访内容都做好录音。

"小李，你业务素质过硬，做事认真谨慎。"郝副市长亲自把俊南送离他的办公室，"如果今后有机会的话，我会建议报社领导提拔你！"

俊南就像被打过鸡血那样亢奋，在子夜夜幕下一边走一边回复佳丽的电话，但电话没人接。他的心里当即慌张起来，猜想她可能在生他的气。他站在寂静的市政府大院里焦急地等待着，不敢骑摩托车，以防听不到她回复的电话。

实际上，佳丽正在自家的洗澡房里洗澡，一刻钟之后才从洗澡房出来。当接听到她的电话，俊南异常兴奋地走来走去，将自己刚接手的大项目一五一十地告诉她。"市领导刚才讲我业务素质过硬，做事认真谨慎，今后他会建议报社领导提拔我！"他特意将郝副市长对他的承诺转告她，却遭受到她的冷言冷语。

"套话而已，当官的人希望你帮他将事情办好，通常都会这么讲啦！"佳丽从小对官场耳濡目染深知为官之道，对于俊南所提及的情形不屑一顾，觉得这真是"小儿科"。

电话挂断后，俊南感觉佳丽的态度有点异常，于是忐忑不安地发短信向她道歉。"我知错啦！在你想我之时，我并不在你的身边。在你想向我倾诉之时，我的手机无法接通，我未能及时回复你的电话。在你洗澡之时，我误会你发嗯拒接我的电话。"她躺在床上看完他发来的短信，不禁冷笑一声"呵呵"，觉得这个傻瓜就爱胡思乱想。

佳丽与俊南在此事上的意见相左，迫使他开始思索自己跟她在价值取向上存在什么差异。"我总觉得这次是我大展拳脚的好机会，我要好好地完成市领导交代的重任！"他骑上摩托车匆匆赶回他的住处休息，要养足精神迎接新挑战。

早在旭日东升之时，俊南就回到办公室，马上投身到紧急的工作中。桂秀看到他于子夜时分发来的短信通知，也赶回办公室支援他。他们俩分工协作，一字一句地将所有采访内容的录音整理成文字，再按省领导的指示写作"村官"典型事迹材料。

佳丽趁着为她的父亲量血压，将市领导对俊南的口头承诺及她对此事的看法都告诉她的父亲。"嗯。"她的父亲沉吟片刻，表示她的看法有点偏颇。她即刻拉长脸，询问为什么。

"俊南临危受命，这项重任虽然极具挑战性，不过暗藏大机遇！"佳丽的父亲咳嗽两声，往旁边的痰盂里吐痰，"那位市领导对俊南所作的口头承诺并非戏言。俊南只要扛得起这根大梁，就好有可能升官发财！"

"升官发财？就小李那种低贱出身而言，难啊！"佳丽的母亲系着围裙，正忙着为家人准备晚餐。

"妇人之见！"佳丽的父亲极不耐烦地回应他的妻子，又转过头来跟他的女儿解释，"俊南承接到这种重任，肯定跟报社一哥胡总的刻意安排密不可分！俊南如果能干成事，极有可能升官发财！"

"有道理！"佳丽为她的父亲备好他当晚要服用的数十颗药丸，她的母亲没有吭声，竟谋划着如何为她另觅佳偶。

连日来，佳丽并没有打扰俊南，而是静候他的佳音。经过他与桂秀废寝忘食地精心写作，一份洋洋洒洒上万字的"村官"典型事迹材料终于完美出炉，他赶紧将其提交给郝副市长。大功告成后，他与桂秀都瘫坐在各自的办公椅上稍作休

息，又赶紧炮制三篇有关"村官"典型霍家辉的长篇通讯稿。

当这些报道接连刊发在《岭南时报》头版头条的位置上，佳丽的父亲都仔细阅读这些报道，甚至拿着报纸在他的家人面前盛赞这些报道写得很棒。佳丽从俊南的口中了解到他出色完成了市领导交代的所有任务，并将这一喜讯转告她的父母。她的父亲对俊南赞不绝口，而她的母亲却缄默不语，静候那个改写俊南情感人生的时机。

由于马不停蹄地赶工，短期内耗费了俊南体内大量的营养素，他的身体抵抗力骤降，患上感冒，脸上还长不少粉刺。佳丽终于对他产生难得的一丝情愫，开始主动去关心他，还特意询问她的母亲为何他的脸上总是如此。在她的母亲看来，未婚男子大多数都是这样，况且俊南经常加班，压力大。

俊南疗养数日重新上岗，留在办公室无所事事，便跟萧惠闲聊。办公室的固定电话突然响起，萧惠接听电话，打电话来的妇女声称要找李俊南。萧惠捂着话筒，告诉俊南这位妇女已经多次打过电话来找他，还索要他的手机号码。他从萧惠的手中接过电话，主动向来电者表明身份，还询问对方是什么人。

电话那头的妇女声称她是岭南村居民，看过俊南所写的霍家辉事迹报道，竟恶狠狠地质问俊南怎能乱写一通。俊南理直气壮地坚称那些报道都是他如实采写报道的。"我拒绝征地，你竟然将那个霍家辉写得那么高尚！"她想通过恐吓他，发泄自己心中的不满，"你知道吗？那个霍家辉将我们众多村民害得好惨啊！我们以后冇屋住冇地种冇饭吃，就揾你算账！"

"放心吧，政府会将你们安顿好嘎。"俊南不想把矛盾激化，努力安抚电话那头的怨妇。她却讥讽他是"纸扎下巴——口轻轻"（粤语歇后语，即说话轻率），还质问他知不知道她们损失很大。"修建粤中外环高速公路系城市发展大事，个人总要为大局牺牲一下吧？"俊南尽管有点不耐烦，但依然沉住气开导她。

"放你狗屁！"这位怨妇破口大骂起来，"少跟我讲大道理！"

"麻烦你留下姓名和联系方式，我叫有关部门为你解决问题。"俊南对这样的泼妇实在无可奈何，只能使出这一招治她。

"嘟……嘟……嘟……"这位怨妇马上挂掉电话。

"无理取闹！"俊南放下话筒，站在原地喃喃自语。萧惠皱着眉头，询问他是不是接到投诉电话。他耸一耸肩，说这是诉苦电话才对。"我们俊南哥的魅力无法挡，对上到80岁老婆婆下至8岁小妹妹所向披靡，中年妇女自然也喜欢向你诉苦呀！"她做个鬼脸，哈哈大笑。

"我也开始有这种感觉了，哈哈！"俊南收起笑容走离办公室，通过手机联系郝副市长，向他汇报刚才那位怨妇所投诉的情况。

萧惠盛赞俊南所写的霍家辉事迹报道异常出彩，令俊南飘飘然。她还开玩笑说要他请客庆功，没想到他欣然答应她的要求。

等到傍晚下班，俊南骑着摩托车，带上萧惠去吃湘菜。走进湘菜馆，他们俩挑选那个相对安静的地方落座，下单点好几个微辣的湘菜。这次是他们俩首次单独约会，让彼此感觉十分特别，沉默良久。她首先打破沉默，询问俊南最近推出那么多大稿辛不辛苦。

"当然辛苦啦！"俊南歪着脑袋，摇一摇头，"不分昼夜地干啊干，简直是不要命！"

"能者多劳嘛，俊南哥真棒！"萧惠突然话锋一转，"你平时那么忙，怎样陪那位女友呀？"

"最近见面少一点。"俊南反过来试探萧惠，"你跟辉明一起住，习惯吗？"

"谈不上习不习惯。"萧惠想起那个对她紧追不舍的辉明，脸色晴转多云。

在服务员上菜之际，俊南趁机将话题转到湘菜的色香味上，跟萧惠有说有笑地共享美食。

埋单手续办妥后，俊南与萧惠徐徐走出湘菜馆，夜幕下灯火闪烁的城市夜景映入他们俩的眼帘。这里离她的住处不到一公里。俊南提出要开摩托车带她回家，而她担心这样会让辉明看到她跟他单独约会，于是选择自己散步回家。他只好目送她自行离去。"萧惠讲自己想散散步，实际上要避免辉明见到我跟她在一起。既然这样，就算吧！"他呆立着思索她的话外之音，直到她美丽的倩影从他的视野中消失，才开动摩托车返回他的住处。

萧惠经过其住处附近的农贸市场外围，只顾低着头慢走着。"刚才我为啥不给俊南哥一次机会呢？真是的！不过他已经有女友，又没有表明他喜欢我，更何况辉明那个傻瓜等着我呢。"当她的心理正处于纠结之中，挂在她右肩上的手提包被猛力一拽，让她差一点被拽倒在地。她即刻抬头一看发现自己正遭遇飞车抢劫，那辆破旧男装摩托车上坐着两名男贼人，前面的开车协助后面的抢走她的手

迷城恋歌

提包。

"抢劫啊！抢劫啊！"萧惠回过神来，一边追贼一边大喊。可惜周围没人来支援她，只有几个路人停下脚步观望一下，她只能眼睁睁地让飞抢贼逃走。参与作案的摩托车转眼即逝，而且路灯昏暗，她连车牌号码以及飞抢贼模样都没看清楚。

突然，萧惠的眼泪挂满她的脸庞，因为她的手提包装着太多重要物品。有一个藏有个人身份证的钱包、一笔3000多元的现金与一本活期存折；一部智能手机、一部数码相机、一部MP3随身听；一串宿舍钥匙、一份租房合同书。转眼间，她的身上竟变得空无一文。

萧惠马上想到报警，举目四望，寻找附近的公共电话。附近就有一间小商店，她小跑过去求助。店主知道她刚被"飞抢"，便好心地让她免费拨打110报警。几分钟过后，两名民警同骑一辆摩托车来到她的跟前。然而，她连飞抢车车牌号是多少、飞抢贼模样如何都说不出来。两名民警一时爱莫能助，只能通知正在附近街区值勤的同事加紧巡查，还把她带回公安派出所立案。

萧惠通过公安派出所的固定电话，通知辉明火速前来领人。他正在岭南时报社办公室赶稿，只能以最快的速度写成初稿并提交给值班主任，拔腿就跑往公安派出所。当饥肠辘辘的他出现在她的面前，她已经苦等半个小时。"你真是混蛋！行动这么拖拉，一点都不在乎我！"她气得又哭又骂，让辉明只能认栽。

"不要哭不要哭！破财挡灾嘛，幸好人没事。"辉明好言安慰萧惠，直到她的情绪平复下来，才电召出租车送她返回他们的住处。令他始料不及的是，刚把她安顿下来，就接到值班主任的电话。只因他刚才匆忙赶出来的稿件存在不少问题，值班主任要他速回报社办公室返工。"妈的！今天当黑（倒霉）！"他只能乖乖地返回报社办公室干活，不时骂骂咧咧。

直到深夜，辉明才回到他的住处，萧惠已卧床睡着。为避免惹她发脾气，他只好静悄悄地走进自己的房间，尽早休息。第二天一大早，他不得不爬起床外出采访。当她起床梳洗时，他的房间已是人去房空。她鼻子一酸，不禁热泪盈眶，感叹自己特别凄凉。

当萧惠走进报社办公室，俊南一眼瞄见她的脸色难看，主动问候她。面对他的关心，她心里好受一些，便把自己遭受飞抢一事告诉他。"哎，都是我不好，没亲自把你送到家！"他大力捶打自己的大腿，后悔莫及，"为什么你连租房合同书都随身携带呢？"

事发之前，萧惠的房东要将月租提高100元，这样需要房东与租客重新签约。由于她平时很忙，她的房东在事发当天中午顺便把新合同书送到岭南时报社楼下，跟她重新签约。她就把这份新合同书临时放在她的手提包里。

俊南倾听萧惠说完这些情况，感觉有点不妥，遂询问合同书上有没有写着具体地址。"有啊。"她望着他，莫名其妙。在他看来，那些飞抢贼不仅有她的住处钥匙还知道她的住址，说不定某天会到她的住处偷东西。

"那怎么办啊？！"萧惠茫然无措，脸色变青。俊南思索片刻，建议她赶快更换她的住处门锁，再通知她的房东为好。她点点头，恳求俊南帮她更换她的门锁。"嘿，你叫辉明帮手不就行啦？"他对她的要求感到异常意外。

"甭提他啦！一提到他，我就来气！"萧惠突然变得十分生气，"他一大早就不见踪影，可能去采访了吧。"

俊南联系到一名上门换锁的师傅，骑摩托车带着萧惠，与同样骑摩托车的换锁师傅一起前往她的住处。

萧惠带领俊南、换锁师傅爬上八楼，进入她跟辉明同居的住处。只见客厅里摆设着不少家具电器，收拾得井井有条，营造出温馨小家的氛围。俊南特地留意两个房间里的布置，发现她跟辉明的确各住各房，私人物品各安其所。

旧门锁更换为新门锁，让萧惠的心里重获安全感。俊南又陪她去报失身份证、存折与手机卡，购置新手机。"俊南哥，你真好！"她感动得不由自主地透露心声，他哈哈大笑，随即询问她觉得自己有什么好。

"成熟稳重。"萧惠的话锋一转，"那个辉明就显得很稚嫩。"

"啊！为什么？"俊南感到十分愕然。

"我遭遇'飞抢'之后，他也茫然无措，对我的事不太关心。用粤语说就是'生虫拐杖——靠唔住'（粤语歇后语，靠不住）。"萧惠还透露平时在生活上有什么事，辉明几乎做不了主，往往要她去想去做。

在俊南看来，攻击辉明争取萧惠的大好时机就在他的眼前。不过，他没有利用这个好机会，反而为辉明辩护。"辉明还是不错的，可能是他在工作上比我们更忙一些，导致他出现一些疏忽而已。"他的反常言行令她顿时哑口无言，百思不得其解。

"俊南哥为啥老是帮辉明说好话呢？这样太不正常啦！"正当萧惠心中质疑

俊南一直以来的反常言行,佳丽给俊南发来一则示好的短信,令他喜出望外。

"其实,你觉得我对你很不好是吗?我以后对你好一点好吗?"佳丽的短信内容俊南反复翻阅,在陪同萧惠返回办公室的同时,他一心想着如何遣词造句以妥当地回复佳丽。

"当然好啊!尽管暂未富有,但是我要一生守护你,让你幸福幸运!"俊南故意以自身最大的弱点试探佳丽的反应,迎来一个令他意想不到的答复。

"我并不需要一个有钱人,而是需要一个心地好对我好对我家人好的人。"佳丽如此答复俊南,只因她近期接受到其父亲较多的正能量,对俊南的印象大为改观。

"我就是这样的人!"俊南感觉自己的恋爱前景豁然开朗,佳丽甚至主动要求他写一封情书给她。他当然非常乐意地接受她的要求,并浑身解数精心炮制出一封情书——

亲爱的佳丽:

在过去十几个春秋,一个可怜的男子走南闯北,苦苦寻觅自己的另一半。这个男子爱做梦,时不时梦见自己心仪的另一半。不过,他总是看不清她的模样,恨不得即刻将面前的所有迷雾一扫而净。梦醒后,他怀着梦中那种模糊的感觉,在茫茫人海中寻找那个她。他却多次被告知"对不起,我不是你要找的人,你认错人啦"。这让他感到很无奈也很无助。

当执着追梦的他几乎步入绝望边缘之时,一个倩影在他的面前掠过,他连忙把她抓住。如今,他照旧爱做梦。但梦中不再有迷雾,他可以看清自己以往心仪的另一半就是现在的这个她。

这个男子就是我,李俊南;这个她就是你,林佳丽。我爱你,直到永远……我要一生守护你,让你幸福幸运!

我的心中纵有千言万语表达我对你的爱意,却难以通过信纸一一表达。我想通过那首由香港知名歌星刘德华原唱的粤语情歌《答案就是你》来抒发我此刻的心情——

"为何会爱?为何张开闭起的心灵?为何会醉?灵魂身躯没法醉醒。为何世界从前孤清,变了温馨的梦境?往昔只无聊的生存,为何现在热烈爱生命?多清楚答案就是你,知否眼睛逢凝望你也发觉我心只会为你动情?犹如全部已早注定。多精彩答案就是你,知否这心由逢着你那晚已确知一世为你动情?惊喜莫名。

　　迷迷惘惘寻寻找找，往昔总一人。来来去去旋旋转转，浪费半生。寻求答案寻求一些我可依恋的人生。正当心无穷的消沉，谁料幸运遇着你飘近？多清楚答案就是你，知否眼睛逢凝望你也发觉我心只会为你动情？犹如全部已早注定。多精彩答案就是你，知否这心由逢着你那晚已确知一世为你动情？不可暂停。

　　多精彩答案就是你，知否这心由逢着你那晚已确知一世为你动情？一生为情。"

　　预祝圣诞快乐！

心爱着佳丽的人：李俊南

　　萧惠为摸清俊南跟佳丽的交往程度，连日来都在想法子。等他从岭南时报社食堂回到办公室，萧惠特意走到他的身边，笑眯眯地询问平安夜里他跟佳丽有什么节目。"暂时未定。"他装出神秘的神情，实情是他早已打算邀约佳丽一起吃晚餐，趁机向她送上那封情书。

　　"不如晚上集体唱卡拉OK吧，你把佳丽带上，你们俩情歌对唱多浪漫呀！"萧惠笑嘻嘻，露出可爱的小酒窝。俊南犹豫片刻，觉得这个主意比他计划的节目更好，便答应先去征求佳丽的意见。"快快！"萧惠轻推他瘦弱的肩膀，催他快与佳丽联系。

　　佳丽建议俊南在20时到达她家楼下，再接她去卡拉OK包厢。俊南就与萧惠商定这个平安夜节目，还预订好卡拉OK包厢。刚销假归来的桂秀与刚采访归来的辉明获悉这个平安夜节目，都极力要求参与其中，让俊南颇感意外。

　　俊南不忘带上那封情书，按时前去接佳丽。她换上粉红色条纹套衫和蓝色牛仔裤，穿上平跟白皮鞋，准时来到她家的楼下跟他见面。他拿出那封情书，含羞地将其递给她。她随手把它放进她的手提包，坐上他的摩托车，跟他前去参加集体唱卡拉OK活动。

　　走进卡拉OK包厢，俊南发现桂秀的身旁竟有一张陌生的男子面孔。他长得眉清目秀，戴着无框金边眼镜，显出一副白净书生的模样。俊南主动问及这位美男子姓甚名谁，桂秀异常冷淡地介绍这位美男子是她的朋友罗达明。其实，达明就是她的新追求者，挖空心思才争取到陪她过平安夜的机会。他与俊南身高差不多，但他长得比俊南壮实很多。这迫使俊南心里不好受却要装出笑脸。

　　在萧惠的提议下，众人极力要求俊南跟佳丽对唱情歌。俊南特意挑选香港

天王巨星刘德华原唱的粤语流行歌《答案就是你》，而佳丽却选唱一首佚名歌手原唱的粤语情歌《三角恋》，让他感觉怪怪的。在旁人看来，俊南与佳丽一点都不像一对热恋中的情侣。萧惠、桂秀看在眼里乐在心里，均感得自己跟俊南还有戏。

脸露倦容的佳丽竟提出要回家休息，俊南只好送她回家，又返回包厢继续唱歌。一回到家，她就走进闺房，迫不及待地阅读他写给自己的那封情书。令她感到意外的是，这封情书并没有她想象中的那样长篇巨著。俗话说"唔怕唔识货，最怕货比货"。李宏曾主动为她写过一封洋洋洒洒的万言情书，至今仍令她难以忘怀。

集体唱卡拉OK活动结束后，俊南一回到他的住处就拨打佳丽的手机，他的第一句话就是问她有没有看过那封情书。"睇过啦。为何写得这么短啊？只抄来一首歌，这么简单！"她又拿起他的情书浏览，而李宏的万言情书就在她的身旁。

"判断情书写得好与坏，关键的标准并非情书的长与短，而是情书所表达的内容和所体现的特色！"俊南加重语气强调自己的看法，害怕自己所写的情书得不到她的认可，"情书里的那首歌系经过我精挑细选嘎，已经将我对你的情感表达出来啦！你知唔知道啊？"

"你讲得对。"佳丽不禁将李宏的情书跟俊南的情书对比一番，"以前有个男仔亦写过一封情书给我，那封情书写得好长。"

"啊！"俊南瞬间变得异常紧张，向佳丽询问两封情书哪一封写得好。她意识到自己说漏嘴，只能模糊其词地说这个好难判断。这令他伸长嘴巴，心里发虚。"你在情书里写到自己多次被告知'对不起，我不是你要找的人，你认错人啦'。"她读出情书中的敏感字句，感觉这些字里行间隐藏着一点特别的"味道"，遂向他套问这一句是什么意思。"这里指我自作多情喽。"他不得不解释说，随即后悔自己竟透露这些不该透露的情节。

电话挂掉后，佳丽坐在床沿细读俊南的情书，一字一句地编发短信。"你的情书就系最好的情书，无须比较。因为我以后都唔会有其他人的情书，就只得一个守护我一世叫做李俊南的可怜男子的情书。"她发来的这些心理表白让俊南长吁一口气，悬在他心头上的大石完全卸下。

2006年元旦假期结束，萧惠开始实施自己密谋数日的夺爱计划，主动跟度假归来上班的俊南聊天。"平安夜过得爽吧？成全人家是一件快乐的事！"她笑眯眯地自问自答，他立即联想到那晚自己跟佳丽的尴尬情景，只能"呵呵"傻笑。

"俊南哥，今晚带佳丽出来吧，我想跟她见个面。行不行呀？"萧惠摇晃俊南的臂膀，向他撒起娇来。他担心她误会他跟佳丽快玩完，会从中搞破坏，便婉言拒绝她。"近期她经常晚上加班，以后找个机会再聚吧。"他的托词立即遭到她的质疑。在她看来，佳丽不可能每天都加班。这让他顿时语塞。

萧惠原本想利用俊南的憨厚邀约佳丽出来，通过跟佳丽单独面谈摸清佳丽的真实心思，趁机向佳丽亮出自己的底牌击退情敌。萧惠万万没想到的是，他竟然不进入她的圈套，一举破坏她的夺爱计划。

俊南连做梦都不会想到的是，在萧惠想真心去爱他反遭"闭门羹"的同时，他想真心去爱佳丽的大门却被她的家人无情地关闭。

在佳丽家中偌大的厅堂，各种家用电器应有尽有，不过大多数已日渐变旧。她一家四口齐聚一堂看电视，和睦地闲聊家常琐事。渐渐地，有关俊南的情况开始主导这家人的话题。"最近你跟小李交往得怎样啦？"她的父亲坐在轮椅上，声音沙哑地询问她。

"嗯……这个……还在发展……"佳丽坐在软沙发上吞吞吐吐，不敢看她的父亲一眼，她的目光一直锁定在电视屏幕上。她的父亲感觉到一点异样，建议她安排时间带俊南来跟他见面。

"我记得，一年以前，那个胡总讲过要提拔那个小李当什么首席记者。"佳丽的母亲停止吃水果，忙着为她的女儿帮腔，"听我们佳丽讲，那个小李至今尚未上位喔。那个小李可靠吗？"

"妇……妇人之见！"佳丽的父亲突然提高嗓音，激动地直骂他的老伴，"你们这些女……女人眼光短浅！我认准这个记……记者就具有'三本'！"

"未来的事情好难讲嘎！你睇错人怎么办？"佳丽的母亲甚至质问难道佳丽要一辈子跟着这个没出息的家伙吗？

"根据我多……多年的官场经验，我就认准这……这个小李！"佳丽的父亲越来越激动，依赖那只正常的手打手势，以强调自己说话的分量。尽管一直竭力以昔日的威严去劝说家人，但他此时意识到这些努力都是徒劳的。

佳丽低下头不吭声，热泪暗涌，而她的哥哥佳景开始反驳他的父亲。"老豆，百密有一疏啊！"佳景长得眉清目秀酷似他的母亲，正走去饮水机那里倒水

泡茶饮。

佳景的观点立刻得到他的母亲附和，母子俩开始一唱一和地实施他们的既定阴谋。

"我认识一个30岁的省城富商，他就在环市区紫金城茶市里面经营连锁斋菜馆，身家过千万！"佳景坐回沙发上，饮下一口茶，"他的各种条件跟我们佳丽好匹配！"

"好啊！可以的话，为我们佳丽牵一牵线喽！"佳丽的母亲说出这个馊主意，让佳丽的父亲气得几乎昏厥过去，害得家人一阵忙乱。自从她的父亲落得半身不遂，她的母亲渐渐在家中发挥主导作用。在她的母亲看来，她若能嫁个有钱郎，就能帮助这个家摆脱家道中落的颓势。

其实，佳丽的母亲早已私下跟佳景商量过佳丽的人生大事，责令他协同钓取"金龟婿"。他立刻心领神会，在业余四处网罗理想人选。他的母亲伺机贬低俊南影响自家人，引导佳丽遵从其母亲的意思，抛弃俊南另择佳偶。

佳丽的父亲逐渐平复下来，家中恢复原来的平静，固定电话忽然响起来。她拭干泪水，拿起话筒接听电话，声音沙哑地询问是谁。"俊南啊！你刚哭过吗？发生什么事啦？"俊南听到她异常的声音，猜到她刚哭泣过。

"你等一下，我等一阵打过来。"佳丽发现来电者正是俊南，马上挂掉电话，急忙走去洗手间洗脸漱口。

两分钟过后，佳丽重新调整好自己的状态，才打电话给俊南。他满腹疑团，猜想她被她的父亲骂，一接通电话就询问她的父亲是不是刚才又发脾气。"嗯……"她不敢多说话。他建议她身为人女，尽量迁就老人家。"哦……"面对她冷淡的敷衍，他意识到她那边确实出事，跟她约好周日见面后只好提早收线。

在随后的约会中，俊南向佳丽透露自己年收入超过十万元，欲以此增强她对他的信心。岂料她说她的表哥做生意一年就挣得近30万元，令俊南的傲气消失得一干二净。更有甚者，她还向俊南透露她的同事想向她介绍一位年轻富商。俊南低声回应"哦"，不知说什么为好。

"我爸讲过，我为人善良嫁给商人容易被欺负，不如揾一个好似你这样的人比较可靠。"佳丽偷偷地瞧瞧俊南，发现他的脸上立刻重现悦色，"我好讨厌我爸总是讲'妇人之见'！"

"你爸的确睇得比较远，他系人精呢，你知唔知道啊？"俊南的口头禅竟引发佳丽的反感。她拉长脸，责怪他总是说"你知唔知道"，甚至武断地认为他把她当作傻瓜。他立刻紧张起来，连忙道歉解释他的本意并非如此。

"以后你要将这个坏习惯改掉。否则，我唔理睬你！"佳丽向俊南亮出黄牌警告，他闻到这点火药味，丝毫不敢怠慢地做出承诺："我改，我改。"

佳丽还将她最近遇到的那件令她十分生气的事告诉俊南。原来，她以前的那个男友发短信跟她说他已找到他的另一半，准备一过完年就结婚。她就回复短信祝福他们，没想到他竟回复她说"你老姑婆嫁不出去真是活该"，把她气得要命。

这事让俊南不敢相信佳丽所谓的前男友竟然这么缺德。"这个世界就有这么缺德的人！我无选择他，睇来的确做对喽。"佳丽感到十分庆幸，俊南露出会意的微笑，回应说"日久见人心嘛"。

"你以后会唔会这样对我啊？"佳丽不经意袒露自己心底最真实的担忧，让俊南的心里莫名地发虚。他郑重声称请她放心，还说他根本做不出这缺德的事。然而，这番对话令他不得不对她的品行重新审视。

农历新年假期过完，平时极少与俊南联系的唐仁突然又走进俊南的生活。俊南作为重点潜在客户乔巧长期拿不下来，她便想从他的女友那里入手，吩咐唐仁主动邀约他及其女友。"我们好久没有聚过啦，啥时候带你的女朋友出来让我和我的女朋友看看？我的女朋友想请你们吃饭。"俊南看到唐仁发来的短信邀约，随手回复"我要跟我的女友商量一下"以敷衍唐仁。实际上，他不想让唐仁再次影响他的感情生活，根本没将此事挂在心上。但三天过后，唐仁俩急起来，直接打电话催俊南。俊南犹豫良久才改变原来的想法，跟佳丽商量此事，岂料她竟爽快答应赴宴。

周六傍晚，俊南携佳丽来到紫金城茶市内的福生斋菜馆赴宴，发现略显消瘦的唐仁与略为发胖的乔巧提前来此等候。这两对情侣互相介绍认识，边吃边聊。唐仁、俊南主导话题，主要围绕购房、保险等话题聊天。唐仁、乔巧按俊南提前的叮嘱，并没有在佳丽面前揭露他的老底，而是借机褒扬他。

俊南和佳丽还应邀来到唐仁、乔巧位于城南的新住处做客。在狭小的闺房里，除了摆放着唐仁的旧家当，还增设电脑及电冰箱等家电。整个房间布置得井井有条，让人感觉是个好温馨的小爱巢。四个人围坐在一起，吃着水果聊天。俊

南一时疏忽,主动跟唐仁聊起近期岭南时报社的人事变动。佳丽从他们的话语中感受到俊南在工作上的失意。

乔巧在唐仁的配合下,继续向俊南俩推销人寿保险。俊南俩终于被说服,当场签订两份寿险。在佳丽填写个人资料时,俊南特意靠近她,想看她的个人资料。她竟即刻移开表格不让俊南看。此举引发一片愕然,让俊南的心里好难受。

俊南俩离开唐仁俩的住处,租用的士前往佳丽家。俊南望着窗外的城中村夜景,向佳丽透露这里的城中村有不少"小姐"居住。佳丽说如今不少有钱人都包养"小姐",还顺水推舟地探问他变成有钱人以后会不会这样做。他马上打醒十二分精神,审慎地给予否定的答案,还说"我为人好专一嘎"。他的答话不露任何破绽,使她只能一声不吭地看着窗外的夜景。

当俊南一行到达佳丽家楼下,她下车时不小心踩脏他的皮鞋。"哎呀,我的皮鞋被你踩邋遢了,可惜冇人帮我'擦鞋'!"他趁机开个玩笑,却迎来她的奚落。"竟然想人家帮你'擦鞋'呢,自己动手擦啦!"她的异常反应迫使俊南揣摩她的话外之音。

俊南的前脚刚踏进自己的住处,夏雨也走进俊南的房间跟俊南闲聊,不仅大数特数自己网聊泡妞的战绩,还跟俊南交流自己最近四处考察楼盘的心得。夏雨与唐仁都看中澜湾区与环市区交界区域的一个新楼盘——禅桂苑。这是一个旧城改造项目,周边市政配套设施完善,粤中地铁就在此项目附近经过。在夏雨看来,这里的楼花售价为每平方米3500元左右,位于中海楼价的中档价位,性价比较高。"唐仁说他跟那个开发商很熟,到时把我喊上一起去办理楼花认购手续。俊南,你也一起去认购吧。"夏雨随即拨打唐仁的电话,跟进了解何时去认购楼花。俊南听他这么一说,也心动起来。

第二天,夏雨与俊南跟着唐仁到禅桂苑开发商办公室,办理楼花认购手续。已有不少市民捷足先登,圈定那些楼层、朝向比较理想的楼花。唐仁仨只能在剩余的楼花中,挑选内部结构为三房两厅、建筑面积达120多平方米的楼花。

认购完楼花让俊南在随后的西方情人节过得有点底气。华灯初上,佳丽应邀跟他先到红茶馆共享西餐,再到中海影剧院看电影。他不仅为她送上一束11朵红艳欲滴的玫瑰花,还为她送上一盒红色心形铁盒包装的进口巧克力,更向她透露他办理好楼花认购手续的利好消息。

然而,令俊南感到非常意外的事情发生了。当他们俩所看的电影接近尾声,佳丽接到其闺蜜秋霞打来的电话，告诉秋霞电影快放完，叫秋霞等一下。他听见佳丽的通话，心生疑虑，询问是谁找她。她脸不红心不跳地透露那是她的同事。

电影院散场后，俊南陪佳丽走回她家。秋霞坐在其男友的小汽车里远远打量俊南，还吩咐她的男友开车跟在俊南俩的后面。这辆小汽车在距离俊南俩十米以外的路边停下。秋霞俩打开车门走出来。她的男友眉清目秀，留着一头金黄色头发，依着车门没有走过来。她快步走到俊南的跟前，利用暗淡的街灯光，睁大眼睛打量他。

秋霞唐突的举动令俊南显得有点愕然。在他的眼前，这位苗条女子长着瓜子脸留着飘逸秀发，穿着红色长外套与黑色长皮靴。她身上散发的淡淡香水味刺激着他的鼻腔。"这位系我的同事。"佳丽连忙向他模糊介绍秋霞，他有礼地向素未谋面的秋霞点头说："靓女，你好。"不过，秋霞并没有回应他，只顾着跟佳丽说她们一起去聊聊。佳丽点头答应她。他便叮嘱佳丽不要玩得太晚，她回应一声"哦"，随即跟秋霞走去上了车。

令俊南更难受的是，自己的破摩托车跟佳丽所坐的小汽车对比，无疑是相形见绌。他被自卑情绪笼罩，强作镇定地走去为那辆破摩托车开锁，他的双手微微发抖。直到佳丽所坐的小汽车离开，他才敢驱车离开，心里怨恨自己没本事。

佳丽跟秋霞俩来到附近的酒吧闲聊，趁她的男友上洗手间，询问她对俊南的看法。她摇头说一般，致使佳丽脸色一沉，半响无语。佳丽对自己是否淘汰俊南十分纠结，便提前请求秋霞帮她考察他为她做决定提供参考意见。

俊南躺在自己的床上，越发担忧那个跟秋霞同行的男子会是自己的竞争对手，忍不住动手发短信向佳丽探问她们到哪里玩。她抽空回复说她们去到一个环境不错的酒吧聊天。他趁机问及那个跟她们同行的男子是谁，她模糊交代他只是她同事的朋友，想追求她的同事。

在俊南看来，佳丽的言行正好验证David的判断，那就是她可能不想让俊南进入她的社交圈子。不过，她的模糊交代还是让他紧张的心情渐渐放松下来。"他好厉害喔，这么年轻就开靓车！那个靓女对他的感觉如何？"她并没回复他发来的这则短信，既不想直接伤害他的自尊心，更不想让他套问更多有关秋霞的情况。

连日来，秋霞对俊南的评价一直左右佳丽的思绪，促使她对他的好感加快消失。他隐约感受到这一变化，就特意带她去禅桂苑楼盘外围观望他认购的在建

楼房。禅桂苑最大的卖点是楼盘外围就有粤中地铁出入口,今后将让他们轻松享受粤中同城化生活。只可惜他对未来爱巢所作的美好描绘,并不能引起她的"感冒"。

俊南俩又走进禅桂苑附近的禅桂公园散步闲聊。俊南尝试搂佳丽的小蛮腰,万万没想到她立即闪开。"到底你中意哪一类型的男仔?"他郁闷半晌,不禁向她抛出这个藏在他心底的问题。她对他瘦弱的肢体上下打量一番,眼珠一转就想好答案。"中意……中意man(有男人味)一点的!"她的托词令俊南当即语塞,涌现自卑情绪。

禅桂公园内的小湖边有两对新人在拍摄婚纱外景,俊南建议佳丽一起驻足看一看这种温馨场面。"有什么好睇呢?走吧!"她的言行十分反常,让他明显感到他们俩的爱情末日不远了。他一边散步一边默唱香港知名歌星郭富城原唱的国语流行歌《我是不是该安静地走开》——

我不知道为什么这样,爱情不是我想象。就是找不到往你的方向,更别说怎么遗忘。站在雨里泪水在眼底,不知该往哪里去。心中千万遍不停呼唤你,不停疯狂找寻你。我是不是该安静地走开,还是该勇敢留下来?我也不知道那么多无奈,可不可以都重来?我是不是该安静地走开,还是该在这里等待?等你明白我给你的爱,永远都不能走开。……

在送佳丽归家的途中,俊南骑着摩托车不时跟她谈心,还向她忆述一个小故事。在他与其大学好友香儿首次约会期间,她竟然跟他说"其实我很需要的",把他吓得目瞪口呆。佳丽明知他以这个小故事试探自己,不仅接上他的话茬说这不算什么,还透露在她读中专的时候就有好多同学拍拖发生性关系。

"你如何看待性啊?"俊南羞于启齿地提出这一敏感问题,而佳丽却以"我冇有那条'线'"婉转表明自己对性爱的态度。俊南想进一步试探她的底线,就趁机提出他想帮她接通那条"线"的请求。"冇需要!"她斩钉截铁的话语刺痛俊南的耳膜,他即刻哑口无言。

俊南所骑的摩托车在佳丽家楼下停住。当佳丽一下车,俊南就快速放下车脚架把车停好,下车站到她的面前。他的双手用力抓住她的双肩,他的双唇紧紧吻住她的上唇。她冷若冰霜,一动不动地默然忍受他的举动。

数秒钟过去,俊南终于松开自己的双唇。佳丽转身上楼,不过没走出几步,又被他喊住。他快步向前将她紧紧抱住,因害怕失去她而浑身颤抖。佳丽依然沉默地忍受俊南的强抱，耐心地等他松开手，才打开楼道铁门上楼回家。

佳景及其母亲在家等候佳丽多时，要将一个喜讯告诉她。当佳丽踏入家门后径直走向自己的闺房，她的母亲尾随她走进其闺房，特意避开她的父亲把相亲安排告诉她。佳景已为她跟那位省城富商相亲牵好线搭好桥，大家约定周日在紫金城茶市见面。

等到相亲那天，以淡妆扮靓的佳丽穿上粉色竖条长袖衬衫、蓝色微喇牛仔裤与粉色皮鞋。而佳景全身上下均以"耐克"名牌服饰打扮，开着自家的小汽车，带佳丽前往紫金城茶市相亲。佳景的母亲就在家里照顾父亲，还谎称兄妹俩结伴前往粤州购物。

佳丽跟着佳景来到紫金城茶市，才发现这次相亲场所就定在她跟俊南近期光顾过的福生斋菜馆。当佳景兄妹俩踏进福生斋菜馆，一名已落座的青年男子站起身，主动向佳景兄妹俩招手。佳景面露微笑，招手回应这名男子，领佳丽过去相亲。

这名男子就是粤州"土著"张福生，高中毕业后通过摸爬滚打掘到"第一桶金"，还逐步在粤中区域经营发展出数家连锁的福生斋菜馆。福生斋菜馆利用互联网金融新业态——股权众筹运营模式吸纳到50个原始股东，力撑福生在数年内跻身千万富翁的行列。前几年，福生的远房兄弟因走私入狱，托他找关系办私事。他通过朋友介绍，向狱警佳景求助，因而跟佳景相识结友。

在佳丽的眼里，福生相貌平平，但好有福相。他的天庭饱满，鼻梁高，耳垂大。他以"雅戈尔"名牌西装装扮一身，左腕上戴着价值不菲的"劳力士"手表。"这位系我经常向你提起的新生代粤商张福生，年轻有为啊！"佳景当着佳丽的面盛赞福生，福生面绽笑容说"过奖过奖"，露出一排泛黄的烟屎牙。

当佳丽报以微笑向福生问好，佳景指着佳丽，向福生介绍说"这位系我的亲妹林佳丽"。福生望着身材高挑的佳丽，彬彬有礼地点头说幸会，然后又介绍他身旁的堂妹张诗雯。"你们好！坐吧。"二十出头的诗雯以"淑女屋"品牌服装打扮，显得玲珑浮凸，从座位上起身伸手为佳景兄妹俩示座。

这两对男女谈话投机，边吃午餐边闲聊。然而，俊南感到周身不聚财（不舒服、不自在），毅然拨打佳丽的手机。但这个电话无人接听，他又拨打她的家里电话，她的母亲接听电话说她已外出。

日落时分，佳丽离开福生斋菜馆坐进自家的小汽车，才回复俊南的电话说

第十一乐章 一朝破茧重获新生

她跟同学一起去粤州玩。这令俊南感到情况不妙，猜想连篇。佳景猜到俊南刚骚扰过她，一边开车一边探问她的心思。"那个穷记者有什么好呢？我觉得福生跟你好匹配，你觉得呢？"面对佳景的反复发问，她呆滞地望着前方，没有吭声。在她的眼里，福生简直就是"女人汤圆"（粤语俚语，意即特别讨女人欢心的男人）。她情愿跟这个情商、智商、财商兼优的福生交往一下。

俊南吃过晚饭又拨打佳丽的手机，却遭到她的拒听。佳丽躺在自己的床上，因抉择艰难而犯愁，干脆关掉手机以保耳根清净。他只能拨打她的家里电话，向她的母亲询问她在不在家。她的母亲说她已在闺房里睡着，还对他谎称自己当天并不知道其女儿跟同学去粤州玩。

俊南回到办公室无所事事，无精打采地看着电脑屏幕里自己跟佳丽的合影，开始胡思乱想。正利用办公电脑进行QQ聊天的桂秀牵引着他的视线。他来到桂秀的身边半蹲下来，跟她闲聊起来。

"哎——"俊南特意装出痛苦状，"桂秀，我好痛苦啊！"

"嘻嘻！"桂秀笑得十分灿烂，"俊南哥，什么事让你这么痛苦呀？"

俊南摇头感叹谈恋爱好大压力，这让桂秀难掩内心的窃喜。在她看来，女方在刚开始谈恋爱的时候被动一点是正常的，不过要偶尔主动一点以鼓励男方。男方的工作压力已经够大啦，如果谈恋爱一直是男方主动，会让男方感到更大的压力。"有道理！我简直发鸡盲！"他痛骂自己，后悔不已。

等到晚间电话约会的"老时间"，俊南难以自控地动手拨打佳丽的手机，发现她的手机已重新开机。佳丽接听他的电话，但他寒暄几句后突然无话可说。她也没有什么话题可聊，迫使他干脆搬出桂秀关于谈恋爱的观点。佳丽受此刺激，终于按捺不住。"尽管我并冇那条'线'，不过我对你尚未有那种感觉，唔想将你再拖住！"她如此郑重其事的表白，对他而言，犹如刹那间的五雷轰顶。两人沉默十来秒钟，她冷淡地说今晚就聊到这里，无情地将俊南的电话挂掉。

遭受晴天霹雳的俊南身心俱累，满脑子都是有关佳丽的伤心回忆。他还反复哼唱马来西亚籍华裔歌星光良原唱的华语流行歌《童话》——

忘了有多久，再没听到你对我说你最爱的故事。我想了很久，我开始慌了，是不是我又做错了什么？你哭着对我说，童话里都是骗人的，我不可能是你的王子。也许你不会懂，从你说爱我以后，我的天空星星都亮了。我愿变成童话里，你爱的那个天使，张开双手变成翅膀守护你。你要相信，相信我们会像童话故事里，幸福和快乐是结局。

你哭着对我说，童话里都是骗人的，我不可能是你的王子。也许你不会懂，从你说爱我以后，我的天空星星都亮了。我愿变成童话里，你爱的那个天使，张开双手变成翅膀守护你。你要相信，相信我们会像童话故事里，幸福和快乐是结局。我要变成童话里，你爱的那个天使，张开双手变成翅膀守护你。你要相信，相信我们会像童话故事里，幸福和快乐是结局。我会变成童话里，你爱的那个天使，张开双手变成翅膀守护你。你要相信，相信我们会像童话故事里，幸福和快乐是结局。Wo——一起写我们的结局。

清明节到来，俊南拖着疲惫不堪的躯体返回老家，准备跟李家亲戚一起扫墓祭拜他的祖母潘琼。王梅芳暂停做午饭走出厨房，跟李英洪、俊杰一起围坐在饭桌旁，倾听俊南诉说自己与佳丽的感情危机。

"原因好简单，你无法给佳丽一家带来利益！"俊杰的判断正中俊南感情问题的要害，引发俊南的沉思。他紧握双拳，大口呼吸。这一幕令李英洪、王梅芳非常痛心。"我早就告诫过你，唔好在一棵树上吊死。你睇，等到她变心，她就一脚将你踢开！"王梅芳的这番批评在俊南看来就是"马后炮"，他瘫坐在另一张红木椅上，哀叹身不由己。

午后，俊南等潘琼众多后人携老扶幼拖男带女，结队前往祭拜潘琼。标有"潘琼之墓"字样的那棵桉树已长高一大截。潘琼的后人在这棵桉树旁摆放烧乳猪等众多祭品，并插上一些烧着的香烛，还为潘琼焚烧一些纸制品，其中包括冥币、纸衣、纸房和纸车。潘琼的后人纷纷朝着这棵桉树鞠躬朝拜。俊南将那束买来的菊花放置在这棵桉树旁，合掌于胸前闭目许愿"保佑我尽快搵到自己的另一半"，最后进行三鞠躬的祭拜礼。

祭拜活动结束后，俊南骑摩托车来到龙湾科技工业园内一家楼高三层的新建乡村诊所，找到那位治疗脑中风的名医。他掌握一门通过针灸治愈脑中风的独门秘方，已治愈众多脑中风患者，因而获得国内外权威机构的认可和表彰。在俊南的如意算盘中，如果这个名医能治愈佳丽的父亲，也许会挽救俊南跟佳丽的感情。

俊南向这位名医咨询如何才能治愈佳丽的父亲。这位名医建议俊南提供该病人所有病历，并详细讲述该病人的现状。只有这样才能判断该病人可治愈到什么程度，是上门治疗还是住院治疗。然而，俊南既无病人的病历也不了解病人的现

状,便欲打电话跟佳丽商量此事。

俊南直接打通佳丽的家里电话,接听电话的人还是佳丽的母亲,佳丽的母亲谎称佳丽已外出。其实,佳丽就在自己的闺房里,刚把昨晚她拒绝俊南一事告诉了她的母亲。为防止他再次纠缠,她狠心地提前关掉自己的手机。

俊南发现佳丽的手机处于关机状态,唯有苦等一个小时,再次拨打她的家里电话。她的母亲明知她在逃避他,睁着眼说瞎话,谎称她还没有回来。他好想知道她的行踪,就向她的母亲询问她因什么事外出。"佳丽的手机损坏,她出去修理手机。"她的母亲与她提前商定好的这个借口,迫使他失望地挂掉电话。

俊南一直在等待佳丽的电话,直到三更半夜依然心潮澎湃。"这段感情你讲玩完就能玩完吗?想得美!你拒听我的电话,我就发短信表白,一定要竭力感化你!"他想到这里,就动手编发短信向她表明心迹。

"我一生最大的追求是什么?答案就是你!你是我最理想的对象,我每时每刻都挂念你,我愿意一生守护着你和你的家人。请你相信我给我机会。你说你对我还没有那种感觉,这是对我很好的考验。我会以最大的真诚和恒心、实际的行动打动你的芳心,我会等待和迎接那一天!我亲爱的佳丽,这是我此刻最想表达的真心话!"俊南情意浓浓的心里话通过短信传给佳丽,令她热泪盈眶,但她忍心不作任何回应。

俊南等候大半天仍未收到佳丽的答复,又通过短信将那位名医的建议转告她,希望她抓住这次好机会去跟那位名医沟通一下。只可惜她对他的好心置之不理。他却想方设法挽留她的心,特意等到下午上班时分拨打她家的电话,要向她的父母表明自己的心迹。

佳丽的父亲在房里午睡,她的母亲接听俊南的电话,询问来电者是哪一位。"阿姨,您好!我系岭南时报记者李俊南。"俊南如此介绍自己,是因为他生怕她早已把他忘记。她极力压低说话的声音,说佳丽已上班去,询问他有什么事。

"我想跟您谈谈我跟佳丽之间的事。我真心爱佳丽!为了我跟佳丽的将来,我一直努力工作求上进,最近已经认购一套新房。"俊南故意透露自己买房的信息,希望以此增加佳丽的母亲对他的信心,"万万无想到我们交往一年半之后,佳丽讲对我无感觉。我心里非常难受,不思茶饭无法睡眠,亦无心工作。"

佳丽的母亲安慰俊南不要这样做,而要保重好自己。"年轻男女之间的恋爱要顺其自然,老人家唔能够勉强年轻人。佳丽的恋爱问题我好少过问,我坚持由她自己选择自己的归属。"她搬出这些冠冕堂皇的理由，只想尽快将他打发了事。他则想通过打感情牌来感动她，声称他已把她们两位老人家当作自己的父母，还透露他物色到的一位名医有望治愈林局长的脑中风。

"我和我的丈夫都过得不错！"佳丽的母亲十分忌讳俊南了解她家的隐私，不经意地激动起来，"我们退休之后都有自己的收入，你无须担心！你好好做好自己的工作吧！"

俊南原本想向佳丽的父母借力来挽救自己与佳丽的感情，岂料自己无法抓到这根"救命稻草"，变得十分绝望。

佳丽下班回家，从她的母亲口中得知俊南找她的母亲谈心一事，才动手编发短信回应他。"我用一年半的时间让自己喜欢你。不过，当你对我越亲密，我反而越难受，我知道这并非爱情。你需要能给你带来性爱和家庭温暖的女人，而我并非这种人。祝你早日找到幸福！"佳丽迟来的回应让他一会儿激动一会儿失落。他甚至觉得她涉嫌以"你需要能给你带来性爱和家庭温暖的女人"影射他是个好色之徒，将所有责任归咎于他，因而不得不想好应对之策回应她的短信。

"其实，我首先想得到爱情，再想得到性爱和家庭温暖。我的需求符合常理！我好想你真诚相告过去一年半以来是不是我的问题导致这种局面的出现？问题在哪里？不管如何，我对你的情是真的，我早已将你视为我的女人。我希望我们依然是好朋友。"俊南这种绵中带针的信息在凌晨时分发出，但佳丽的手机早已关掉。直到她早上起床重开手机，这一短信才进入她的视野，左右她的思绪。

连日来饱受感情煎熬，导致俊南早上刷牙期间鼻血直流。他苦撑消瘦疲惫的躯体，忙于止血，胸口暗痛。俊杰、王梅芳先后打电话给他，关心过问他跟佳丽的感情最新进展。他摇头哀叹回天乏术，让他的两位至亲大失所望。

佳丽犹豫整天才回应俊南的短信，欲进一步消减他的痴情。"好多谢你有憎恨我，认识你让我学到好多宝贵的东西。你是一个好人，还处处迁就我，我不想伤害你。不过，再拖下去只会对大家造成更大的伤害，希望和你还是朋友。"她的短信内容在他看来简直是一种莫大的讽刺，因为他好讨厌女人抛弃他还说他是个好人。

尽管如此，但俊南仍想为自己与佳丽留条后路。"我的本色就是这样，但终究还是不能感动你。在我跟你相处的日子里，我的心渐渐离不开你，我肯定你就是我的真爱。我会铭记这些美丽的回忆，直到永远！我们做朋友好合适，为你献

上我衷心的祝福！"他编发这些违心的短信内容给她，不得不强忍心里悲伤，欲哭无泪。

佳丽故意以"好笨"自嘲来敷衍俊南，还不忘以"你一定能揾到一个懂得珍惜你的聪明人"来安慰他。"揾那种对象比较难，因为我一直对我们的关系太信任太负责，我早已天真地将自己的后路堵死。可怜的我该何去何从？"他再次遭遇"竹篮打水一场空"的悲情后，忽然想到曾钟情于他的萧惠，却感到为时已晚。

在俊南突遭暴风骤雨式情变之际，辉明终于守得云开见月明。当萧惠对俊南的情丝惨遭俊南的顽固斩割后，她对俊南渐渐心灰意冷，甚至将心一横跟辉明正式确立恋爱关系。

俊南开始为自己竟将萧惠推入辉明怀抱里的愚昧之举悔恨不已。扪心自问，俊南的确对萧惠颇有好感。但是，一想到要从辉明那里夺回她的芳心，俊南就迟疑起来。"如果我现在移情别恋于萧惠，一旦佳丽跟我的感情'咸鱼返生'，我怎能够向胡总交代呢？更何况萧惠跟辉明同居多时，交往渐深，正所谓朋友妻不可欺啊！如果我横刀夺爱，势必背负'在同事间乱搞男女关系'的骂名，我又怎能够向同事们交代呢？"他权衡再三，深感"压力山大"，只能寄望奇迹的诞生。

突然，桂秀的绝世美貌在俊南的脑海闪现，促使他伤痕累累的心灵立刻为之一振。他想实施"明修栈道，暗度陈仓"之计，遂尝试致电联系她。

俊南跟桂秀谈过业务琐事，忽然嗟叹自己现在心里好痛苦。她意识到他的异常语气，当即询问他在哪里，还主动提出前来陪伴他。他欣喜地答应在自家等她。她换穿"夏奈尔"品牌绣花上衣，粗略装扮一番，"噔噔噔"地从1楼登上5楼敲击他的家门。

当俊南打开家门，桂秀看见落形的他显现于她的面前，感到十分诧异。一身长衫长裤的他挤出微笑，伸手示意请她进屋。她走进屋里，发现屋里没有其他人。客厅已被长期弃用，他只好请她进入他的房间坐，她竟毫不犹疑地接受他的邀请。房里光线不足，显得十分昏暗。"房间里为何这么暗？将窗帘打开吧。"她走到临街窗户旁拉开窗帘，充足的光线一下子把整个房间照得通亮。

俊南主动倒一杯矿泉水递给桂秀，打开电视后坐到床沿上。她坐在书桌旁，眼看自己的梦中情人被折磨得如此憔悴而心疼不已，明知故问："你为何被摧残成这样？"他不想明说自己失恋，只能谎称"最近工作压力好大"，一心要为自己留有周旋的余地。

"呵呵，你失恋啦？"桂秀试图戳穿俊南的谎言，诱导他透露实情。在他看来，说不是，就有可能重蹈覆辙失去曾向他求爱的桂秀；说是吧，却有可能失去在情场与职场中周旋的余地。经过快速的利弊权衡，他不得不强颜欢笑，发出"哈哈"两声来应对她的试探。

"我早就知道佳丽跟你分手啦！"桂秀十分淡定地道出实情，俊南大惊失色，慌忙询问她是怎样获悉这一隐情的。"俊南，其实我就系你未来的老婆，当然知道你过去的爱情经历啦！"桂秀徐徐饮下一口矿泉水，等待他的回应。

"桂秀啊，你真会开玩笑！"俊南偷偷看桂秀一眼，显得含羞答答，"讲心里话，我中意你！不过，我要抱得美人归简直就系癞蛤蟆想食天鹅肉！"

"你就系那只食到天鹅肉的癞蛤蟆！"桂秀突然起身移步到俊南身旁，也坐在床沿上，深情凝望他，"老公啊！你记得你在愉心园遇到的那位张桂秀吗？那位老太太就系未来的我！"

"鬼啊！"俊南被吓得失魂落魄，全身弹起爬床逃离桂秀，挨着房门颤抖地审视她。

"我唔系鬼啊！"桂秀起身走向俊南，"老公啊！我系人啊！"

"你站住！"俊南甩手摇头，向桂秀示意不要靠近他，"你如何证明自己唔系鬼呢？"

桂秀只好坐回床沿上，升始将张桂秀老太通过虫洞穿越救夫的来龙去脉向俊南和盘托出。俊南认真地听着她的陈述，不禁感叹"太神奇"——

百岁老翁李俊南陷入深度昏迷后，他的灵魂已穿越到公元2004年的过去时空。张桂秀老太通过虫洞穿越到他的灵魂所在时空，跟他的灵魂寄主——将近而立之年的李俊南重逢。年轻俊南却以为她是精神病患者，毅然弃她而去。她在无计可施的情况下重游中海祖庙灵应祠，巧遇北帝坐宫周围的虫洞，穿越回公元2076年现世时空。随后，她还获得脑科学专家约翰逊博士的援手。

经过李俊南老翁之女李红梅的不懈努力，约翰逊博士在百忙中抽空飞赴香江拯救李俊南老翁。在李俊南老翁所住的高级病房里，张桂秀老太见到约翰逊博士，久久握住约翰逊博士的双手激动得老泪纵横。约翰逊博士了解到她穿越救夫的神奇经历，接连惊叹不可思议，立即组建研究团队对李俊南老翁的特殊病例展开深入研究。

迷城瓷歌

基于对李俊南老翁的检查结果以及张桂秀老太在公元2004年过去时空的所见所闻，约翰逊的团队进行磋商研究并展开分工合作。约翰逊博士的助手们负责研究李俊南老翁的全球顶级文学奖获奖代表作——长篇自传体都市言情小说《信仰迷宫》，深入了解李俊南老翁的生平经历与人生信仰。而约翰逊博士则亲自前往世界浪漫之都——粤中都会区考察，深入了解李俊南老翁早年生活过的岭南人文环境。

进入中海祖庙，孔圣塑像、佛祖塑像与北帝塑像先后进入约翰逊博士的视野。儒教的孔圣、佛教的佛祖与道教的北帝在中海祖庙内各占一角分享香火，形成儒释道三教融合的奇特景象，使作为岭南文化、广府文化发祥地的中海成为世界上儒释道融合的样本地。这引发约翰逊博士的浓厚兴趣、深入研究。在他看来，儒释道世俗化、儒释道融合不愧是举世罕见的奇迹，是当今充满冲突的世界所需要的。这显然对当今世界上流行的、统治着整个地球的思想——不同文明必然冲突，只有冲突才能解决问题这一思路的回应。儒释道融合把儒学、佛学与道学都推到世界思想和哲学的顶峰，逐渐成为国际化的特色宗教和特色学说。

从唯物辩证法的"一分为二"观点来看，在儒释道融合的漫长过程中，儒释道三教思想的交合感化曾导致大多数中海人信仰迷乱。具体表现为他们缺乏对单一宗教和学说的坚定信仰，尤其是在儒释道世俗化、宗教信仰自由化的社会背景下容易为权力观名利观所俘虏。然而，中海人曾经信仰迷乱，这样并不代表中海人没有信仰，而是体现中海人处于有特色的信仰状态。随着时代发展，儒释道融合成果所蕴涵的慈善、包容、仁爱、通济、和谐理念，逐渐被梳理提炼为中海老百姓信仰的内核。鉴于此，约翰逊博士研究所得的初步结论便是，李俊南一生中的思维观念受着儒释道三教思想的交合感化。这极有可能是李俊南老翁之灵魂沉迷于中海的信仰迷城中，不能跟其公元2076年现世下肉体合一的根本原因。

约翰逊博士的团队会商认为就算张桂秀老太所谓的虫洞穿越客观存在，而虫洞却是可遇不可求的，更何况她偶遇虫洞穿越救夫也未能唤醒李俊南老翁的灵魂。鉴于此，约翰逊博士只能尝试采用那种他自认为最可行的神念科技方法。

按照约翰逊博士的指引，工作人员在李俊南老翁所卧躺的病床床头放置好一台脑机接口技术仪器。深度昏迷的李俊南老翁被连接上脑机接口技术仪器，仪器屏幕上立刻闪现出微幅变化的脑像图。跟一般昏迷者相比，李俊南老翁的脑像图展现出异常的变动轨迹。约翰逊博士对此进行分析破译，发现这些脑像图所蕴含的信息内容与李俊南老翁代表作《信仰迷宫》中的故事情节如出一辙。这就是对张桂秀老太在穿越救夫期间所见所闻最好的印证，李俊南老翁的灵魂果然深陷于信仰迷宫中而不能自拔。

约翰逊博士的研究团队协同制定出针对李俊南老翁的营救方案。然而，这一方案带有一定的风险性。当张桂秀老太的灵魂通过神念科技方法进入李俊南老翁的灵魂所在时空后，她如果最终不能唤醒他的灵魂，就会同样深陷于中海迷城里而不能苏醒过来。"张老太，这种情况会导致你们夫妇俩永远成为植物人！你敢冒这个险吗？"约翰逊博士的话把张桂秀老太推到两难境地，也引起她的一众至亲强烈担忧。

李红梅紧紧抱住张桂秀老太，失声哭喊："老母……老母唔好离开我们啊！"而张桂秀老太的孙辈、曾孙辈个个热泪盈眶，都异口同声地劝说张桂秀老太不要冒这个险。面对这种至亲之间难舍难分的情景，张桂秀老太老泪纵横，一度声音哽咽。

"我……我爱你们，不过我亦爱……爱我的老公！"张桂秀老太还向一众至亲诉说自己遭遇大难而不死，竟通过虫洞穿越到过去时空又穿越回到现世时空，"吉人自有天相嘛，相信在此次灵魂穿越中亦会大步跨过。我已经年逾古稀喽，就算救夫不成遭遇不测，我亦至死不悔！"

忽然，张桂秀老太转向约翰逊博士，斩钉截铁地说自己敢冒这个险。他便要求跟她签订一份脑科学研究实验致死免责协议书，她毅然签字摁手印，准备开启一次生死未卜的灵魂穿越旅程。这次生离死别让她的至亲们个个泣不成声，他们只能来到病房外，隔着玻璃观望这次科研试验场景。

工作人员在李俊南老翁的床边平行安放好一张病床，也在这张病床床头放置好一台脑机接口技术仪器。张桂秀老太遵照约翰逊博士的安排，坐到这张病床床沿上，接受约翰逊博士的催眠。当她进入深度催眠状态后，工作人员即刻将她移到这张新设好的病床上，使其与那台放置于床头的脑机接口技术仪器相连接。约翰逊博士通过人造脑电波控制张桂秀老太的大脑，使她的脑电波波段和频率无限接近李俊南老翁的脑电波波段和频率，成功地将她的灵魂推送至李俊南老翁的灵魂所在时空。

与此同时，约翰逊博士的助手们还结合李俊南老翁代表作《信仰迷宫》中的故事情节，特制成人造脑电波。约翰逊博士根据李俊南老翁的脑像图动态变化情

况，使用这些人造脑电波控制张桂秀老太的灵魂。这样试图影响年轻俊南的思维意识，以唤醒李俊南老翁的灵魂。

当桂秀所说的神奇故事说到这里，俊南的心中变得异常纠结。一方面，他对这么离奇的科幻故事一时难以接受；另一方面，桂秀提及的书名《信仰迷宫》却令他觉得她的说法并非天方夜谭。只因他从走出大学校门开始就梦想开创自己的文学事业，能独立创作出一部鸿篇巨制。经过多年的素材积累与反复思索，他最近才决定要创作长篇自传体都市言情小说，而他心中谋划的小说名称正是《信仰迷宫》。

桂秀特意拉上对她半信半疑的俊南来到游人如鲫的中海祖庙，先后参观佛祖、北帝与孔圣。她们俩恰逢上百名身穿"博士服"、头戴"博士帽"的学童来到孔庙参加入学开笔礼。孔庙学童入学开笔礼在参照旧时学童入学拜孔子、开笔等礼仪的基础上，又增加新的内容。其仪式安排可分为麒麟引路、启蒙教育、朱砂开痣（智）等十个步骤。在中海，流传着"望子成龙先拜孔，可圆天下父母心"这样的说法。因此，中海孔庙成为市民为孩子举行开笔礼的首选地。

无论是在孔圣塑像的面前还是在北帝塑像、佛祖塑像的面前，皆是香火兴旺的景象，挤满前来朝拜的信众。"这些信众鲜有普度众生之心，大多数都怀着自私自利之心。他们求神拜佛的目的好实际，一心祈求神佛保佑他们升官、发财或得子。"桂秀从宗教信仰话题切入，尝试为俊南释疑解惑，"他们好在乎自己所朝拜的对象保佑自己的心愿实现，却不太在乎自己所朝拜的对象来自哪个宗教，更不在乎自己所朝拜的对象到底是什么宗教文化的代表。"

在桂秀看来，这是因为儒释道三教以各自的核心价值观，从多个方面不同层次影响着中海人的生活。"入世有为、出世空无、超世无为分别体现儒释道各自的文化特征。中海人既有儒家'乐观'的精神，亦有释家'冷观'的智慧，还有道家'达观'的心境。"她认为这"三观"体现多重性的生活方式，亦反映儒释道互补的特性——中海人的灵魂是多重性的。

"俊南你在中海土生土长，你的灵魂同样具有多重性。你百岁那时的灵魂现在以你的肉身为寄主，就深陷于信仰迷宫之中！"桂秀主动牵住俊南的双手，含情脉脉地凝望他，"Darling！你醒醒啊！我们一齐返回公元2078年现世时空，共享天伦之乐吧？我们真正的肉身属于那个时空，只有当我们的灵魂跟我们现世下的肉身合二为一，我们才能苏醒过来。"

俊南支支吾吾，开始觉得桂秀所说的一切并非胡编乱造。这是因为她所陈述的故事情节竟然跟他在愉心园的所见所闻，以及他的梦境经历完全吻合。

桂秀继续对症下药，期盼能够唤醒李俊南老翁的灵魂。在她的看法中，儒释道三家分别通过"社会"（人生）、"涅槃"（人死）及"自然"（人身）三极的设定来构建各自的思想体系展示各自的世界图景。儒道两家强调人"生"学，都主张把价值取向定在"此生""此世"与"此身"上。而释家则喜谈"死"后的众生生活，或可称之为人"死"学。"Darling！你的灵魂所在时空并非'此生''此世'。其实你现世下的肉身所在时空才是'此生''此世'。如果你继续作茧自缚放弃重生的机会，你现世下的肉身就会丧失'此身'，你的灵魂就会过着'死'后的空无生活。"她如此具体分析李俊南老翁的灵魂如何因儒释道三教思想的交合感化而产生信仰迷乱。

俊南一下子尚未能够完全消化理解这些信息，却又受到胡总的影响。突然，"嘀"一声响刺激着俊南、桂秀的耳膜。原来是胡总发来短信，胡总通知他当晚到总编辑办公室一趟，他马上回复短信答应胡总的要求。她没看过胡总的短信内容却准确地向他说出这些内情，甚至透露胡总主动找他谈话是因为胡总准备为他升职。

"承你贵言啊！"俊南面绽笑容，却遭受桂秀的冷言冷语。她劝俊南不要再沉迷于这些虚无名利的追逐中，恳求他配合她唤醒李俊南老翁的灵魂，使其跟她的灵魂一起穿越回去公元2078年现世时空。

"如果今晚的情况正如你所料，我就会进一步相信你今日所讲的一切。你给我一点考虑的时间好吗？"俊南抓住桂秀的双肩，情真意切地凝望她的双眸。她却说担心他一旦体会到权力、名利与地位的魔力，就会沉迷于其中而不能自拔。

俊南携桂秀到岭南文化天地景区吃过晚饭，又把她送回她的住处，才前往岭南时报社总编辑办公室。"到底胡总为何非要在周末搵我不可呢？难道他这么快就获知我跟佳丽之间的情变？只要他无提及我跟佳丽的事，我就只字不提！"他心里如此嘀咕，在总编辑办公室外抖擞精神，再轻轻敲门。

"请进。"胡总低沉的声音从总编辑办公室里传出。俊南推开门走进去，映入他眼帘的是胡总的和蔼笑脸，让他的心安乐些许。胡总从黑皮沙发办公椅上起身，伸手示意请他到大树头茶几旁就座。

双方落座后，胡总一边泡普洱茶一边跟俊南寒暄几句，然后转入正题。"俊

南,今晚将你临时叫来这里,只因我要通知你一件要紧的事。"他慢条斯理地说话,却令俊南的心里骤然紧张起来,即刻询问他有什么要紧事。

"哈哈,无须紧张。"胡总满脸微笑,为俊南斟好一杯茶水,"鉴于你在全国'村官'典型的调查研究和宣传报道中表现突出,市领导来电表扬你业务素质过硬做事认真谨慎,建议报社提拔重用你。经过报社领导班子研究,报社决定聘任你为新闻采编中心副主任兼时政新闻部主任,行政级别为副科级。明天聘任通知一公布,你就走马上任吧。"

"啊?"俊南时隔数秒才反应过来,随即喜逐颜开,还当面恭维胡总说多谢他的悉心栽培。胡总拿起茶杯品茶,嘱咐俊南好好把握这个锻炼提升的好平台好机会,为岭南时报社的升级发展贡献更大的力量。

"谨遵胡总的教导!"俊南郑重点头,也拿起茶杯品茶,心中感叹自己真是情场失意职场得意。

俊南迈着轻盈的脚步,走出总编辑办公室,他的脑海里尽是佳丽的笑脸。"告诉你一个好消息:报社聘任我为新闻采编中心副主任兼时政新闻部主任,行政级别为副科级!"他急速地向佳丽编发这则短信,期望它能换来佳丽的回心转意。

"李主任,恭喜你终于出人头地啦!"短短一分钟内佳丽就回复了俊南信息。

"有一半功劳属于你!如果没有你的出现和点化,就绝对没有我的今天,我衷心感激你!你是我生命中最重要的女人!"俊南不吝惜其肉麻的言辞,竭尽所能地感化佳丽,盼望旧情复燃。然而,她不想吃"回头草",极力避免被他的花言巧语感动。

"都是你自己的功劳。你这么大方分一半功劳给我,这样太抬举我,我实在受之有愧。"面对佳丽如此针锋相对的回应,俊南决心再加把劲,依然渴望奇迹会出现。"在我最需要劝慰和沉着之时,你及时出现,并且为我带来建议和鼓励。今日我的小成功怎么可能没有你的那一半功劳呢?以后我要取得更大的成就,真希望你能一如既往地给我最大的鼓舞和支持!"他的感言终于产生一定的效力,她变得举棋不定,不得不将此事告知她的母亲。

佳丽的母亲一心想稳住佳丽,疯狂地贬损俊南。"升作一个小干部又能怎样呢?!能够飞天抑或能够遁地啊?!难道这名靠卖字为生的穷书生能够一夜暴富吗？！难道你想跟他捱世界吗？！"佳丽的母亲还谆谆教导佳丽不要再跟俊南纠缠下去，而应该收拾好心情去跟那位"有米"男友福生搞好关系。

佳丽受到其母亲的诘问与疏摆，当即哑口无言，甚至铁定心肠要再次拒绝俊南。"我一点都唔好，如果好，就懂得中意你啦。"她编发完这则短信，不堪回想李宏、李俊南等两个先后遭受她残忍抛弃的男友。

"从今开始中意我未算迟喔！我等你！"俊南直截了当的表态，反而引来佳丽更加直白的拒绝。"对唔住！请勿等我！"她的这句话犹如一盆冰水无情地泼向他，瞬间冰镇住他的心灵。

最后一根"救命稻草"终究不能挽救俊南与佳丽之间的感情。他仰天长叹，回应她说"一切随缘吧"，甚至嚎唱起香港知名歌星刘德华原唱的粤语流行歌《心酸的情歌》——

此刻深深的伤透了，我唱着心酸的情歌。歌声不再有那美丽结局，与你重燃爱火。风中凄清的一个，却有谁人可知心事么？谁想到为你付上热爱在那夜竟是错？留恋情是我，曾经爱你是那么多。无心人是你，令我热炽热爱一切没企望。我甘心将空虚中的一切都交托在这首歌，只想一生在寂寞内剩余绝情来伴我。我伤心将消失中的深爱都寄语在这首歌，如今再没有力气共你在这夜玩火！……如今再没有力气共你在这夜玩火！

刚才在俊南心中重燃的希望之火渐渐熄灭，使他从兴高采烈又恢复愁眉苦脸。

"今晚的情况果真不出桂秀所料，这可以证明她所讲的一切并非天方夜谭！"他躺在床上难以入眠，在漆黑之中思索自己的神奇经历，想着想着就渐渐进入朦胧的梦乡之中。

当年轻俊南处于沉睡状态下，李俊南老翁衰弱的灵魂又可以跟年轻俊南进行神交。"俊南，年轻时的我啊！白天里桂秀向你描述的一切并非胡说八道嘎，你要完全相信她！"李俊南老翁的灵魂还透露，这样就会让年轻俊南的认知跟李俊南老翁的灵魂同步，拥有李俊南100%的人生信息。

"既然您跟张桂秀老太的灵魂都从公元2076年现世时空穿越而来，那么你们老夫老妻所寄附的男女肉身到底属于什么关系呢？……你们老夫老妻若要重新入世，可以通过什么途径实现呢？"年轻俊南的心中产生众多疑问，却无法获得李俊南老翁的灵魂回应。

周一上班后,岭南时报社人力资源部通过内部网公布有关俊南的聘任公告,他的新任职位与行政级别正如胡总提前通知他的那样。桂秀走进他刚迁入的独立办公室向他道贺,他马上紧闭其办公室大门,忙里偷闲地跟她聊几句。

"昨晚和今天的情况正如我所料吧?我所讲的一切你相信吗?"桂秀接连追问俊南,换来他的连连点头,遂喜不自禁地拥抱他。桂秀催促年轻俊南赶快配合她,好让李俊南老翁的灵魂跟她的灵魂一起穿越回去其真正肉身所处的现世时空。

"你跟李俊南老翁的灵魂如何才能穿越回去公元2078年现世时空呢?"俊南抓住桂秀的双肩,轻轻推开她的上身,一脸疑惑地注视她。

"等到日月合璧(日全食)之时,男女肉体交合、灵魂交融,我们夫妇俩的灵魂借助日月合璧之后形成的强大引力波能量穿越回去公元2078年现世时空,跟我们夫妇俩现世下的真正肉身结合。"桂秀变得含羞答答的,继续为俊南释疑解惑,"每逢日月合璧,太阳、月球与地球之间形成完美的神圣几何的契合。这就系三位一体直线排列。这样意味着太阳作为我们当前所处三维空间的源头力量,经由它将有一股非常强大的引力波能量涌入地球带给我们。"

"不过,日月合璧可遇不可求,这件事要等到猴年马月?!"在俊南的眼里,灵魂穿越显得更加渺茫。但桂秀当即告诉他再过一个月就会迎来七夕节,那天将会出现日月合璧,又为他点燃新的希望。

在静候佳期的那段时间,俊南与桂秀在公开场合依然是"男女搭配,干活不累",私底下就火速发展情侣关系。彼此间的爱火烧得越来越旺,两人的心灵变得越来越灵通。佳期渐近,他不忘去完成那件未了的心事。

周六晚,胡总开完编前会,返回自己的办公室。俊南早已坐在总编辑办公室外的红木长椅上守候他,一见到他走出电梯,就马上起身打招呼。他见到俊南,露出和颜悦色,请俊南进总编辑办公室闲聊。

在总编辑办公室里,俊南在客座坐下,脸色渐变凝重。胡总为他斟好一杯上等普洱茶,坐回到自己的办公椅上,好奇地询问为何俊南的脸色如此沉重。

"在过去一年半里,我竭尽所能,跟佳丽发展感情。岂料在今年4月份,她主动提出跟我分手,认为她跟我不合适不想耽误我。"俊南不敢直视胡总,只是按既定思路,有所侧重地向胡总交代自己跟佳丽的感情发展情况。

"她的爸爸患病一事我的夫人跟我提过一下。这个女仔我并无好深入的了解。当初是她的爸爸向我的夫人提出要求为她介绍对象。"胡总的脸色也沉重起来，他还说大丈夫何患无妻，安慰俊南不必这么难过。

"我真心中意佳丽嘎！不知通过胡总夫妇跟她的爸爸妈妈沟通一下是否可行呢？"俊南突然产生一股抽丝剥茧调查真相的冲动，这令胡总的神色更显凝重。原来，胡总听他的夫人说过佳丽的父亲在生病后一直不愿见外人。于是，俊南尝试建议由胡总的夫人跟佳丽的母亲进行沟通。胡总迟疑片刻，终于承诺他会跟他的夫人商量此事。

俊南轻步走出总编辑办公室，他沉重的思想包袱终卸下来，眼前之路豁然开朗。而胡总却愁眉不展，抽空将俊南反映的事情转告他的老伴，耐心地跟她商量对策。

"唉——"胡太太摇头感叹，"老胡啊，你拖延至今才将俊南提拔起来，林家那边好可能早就等不及喽。反正女人一旦变心，就算用十头牛亦无法拉回头。"

胡总研判林家好可能另择高枝，皆因在林家发生重大变故之后，老林就无法掌控大局。胡太太不想为此事烦心，建议这件事就此作罢。"俊南不愧为我们报社里难得的本土人才，我要尽力安抚他。"他恳求他的夫人帮忙跟佳丽的母亲沟通一下，了解真实情况，看看此事还有没有转机。

胡太太随即拨打林家的固定电话。接听电话的正是佳丽的母亲，她一听这是胡太太的来电，就打醒十二分精神。彼此寒暄几句后，开始进入正题。胡太太先透露俊南最近得到提拔一事，再询问佳丽跟俊南交往一年半到底发展得怎样。

"哦？"佳丽的母亲想打马虎眼，努力压低自己的声音，"他们两个平时的交往情况我好少过问喔。"

"有传言他们两个已经分手喽。"胡太太明知佳丽的母亲故意装糊涂，干脆把话挑白来说，试探对方的反应。

"啊？我要先问一下那个'衰女包（坏女儿）'到底发生了什么事。"佳丽的母亲还在装糊涂，望一望其老伴所在的房间，将说话的声音压得更低，"不过，后生男女之间的恋爱要顺其自然，老人家无必要勉强后生男女。佳丽的恋爱问题我好少过问，我坚持让她自己选择自己的归属。"

"嗯，应该让佳丽去自由选择。"胡太太听懂对方的话外音，便借故跟佳丽的母亲结束通话。

胡总认真倾听其老伴复述刚才她所探听到的情况，不禁发出一声叹息。"既然这样就唯有作罢啦！我另行物色好女仔介绍给俊南吧。"他一直想通过促成俊南与佳丽之间的这门亲事，实现"一箭双雕"。其中的一"雕"是为岭南时报社留住俊南将其培养成接班人，另一"雕"是让胡家与林家建立家族发展联盟关系。

"随你的便。"胡太太深谙其老伴的用意，还轻拍他的肩膀，"只不过媒人难做啊！"

在刚才胡、林两家夫人电话沟通时，佳丽的父亲躺在床上，听到她们通话中的只言片语。当他的老伴进房扶他起床去练习走路，他探问刚才是谁打来电话。尽管他的老伴骗他说是以前的同事打来电话拉家常，但他半信半疑。

等到佳丽下班回家，佳丽的父亲趁她为他量血压之机，低声询问她跟俊南交往得怎样。她生怕她的父亲一旦知道实情会受不住刺激，便闪烁其词地说还在交往。他看见她的脸色有点异样，又询问俊南的工作最近有没有起色。她谎称还是老样子，便故意岔开话题，说血压正常。

为了解到真实情况，佳丽的父亲只能耐心等待时机。他的儿女终于都外出返工，他的老伴也下楼取报纸，家里只有他一人。他艰难地移动轮椅，来到固定电话前，拿起话筒拨打胡总的手机。"胡总，您好！"他操着沙哑的声音，结结巴巴地自我介绍，"我系城……城乡统筹……筹发展局的老林啊。"

"哦……"胡总迟疑两三秒，终于认出老朋友来，"老林啊，我们有好长时间无联系喽。你的身体最近好吧？"

"尚好。"佳丽的父亲担心他的老伴回到家，迫切地直奔主题，"我最近睇……睇到李俊南记者又有……有好多大作发表喔。这么优秀的记……记者你们报社有冇为他再压……压重担啊？"

"有啊，我们报社近期将俊南提拔为采编中心副主任兼时政新闻部主任，行政级别为副科级！嗯……"胡总犹疑一下，想趁机亲自求证佳丽跟俊南分手一事，"前两日听俊南讲，你的千金已经跟他分手喽。你知道他们分手的原因吗？"

"啊！他们已……已经分……分手？"佳丽的父亲震惊得犹如遭受五雷轰顶，呼吸开始急促起来，"我……我一点情况都……都唔知！"

"其实，俊南这个后生仔的确好优秀……"胡总听到对方的电话掉到地上时发出的声响，"喂，喂喂……"

佳丽的父亲瘫坐在轮椅上，被刺激得大口大口地呼吸，胸口隐隐作痛。他的老伴拿着报纸走进家门，发现他的异常状况，马上大步上前抚摸他的前胸后背以平缓他的呼吸。

然而，佳丽的父亲突发心肌梗死而昏迷过去。他的老伴致电120喊来救护车，将他送进医院抢救。佳景、佳丽闻讯赶到急救室外，与他们的母亲会合。可惜，医生们最终不能成功挽救佳丽的父亲，他就此撒手归西。

对于佳丽家来说，祸不单行的是福生因做假账大量偷税漏税而被逮捕入狱，福生破产让她家要钓"金龟婿"的愿望最终落空。

俊南从胡总的回音中获悉佳丽的父亲病逝一事，却爱莫能助，不得不放下自己与佳丽间的那段感情。

桂秀预测的日月合璧果然如期而至，俊南遵从她精心的策划安排，准备协助李俊南老翁的灵魂跟随她的灵魂一起穿越回到公元2078年的遥远时空。在七夕节正午时分，日月渐渐合璧，他们俩提前携手登上两人所住的楼宇天台。顶层楼梯间的铁门锁好了，薄床垫在天台上铺好了，用来挡住周边楼宇住户视线的盆花摆好了。一切准备就绪后，他们俩仰望天空，耐心等待那个激动人心的时刻。

日月实现完全合璧之时，中海突然从正午转为黑夜。光芒万丈的太阳突然被月球吞食，"红太阳"变成"黑太阳"，"黑太阳"四周呈现出银色的光环。月球在逆光下变成黑圆的剪影，金木水火土五大行星围绕在太阳的身旁闪闪发光，连成一线。"日月合璧、五星连珠、七曜同宫"实属千载难逢的天文景象。

在这个日月合璧、阴阳交融的关键时刻，桂秀与俊南宽衣解带赤裸相对。她的天使般面孔、魔鬼般身材即刻让他饥渴难耐。拥抱、爱抚、挑逗和亲吻……在他们俩交合前戏阶段，放在他们俩旁边的智能手机播放着香港知名歌手张国荣原唱的粤语流行歌《今生今世》——

幻变的一生，默默期待一份爱。踏过多少弯，段段情路也失望。我不甘心说别离，仍旧渴望爱的传奇。不舍不弃，无惧长夜空虚风中继续追。风里笑着风里唱，感激天意碰着你，纵是苦涩都变得美。天也老任海也老，唯望此爱爱未老，愿意今生约定他生再拥抱。

是你的双手，静静燃亮这份爱。是你的声音，夜夜陪伴我的梦。交出真心真的美，无尽每日每天想你。今生今世，宁愿名利抛开，潇洒跟你飞。风里笑着

凤里唱,感激天意碰着你,纵是苦涩都变得美。天也老任海也老,唯望此爱爱未老,愿意今生约定他生再拥抱。……

伴随优美的旋律与浪漫的歌声,年轻俊南与年轻桂秀实现肉体交合。她低声呻吟着,尽情享受着刺激与快感,她跟他相识相知相爱的历程在她的脑海里一幕幕呈现。突然,年轻俊南重新体会到李俊南老翁跟张桂秀老太拥吻交合的真情实感,完全拥有李俊南老翁跟张桂秀老太相识相知相爱历程的记忆。

年轻俊南与年轻桂秀的肉体交合达至高潮。与此同时,李俊南老翁与张桂秀老太的灵魂渐渐交融。日月开始结束合璧,一束异常耀眼的庞大光束经由太阳射向那副合二为一的男女肉身,为李俊南老翁与张桂秀老太交融的灵魂带来一股非常强大的引力波能量。这股能量强力驱动李俊南老翁与张桂秀老太交融的灵魂与那副合二为一的男女肉身分离,瞬间达至光速穿越回到公元2078年现世时空。李俊南老翁与张桂秀老太交融的灵魂再度分离,分别跟夫妇俩在现世下的肉体结合统一。

李俊南老翁、张桂秀老太所在的高级病房里,李俊南夫妇的后人们个个目不转睛地盯着那两台与李俊南夫妇相连的脑机接口技术仪器屏幕。原来,约翰逊博士发现那两台脑机接口技术仪器屏幕显示李俊南夫妇的脑电波频率从"δ波"区间突然过渡到"θ波"区间,便马上通知李俊南夫妇的后人们进入高级病房见证一个特大喜讯。约翰逊博士激动地宣称这种脑电波频率的突变意味着李俊南夫妇已恢复意识,令李俊南夫妇的后人们兴奋不已。

眨眼间,李俊南夫妇的脑电波频率又从"θ波"区间过渡到"α波"区间甚至"β波"区间。他们俩的手指出现动弹现象,二人几乎同时睁开朦胧的双眼。这令他们俩的后人们欣喜若狂,喜极而泣地迎接他们俩的苏醒。

"爸,妈,我一度以为今生今世无法跟你们再相见喽!"李红梅一手抓住老父李俊南的手,另一手抓住老母张桂秀的手,激动得又哭又笑。

"乖女,你睇你睇,我终于成功穿越救回你的老豆啦!"张桂秀老太盯着刚苏醒过来的李俊南老翁,激动得热泪盈眶,旋即又笑逐颜开。

"乖女乖孙啊,老李我沉睡过几多时日?"李俊南老翁望着那群围在病床旁的女儿、孙子与曾孙子,他说话的声音低沉而略显沙哑。

"我亲爱的老豆啊,您已经昏迷超过两个年头啦!我们以为您会永远成为植物人呢。"李红梅用纸巾擦干自己的眼泪,绽露笑容望着李俊南夫妇。

"老李我，咸鱼返生简直系奇迹啊！乖女，乖孙，我们今生今世又可以继续共享天伦之乐啦！"李俊南老翁十分吃力地抬起手来，逐一触摸其女儿、孙子与曾孙子的脸。

"奇迹啊！真系奇迹啊！"李俊南老翁的孙子与曾孙子异口同声，为眼前的奇迹惊叹不已。而李俊南老翁的儿媳妇、孙媳妇与女婿等亲人闻讯后纷纷赶来见证奇迹，看望刚苏醒过来的两位老人家。

约翰逊博士及其团队成员为此奇迹拍掌庆祝，向李俊南夫妇俩及其后人们道贺与祝福，他们几乎被李俊南老翁一家当成神人来崇拜。面对李俊南老翁一家众多疑问，约翰逊博士娓娓道来李俊南老翁一度情陷迷城，最终一朝破茧重获新生的谜底——

与人体相比，作为信息集合体的灵魂到达光速简单很多。因为灵魂没有长度、宽度和高度甚至没有质量，那么它消耗的能量就低得可以忽略不计。这就好比我们发一个电子邮件，在点击"发送"的一刹那，对方就可以接到这个电子邮件。这种传输速度几乎达到光速。因此，只有灵魂才能实现穿越。如果人类想到达三维空间的任何地方，或者四维空间中的过去和未来，不是身体而是灵魂先到达。

如果一个现代人想到达秦朝的某个时间段，不需要这个人的身体去穿越时空达到秦朝。只要把这个人的灵魂信息集合体打一个"压缩包"，发一个类似电子邮件类的"信息包"到达秦朝，在秦朝的某个时间段找一个人体寄主即可。这个人体寄主就已经是个现代人。它就可以利用这个寄主的眼睛看秦朝的世界，用寄主的耳朵去听秦朝的世界，用寄主的嘴和秦朝的人进行交流。当然灵魂也可以用同样的方式到达未来的某个时段，还可以用同样的方法在三维空间里去到某个星球，就不用非要人体随宇宙飞船到达某个星球。只要用"电子邮件"把灵魂发送过去，然后再重新寻找人体寄主就可以。

两年前，李俊南老翁在中海祖庙灵应祠朝拜北帝，在漆黑中被其他游客撞倒在地。他的前额猛然撞击拜石，导致他的灵魂瞬间跟他的肉体分离。非常巧合的是，那块拜石竟是天外飞石，带有一股异常强劲的磁性能量。在这股能量的驱动下，他的灵魂得以瞬间穿越到公元2004年过去时空，与那时将近而立之年的李俊南人体寄主结合。年轻俊南的灵魂正值情陷迷城之际，受到儒释道三教思想的交合感化，反而束缚着李俊南老翁那个能量极度衰弱的灵魂。张桂秀老太虽然通过

虫洞穿越到公元2004年过去时空,却无法唤醒李俊南老翁的灵魂,无功而返。

在约翰逊博士的帮助下,张桂秀老太通过灵魂穿越回到公元2005年过去时空,将年轻俊南的女徒弟作为人体寄主。约翰逊博士使用人造脑电波控制张桂秀老太的思想灵魂,使其依靠这个女寄主的各种人体功能实现张桂秀老太思想灵魂的表达,成功唤醒李俊南老翁的灵魂。李俊南老翁、张桂秀老太借助年轻俊南与其女徒弟的肉体交合,实现二老的灵魂交融。二老交融的灵魂最终在一股非常强大的引力波能量驱动下,与那副合二为一的男女肉身分离,瞬间达至光速从三维空间穿越四维空间回到公元2078年现世时空。二老交融的灵魂再度分离,分别跟各自在现世下的肉体结合统一。

约翰逊博士对其神念科技最新研究成果的深入剖析,让李俊南一家恍然大悟。"阿弥陀佛,善哉,善哉!"大家不约而同地惊叹这种令常人难以置信的神秘奇迹。

然而,李俊南逐一审视各位至亲后,发现他的儿子李重文不见踪影。原来,李重文陪同张桂秀老太从香江启程飞赴美丽国首都寻求援手,却遭遇数名人间孽障的劫机。这些人间孽障甚至驾驶这架大飞机撞向美丽国首都的地标帝国大厦。就在大飞机与帝国大厦撞击解体之际,张桂秀老太被抛出机舱外在高空恰遇"虫洞",得以逃离死神的魔爪,而李重文至今生死未卜。

到底李重文是当场被炸得粉身碎骨,还是跟张桂秀老太一样恰遇"虫洞"穿越时空呢?这成为李俊南老翁一家一时无法解开的谜团……